W0029947

Volker Klüpfel / Michael Kobr

Funkenmord

Volker Klüpfel / Michael Kobr

FUNKENMORD

Kluftingers neuer Fall

Ullstein

Besuchen Sie uns im Internet:
www.ullstein.de

ISBN 978-3-550-08180-4

Gesetzt aus der Quadraat und der Through the night
Satz: Pinkuin Satz und Datentechnik, Berlin
Druck und Bindearbeiten: GGP Media GmbH, Pößneck

– 1 –

»Gleich sind wir da.« Die Stimme der alten Frau hallte durch die klamme Herbstnacht. Mit starrer Miene blickte sie in die Dunkelheit, doch durch den zuckenden Feuerschein der Fackeln wirkte es, als wären ihre Gesichtszüge in ständiger Bewegung. Als kämpfte sie selbst mit den Dämonen, die bei dieser nächtlichen Wanderung heraufbeschworen wurden. »Da hinten ist es passiert. Seid jetzt vorsichtig.«

Angestrengt versuchten ihre Begleiter, in der Schwärze etwas auszumachen, irgendetwas, das ihnen verraten würde, wo genau sich ihr Ziel befand. Einer nahm allen Mut zusammen, holte Luft, doch bevor er etwas sagen konnte, legte die Alte ihren Finger an die Lippen. »Schhhhhhh ...«, zischte sie, wobei ihre Spucke in alle Richtungen flog.

Keiner wagte mehr zu sprechen. Alle spürten, dass etwas Unheilvolles in der Luft lag. »Leise, wir wollen nicht, dass uns jemand bemerkt. Los jetzt«, flüsterte die Frau und winkte mit ihrer knochigen Hand. Dann ging sie weiter. Sie machte dabei keinen Laut, setzte ihre Schritte mit traumwandlerischer Sicherheit. Jedem war klar, dass sie nicht zum ersten Mal hier war. Für ihre Begleiter galt das nicht. Auch wenn sie sich Mühe gaben, sich ebenso geräuschlos zu bewegen, rutschten sie immer wieder im feuchten Gras weg und pressten die Lippen zusammen, um nicht aufzuschreien.

Nach einem anstrengenden Marsch bergauf über schmierige Wiesen und matschige Trampelpfade erreichten sie ein kleines Plateau. »Könnt ihr es schon sehen?«, fragte die Frau, und alle kniffen die Augen zusammen, suchten nach einer bestimmten Form, die sich vom Horizont abhob.

»Da!«, rief einer, streckte die Hand aus, nur um sie gleich wieder vor seinen Mund zu halten, erschrocken über seine eigene Lautstärke.

»Nicht so schlimm«, erwiderte die Frau, »hier oben ist niemand mehr, der uns hören könnte.«

Ihre Begleiter wirkten erleichtert und hielten die Fackeln von ihren Gesichtern weg, um besser sehen zu können. In diesem Moment gab eine Wolke den Mond frei, und sein Schein erhellte die Szenerie mit kaltem Licht. Da erblickten sie es. Es sah noch genauso aus wie damals, niemand hatte es seitdem angerührt. Ein Balken, der schwarz aus seinem gegossenen Fundament in die Höhe ragte, wie ein Finger, der anklagend in den Himmel ragte. Auf halber Höhe ging rechtwinklig ein Teil eines weiteren Balkens ab, ebenfalls verkohlt, links nur ein Stummel. Das Gebilde wirkte wie die Verhöhnung eines Kreuzes. Einst war es ein stolzes Fanal des Glaubens gewesen, das man von weit her sehen konnte. Bis zu dem verhängnisvollen Tag vor gut fünfunddreißig Jahren, an dem dieses Symbol christlicher Werte ins Gegenteil verkehrt wurde.

»Der Tag, an dem Karin Kruse starb ...«, raunte die Stimme der Alten, während sie entschlossen auf das Kreuz zuschritt. Die anderen blickten sich unsicher an und folgten ihr zögernd. »... war der zwanzigste Februar 1985.«

»Funkensonntag«, keuchte eine Frau.

Die Alte nickte. »Ja. Das letzte Funkenfeuer, das jemals in Altusried gebrannt hat. Aus gutem Grund.« Mit einer ausladenden Geste zeigte sie auf das verbrannte Holz. Die Gruppe nickte eifrig. Deswegen waren sie alle hier. »Als Karin Kruse hier ihr Leben auf die schrecklichste Art und Weise aushauchte, ans Kreuz gebunden wie eine zum Tode verurteilte Sünderin, tobte unten im Ort das Leben, die Blaskapelle spielte, und das Funkenfeuer brannte. Das Feuer, mit dem man die Dämonen des Winters austreibt. Dabei waren sie längst hier oben zugange.« Sie sah einen nach dem anderen an und machte eine lange Pause, bevor sie fortfuhr: »Doch dann bemerkte einer der Besucher, dass der Funken nicht das einzige Feuer war. Sah, dass hier oben das Kreuz in Flammen stand. Und dieser Mann ist heute hier ...«

Die Umstehenden sogen erschrocken die Luft ein, als sich aus dem Schatten hinter dem Kreuz eine Gestalt löste und auf sie zuschritt, bis sein Gesicht vom Schein der Fackeln erleuchtet wurde.

»Vatter?«

Kluftinger biss sich auf die Zunge. Er hatte nichts sagen, sich diskret im Hintergrund halten wollen und war ja auch unerkannt bis hier oben gekommen. Doch damit hatte er nicht gerechnet.

»Bub?«, entfuhr es der Gestalt.

»Nazi?«, zischte die Alte.

»Frau Rimmele, so nennt mich eigentlich niemand mehr«, protestierte Kluftinger. *Nur die Alten, die mich noch von früher kennen*, fügte er in Gedanken hinzu.

Die Frau wandte sich nun an den Mann, den sie gerade so wirkungsvoll hatte erscheinen lassen. »Hast du gewusst, dass dein Bub meine Führung hier stören will?«

»Stören? Aber ich wollt ja gar nicht ...«

»Das ist alles legal hier, nur dass du's weißt, Nazi.«

»Frau Rimmele, ich heiß nicht ... sagen Sie wenigstens Bertel.«

»Ich hab das als Gewerbe angemeldet, und wir sind hier auf öffentlichem Grund.«

Kluftinger senior nickte. »Das stimmt, Adi, es waren sogar schon Gemeinderatsmitglieder mit dabei. Und dass wir ein bissle über die Felder von den Bauern hier schleichen, ist ja nur, weil es so ein Umweg wär, wenn wir hinten über die Straße müssten, und oft sind ja die Leut nicht so gut zu Fuß, und da ...«

»Oft? Vatter, du willst sagen, du machst das nicht zum ersten Mal?«

»Ja, dein alter Herr ist unser Experte, schließlich hat er damals die ganze Sache entdeckt und war als Erster am Tatort«, mischte sich die Rimmele ein, deren Tonfall von geheimnisvoll zu angriffslustig wechselte.

»Du hast ...?« Kluftinger hielt mitten im Satz inne, als er sah, wie die Blicke der übrigen Teilnehmer dieser *Gruselnachtführung zum echten Mordschauplatz*, wie sie Regine Rimmele annonciert hatte, zwischen den Kontrahenten hin und her flogen. »Egal jetzt, darüber reden wir später.«

»Wie hast du dich überhaupt hier reingeschlichen, Nazi? Hab dich nicht auf meiner Liste«, wollte die Führerin wissen.

»Doch, ich hab regulär gebucht. Nur nicht direkt unter meinem Namen«, erwiderte er kleinlaut. »Aber ich hab bezahlt.« Dieses Argument schien die Alte zu besänftigen.

»Dann passt's ja. Können wir also weitermachen. Schadet ja nix, wenn dein Assistent von damals auch dabei ist«, sagte sie in Richtung von Kluftingers Vater.

Der Kommissar schluckte auch diese Verdrehung der Tatsachen unkommentiert hinunter. Zwar war er es gewesen, der damals das brennende Kreuz bemerkt hatte und gegen Anraten seines Vaters, des Dorfpolizisten, hierhergefahren war. Er hatte die Leiche entdeckt und den Tatort gesichert. Aber das war nichts, was er in diesem Kreis richtigstellen musste. Und nichts, worauf er stolz war. Denn auch wenn der Fall den Grundstein zu seiner Karriere bei der Kriminalpolizei gelegt hatte, auch wenn er als einfacher Streifenpolizist maßgeblich an der Aufklärung eines der spektakulärsten Verbrechen der letzten Jahrzehnte hier in Bayern beteiligt gewesen war: Inzwischen verfluchte er den Tag. Er war sich längst sicher, dass der Täter, der für diesen schrecklichen Mord lange hinter Gittern gesessen hatte und mittlerweile nicht mehr am Leben war, der Falsche gewesen war. Allerdings stand er mit seiner Meinung ziemlich allein da, wie unter anderem sein Vater bewies, der nun fortfuhr: »Also, wer hier was gesehen hat, ist ja wurscht, wichtig ist nur, dass wir den Mörder Harald Mendler innerhalb kürzester Zeit dingfest gemacht haben.«

Die Teilnehmer der Führung schauten Kluftinger senior enttäuscht an. Sie hatten offenbar mit einer etwas spannenderen Geschichte gerechnet. So wie Frau Rimmele: »Was soll das? Das ist doch nicht der vereinbarte Text«, zischte sie. »Was ist aus *In der unheilvollen Nacht lag der Geruch verkohlten Fleisches wie eine teuflische Wolke über der Szenerie* geworden, hm?«

Kluftingers Vater blickte unsicher zwischen Frau Rimmele und seinem Sohn hin und her. »Ja, mei, das ist vielleicht schon arg blumig ausgedrückt.«

»Das hast du dir doch überlegt«, unterbrach ihn die Rimmele, die nun kaum noch bemüht war, ihren Zorn über den Fortgang der Führung zu verbergen.

»Ja, aber ...«

»Nix aber«, flüsterte sie noch, dann fuhr sie mit gespreizter Stimme fort: »Als Sie damals hierhergekommen sind, an den Ort des Verbrechens, als Sie die toten Augen der blutjungen Karin Kruse erblickt haben, erleuchtet vom alles verzehrenden Feuer, was ging da in Ihnen vor?«

Jetzt waren die Fackelträger um sie herum wieder ganz Ohr. Das war offenbar der Ton, der ihre Aufmerksamkeit erregte.

»Tote Augen? Mei, also die Augen hab ich jetzt gar nicht so genau ...«

»Aber Sie waren doch der Leiter dieser bemerkenswerten Polizeiaktion«, raunte die Rimmele mit Blick auf ihre Kunden.

Jetzt fand langsam auch Kluftinger Gefallen an der Führung. Sosehr es ihm auch zuwider war, wie hier die Tragödie vom gewaltsamen Tod eines Menschen als Touristenattraktion verkauft wurde, sosehr es ihn auch schockierte, dass ausgerechnet sein Vater bei dieser Sache mitmachte – es bereitete ihm ein trotziges Vergnügen, dabei zuzusehen, wie er sich wand, wie er seine Rolle, die er normalerweise wohl stark überhöht darstellte, im Beisein seines Sohnes herunterspielen wollte.

»Leiter, na ja, ich war … wir waren … sind bei der Polizei eine Mannschaft, jeder ist wichtig, da kann sich keiner …«

»Das ist nur, weil du heut dabei bist«, giftete die Rimmele Richtung Kluftinger. »Dein Vater erzählt es sonst immer ganz anders.«

»Anders nicht direkt«, berichtigte sein Vater, »ich schildere sonst auch nur grob, wie ich es noch in Erinnerung hab. Ist ja schon sehr lang her.«

»Vielleicht übernehm ich heut besser mal«, beschloss die Alte und wandte sich nun wieder an ihre irritiert dreinblickenden Zuhörer. »Der Mordfall war zwar rätselhaft und von ungeheurer Grausamkeit, doch der meuchlerische Mörder konnte sich nicht lange unter der Dorfbevölkerung verstecken. Er wurde gefasst von …« Sie machte eine Pause, blickte zwischen Kluftinger senior und junior hin und her und fuhr fort: »… von der Polizei, weil er mehrere entscheidende Fehler begangen hat. Der schlimmste davon aber war, dass er sich überhaupt mit dem Opfer eingelassen hat. Intim, wenn Sie wissen, was ich meine. Obwohl er da nicht der Einzige war, wer wüsste das besser als ich. Karin Kruse hat nämlich bei mir gewohnt.«

Ein ehrfürchtiges Raunen ging durch die Menge.

»Aber dazu später mehr. Jedenfalls ist ihr Liebhaber und Mörder Harald Mendler, genannt Harry, weggesperrt worden und inzwischen sowieso tot, hat also seine gerechte Strafe gleich doppelt gekriegt. Und das alles dank diesem Mann.« Sie zeigte nun doch auf den Kommissar.

Alle Köpfe wandten sich ihm zu, er spürte die Blicke auf sich. Anerkennende, bewundernde, dankbare Blicke. Doch Kluftinger fühlte, wie die Wut in ihm hochkochte. »Frau Rimmele, Vatter ... Sie alle hier, Sie haben keine Ahnung, was damals wirklich passiert ist. Und stapfen hier rum, als wäre das Ganze eine Jahrmarktsattraktion. Hier ist ein Mensch bestialisch ermordet worden. Wer weiß, vielleicht hat die junge Frau sogar noch gelebt, als das Feuer sie ergriffen hat. Hat gesehen, wie ihre Haut von der Hitze verschmurgelt wurde, wie sie aufgeplatzt ist. Unfassbare Schmerzen müssen das gewesen sein. Und wissen Sie was: Der Mendler, der für diese Tat ins Gefängnis gegangen ist, war, wie wir heute wissen, gar nicht der Täter. Der wahre Mörder ist nie gefasst worden. Er lebt wahrscheinlich noch, läuft frei rum. Womöglich hier im Ort. Vielleicht ist es einer von Ihnen? Vielleicht wartet er nur darauf, einen weiteren Menschen hier oben ans Kreuz binden zu können ...«

»Bub, jetzt reiß dich mal zusammen!«

Der Schrei seines Vaters brachte Kluftinger wieder zur Besinnung. Er hatte die Kontrolle verloren. Hatte versucht, den Menschen Angst zu machen, auch wenn er dafür die Wahrheit ein bisschen ausgeschmückt hatte. Und das mit Erfolg. Die meisten machten auf dem Absatz kehrt und rannten den Abhang hinunter Richtung Dorf, einige stolperten, fielen hin, rappelten sich wieder auf und liefen weiter, bis nur noch der Schein ihrer wippenden Fackeln zu sehen war. Nur drei waren geblieben. Sie dachten offenbar, das Ganze gehöre zum Programm. Einer applaudierte sogar.

Der Kommissar keuchte verächtlich. Eine Weile sagte niemand etwas, dann ergriff die Rimmele wieder das Wort. »Ja, so war das damals also. Ich bringe Sie jetzt zurück. Wer möchte, kann noch mit zu mir kommen, gegen eine kleine Extra-Gebühr kann ich Ihnen ein paar persönliche Gegenstände des Mordopfers zeigen, die nicht einmal die Polizei zu sehen bekommen hat. Und Sie können sogar im Zimmer der toten Karin Kruse übernachten, wenn Sie möchten. In der Original-Einrichtung von damals.«

Kluftinger schüttelte den Kopf und wandte sich ab. Die Alte war nicht zu bekehren. Er ging in Richtung Straße, auch seinen Vater ließ er stehen.

Frau Rimmele rief ihm aufgeregt hinterher: »Wenn du mir das Geschäft versaust und bei TripAdvisor eine schlechte Bewertung schreibst, schmeiß ich deinen Vater raus.«

»Also bitte, Regine, das geht jetzt zu weit«, protestierte Kluftinger senior.

Der Kommissar hörte gar nicht mehr hin. Er wollte nur weg von hier. Wahrscheinlich war es doch keine so gute Idee gewesen, die Führung mitzumachen. Was hatte er sich überhaupt davon versprochen? Hatte er geglaubt, etwas Neues zu erfahren? Wohl kaum. Wahrscheinlich hatte er dasselbe gewollt wie die anderen Teilnehmer: die Atmosphäre hier oben spüren, noch einmal nachvollziehen, wie es damals gewesen war. Er hatte sich erhofft, der Sache so wieder näher zu kommen. Denn er musste ein Versprechen einlösen, das er Harald Mendler im Moment seines Todes gegeben hatte: das Versprechen, den wahren Mörder zu finden.

»Wart, Adi!«, rief sein Vater ihm zu.

Kluftinger drehte sich um und sah, wie er, erstaunlich behände für seine achtzig Jahre, über die matschige Wiese lief. Nun tat es ihm fast leid, dass er sich so aufgeregt hatte. Vielleicht suchte sein Vater einfach nach einer Beschäftigung, die seinen Seniorenalltag interessanter machte. Er hatte sich schon zu lange nicht mehr richtig mit ihm unterhalten. Das wollte er ändern. Wie schnell ging es manchmal im Leben, dass jemand, der einem nahestand, plötzlich nicht mehr da war. So wie sein Kollege Eugen Strobl. Kluftinger wollte sich, wenn es bei seinem Vater so weit war, nicht vorwerfen müssen, zu wenig Zeit mit ihm verbracht zu haben. Als Kluftinger senior zu ihm aufgeschlossen hatte, legte der Kommissar seinem Vater freundschaftlich die Hand auf die Schulter, wie es sein Vater früher immer bei ihm getan hatte. Er wollte gerade etwas Versöhnliches sagen, da rief die Rimmele vom Kreuz zu ihnen herunter: »Vergiss nicht übermorgen unseren Termin bei der Führung zum Milchgeld-Fall, gell?«

– 2 –

Kluftinger schob seinen Vater aus dem Wohnzimmer auf den Balkon. Auch wenn es zugig war an diesem Abend: Sie hatten etwas zu besprechen. Dringend. Allein. Seiner Frau ging es gerade nicht sonderlich gut, sie litt immer wieder unter starken Kopfschmerzen und hatte sich ein wenig auf die Couch gelegt. Und seine Mutter brauchte Kluftinger ebenfalls nicht als Zuhörerin. Schon in seiner Kindheit hatte sie mit ihrem übertriebenen Harmoniebedürfnis Auseinandersetzungen gerne verhindert. Aber das war genau, was er jetzt wollte: eine Auseinandersetzung. Er zog die Glastür hinter sich zu.

»Also ehrlich, Vatter, das geht zu weit! Du warst immerhin mal Polizist, vergiss das nicht.«

Kluftinger sah seinem alten Herrn das schlechte Gewissen an. Ob wegen seiner Beteiligung an der Führung oder weil er diese seinem Sohn bislang verheimlicht hatte, wusste er nicht. Wahrscheinlich hatte er sie ja gerade deshalb geheim gehalten, weil er kein gutes Gefühl dabei hatte. Eigentlich hatte der Kommissar einen versöhnlicheren Ton anschlagen wollen, doch nachdem er mitbekommen hatte, dass sein Vater weitere Stationen seiner Polizeikarriere gewinnbringend ausschlachtete, hatte er es sich anders überlegt.

»Vergiss du mal lieber nicht, dass du immer noch ein Polizist *bist*!«, blaffte der Senior jetzt zurück.

»Was soll denn das heißen, hm?« Sein Vater war der unangefochtene Retourkutschenkönig, eine Eigenschaft, die Diskussionen mit ihm ungeheuer schwer machte.

»Wenn du deinen Beruf ernst nehmen würdest, müsstest du dich nicht abends auf Krimi-Führungen rumschleichen und die Leute belauschen!«

Jetzt platzte dem Kommissar der Kragen. »Du lässt dich bei dieser Leichenfledderei vor den Karren spannen und willst mir vorwerfen, dass ich lausche?«, fragte er aufgebracht. Dabei hatte er sich fest vorgenommen, nicht laut zu werden.

»Die Leut sind zufrieden mit mir, es gibt jedes Mal ein gutes Trinkgeld.«

»Das rechtfertigt doch nicht, dass ...«

»Schluss jetzt mit eurer Streiterei, ich kann das nimmer hören.« Hedwig Maria Kluftinger stand auf einmal im Türrahmen. »Kommt's jetzt mal rein, das ist ja viel zu kalt heut. Der Vatter schnarcht wegen seiner Bronchitis eh schon jede Nacht wie ein ganzes Sägewerk.«

»Da redet die Richtige.«

»Wenn du für jede Retourkutsche fünf Euro an einen guten Zweck spenden würdest, wärst du schon längst Träger des Bundesverdienstkreuzes am Band«, ätzte Kluftinger.

»Aufhören, sag ich. Und reinkommen.«

»Mutter, ich bin extra raus, damit die Erika Ruhe hat und sich nicht noch zusätzlich aufregt. Außerdem geht das nur den Vatter und mich was an.«

Doch seine Mutter zuckte nur mit den Schultern. »Wenn man jetzt schon nicht mehr miteinander reden darf, bloß weil jemand mal ein bissle Kopfweh hat ...«, murmelte sie.

»Die Mutter hat schon recht, wir gehen rein«, schloss sich sein Vater an und betrat das Wohnzimmer.

Der Kommissar folgte ihm und warf einen Blick auf Erika: Sie lag in eine Wolldecke eingerollt auf dem Sofa und ließ einen tiefen Seufzer vernehmen, als sie realisierte, dass das Gespräch nun in ihrem Beisein fortgesetzt werden würde.

»Warum hast du mir das mit den Führungen eigentlich immer verheimlicht, wenn du findest, dass nix dabei ist? Hm, Vatter?«

»Verheimlicht, was soll denn das heißen? Es kam halt nie direkt das Gespräch drauf. Und ich mach das ja erst seit fünf Jahren.«

»Fünf? Ich mein: Jahre?« Ein weiteres Stöhnen vom Sofa zeigte Kluftinger, dass er wieder zu laut geworden war.

»Meine Güte, lass doch dem Vatter seinen Spaß«, mischte sich Hedwig Maria ein. »War doch immer nett, wenn ich sonntagabends zu euch gekommen bin, oder?«

»Moment: Du warst bloß bei uns, weil der Vatter seinem zwielichtigen Hobby nachgegangen ist?«

»Von wegen Hobby, der bringt immer schönes Geld mit heim.«

»Und von wegen zwielichtig«, echauffierte sich sein Vater.

»Müsst ihr so brüllen?«, stöhnte Erika.

»'tschuldigung«, zischte Kluftinger, während seine Mutter demonstrativ mit den Augen rollte. »Also, Vatter, du als Polizist ...«

»Bin doch gar keiner mehr!«

Kluftinger atmete tief ein. »Ex-Polizist, dreh mir nicht jedes Wort im Mund um.«

»Du musst grad reden.«

»Wenn du was über meine aktuellen Fälle wissen willst, betonst du auch immer, dass ich dir das schon sagen kann, weil du ja immer Polizist bleiben wirst.«

»Das ist was anderes.«

»Braucht ihr Geld? Könnt ihr doch uns fragen. Allerdings möcht ich schon wissen, wozu. Ihr gebt doch eh nix aus von der ganzen Pension.«

Hedwig Kluftinger stemmte die Hände in die Hüften: »Geht doch alles in dein Erbe. Und wir können dir hin und wieder was zustecken. Hast es schließlich auch nicht leicht. Als Alleinverdiener mit so einer großen Familie.«

Da meldete sich Erika zu Wort. »Große Familie? Seit wann jetzt das? Wir haben *einen* Sohn, der noch dazu erwachsen ist.«

Alle Blicke gingen zur Couch. »Schon, aber das Enkele ...«, schob Hedwig Maria nach. Dann schaute sie ihren Mann auffordernd an.

»Jaja, gar nicht so einfach, mit einem Beamtengehalt«, erklärte der pflichtschuldig. »Ich kann ein Lied davon singen. Meine Frau hat schließlich auch keinen Pfennig mehr heimgebracht, seit du auf der Welt bist.«

»Der Adi war auch ein spezielles Kind, das sehr viel Fürsorge und Zuwendung gebraucht hat«, rechtfertigte sich seine Mutter.

»Die braucht er immer noch, euer Adi, da ist kein Platz mehr für einen Beruf«, brummte Erika und drehte sich weg.

»Ja, stimmt, die *bräucht* er eigentlich immer noch.« Hedwig Kluftinger betrachtete kopfschüttelnd ihre Schwiegertochter auf dem Sofa.

»Mutter, das hört sich ja an, als wär ich irgendwie minderbemittelt«, schimpfte der Kommissar.

Sein Vater sagte mit verschmitztem Lächeln: »Mei, die einen sagen so, die anderen so.«

»Mit so was macht man keinen Spaß«, konterte Hedwig Maria empört.

Erika seufzte. »Habt ihr's dann?«

»Warum ist sie denn gar so empfindlich?«, flüsterte Hedwig Maria ihrem Sohn zu.

Um nicht noch mehr Staub aufzuwirbeln, drängte Kluftinger seine Eltern aus dem Wohnzimmer in den Hausgang.

»Jetzt sag schon, Bub, was hat sie denn? Depressionen? Da muss man aufpassen, gell? Magst mal unsere Therapieleuchte gegen Lichtmangel ausleihen? Die hilft deinem Vater auch immer, wenn er besonders grantig ist.«

Kluftinger senior zuckte mit den Achseln.

»Was sie hat?« Der Kommissar atmete tief ein. Natürlich konnte er sich zusammenreimen, warum es Erika nicht gut ging: Vor ein paar Wochen hatte sein bislang persönlichster Fall seine ganze Familie in ihren Grundfesten erschüttert. Man hatte Todesanzeigen und Sterbebildchen von ihm verbreitet, ein Grab mit seinem Namen aufgeschüttet, auf ihn geschossen – und dabei seinen langjährigen Freund und Kollegen Eugen Strobl tödlich getroffen. Schließlich hatten ihn zwei Unbekannte im Wald überfallen und waren geflüchtet, was ihn und das gesamte Kommissariat noch immer auf Trab hielt.

»Muss doch einen Grund haben, dass sie so rumhängt«, bohrte seine Mutter nach.

»Jetzt überleg halt. Die Erika hat das Ganze mehr mitgenommen als uns alle.«

Hedwig Maria schaute ihn ungläubig an. »Wie bitte? *Du* bist doch überfallen worden, auf *dich* haben sie geschossen! *Du* hast immer noch Verletzungen.«

Er griff sich an die schmerzende Schulter, seine Mutter strich ihm über seine Kopfwunde. »Lass, Mama.« Er wischte ihre Hand weg. »Die Erika hat jetzt öfter Migräne, sagt sie.«

»Kopfweh hat doch jeder mal ...«

Tatsächlich hatte sich Kluftinger das auch schon gedacht.

»Du müsstest das doch verstehen, Hedwig«, mischte sich sein Vater ein. »Hast doch auch immer Migräne, wenn ich mal ...«

»Vatter, das möchte jetzt keiner so genau wissen«, unterbrach ihn sein Sohn. Über das Thema, das sein Vater da vermutlich anschnitt, wollte er mit seinen Eltern nun wirklich nicht reden. »Wir müssten uns noch mal über den Mordfall Karin Kruse unterhalten«, erklärte der Kommissar, um das unangenehme Thema ein für alle Mal vom Tisch zu haben.

»Ja, macht das mal, ihr zwei, und ich kümmer mich um die Spülmaschine. In der Küche schaut's ja schlimm aus.«

»Mutter lass doch, das kann ich nachher einräumen.«

»So weit kommt's noch, dass du dich um so was kümmern musst!«

Kurz darauf saßen Kluftinger und sein Vater am Esstisch. Beide hatten sich ein Bier eingeschenkt. Aus der Küche drang leises Geschirrklappern. Erika war auf dem Sofa eingeschlafen, weshalb der Kommissar sich bemühte, leise zu sprechen. »Also, Vatter, was den alten Fall angeht …«

»… da hab ich kaum was mitbekommen, mich hat man ja nicht in die Kripo berufen, seinerzeit. War ja immer bloß ein einfacher Dorfpolizist.«

»Und was posaunst du dann bei den Führungen so raus?«

Der Vater winkte ab. »Da wird nix posaunt. Sind nur Sachen, die man im Ort eh weiß.«

»So? Was denn?«

»Na ja, der Mord, das Kreuz, der Mendler – das ist dir doch alles bekannt.«

»Aber ich weiß nicht, warum die Leute mit einer Gruselführerin und einem abgehalfterten Polizisten immer wieder zum Tatort pilgern.«

»Dir geb ich gleich abgehalftert, Bürschle!« Kluftinger senior drohte seinem Sohn mit dem Zeigefinger. »Das war einfach eine spektakuläre Sache, damals. Der ganze Ort hat das brennende Kreuz gesehen – und dass es noch immer dasteht, sagt ja auch einiges. Traut sich keiner ran. Viele sehen das als Schandmal.«

»Mir wär lieber, sie würden es als *Mahnmal* sehen.«

Kluftinger senior zuckte mit den Achseln. »Die Leut können doch auch nix dafür. Brauchst übrigens nicht meinen, dass du bei den Führungen schlecht wegkommst. Ich erzähl immer, dass du den Mendler durch deine geschickte Befragung überführt hast.«

»Umso schlimmer!«

»Er hat seine gerechte Strafe bekommen.«

Kluftinger atmete tief ein. »Das glaub ich eben nicht. Ich bin überzeugt, dass der Mendler damals zu Unrecht verurteilt worden ist. Wegen mir.«

»Überschätz dich mal nicht. Nicht du hast ihn verurteilt, sondern ein ordentliches deutsches Gericht.«

»Ja, weil ich ihn in ein Geständnis getrieben hab, das er danach widerrufen hat.«

»Getrieben? Geständnis ist Geständnis! Sei doch stolz, das war dein erster großer Fall. Hat deine Karriere richtig zum Laufen gebracht.«

»Darauf bin ich nicht stolz, im Gegenteil. Und es ist nix, womit du jetzt auch noch angeben musst.«

»Also, über den Vatter kann man ja vieles sagen, aber dass er ein Angeber wär, wirklich nicht.« Kluftingers Mutter streckte ihren Kopf zur Tür herein. Sie schaute zum Sofa, um sicherzugehen, dass ihre Schwiegertochter noch schlief, dann fuhr sie fort: »Du hast noch gar nix gegessen heut Abend. Soll ich dir schnell was richten?«

»Danke, Mutter, ich mach mir dann schon was.«

Kopfschüttelnd zog sie die Tür wieder zu.

Sein Vater seufzte. »Meinst du wirklich, dass der Mendler nicht der Täter war?«

»Ja, mein ich. Er hat mir im Wald das Versprechen abgenommen, dass ich den oder die Schuldigen finde.«

»Ein Versprechen, das man einem Verbrecher gibt, zählt nicht.«

»Verbrecher vielleicht. Aber er war kein Mörder.«

»Der hat doch gelogen.«

»Warum hätte er das in seinen letzten Sekunden tun sollen?«

»Aus Rache. Hast du darüber mal nachgedacht?«

»Und wer sollte mich im Wald überfallen haben, wenn nicht

die echten Täter von damals? Aus Angst, dass alles wieder aufgerollt wird?«

Kluftingers Vater hob beschwörend die Hand. »Mei, Bub, ich kann bloß sagen: Ich tät's nicht.«

»Was?«

»Alles wieder aufrollen. Schau, das versetzt das ganze Dorf in Aufruhr. Und außerdem bringt es dich bloß in Verruf, wenn rauskommt, dass du damals ... also ... dass das mit dem Geständnis vielleicht doch nicht so gut war.«

»Aha, glaubst du es also auch.«

»Das hab ich nicht gesagt. Aber dein Ruf ist bisher tadellos, zumindest beruflich, und irgendwas bleibt doch immer hängen. Dann reden die Leut über dich.«

»Das tun sie so oder so.«

»Aber dann machen die dich schlecht. Unsere ganze Familie.«

»Drum will ich ja den richtigen Täter finden. Die Wahrheit muss ans Licht. Komm, das war doch auch immer dein Motto.«

»Motto, Motto! Man muss nicht immer in alten Sachen wühlen. Da wirbelt man bloß jede Menge Dreck auf. Dreck, der die Leut krank macht.«

Der Kommissar schüttelte den Kopf. »Was haben wir damals falsch gemacht? In was hab ich mich verrannt?«

»Verrannt? Das tust du jetzt, mit dieser fixen Idee! Schau, die Kruse macht niemand mehr lebendig, der Mendler ist tot ...«

»Und der Täter läuft frei rum. Vielleicht verkauft er uns jeden Tag unsere Semmeln.«

»Der Dedler?« Kluftinger senior dachte kurz nach. »Meinst du ... ach, Himmel, du machst mich auch schon ganz verrückt. Lass den Bäcker aus dem Spiel, Bub! Bei dem Schmarrn mit den alten Fällen, da ist noch nie was rausgekommen.«

»Das stimmt doch gar nicht. Aber egal. Also, überleg noch mal, wo könnt ich ansetzen? Was hab ich übersehen?«

»Mein Gott, frag doch deinen ehemaligen Chef und Vorgänger, den alten Hefele. Der hat doch eh immer so große Stücke auf dich gehalten.«

Kluftinger sah ihn mit großen Augen an. »Gute Idee, Vatter!«

»Brauchst mich nicht veräppeln, nur weil ich nicht bei der Kripo war.«

»Nein, ich mein's ernst. Den Alten hab ich gar nicht mehr auf dem Zettel gehabt.« Er klopfte seinem Vater auf die Schulter.

»Ja, ja, manchmal haben wir doch noch einen Rat für euch Junge.«

»Erstens bin ich beileibe nicht mehr jung, zweitens kannst du einfach nichts unkommentiert lassen.«

»Von irgendjemandem musst du es ja geerbt haben.«

»Ich geb auf.«

»Sagst der Erika noch einen schönen Gruß, wenn sie schon nicht selber auf Wiedersehen sagen kann. Sie müsst doch allmählich ausgeruht sein.«

»Mutter, sie schläft halt. Und sie hat euch ja schon hunderttausendmal verabschiedet, da wird es auf dieses eine Mal nicht ankommen, oder?«

Während sein Vater sich noch anzog, stand seine Mutter bereits in der offenen Haustür. »Hast du das Geld von der Rimmele in den Geldbeutel gesteckt? Nicht dass es wieder ewig in der Manteltasche rumfährt.«

Reflexartig griff Kluftinger senior in seine Tasche. »Zefix, das Geld hab ich in der Eile ganz vergessen!«

Hedwig Maria Kluftinger schüttelte genervt den Kopf. »Wo bist bloß immer mit deinen Gedanken! So was vergisst man doch nicht.«

Der Vater zog die Schultern hoch. »Weil der Bub so einen Wind gemacht hat, hab ich ...«

»Immer sind die anderen schuld«, fuhr ihm seine Frau in die Parade. »Denk bloß dran, beim nächsten Mal. Die Rimmele ist imstand und unterschlägt deinen Lohn.«

Kluftinger musste grinsen, was der Mutter nicht entging.

»Brauchst gar nicht so lachen, das Geld fehlt dann dir und dem Enkel. So, und jetzt machst schön Brotzeit, ich hab dir was zusammengerichtet, nicht dass du es am Ende noch selber machen musst.«

Fünf Minuten später hatte er die stattliche, mit Tomaten und Gürkchen verzierte Wurst- und Käseplatte, die seine Mutter angerichtet hatte, auf dem Esstisch drapiert, Brotzeitbrettchen und Besteck bereitgelegt und Gläser aus dem Schrank geholt.

»Erika, komm essen!«, flötete er zum Sofa hinüber.

Seine Frau schlug müde die Augen auf und drehte sich auf die andere Seite. »Ich bring glaub nix runter heut«, murmelte sie.

»Aber ich hab extra ein bissle was gerichtet, schön auf der Platte, so wie du es magst. Setz dich doch wenigstens zu mir.«

»Lieb von dir, Butzele, aber es geht heut nicht. Morgen wieder. Versprochen.«

»Dann halt nicht.« Der Kommissar konnte seine Enttäuschung kaum verbergen. Zu gern hätte er mit der Brotzeitplatte seiner Mutter bei Erika gepunktet und vielleicht auch den Hauch eines schlechten Gewissens bei ihr erzeugt. Schließlich war er derjenige, der am meisten unter den Ereignissen der letzten Wochen zu leiden gehabt hatte, da hatte seine Mutter schon recht. »Erhol dich gescheit, ist die Hauptsache. Damit du morgen fit bist. Da ist ja Musikprobe, und danach machst du wieder Kässpatzen, oder? Erika?«

Als Antwort kam von seiner Frau nur ein leises Schnarchen.

– 3 –

Die Stufen hinauf in sein Büro fielen dem Kommissar genauso schwer wie an jedem Tag der letzten Wochen. Hier, im Gebäude der Kriminalpolizeiinspektion Kempten, konnte er nicht so tun, als sei alles wie immer. Gleich würde er seine Abteilung betreten, und Strobl würde nicht da sein. Seit dem schmerzhaften Verlust seines Kollegen kamen ihm die Stufen manchmal schier unüberwindlich vor. Dennoch wollte er nicht den Aufzug nehmen, um sich noch ein bisschen zu sammeln.

»Morgen Chef«, begrüßte ihn seine Sekretärin Sandy Henske und versuchte sich an einem warmen Lächeln, doch die Schatten um ihre Augen verrieten, dass es ihr nicht besser ging als ihm. Sie war wie schon die letzten Tage ganz in Schwarz gekleidet, was bei ihr besonders auffiel, liebte sie es ansonsten doch quietschbunt. Er grüßte freundlich zurück und nickte ihr aufmunternd zu.

Als er das Gemeinschaftsbüro der Kollegen betrat, stockte ihm aber doch der Atem: Auf Strobls Platz stand das Bild mit dem Trauerflor, das sie für immer an ihren Kollegen erinnern sollte. Gut sichtbar hatten sie es auf »seinen« Schreibtisch gestellt, bevor sie einen endgültigen Platz dafür finden würden. Doch das war es nicht, was den Kommissar aus der Fassung brachte. Es war der Anblick seines Mitarbeiters Richard Maier, der daneben gerade ein rotes Grablicht entzündete. Jeden Tag ließ er sich etwas Neues einfallen, um ihrer Trauer Ausdruck zu verleihen – und machte es ihnen allen damit nur noch schwerer. Auch wenn das mit der Kerze an sich eine schöne Geste war.

»Morgen«, murmelte Maier, als er seinen Vorgesetzten bemerkte.

Der holte tief Luft, um dann mit fester Stimme zu antworten: »Morgen, Richie. Na, was liegt heute an?«

Maier blickte ihn an, als verstünde er die Frage nicht. Tatsächlich war das eigentlich überhaupt nicht Kluftingers Ausdrucksweise, aber irgendwie mussten sie ja versuchen, sich den Alltag zurückzuerobern.

»Guten ...« Hefele war hereingekommen und beim Anblick der Kerze sofort verstummt. Er tauschte einen Blick mit Kluftinger, der nur mit den Achseln zuckte. Sie wussten beide, dass sie als pietätlos dastehen würden, wenn sie Maiers Verhalten kommentierten, also schwiegen sie.

»Sagt's mal, Kollegen«, startete Kluftinger einen neuen Anlauf, »wo ist denn die Akte vom Kruse-Fall? Ich hab gestern ... also jedenfalls würd ich gern noch mal reinschauen.«

»Die liegt auf dem Schreibtisch vom ...«, begann Hefele, vollendete aber seinen Satz nicht, sondern zeigte auf den Tisch mit der Kerze und dem Bild. Sie vermieden es, den Namen ihres getöteten Kollegen in den Mund zu nehmen.

»Ah, stimmt.« Der Kommissar erinnerte sich wieder, dass er die Akte am Freitag dort abgelegt hatte, weil er mit seinem Team über den Fall reden wollte, doch die anderen hatten sich bereits ins Wochenende verabschiedet. Jetzt nahm er sich die Unterlagen und verschwand in seinem Büro. Immerhin: Hier war alles wie immer. Ein unaufgeräumter Schreibtisch und ein dampfender Kaffee, den Sandy schon für ihn bereitgestellt hatte. Mit einem Ächzen ließ sich Kluftinger in den Drehstuhl fallen, nippte an der Tasse und schlug die Akte auf. In den letzten Tagen war das seine einzige Lektüre gewesen, manche Seiten kannte er fast schon auswendig, doch so richtig durchdrungen hatte er den Stoff noch nicht, das spürte er. Immer wieder schweiften seine Gedanken beim Lesen ab, galoppierten mit ihm davon und trugen ihn an Orte, an die er eigentlich nicht wollte. Das würde nun anders werden, beschloss er und beugte sich über die Papiere. In diesem Moment öffnete sich die Tür.

»Chef, Sie sollen zur Chefin ..., also ich mein, zur Dombrowski kommen.« Sandy stellte sich in den Türrahmen und wartete.

»Jetzt?«

»Hat sie gesagt.«

Kluftinger stutzte. Es war selten, dass ihn Polizeipräsidentin Birte Dombrowski ohne Vorwarnung in ihr Büro zitierte, noch dazu, wo das Präsidium in einem anderen Teil der Stadt lag. Im Geiste ging er die Szenarien durch, die ein solches Erscheinen seinerseits nötig machen würden, kam aber auf keine Lösung.

»Soll ich ihr sagen, dass Sie nicht können?«, fragte die Sekretärin.

»Wie? Ach so, nein, ich bin schon unterwegs«, antwortete er und eilte hinaus.

Das Büro der Polizeipräsidentin sah seltsam aus: Ihr Schreibtisch war leer geräumt, daneben standen ein paar Kisten mit Bildern und persönlichem Krimskrams. Birte Dombrowski war nicht zu sehen. Kluftinger schaute sich stirnrunzelnd um. Alles wirkte nackt und kahl. Er wandte sich wieder zur Tür.

»Nicht mehr sehr wohnlich, nicht wahr?«, tönte es plötzlich hinter ihm. »Guten Morgen, Herr Kluftinger.«

Er fuhr herum. »Jesses, haben Sie mich erschreckt«, sagte er, als der Kopf seiner Vorgesetzten hinter dem Schreibtisch auftauchte.

Sie wedelte mit einem Kugelschreiber in ihrer Hand. »Da ist er ja! Den will ich nicht hierlassen, ein Geschenk meines ... egal. Jedenfalls muss er mit.« Damit erhob sie sich und legte ihn in eine der Kisten.

»Mit?«, wiederholte der Kommissar. »Gehen Sie weg?« Der Gedanke schien ihm absurd, und mit einem Grinsen fügte er hinzu: »Sind Sie strafversetzt worden?«

Ihr Lächeln gefror. »Sieht so aus.«

Auch das Grinsen des Kommissars verschwand sofort. »Ich ... das war doch nur ... zefix!«

»Ja, da ist ausnahmsweise mal ein Fluch angebracht, Herr Kluftinger. Das war's für mich, zumindest was diese Dienststelle hier angeht. Ade, Polizeipräsidium Schwaben-Südwest. Ich werde an ... höherer Stelle gebraucht.« Sie machte eine kleine Pause. »So hat man es netterweise formuliert.«

Kluftinger begriff noch immer nicht, was hier gerade passierte.

»Schauen Sie nicht so, Herr Kluftinger. Der G7-Gipfel braucht ein Sicherheitskonzept, und jetzt raten Sie mal, wer das federführend entwickeln soll.«

»Au weh, so schlimm?«

Birte Dombrowski lächelte bitter. »Ich sage ja nicht, dass das keine reizvolle Aufgabe ist, aber, nun ja, eben eher ein Nebengleis, auf dem ich mich erneut beweisen muss. Mal sehen, ob ich mich dann wieder zurück in die Hauptspur kämpfen kann.«

Sie klang resigniert, und Kluftinger wusste nicht, wie er darauf antworten sollte.

»Sie brauchen nichts zu sagen«, erklärte sie, und er entspannte sich etwas. »Es war wohl etwas zu viel, was hier unter meiner Verantwortung suboptimal gelaufen ist.« Sie hörte ihren eigenen Worten nach. »*Suboptimal*, ich klinge schon wie mein Vorgänger. Ich meine: Was ich verkackt habe.«

Kluftinger stand der Mund offen. Noch nie hatte er die Präsidentin so reden hören. »Frau Dombrowski, wenn ich etwas tun kann, mit jemandem reden oder so ...«

Sie hob abwehrend die Hand. »Sie? Danke, Sie haben schon

genug getan.« Die Art, wie sie das sagte, ließ deutlich erkennen, wen sie für ihre Lage verantwortlich machte.

»Frau Dombrowski, wenn Sie damit andeuten wollen, dass ich …«

»Ich will gar nichts andeuten, Herr Kluftinger. Ich weiß, ich habe das alles nur mir selbst vorzuwerfen. Dass ich Ihnen geglaubt habe. Mich auf Sie verlassen, Ihren Fähigkeiten vertraut habe. Das war ganz allein mein Fehler und eigentlich gegen meine Intuition. Dafür bekomme ich nun die Rechnung präsentiert.«

Der Kommissar schwieg. Er verstand, was sie ihm damit sagen wollte: Es war allein seine Schuld. Sie formulierte es nur anders. Dabei hätte sie sogar bei einer direkten Anschuldigung keinen Widerspruch geerntet. Er sah es genauso, plagte sich mit Schuldgefühlen, die es ihm manchmal schwer machten, den Tag zu überstehen. Wenn er damals, vor dreißig Jahren, nicht so ehrgeizig gewesen wäre und ein falsches Geständnis aus Harald Mendler herausgekitzelt hätte, wenn er Strobls Probleme ernster genommen hätte, wenn er nicht den Lockvogel gespielt hätte für … *wenn, hätte* … All das half niemandem weiter, es war, wie es war, und auch wenn er fand, dass ihn die Hauptschuld traf, so wollte er seine Chefin doch nicht von einer Mitschuld freisprechen. Allerdings hatte sie die Konsequenzen zu tragen, zumindest was das Berufliche anging. »Also ehrlich, Frau Dombrowski, das ist doch eine wahnsinnige Aufgabe, die Sie da bekommen haben. Ich mein: G7, danach würden sich viele die Finger lecken. Wer da alles kommt: die Merkel und … die anderen halt. Kann man sicher tolle Fotos machen.«

Die Präsidentin blickte ihn prüfend an. Sie schien nicht sicher zu sein, ob er es ernst meinte. Dann wischte sie mit der Hand durch die Luft: »Was soll's, jedenfalls wünsch ich Ihnen hier weiterhin alles Gute.«

»Ja, vielen Dank, Ihnen auch.« Er überlegte einen Augenblick, dann fuhr er fort: »Ich hätte da gern noch was mit Ihnen besprochen, wo ich schon mal da bin.«

»Da bin ich nicht mehr zuständig.«

»Na ja, vielleicht nicht als Chefin, aber als ...« Er suchte nach dem richtigen Wort. »Ratgeberin«, war das Beste, das ihm einfiel.

»Ach, auf einmal wollen Sie meinen Rat?«

Vielleicht doch keine so gute Idee, dachte er.

Dann rang sie sich ein Lächeln ab. »Entschuldigung, das war nicht so gemeint. Schießen Sie los, Herr Kluftinger.«

»Also, die ganze Sache mit der Kruse und dem Mendler, das stellt sich ja jetzt ganz anders dar als früher. Und der Mendler hat mir das Versprechen abgenommen ... Also, ich überleg halt, ob es nicht vielleicht gut wäre, die Sache noch mal aufzurollen.« Jetzt, da er es endlich ausgesprochen hatte, fühlte Kluftinger sich erleichtert. »Ich bin überzeugt, dass der wahre Täter von damals noch frei rumläuft. Und weil es ja eh geheißen hat, wir sollten uns immer mal wieder um eines dieser kalten Dinger kümmern ...«

»Sie meinen Cold Cases?«

»Ja, genau, finden Sie auch, oder?«

Sie lachte bitter. »Das mit den Cold Cases vielleicht. Aber der Fall Karin Kruse ist ja kein solcher. Dabei handelt es sich um eine geschlossene Akte. Und, ganz ehrlich, ich finde es schon ziemlich dreist, dass Sie ausgerechnet mich in dieser Sache um Rat fragen. Nach allem, was mich diese Mendler-Geschichte gekostet hat.«

»Finden Sie? Ich mein, G7 ...« Er sah, wie ihre Augen kampfeslustig aufblitzten. »Vielleicht sollt ich das doch mit jemand anderem ...«

»Sie können ab heute eh machen, was Sie wollen.«

»So brauchen Sie das jetzt aber auch nicht sagen.«

»Nein, ich meine das ganz im Ernst. Sie können das jetzt ganz allein entscheiden. Weil Sie nämlich die kommissarische Leitung des Präsidiums übernehmen werden.«

Kluftinger öffnete den Mund, doch er wusste nicht, was er sagen sollte. Was für ein Spiel trieb die Frau hier mit ihm?

»Ja, deswegen habe ich Sie hergerufen. Um Ihnen das mitzuteilen.«

»Frau Präsi…, äh, Frau Dombrowski, das ist sicher ein Irrtum. Wer soll denn so einen Schmarrn gesagt haben? Das könnte doch eigentlich nur der …«

Die Tür öffnete sich, und ein Mann mit Trachtensakko und einem Strahlen im Gesicht trat ein. »Mein lieber Kluftinga, do san S' ja. Großartig, wie sich ois entwickelt hat, ned?«

»Herr … Lodenbacher?«

»Ja, des is a Überraschung, oder?« Kluftingers ehemaliger Vorgesetzter klopfte ihm jovial auf die Schulter.

»Aber Sie sind doch im Ministerium.«

»Freilich, unter anderem zuständig für Personalfragen. Und wenn Not am Mann is, bin ich allweil zur Stelle, ned?«

Kluftinger spürte, wie sich sein Puls beschleunigte: »Kommen Sie etwa wieder zurück?«

»Hat die Frau Dombrowski Sie denn ned informiert?«

Natürlich, das hatte sie. Er solle kommissarischer Leiter werden. Stimmte es also? War Lodenbacher deswegen hier?

»Ich hab mir gedacht, wenn mein bester Mann als dienstältester leitender Kriminalhauptkommissar jetzt kommissarisch meinen früheren Posten übernimmt, dann komm ich doch persönlich vorbei. Und bin auch jederzeit mit Rat und Tat an Ihrer Seite, wenn was sein sollt.«

Dem Kommissar schwante Böses. Ganz offensichtlich sah Lodenbacher darin eine Möglichkeit, wieder öfter in seinem alten Dienstbereich aufzuschlagen. München war, Ministerium hin oder her, wohl nicht ganz das, was sich der Niederbayer versprochen hatte, das hatte er in der Vergangenheit schon das ein oder andere Mal durchblicken lassen.

»Und es wird auch Zeit, dass hier amoi wieder Ordnung einkehrt, eine starke Hand ans Steuer gelassen wird. Wenn wir Männer zwei Sachen besser können als die Frauen, dann einparken und steuern, oda, Kluftinga?«

Der Kommissar hatte keine Lust, sich auf Lodenbachers Stammtischniveau ziehen zu lassen, zumal er völlig anderer Meinung war. »Also, ich muss sagen, wir waren hochzufrieden, wie es die letzten Jahre hier gelaufen ist.«

Lodenbacher zwinkerte ihm mit einem Auge zu. »Freilich, das hätt ich jetzt auch gesagt. Gehört sich so. Passt schon.«

»Ich glaube, ich lasse Sie beide mal alleine«, meldete sich nun Birte Dombrowski, die Lodenbacher bisher keines Blickes gewürdigt hatte. »Sie haben sich ja offenbar viel zu erzählen.« Mit diesen Worten verließ sie das Büro.

»Erst an rechten Schlamassel anrichten und dann au noch dünnhäutig sein«, flüsterte Lodenbacher dem Kommissar zu. »Hab ich mir glei denkt, dass die sich hier ned lang halten wird. Mit Stöckelschuhen kann man halt ned in so große Fußstapfen treten, sag ich immer.«

Der Kommissar hatte noch im Ohr, wie Lodenbacher seine Nachfolgerin über den grünen Klee gelobt hatte, als er sie ihnen präsentiert hatte. »Nein, Herr Lodenbacher, wirklich, Frau Dombrowski und ich haben gut zusammengearbeitet, es war geradezu harmonisch, so kannte ich das bisher gar nicht.«

»Kluftinga, es ehrt Sie, dass Sie jetzt, wo die Frau am Boden liegt, ned nachtret'n, obwohl Sie doch am meisten unter ihr zu leiden g'habt ham.«

»Herr Lodenbacher, ich ...«

»Scho in Ordnung, sagen S' nix. Die Dame is jetzt erst mal weg vom Schuss, und nachm Gipfel wird sich schon irgendwo a Verwendung finden. So, Kluftinga, jetzt richten mir amoi den Blick nach vorn. Sie sind ja jetzt unterbesetzt in Ihrem Kommissariat, aber des kann natürlich ned so weitergeh'n. Ich hab mich persönlich beim Innenminister eing'setzt, dass da schnell Ersatz für den … also für die freie Stelle kommt. Und jetzt passen S' auf: Ich kann Vollzug melden.«

Jetzt hatte Lodenbacher Kluftingers volle Aufmerksamkeit.

»Ja, da schaun' S'! Zwar auch wieder a Frau, aber sie wär sehr gut, heißt's. Nur beste Beurteilungen. Und die kennan Sie sich dann ja entsprechend formen. Is noch a ganz a junge.« Wieder zwinkerte er.

Kluftinger war es unangenehm, hier von Lodenbacher mit derartigen Sprüchen vereinnahmt zu werden, und er suchte nach einem Ausweg. Also lenkte er die Diskussion auf eine Frage, die ihm noch immer unter den Nägeln brannte. »Herr Lodenbacher, meinen Sie, es wäre möglich, dass ich mich als Nächstes ein bisschen um den Mordfall Kruse kümmere?«

»Die oide G'schicht?«

»Mei, sie hat ja jetzt wieder eine aktuelle Wendung bekommen.«

»Ich sog's Eahna ganz ehrlich, Kluftinga, i dad's ned. Aber des Schöne am Chefsein is ja, dass Sie jetzt selber entscheiden kennan, ned?«

Das war nicht die Antwort, die sich der Kommissar erhofft hatte. Er hätte gern von irgendjemandem ein eindeutiges *»Machen Sie's, sonst tut's ja keiner!«* oder dergleichen gehört, aber den Gefallen tat ihm niemand. Nicht einmal Lodenbacher. Immerhin hatte der noch einen anderen Vorschlag.

»Oiso, wenn's irgendwelche repräsentative Aufgaben gibt, die Sie zeitlich zu sehr fordern, da könnt ich jederzeit …

also … helfen, ned? Ich weiß ja, wie wenig Eahna solche Sachen lieg'n.«

Und ich, wie gern Sie so was machen, dachte Kluftinger, der Lodenbachers Profilneurose immer als die unangenehmste seiner vielen unangenehmen Eigenschaften empfunden hatte.

»Gut, dann wär ja ois geklärt. Dann wollen S' jetzt bestimmt einpacken.«

»Einpacken?«

»Na, Ihre Soch'n in der Kripo, damit S' ins neue Interims-Büro ziehen kennan. Wird scho a bisserl dauern, bis mir einen neuen Präsidenten berufen ham. Bloß nix überstürzen, jetzt.«

Daran hatte der Kommissar noch gar nicht gedacht. »Könnt ich das nicht auch von meinem Büro aus machen? Sonst … bleibt ja so viel liegen.«

»Aha, ohne Fleiß kein Preis. Brav, Kluftinga. Natürlich kennan S' des auch so machen. Aber jetzt muss ich wieda, der Chauffeur wartet, ned?«

»Der Chauffeur, klar.« Kluftinger war sich sicher, dass Lodenbacher diesen nur erwähnt hatte, um Eindruck zu schinden. Sie verabschiedeten sich, und der Kommissar blieb noch eine Weile in dem ausgeräumten Büro stehen. Als er endlich ging, traf er auf dem Gang noch einmal Birte Dombrowski, die ihm die Hand entgegenstreckte. »Gratuliere, Herr Präsident! Ich wünsche Ihnen ein besseres Händchen für den Job, als ich es hatte.«

»Ist ja nur vorübergehend. Und Frau Dombrowski, Sie müssen mir glauben, ich war nie auf Ihre Stelle aus.«

»Das zumindest glaube ich Ihnen sogar, Herr Kluftinger. Leben Sie wohl!«

Sie gaben sich die Hand und wandten sich zum Gehen. Kluftinger fand es schade, dass es so endete. Er hatte die Frau immer respektiert. »Wir sehen uns noch, gell? Es täte mir leid, wenn wir so auseinandergehen«, rief er ihr nach.

Da drehte sie sich um, schaute ihn an und zuckte mit den Achseln. »Tja, manche Dinge lassen sich nun mal nicht ändern.«

»Ernsthaft? Du bist jetzt tatsächlich Präsident? Ich mein, ... du?« Richard Maiers Stimme überschlug sich fast.

Kluftinger nickte. »Erstens mal übernehme ich nur kommissarisch einen Teil der präsidialen Aufgaben, bis die Stelle von Frau Dombrowski neu besetzt ist, und zweitens weiß ich nicht, was daran so wahnsinnig ungewöhnlich sein soll.«

»Na, du! Ich mein ja nur ...« Maier brach ab und biss sich auf die Unterlippe.

»Ja? Was meinst du denn genau, Richie?«

»Ich finde es sehr, sehr schade, dass Frau Präsidentin Dombrowski gehen muss. Ich habe sie immer besonders geschätzt. Und eine besondere Energie zwischen uns beiden gespürt.«

Kluftinger hatte Mühe, ein Lachen zu unterdrücken. »Richie, wenn es dir hilft, kannst du mir ja auch regelmäßig frische Blumen bringen, wie der Dombrowski.«

»Ich hab nie ... Als ob du das zu schätzen wüsstest.«

»Vielleicht mehr als die Birte«, raunte der Kommissar.

»Was?«

»Nix. Komm, Richie, sei nicht traurig, dass sie nicht mehr da ist. Irgendwann kommt eine andere oder ein anderer, die oder der ...«

Maier runzelte die Stirn. »Der was?«

»Der Präsident wird. Und bei dem kannst du dann auch wieder ... was aufbauen.«

»Was, Richie, du willst bauen?« Roland Hefele kam ins Büro und gesellte sich zu den beiden.

»Nein, er soll sich mit jemand anderem was aufbauen, hab ich gemeint«, erklärte Kluftinger.

»Was genau soll ich aufbauen?«

»Himmel, so eine Beziehung oder Energie, von der du grad geredet hast.«

Maier seufzte tief. »Jemand wie die Dombrowski kommt so schnell nicht wieder. Diese Frau war einfach besonders. Sie hatte eine Souveränität, ein fast viriles Auftreten, eine beinahe männliche Art in all ihrer dennoch verletzlichen Weiblichkeit. So etwas habe ich selten, ja vielleicht nie zuvor, bei einer Frau gespürt.«

»Dann such dir doch gleich einen Mann, Richie!«, gluckste Hefele.

Eine kurze Stille entstand, in die hinein Maier mit finsterer Miene fragte: »Und? Was wäre daran so schlimm?«

Kluftingers Grinsen gefror ebenso wie das seines Kollegen Hefele. Die beiden sahen sich an, zuckten dann verlegen mit den Schultern und schüttelten die Köpfe. »Nix, also ... ich mein, jeder wie er ... dings, gell, Roland?«, stammelte Kluftinger.

Maier wechselte das Thema. »Ich würd mich bei Gelegenheit gern mal mit euch über die Raumverteilung unterhalten. Wir müssen jetzt einfach enger zusammenrücken.«

Hefele sah seinen Vorgesetzten flehend an. Sie wussten genau, was ihr Kollege meinte: Er wollte ins große Büro, denn nach ihrem Umzug ins neue Gebäude hatten sie ihn in ein winziges Einzelzimmer verpflanzt.

»Aus Pietätsgründen möchte ich aber noch ein paar Wochen ins Land gehen lassen«, erklärte Maier.

Hefele schien erleichtert.

»Dann packen wir's mal.« Kluftinger wollte schon gehen, da machte er noch einmal kehrt: »Mir fällt grad ein: Diese Woche kommt noch unsere neue Kollegin, nur dass ihr vorbereitet seid.«

Hefeles Kiefer klappte nach unten. »Was kommt?«

»Nicht was – wer. Unsere neue Kollegin. Sie ist erst Ende

zwanzig, hat aber anscheinend eine saugute Prüfung hingelegt. Und beste Beurteilungen durch ihre jetzige Dienststelle. Klingt vielversprechend.«

»Also worst case, oder wie?«, fragte Maier.

Kluftinger sah ihn fragend an. »Wie meinst du das?«

»Bei einem Worst-Case-Szenario handelt es sich quasi, wie soll ich sagen, um den schlimmsten aller anzunehmenden Fälle.«

»Depp! Ich weiß schon, was es bedeutet. Nur nicht, was du damit sagen willst.«

Hefele sprang seinem Kollegen bei: »Der Richie will sagen, dass es halt nicht unbedingt eine junge Frau hätte sein müssen. Noch dazu so eine Streberin aus der Stadt, die wahrscheinlich hier alles furchtbar provinziell und altbacken findet, stimmt's?«

Maier nickte.

»Ach, aber von der Dombrowski hast doch grad noch so geschwärmt«, wandte der Kommissar ein.

»Schon. Das ist ja auch was anderes. Eine Präsidentin. Also, ich bin ja Neuerungen gegenüber wirklich offen, aber in der momentanen Situation, in der wir, wie gesagt, enger zusammenrücken wollen ...«

»Das willst nur du, Richie«, brummte Hefele.

»... müssen wir als Team erst einmal die schrecklichen Ereignisse verwinden. Alles aufarbeiten. Trauerarbeit leisten. So etwas einem Außenstehenden zu vermitteln, der unseren lieben Eugen nicht einmal gekannt hat, ist quasi unmöglich. Und eine Frau ist ...«

»Eine Frau ist immer ein Stressfaktor in einer Abteilung«, unterbrach ihn Roland Hefele.

Kluftinger schüttelte den Kopf. »Herrschaftszeiten, Männer, jetzt seid doch nicht schon von vornherein so negativ. Ich bin froh, dass wir überhaupt so schnell Ersatz kriegen.«

Maier sah ihn mit Leichenbittermiene an. »Niemand kann uns den Eugen ersetzen.«

»Du weißt schon, wie ich's mein«, stöhnte Kluftinger.

Doch Hefele war noch nicht fertig. »Hätt's nicht ein Mann sein können? Es verändert doch die ganze Dynamik, wenn wir auf einmal eine Frau in der Abteilung haben. Gab's ja noch nie.«

Die drei Polizisten drehten sich ruckartig um, da in ihrem Rücken ein Räuspern zu vernehmen war. Hinter ihnen stand Sandy Henske.

Hefele wurde nervös. »Bei dir, Sandy, ist das natürlich was anderes. Du bist doch ...« Er stockte.

»Alt?«

Kluftinger sah, wie in den Augen seiner Sekretärin die Kampfeslust aufblitzte.

»Schmarrn. Ich mein ... du bist ja schon so lange da, du gehörst zum Inventar. Und deswegen bist du ...«

»Keine richtige Frau?«

Bevor Hefele sich um Kopf und Kragen reden konnte, zischte Kluftinger: »Könntet ihr euch jetzt endlich mal entscheiden, ob ihr euch mögt oder nicht?«

Da mischte sich Maier ein: »Es geht bei unseren vagen Vorbehalten nur um direkte Kolleginnen, also Ermittlerinnen, nicht um ...«

»Tippsen?«

»Mir liegt es fern, Tätigkeiten wie die deine, die für uns alle unerlässlich sind, herabzuwürdigen. Daher lehne ich pejorative Begriffe wie *Tippse* von Haus aus ab. Zudem möchte ich betonen, dass ich keine allgemeinen Ressentiments gegen Frauen als Kollegen hege.«

»Kolleginnen meinste wohl, oder?«

»Exakt.« Maier nickte, als wollte er salutieren.

»Das kann nur guttun, wenn dieser Haufen alter weißer Männer mal ein wenig aufgemischt wird.« Sandy lächelte Kluftinger an. »Nix für ungut, Chef, aber das ist meine feste Überzeugung. Frauenpower schadet nie. Und frischer Wind schon gar nicht.«

»Soso, also dann, mit frischem Wind an die Arbeit. Kurze Morgenlage in einer Stunde.«

Er wollte sich jetzt endlich in die Akte Kruse vertiefen, ein Vorhaben, bei dem er heute Morgen bereits gestört worden war. Doch diesmal hielt Maier ihn auf.

»Moment, Chef, hatten wir nicht mal gesagt, dass wir morgens eine Schweigeminute für unseren verstorbenen Eugen halten wollen?«

Kluftinger schloss die Augen und seufzte. Hatten sie das wirklich gesagt? Er wusste es nicht mehr. Möglich war es, er wollte nach Strobls Tod ja auch nicht einfach zur Tagesordnung übergehen. Aber man konnte es sogar mit der Trauer um den Kollegen übertreiben. Und mit *man* meinte er Maier. Gequält lächelnd blickte der Kommissar in die Runde. »Gut. Also dann, Schweigeminute ab jetzt.«

Maier schüttelte jedoch den Kopf. »Man muss bei einer Schweigeminute schon vorab was sagen. Sonst bringt es nichts für die Bewältigung. Ich bin dafür, dass wir uns jeden Tag an etwas anderes erinnern, was der Eugen für uns bedeutet hat. Zum Beispiel hat er oft am Wochenmarkt für alle Brotzeit geholt. Lasst uns heute daran denken.«

Niemand traute sich, Maier zu widersprechen. Sie senkten also die Köpfe, und Kluftinger begann innerlich zu zählen. Als er bei sechzig angekommen war, sagte er: »Also, Männer, äh ... und Fräulein Henske, bis später.« Dann wandte er sich zum Gehen, doch Richard Maier hielt ihn am Arm fest.

»Das waren aber erst fünfzig Sekunden. Wenn wir so weitermachen, sind wir in ein paar Monaten bloß noch bei einer halben Minute.«

In ein paar Monaten? Kluftinger bekam Schweißausbrüche bei der Aussicht auf die unzähligen Minuten, die er regungslos hier im Büro herumstehen sollte.

»Könnten wir noch mal anfangen?«, bat Maier, und diesmal war auch Hefele und Sandy Henske der Unmut deutlich anzumerken.

»Ein andermal, Richie«, erwiderte Kluftinger. »Das nimmt uns sonst alle zu sehr mit. Wisst ihr was, machen wir die Morgenlage halt jetzt gleich, geht eh fix heute. Wenn ich also in mein Büro bitten dürfte.«

– 4 –

Als alle in der kleinen Sitzgruppe Platz genommen hatten, kam Kluftinger sofort zur Sache. Er wollte nicht noch mehr Zeit verlieren. »Also, ich mach's kurz: Ich will den Fall Karin Kruse noch einmal aufrollen.« Kluftinger musterte die Gesichter seiner Kollegen. Was er sah, war völliges Unverständnis.

Eine Weile blieb es still, dann begann Maier: »Mit Verlaub: Ich zweifle nur ungern Entscheidungen von dir an, Chef, aber ich denke, wir haben genug damit zu tun, die beiden zu finden, die dich im Wald überfallen und niedergeschlagen haben. Bevor wir uns also einem Cold Case widmen, sollten wir erst einmal zusehen, dass wir die dingfest machen. Meine Meinung.«

Kluftinger zuckte mit den Achseln. »Ich widerspreche dir da gar nicht, es ist wichtig, dass wir die Angreifer aus dem Wald finden. Aber wenn du mich fragst: Damit klären wir mit großer Wahrscheinlichkeit auch den alten Fall auf.«

»Ist doch gar nicht gesagt, dass es da einen Zusammenhang gibt.«

»Also bitte, das liegt doch auf der Hand.«

»So klar ist das wirklich nicht«, gab Hefele Maier recht.

»Ich hab dem sterbenden Harald Mendler das Versprechen gegeben, den wahren Täter zu finden, und das hab ich auch vor. Wenn ihr mir dabei nicht helfen wollt, respektier ich das. Schließlich gibt es zwei Wege, die zum gleichen Ziel führen. Ihr geht den einen und sucht die Leute aus dem Wald, ich geh den anderen.«

Maier gab sich damit nicht zufrieden. »Ich glaube nicht, dass eine solche Zweiteilung unseres Teams der Präsidentin besonders gut ...« Er stockte und sah mit offenem Mund zu seinem Vorgesetzten.

Der grinste ihn nur an. »Noch Fragen?«

»Aber wie hängen die zwei aus dem Wald in der Sache mit der Kruse drin?«

»Das weiß ich noch nicht. Aber ich geh davon aus, dass unsere Ermittlungen und unsere Kontaktaufnahme mit Harald Mendler sie aufgeschreckt haben. Wie gesagt, das Ganze ist erst mal mein Bier. Aber wenn ich euch brauch, dann macht ihr mit, dann sticht der Präsident den Unter. So, und jetzt an die Arbeit. Wir haben zu tun.«

Die anderen sahen ihn mit großen Augen an.

Sandy Henske hob eine Hand, mit der anderen notierte sie etwas auf ihren Schreibblock. »... *Präsident sticht Unter.* So, jetzt hab ich's. Von mir aus können wir loslegen.«

»Also dann, auf geht's. Ich muss ... Präsidialsachen machen. Habe die Ehre!«

Damit schob Kluftinger die Kollegen aus dem Zimmer und setzte sich an seinen Schreibtisch.

Endlich hatte er Ruhe. Der Kommissar zog sich die Akte mit dem hellbraunen Deckel heran und las seufzend das Deckblatt. *Funkenmord* hatte jemand mit einem Etikettendrucker darauf geschrieben, darunter stand offiziell *Mord zum Nachteil von Karin Kruse durch Harald Mendler in Opprechts, Gemeindegebiet Altusried / Oberallgäu am 24. Februar 1985.* Der Karton war speckig, kein Wunder, er war in all den Jahren, ja Jahrzehnten, durch viele Hände gegangen – jetzt also wieder einmal durch seine. Wie so oft in den letzten Tagen.

Er zog das Stoffband auf, mit dem die umfangreiche Akte zusammengehalten wurde, und begann darin zu blättern. Wieder und wieder hatte er seinen eigenen Bericht gelesen: Am Funkensonntag war er als diensthabender Polizist in seiner Heimatgemeinde zu einem brennenden Kreuz in Opprechts gefahren, in Begleitung seines Vaters, damals ebenfalls noch Streifenpolizist. Die nüchternen Worte, die den Tatort beschrieben, ließen den Schrecken nur erahnen, den er damals gefühlt hatte.

Unbekannte hatten Paletten und Bretter um das große Holzkreuz aufgeschichtet, das die höchste Erhebung des Ortes Altusried markierte. Das Holz hatte man mittels Brandbeschleuniger angesteckt. Als Kluftinger mit dem Streifenwagen ankam, nahm er gleich den seltsamen Geruch wahr. Er rührte von einer menschlichen Gestalt her, die dort am Kreuz hing – völlig verkohlt. Keine Strohpuppe wie beim Funkenfeuer unten im Dorf, wo zur selben Zeit die Leute feierten, Glühwein tranken und Funkenküchlein aßen. Nein, ein Mensch war in Opprechts verbrannt worden, Karin Kruse, sechsundzwanzig Jahre alt, Volksschullehrerin zur Anstellung, ursprünglich aus Kassel. Ob man sie umgebracht und ans Kreuz gebunden hatte, um sie zu beseitigen, oder ob sie zu dem Zeitpunkt noch gelebt hatte, konnte nie genau rekonstruiert werden. Bis jetzt.

Er nahm sich einen Block und notierte ein paar Fragen: *Was wollte K. in dieser Nacht in Opprechts? Zufall? Wurde ihr aufgelauert? Hat sie jemand gesehen? Alle Nachbarn befragt?*

Dann las er weiter: Zunächst war die Sonderkommission, zu der er, der diensthabende Streifenbeamte, eingeladen worden war, von einem Fanal, einer Art Hexenverbrennung, ausgegangen, denn einige Kreise im Dorf hatten Karin Kruse ein sehr lockeres Moralverständnis nachgesagt. Doch diese Spur war schließlich im Sand verlaufen.

Kluftinger blätterte weiter, betrachtete die Fotos vom brennenden Kreuz, dem Feuerwehreinsatz, den gelöschten Resten des Brandes. Und von den Beweismitteln, die sie gefunden hatten: ein T-Shirt in einem alten Stadel unweit des Tatorts, eindeutig dem Mordopfer Karin Kruse zuzuordnen. Schließlich brachte sie ein eigentümlich geformtes Werkzeug, ein Zimmermannsbeil, das sie in der erkalteten Asche gefunden hatten, auf die Spur des Altusrieder Dachdeckermeisters Harald Mendler. Mendler hatte in besagtem Schuppen Materialien gelagert. Alles passte so gut. Man musste nur eins und eins zusammenzählen.

Wieder notierte er sich etwas auf seinen Block: *Verhalten während und nach der Tat: Was hat der Täter gemacht, was er nicht hätte tun müssen => Kreuz. Warum? Beweise deponiert, um von sich abzulenken?*

Er blätterte weiter zum Vernehmungsprotokoll, das für ihn, vor allem aber für Harald Mendler, von größter Wichtigkeit gewesen war. Doch das geschriebene Wort reichte ihm nicht aus. Er musste, auch wenn es wehtat, noch tiefer eintauchen. Und es würde wehtun. Würde ihm die Fehler, die er bei der Vernehmung damals gemacht hatte, allen voran seinen Übereifer, noch einmal vor Augen führen. Aber da musste er durch. Seufzend zog er den kleinen, batteriebetriebenen Kassettenrekorder aus der unteren Schublade seines Schreibtischs. Er brauchte ihn selten, weswegen er vergraben war unter alten Faxformularen und nicht mehr benötigten Notizen, Hustenbonbons, vollgekritzelten Bedienungsblöcken und mehreren Packungen Taschentüchern. »Hier gehört auch mal ausgemistet«, brummte er.

Aus dem Archiv hatte er sich die Tonbandkassette seiner Vernehmung bringen lassen, die er nun in das Gerät einlegte. Nach ein paar Knacksern schepperte Kluftingers Stimme aus dem Lautsprecher. Er hasste es, sich selbst hören zu müssen.

»Vernehmung des Tatverdächtigen Harald Mendler im Mordfall Karin Kruse am dritten März 1985 durch Polizeiobermeister Adalbert Ignatius Kluftinger. Sind Sie mit einem Tonbandmitschnitt einverstanden?«

Kluftinger stoppte die Kassette. *Polizeiobermeister!* »Einen Pimpf wie mich hat der Alte den Hauptverdächtigen vernehmen lassen«, murmelte er. Warum hatte ihm Hermann Hefele, sein Amtsvorgänger als leitender Kriminalhauptkommissar im K1, diese Aufgabe so sorglos übertragen? Ihm, der keinerlei Erfahrung mit so etwas hatte? Hatte er damit nicht auch Mitschuld an der ganzen Misere, die schließlich zum falschen Geständnis geführt hatte? Er seufzte und drückte wieder auf *Play*.

»Herr Mendler, Ihnen ist hoffentlich klar, dass es sich strafmildernd auswirkt, wenn Sie gestehen?«

Kluftinger schüttelte den Kopf, diesmal mit einem bitteren Lächeln. »Wie im *Tatort*«, brummte er. »Ich Depp!«

Er war zwiegespalten: Zum einen erkannte er sich in dem ehrgeizigen, agilen und dienstbeflissenen jungen Ermittler, der sich für seinen Beruf begeisterte, durchaus wieder. Andererseits schämte er sich nun dafür, wie er damals aufgetreten war. Er war sich groß vorgekommen, überlegen – ein Wichtigtuer. Kluftinger wusste, wie es weiterging. Spulte ein langes Stück vor. Wieder und wieder hörte er in die Vernehmung hinein. Manchmal musste er über sich selbst lachen, manchmal wäre er vor Scham am liebsten im Boden versunken. Dann schließlich kam die Stelle, wo er Mendler seine betrogene schwangere Frau, sein ungeborenes Kind vorgehalten hatte. Er lauschte gebannt.

»Wenn Sie es zugeben, haben Sie vielleicht eine Chance, Ihr Kind irgendwann zu sehen, bevor Sie im Gefängnis verrotten.«

Daraufhin hatte ihm Mendler die unheilvollen Worte hingespien: *»Dann war ich's halt, Scheiße noch mal. Da hast du dein Scheißgeständnis.«*

Kluftinger hatte noch den Grund für den Mord an Karin Kruse wissen wollen. Doch den Gefallen hatte ihm Mendler nicht getan, sondern nur geantwortet: *»Such dir was aus. Eifersucht? Erpressung? Enttäuschte Liebe? Was ist dir am liebsten, hm?«*

Die Wahrheit sei ihm am liebsten, hatte Kluftinger damals gesagt.

»Hol dir von mir aus einen runter auf die Wahrheit. Aber lass mich in Ruhe. Und vor allem: Lass meine Familie in Ruhe, sonst geht's dir genau wie der Karin. Kapiert?«

Jetzt stoppte der Kommissar das Band. Er konnte nicht mehr. Wollte nicht mit seinen letzten, abschließenden Worten konfrontiert werden, mit denen er, wahrscheinlich in triumphierendem Ton, die Vernehmung von Harald Mendler beendet hatte, die letztlich zu dessen Verurteilung geführt hatte – auch wenn er im Prozess sein Geständnis widerrufen hatte. Das Gericht hatte ihm nicht geglaubt.

Eine ganze Weile saß Kluftinger da und starrte aus dem Fenster ins trübe Kempten. Dann zog er seinen Janker an, packte sein Handy und seine Autoschlüssel und verließ sein Büro. Er musste raus hier.

– 5 –

Kluftinger war etwas mulmig zumute, als er auf das Haus seines ehemaligen Mentors und Vorgängers zuschritt. Er hatte Hermann Hefele nie besucht, seit er in den Ruhestand gegangen war. Vielleicht wollte der »Alte«, wie sie ihn immer genannt hatten, ja gar nichts mehr mit der Polizei zu tun haben. Würde seinen Besuch nur als Störung seines Pensionistendaseins empfinden. Immerhin hatte der Kommissar ihn nie auf Weihnachtsfeiern oder derartigen Anlässen gesehen, zu denen auch die ausgeschiedenen Kollegen eingeladen waren. Womöglich ging es ihm wie vielen anderen Senioren, die im Ruhestand mehr Termine zu haben schienen als in ihrer beruflich aktiven Zeit.

Das wird mir nicht passieren, dachte Kluftinger, als er am Klingelbrett des Hauses ankam. Er brauchte eine Weile, um den Namen *Hefele* unter den Einträgen zu finden. Es wohnten recht viele Parteien in dem Hochhaus in einer der besten Wohngegenden der Stadt.

Nur ein paar Sekunden nachdem er den Klingelknopf gedrückt hatte, ertönte ein Summton, und Kluftinger stieß die Tür auf. Hefele war zu Hause, immerhin. Geradezu beschwingt erklomm der Kommissar die Stufen in den zweiten Stock. Früher hätte er dafür den Aufzug genommen, doch das tägliche Treppensteigen im Präsidium zeigte bereits Wirkung in Form einer leichten Verbesserung seiner Fitness.

Und was war schon so ein kleiner Aufstieg im Vergleich zu der Hürde, die man früher nehmen musste, um zu Hermann Hefele zu gelangen. Denn der Weg zu ihm hatte stets über seine ebenso unbeliebte wie gefürchtete Sekretärin geführt, mit der auch Kluftinger noch eine Weile zusammengearbeitet hatte, bevor sie von Sandy Henske abgelöst worden war. Karin Meise war ihr Name, aber alle nannten sie damals immer nur …

»Die Krähe!« Kluftinger biss sich auf die Lippen. Die Frau im Türrahmen war eben jene ehemalige Bürokraft, an die er sich gerade mit einem Schaudern erinnert hatte.

»Bitte?« Karin Meise schaute ihn entgeistert an. Sie schien nicht einen Tag gealtert – aber sie hatte auch damals schon steinalt ausgesehen.

»Was? Nein, ich mein … Frau Meise, so eine … Überraschung.«

»Hefele.«

Sie hatte wohl keine Lust auf Konversation. »Ja, zu dem will ich.«

»Mein Name ist nicht mehr Meise, sondern Hefele.«

Kluftinger stand der Mund offen. Erst nach einer Weile verstand er. »Ach, dann haben Sie und der Alte …«

»Ich muss doch sehr bitten.«

»Mei, Entschuldigung, so war das nicht gemeint, wir haben das früher immer gesagt, weil er, also … ist der Herr Hefele denn da?«

»Warum?«

»Weil ich ihn besuchen will.«

»Auf einmal?«

Kluftinger seufzte. Die Frau war im Alter kein bisschen milder geworden. »Also, vielleicht bräucht ich seinen Rat.« Er fühlte sich wieder ganz wie der junge Streifenpolizist, der beim großen Kriminaler um einen Termin nachsucht.

»Soso, einen Rat wollen Sie. Na, kann ja vielleicht nicht schaden bei Ihrer aktuellen Aufklärungsquote.«

»Bitte?«

»Ich muss zum Einkaufen, Sie können gern bleiben, wenn Sie wollen. Aber bitte, er ...« Sie schien nachzudenken.

»Ja?«

»Machen Sie einfach zu, wenn Sie wieder gehen.«

Nickend trat der Kommissar ein. »Klar. Zu. Mach ich. Auf Wiedersehen, Frau ...« Doch da hatte sie die Tür schon von außen geschlossen.

Reizend wie immer, dachte er. Warum hatte Roland Hefele, der Neffe des Alten, denn nichts davon erzählt, dass die beiden jetzt ein Paar waren. *Sei's drum*, jetzt war sie ja erst einmal weg, und er hatte freie Bahn. Kluftinger schaute sich um. Als er aus einem der hinteren Zimmer Geräusche hörte, setzte er sich in Bewegung. Er klopfte, und da niemand antwortete, stieß er die Tür auf und trat ein. Hermann Hefele saß auf einer abgewetzten Couch, über den Beinen eine Decke, den Körper leicht nach vorn gebeugt. Auf dem kleinen Tischchen vor ihm stand ein schwarzer Apparat, daneben lag ein Block, auf dem der Alte gerade etwas notierte. Der Kommissar lauschte den Stimmen, die aus dem Gerät drangen. Erst jetzt erkannte er, dass es sich dabei nicht um ein Radio handelte: Es war der Polizeifunk, der da aus dem Lautsprecher knisterte. Kluftinger war schockiert. Andererseits: Musste man es einem ehemaligen Kripo-Leiter nicht nachsehen, dass er sich auch im Ruhestand für seine einstige Arbeit interessierte?

Da Hefele ihn noch immer nicht bemerkt hatte, hüstelte Kluftinger ein wenig, um auf sich aufmerksam zu machen. Jetzt hob der Alte den Kopf. In seinen Augen loderte immer noch das alte Feuer, sie wirkten wach und aufmerksam.

»Ah, der Kluftinger, grüß dich. Haben wir einen Termin heut?«

»Ich ... nein, ich dachte, ich schau einfach mal vorbei. Hätt ich mich vorher anmelden sollen?« Der Kommissar bekam ein schlechtes Gewissen. Ältere Menschen waren es oft nicht gewohnt, dass man spontan bei ihnen reinschneite. Wenn es bei seinen Eltern klingelte, ohne dass sich irgendjemand angesagt hatte, schauten die beiden sich immer an, als stünde der Sensenmann vor der Tür, um dann ausgiebig zu mutmaßen, wer denn da geklingelt haben könnte. »Das tut mir leid.«

»Ach was, Schmarrn, das muss dir nicht leidtun. Ich frage mich nur, wie du es geschafft hast, an der Krähe vorbeizukommen.«

Kluftinger lachte. Dass der Alte so über seine Frau sprach, zeugte von einer gehörigen Portion Galgenhumor. »War gar nicht so schwer, aber ich ...«

»Pscht!« Hefele legte einen Zeigefinger an die Lippen, schnappte sich den Stift, beugte sich noch etwas weiter zu dem Funkscanner und notierte offenbar mit, was gesprochen wurde. Es ging um ein verdächtiges Fahrzeug ohne Nummernschild, das Kollegen von der Verkehrspolizei entdeckt hatten. Nachdem der Funkspruch beendet war, legte Hefele den Stift wieder weg und blickte Kluftinger gespannt an. »Was kann ich für meinen besten Mann tun?«

Kluftinger winkte ab. »Bester Mann, also ich weiß ja nicht ...«

»Doch, doch. Ehre, wem Ehre gebührt. Aus dir wird noch mal was.«

Wieder lachte Kluftinger. Er war froh, den Alten nach so langer Zeit so gut gelaunt anzutreffen. »Es ist so, Hermann, du erinnerst dich doch an die Sache mit ... also an den Funkenmord in Altusried.«

»Freilich. Gibt's da schon was Neues?«

»Schon? Mei, es ist ja jetzt doch eine ganze Weile her, aber tatsächlich, ja.«

»Gut, freut mich. Eine schlimme Geschichte.«

»Schon. Jedenfalls lässt mir die Sache keine Ruh.«

»Versteh ich. Aber das wird schon, mit der Zeit.«

»Bis jetzt merk ich davon nix.«

»Doch bestimmt. Habt ihr den Schuppen schon durchsucht?«

»Welchen Schuppen?«

»Den dort oben halt.«

»Ach so. Nein, seitdem nicht mehr. Das T-Shirt des Mordopfers, das wir gefunden haben, liegt in der Asservatenkammer. Aber sonst war da nix.«

»Ich hab mir immer gedacht, dass man da noch mal hinsollte. Vielleicht rentiert sich's.«

Kluftinger überlegte. War es möglich, dass nach all der Zeit dort noch etwas zu finden war, was ihnen weiterhalf? Etwas, das sie damals übersehen hatten? Er zweifelte daran.

»Was hast du denn Konkretes?«, unterbrach Hefele seine Gedanken.

Der Kommissar schnaufte vernehmlich. Ja, was hatte er denn Konkretes? Bis auf die letzten Worte eines Sterbenden nicht viel. »Also, wenn ich ehrlich sein soll …«

»Das würd ich begrüßen.«

»Es gibt viele Fragen, die nie beantwortet worden sind. Die einfachste: Warum hätte Mendler seine Freundin überhaupt umbringen sollen?«

»Dafür gibt es doch immer viele Gründe.«

»Ja, schon, aber …«

»Wenn es jemand anders gewesen wäre, hätte der ja wissen müssen, dass sie an genau diesem Tag zu dieser Zeit diesen Weg nimmt. Eine spontane Kreuzverbrennung kann man wohl ausschließen.«

Kluftinger nickte. Das klang alles plausibel. Dennoch gab es weitere Fragen. »Warum sollte Mendler seine Freundin auf so grausame und noch dazu, ich nenn's mal, öffentliche Art und Weise umbringen? Die Frau, mit der er ein heimliches Verhältnis hatte. Ich mein: Er hätt es doch still und leise im Schuppen machen können und dann die Leiche auf, sagen wir, *normale* Art verschwinden lassen.«

»Jetzt fängst du an, die richtigen Fragen zu stellen«, kommentierte Hefele.

Das ermutigte den Kommissar fortzufahren: »Und wenn Mendler es doch war, warum hat er, bei all der Vorbereitung, das T-Shirt im Schuppen liegen lassen?«

»Der Schuppen, merkst du's? Immer wieder der Schuppen.«

Der Alte hatte recht. Immer wieder kehrten sie zu dem Schuppen zurück.

»Wir müssen uns fragen: Was fehlt am Tatort, was eigentlich dort sein müsste?«, fuhr Hefele fort.

Jetzt runzelte Kluftinger die Stirn. Diese Frage hatte er sich noch nie gestellt. Er wollte sie sich notieren. »Darf ich mal?«, fragte er und nahm sich den Block und den Stift. Er warf einen kurzen Blick auf Hefeles Aufzeichnungen, ein wirr erscheinendes Dickicht aus Wörtern, Unterstreichungen, Einkreisungen und Pfeilen. Als er merkte, dass er etwas zu lang auf diese privaten Notizen gestarrt hatte, blätterte er um und schrieb die Frage auf. »Meinst du denn, es könnte sein, dass jemand anders das alles geplant und der Karin Kruse aufgelauert hat?«

Hefele wiegte den Kopf hin und her. »Also, um ehrlich zu sein: Ein Wagen ohne Nummernschild, der ist immer verdächtig ...«

Kluftinger hatte keine Ahnung, was der Alte meinte. Sie hatten damals kein Auto gefunden. »Was für ein ...?«

»Was wir wissen müssten: Ist jemand weggezogen danach? Außerdem ist es doch so: Wenn ein Tatort derart inszeniert ist, ist es fast immer eine Person gewesen, die ein enges Verhältnis zum Opfer hatte. Und die Frage ist: Sind bei dieser Inszenierung Fehler unterlaufen?«

Kluftinger notierte eifrig mit. Er war mit einem unbestimmten Gefühl hergekommen, zweifelnd, ob er irgendetwas Brauchbares von dem Alten zu hören bekommen würde. Und nun fühlte er sich wie in einer Vorlesung zum Thema *Cold Case*, in der jeder Satz Gold wert war. Gerne hätte er noch eine Weile so weitergemacht, doch plötzlich öffnete sich die Tür, und Hefeles Frau stand im Zimmer.

»So, Herr Kluftinger, ich denke, das dürfte für heute genug sein.«

»Ah, Frau Meise, also ich mein ... dings, ich würd gern noch ...«

»Einer gestrengen Sekretärin muss man immer gehorchen«, mahnte Hefele mit erhobenem Zeigefinger. »Ich würd noch einen Kaffee nehmen. Hab ich denn noch weitere Termine heut, Frau Meise?«

Ohne darauf einzugehen, verließ die Frau den Raum. Kluftinger lachte. Die beiden schienen es ja lustig zu haben, mit ihren Rollenspielen.

»Dann müssen wir uns eben vertagen, gell? Ich hab leider noch zu tun.« Hefele wies auf seine Notizen und erhob sich. Als er stand, wirkte er älter als im Sitzen. Gebrechlicher. Der Alte begleitete ihn noch zur Tür.

»Danke noch mal, Hermann, das hat mir wirklich weitergeholfen. Wenn's dich nicht stört, würd ich vielleicht noch mal wiederkommen, falls mir noch was einfällt.«

»Jederzeit, jederzeit. Lässt dir aber vorher von der Krähe einen Termin geben, gell?«

»Ja, freilich, Termin. Von der ... Krähe.« Er zwinkerte dem Alten verschwörerisch zu.

Bevor Hermann Hefele die Tür schloss, gab er Kluftinger noch mit auf den Weg: »Streng dich weiter so an, dann wird noch mal ein richtiger Kriminaler aus dir.«

Zurück im Büro, konnte Kluftinger es gar nicht erwarten, seinem Kollegen Roland Hefele von seiner Begegnung zu erzählen.

Ohne anzuklopfen, stürmte er in dessen Büro, worauf dieser erschrocken zusammenfuhr.

»Hast du geschlafen?«, fragte der Kommissar misstrauisch.

»Ob ich ... also was glaubst denn du? Ich hab ... nachgedacht.«

»Nachgedacht, soso. Wurscht, was glaubst du, wo ich grad war?« Kluftinger wedelte mit den Notizzetteln, die er bei dem Alten vollgeschrieben hatte, vor seinem Gesicht herum.

Hefele sagte nichts und wartete ab. Nachdem der Kommissar nicht weitersprach, fragte er: »Soll ich raten, oder was?«

»Nein, ich sag's dir: bei deinem Onkel.«

»Bei welchem?«

»Na, beim Alten.«

»Beim Onkel Hermann?«

»Genau.«

»Scheiße!«

»Was?«

»Dass du bei ihm warst und ich so lang nicht. Na ja, egal. Der hat dich eh immer lieber gehabt.«

»So ein Schmarrn.«

»Doch. Aber ich hab die Krähe noch nie ausstehen können. Daran hat sich auch nichts geändert, seitdem sie quasi hochoffiziell meine Tante ist.«

»Hättest du auch mal erwähnen können.«

»Ach, irgendwie kam nie das Thema drauf, und mein Kontakt zu den beiden war nie wahnsinnig eng. Sie haben mich nicht mal zur Hochzeit eingeladen. Jetzt ist es eh wurscht.«

»Warum?«

»Weißt schon, wegen ...« Roland Hefele tippte sich mit dem Zeigefinger an die Stirn.

Kluftinger hatte keine Ahnung, was er meinte.

»Weil er halt spinnt, der Alte.«

»Wie – spinnt?«

»Deswegen warst du doch dort, oder?«

»Weswegen?«

»Für einen Krankenbesuch. Weil er nicht mehr alle Akten im Schrank hat.«

»Welche Akten denn?«

»Weil ... sag mal, willst du mich verarschen? Mein Onkel hat sich daheim eine private Einsatzzentrale gebastelt, er schreibt Berichte über Fälle, die er im *Tatort* gesehen hat, geht mit seiner Aktentasche ins Wohnzimmer und meint, seine Frau sei immer noch seine Sekretärin. Das findest du nicht zumindest ein bissle außerhalb der Norm?«

Kluftinger war sprachlos. Sicher, manches war ihm ein wenig sonderbar vorgekommen, doch was ihren gemeinsamen Fall anging, schien Hermann Hefele völlig klar gewesen zu sein. Aber war das nicht oft so bei älteren Menschen, deren Verstand langsam verdämmerte? Dass sie sich an Details aus der Vergangenheit erinnerten, während ihnen die Gegenwart langsam entglitt? »Doch, genau, ich wollt ja nur mal sehen ... wie's ihm geht«, antwortete der Kommissar und ließ die Notizen schnell in seiner Jackentasche verschwinden.

– 6 –

Endlich! Schon lange hatte Kluftinger sich nicht mehr so sehr auf seine Montags-Kässpatzen gefreut. Er wertete das als gutes Zeichen, langsam gewann die Normalität wieder die Oberhand. Erwartungsfroh sperrte er die Haustür auf. »Bin daheim!«

Stille.

»Erika, ich bin dahei-eim!«

Noch immer kein Mucks.

»Erika, bist du da?«

Kluftinger stellte schnell seine Aktentasche ab und zog seinen Mantel aus. »Wo sind denn meine Hausschuh?«, brummte er, als er sie an ihrem angestammten Platz nicht finden konnte. Ratlos blickte er sich um. »Kreuzhimmelnochmal!«, entfuhr es ihm, als er die Fellclogs schließlich entdeckte. Sie waren vergraben unter dem Paket eines ihm verhassten Online-Händlers, auf dem wiederum Erikas Jacke lag. Was war denn heute bloß los? Er liebte sein Zuhause aufgeräumt, als Ort der Ruhe und Gemütlichkeit. Noch dazu roch es kein bisschen nach Kässpatzen. *Priml.* Mit einem schweren Seufzer ging er an einem übervollen Waschkorb vorbei. »So ein Saustall«, brummte er.

Da öffnete sich die Wohnzimmertür. »So, mein lieber Kluftinger, jetzt hören Sie mir mal gut zu!« Der Kommissar erstarrte. Vor ihm stand Doktor Martin Langhammer, der die Tür leise hinter sich zuzog.

Sofort machte sich ein schlechtes Gewissen bei Kluftinger breit. Hatte sich Erikas Zustand etwa verschlimmert? Dabei hatte er so gehofft, dass heute Abend wieder alles im Lot sein würde. Er konnte mit dem momentan etwas labilen Befinden und vor allem mit der ständig schwankenden Gemütslage seiner Frau nur schwer umgehen. Erika war früher nie krank gewesen. Mehr als einmal hatte sie Markus und ihn gepflegt, während sie wie ein Fels in der Brandung allen Viren trotzte.

Von sich selbst kannte er das Phänomen fast gar nicht, dass psychische Belastungen körperliche Symptome auslösten. Wenn man einmal von den roten Äderchen in seinem Gesicht absah, die zu leuchten schienen, wenn er sich aufregte. Und vom Bauchgrimmen, das der Ärger mit dem siebengescheiten Dirigenten bei der Musikprobe manchmal hervorrief. Wobei das auch von den vielen Zwiebeln kommen konnte, die seine Spatzenmahlzeit vor der Probe begleiteten.

»Ihre Frau macht gerade eine schwere Zeit durch«, riss Langhammer ihn aus seinen Gedanken.

»Kein Wunder, wenn Sie da sind«, konterte der Kommissar.

»Schon gut, immer einen lockeren Spruch auf den Lippen, wie? Auch wenn die Welt rings um Sie im Chaos versinkt, Sie lachen noch immer über dieselben alten Witze.«

»Im Chaos, ja, das ist der richtige Ausdruck, wenn man sich hier umschaut«, murmelte er, dann wandte er sich an den Arzt: »Könnten Sie mir jetzt bitte mal sagen, was die Erika genau hat? Und außerdem sagt man Grüß Gott, wenn man ...«

»Wenn man hereinkommt«, grinste ihn der Mediziner an. »Richtig. Haben Sie wohl vergessen. Na, Schwamm drüber. Also, ich kam eigeninitiativ, um nach Erika zu sehen, nachdem mir meine Frau sagte, sie leide unter Migräne und starker Erschöpfung. Meine Annegret hat da so ihre Antennen – Frauen eben.«

»Und was ist?«

»Ihre Frau hat eine Aura ...«

»Ja, das weiß ich, drum hab ich mich damals auch für sie entschieden. Sie hat das bestimmte Etwas ...«

»Eine Aura von der Migräne, das ist wie eine Sehstörung.«

»Ach so. Und was haben Sie ihr dagegen gegeben? Eine Spritze, Kopfwehtabletten oder so was?«

Langhammer seufzte. »Da sieht man mal wieder, welch ein mechanistisches Weltbild Sie haben. Für Sie existiert nur das Stoffliche, nicht wahr? Wissen Sie, es geht hier nicht darum, die Symptome wegzudrücken. Erikas Probleme liegen tiefer, sind psychischer Natur.«

Der Kommissar musste an seinen Besuch bei Hermann Hefele denken. Der mochte vielleicht psychische Probleme haben, seine Erika sicher nicht. »Nicht unverschämt werden, gell? Ich sag auch nix gegen Ihre Frau!«

»Unsinn! Wenn die Seele weint, wird der Körper krank. Sollte sich auch schon bis zu Ihnen durchgesprochen haben.«

»Soso. Und warum weint sie? Nein, sagen Sie's nicht. Bestimmt wieder wegen mir, oder?«

Langhammer musste lachen. »Nicht ganz von der Hand zu weisen. Aber Spaß beiseite: Ihre Frau leidet stark unter all der Belastung, dem Stress, den die Bedrohung ihrer Familie zur Folge hatte. Und unter den Eingriffen in ihre Privatsphäre, die Sie ihr in den letzten Wochen zugemutet haben. Organisch macht sich das mit Migräneschüben und Fatigue-Symptomen bemerkbar.«

»Sagen Sie mal, Ihnen ist schon klar, dass *mein* Kollege gestorben ist, dass *ich* einen Fall zu lösen habe, dass ich beinahe … dings.«

»Merken Sie was? Ich, ich, ich. Vielleicht liegt Erikas momentane Belastung auch ein wenig an der mangelnden Empathiefähigkeit ihres Umfelds.«

»Ich weiß schon, dass Sie mir das in die Schuhe schieben wollen, aber ich mein ja bloß, dann müsste ich doch auch was haben, oder?«

»Für eine Belastungsstörung braucht es ein gerütteltes Maß an Selbstreflexion und Sensibilität. Auch wenn Sie direkt betroffen waren: Erika hat sich unerklärlicherweise sehr um Sie gesorgt. Nun braucht sie Ruhe und Entlastung. Der Alltag, ihre Pflichten, all das wirkt regelrecht erdrückend auf sie. Nehmen Sie ihr also so viel wie möglich von dem ab, was sie normalerweise erledigt.«

»Jaja, mach ich. Auch wenn ich grad viel um die Ohren hab, beruflich.«

»Das verstehe ich. Es ist auch an der Zeit, dass dieser schreckliche Mord gesühnt wird.«

Kluftinger hatte so viel Verständnis gar nicht erwartet. »Danke, Herr Doktor. Ich bin dran.«

»Ganz richtig. Die Täter dürfen nicht ungestraft davonkommen.«

»Ganz meine Meinung.«

»Ich meine: Er war doch noch so jung. Hatte alles noch vor sich.«

»Wie jetzt: *er*?«

»Na, Wittgenstein. Dass er so enden musste: meuchlerisch ermordet ...«

Kluftinger seufzte. Tatsächlich war Langhammers Hund beim Angriff im Wald gestorben. Kluftinger war er in der kurzen Zeit auch ganz sympathisch geworden. Aber trotz allem war es ein Tier gewesen, er hingegen suchte nach dem Mörder eines Menschen. »Streng genommen kann man Viecher nicht ermorden, weil sie vor dem Gesetz als Sachen gelten.«

»Nicht ganz, in BGB Paragraph 90 a ist geregelt, dass Tiere eben nicht mehr als Sachen gelten, allerdings sind auf sie die Regelungen anzuwenden, die auch für Sachen gelten. Wir wollen doch schön genau bleiben in den Details.«

Kluftinger schloss die Augen und zählte bis drei. Dann war er ruhig genug, um zwischen den Zähnen hervorzupressen: »Wusste gar nicht, dass Sie neuerdings auch noch Jurist sind.«

»Meine Interessen sind eben vielfältig. Jedenfalls ist mir daran gelegen, zu erfahren, wer meinen vierbeinigen Freund auf dem Gewissen hat. Nicht zuletzt aus Gründen des Schadensersatzes.«

»Sie wollen Geld für Ihren toten Hund?«

Langhammer zögerte. »Mir geht es da weniger um die materielle Seite als vielmehr um die Gerechtigkeit.«

Kluftinger grinste. »Wie man Sie halt kennt, Herr Doktor. Dürft ich jetzt mal zu meiner Frau?« Er versuchte, an Langhammer vorbei ins Wohnzimmer zu kommen.

»Selbstverständlich, Sie sind ja hier zu Hause. Nur noch auf ein Wort wegen der Reduzierung von Erikas Belastung im Haushalt ...«

»Ja, das mach ich schon. Ich kenn mich da eh ganz gut aus«, log der Kommissar, um endlich Ruhe zu haben.

»Tatsächlich? Kochen? Bügeln? Putzen?«

»Schon«, versetzte Kluftinger.

»Waschen?«

»Ja, die Waschmaschine ... hab ich erst neulich bedient.« Der Kommissar dachte daran, wie er vor Kurzem als Babysitter eingesprungen war und das Kind nur dadurch beruhigen konnte, dass er die Wippe auf die laufende Waschmaschine gestellt hatte. Was erstaunlich gut funktioniert hatte – bis der Schleudergang eingesetzt und alles noch viel schlimmer gemacht hatte.

Langhammer schien beeindruckt. Er senkte verschwörerisch die Stimme. »Respekt! Na ja, meine Annegret muss im Haushalt gar nichts mehr selbst machen.«

Jetzt war es Kluftinger, der beeindruckt war. »So viel helfen Sie?«

»Oh nein! Ehrlich gesagt: *Ich* kenn mich damit gar nicht aus.

Hab auch kein Interesse dran, außer ab und an am Kochen. Aber wir haben seit Langem eine Haushaltshilfe, die sich um alles kümmert. Wenn Sie möchten, frage ich mal meine Perle, ob sie noch Kapazitäten frei hätte.«

»Das kann ich mir nicht ... ich mein, das will die Erika nicht. Wir machen das gern selber. Ich kenn das schon, man muss dann immer ewig aufräumen, am Tag bevor die Putzfrau kommt.«

»Nicht, wenn sie täglich bei Ihnen arbeitet, wie unsere Frau Gertrud seit Kurzem. Endlich hat meine Annegret Zeit für ihre Hobbys.«

»Wusste gar nicht, dass die außer Ihnen noch andere hat.«

Langhammer blickte ihn irritiert an.

»Hobbys, mein ich«, schob der Kommissar nach.

Martin Langhammer lachte gekünstelt auf.

»So, Herr Doktor, das war nett, dass Sie nach der Erika geschaut haben, aber ich muss jetzt ...«, begann Kluftinger, ohne wirklich zu wissen, worauf er hinauswollte. Er sah sich kurz um, bis sein Blick an den Waschkörben hängen blieb. »Ich muss jetzt unbedingt in den Keller. Sie sehen ja, das stapelt sich schon.« Damit nickte er dem Arzt zu, griff sich den Waschkorb und machte sich auf den Weg nach unten.

»Kreuzhimmel«, schimpfte er, als er vor dem ehemaligen Küchentisch mit den Kunststoffboxen stand, in denen Erika immer die Schmutzwäsche vorsortierte. »Alles leer, nix steht drauf, das gibt's doch nicht!«

Er hatte sich eigentlich an den bereits sortierten Kleidungsstücken orientieren wollen, doch statt in den vorgesehenen Plastikkisten befand sich die Schmutzwäsche noch in zwei weiteren, überquellenden Körben auf dem Fliesenboden des Kellerraums. Ungeordnet. *Priml!* Sein Kleiderschrank gab leider kaum noch Reserven her, deswegen musste er das alles nun wohl oder übel selbst übernehmen. Und natürlich, weil Erika Schonung brauchte, fügte er gedanklich hinzu.

Er wusste nicht viel übers Waschen, war aber ziemlich sicher, dass ihm die Bedienung der Maschine keine Probleme bereiten würde, schließlich waren die Drehknöpfe anders als die Sortierboxen detailliert beschriftet. Und er hatte das Gerät sogar schon ein- oder zweimal auf Geheiß seiner Frau ausgeschaltet. Ums Wäschesortieren und das Dosieren von Waschmittel sowie die Temperaturauswahl jedoch war er bislang herumgekommen. Nicht zuletzt, weil Erika daraus seit jeher ein Geheimnis machte, als hüte sie eine alchemistische Formel. Doch aus Erzählungen kannte er die Schreckensszenarien von eingelaufenen Pullovern, die auf Kindergröße zusammengeschrumpelt waren. Andererseits: Er war kommissarischer Polizeipräsident, da würde er wohl mit einer Waschmaschine fertigwerden.

Er zuckte mit den Schultern, kippte den Inhalt aller drei Körbe beherzt auf einen großen Haufen und krempelte die Ärmel hoch. Wie schwer konnte das schon sein? Er griff in den Textilberg, zog eines seiner karierten Hemden hervor, roch daran und warf es neben sich auf den Boden. Eine Reinigung konnte in diesem Fall nicht schaden. Er beschloss, diese Geruchsprobe bei allen Teilen durchzuführen, nicht dass sich etwas in die Maschine verirrte, das gar keine Wäsche nötig hatte.

Doch schon beim zweiten Stück, seiner geliebten moosgrünen Cordhose, die den Riechtest ebenfalls nicht bestand, geriet er ins Stocken. Sollte er sie zum Hemd werfen oder mit ihr eine neue Kategorie eröffnen? *»Kreuzhimmel«*, brummte er. Er hatte keinen blassen Schimmer, nach welchen Kriterien man Wäsche sortieren musste!

Kluftinger zog sich einen alten Hocker heran, den er unter vehementem Protest seiner Frau einst vom Wertstoffhof mitgenommen hatte, setzte sich und musterte den Haufen vor sich.

Ob er bei Erika nachfragen sollte? Nein, diese Blöße wollte er sich nicht geben. Das Problem würde sich auch durch logisches Nachdenken und seine geradezu legendäre Kombinationsgabe lösen lassen. Also, welche Sortierung ergab am meisten Sinn: nach Größe der Wäschestücke? Wohl kaum, man müsste ja Mathematiker sein, um das auszurechnen. Nach Material? Zu schwierig, oft waren ja mehrere Stoffe in einem Kleidungsstück verarbeitet. Nach Farbe? Schwer vorstellbar, erstens war Abfärben bei modernen Fasern und Materialien sicher kein Problem mehr, zudem wäre es dann viel zu ungleich verteilt: Wie lange würde es wohl brauchen, eine »Lila-Maschine« zusammenzubekommen? Vielleicht nach Geschlecht? Nein, er war sich sicher, dass Erika ihre und seine Wäsche zusammen wusch.

Kluftinger seufzte tief. Sein erster Versuch, sich im Haus nützlich zu machen, scheiterte schon im Anfangsstadium. Was für eine Blamage. »Moment!«, entfuhr es ihm. Dann hellte sich seine Miene zu einem überlegenen Grinsen auf. Wie hatte er nur so vernagelt sein können! Das einzige Kriterium, das wirklich logisch schien, hatte er die ganze Zeit übersehen. Er stand auf und begann, die Wäschestücke nach dem Grad der Verschmutzung auf vier verschiedene Häufchen zu sortieren. Im Geiste gab er ihnen die Namen »geht grad noch mal«, »nimmer ganz astrein«, »bissle arg dreckig« und »höchste Zeit«.

Voller Stolz betrachtete er nach ein paar Minuten sein Werk. Vor allem, dass der Berg »geht grad noch mal« der größte von allen war, machte ihm Freude. Er würde die Sachen einfach beim Fernsehen zusammenlegen, wieder in den Schrank sortieren und sich so bares Geld und viel Arbeit sparen.

Das Problem war nur, dass die nächsten Kategorien ziemlich ungleich verteilt waren. Eigentlich wäre es am sinnvollsten, »bissle arg dreckig« und »höchste Zeit« zusammenzufassen und den anderen Haufen noch liegen zu lassen, da er keine ganze

Maschine füllen würde. Und was sprach schon dagegen? Man müsste für die beiden Haufen vielleicht nur etwas mehr Waschpulver nehmen. Also stopfte er die Wäschestücke in die Trommel, bis sie voll war. Mit zusammengerollten Socken füllte er dann noch die Lücken aus, damit auch der letzte Raum genutzt war – nur so arbeitete eine Waschmaschine schließlich effektiv. Lediglich eine lange Unterhose musste er so von »bissle arg dreckig« zu »nimmer ganz astrein« umsortieren. Er drückte den gläsernen Deckel zu, was mehr Kraft erforderte, als er gedacht hatte. Doch als er dreimal mit dem Knie dagegengeboxt hatte, hielt das runde Türchen schließlich in seiner Verankerung. Geschafft. Jetzt noch das Waschmittel einfüllen, und es konnte losgehen.

Er besah sich die Flaschen und Schachteln, die auf der Maschine standen. Was Erika nicht alles hatte: Colorwaschmittel, Feinwaschmittel, Weichspüler, Balsam für Wolle und Cashmere, Hygiene-Spüler und kleine Päckchen, die sich in einer Box mit der Aufschrift »Ultra-Pods« befanden. Er runzelte die Stirn und zog die Dosierschublade an der Waschmaschine auf. Zu seiner Überraschung befanden sich darin mehrere Einfüllschächte.

»Das läuft doch eh alles in die gleiche Maschine«, kommentierte er kopfschüttelnd und begann, aus jedem Behälter einen ordentlich gefüllten Dosierbecher auf die Fächer zu verteilen. Schließlich hatte er ja auch alle Materialien und Farben in der Trommel.

Als alle drei Einfüll-Fächer randvoll waren, nahm er sich die Knöpfe und Regler vor. Sinnvoll erschien ihm die Einstellung *Hygiene Extra*, schließlich war das Wichtigste beim Waschen ja die Hygiene. Zudem wählte er *Vollwäsche*, immerhin war die Trommel bis zum Bersten gefüllt. Dann drückte er noch auf *Spülen plus*, *Extra Schleudern* und *Zeitsparen* – einfach weil es die Einstellungen gab und sie sicher ihren Sinn hatten. Zum Schluss stellte er die Temperatur noch auf sechzig Grad, weil er einmal gelesen hatte, dass das die meisten Bakterien abtötete. Stolz auf sein Werk und seinen Pragmatismus betätigte er den Startknopf und verließ die Waschküche.

Als er das Wohnzimmer betrat, lächelte ihn Erika müde von der Couch aus an.

»Du, Erika, ich will dich nicht stören, aber wegen der Wäsche …«

Erika hob entschuldigend eine Hand. »Tut mir leid, Butzele, ich konnt heut wirklich nicht. Der Martin hat mir was gegen die saudumme Migräne gespritzt, das macht ganz schön müde, aber er meint, morgen müsste es schon besser gehen.«

»Ach was, mich redet er blöd an von wegen Mechanismus und dass Medikamente nix helfen, der Depp, und dann spritzt er doch was!«

»Hm?«

»Nix, ich hab bloß laut gedacht. Jedenfalls, also wegen der Wäsche …«

»Wirklich. Morgen bin ich wieder auf dem Damm und kümmere mich drum.«

Kluftinger ging zum Sofa, beugte sich hinab, streichelte seiner Frau über den Handrücken und lächelte sie an. »Jetzt schlaf du dich erst mal aus«, erklärte er mit sanfter Stimme und freute sich schon auf ihr Gesicht, wenn sie sehen würde, dass alles bereits erledigt war. Er gab ihr einen Kuss auf die Stirn und stand auf. »Schlaf gut, Schätzle!«, säuselte er, dann löschte er das Licht.

Auf dem Weg in die Küche stolperte er beinahe über den Waschkorb, in den er den »Geht grad noch mal«-Stapel geräumt hatte. Er trug ihn ins Schlafzimmer und kippte den Inhalt aufs Bett. Dann legte er sich für einen kurzen Moment dazu und schaute zur Zimmerdecke. Plante in Gedanken die nächsten

Schritte. Nach einer kleinen Pause würde er alles zusammenlegen und im Schrank verstauen, dann in die Küche gehen, die Spülmaschine ausräumen, Brotzeit machen, die Wäsche holen und aufhängen. Dann würde er nach Erika sehen und ihr einen Tee aufbrühen. Zur Musikprobe konnte er heute beim besten Willen nicht mehr, so viel wie er noch vorhatte. Er atmete tief ein und schloss die Augen.

Ein schrilles Klingeln ließ ihn aufschrecken. Was war das? War er eingenickt? Er blickte zum Wecker und erschrak. Konnte es wirklich sein, dass er fast 50 Minuten geschlafen hatte? Wieder schrillte es. Jetzt merkte er, dass es sich um die Türklingel handelte. Benommen stand er auf. Er hatte sogar geträumt. Von einem Tapir, der ihm auf Schritt und Tritt folgte und ihn beim Schlafen anstarrte, weil er selbst mit einer Stunde Nachtruhe auskam. Vielleicht sollte er nachts weniger Tierdokus anschauen. Die Glocke bimmelte zum dritten Mal. Kluftinger eilte zur Tür. Ihm war ein wenig schwindlig, als er sie öffnete.

»Jesses, Vatter, wie siehst du denn aus? Hast du getrunken?«

Sein Sohn stand vor ihm.

»Heu, Markus! Ganz allein unterwegs?«

»Nein, die hoffnungsvolle nächste Generation ist auch dabei, nicht dass du allzu sehr enttäuscht bist, dass nur ich komm.« Grinsend machte Markus seine Jacke auf. Erst jetzt sah Kluftinger, dass sein Sohn ein Tragetuch umgebunden hatte, in dem sein Enkelkind sanft schlummerte.

Automatisch senkte der Kommissar die Stimme. »Kommt schnell ins Haus, nicht dass es dem kleinen Butzel noch zieht!« Er trat zur Seite und ließ die beiden herein.

»Du, ich bleib gar nicht lang, ich wollt nur mit der Mama was besprechen.«

»Das geht nicht, deine Mutter hat mit einer Aurora zu tun.«

»Besuch?«

»Nein, was wegen dem Kopfweh ... sie schläft.«

Markus zog die Stirn kraus. »Um diese Zeit?« Skeptisch musterte er seinen Vater von oben bis unten. »Sag mal, du schaust auch aus, als kämst du gerade aus dem Bett. Habt ihr am End mitten am Tag ...«

»Jessesmaria, nein. Ich bin vielleicht minimal eingenickt, weil's im Geschäft ziemlich zuging heut. Und deine Mutter hat so arg Migräne, da hat sie ein Mittel gekriegt, das müd macht. Vom Doktor Mabuse.«

»Von wem?«

»Vom Langhammer.«

»Schade, ich wollt was wegen der Taufe besprechen.«

»Kannst du ja trotzdem.«

»Wenn die Mama schläft? Mit wem soll ich's dann besprechen? Etwa mit dir?« Markus lachte kurz auf.

»Was wäre jetzt daran so abwegig?«

»Na ja, also, da kann ich ja gleich das Orakel von Delphi befragen. Du weißt doch weniger als ich, wie man da so tut, bei einer Taufe.«

Kluftinger schüttelte empört den Kopf. »Hör bitte auf, mich wie einen Deppen zu behandeln, bloß weil die Mutter im Alltag alles an sich reißt. Ich hab ja gar keine Gelegenheit, mich in den Haushalt richtig ... also ... einzubringen.« Stolz auf seine Formulierung blickte er Markus in die Augen. »Im Moment bin jedenfalls *ich* zuständig in Familiendingen. Also, mein Sohn, ich höre?«

Der schien kurz zu überlegen, dann sagte er lächelnd: »Also gut, Vatter. Folgendes wollt ich wissen: Das Taufkleid, das ich damals angehabt hab, ist das noch auf dem Dachboden? Und wo meine Taufkerze ist, müsst ich wissen. Ach ja, was hab ich denn für einen Taufspruch gehabt? Welche Bibelstelle war das?«

Kluftinger sah seinen Sohn mit großen Augen an.

»Na?«

»Du … ich … also, ich muss das alles erst mal … sozusagen raussuchen. Kommst halt morgen wieder, dann haben wir das. Beziehungsweise ich.«

Markus lachte. »Soso. *Beziehungsweise du.* Alles klar. Und wegen der Tauffeier …«

»Würd ich nicht zu groß machen«, fiel ihm sein Vater ins Wort. »Verstehen die Leut oft falsch, wenn man da übertreibt. Die Mutter macht ein, zwei Kuchen, das tut's gern. Von Yumikos Verwandtschaft wird ja eh niemand kommen.«

»Nein, leider können die nicht dabei sein, was der Yoshifumi ziemlich bedauert. Aber wegen der Feier …«

»Ja, der Joshi, den hätt ich schon gern mal wiedergesehen. Aber lässt sich nix machen, ist halt nicht der nächste Weg von Japan her.«

»Das stimmt, Vatter, aber ich wollt noch sagen, dass wir die Feier … sag mal, was piepst denn da im Keller so?«

»Zefix«, entfuhr es Kluftinger, »mei Wäsch!«

Markus starrte ihn entgeistert an. »*Deine* Wäsche?«

»Ja, die muss fertig sein! Bin gleich wieder da.« Er zog die Kellertür auf und lief die Treppe hinunter.

»Kreuzkruzifixmalefizscheißdreck!« Kluftinger schlug sich die Hand vor die Augen. Nicht nur, dass drei Viertel des Waschküchenbodens mit Schaum bedeckt waren, die Maschine hatte sich offenbar beim Schleudern bewegt und stand nun mitten im Raum. Die restlichen Wäschehaufen waren tropfnass, auf ihnen thronten kleine Schaumkrönchen. Ausgerechnet jetzt musste das Ding kaputt gehen. Er würde sich nachher darum kümmern, wenn Markus weg war, den ging das schließlich rein gar nichts an.

»Um Gottes willen, Vatter, was hast du denn da veranstaltet?«

Kluftinger fuhr herum. »Ich? Diese Drecksmaschine ...«

Markus grinste. »Du bist einfach die Oberhärte!«

»Brauchst gar nicht so lachen. Das gehört so. Ist der ... Super-Schaumwaschgang. Der reinigt nämlich den Boden gleich mit.«

Sein Sohn schüttelte sich vor Lachen, wobei das Kind im Tuch auf und ab wippte. Als er sich wieder beruhigt hatte, schlug er einen verständnisvolleren Ton an: »Wahrscheinlich hast du zu viel Waschmittel rein, vielleicht sogar das für Wolle, kann das sein?«

Kluftinger zuckte mit den Achseln. »Mei, schon möglich, dass da an Erikas Becher noch Reste davon dran waren ...«

Markus stapfte durch den Schaumteppich zur Maschine, bückte sich vorsichtig und öffnete die Waschtrommel. Sofort schwappte eine weitere Ladung Schaum heraus. Dann zog Kluftingers Sohn an den Kleidungsstücken, bekam aber keines zu fassen. »Meinst nicht, dass du es mit dem Beladen ein bisschen übertrieben hast? Normalerweise sollen das so zwischen fünf und sechs Kilo sein, du hast mehr als das Doppelte reingestopft! Das macht die Maschine kaputt.«

»Kaputt, kaputt, die wollen doch bloß, dass man öfter wäscht. Ich nutze die Kapazität voll aus.«

Jetzt gelang es seinem Sohn, eine lange Unterhose aus der Mitte der Trommel herauszuziehen. »Die ist ja noch nicht mal richtig nass, so voll ist das Ding.«

»Lass mich mal machen«, maulte Kluftinger und drängte seinen Sohn beiseite. Tatsächlich hatte sich das Wasser nicht bis ganz ins Zentrum der Wäsche vorgearbeitet, während die äußeren, feuchten und schaumigen Lagen allesamt einen zarten Rosastich aufwiesen. Der Kommissar verdrehte die Augen, als er einen Wollpullover von Erika ans Licht beförderte – der auf eine Größe geschrumpft war, die seinem Enkelkind in ein, zwei Jahren locker passen würde. Vielleicht war die Idee, nach der Dringlichkeit zu sortieren, doch nicht der Weisheit letzter Schluss gewesen.

»Sag mal, hast du gar nix sortiert, Vatter?«

»Doch, ich, also ... logisch. Bin ja kein Depp.«

»Depp bist du keiner, aber ein Mann, der in Zukunft wohl ziemlich viel Rosa tragen wird«, sagte Markus mit verschmitztem Lachen.

»Und? Das wird die neue Trendfarbe. Der rote Pulli von der Mama hat mir eh nie besonders gut an ihr gefallen. Und damit basta.«

Markus atmete tief ein, streichelte seinem Kind sanft über den Kopf und begann in ruhigem Ton zu erklären: »Also, Vatter, man sortiert einerseits nach Farben, andererseits nach der Temperatur.«

»Das war alles kalt.«

»Nach der Temperatur, mit der man waschen will.«

»Ach so ...«

»Buntes zusammen, Weißes extra. Dann hast du verschiedene Waschprogramme und musst darauf achten, welches Mittel du wofür nimmst.«

»Was du alles weißt. In deinem Alter schon.«

»Ich kümmer mich doch auch daheim um unsere Wäsche.«

Kluftinger schlug seinem Sohn lachend auf die Schulter. »Klar, und die Yumiko regelt die Finanzen.«

»Stimmt, ja.«

»Ach so ...«

»Ich mach das ganz gern. Es gibt ja wirklich schlimmere Tätigkeiten im Haushalt. Die Yumiko und ich teilen uns das gerecht auf.«

Kluftinger sah ihn skeptisch an. Immerhin war Yumiko zurzeit mit dem Kind zu Hause, während Markus jeden Tag nach

München pendeln musste. Gerechtigkeit sah für ihn anders aus. Doch er verkniff sich einen Kommentar.

Sein Sohn begann nun, die Wäsche neu zu sortieren, und befüllte die Maschine nach und nach mit bunten Kleidungsstücken. »Die Zeiten haben sich geändert. Und das ist auch gut so.«

»Weißt, Markus, Gleichberechtigung schön und gut, aber bei der Wäsche? Ich mein, mal ehrlich, das ist doch, wie wenn die Frau die Reifen wechselt.«

»Gut, dass du mich daran erinnerst, die Yumiko wollt mir eh noch die Winterräder draufmachen, diese Woche muss ich ihr das Auto mal zu Hause lassen.«

Wieder lachte Kluftinger laut auf, doch Markus sah ihn mit versteinerter Miene an.

»Das ist jetzt nicht dein Ernst, Bub, oder?«

»Mein vollster, Vatter. Falls du mal Tipps brauchst: Yumiko hat sich alle Reifentests durchgelesen und hat welche mit tollem Preis-Leistungs-Verhältnis entdeckt. Könnt euch ja mal austauschen.«

»Ja, schon klar. Kann dann ja auch die Mutter machen.«

Markus drückte die Tür der Waschmaschine zu und betätigte ein paar Knöpfe, dann setzte sich die Trommel wieder in Gang. Wie aufs Stichwort begann das Kind im Tragetuch aus Leibeskräften zu brüllen.

Markus streichelte ihm sanft die Wange und erklärte: »Ich weiß nicht, was das ist, aber jedes Mal, wenn irgendwo eine Waschmaschine läuft, geht dieses furchtbare Gebrüll los. Als hätt's eine Phobie.«

»So ein Schmarrn, Angst vor der Waschmaschine, das hab ich noch nie gehört«, murmelte Kluftinger schuldbewusst und schob seinen Sohn samt Enkelkind aus dem Keller.

– 7 –

»Guten Morgen, Schätzle, wie geht's dir denn heut?« Besorgt blickte Kluftinger seine Frau an, die im Bademantel am Türrahmen lehnte. Sie war heute nicht wie sonst mit ihm aufgestanden, um ihm Frühstück zu machen, und er hatte sie schlafen lassen.

»Geht schon wieder«, antwortete sie.

Er wartete, ob sie noch ein *Butzele* nachschieben würde, doch offenbar war sie noch nicht wieder ganz hergestellt. Schwankend ging sie zum Küchentisch und setzte sich.

»Kaffee?«, fragte er.

»Lieber nicht.«

Kluftinger nickte.

Schweigend saßen sie sich gegenüber. Er tat so, als lese er die Zeitung, doch aus den Augenwinkeln beobachtete er seine Frau, die mit müden Augen an ihm vorbeischaute.

»Was ist das denn?«, fragte sie plötzlich.

Er folgte ihrem Blick, der auf dem Korb im Hausgang ruhte. »Die Wäsche halt«, erklärte er, darauf bedacht, möglichst beiläufig zu klingen. Dabei war er stolz, dass er die gestrige Ladung noch in den Trockner gestopft und vor dem Frühstück bereits zusammengelegt hatte.

»War deine Mutter da?«

»Nein, wieso?«

»Wer hat die denn dann gemacht?«

»Ja, ich. Wollt ich dir gestern noch sagen, aber da hast du schon halb geschlafen.«

Sie lächelte – zum ersten Mal seit Langem. »Warst du in der Wäscherei?«

»In der Wäscherei? Das wär doch viel zu … ich mein: nein.«

»Wer hat dann den Korb gewaschen?«

»Zefix, ich, traust du mir das etwa nicht zu?«

»Nein.«

»Nein, was?«

»Nein, das trau ich dir nicht zu.«

Obwohl Kluftinger verstand, weshalb, protestierte er: »Jetzt hör aber auf. So ein bissle Wäsche, da ist doch nix dabei.«

»Ach, so siehst du meine Hausarbeit also.«

»Nein, das hab ich nicht gemeint. Nur, schließlich wäscht ja die Maschine.«

»Wenn man weiß, wie's geht.«

»Weiß ich ja.«

»Von wem?«

»Von wem, von wem. Dass man Buntes und Weißes extra wäscht, bei ganz verschiedenen Temperaturen und mit speziellen Mitteln, zum Beispiel Color-Pulver, weil Wollwaschmittel viel zu arg schäumen tät, das weiß ein moderner Mann eben.«

»Ja, aber woher weißt *du* es dann?«

Kluftinger machte ein beleidigtes Doppelkinn. »Du findest also nicht, dass ich ein moderner Mann bin?«

»Das hab ich doch nicht gesagt.«

»Nicht direkt, aber …«

»War's der Martin?«

»Was?«

»Der dir gesagt hat, wie man wäscht? Als er gestern da war.«

»Der?« Kluftinger lachte laut auf. »Der hat da keine Ahnung davon. Der *lässt* nämlich waschen. Der ist das glatte Gegenteil von einem modernen Mann.«

Erika legte ihm eine Hand auf den Arm. »Jetzt sei nicht sauer, Butzele. Es freut mich ja, dass du mir das abgenommen hast. Aber ich wunder mich eben. Bis auf die kaputte Schlauchschelle, die du repariert hast, bist du der Waschmaschine in den letzten Jahren nicht näher gekommen als dem Dobermann von den Bergmanns. Aber ...« Sie hielt inne und betrachtete ihn.

Er hatte sein Lieblingshemd an, das vor allem deswegen sein Lieblingshemd gewesen war, weil es so weit und bequem war. Und weil die Farbe, ein zartes Beige, viele der Flecken verzieh, die er im Laufe eines Tages auf seinen Kleidungsstücken sammelte. Kluftinger hatte es gleich gestern noch aus der Maschine genommen und aufgehängt, um es heute Morgen anziehen zu können. Nur zum Bügeln war er nicht gekommen, doch schließlich prangte am Kragen der Hinweis »bügelfrei«. Toll, was der Fortschritt alles möglich machte. Allerdings war beim Waschen etwas damit passiert, was so nicht gedacht gewesen war.

»Das Hemd kenn ich gar nicht«, fuhr sie fort.

»Das? Das ist ... neu.«

»Und es gefällt dir?«

»Hätt ich es sonst an?« Er stand hastig auf, trank seinen Kaffee aus und eilte zur Tür. Bevor er das Haus verließ, rief er in die Küche: »Weißt du, moderne Männer können nicht nur waschen, sie tragen auch gerne körperbetonte, rosfarbene Hemden. Bügelfrei. Pfiati, Schätzle, und gute Besserung!«

»Oho, wirst du auf deine alten Tage noch Schlagersänger?« Roland Hefele empfing seinen Vorgesetzten mit verschränkten Armen und spöttischem Grinsen.

Kluftinger hatte geahnt, dass es von den Kollegen irgendwelche Kommentare zu seinem Hemd geben würde, aber da musste er jetzt einfach durch. Außerdem wurden sie vielleicht vom ständigen Trübsalblasen abgelenkt, wenn er sich zur Zielscheibe ihres Spotts machte. Nur Sandy hatte ihn bei seiner Ankunft etwas komisch angeschaut, offenbar fand sie es unangemessen, dass ausgerechnet er jetzt in fröhlichen Farben herumlief, wo doch sogar sie momentan darauf verzichtete.

Der Kommissar bekam jedoch umgehend ungebetene Schützenhilfe – von Richard Maier. »Wir waren uns doch einig, dass wir das nicht mehr machen wollen«, tönte er durch den Raum. Hefele und Kluftinger drehten sich zu ihm um. Ihr Kollege stand mit erhobenem Zeigefinger da, als hätte er sie beim heimlichen Rauchen erwischt.

»Was wollen wir nicht mehr machen?«, fragte Hefele.

»Na, so miteinander umgehen. Dann erwischt es noch einen von uns, und es tut dir leid, dass das Letzte, was du gesagt hast, eine Beleidigung war.«

»Ach komm, Beleidigung. Klufti, hab ich dich etwa beleidigt?«

»Nein, halb so schlimm.«

»Ich will nichts mehr hören. Gebt euch bitte die Hand und vertragt euch wieder.«

»Sag mal, haben sie euch in Leutkirch über Nacht den Sauerstoff abgedreht?« Hefele grinste zufrieden über sein Bonmot. Kluftinger reichte seinem Gegenüber die Hand, was mehr einer Gratulation als einer Entschuldigung gleichkam.

»Na also. Und jetzt umarmt euch.«

»Spinnst du?«

»War nur Spaß. Schaut mal, ich hab euch was mitgebracht.« Maier griff sich die große Einkaufstasche, die zu seinen Füßen stand, und reichte jedem eine kleine Tüte. »Schaut doch mal rein.«

In Kluftingers Beutel befanden sich Hausschlappen in Kuhfelloptik. Außerdem hing ein Zettel daran, auf dem in Maiers akkurater Blockschrift stand: *Für den besten Chef der Welt – weil du das Allgäu so liebst wie die Kühe, die hier grasen. Dein Richard*

»Also Richie, ich weiß gar nicht, was ich …« Kluftinger war hin- und hergerissen zwischen Rührung und Entsetzen.

»Was hast du gekriegt?«, fragte ihn Hefele und hielt ihm seine Hausschuhe hin. Sie waren schwarz mit einem Symbol, das Kluftinger schon mal gesehen hatte, eine stilisierte Fledermaus in einem gelben Oval. Auf Hefeles Zettel stand: *Für Roland, den Batman unter den Ermittlern.*

»Auf jeden Fall was Besseres«, antwortete Kluftinger mitleidig.

»Das kannst laut sagen. Na, wenigstens nicht Fatman«, flüsterte Hefele seinem Vorgesetzten zu.

»Ich will, dass ihr die ab jetzt immer tragt«, erklärte Maier.

»Richie, das ist wirklich nett von dir«, sagte Kluftinger. »Ich hab zwar schon Fellclogs von meiner Frau zum letzten Geburtstag gekriegt, aber dann wechsle ich halt ab.«

»Ich meine nicht daheim.«

»Wo dann?«

»Na, hier im Büro.«

Hefele und der Kommissar wechselten einen Blick. »Hier? Wir sind doch nicht im Ferienlager.«

Die Tür öffnete sich, und Sandy kam herein. Statt ihres sonst so schwungvollen und hüftbetonten Ganges schlurfte sie regelrecht ins Zimmer. Als sie um den ersten Schreibtisch herumkam, erkannten sie, weshalb: Ihr Füße steckten heute nicht in Highheels, sondern in rosa Plüschpantoffeln.

Die Sekretärin bemerkte offenbar ihre entgeisterten Gesichter und erklärte: »Der Richie hat gemeint, dass es damals so heimelig war, bei Ihnen zu Hause, Chef. In unserer improvisierten Dienststelle. Weil wir uns da so gut vertragen haben. Und dass wir vielleicht ein bisschen was von dem Geist mit rüberretten können, wenn wir auch hier Hausschuhe anziehen …« Sie brach ab, weil sie merkte, dass Kluftinger und Hefele sie mit jedem ihrer Worte noch ungläubiger anstarrten.

Mit einem Seufzen erklärte Kluftinger: »Richie, das ist wirklich sehr … dings von dir, also nett, aber ein bissle übertrieben find ich's schon. Manchmal müssen wir ja schnell weg zu einem Einsatz, und dann ist es doch besser, wenn man Straßenschuhe anhat. Außerdem: Wenn jemand reinkommt, wie sieht denn das aus?«

»Darüber hättest du dir vorher Gedanken machen sollen.«

»Vorher?«

»Bevor du … ich meine, bevor Eugen sein Leben für dich gegeben hat.«

Kluftinger schwieg betroffen.

»Apropos, da hab ich ja noch was.« Maier holte ein weiteres Paar Schuhe aus seiner Tüte und drapierte sie vor dem Schreibtisch, auf dem die Kerze und das Bild mit dem Trauerflor standen. Auf den Schlappen waren zwei Worte aufgestickt: *Bester Kamerad.* Kluftinger spürte, wie es ihm die Kehle zuschnürte, und er gab seinen Widerstand auf.

Eine Weile standen sie betreten herum, als die Tür sich erneut öffnete. Hoffnungsvoll wandte Kluftinger sich um. Wer immer jetzt kam, würde sie vielleicht aus dieser misslichen Lage befreien.

»Hi, ich bin die Lucy«, schmetterte eine junge Frau mit kräftiger Stimme in die Stille. Dann fuhr sie sich lässig durch das blonde, schulterlange Haar und blickte sie kaugummikauend an.

Hefele schaute auf die Uhr. »Guten Morgen, junge Dame, aber Sie sind zu früh, wir müssen hier erst mal was arbeiten, bevor wir was für Sie haben.«

Verständnislos schaute sie in die Runde. »Ich steh grad auf'm Schlauch …«

»Sandy, hast du schon was fürs Post-Mädle?«, fragte Hefele. »Wissen Sie, eigentlich sollten Sie erst in ein, zwei Stunden kommen. Sind Sie neu?«

Sie lachte laut. »Mit mir geht zwar meistens die Post ab, aber Briefe hol ich keine. Ich bin die …«

»… neue Kollegin«, vollendete Kluftinger ihren Satz, der sich wieder daran erinnerte, dass Lodenbacher ihr Kommen ja angekündigt hatte.

»Treffer.«

Sie war hübsch, das fiel dem Kommissar sofort auf, vor allem, weil er fürchtete, dass sich daraus Probleme ergeben könnten. Allerdings war sie für seinen Geschmack ziemlich leger gekleidet: Ihre schlanken Beine steckten in einer verwaschenen Jeans, darüber trug sie eine abgewetzte Lederjacke. Andererseits sprach es für sie, dass sie sich nicht gleich in einen Hosenanzug oder so etwas geworfen hatte, bloß um an ihrem ersten Tag einen guten Eindruck zu machen. Er ging auf sie zu, gab ihr lächelnd die Hand und hieß sie willkommen. Dann drehte er sich zu den anderen um und sagte: »Kollegen, Fräulein Henske, das ist Luzia Beer, unsere neue Kommissarin im K1.«

»Lucy.«

»Wie?«

»Sagen alle zu mir. Lucy.«

Sandy boxte Hefele mit dem Ellenbogen in die Rippen und schüttelte den Kopf. »Post-Mädchen, also wirklich, Roli …«

»Wieso? Ich mein, die Post ist doch sehr wichtig, gerade bei uns«, versuchte Hefele sich zu verteidigen, »ist doch toll, wenn junge Frauen so was schon, ich mein …«

»Denken Sie sich nischt, Frau Beer«, unterbrach ihn Sandy, »die Herren hier meinen es nicht böse, sie sind eigentlich sogar alle ganz nett. Leben nur ’n bisschen hinterm Mond. Seien Sie ganz herzlich willkommen.«

»Du. Und danke. Hab ich mir schon gedacht. Das mit dem Mond.« Wieder lachte sie laut.

»Na dann.« Sandy ging zu ihr und wollte sie umarmen, doch die neue Kollegin streckte ihr die Hand entgegen.

»Toll, dass ich weibliche Unterstützung bekomme, in der Abteilung«, erklärte Sandy leicht irritiert.

Meier eilte wortlos aus dem Raum, während Hefele ihr ebenfalls die Hand gab. »Nix für ungut«, sagte er. »Ich bin der Roland.«

»Passt schon«, erwiderte sie. »Lucy.«

Dann war es wieder still. Nach einer etwas zu langen Pause ergriff Kluftinger das Wort. »Ja, der Herr Maier, der kommt sicher auch gleich noch mal und sagt hallo, ich weiß jetzt auch nicht, warum der ... also wo setzen wir Sie denn hin?« Über die Raumverteilung hatte er sich noch gar keine Gedanken gemacht. Er ließ seinen Blick durch den Raum wandern – und blieb an Strobls Schreibtisch hängen. Das war sicher die beste Lösung, die Neue musste ja die Abläufe kennenlernen, sich schnell integrieren, und da half es nichts, wenn sie in einem anderen Raum allein vor sich hinbrütete. »Also, am besten ist es wohl, wenn Sie ...«

In diesem Moment öffnete sich die Tür, Maier kam mit einem Haufen Akten, einer Tasche und seiner Kaffeetasse, die er oben auf dem Stapel balancierte, wieder herein und knallte alles auf Strobls Tisch. Dann ging er auf die neue Kollegin zu und reichte ihr die Hand.

»Hi, bin die Lucy«, sagte die.

»Und ich bin der Herr Maier.«

Wieder war es eine Weile still.

»Vielleicht kommen Sie am besten mal mit in mein Büro, dann können wir ein paar Sachen besprechen, gell?« Kluftinger deutete auf die Tür zu seinem Zimmer.

»Gern.« Sie blickte in die Runde. »Na dann: Ab geht die Lucy«, sagte sie grinsend.

»Hab schon gehört, dass mein Vorgänger im Dienst draufgegangen ist.« Luzia Beer hatte sofort zu sprechen begonnen, nachdem sie Platz genommen hatten.

Kluftinger schaute sie schockiert an. Die Sache mit Strobl war noch viel zu frisch, als dass er es angemessen fand, so flapsig darüber zu reden. Genau genommen würde er das nie für angemessen halten. Die Neue sammelte mit ihrer forschen Art und ihrem unangemessenen Ton nicht gerade Sympathiepunkte.

»Mir ist natürlich klar, dass Ihr Kollege nicht ersetzbar ist«, fuhr sie nun etwas respektvoller fort. »Und ich erwarte auch nicht, dass ihr mich alle spontan herzt und abknutscht. Aber ich kann was und will euch unterstützen, denn neu besetzt werden muss die Stelle ja ohnehin, egal ob mit mir oder mit jemand anderem, und da hättet ihr es schlimmer treffen können. Mit anderen Worten: Ich erwarte nicht viel, aber ihr könnt einiges von mir erwarten.«

Kluftinger blickte die junge Frau mit den wassergrünen Augen an. Was für eine Antrittsrede. Wo andere vielleicht versucht hätten, sich gleich lieb Kind zu machen, packte sie den Stier bei den Hörnern. Mutig, fand Kluftinger, auch wenn er sich eingestehen musste, dass ihm die andere Variante lieber gewesen wäre. »Schön, Fräulein Beer, dass Sie …«

»Frau«, unterbrach Sie ihn.

»Wie bitte?«

»Wenn schon Sie, dann Frau. Nix Fräulein. Sie sind ja auch kein Männlein oder ein Herrchen. Also, außer Sie haben nen Hund.«

»Ich … ähm, nein, kein Hund …« Sie hatte Kluftinger mit ihrer Bemerkung völlig aus dem Konzept gebracht, und er musste sich erst einmal sortieren. »Wo waren wir? Ach ja, also, schön, dass

Sie das so sehen. Ich gebe zu, dass Ihre Stelle im Moment wahrscheinlich nicht die einfachste ist. Trotzdem hoffe ich, dass Sie sich hier wohlfühlen und schnell einleben werden.«

»Ich bin ja Kummer gewohnt.« Sie zwinkerte ihm mit einem Auge zu.

Der Kommissar hob die Augenbrauen. Es würde wohl eine Weile dauern, bis sie sich aneinander gewöhnten. Der Geruch von kaltem Zigarettenrauch, den die junge Frau verströmte, würde dabei auch nicht gerade helfen.

»Ganz schön alte Akten, hm?«, sagte sie mit Blick auf die Ordner, die auf dem Schreibtisch lagen.

»Ja, das können Sie laut sagen«, seufzte Kluftinger. »Aber immer noch aktuell. Leider.«

»Darf ich mal?«

Er überlegte kurz. Ob das der richtige Start für sie war?

Doch da hatte sie den vergilbten Aktendeckel schon aufgeschlagen. »Ich hab in meiner Ausbildung öfters mit Cold Cases zu tun gehabt. Zur Übung. Unser Prof hat immer gemeint, es gibt keine bessere Vorbereitung auf den Job.«

Kluftinger schnalzte mit der Zunge. Wenn das keine glückliche Fügung war. »Ja, dann … Ist vielleicht auch gar nicht verkehrt, so zum Reinkommen.« Er meinte es so, jedoch überwog der Eigennutz bei seinen Überlegungen.

»Eben.«

»Vielleicht …« Er überlegte kurz.

»Ja?«

»Vielleicht kommen Sie gleich mal mit zum Willi, mit dem hab ich wegen der Sache jetzt eh gleich einen Termin.«

»Zum Willi?«

»Ja, wissen Sie, der Willi ist nämlich … Am besten, Sie machen sich einfach selbst ein Bild.«

»Servus, Willi! Darf ich reinkommen?«

»Oh, welch hoher Besuch in meiner unbedeutenden Laborhütte! Der Herr Interims-Präsident.« Willi Renn hob eine Hand, drehte sich aber nicht nach seinem Besucher um. Er saß an seinem Arbeitstisch vor dem Fenster und träufelte konzentriert irgendeine Flüssigkeit auf einen Gipsabdruck.

»Ach, hat sich das schon rumgesprochen ...«

»Weißt doch, wie schnell sich die wirklich wichtigen Neuigkeiten hier verbreiten. Aber immer rein mit dir. Die Sandy hat dich schon angekündigt. Gut, dass du dich mal wieder der Kriminaltechnik annimmst. Selbst wenn du dafür die alten Sachen rauskramst. Willst noch alles erledigen, bevor dich die Pension ereilt?«

»Da bist du aber noch ein paar Jährchen vor mir dran, gell?«

»Stimmt, so richtig lange hab ich nicht mehr. Apropos, da fällt mir ein Witz ein: Was ist alt und schwimmt auf dem See?«

Kluftinger drehte sich zu Lucy Beer um und zuckte entschuldigend mit den Schultern.

Sie grinste ihn an und tönte mit fester Stimme: »Ne Rente natürlich.«

Willi Renn wandte sich so ruckartig um, dass er fast von seinem Drehstuhl kippte.

»Hi, ich bin die Lucy, die neue Mitarbeiterin in seiner Abteilung.« Sie zeigte auf ihren Vorgesetzten.

Aus seinen dicken Brillengläsern blickte Renn zwischen Kluftinger und Lucy Beer hin und her. »Ja so was, das freut mich aber. Endlich weht ein frischer Wind bei den alten Herren im K1.« Damit erhob er sich und schüttelte der neuen Kollegin lächelnd die Hand. »Lassen Sie sich bloß nicht von der Laune anstecken, die da herrscht – die sind manchmal ziemlich grantig.«

Kluftinger wollte protestieren, doch Renn ließ ihn gar nicht zu Wort kommen. Er boxte den Kommissar in die Seite und raunte:

»Sag mal, dieses Hemd, das du da anhast, ist das dein Ernst? Du glaubst hoffentlich nicht, dass du die junge Generation mit so was beeindrucken kannst, oder?«

»Du musst reden, alter Stelzbock«, brummte Kluftinger. »Wer läuft denn schon bei der Arbeit im Golfdress rum?«

»Das macht ihr älteren Semester doch mit Lebenserfahrung wieder wett. Egal ob rosa oder kariert«, warf Lucy mit einem verschmitzten Blick auf Renns grob gemusterte Hose ein.

Während Kluftinger noch überlegte, ob er diese Bemerkung nicht ein wenig zu forsch fand, strahlte Renn sie an. Ihm war die junge Frau offenbar ziemlich sympathisch.

»Junge Dame, bleiben Sie so, und lassen Sie sich nicht verbiegen!«

Lucy nickte. »Deal.«

Renn sah fragend zu Kluftinger, dann schob er nach: »Wissen Sie, Ihr Chef hier, der war früher ganz ähnlich, und auch wenn jetzt nicht mehr allzu viel vom aufstrebenden Kriminaler übrig ist. Aber eins ist immer gleich geblieben: Er traut sich was und lässt sich nicht von jedem was sagen.«

Kluftinger wusste nicht, ob er das als Kompliment werten sollte. Da er befürchtete, Renn würde noch einen sarkastischen Kommentar nachschieben, beschloss er, auf den eigentlichen Grund seines Besuches zu sprechen zu kommen. »Hast du dir die Asservate vom Funkenmord schon mal vorgenommen?«

Renn nickte. »Ich hab sie kommen lassen und gesichtet. Alles auf dem großen Tisch da hinten. Dass du mit den alten Spuren anfängst, lob ich mir. Wie sagt ein großer Spurensicherer immer: Der Schlüssel der Aufklärungsarbeit liegt in der Kriminaltechnik.«

Kluftinger lächelte. »Dieser berühmte Mann trägt aber nicht zufällig gerne karierte Hosen?«

»Bist halt doch ein Cleverle. Dann kommt mal mit. Ach so,

Frau Kollegin, ich bin zwar schon ein alter Knochen, aber ich halt's wie du: Also, ich wär der Willi.« Er streckte ihr die Hand entgegen, die diese sofort ergriff.

»Ich bin die Lucy, freut mich.«

Mit dieser Vertraulichkeit würde Kluftinger sich noch etwas Zeit lassen. Am Tisch angekommen, ließ er seinen Blick über die spärlichen, vor über dreißig Jahren gesammelten Sachspuren im Fall Karin Kruse wandern: das T-Shirt des Opfers – Hauptbeweisstück im Indizienprozess gegen Harald Mendler –, das Zimmermannsbeil ohne Stiel, einige verkohlte Palettenreste, etwas Draht. Kluftinger schüttelte den Kopf. Das würde sie wohl kaum weiterbringen.

»Leider wirklich nicht gerade berauschend, was wir da vor uns liegen haben«, bestätigte Renn. »Der Draht, mit dem das Opfer am Kreuz befestigt war, bringt uns nix, der war ja mit Plastik ummantelt, das im Feuer weggeschmolzen ist. Außerdem war das Massenware. Die Paletten können wir auch vergessen. Oder was sagst du, Lucy?«

»Hm, ich bin ja jetzt noch nicht so wirklich drin in dem Fall. Ich weiß bisher bloß, was mir der Chef auf dem Weg schon erzählt hat. Aber klar, seh ich im Prinzip auch so.«

Renn nickte.

»Wann genau ist das Verbrechen passiert?«, wollte sie dann wissen.

»Fünfundachtzig. Wir haben damals natürlich alles mit den damaligen Methoden untersucht«, erklärte ihr Willi, »aber vielleicht fällt dir ja was ein, was wir noch machen könnten.«

Kluftinger wunderte sich ein wenig über Renns Frage. »Also, ich wüsst jetzt nix, Willi. Ich mein, das ist schließlich deine Aufgabe.«

Renn hob beschwichtigend eine Hand. »Das sollte jetzt kein Test sein, ich dachte mir nur, ein neuer Blick schadet nix.«

»Also gut, wenn du meinst ...«

»Ich mein immer alles, wie ich es sag. Bin kein so verdruckter Hund wie unser lieber Herr Kluftinger.«

Lucy Beer lachte. Dass Renn ihren Vorgesetzten immer wieder mit seinen Kabbeleien aufs Korn nahm, schien genau nach ihrem Geschmack.

»Frau Beer, ignorieren Sie ihn einfach. Machen wir alle hier. Und wenn Ihnen was einfällt, dann raus damit.«

»Ihr könntet versuchen, das Shirt noch mal zu untersuchen. Damals konnte man ja noch gar nicht so viel machen. Vielleicht findet sich was drauf. DNA, Blut, Sperma oder so. Ich mein, fünfundachtzig war ja vieles noch nicht machbar, wo man heut nur noch nen Teil von ner Haarwurzel braucht. Oder erzähl ich da totalen Scheiß?«

Willi Renn grinste: »Nein. Im Gegenteil: Ich hätt's nicht schöner sagen können.«

»Also, Willi, du hast's gehört: Ab mit dem T-Shirt ins Labor!«

»Wobei ...«, schob Lucy Beer nach, »vielleicht schaust du dir auch die anderen Teile noch mal an. Die Holzpaletten zum Beispiel. Gab da wohl mal nen Mord an einer Verkäuferin in München, auch im Jahr fünfundachtzig, der ist nach über zwanzig Jahren aufgrund einer Handspur aufgeklärt worden. Weil die Analysemethoden sich so krass verbessert haben.«

»Ja, genau, von dem Fall hab ich ... auch schon gehört«, log Kluftinger.

Renn zwinkerte ihm zu. Seinem langjährigen Kollegen konnte der Kommissar nichts vormachen.

»Auch auf verkohltem Zeugs gibt's jetzt ja ganz neue Möglichkeiten, um doch noch irgendwelche Spuren zu finden. Aber was red ich mir hier den Mund fusselig, weißt du eh besser.«

»Freut mich trotzdem, dass du dich so für unsere Arbeit interessierst. Sind alles völlig richtige Ansätze. Wir gehen dem nach, vor allem aber liegt mein Fokus auf der Textilie, wie du gesagt hast, Lucy. Das Problem ist nur, dass das eigentlich kein Cold Case ist. Der Fall ist ja gelöst, jedenfalls soweit es die Justiz angeht. Es gab sogar ein lebenslanges Urteil für den vermuteten Haupttäter.«

»Verstehe.«

»Gut. Damit also zu den Spuren aus dem aktuellen Fall, Klufti, also dem Überfall im Wald. Die liegen gleich daneben.« Er zeigte auf einen weiteren Tisch vor dem Fenster.

Was sich hier fand, war ähnlich dürftig wie die Spuren im Fall Karin Kruse. Kluftinger blickte auf einige Plastikbeutel und Folien, auf denen Fasern klebten, dazu noch drei weiße Gipsabdrücke.

»Leider haben wir nur einige Schuhspuren, die können wir aber bisher genauso wenig zuordnen wie Fasern, die wir direkt am Tatort gesichert haben. Da müsstest du mir jeweils das Gegenstück bringen. Deine Kleidung von damals haben wir ja damit verglichen, Klufti. Die zugehörigen Spuren habe ich bereits eliminiert. Aber Wald ist eben maximal schlecht für uns, da finden wir eh fast nix. Zudem hat es ja gehörig geregnet.«

»Das heißt, bis ich keinen Schuh von irgendeinem Verdächtigen bringe, kommen wir da nicht weiter, oder?«

»Schaut verdammt danach aus«, bestätigte Renn. »Es sei denn, ihr könnt euch einen Reim auf das hier machen.« Er hielt einen Asservatenbeutel mit einem seltsam aussehenden, bunt bemalten Holzpüppchen hoch. Es hatte dünne, lange Gliedmaßen, die vom Körper abstanden.

»Das lag bei dem Hund, der damals im Wald erschossen wurde. Hatte es wohl auch mal kurz im Maul, den Bissspuren nach zu urteilen.«

Sie blickten schweigend auf die Figur. Kluftinger wusste nicht, warum, aber sie wirkte irgendwie unheimlich auf ihn.

»Sieht aus, als hätte das ein Kind geschnitzt«, sagte Renn. »Fällt dir dazu was ein?«

»Hm, mal schauen, ob wir da weiterkommen.«

»Ich weiß nicht ... ist vielleicht auch kompletter Bullshit ...«, meldete sich Lucy Beer zu Wort.

Renn und Kluftinger sahen sich für einen Moment irritiert an. Die Ausdrucksweise der jungen Kollegin war wirklich mehr als gewöhnungsbedürftig.

»Nix ist zu ... blöd, dass man es nicht sagen könnte. Vielleicht bringt es uns ja weiter«, ermutigte sie der Kommissar jedoch.

»Eben, Sie können sich gar nicht vorstellen, was Ihr Chef hier manchmal für einen Schmarrn verzapft. Also nur Mut!«

»Na gut. Ich hab mal was gelesen ... da hat jemand Voodoo-Puppen hergestellt und danach denjenigen, den er mit dem bösen Zauber belegt hat, auch wirklich getötet.«

Die beiden Männer tauschten erneut einen skeptischen Blick.

Lucy Beer schob nach: »Also ... ich weiß jetzt nicht, wie gut ihr mit diesem Brauch vertraut seid, Voodoo, das ist ja ne Art Religion, mit schwarzer Magie und so. Ich hatte mal ne Zeit, da war ich ziemlich düster drauf und hab mich für so Sachen begeistert. Na ja, interessiert ja jetzt nen Toten. Was ich sagen will: Die Voodoo-Puppe wird für jemanden genommen, an dem man sich zum Bespiel rächen will, und mit Nadeln durchbohrt.«

Kluftinger zuckte mit den Achseln. »Mei, möglich ist alles, aber ich glaub eigentlich nicht, dass es mit so etwas zu tun hat. Schließlich ist das Ding aus Holz, man könnte also gar keine Nadeln durchstechen, selbst wenn man wollte.« Er beschloss jedoch, sich bei Lucy Beer gelegentlich noch einmal nach dem interessanten Brauch zu erkundigen. Vielleicht könnte ihm seine Mutter ja mal so ein Püppchen häkeln, das womöglich auch noch Ähnlichkeit mit Doktor Martin Langhammer hatte.

»Scharf beobachtet, Kollege Kluftinger!«, lobte Willi Renn,

und Lucy erwiderte: »Hab mir ja schon gedacht, dass es Schwachsinn ist …«

»Noch mal«, erklärte Kluftinger, »immer raus mit allem. Hier wird niemand für das, was er sagt oder tut, verspottet oder verlacht.«

»Höchstens der Maier«, versetzte Renn, und Kluftinger stimmte in sein glucksendes Lachen ein.

»Also, Willi, wenn du was Neues hast, meldest du dich, ja?«

»Eh klar. Und dir einen guten Start bei uns, Lucy. Zeig es den alten Säcken!«

Damit verließen sie das Labor, doch Renn winkte Kluftinger noch einmal kurz zurück. »Die Lucy gefällt mir«, flüsterte er ihm verschwörerisch zu.

»Willi, die ist grad halb so alt wie du!«

Renn schüttelte empört den Kopf. »Schmarrn, so mein ich das doch nicht. Sie gefällt mir, weil sie eine gute Analytikerin ist und noch dazu kein Püppchen, sondern eher handfest. Mit der habt ihr einen guten Fang gemacht.«

»Mal sehen.« Der Kommissar war nicht so überzeugt wie sein Kollege.

»Sie erinnert mich an dich, damals, als du hier angefangen hast – also von der Art her. Bloß, sie riecht besser und sieht deutlich besser aus.«

»Ja, alles andere hätte mir jetzt auch Sorgen gemacht, Willi.«

»Und ist nicht so verdruckt wie du. Sonst könnt sie glatt deine Tochter sein.«

»Also Fräulein … Frau Beer, freut mich, dass Sie sich auch für die erkennungsdienstliche Seite unseres Berufs interessieren.« Kluftinger eierte etwas herum, als er ihr die Tür zum Büro öffnete. Zum einen war er es nicht gewohnt, seine Kollegen zu loben. Zum anderen wollte er nicht, dass sie den Eindruck hatte, er würde ihr diese Anerkennung nur zollen, weil sie eine Frau war. Eine attraktive noch dazu. Wobei ihre Attraktivität in diesem Zusammenhang natürlich überhaupt keine Rolle spielte, obwohl sie wirklich … Kluftinger seufzte. Auch er würde sich erst daran gewöhnen müssen, eine junge Polizistin im Team zu haben.

»So schlimm?«, fragte Maier, der das Seufzen des Kommissars bemerkt hatte, und deutete dabei mit dem Kopf auf Lucy Beer, die gleich in ein Gespräch mit Hefele und Sandy Henske verwickelt worden war.

Kluftinger verstand sofort und beeilte sich, den Eindruck zu revidieren. »Nein, die Beer hat sich ganz gut geschlagen. Der Willi findet sie richtig toll, jetzt nicht im Sinne von … Sie hat sich toll eingebracht, jedenfalls.«

»Soso. Das ist ja … supertoll.« Maiers Augenbrauen zogen sich zusammen. Mit düsterer Miene musterte er seine neue Kollegin, die jetzt gemeinsam mit Hefele auf sie zukam. Maier erklärte eifrig: »Ich hab mir gedacht, dass wir doch eine WhatsApp-Gruppe gründen können, das würde die Kommunikation untereinander erheblich erleichtern, oder?« Beifall heischend blickte er erst den Kommissar, dann Lucy Beer an.

Bedächtig wog Kluftinger den Kopf. »Ich weiß nicht. Ich hab ja montags immer schon die Musikprobe. Und noch einen Abend weg, das würd meine Frau bestimmt nicht gut finden. Wir treffen uns ja sowieso tagsüber hier …«

Er stockte, weil Lucy Beer laut auflachte. Als sie aber sah, wie Maier und Hefele die Augen verdrehten, verstummte sie sofort und kam Kluftinger zu Hilfe: »Geile Idee, Herr Maier. Mit ner WhatsApp-Gruppe können wir viele Sachen schnell, also *auf dem Handy*, per SMS klären.« Die letzten Worte sagte sie langsam und eindringlich und schaute dabei den Kommissar an. Der verstand und formte mit den Lippen ein lautloses »Danke«. Vielleicht passte sie ja doch ganz gut hierher, dachte er.

»Ich kann das auch schnell einrichten, wenn Sie wollen«, bot Luzia Beer an. »Kenn mich ganz gut aus mit so was.«

»Vielen Dank für die Unterstützung, Frau Kollegin«, erwiderte Maier mit süßlichem Tonfall, »aber da das ja *meine* Idee war, werde *ich* mich gleich selbst dranmachen und *mein Projekt* in die Tat umsetzen. Okay, Chef?«

»Ja, sicher, also, setz das mal ... und ich kümmere mich derweil um ... Chefsachen.« Kluftinger eilte in sein Büro, setzte sich an den Schreibtisch, weckte den Computer mit einem hektischen Rütteln an der Maus aus dem Ruhezustand und öffnete die Seite der Suchmaschine. Eine Weile starrte er auf den blinkenden Cursor im Suchfeld, dann tippte er das Wort *Wotsebb* ein. Es erschienen ein paar Ergebnisse zum autonomen Fahren, zu experimenteller Lyrik und mehrere russische Beiträge. »Zefix«, murmelte er, löschte seine Eingabe und gab *Wotzep* ein. Auch damit kam er zwar nicht weiter, bemerkte aber am oberen Bildschirmrand die Meldung *Stattdessen nach WhatsApp suchen?* »Ah, so heißt das ...« Der Kommissar bejahte die Frage und las, was ihm als Ergebnis ausgespielt wurde. Je mehr er las, desto größer wurden seine Bedenken. Von *Datenschutzverletzungen* war da die Rede, ebenso wurde vor *Kettenbriefen*, *Cybermobbing* und *Abo-Fallen* gewarnt. Er sprang auf und lief zu Maier. »Du Richie, ich hab mir das jetzt noch mal überlegt mit dem App. Also ich glaub, das können wir nicht machen. Unterm Strich ist das hochgefährlich, und wir sind ja hier bei der Polizei, wenn da Internas im Netz landen, dann kommen wir in Teufels Küche.«

»Interna.«

»Hm?«

»Der Plural von Internum ist Interna.«

Mit gerunzelter Stirn blickte der Kommissar seinen Mitarbeiter an. Er machte es einem manchmal wirklich schwer. »Das ist doch jetzt wurscht, es geht um die Gefahren von … also, dass man da halt eigentlich nix schreiben kann, was …«

»Da hast du völlig recht«, unterbrach ihn Maier.

»Hab ich?« Kluftinger war überrascht.

»Ja, deswegen würd ich das ja auch nicht dienstlich nutzen, sondern nur privat. Um den Zusammenhalt in unserer Abteilung zu stärken. Das brauchen wir jetzt, glaub ich, nach dem schrecklichen Verlust, den wir alle zu beklagen haben, wegen dieses hochriskanten Einsatzes, du verstehst …«

Mehr sagte er nicht, doch das reichte völlig aus, um erneut Kluftingers schlechtes Gewissen zu wecken. »Ach so, ja, das ist natürlich eine gute Idee. Zusammenhalt. Eh klar.«

»Freut mich, dass du das auch so siehst«, antwortete Maier triumphierend.

Kluftinger nickte lediglich, ging zurück in sein Büro und rief nach seiner Sekretärin. Als sie eintrat, bat er sie, die Tür zu schließen. »Sie müssten mir einen Gefallen tun«, beantwortete er ihren fragenden Blick.

»Klar, Chef, worum geht's? Brauchen Sie ein Weihnachtsgeschenk für Ihre Frau? Sonst kommen Sie damit doch immer erst am Dreiundzwanzigsten.«

»Nein, kein Geschenk. Obwohl, wenn Sie grad was wüssten …«

»Also, spontan fällt mir jetzt nichts ein.«

»Sie können ja mal ein bissle drüber nachdenken. Jetzt bräucht ich aber Hilfe mit dem hier.« Er hielt sein Handy hoch. »Da gibt es jetzt so ein neues Programm. Das Dings … What's the app.«

»WhatsApp? Also so neu … egal. Was brauchen Sie?«

»Das Programm. Können Sie mir das überspielen?«

»Über… was?«

»Über… also, draufspielen. Aufs Telefon.«

»Ach so. Laden. Kein Problem.« Sie nahm Kluftingers Handy,

entsperrte es, wobei er sich wunderte, woher sie seinen Pincode, die 0000, kannte, und gab es ihm nach einer Minute zurück.

»Geht's nicht?«, fragte er enttäuscht.

»Doch, ist schon fertig.«

»Ach so, freilich. Prima.« Unschlüssig blickte er auf das Display.

»Soll ich's Ihnen erklären? Sie können da ja zum Beispiel einstellen, ob Sie ein Profilbild wollen, einen Status oder eine Lesebestätigung.«

Kluftinger schüttelte den Kopf. »Nein, mein Status geht niemanden was an, ich mein, das mit der Präsidentenstelle ist eh nur vorübergehend. Und Bestätigungen will ich auch keine, die liegen dann ja bloß rum, und man muss sie abheften ...«

»Ja, da haben Sie natürlich recht«, sagte Sandy mit einem Grinsen und ließ ihn wieder allein.

Der Kommissar nahm das Handy und betrachtete das grüne Piktogramm, das nun neben den Apps für Benzinpreise und das aktuelle Skiwetter stand. Die einzigen Programme, die er mit Markus' Hilfe zusätzlich zu den vorinstallierten erworben hatte. Er drückte auf das neue Symbol, worauf die Frage erschien, ob das Programm auf die Kontakte zugreifen dürfe. Kluftinger haderte lange mit sich, aber nach etlichen Minuten rang er sich zu einem *Ja* durch. Ein weiteres Fenster öffnete sich. Namen erschienen. Namen, die er kannte. Dazu Fotos und oft noch ein kleiner Spruch.

Er sah das Bild seines Sohnes mit seinem Enkelkind, darunter die Zeilen »Iss 'n Snickers«, ein Foto seiner Frau mit den Worten »Lebe lieber ungewöhnlich«, die meisten Kollegen der Musikkapelle, seine Schwiegertochter, ihren Vater mit kryptischen asiatischen Schriftzeichen und sogar seine Eltern, beide mit dem gleichen Bild, aber mit jeweils unterschiedlichen Zeilen darunter: Bei seiner Mutter stand »Mama ist die Beste«, bei seinem

Vater »Immer noch gut in Schuss«. Offenbar benutzten bereits alle heimlich das Programm, ohne ihm ein Wort davon zu sagen. Einem Impuls folgend, suchte er nun noch nach dem Schlagwort »Kurpfuscher«, worunter er die Nummer von Doktor Langhammer abgespeichert hatte. Natürlich war auch er schon dabei. Das Profilbild – Langhammer braun gebrannt und mit freiem Oberkörper auf dem Rennrad – überraschte ihn nicht. Ebenso wenig wie die Zeile darunter: »Survival of the fittest«. Er tippte noch einmal darauf, weil er zurück ins Menü wollte, da baute das Mobiltelefon einen Anruf an den Arzt auf. Hektisch drückte Kluftinger auf dem Telefon herum, bis die Anrufmeldung verschwand. Ein Gespräch mit dem Besserwisser hatte ihm gerade noch gefehlt. Stattdessen widmete er sich nun wieder seinem eigenen Profil.

Da er sich genötigt fühlte, ebenfalls etwas dazuzuschreiben, tippte er auf das dazugehörige Feld und gab das Wort »Priml« ein. Plötzlich klingelte das Telefon. »WhatsApp-Anruf« stand auf dem Display. Konnte einen die Software auch anrufen? Und war das unter Umständen recht teuer? Doch seine Neugier siegte, und er nahm den Anruf an.

»Na, mein Lieber, auch endlich im WhatsApp-Zeitalter angekommen?«, tönte die Stimme des Altusrieder Gemeindearztes.

»Jaja, schon gut Herr Doktor. Hab's grad erst installiert.«

»Und ich bin der Erste, den Sie anrufen?« Die Stimme des Arztes nahm einen feierlichen Tonfall an. »Ich bin wirklich gerührt, mein Lieber. Wir können gern engeren Kontakt halten über dieses Tool und uns auch regelmäßig Nachrichten schreiben, wenn Sie möchten.«

»Um Gottes willen!«

»Wie meinen?«

»Ich mein … um Gottes willen, jetzt ist hier grad … Alarm. Also losgegangen. Ich muss weg.«

»Oh, verstehe, ein Einsatz. Wie spannend, da wünsche ich Ihnen viel Erfolg! Nur auf ein Wort: Wie geht es der Gattin?«

Da hatte der Kommissar den Doktor schon weggedrückt. Dieses WhatsApp besaß offensichtlich noch ganz andere Gefahren, von denen nichts im Internet stand. Kluftinger beschloss, es nur im Notfall und hin und wieder zum Ausspionieren seiner Verwandten zu verwenden.

Er wollte sich nun endlich wieder der Akte Kruse zuwenden, da klopfte es. »Zefix, ja?«, rief er ungehalten.

Lucy Beer streckte ihren Kopf zur Tür herein. »Oha, dicke Luft?«

Bis jetzt nicht, dachte der Kommissar, der wieder den kalten Rauch ihrer letzten Zigarette riechen konnte. »Nein, schon gut, das war nicht gegen Sie ... ich hab nur ... was kann ich für Sie tun?«

»Ich wollte etwas wegen dem alten Fall fragen.«

»Verstehe, kommen Sie doch rein.«

»Waren Sie eigentlich schon mal wieder am Tatort, Chef?«

Kluftinger dachte an seine Führung und das unerwartete Erscheinen seines Vaters. »Nein, nicht so richtig.«

»Ist ganz wichtig, hat man uns immer gesagt. Nicht nur, um neue Spuren zu finden, sondern einfach, um noch mal eine Nähe zu dem Fall herzustellen. Oder haben Sie Schiss davor?«

Kluftinger zog irritiert die Brauen zusammen. Ihr Vorschlag war gut, er hatte das sowieso vorgehabt, aber ihr Ton und die Ausdrucksweise gefielen ihm ganz und gar nicht. Dennoch überhörte er ihren letzten Satz und stand auf. Er würde diesen lang hinausgeschobenen Plan jetzt sofort in die Tat umsetzen.

– 8 –

Es kostete Kluftinger einige Überwindung, das Waldstück am Rande seiner Heimatgemeinde zu betreten. Seit ihn die zwei noch immer unbekannten Männer im Wald überwältigt hatten, war er nur einmal hier gewesen: nachdem die Spurensicherung alles auseinandergenommen, jeden Stein umgedreht hatte. Der Wald hatte vor Polizisten nur so gewimmelt, und das hatte ihm Sicherheit gegeben. Doch nun war er allein, wie damals, als er auf Mendler gewartet hatte und seine Angreifer aufgetaucht waren. Die wirklichen Mörder von Karin Kruse, da gab es für ihn kaum Zweifel, auch wenn er mit dieser Meinung ziemlich allein dastand. Zwar bemühten sich alle redlich, die Männer dingfest zu machen, die ihn im Wald verschleppt hatten; doch an einen Zusammenhang mit dem alten Fall mochte keiner so recht glauben. Kluftinger jedoch war sich sicher: Die beiden Unbekannten hatten sich von der Zeitungsanzeige, mit der er und die Kollegen eigentlich Mendler hatten anlocken wollen, bedroht gefühlt. Wollten sicher gehen, dass ihnen keine Gefahr drohte, und hatten erbarmungslos zugeschlagen. Ebenso wie damals bei der Lehrerin. Seitdem liefen sie frei herum. Lebten womöglich ganz in seiner Nähe, unerkannt und unbehelligt.

Er fühlte eine unerwartete Beklemmung, als er den Wald betrat. Was, wenn er wieder auf sie traf? Sein Atem beschleunigte sich, doch er zwang sich, ruhig zu bleiben. Es war so gut wie ausgeschlossen, dass sie noch einmal auftauchten. Niemand wusste, dass er hier war.

Er tat einen ersten zaghaften Schritt, dann noch einen und

einen weiteren, bis er endlich von Bäumen umgeben war. Sein Pulsschlag normalisierte sich wieder. Alles war still und friedlich. Kluftinger ging langsam weiter, den Blick konzentriert auf den Boden gerichtet. Nach einer Weile blieb er stehen. Vor ihm lagen ein paar Überreste der Polizeiaktion: ein abgerissenes Stück Flatterband sowie ein paar Markierungen, die der Erkennungsdienst hinterlassen hatte. Hier war es also gewesen. Er starrte auf die Baumgruppe, die Kuhle dazwischen – ja, dort hatte er gelegen. War aufgewacht mit dröhnendem Schädel, hatte verschwommen die Schemen zweier Männer gesehen, beunruhigende Worte gehört wie *wegschaffen* und *Schluss machen*.

Er schüttelte den Kopf, als könnte er die düsteren Gedanken dadurch vertreiben. Nein, das war vorbei. Nicht vergessen, aber verarbeitet, zumindest verdrängt. Er war am Leben, gesund, sicher ... Da! Da hatte Wittgenstein gelegen. Langhammers Hund, diese treue Seele. Der ihm das Leben gerettet hatte. *Das Bellen* – er hatte es noch im Ohr. Dann der Schuss und dieses Wimmern. Nie würde er dieses Wimmern vergessen ... »Zefix!« Der Kommissar taumelte zurück. Er hatte sich überschätzt, hatte gedacht, er würde der Erinnerung standhalten. Aber er musste sich eingestehen, dass die Stelle, an der er diese Todesängste ausgestanden hatte, wohl für lange Zeit ein verwunschener Ort für ihn bleiben würde.

Schnell entfernte er sich, lief trotz der herbstlichen Kälte schwitzend über Wurzeln und feuchtes Laub, bis er genügend Distanz zwischen sich und seine Dämonen gebracht hatte. Jetzt war der Wald wieder einfach nur ein Wald. Keuchend stand er da, beschämt von seiner eigenen Schwäche. Nur gut, dass er allein gekommen war. Niemand sollte ihn so sehen, niemand ... er stockte. Da lag etwas hinter einem Baum. Er kniff die Augen zusammen. Konnte das sein? War das ...? Ja, es gab keinen Zweifel: eine kleine Puppe. Ein weiteres dieser unheimlichen dürren

Gebilde, die Willi ihm vorhin gezeigt hatte. Das hier sah dem im Labor zum Verwechseln ähnlich. Sollte er es mitnehmen? Andererseits: Willi wäre bestimmt außer sich, wenn er irgendwelche Spuren verwischte. Nein, er würde die Figur hierlassen, das war besser. Er war erleichtert über diese Entscheidung, denn aus irgendeinem Grund fürchtete er sich davor. Mit seinem Handy schoss er ein Foto, sodass er die Stelle jederzeit wiederfinden würde, und ging weiter.

Er vergrößerte seinen Radius und setzte seine Suche fort, auch wenn er nicht genau wusste, wonach. Dass er noch eine dieser Puppen finden würde, hätte er am allerwenigsten gedacht, doch genau so war es. Sie lag neben einem Baumstumpf, im Gestrüpp kahler Äste. Ein Arm war seltsam nach oben gestreckt, ganz so, als würde sie ihm zuwinken. Kluftinger schien es, als wäre es auf einen Schlag um mehrere Grad kälter geworden. Was machten all diese Dinge hier? Hatten Willis Leute sie übersehen? Das schien kaum möglich, wie immer waren sie sehr akribisch vorgegangen. Es hatte mit ihm und Strobl zwei aus ihren eigenen Reihen erwischt, da kam zur normalen Sorgfalt noch etwas anderes hinzu: Jagdfieber.

Das würde allerdings bedeuten, dass die Figur danach hier platziert worden war.

Gehetzt blickte Kluftinger sich um: Waren ihm die Typen doch auf den Fersen? Spielten sie ein bizarres Spiel mit ihm? Er schaute zurück in die Richtung, wo er die andere Puppe gefunden hatte. Waren das Brotkrumen, denen er folgen sollte? Er machte ein weiteres Foto und ging dann auf einer gedachten Linie weiter, die von den zwei Puppen ins Ungewisse führten.

Ein paar Minuten später blieb er stehen. Vor ihm, mitten im Wald, hatte jemand zwischen die Bäume einen Unterschlupf gebaut. Nur ein rudimentäres Lager aus Ästen und Blättern, aber zweifellos von Menschen gemacht. »Zefix«, entfuhr es ihm.

Ob er zurückfahren und Verstärkung holen sollte? Nein, er war schon zu weit gekommen, um umzukehren. Die Neugier trieb ihn voran, ließ ihn auf das Lager zugehen. Er lauschte eine Weile, versuchte nicht zu atmen, doch er hörte keinen Laut. Falls das das Versteck seiner Peiniger war, waren sie momentan zumindest nicht da. Er lief weiter, schob einen Rupfensack beiseite, der den Eingang verdeckte – und erstarrte. Der kleine Verschlag war voll von diesen Puppen, sie lagen kreuz und quer auf dem Boden, waren an den Ästen befestigt, die die Wände der seltsamen Behausung bildeten.

Als der grobe Stoff des Sackes hinter Kluftinger zurück vor die Öffnung glitt, war es auf einmal stockdunkel, und er hatte das Gefühl, keine Luft mehr zu bekommen. Er riss den Vorhang wieder auf und befestigte den Sack so, dass er nicht mehr zufallen konnte. Dann widmete er sich wieder den Figuren. Einige von ihnen schienen unfertig, als seien sie erst im Entstehen. Dann entdeckte der Kommissar auch Holzspäne und ein Schnitzmesser. Offenbar waren die Figuren damit bearbeitet worden. Manche wirkten nicht nur unfertig, sondern ... Kluftinger dachte nach, doch er fand kein besseres Wort: *versehrt.* Sie schienen Wunden aufzuweisen, Kerben, die man ihnen absichtlich zugefügt hatte. Was um alles in der Welt hatte es damit nun wieder auf sich?

Er konnte den Gedanken nicht zu Ende führen, denn plötzlich hörte er Stimmen. Verdammt, sie kamen zurück – und er hatte sich wie eine hirnlose Fliege in ihr Spinnennetz begeben. Sein Griff ging zu seiner linken Körperseite, dort, wo er normalerweise seine Waffe trug. Doch da war nichts. Wie auch? Er hatte sie bei seiner Entführung eingebüßt und seither noch keine neue bekommen.

Vielleicht waren es ja nur Spaziergänger, die sich da näherten, sagte er sich. Doch er wusste, dass die Chance, hier mitten unter der Woche und bei der Kälte Spaziergänger anzutreffen, gleich null war. Also zog er den Sack wieder zu, griff sich das Messer, das auf dem Boden lag, und wartete. Die Stimmen kamen näher. Er versuchte zu hören, was sie sagten, verstand aber nichts. Noch etwas wurde ihm klar: Dies waren nicht die Stimmen der Männer, die ihn verschleppt hatten. Sie waren höher, klarer. Frauenstimmen. Hatten die beiden Komplizinnen? Und wenn ja: wie viele?

Sie waren nur noch wenige Meter entfernt. Kluftinger wog prüfend das Messer in seiner Hand. Gegen Frauen hatte er vielleicht eine Chance, selbst wenn sie in der Überzahl wären. Er richtete sich auf, soweit das in dem niedrigen Unterschlupf möglich war, und wartete. Das Überraschungsmoment würde auf seiner Seite sein, dachte er. Doch als der Rupfensack zurückgezogen wurde, er einen Satz nach vorn machte und sah, wer da vor ihm stand, begann er zu schreien.

– 9 –

Minuten später hatte sich Kluftingers Atmung noch immer nicht beruhigt, so sehr hatte er sich erschrocken. Dass ihm in dem Moment, in dem er seine Deckung aufgab, ausgerechnet vier Halbwüchsige gegenüberstehen würden, damit hatte er beim besten Willen nicht gerechnet. Doch auch denen steckte der Schock sichtlich in den Knochen: Ein unbekannter älterer Mann hatte sich in ihrer Höhle versteckt und auf einmal mit ihrem Schnitzmesser vor ihnen herumgefuchtelt.

Der Kommissar versuchte, möglichst beruhigend auf die drei Buben und das Mädchen einzureden, doch bislang ohne durchschlagenden Erfolg: Sie saßen aufgereiht auf einem Baumstamm und schauten ihn verschüchtert an. Er hatte das Gefühl, als kämen seine Worte bei ihnen nicht an. Mit dem strahlendsten Lächeln, zu dem er im Moment fähig war, ging er auf die Kinder zu, beide Hände beschwichtigend vor dem Körper. »Also noch mal: Ich wollt euch nicht erschrecken. Ihr müsst keine Angst haben, ich bin von der Polizei.«

»Police?«, fragte das schwarzhaarige Mädchen, das der Kommissar auf vielleicht zehn oder elf Jahre schätzte.

»Yes«, antwortete Kluftinger lächelnd. »Also, ihr könnt kein Deutsch? You speak not German? I am the police. Habt keine Angst. Have no worries.« Er war froh, dass er dank des ständigen Mailaustausches mit Yumikos Vater eine gewisse Gewandtheit in der englischen Sprache erlangt hatte.

Jetzt sahen sich die drei dunkelhaarigen Jungen erstaunt an. »Wir können … nur kleine Deutsch«, sagte einer von ihnen. »We are refugees. Geflohen. From Syria. With our families. Eltern, Bruder, Schwester, Friends.«

»Ahso, ja, ich verstehe. Also, ich bin der Kommissar Kluftinger. Klafftinscher. I am … wohning in Altusried.«

»Wir auch Altusried. Schöne … Dorf. Aber kalte«, erklärte ein weiterer Junge und grinste breit. »Wir sind Schule. Klasse 6b.«

»Soso, ihr geht in die Schule in Altusried. Und wo wohnt ihr?«

Das Mädchen senkte traurig den Kopf. »Erste … Einrichtung … Haus … Aufnahme?«, stammelte sie, wobei sie sich redlich bemühte, den schwierigen administrativen Begriff herauszubekommen.

Kluftinger überlegte, dann hellte sich seine Miene auf. Sicher meinten sie die ehemalige Jugendherberge am Ortsrand, die der Marktgemeinde Altusried seit Kurzem als kommunale Flüchtlingsunterkunft diente.

»You live in se young people … hotel?«

Die Kinder, die alle etwa im Alter des Mädchens sein durften, sahen ihn ratlos an.

»Egal. Versteht ihr mich so gut, dass ich euch ein paar Fragen stellen kann?«

An den Mienen der Kinder konnte er ablesen, dass sie kein Wort kapiert hatten. Er musste langsamer reden. Deutlicher. Englischer. »Well … can I … question you something?«

Sie zuckten mit den Achseln.

»Policeman, show your gun!«, sagte einer der Buben freudestrahlend.

Der Junge wurde von seinem Nebenmann in die Rippen geboxt. »Naim, no!«

Doch Naim ließ sich nicht beirren. »Shut up, Khalid! Gun?« Der Junge formte mit Zeige- und Mittefinger eine Pistole. »Poff!«

Kluftinger lächelte. Jetzt wusste er, was sie wollten, doch leider musste er sie enttäuschen: »Gun ins gone.«

Die Kinder wirkten fast ein wenig beleidigt. »Boring, man!«

Der Kommissar zuckte mit den Schultern. Die Sprachbarriere war größer als gedacht. Irgendwie musste er es schaffen, ihnen ein paar Fragen zu stellen. Immerhin war eine ihrer Puppen am Tatort gefunden worden. Vielleicht konnten sie irgendetwas zu seinen Ermittlungen beitragen. Er überlegte kurz, dann zeigte er auf sich. »I am, wie gesagt, the Herr Kluftinger. Adalbert. This is Naim, you Khalid. And you?« Er schaute den verbliebenen Jungen und das Mädchen fragend an.

»Ich Amira, das hier ... Salim. Meine ... Bruder.«

»Good.« Kluftinger bückte sich nach einer der Puppen und hielt sie dem Mädchen hin.

»Amira, was ist das? What this?«

Das Mädchen sah zu ihren Freunden. Schließlich nickte einer von ihnen und kroch in den Unterschlupf. Kurz darauf kam er mit einer Handvoll der Figuren wieder zurück. »Look!«, sagte er auffordernd und setzte sich wieder zu seinen Freunden.

»Have I schon gesehen. Inside. Amira, habt ihr die gemacht, du und die Buben?«

Das Mädchen verstand nicht.

»You all make ... puppies?«

Jetzt nickte Amira.

»Why?«

Das Mädchen zischte ihrem Bruder Salim etwas zu, und als der sich mehr als zögerlich erhob, gab sie ihm einen Klaps auf den Rücken. Auch Salim verschwand kurz in der kleinen Höhle und kam mit einem Holzgebilde zurück, einer Art Boot. Es war aus mehreren Ästen zusammengebaut und bunt bemalt worden. Salim nahm eine Puppe nach der anderen aus der Kiste und stellte sie ins Innere des kleinen Schiffes.

»This ship, it's ... voll. Refugees. From Syria. Many are dead. Tot. And injured. Verlesst?«

Kluftinger wurde blass. Die Kinder hatten sich also nachmittags hier im Wald getroffen, um ein Flüchtlingsschiff zu basteln, wahrscheinlich ganz ähnlich demjenigen, mit dem sie nach Europa gekommen waren, um dem Krieg in ihrem Heimatland zu entfliehen. Er spürte, dass es ihm den Boden unter den Füßen wegzog angesichts dessen, was diese Kinder in den vielleicht gerade einmal zwölf Jahren ihres Lebens schon alles mit angesehen hatten. Welches Leid, welche Not, welche Angst sie erlitten hatten.

»Du auch injured. Da, Kopf!« Salim hatte sich vor ihm aufgebaut und zeigte auf die Stelle an Kluftingers Kopf, an der ihn der Schlag der Unbekannten im Wald getroffen hatte.

Er runzelte die Stirn. »Wie meinst du das jetzt?«

»Zwei ... Mann«, antwortete der Junge ernst, sah in die Runde seiner Freunde, woraufhin die alle zu nicken begannen.

»Zwei. Männer«, bestätigte Amira, und wirkte sichtlich stolz, dass sie die richtige grammatikalische Form benutzt hatte.

»Ihr wisst das?«

Die Kinder nickten. »Habt ihr was gesehen? See something?«

Amira zuckte mit den Schultern.

Kluftinger fluchte. Es war zum Haareraufen. Sie verstanden ihn nicht, und er würde nicht verstehen, was sie ihm zu erzählen hatten. Verzweifelt blickte er auf die Puppe in seiner Hand. Wenn die Kinder doch nur so gut Deutsch sprechen könnten, wie sie bastelten ... Da kam ihm eine Idee. Er ging noch einmal nach drinnen, nahm ein paar der Blätter und Stifte, die er vorhin gesehen hatte, und hielt sie den Kindern hin. »You paint. Me. Als ich injured am Kopf.« Er haute sich mit der Hand gegen den Schädel.

Da begannen die Augen der Kinder zu leuchten, sie griffen sich das Papier und begannen zu zeichnen.

– 10 –

»Bin daheim!«

Kluftinger legte die Zeichnung auf die Kommode im Hausgang. Noch einmal betrachtete er sie, doch sie blieb rätselhaft. Die Kinder hatten sie als Antwort auf seine vielen Fragen gemalt, doch er verstand diese Antwort nicht. Das Zentrum der Zeichnung bildete etwas Großes, Unförmiges, das aussah wie ein Berg mit dicken, kurzen Armen und Beinen, vielleicht ein Riese oder eine andere bedrohliche Kreatur. Darauf saß eine weitere Gestalt, feingliedrig, mit sechs kleinen Beinen und einem Stachel, wie ein Insekt. Ein Skorpion vielleicht? Sicher hatten die Kinder in ihrer Heimat viele dieser Tiere gesehen. Aber was wollten sie ihm damit sagen? Und was hatte es mit der dritten Gestalt auf sich, einer Art Spinne, die etwas abseits stand?

Er seufzte resigniert. Für einen Moment hatte er gedacht, die Kinder hätten tatsächlich etwas beobachtet, damals, beim Überfall im Wald. Dann hätte er sie befragen können, vielleicht zusammen mit den Eltern, mithilfe eines Dolmetschers. Hätte etwas über die Angreifer in Erfahrung bringen können. Doch wenn er ihr Bild anschaute, zweifelte er daran. Immerhin aber war jetzt die Herkunft der bizarren Püppchen geklärt, auch wenn es Kluftinger beim Gedanken an den traurigen Hintergrund des Ganzen vor Beklemmung erneut die Kehle zuschnürte.

»Erika?«

Die Küchentür öffnete sich, und seine Frau lächelte ihn matt an. »Na, wie geht's dir, Butzele?«

»Mir? Sag du lieber mal. Besser?«

Erika nickte. Sie wirkte zwar noch müde, ihr Lächeln war nicht so strahlend, nicht so unbeschwert, wie Kluftinger es von ihr gewohnt war – aber er sah sofort, dass es ihr besser ging als in den letzten Tagen.

»Ich häng noch ein bissle in den Seilen, aber die Migräne ist weg. Gott sei Dank. Der Martin hat genau gewusst, was er mir geben muss – auch wenn mich die Spritze gestern so müd gemacht hat.«

»Ja mei, wenn der Langhammer noch nicht mal bei Kopfweh das richtige Medikament parat hätt, dann sollt er umschulen auf Tierarzt.«

»Sei nicht so, ich bin froh, dass er sich kümmert. Und bei dir?«

»Hm, ich hab heut eine komische Begegnung gehabt«, begann Kluftinger zu erzählen. »Ich war im Wald, oben bei …«

»Mei, das ist ja nett, wer hat dich denn da gemalt, Butzele?«, fiel ihm seine Frau ins Wort. Sie hatte das Bild auf der Kommode entdeckt. »Bloß, was für ein Tier sitzt denn da auf dir drauf?«

Offensichtlich war Erika doch noch nicht wieder ganz auf dem Damm, angesichts ihrer Interpretation der Zeichnung. »Wie kommst du denn jetzt drauf, dass das Bild was mit mir zu tun haben könnt?« Er fand es geradezu beleidigend, dass sie in dem Koloss mit den zu kurzen Armen ausgerechnet ihn zu erkennen glaubte.

»Also komm, wenn das nicht du bist … Woher ist denn das Bild?«

Kluftinger berichtete Erika von seiner Begegnung im Wald, von den hilfsbereiten Kindern und ihrem Schicksal. Und von der Zeichnung, die Amira und die Buben ihm gegeben hatten.

»Ich hab die dann noch ein Stück im Auto mitgenommen, die haben sich richtig gefreut. Sogar das Blaulicht wollten sie sehen.« Dass er den Jungs versprochen hatte, ihnen bei Gelegenheit auch mal die Dienstwaffe zu zeigen, verschwieg er lieber.

»Die müsstest du mal ins Kommissariat einladen, da würden die gucken«, schlug Erika vor.

»Ja, mal schauen. Vielleicht können wir da wirklich mal was arrangieren. Die haben's schwer, müssen sich in einem völlig fremden Land, in einer ganz anderen Sprache und Kultur zurechtfinden.«

»Ja, das macht einen ganz traurig«, pflichtete seine Frau ihm bei.

»Wobei, die haben eigentlich ganz fröhlich gewirkt«, beeilte sich Kluftinger zu sagen, der befürchtete, seine Frau könnte gleich wieder in die nächste depressive Verstimmung schlittern.

»Trotzdem haben sie es nicht leicht. Und den Eltern geht's ja nicht besser. Die Wimmer Evi, die gibt jetzt Deutschkurse im Flüchtlingsheim. Sie erzählt ab und zu davon. Man kümmert sich viel zu wenig um Menschen, die unverschuldet ...«

Es klingelte. Kluftinger sah Erika verwundert an. »Wer könnt jetzt das sein?«, fragte er, ein bisschen besorgt, dass möglicherweise Langhammer wieder unangemeldet vor der Tür stand.

»Der Markus«, erklärte Erika.

»Schon wieder?« Ihm war ein wenig bange, dass sein Sohn das Thema auf den kleinen Vorfall in der Waschküche lenken könnte.

»Was soll denn das jetzt heißen? Er und Yumiko haben einen Termin und lassen das Kind kurz bei uns.«

»Ach so, mei, das ist ja schön.«

»Siehst du, alter Brummbär.« Damit öffnete Erika die Tür, und schon hörte man das Baby kläglich weinen.

Kluftinger eilte seiner Frau nach und nahm Yumiko sofort sein Enkelkind vom Arm. »Ja was hat denn mein kleines Engele? Warum muss es denn weinen? Hat's seinen Opa so arg vermisst?«

Markus grinste. »Dir auch einen wunderschönen guten Abend, liebster Vater. Ich glaub, die Trennung seit gestern war hart für dein Enkelkind, aber noch mehr als dein liebliches Antlitz fehlt seitdem der Schnuffel-Esel. Ich glaub, den hab ich liegen lassen. Kann das sein?«

Der Kommissar zog die Brauen zusammen. »Grüß euch. Also, bei uns nicht, ich hätt den ja sicher gefunden, wenn er …«

»Ach, der Vatter weiß doch nix«, schnitt Erika ihm das Wort ab. »Ich hab ihn schon hergelegt.« Sie griff zur Kommode und legte die Zeichnung beiseite. Darunter kam das flauschige Stofftier zum Vorschein, das das Kind seit seiner Geburt ständig dabeihatte.

Markus klopfte seinem Vater auf die Schulter und sagte grinsend: »Schon gut für uns alle, dass die Mutter wieder fitter ist, gell, Vatter? Die Verantwortung für den gesamten Haushalt hat doch schwer auf dir gelastet.«

Yumiko versetzte ihm einen Stoß in die Nierengegend. »Hallo zusammen. Ich glaub, ich müsst mal einen neuen Reifen aufziehen.«

Kluftinger sah sie verwundert an. »Beim Auto? Jetzt?«

»Nein, Papa. Beim Kind.« Yumiko grinste. »Wir sagen das manchmal, wenn's eine neue Windel braucht.«

»Au weh, jetzt riech ich's auch«, bestätigte Erika. Kluftinger reichte den Nachwuchs mit weit von sich gestreckten Armen an seine Schwiegertochter weiter, die in Richtung Bad verschwand.

»Heu, Vatter, habt ihr euch heut in der Selbsthilfegruppe selber malen müssen?« Markus zeigte amüsiert auf die Kinderzeichnung. Er nahm das Blatt und drehte es in verschiedene Richtungen. »Interessant, wie du dich selber so siehst.«

Kluftinger schüttelte mürrisch den Kopf. »Ich geb dir gleich eine Selbsthilfegruppe.«

»Bloß nicht so dünnhäutig. Schickes Hemd übrigens.«

Kluftinger sah das Grinsen im Gesicht seines Sohnes und

zwinkerte ihm zu – in der Hoffnung, dass der das Thema Wäsche im Beisein seiner Mutter nicht anschneiden würde.

Erika jedoch hakte ein: »Ach so, wegen dem Hemd, da wollt ich dich eh fragen …«

»Du, Mama, wie geht's dir denn überhaupt?«, unterbrach sie ihr Sohn.

Kluftinger warf ihm einen dankbaren Blick zu.

»Viel besser. Schön, dass du fragst, Markus. Ich war heut beim Martin in der Praxis, der hat auch gemeint, das Schlimmste sei vorbei, von der Migräne her. Was ich da an den Augen hatte, diese Aura, da hab ich wirklich Angst bekommen. Aber der Martin hat mir bestätigt, dass viele Leute das haben und es an sich nicht bedrohlich ist. Er hat mir das lange erklärt und sich Zeit genommen. Dabei geht's ihm selber gerade nicht besonders.«

»Wem?«

»Na dem Martin.«

»So? Gestern hat er noch recht fidel gewirkt. Hat mich blöd angeredet wie immer«, brummte Kluftinger.

»Ich glaub, er überspielt seinen wirklichen Gemütszustand bei dir.« Erika strich ihrem Mann über den Arm. »Der Martin und die Annegret leiden sehr unter dem Verlust ihres Hundes. Das hat sie tief getroffen, glaub mir. Sie zieht sich richtig zurück, hat jetzt sogar wieder angefangen zu malen.«

»Ui, Vatter, da könntest du dich ja mal einklinken, bei deiner Begabung.« Er zeigte mit breitem Grinsen auf die Zeichnung aus dem Wald.

»Ehrlich, ich glaub, die Langhammers bräuchten wieder ein Tier, um das sie sich kümmern können.«

»Das arme Viech.«

»Du und dein immerwährender Streit mit dem Langhammer«, sagte Markus kopfschüttelnd.

»Streit? Schmarrn. Aber vielleicht wäre als Haustier eine

Schildkröte ganz gut, die kann sich zurückziehen in ihren Panzer, wenn der Doktor nervt.«

»Stopp, hör auf damit.« Erika hob eine Hand. Ihr Ton war scharf – es war ihr ernst, daran gab es keinen Zweifel. »Ich hab keine Lust mehr auf diese negative Art. Es ist genug Schlimmes passiert, was uns zeigt, dass wir zusammenhalten müssen. Wäre der Hund nicht gewesen, wer weiß, was mit dir heut wär, Butzele.«

Kluftinger schluckte. Er wusste, dass sie recht hatte – und außerdem wollte er nicht, dass sie wieder ihre Migräne bekam. Also gab er sich wohl oder übel konziliant. »Ist ja schon gut. Ich weiß, was du meinst. Aber ich glaub nicht, dass man sich als echter Hundefreund so mir nichts, dir nichts einen neuen Kläffer zulegen will, wenn der eine erst so kurz unter der Erde ist.«

»Ich fände es eine schöne Geste, wenn *du* das übernehmen würdest.«

Kluftinger sah seine Frau verblüfft an. »Wie jetzt?«

»Ja. Ich hab gedacht, ob du ihnen nicht einen Hund aussuchen magst. Vielleicht einen ganz ähnlichen.«

»Ich? Sag mal, ich kenn mich doch gar nicht aus bei so was. Und hast du überhaupt eine Ahnung, was so ein rumänischer Wischmob kostet, wie der Wittgenstein einer war?«

»Ungarischer Wischler«, korrigierte Markus.

»Was auch immer. Schließlich hat der Langhammer doch monatelang gewartet, bis er vom Züchter so einen bekommen hat.«

»Bis dahin werden die zwei depressiv«, murmelte Erika.

»Ich finde sowieso, dass man nicht zu einem Züchter gehen sollte«, konstatierte Markus. »Im Tierheim gibt's Dutzende Hunde, die ausgesetzt oder in Südeuropa aus Tötungsstationen gerettet wurden.«

»So oder so, ich bleib dabei: Man kann einen solchen Verlust nicht einfach durch ein neues Tier ersetzen. Ich kann mir doch auch keinen neuen Strobl in irgendeinem Heim holen.« Kluftinger fand seinen Vergleich im Nachhinein selbst etwas geschmacklos und wechselte das Thema. »Apropos, seine Nachfolgerin, ich mein, unsere neue Kollegin, hat heute ihren Dienst angetreten. Scheint eine patente junge Frau zu sein, was man bis jetzt sagen kann. Bloß wie sie redet …«

Erika ließ ihm das nicht durchgehen: »Lenk bitte nicht ab.«

»Ich versteh einfach nicht, dass die Leute Tausende Euro hinlegen für Rassehunde«, schaltete sich Markus wieder ein, »wo sie im Tierheim für quasi umsonst einen Hund bekommen, der wahrscheinlich viel dankbarer ist als irgendein überzüchteter Nobelwelpe.«

»Da hast du allerdings recht«, stimmte Kluftinger ihm zu.

»Du machst es also?« Erika strahlte ihn an.

»Was jetzt?«

»Du schaust dich nach einem Hund für den Martin um?«

»Das hab ich doch gar nicht …«

»Butzele, du bist einfach der Beste.« Erika drückte ihn an sich und küsste ihn auf die Wange.

»Na dann, ab ins Heim mit dir«, grinste Markus.

»Wer muss ins Heim?« Yumiko kam eben mit dem Kind auf dem Arm aus dem Bad zurück und stellte die Wickeltasche ab. Jetzt sah sie besorgt in die Runde.

»Bloß der Vatter. Aber direkt ins Tierheim.«

Kluftinger boxte ihn in die Rippen. »Red nicht so blöd daher, Bub. Sei froh, dass du noch so junge und rüstige Eltern hast.«

»Er sieht sich im Tierheim nach einem Hund für den Martin Langhammer um, Yumiko. Ist das nicht lieb von ihm?«, sagte Erika mit dankbarem Blick auf ihren Mann.

»Vatter, wenn du eh gehst, nimm doch gleich dein Enkelkind mit. Ist frisch gewickelt, in der Beziehung also schon mal absolut safe«, schlug Markus vor.

»Au ja, das machst du«, stimmte Erika ein. »Für so ein kleines Menschlein sind Tiere sowieso das Allergrößte. Das hat dir doch auch immer so gut gefallen, gell, Markus?«

»Ja, war das so?«

Priml. Aus der Sache würde er nicht mehr sauber rauskommen, fürchtete der Kommissar. »Wenn ihr meint ... Von mir aus, mach ich halt einen Ausflug mit meinem Enkelkind. Habt ihr den Kinderwagen im Auto?«

»Klar«, antwortete Markus und hielt Kluftinger seinen Schlüssel hin. »Nimmst am besten gleich mein Auto. Und ich deins.«

»Nein, der Passat tut's mir gern«, rief der Kommissar erschrocken.

»Auf dem Bild bist du aber gar nicht gut getroffen, Papa«, tönte Yumiko.

Kluftinger sah, dass nun sie die Kinderzeichnung in der Hand hielt. »Das bin nicht ich«, schimpfte er, auch wenn seine Schwiegertochter die Ähnlichkeit immerhin infrage gestellt hatte.

Die Japanerin schüttelte den Kopf. »Stimmt, auf dem Bild hast du ja nur vier Finger – und die Schuhe sind völlig falsch gemalt.«

Kluftinger seufzte.

Yumiko übergab ihrem Schwiegervater das Kind, das gleich die Hände nach seinem Opa ausstreckte.

»Dann schauen wir mal, welche Tiere wir da im Heim zu sehen bekommen, gell, mein kleiner Butzel?«

Das Kind gluckste.

»Ihr bleibt ja hoffentlich schön weg von den Käfigen, oder? Manchmal gibt es da regelrechte Untiere«, mahnte Yumiko.

»Brauchst keine Angst haben, der Vatter kennt sich aus im Tierheim.«

»Ja, da waren wir früher oft mir dir, gell, Markus?«

»Allerdings«, erwiderte der bitter. »Weil du zu geizig für einen

Zoobesuch warst. Geschweige denn, dass du mir ein Haustier gegönnt hast. Nicht mal einen Hamster.«

»So ein Hamster hält doch höchstens ein, zwei Jahre, schon ist er kaputt. Und dafür frisst er einem die Haare vom Kopf. Nicht mal essen kann man die. Wären ja Hasen noch besser«, polterte Kluftinger.

»Jetzt fahrt ihr mal«, sagte Erika und schob ihren Mann zur Tür. »Sonst machen die das Tierheim noch zu. Guck dich halt einfach mal unverbindlich um. Wichtig wäre auf jeden Fall, dass du fragst, wie die einzelnen Hunde so sind. Ein neuer müsste schon gut zu den Langhammers passen. Sonst kann das nach hinten losgehen.«

»Schon klar, wir zwei werden die Lage sorgfältig sondieren, gell, mein Engele?«

»Ja verreck, der Kluftinger! Sieht man dich auch mal wieder? Kommst jetzt mit dem Enkelkind statt mit deinem Sohn, oder wie? Kriegst im Zoo noch keinen Seniorenrabatt?«

Kluftinger hob die Hand zur Begrüßung. Pirmin Bunk, einer der Klarinettisten aus der Musikkapelle, war zeit seines Arbeitslebens – und das waren mittlerweile bestimmt fast vierzig Jahre – der Leiter des Tierheims in Altusried. Mehrere der umliegenden Gemeinden hatten sich hierfür zusammengeschlossen und unterhielten diese Einrichtung am Ortsrand des Dorfes samt hauptamtlichem Pfleger. Kein Wunder, dass man Bunk nachsagte, er sei ein regelrechter Tierflüsterer. Kluftinger hatte erst vor Kurzem im »Blättle«, der wöchentlichen Gemeindezeitung, einen Bericht über seine Hundekurse gelesen.

»Servus, Pirmin. Sei doch froh, wenn sich jemand für die armen Kreaturen hier interessiert. Und für die Tiere.« Er ging mit dem Kind auf dem Arm ein Stück weiter auf die Gittertür zu, die den Haupteingang zum Gelände der Einrichtung bildete. Den

Kinderwagen hatte er im Auto gelassen – nicht zuletzt, weil es ihm nicht gelungen war, ihn ordnungsgemäß auseinanderzufalten.

»Du, wir können uns nicht beklagen«, versetzte Bunk. »Uns geht's ganz gut. Kriegen viele Spenden. Also, von großzügigen Leuten. Und es kostet jetzt sogar Eintritt. Zehn Euro Schutzgebühr.«

Kluftinger blieb der Mund offen. *Schutzgebühr? Zehn Euro?* Dafür, dass man sich Zeit für ausgesetzte, ungeliebte Tiere nahm? Hier wurde aus dem Leiden hilfloser Geschöpfe Profit geschlagen. Das ging zu weit. Solchen Fehlentwicklungen musste man entgegenwirken – und zwar indem man sie boykottierte. Er wollte sich eben wieder verabschieden, da hörte er Bunks kehliges Lachen.

»War bloß Spaß, Klufti.«

»Ich ... ja, von mir auch«, antwortete der Kommissar mit gequältem Lächeln.

»Ja, dann: Immer rein mit dir, du geiziger Hund. So ein nettes kleines Ding, das du dabeihast. Hat zum Glück nix vom Opa, gell?«, sagte der gut einen Meter neunzig große und wuchtige Bunk und haute ihm mit seiner Pranke auf die Schulter. Prompt begann das Kind auf Kluftingers Arm zu weinen.

»Priml.«

»Mei, hab ich's erschreckt? Das wollt ich nicht. Das tut mir aber leid, du kleiner ...« Er hielt kurz inne. »Was isches denn?«

»Ein Kind, das siehst du doch«, brummte der Kommissar missmutig.

»Was du nicht sagst. Und wie heißt's?«

»Kluftinger.«

»Ich mein, mit Vornamen.«

»Ist noch nicht getauft. So, wir zwei schauen uns mal ein bissle bei euch um, gell?«

»Au, da solltet ihr unbedingt mal zu den Vogelkäfigen gehen, vorne, im Haupthaus. Wir haben so einen lustigen roten Ara. Den müsst ihr sehen.« Bunk schob seine Schubkarre mit zwei Futtersäcken weiter in Richtung des einstöckigen Nebengebäudes.

Kluftinger folgte dem Ratschlag des Tierpflegers. Schon als Kind hatten ihn die großen, bunten Vögel fasziniert. Und schließlich war er vor allem hier, um seinem Enkelkind ein paar drollige Tiere zu zeigen – dass er dem Doktor hier und heute tatsächlich einen neuen Hund aussuchen würde, bezweifelte er.

»Schau, das ist ein Papagei, mein Schätzle.« Der Kommissar stand mit dem Kind auf dem Arm vor der Voliere. Bunk hatte recht: Der Ara war ein prächtiges Tier mit strahlend buntem Gefieder. Und er nahm bereits Kontakt mit seinen Besuchern auf: Langsam wagte sich der Vogel seitlich auf seiner Stange in Richtung Gitter vor, wobei er Kluftinger und das Kind mit einem Auge beobachtete.

»Komm, sag mal was«, forderte der Kommissar das Tier auf.

Und tatsächlich plusterte der Papagei sein Gefieder auf und schnarrte: *»Maaaagst du eine Nudel?«*

Kluftinger lachte laut los. Er hatte maximal ein »Hallo« erwartet. »Du sagst ja lustige Sachen. Was kannst du denn noch?«

»Maaaagst du eine Nudel?«

»Ja, das haben wir gehört, und sonst?«

»Fettsack.«

Kluftinger erschrak. Hatte das Tier ihn wirklich gerade …

»Fettsack. Fettsack. Fettsack.« Der Papagei hüpfte aufgeregt auf seiner Stange herum und stellte die Kopffedern auf.

»Komm, wir gehen«, erklärte der Kommissar mit hochrotem Kopf und eilte in den nächsten Raum, in dem ein paar ausrangierte Terrarien standen, in denen nun herrenlose Reptilien wohnten. Neben einem Leguan befanden sich zurzeit noch zwei

Schlangen in der Einrichtung. Als er sie sah, beschlich den Kommissar dieselbe Beklemmung wie in seiner Kindheit, eine Mischung aus Faszination und Abscheu. Mit seinen Eltern war er manchmal in einem Reptilienzoo im Westallgäu gewesen, in der Nähe von Scheidegg, dem sogenannten »Paradies der Ungeliebten«, was er gleichermaßen interessant wie furchteinflößend fand.

»Schau mal, da ist eine Schlange.«

Das Kind hatte die Augen weit aufgerissen und starrte das Tier fasziniert an.

»Toll, gell? Wie groß die ist ... aaaaahhhh.«

Kluftinger erstarrte. An seinem Hals, direkt unter seinem rechten Ohr, hatte er eben etwas Kaltes gespürt – und nahm jetzt im Augenwinkel den Kopf einer kleinen getigerten Schlange wahr. Er wagte nicht, sich zu rühren, nicht zu atmen ...

»Sssssss, die böse Schlange kommt und frisst dich auf.«

Der Kommissar fuhr herum: Mit breitem Grinsen stand Pirmin Bunk hinter ihm, in der Hand eine Gummischlange.

»Ja sag mal, bist du völlig umnachtet, Pirmin? Beinah hätt ich das Kind fallen lassen. Und ich hätt sterben können vor Schreck.« Der Kommissar bemühte sich, nur halb so laut zu schreien, wie er es eigentlich für nötig erachtet hätte, um das Kind nicht weiter zu beunruhigen.

Bunk machte eine wegwischende Handbewegung. »Ach was, so instabil wirkst du jetzt auch wieder nicht, Klufti. Hier, ein bissle Nervennahrung für euch.« Mit diesen Worten langte Bunk in die Tasche seines Blaumanns und holte zwei Bonbons jener Sorte hervor, die er schon Markus als Kind immer hatte andrehen wollen, die jedoch sämtliche Kluftinger-Generationen verabscheuten: die mit Orangen- oder Zitronengeschmack und flüssigem Kern. Der Tierpfleger hielt sie ihm mit seinen rissigen, schmutzigen Fingern unter die Nase.

»Von Kindern hast du keine Ahnung, oder? Ein Baby darf doch keine Bonbons essen, Herrgott.«

Bunk zuckte mit den Schultern und ließ die Süßigkeiten zusammen mit der Gummischlange wieder in seine Tasche gleiten.

»Sagt mal, wollt ihr die Katzen sehen? Oder die Kaninchen? Süße Dinger dabei. Oder doch lieber die Hunde?«

Kluftinger seufzte. Eigentlich hatte er sich einfach mal allein mit dem Nachwuchs umschauen wollen, aber wenn Bunk nun schon einmal da war – und bevor der noch mal auf dumme Gedanken kam …

»Dann lass halt mal die Hunde sehen, in Gottes Namen.«

Sie folgten dem Tierpfleger zum Innenhof, auf dem an zwei Seiten die Zwinger angebracht waren. Als die Tiere den Besuch bemerkten, kamen sie schwanzwedelnd angerannt und sprangen an den Gitterstäben hoch. Kluftinger spürte, dass sein Enkelkind ein wenig zurückwich, und drückte es noch fester an sich, worauf es interessiert in die Käfige blickte.

»Der ist zum Beispiel ein ganz Netter. Heißt Rocco«, erklärte Bunk und zeigte auf einen freundlich dreinblickenden, ziemlich ergrauten Rauhaardackel. »Der wär was für dich, Klufti, wenn du bald in Rente gehst. Der will's auch ruhig angehen lassen, ist schon zehn, hätte also in Hundejahren ungefähr dein Alter. Mit dem überanstrengst du dich nicht.«

Kluftinger war genervt von Bunks dauerndem Gefrotzel. »Jetzt hör mal gut zu: Erstens bin ich bedeutend jünger als du. Zweitens geh ich noch lange nicht in Rente – und wenn, dann sowieso in Pension. Und drittens will ich gar keinen Hund. Ich will bloß …«

»Ein bissle schauen, ich hab's schon verstanden. Tut mir leid, ich hab nicht gewusst, dass du neuerdings so dünnhäutig bist.«

Der Kommissar sog die Luft ein. Hatte sein Musikkollege recht? Hatten auch ihn die Ereignisse der letzten Wochen verändert? War er sensibler geworden? Überempfindlich? »Vergiss es, nicht so wild. Aber jetzt zeig uns doch mal deine anderen Viecher.«

Sie gingen vorbei an verschiedenen Hunden, großen, kleinen, langhaarigen, kahl rasierten, sogar ein Pudel mit klassischem Bommel-Haarschnitt war dabei. Die meisten wedelten freudig mit dem Schwanz, ein paar bellten vergnügt – am meisten Freude aber hatte das Kind auf Kluftingers Arm, das bei jedem Hund munter vor sich hin gluckste. Bunk erzählte jeweils, warum die Tiere hier gelandet waren – und Kluftinger musste zugeben, dass ihn manche Geschichten anrührten. Etwa die, bei denen der Halter gestorben oder zum Pflegefall geworden war, bei denen Familien ein Tier abgeben mussten, weil es eine Allergie ausgelöst hatte, oder auch bei den Straßenhunden aus Griechenland, die das Tierheim zu vermitteln suchte.

Inzwischen waren sie fast am Ende der Reihe angekommen, nur ein Käfig ganz hinten in der Ecke war noch übrig.

»Und, wer kommt da noch?«, wollte Kluftinger wissen.

Bunk winkte ab. »Das ist unser Sorgenkind. Ein echter Problemfall, sag ich dir. Allein schon der Name: Mao.« Der Tierpfleger rollte mit den Augen. »Der wird uns wohl erhalten bleiben.«

Jetzt schlich das Tier aus dem Dunkeln des Zwingers zu ihnen ins Licht. Kluftinger erschrak: Es war ein grauer, struppiger Hund, etwa kniehoch, dessen zottiges Fell fahl und stumpf wirkte. Knurrend kam er auf die Besucher zu und blickte sie feindselig an, was besonders irritierend wirkte, weil eines seiner Augen von einem milchigen Schleier überzogen war. Das Kind begann sofort leise zu wimmern und drückte das Gesicht an die Brust seines Großvaters.

»Hab keine Angst, der tut uns nix«, sagte Kluftinger beruhigend und streichelte dem Kleinen über den Kopf.

»Du wirst lachen, der tut wirklich nix. Also, er ist nicht gefährlich oder so. Aber er zerfetzt alles, was er an Möbeln und Einrichtungsgegenständen in die Pfoten kriegt. Na ja, und eine Schönheit ist er halt auch nicht. Gell, Mao?«

Der Hund bellte wie zur Bestätigung in einer seltsam schrillen Tonlage. Bunk hatte recht. Der Mischlingshund war wirklich keine Augenweide. Und als Kluftinger noch ein Stück auf den Zwinger zuging, begann er erneut zu knurren – und sein Enkelkind erneut zu weinen.

»Man muss sich ja wundern, dass die Leute sich für so einen überhaupt interessieren. Aber stell dir vor: Zwei- oder dreimal haben wir ihn schon auf Probe vermittelt. Immer wieder kam er zurück, das letzte Mal hat er eine komplette Designerwohnung geschreddert. Es wär sogar ein Haufen Zubehör dabei: eine Transportbox, ein Hundebett, sogar mehrere Maulkörbe. Sicher nix für eine Familie, das sieht man ja an deinem Nachwuchs. Aber für ein Ehepaar mit guten Nerven und ganz viel Geduld … wer weiß.«

»Ja, wer weiß«, antwortete Kluftinger in Gedanken.

»Er hört eigentlich sonst ganz gut. Aber nur, wenn man ihn ganz deutlich mit seinem Namen anspricht, gell, Mao? Der dunkle Klang scheint ihn zu beruhigen. Wenn man ihn aber schlampig ausspricht oder ihm Kosennamen gibt, dann wird er fuchsteufelswild, sag ich dir. Vor allem Wörter mit hellen Vokalen kann er nicht ab. Ach ja: Und für ein Rädle Bierschinken tut er fast alles.«

»Hochinteressant, Pirmin.«

Nach dem Namen *Pirmin* begann Mao tatsächlich wieder bedrohlich zu knurren.

Kluftinger grinste. »Ich würd trotzdem sagen, dass auch dieser Hund ein schönes Plätzle verdient hat, gell, Mao?«

Eine halbe Stunde später bog Kluftinger mit dem Passat in eine von ihm ungeliebte Wohnstraße ein. Vor einem Flachdachbungalow fuhr er in die Garageneinfahrt, stellte den Passat ab und öffnete lächelnd den Kofferraum.

»So, lieber Mao: willkommen daheim. Stellen wir dich mal deinen neuen Eltern vor«, flüsterte er, um das schlafende Kind nicht zu wecken. Dann packte er die Transportbox, hob sie aus dem Kombi und ging auf die Haustür zu.

Als hätte er ihn erwartet, öffnete Martin Langhammer sofort nach dem Klingeln die Tür. Kluftinger hatte ein latent schlechtes Gewissen, doch als er den Arzt in seiner Batikhose, seinem hautengen Shirt und ohne Schuhe erblickte, war es wie weggeblasen.

»Oho, die Staatsmacht. Was verschafft mir die Ehre Ihres unangekündigten Besuchs?«, empfing ihn der Arzt strahlend, fügte dann aber in besorgtem Ton an: »Es ist hoffentlich nichts mit Erika?«

»Nein, keine Sorge, der geht's besser, trotz Ihrer Behandlung. Ich bin wegen was anderem da.« Er zeigte auf die Hundebox neben sich, aus der ein heiseres Keuchen und Pfeifen drang.

»Ja was haben Sie denn da? Ist Ihnen ein Wildschwein ins Auto gelaufen? Für veterinärmedizinische Probleme müsste ich allerdings an die Kollegin Christlbauer verweisen. Eine Frau mit großer Erfahrung in allen Tiergattungen – auch im Wildtierbereich. Möchten Sie ihre Privatnummer?«

»Nicht nötig, Herr Langhammer. Das ist kein verletztes Wildschwein. Ganz im Gegenteil: Das ist Ihr neuer.«

»Wessen neuer?«

»Ihrer.«

»Meiner?«

»Ja, ich bringe Ihnen Ihren neuen Hund. Ein ganz ... süßer.«

Langhammer blieb der Mund offen stehen. Sekundenlang starrte er den Kommissar wortlos an. Dann kiekste er: »Wie?«

»Ja, Sie haben schon richtig gehört. Ich hab doch gemerkt,

wie sehr Sie unter dem Verlust Ihres treuen Gefährten gelitten haben in den letzten Wochen. Ich hab ständig überlegt, was ich machen könnte, damit Sie wieder mehr Freude haben. Am Leben und … überhaupt. Ich hab auch so ein schlechtes Gewissen, letztlich ist ja der Wittgenstein wegen mir jetzt beim lieben … beim Großen Hund – also nicht mehr da. Nicht mehr unter uns. Rein irdisch. Und da haben die Erika und ich, also, ich vor allem, aber auch ein bissle die Erika, gedacht, dass es Sie sicher schnell auf andere Gedanken bringt, wenn Sie sich wieder um so ein süßes Fellknäuel kümmern können.«

»Sie haben mir einen Welpen besorgt?« Der Doktor wirkte gerührt.

»Nicht direkt, ist schon eher ausgewaschen. 'tschuldigung, ausgewachsen.«

»Handelt es sich etwa wieder um dieselbe Rasse? Einen Magyar Viszla?«

Kluftinger zögerte. »Einen … dings, also, wie soll ich sagen …«

»Das ist so unglaublich nett, ich weiß gar nicht, was ich sagen soll«, presste Langhammer mit bebender Stimme hervor.

Der Kommissar fürchtete schon, der Doktor werde ihn nun umarmen, da erschien Annegret Langhammer im Türrahmen – ebenfalls barfuß, in Yogahose und Trägertop. »So rührend, was ihr euch da habt einfallen lassen«, sagte sie.

»Ach Gott, ich mein …« Auf so viel Dankbarkeit war Kluftinger nicht gefasst.

Langhammer schaute immer wieder zwischen ihm, seiner Frau und der Hundebox hin und her, als wüsste er nicht, wie er reagieren solle. »Ja, mein Lieber, dann … freuen wir uns natürlich. Ich sehe die Erziehung eines Tiers zum treuen Gefährten des Menschen als ungeheure Herausforderung an. Die nächsten Wochen und Monate werden fordernd, aber sicher sehr gewinnbringend sein.«

»Das könnt sein«, murmelte Kluftinger.

»Wie meinen Sie?«

»Nix. Ich sag, das denk ich auch. Viel Glück.«

»Danke, wie gesagt, das ist ganz herzig von euch. Ist die Erika gar nicht mit dabei?«, wollte Annegret Langhammer wissen.

»Nein, die ist daheim.«

Langhammer hatte zu gewohnter Sicherheit zurückgefunden: »Sicher wird die Ausbildung bald abgeschlossen sein. Ich hab wirklich ein Händchen für Vierbeiner. Es gibt da so eine besondere Verbindung. Aber jetzt kommen Sie doch rein, und wir sehen uns den Racker mal näher an. Junge oder Mädchen?«

»Ein Hund. Also ... männlich.«

»Soso. Na, mit Rüden habe ich ja bereits Erfahrung. Bitte, kommen Sie.«

Kluftinger schüttelte den Kopf. »Leider, ich muss weiter, Herr Doktor. Das Enkele schläft im Auto. Und der Markus wartet, dass ich's wieder heimbring. Ein andermal gern, gell?«

Die Langhammers wirkten enttäuscht. »Na gut«, versetzte der Arzt, »dann kommen Sie beide morgen Abend auf ein Gläschen Vino vorbei, und wir stoßen auf das neue Familienmitglied an, d'accord?«

»Ja, das ... können wir schon machen.« Ihm würde im Laufe des nächsten Tages sicher noch eine Ausrede einfallen. »Also, bis dahin dann, viel Freude mit dem Hund einstweilen, gell? Bettchen, Leine und Impfpass sind in der Box drin. Und drei Dosen Futter auch. Fürs Erste.«

Die Maulkörbe unterschlug er vorsorglich. Dann machte er kehrt und ging in Richtung Passat.

Der Doktor rief ihm nach: »Aber so warten Sie doch! Woher kommt er denn? Welcher Zuchtlinie entstammt er? Wie alt ist er? Und wie heißt er überhaupt?«

Der Name! Stimmt, den hatte Kluftinger ganz vergessen zu

erwähnen. Er überlegte kurz, dann rief er: »Hindemith heißt er, der kleine Racker. Schönen Abend noch, und bis morgen, gell?«

– 11 –

»Und er hat ihm wirklich gefallen?«

Kluftinger seufzte. Er hatte seiner Frau nun schon mindestens ein Dutzend Mal versichert, dass Langhammer seinen Familienzuwachs ganz toll fand. »Ja, freilich, Erika. Was glaubst du, was der für Augen gemacht hat! Ich hab ja auch nicht irgendeinen Hund genommen. Da hab ich ganz genau geschaut. Ein ganzer Kerl. Passt gut zum Doktor, bestimmt.«

»Nach welchen Gesichtspunkten hast du ihn denn ausgesucht?« Erika nippte an ihrer Kaffeetasse und sah ihren Mann interessiert an.

So gut gelaunt hatte Kluftinger sie lange nicht mehr erlebt, deswegen erlaubte er sich, im Dienst der guten Sache, die Hundegeschichte mit einigen Ausschmückungen zu versehen. »Wonach, wonach? Ich hab geschaut, dass der Bunk Pirmin mir nicht den erstbesten andreht. Immer wieder hieß es, der sei so lieb und der sei ja so nett und der so kuschelig, aber darauf bin ich natürlich nicht reingefallen. Die wollte der nur loswerden. Aber ich hab mich lieber auf unser Enkelkind verlassen.«

»Auf unser Enkelkind?«

»Ja, ich hab drauf geachtet ... wo es am meisten reagiert. Kinder haben ja ein Gespür für Tiere.«

»Und der Martin hat uns für heute Abend eingeladen?«

»Ja, der war so begeistert ... hoffentlich kommt nix dazwischen.«

Sie legte ihre Hand auf seinen Arm. »Das hast du gut gemacht, Butzele. Danke.«

Kluftinger fühlte sich derart geschmeichelt, dass sein schlechtes Gewissen dagegen kaum ins Gewicht fiel. »Gern geschehen.« Das war nicht einmal gelogen. Er biss herzhaft in seine Marmeladensemmel. Mit vollem Mund fragte er seine Frau: »Und was hast du heut so vor?«

Ihr Lächeln verschwand. »Eigentlich nix Bestimmtes.«

»Geh doch ein bissle spazieren. Sieht aus, als könnt's ganz schön werden heut.«

»Hm …«

»Oder auf den Wochenmarkt. Kannst was von dem sauteuren eingelegten Zeug kaufen, das du so gern magst. Und den speziellen Käse, der so lang rumliegen muss.«

»Ja, vielleicht. Ich weiß noch nicht. Da müsst ich ja in die Stadt …«

Kluftinger dachte nach. Er musste etwas vorschlagen, wozu sie nicht nein sagen konnte. »Und wenn du dir was Schönes zum Anziehen für die Taufe kaufst? Ist jetzt zwar noch kein Schlussverkauf, aber Angebote gibt's ja immer …«

»Ach, ich hab doch den ganzen Kleiderschrank voll, weiß gar nicht, wann ich die Sachen alle tragen soll.«

Jetzt war er baff. Die Lage schien wirklich ernst zu sein, denn normalerweise wäre seine Frau spätestens auf die Sache mit dem Freifahrtschein fürs Einkaufen angesprungen. Da nicht einmal das zog, musste er sich dringend etwas überlegen, um Erika möglichst bald aus diesem Tief herauszuhelfen.

– 12 –

»Sollten wir die Zeichnung vielleicht mal von einem Psycho-Doc anschauen lassen?« Luzia Beer legte das Blatt auf ihren Schreibtisch. Sie war die Erste gewesen, die in dem seltsamen Koloss auf dem Bild nicht sofort seine Silhouette erkannt haben wollte. Wahrscheinlich hatte man als Polizist einfach einen besseren Blick für so etwas.

Der Kommissar war gespannt, was die anderen sagen würden, wenn sie eintrudelten. »Meinen Sie wirklich, dass ein Psychologe damit was anfangen kann?«

Sie zuckte mit den Achseln. »Wir könnten es probieren. Oder wir befragen die Kids mal richtig. Mit Dolmetscher.«

»Ich glaub eigentlich nicht, dass uns diese Sache weiterbringt. Aber ich denk drüber nach.« Kluftinger nahm das Bild mit und holte sich einen Kaffee. Auf dem Weg in sein Büro begegnete er Roland Hefele. »Oh, ein Gemälde von dir?«, fragte er nach einem flüchtigen Blick auf die Zeichnung.

Der Kommissar beschloss, nicht darauf zu reagieren. »Schnelle Morgenlage bei mir, sobald unser allseits geschätzter württembergischer Kollege eintrifft, ja?«

»Redet ihr von mir? Ich bin doch schon da«, tönte es aus dem Gang hinter ihm.

»Dann können wir ja gleich anfangen«, murmelte Kluftinger ein wenig verlegen.

»Was hast du denn da Schönes?«, fragte Maier interessiert. »Ah, der Grüffelo. Eines meiner Lieblingsbücher.«

Eine knappe Stunde später verließen Kluftinger und Luzia Beer die Inspektion durch den Hintereingang, der auf den Hof führte. Bei der Morgenlage hatte er die Kollegen über seine Begegnung im Wald unterrichtet – und darüber, dass er herausgefunden hatte, was es mit den ominösen Holzpüppchen auf sich hatte. Dann hatte er sich die Akte *Funkenmord* auf einen ganz bestimmten Gesichtspunkt hin noch einmal vorgenommen: Er hatte überprüft, wer damals im Umfeld des Tatortes alles befragt worden war – und festgestellt, dass die meisten Nachbarn nach wie vor dort lebten. Grund genug, um noch einmal loszuziehen und ein paar Fragen zu stellen. Und der neuen Kollegin würde ein wenig Ortskenntnis sicher auch nicht schaden.

»Ich find's ja cool, dass Sie sich auch für die Drecksarbeit nicht zu fein sind.«

»Wieso?«

»Na ja, in den meisten Abteilungen schickt man zu so Befragungen ja gern mal die Hiwis. Schutzpolizei oder die ganz jungen Kollegen eben«, sagte sie und schob sich einen Kaugummi in den Mund.

»Das seh ich anders. So was ist auch eine wichtige Arbeit«, erklärte Kluftinger. »Wissen Sie, Frau Beer: Ein direktes Gespräch sagt mir mehr als irgendein Wortlautprotokoll. In unserem Beruf geht es auch um Eindrücke, um die Reaktionen der Leute, die Art, wie sie auf Fragen reagieren und wie sie antworten. Nicht bloß, wenn jemand verdächtig ist, auch beim normalen Befragen hilft das viel. Nur dann weiß ich, wann ich nachhaken muss.«

»Okay, kapiert. Mal sehen, wann sich dafür Vernehmungen per Skype durchsetzen«, gab die junge Kollegin zurück.

»Davon halt ich nicht viel«, murmelte der Kommissar.

»Welches Auto nehmen wir denn?«

Sie hatten den Hof mittlerweile fast überquert, und er deutete auf den Passat, der ganz hinten neben Willi Renns BMW stand, der etwa dasselbe Baujahr hatte.

»Eine von den Kisten da? Die sind doch bloß zum Üben, oder?«

Kluftinger verstand nicht. »Wie meinen Sie das, zum Üben?«

»In Augsburg hatten wir auch drei, vier so abgehalfterte Mähren, wo die Kollegen immer Drogen oder Sprengstoff für die Polizeihunde versteckt haben.«

Kluftinger holte tief Luft, bevor er ruhig, aber mit Nachdruck erklärte: »Frau Beer, wie soll ich es sagen: In der Jugend denkt man oft, eine Sache wär schlecht, allein weil sie schon ein paar Jahre mehr auf dem Buckel hat. Dieser Passat hier, das ist eines der zuverlässigsten und praktischsten Autos, die man überhaupt fahren kann. Und sparsam obendrein.«

»Ja, das mag ja sein, aber werden denn Dienstautos nicht irgendwann ausgemustert? Und Sie als Chef, ich meine …«

»Es handelt sich dabei nicht um Dienstfahrzeuge. Der BMW hier gehört dem Renn Willi, und das ist mein Passat.«

Sie lachte laut. »Ach du Scheiße! Und ich halt Ihnen hier Vorträge drüber, was das für ranzige Kisten sind.«

Kluftinger überhörte einmal mehr ihre Kraftausdrücke. »Das mit dem Auto ist nicht weiter wild. Ich bin in der Beziehung Kummer gewohnt – und hab mittlerweile sämtliche Sprüche dazu schon von den lieben Kollegen gehört.«

»Dabei fahr ich ja auch so eine alte Ranzbimmel – einen uralten Nissan Micra. Aber ich kann mir einfach im Moment nichts anderes leisten. Und Sie machen tatsächlich Ihre ganzen Dienstfahrten mit dem eigenen Wagen?«

»Ja, fast«, antwortete der Kommissar. »Man muss halt auch Eigeninitiative bringen. Mal den Staatssäckel schonen, von dem man als Beamter doch ganz gut lebt.« Dass er unterm Strich was rausbekam, wenn er die Fahrten mit dem Passat gesondert abrechnete, musste er ihr ja nicht auf die Nase binden. Außerdem war er sich sicher, dass nur er und ein paar wirklich ausgefuchste alte Hasen den Kniff mit den Fahrtabrechnungen kannten. Er sperrte den Wagen auf. »Moment, der hat keine Zentralverriegelung, aber ich mach Ihnen gleich das Knöpfle hoch«, sagte er und zwängte sich auf den Fahrersitz.

Als Lucy Beer eingestiegen war, brachte sie einen Schwall kalten Zigarettenrauch mit herein. Kluftinger verzog das Gesicht. Er kannte kaum noch Menschen, die rauchten, seiner neuen Mitarbeiterin hingegen schien das Nikotin aus allen Poren zu kommen. Und dass sich das Menthol ihres Kaugummis damit mischte, machte die Sache nicht besser.

Sie sah sich interessiert im Auto um. »Sauberer als meiner«, erklärte sie überrascht.

»Ja, und top in Schuss, auch technisch. Kommt davon, weil meine Frau fast nie damit fährt.«

Sie sah ihn prüfend an. Kluftinger merkte, dass sie mit sich kämpfte, ob sie zu seiner provokanten Äußerung etwas sagen sollte oder nicht. Er nahm ihr die Entscheidung ab. »Bloß Spaß. Frauen fahren schließlich ... fast so gut wie Männer.«

»Wenn nicht besser«, ergänzte seine Kollegin, doch Kluftinger konnte sich ein »Können halt bloß nicht einparken« nicht verkneifen.

»Übrigens, von wegen Staat finanziell entlasten und so: Sie wissen schon, dass Sie bei den Fahrtkosten sogar nen Schnitt machen können? Wenn Sie's richtig anstellen, kriegen Sie unterm Strich noch was raus. So ne Art Geheimtipp. Hat uns einer unserer Profs in der Polizeischule mal unter der Hand erklärt.«

»Ach was, das ist ja interessant. Wie geht denn das?«

Als sie das Ortsschild von Altusried passierten, blickte sich Lucy Beer nach allen Seiten um. »Eigentlich ganz nett, das Kaff. Wirkt noch ziemlich intakt, irgendwie.«

Kluftinger nickte. Ja, intakt war es, da hatte sie recht, auch wenn er seinen Heimatort nicht als Kaff bezeichnet hätte. Hier funktionierte das Vereinsleben, und die Leute hielten zusammen. Allerdings gab es einen dunklen Fleck in der jüngeren Vergangenheit. Und der Fall Kruse war nicht das einzige spektakuläre Verbrechen der letzten Jahre gewesen. Fast schien es, als würde er das anziehen, weil es nun mal sein Heimatort war. Ein Ort, in dem vielleicht seit über dreißig Jahren ein brutaler Mörder unbehelligt lebte. Diesen Missstand galt es zu beseitigen.

»Wohnen Sie schon lange hier?«

»Mein ganzes Leben lang.«

»Verstehe«, sagte Luzia Beer, und Kluftinger fragte nicht nach, was sie damit meinte.

Ihre erste Station war die Wohnung von Josef Deuring. Er war damals Feuerwehrkommandant gewesen – und einer der ersten, die nach Kluftinger und seinem Vater am Tatort eingetroffen waren. Deuring, inzwischen weit über achtzig Jahre alt, war aber schon lange nicht mehr aktiv bei der Wehr.

Nachdem seine Frau ihnen geöffnet hatte, empfing der ehemalige Kommandant die beiden in der Küche, wofür er eher missmutig seinen Kreuzworträtselblock beiseitelegte. Erst ein mahnender Blick seiner Frau sorgte dafür, dass der alte Herr ein wenig redseliger wurde. Als er jedoch erfuhr, worum es ging, blieb er reserviert. »Brauchst mir nix anhängen, Klufti, weil ich irgendwelche Spuren oder was zertrampelt hab, gell? Damals wie heute gilt: Rettung geht vor Spurensicherung. Das hat man uns so beigebracht.«

»Ich will dir ja gar nix. Du hast nur deine Pflicht getan. Ich wollt nur mal mit dir reden, über deine Eindrücke.«

»Beschissene Eindrücke waren das. Welche, von denen ich heut noch manchmal träume«, brummte Deuring. »Es hat gebrannt wie Zunder. Eine Bullenhitze war das damals, an diesem vermaledeiten Sonntag. Der letzte Funken in Altusried. Dabei haben wir immer so ein schönes Fest draus gemacht.«

Kluftinger erinnerte sich, dass das traditionelle Funkenfeuer am Sonntag nach Aschermittwoch, bei dem zur Vertreibung des Winters eine Strohhexe verbrannt wurde, stets von der Freiwilligen Feuerwehr veranstaltet worden war. Doch seit dem *Funkenmord* in Altusried hatte man sich aus Pietätsgründen nicht mehr getraut, eines auszurichten – auch wenn es über die Jahre immer mal wieder diskutiert wurde.

»Was ist denn eine so große, wichtige Gemeinde ohne Funken, oder, Klufti? In Heiligkreuz oder Dietmannsried, da lachen sie über uns. Und das alles nur wegen ... so einer.«

»Josef«, mischte sich Frau Deuring mahnend vom Hausgang aus ein, »halt dich lieber zurück.«

Genau das wollte der Kommissar natürlich nicht. Er wollte hören, was der Mann wirklich dachte. Doch der ehemalige Kommandant ließ sich anscheinend ohnehin nicht von seiner Frau in die Parade fahren.

»Halt den Mund, Rosi, ich werd schon wissen, was ich sag und was nicht. Jedenfalls war das eine ganz Wilde, diese Kruse. Hat es geheißen. Die hat von Anfang an nicht ins Dorf gepasst. Weil sie nicht hat passen wollen.«

»Klingt nach ner intelligenten Frau«, sagte Luzia Beer und kaute demonstrativ auf ihrem Kaugummi herum. Kluftinger konnte an ihrer Miene ablesen, wie sehr ihr die Aussagen von Deuring missfielen.

Doch der ließ sich nicht beirren: »Einen Lebenswandel hat die gehabt ... Mehrere Männer gleichzeitig und so ...«

»Josef!«, wetterte seine Frau und baute sich im Türrahmen auf.

»Aber woher weißt du das denn, Josef? Mit den Männern,

mein ich?«, wollte Kluftinger wissen. Er bemühte sich um einen ruhigen Ton.

»Das war doch allgemein bekannt. Weißt doch selber, was mit dem Mendler war. Und das wird nicht der Einzige gewesen sein. Aber ich sag dir eins: Mich geht das nix an. Ich hab bloß meinen Dienst getan, an dem Abend. Ich hätt auch lieber mein Funkenküchle weitergegessen und meinen Glühwein gesoffen, als da oben das Kreuz zu löschen. Und mehr sag ich nicht.«

Damit war das Gespräch tatsächlich beendet gewesen. Josef Deuring hatte sich zu keiner weiteren Äußerung mehr überreden lassen.

»Ganz schön krass drauf, der Alte!«, sagte Luzia Beer, als sie wieder am Passat standen.

Kluftinger sah sie stirnrunzelnd an. »Wie meinen Sie das?«

»Na ja, ziemlich rückwärtsgewandte Landeier hier, oder?«

Selbst wenn er ihre Formulierung unpassend fand, musste er zugeben, dass sie letztlich recht hatte, auch wenn er es anders ausdrücken würde. Mit Stadt oder Land hatte das seiner Ansicht nach aber rein gar nichts zu tun. »Die sind nicht alle so hier«, sagte er daher.

»Schon klar. Der durchschnittliche alte Sack in Augsburg ist auch nicht viel besser. Die haben einfach noch eine andere Sicht auf uns Frauen – aber das erledigt sich ja irgendwann biologisch.«

Kluftinger atmete tief durch. Er hatte keine Lust auf diese Diskussion. Vor allem nicht in diesem Ton. Auf einmal zweifelte er daran, ob es eine gute Idee gewesen war, sie mitzunehmen, vor allem, wenn man ihre nächste Station bedachte. Er überlegte eine Weile, dann sagte er: »Wir gehen jetzt zu meinen Eltern. Ich will noch mal mit meinem Vater über alles reden. Ganz offiziell. Denn wenn Sie dabei sind, kann er sich nicht wieder rauswinden.

Wissen Sie, er meidet das Thema gern. Auch weil er befürchtet, alte Fehler kämen so ans Licht.«

»Dabei kann man sie nur so wiedergutmachen.«

Der Kommissar war erstaunt über diese Aussage, die er sehr gut beobachtet fand. »Eben. Nur so viel: Wir sind dienstlich hier, Sie müssen sich nicht mit Fragen zurückhalten, nur weil es sich um meinen Vater dreht, ja?«, ermunterte er seine junge Mitarbeiterin, auch wenn sie bislang nicht durch besondere Zurückhaltung aufgefallen war. Dennoch wollte er zeigen, dass er zwischen Privatem und Dienstlichem zu unterscheiden wusste. Dann stiegen sie ein und fuhren los.

»Ihre Mutter war aber ganz schön hartnäckig. Sie hat fast ein bisschen beleidigt gewirkt, dass wir nicht geblieben sind«, stellte Lucy Beer fest, als sie eine halbe Stunde später Kluftingers Elternhaus wieder verließen.

Hedwig Maria hatte mit allen Mitteln versucht, sie zu einem Mittagessen zu überreden, schließlich habe sie noch Reste vom Vortag, die dringend wegmüssten. Und obendrein bekomme er zu Hause im Moment ja nichts Gescheites – womit sie nicht ganz falschlag. Irgendwie wäre ihm ein Essen zusammen mit seinen Eltern und der jungen Kollegin dann aber doch zu vertraulich gewesen. Mit dem Hinweis auf seinen vollen Terminplan und dem Versprechen, an einem der nächsten Tage zum Essen vorbeizuschauen, hatte er sich schließlich loseisen können.

Sein Vater war möglicherweise ganz froh, dass sein Sohn nicht noch länger blieb, denn das Gespräch war eher konfrontativ verlaufen: Der Senior hatte immer wieder darauf hingewiesen, dass es unnötig, ja völlig kontraproduktiv sei, jetzt so viel Staub in der Sache aufzuwirbeln, dass er keinen Sinn sehe, in alten Geschichten zu kramen – vor allem, weil er befürchtete, man könne ihm oder seinem Sohn irgendwelche Versäumnisse von damals vorhalten. »Willst du mit allen Mitteln beweisen, dass du ein schlechter Kriminaler bist?«, hatte sein Vater ihn gefragt – noch dazu wegen *so einer* wie der Karin Kruse. Auf Nachfrage hatte er dieses *so eine* nicht weiter präzisieren wollen. Doch Kluftinger wusste, was er meinte. Dasselbe wie der Feuerwehrkommandant. Und wahrscheinlich viele der Älteren im Dorf.

Luzia Beer hatte sich nicht eingemischt, was Kluftinger ein wenig gewundert hatte. Ob es daran lag, dass sie seinen Vater nicht vor ihm hatte angehen wollen, oder ob sie schon das Interesse an der Sache verloren hatte, vermochte er nicht einzuschätzen.

Danach statteten sie Theo Natterer einen Besuch ab. Bis vor wenigen Jahren hatte Natterer einen großen Milchviehhof in Opprechts bewirtschaftet, ganz in der Nähe des Tatorts also. Der Stadel, den Harald Mendler damals gemietet hatte, um darin Material für seinen Dachdeckerbetrieb zu lagern, stand auf seinem Grund. Dort hatte man eines der Hauptbeweisstücke im Indizienprozess gefunden: das T-Shirt von Karin Kruse, mit der Mendler ein Verhältnis gehabt hatte. Theo Natterer hatte damals ausgesagt, dass er sich nicht um den Schuppen gekümmert habe, schließlich sei er vermietet gewesen und von seinem Haus ein ganzes Stück entfernt. Mittlerweile hatte Natterer den Hof aufgegeben und an einen Münchener Anwalt verkauft, der nach einer aufwendigen Sanierung dort sein Feriendomizil hatte. Seitdem lebte Natterer in einem betreuten Wohnheim für Senioren im Herzen von Altusried, das unter dem klangvollen Namen *Residenz Sonnenschein* firmierte.

»Der Mendler Harald, das war ein ganz ein Netter – und ein wirklich zuverlässiger Mieter«, erklärte Natterer, als sie ihm in seinem geräumigen Zimmer gegenübersaßen. Er habe nie an seine Schuld geglaubt, fügte er an. »Dass der so lange ins Gefängnis hat gehen müssen und jetzt nicht mehr lebt – unvorstellbar. Nur dass er seine Frau so hintergangen hat, das hat nicht zu ihm gepasst, irgendwie. Alles bloß wegen …«

»Wegen … *so einer?*«, hakte Luzia Beer ein, doch Natterer schüttelte vehement den Kopf und sah sie stirnrunzelnd an. »Wegen der Liebe, wollt ich sagen.«

Die Polizistin nickte.

»Den Stadel hat danach natürlich niemand mehr haben wollen, der gehört noch immer mir«, erzählte der Alte, der trotz seiner fünfundachtzig Jahre erstaunlich fit wirkte. »Seit den Achtzigern hab ich Teile meiner Kutschensammlung drin.« Dann nahm sein Gesicht einen schelmischen Ausdruck an. »Und ein bissle was muss man sich ja zurückbehalten, vor den Städtern, gell?«

– 13 –

Als sie die Seniorenresidenz verließen, brauchte Kluftinger eine kurze Pause – und etwas zu essen. Das Wühlen in dem alten Fall zehrte mehr an ihm als erwartet. Also steuerten sie die Metzgerei des Ortes an. »Beim Klüpfel, da gibt es die beste Wurst der Gegend«, schwärmte er, als er den Passat direkt vor dem Laden abstellte. Schon jetzt lief ihm das Wasser im Mund zusammen bei der Aussicht auf seine geliebte Brotzeit. Doch beim Betreten des Ladens kamen ihm erste Zweifel: Was für einen Eindruck würde er bei seiner Kollegin hinterlassen, mit seiner speziellen Brotzeit-Routine, die in ihrer Kombination nicht nur etwas maßlos, sondern zugegebenermaßen auch ein wenig ungesund daherkam? Also beschloss er, heute ein wenig zu variieren und erst nach und nach brotzeitmäßig sein wahres Ich zu zeigen. Häppchenweise quasi.

Die Verkäuferin winkte ihm zur Begrüßung und rief durch den Laden: »So, die Polizei beehrt uns mal wieder. Guten Morgen, Herr Kluftinger.« Dann versenkte sie ihre Gabel in der Haussalami, hob ungefähr hundertfünfzig Gramm davon ab und langte nach zwei Weißmehlsemmeln. Die Frau wusste, was er wollte.

Dennoch eilte er zur Theke und sagte: »Guten Morgen, Frau Göppel: Nein ... ja, also, ich mein ... ich krieg bitte zwei Vollkornsemmeln. Mit ... Lachsschinken, schön mager. Aber bitte nicht so viel drauf, drei Scheiben reichen locker. Und ein Gürkle, bitte.«

Frau Göppel sah ihn verwundert an und warf auch ihrer Kollegin, die gerade einen dampfenden Leberkäse in die heiße Theke stellte, einen verdutzten Blick zu. Sie legte die Salami schulterzuckend wieder zurück und entnahm dem Brötchenkorb, aus dem Kluftinger lauter wunderschöne goldgelbe Kaisersemmeln entgegenleuchteten, zwei matte graue Vollkornsemmeln mit Haferflocken als zweifelhafter Dekoration. Dann schnitt sie sechs dünne Scheiben vom mageren Rohschinken auf. »Brigitte, bringst mir einen Kaba für den Herrn Kommissar aus dem Kühlschrank mit?« An Kluftinger gewandt sagte sie: »Der war jetzt länger aus, aber heute Morgen kam endlich die neue Lieferung aus Obergünzburg.«

Brigitte stellte mit freundlichem Lächeln eine Flasche auf den Tresen und grüßte mit einem Nicken.

»Ach, ich würd grad lieber ein ... Wasser nehmen.« Kluftinger fiel es schwer, die Worte auszusprechen, so sehr lief ihm das Wasser im Mund zusammen beim Gedanken an die wunderbare Kombination aus dick belegten, knusprigen Salamisemmeln und der erfrischend-wohligen Süße des Kakaos mit der leichten Bitternote im Abgang.

»Echt jetzt oder nur Spaß?«, hakte Frau Göppel nach.

»Echt. Man muss sich ja nicht durchs Trinken noch zusätzlich, also ... Kalorien sozusagen und Zucker ... zuführen.«

»Sie sind grad viel mit dem Doktor Langhammer zusammen, wie?«, vermutete die Verkäuferin. »Das ist doch so ein Fitnessapostel. Aber bei uns kauft er auch nicht bloß kalorienarme Diätwurst. Brigitte, der Kakao kann weg, stattdessen ein Wasser.«

»Stopp, der Kaba bleibt da, den nehm ich«, meldete sich Luzia Beer von hinten. Sie zwinkerte ihrem Vorgesetzten zu und erklärte: »Ohne den keine Brotzeit. Außer Sie haben nen Energydrink da?«

Frau Göppel schüttelte den Kopf.

»Ja, Sie sind ja noch jung, Sie ... können sich das erlauben«, murmelte der Kommissar und sah zu Boden.

»Ist recht, Fräulein. Sagen Sie: Ihre Frau war auch schon lange nicht mehr da, Herr Kluftinger. Ist sie am Ende Vegetarierin geworden?«

»So weit käm's noch. Ich mein: Nein, sie hat bloß so eine Aurora gehabt, die letzten Tage.«

»Oh, das ist schmerzhaft. Das hatte mein Mann auch letztens. An der großen Zehe?«

»An der … genau.« Kluftinger hatte keine Lust, an der Fleischtheke Erikas Beschwerden zu besprechen. Frau Göppel gab sich damit zufrieden und verpackte Kluftingers Bestellung, der sich sein Wasser griff und zur Kasse trottete. Hinter sich hörte er Luzia Beer sagen: »Zwei Semmeln mit Leberkäse. Und Mayo, bitte, sonst ist es so trocken.«

»*Priml*«, brummte Kluftinger und zog seinen Geldbeutel heraus.

Als sie im Auto saßen, packte Kluftinger seufzend seinen Einkauf aus und stellte die Wasserflasche auf dem Armaturenbrett ab. Der Duft von Luzia Beers Brotzeit stieg ihm verheißungsvoll in die Nase. Verdrossen biss er in seine Semmel, die sich weich und sandig anfühlte. Schon beim ersten Bissen schien sie im Mund mehr zu werden. Er spülte alles mit ein wenig Wasser hinunter, dann sah er zu seiner Kollegin hinüber, die die halbe Flasche Kakao in einem Zug leerte und danach herzhaft in ihre Semmel biss. Als sich dabei ein wahrer Bröselregen auf den Sitz ergoss, presste sie mit vollem Mund ein »Ups« hervor.

Kluftinger winkte ab. »In dem Auto sind schon unzählige Brotzeiten verzehrt worden. Sie müssen nicht aufpassen.«

»Eh schon zu spät«, gab sie zurück. »Müssen Sie wohl oder übel mal durchsaugen.«

»Ach was. Meine Frau macht das schon.«

Luzia Beers kritischen Blick beantwortete er mit einem »Bloß ein Spaß, Frau Kollegin. Kann auch meine Schwiegertochter oder meine Mutter machen«.

Sie lachten. Vielleicht würden sie sich ja über die Humorebene annähern, dachte der Kommissar.

»Ihre Mutter ist übrigens voll nett. Und scheint recht besorgt um ihren Kleinen, oder?«

»Ihren Kleinen?«

»Na, Sie.«

Der Kommissar grinste. »Mei, ich bin Einzelkind, da kann ich es ihr nicht verdenken. Meine Frau ist bei unserem Sohn ja genauso. Dabei ist er schon erwachsen und hat selber ein Kind.«

»Ach krass, Sie sind schon Opa! Ist doch schön, da haben die Enkel auch noch länger was von Ihnen, wenn alles gut geht.« Erneut nahm die junge Frau einen beherzten Bissen.

Kluftinger nahm an, dass sie auf sein Alter anspielte, und fühlte sich geschmeichelt. »Ja, ich mach auch viel mit dem kleinen Butzel. Und Sie? Ihre Eltern sind sicher stolz auf Sie, dass Sie in so jungen Jahren schon so eine Polizeikarriere hinlegen, oder?«

Lucy Beer zögerte mit ihrer Antwort. »Na ja, das weiß ich nicht so genau. Mein Alter vielleicht schon. Ihm geht's aber nicht so gut. Und meine Mutter, tja, das ist eine ganz eigene Geschichte.« Sie machte eine Pause.

»Was Schlimmes?«, fragte der Kommissar schließlich nach, der nicht aufdringlich, aber auch nicht desinteressiert wirken wollte.

»Wir haben kaum Kontakt zu ihr, also mein Vater, mein Bruder und ich. Was Papa angeht: Er hat dieses Drecks-Parkinson. Eigentlich müsste er an der Stelle von dem Natterer sein, ich meine, in einem Heim, zu Hause geht es kaum noch. Vor allem jetzt, wo ich jeden Tag von Augsburg nach Kempten gurken muss.

Aber nicht falsch verstehen, ich bin froh, dass ich die Stelle hier gekriegt hab, bis in Augsburg was frei wird. Immerhin Schwaben und nicht Niederbayern oder Oberfranken oder so.«

»Ach, Sie wohnen noch bei Ihrem Vater?«

»Und meinem Bruder, ja. Der ist erst neunzehn und hat logischerweise andere Interessen, als daheim in der Dreizimmerwohnung abzuhängen und Krankenpfleger zu spielen. Der treibt sich lieber mit seinen komischen Asi-Freunden rum und kommt auf blöde Gedanken – Sie wissen schon.«

Kluftinger stieß die Luft aus. Er hatte schon so etwas geahnt. Ihre ganze Art ließ darauf schließen, dass sie im Leben nichts geschenkt bekommen hatte und eben nicht aus wohlbehütetem Hause kam. Ganz anders als sein Sohn, der nur wenig älter war als sie. Was die sozialen Verhältnisse anging, lebte er in einer Heile-Welt-Blase. Es tat ihm leid, dass Luzia Beer da weitaus mehr zu kämpfen gehabt hatte und sich nun auch noch um ihre Familie kümmern musste.

»Mei, da haben Sie's nicht leicht, gell?«, erklärte er, um das Gesagte nicht einfach im Raum stehen zu lassen.

»Na ja, könnte schlimmer sein«, versetzte sie. »Aber wie sagt mein Vater immer: Unter jedem Dach ein Ach. Und mein Freund hätte es auch lieber, wenn ich mich mehr um ihn als um Papa und meinen missratenen Bruder kümmern würde.«

»Verstehe.«

»Ihrer Frau geht es auch nicht gut?«

Der Kommissar zuckte mit den Schultern.

»Was ist denn so eine Aurora, von der Sie im Laden geredet haben?«

»Ach nix, so eine Art ... Kopfweh.«

»Am großen Zeh?«

»Komplizierte Sache, das Ganze.« Kluftinger beschloss, zu einem dienstlichen Thema zu wechseln. »Wie fanden Sie eigentlich die Aussagen der älteren Herren, die wir heut besucht haben?«

»Hm, schwierig«, sagte sie nach einer Weile. »Stimmt ja mit dem überein, was in der Akte steht: dass es die Kruse in gewisser Hinsicht gern locker genommen hat. Steht ja auch als Fazit unter einigen Gesprächsprotokollen. Da stellt man sich natürlich Fragen.«

Das fand Kluftinger ebenfalls. »Welche kämen Ihnen da in den Sinn?«

»Erst mal: Haben die alten Knochen Gründe für ihre Behauptungen? Oder sind das nur Gerüchte? Und hat das mit der Ermordung von der Lehrerin zu tun? Gab es so einen selbstgerechten Moralapostel, der sie auf dem Gewissen hat? Im religiösen Wahn vielleicht?«

Kluftinger nickte. Genau das hatte auch er einmal gedacht. »Es gab damals den Ansatz, in dieser Richtung zu ermitteln. Aber dann kamen die ziemlich eindeutigen Indizien gegen den Mendler Harald und schließlich …« Er verstummte.

»Sein Geständnis«, ergänzte Luzia Beer. »Warum hätte man sich also um die anderen Spuren noch groß kümmern sollen?«

Sie hatte recht. Einiges war nicht ausermittelt worden. Höchste Zeit also, es jetzt zu tun. »Statten wir noch einem Anwohner da oben einen Besuch ab: Die Familie Lederer hat einen großen Hof, ganz in der Nähe. Vielleicht können die ja etwas mehr beitragen als das, was wir bisher gehört haben. Und wie gesagt: Keine Scheu, Sie dürfen alles fragen. Genau wie ich.«

»Aber hallo«, sagte Luzia Beer mit vollem Mund und spülte ihren letzten Bissen Wurstsemmel mit einem Schluck Kakao hinunter.

– 14 –

Das Gehöft der Lederers war eher ein Anwesen als ein klassischer Allgäuer Bauernhof. Kluftinger steuerte den Passat auf den weitläufigen, gekiesten Platz zwischen dem mächtigen, neuen Wohnhaus und den modern anmutenden Stallungen. In der Mitte stand ein kitschiger Zierbrunnen, der sich gut zwei Meter hoch in den Himmel schraubte. »Alpenbarock vom Allerfeinsten«, spottete der Kommissar, als er das Auto neben einem silbergrauen, blitzblank polierten Range-Rover abstellte. Die hölzerne Balkonverkleidung am Haus zierten aufwendige Schnitzereien, die Fenster waren mit verschnörkelten Malereien umrandet, die Läden mit floralen Mustern versehen. »Schön ist anders, wenn Sie mich fragen.«

Lucia Beer nickte. »Ja, ziemliche Kitschburg. Aber wenn's den Leuten gefällt. Scheint nicht schlecht zu laufen, der Betrieb.«

»Ja, hat sich anscheinend ziemlich gut entwickelt«, bestätigte Kluftinger. »Früher war das ein Hof wie viele andere, dann haben die Lederers sich aber auf irgendwelche Edelrinder spezialisiert. Züchten so komische Rassen und handeln auch mit Vieh, glaub ich. Und haben viel Land verkauft, als es Baugebiet geworden ist, da unten, den Hang runter. Dann haben sie die alten Gebäude abgerissen und das hier alles hingestellt. Gefällt natürlich nicht jedem im Ort, das können Sie sich ja denken.«

»Verstehe schon. Neid musst du dir verdienen.«

»Wohl wahr, Frau Beer.« Während sie am Brunnen vorbei auf die Eingangstür zugingen, gab der Kommissar ihr noch einen kurzen Ausblick auf das, was sie erwartete: »Am meisten wird uns heute der Lederer senior sagen können. Er heißt Hubert, wird aber von allen nur Hubse genannt und hat in den Achtzigern den Betrieb von seinem Vater übernommen, nachdem der überraschend verstorben ist. Und hat dann so ziemlich alles umgekrempelt. Man nennt ihn im Dorf auch *Millionenbauer*, weil er durch die Grundstücksverkäufe so reich geworden ist. Sein Sohn, ebenfalls Hubert, hat den Betrieb inzwischen übernommen. Dürfte auch schon in den Vierzigern sein. Noch Fragen?«

»Isser noch zu haben?«

»Wer?«

»Na, der Sohn vom Geldsack …«

»Ich … also, keine Ahnung, ob …«

Sie lachte laut. »War bloß Spaß. Ich bin ja versorgt. Wobei, so 'n reicher Typ …«

Kluftinger musterte seine Kollegin. Er konnte noch immer nicht sicher sagen, wann sie es ernst meinte. Deswegen ging er nicht weiter darauf ein. »Gut, dann pack mer's.«

Sie drückten den Klingelknopf, worauf ein sonorer Gong ertönte. Kurz darauf surrte der Türöffner. Sie traten ein und standen Hubert Lederer gegenüber, einem groß gewachsenen, breitschultrigen Mann, von dem Kluftinger zwar wusste, dass er Mitte siebzig sein musste, der aber deutlich jünger wirkte. Er trug Trachtensakko und Jeans – und wirkte damit eher wie ein Landrat als ein Landwirt. Am Ohr hatte er sein Smartphone. Lederer schien andere Besucher erwartet zu haben, so überrascht, wie er dreinschaute. Dann hielt er eine Hand vor das Telefon und flüsterte: »Kluftinger! Was willst du denn hier? Komm, nehmt's mal in der Stube Platz und wartet, ich hab einen wichtigen Lieferanten in Irland am Telefon. Ich komm gleich.« Mit seiner Linken deutete er auf die erste Tür, die vom Korridor abging. Der Kommissar zuckte mit den Achseln, warf Luzia Beer einen auffordernden Blick zu und drückte die Klinke. Lederer entfernte sich ein Stück und setzte sein Gespräch auf Englisch fort.

Das geräumige Wohnzimmer wurde beherrscht von einer riesigen Sitzgruppe aus rotem Leder, die auf einen Flachbildschirm in Kinoleinwand-Größe ausgerichtet war. Direkt daneben stand ein Spinnrad, an dem einige metallene Blumentöpfe hingen. Der Boden war mit großen Marmorfliesen ausgelegt, rechts um die Ecke schien das Zimmer weiterzugehen, vielleicht in einen Essbereich. Vor dem Durchgang ragte ein großer, schwarz glänzender Kachelofen mit großer Glasscheibe in den Raum. Die Decke war mit einer aufwendigen Naturholztäfelung versehen. Zirbe, vermutete Kluftinger. Aus den Lautsprechern, die darin eingelassen waren, dudelte leise ein volkstümlicher Schlager.

Der Kommissar schüttelte den Kopf. Selten hatte er einen Raum gesehen, in dem die Einrichtung so wenig zusammenpasste wie hier. Am Gesicht seiner Kollegin erkannte er, dass sie dasselbe dachte. Sie nahmen in der Sitzgruppe Platz und versanken regelrecht in den weichen Polstern. Kluftinger überlegte, wie er Lederer ansprechen sollte, schließlich hatte der ihn eben geduzt, obwohl sie sich kaum kannten. Lederer war im Dorfleben nicht aktiv, und es gab auch sonst keine nennenswerten Berührungspunkte zwischen den beiden. Er würde ihn siezen, beschloss er.

Gut zehn Minuten saßen die beiden da, ohne dass der Hausherr sich blicken ließ. Seufzend stand Kluftinger auf und ging zum Fenster. Von hier aus hatte man einen wunderschönen Blick über den Ort. Er verharrte lächelnd bei diesem idyllischen Bild, dann wandte er den Blick nach rechts, und sein Lächeln verschwand. Die verkohlte Spitze des großen Kreuzes war hinter einem Hügel zu sehen. »Zefix!«

»Grüß Gott!«, tönte es auf einmal leise hinter ihm. Er fuhr herum – und sah, dass im anderen Teil des Raums, der vom

Sofa aus nicht einzusehen gewesen war, eine ältere Frau an einem rustikalen Esstisch saß und einen Adventskranz band. Die Tischplatte war mit Zeitungspapier ausgelegt, darauf war eine große Menge Tannenreisig verteilt.

»Frau Lederer?«

»Ja. Sie sind Gäste von meinem Mann?« Ihre Stimme war so leise, dass der Kommissar sie kaum verstand.

»Quasi. Wir haben bloß ein paar Fragen an ihn, wegen der ...«

»Himmelhergottzack, Beate, was soll denn der Schmarrn wieder?« Auf einmal stand Hubert Lederer neben seiner Frau. Anscheinend hatte er nun endlich fertig telefoniert. »Wieso musst du jetzt wieder dieses dürre Glump zusammenbinden? Ich hab doch extra den Swarovski-Adventskranz gekauft. Der nadelt nicht, und man kann ihn jedes Jahr hernehmen. Niemand braucht dieses altmodische Zeug. Woher hast denn überhaupt die Zweige?«

»Hat mir der Hubert aus dem Wald gebracht«, antwortete die Frau kleinlaut. »Wir haben noch jedes Jahr einen grünen Kranz gebunden, und das will ich auch weiter so machen.«

»Klar, die Dame braucht einen grünen Kranz. Na, hier macht anscheinend jeder, was er will«, schimpfte Lederer und kam nun auf den Kommissar zu. Auch Luzia Beer hatte sich erhoben.

»So, Kluftinger, jetzt hab ich Zeit. Was kann ich tun? Ihr wollt's euch bestimmt nicht über Fleischviehhaltung im einundzwanzigsten Jahrhundert informieren, oder?«, fragte er forsch.

»Nicht ganz, Herr Lederer. Meine Kollegin Frau Beer und ich, hätten ein paar Fragen wegen einer Sache, die schon lange zurückliegt. Es geht um den Fall Karin Kruse.«

Lederer schien von dieser Ankündigung völlig unbeeindruckt. Ganz Geschäftsmann sah er auf die Uhr und erklärte: »Ihr habt genau ... siebzehn Minuten, dann muss ich fahren, damit ich rechtzeitig in Kisslegg bin. Wichtiges Meeting. Also, schießt's los.« Damit ging er zur Couch und setzte sich, die beiden Polizisten folgten ihm.

»Erinnern Sie sich an damals?«, wollte Kluftinger wissen. »Immerhin ist das Kreuz von hier aus zum Teil sichtbar. Und es steht auf Ihrem Grund, oder?«

»Ja, leider. Ich kann natürlich jetzt auch nicht mehr sagen als damals«, begann der Landwirt ruhig. »Wir waren an dem Abend beim Funken in Ofterschwang, mit den Kindern. Wir wollten mal was anderes sehen – die schichten da richtige Holzstöße auf, nicht bloß alte Christbäume und so. Ja, und als wir am Abend zurückgekommen sind, war am alten Kreuz alles voller Feuerwehr- und Polizeiautos.«

»Können Sie sich erinnern, ob an diesem Tag irgendetwas Besonderes passiert ist, vielleicht am Nachmittag?«

Lederer zog die Schultern hoch. »Wir waren ja nachmittags schon weg. Also, wenn ich damals nicht gesagt hab, dass mir was aufgefallen ist, dann weiß ich doch jetzt auch nicht mehr, oder?«

»Manchmal fällt einem über die Jahre wieder was ein.«

Lederer schüttelte den Kopf.

»Kannten Sie Karin Kruse persönlich?«, wollte Lucy Beer wissen.

»Nein, woher auch? Der Bub war damals schon nicht mehr in der Schule, und die Birgit, unsere Tochter, war auf der Realschule in Kempten. Woher hätt ich also eine Lehrerin kennen sollen?«

Kluftinger nickte. Mehr hatte er sich nicht erwartet.

Seine Kollegin jedoch fragte weiter: »Aber man hatte sich ja, sagen wir mal, eine ziemlich eindeutige Meinung im Dorf über die neue Lehrerin gebildet. Haben Sie davon etwas mitgekriegt? Am Stammtisch, in den Vereinen ...«

Lederer winkte ab. »Wissen Sie, diese Grattler im Dorf, die bloß in der Wirtschaft sitzen und saufen, die zerreißen sich das

Maul über alles und jeden. Und das nur, weil sie selber ihren Arsch nicht hochkriegen, um was zu verändern. Um ihr Leben selber in die Hand zu nehmen. Drum bin ich da noch nie dabei gewesen.«

Kluftinger stand auf, ging zum Fenster und schaute ins Tal. »Wie meinen Sie das?«

»Ich meine, dass meine lieben Bauernkollegen sich viel zu sehr drauf verlassen, dass ihnen geholfen wird, statt von sich aus neue Ideen zu verwirklichen. Statt größer zu denken. Die machen immer nur das, was ihnen gesagt wird. Schauen Sie: Als ich von meinem Vater in den Achtzigerjahren das hier alles übernommen hab, nach seinem Tod, da war für mich klar: Der Betrieb muss wachsen, oder er wird sterben. Ich hab mich fürs Erste entschieden. Und das nehmen mir die anderen Bauernfünfer übel. Weil ich Leute hab, die für mich die Arbeit machen. Weil ich mich nicht mehr selber krummschaff, im Stall. Weil ich mir das neue, schöne Haus hier hingebaut hab. Weil ich meinem Sohn einen profitablen Betrieb übergeben hab und keine alte, ranzige Bude, die ohne EU-Subventionen längst dicht wäre.«

»Super, Herr Lederer«, erklärte die junge Polizistin mit einem Lächeln. »Aber was hat das mit der Frau Kruse zu tun?«

»Das Geschwätz, von dem ihr gerade gesprochen habt, über die Kruse: Das kenne ich aus eigener Erfahrung. Auf sie waren sie eben auch neidisch. Weil sie anders war, neu hier im Ort, jung. Deswegen haben sie sich das Maul zerrissen.«

»Verstehe«, sagte Kluftinger. »So wie über Sie, den großen Hof, die großen Autos, die neuen Gebäude.«

»Genau«, stimmte ihm Lederer zu. »Ich weiß nicht viel über die Sache, nur so viel, dass es schrecklich war. Und dass diese junge Frau, die dort drüben gestorben ist, das sicher nicht verdient hat. Niemand verdient das. Ich denk oft dran, wenn ich das Kreuz seh.«

»Warum haben Sie das Ding eigentlich stehen lassen und nie abgebaut?«, wollte Luzia Beer wissen.

»Das steht nur aus Gewohnheitsrecht auf meiner Wiese. War schon immer so, mein Vater hat damals die Erlaubnis gegeben, weil er irgendeine Krankheit überstanden hat. Aufgestellt hat es der Trachtenverein. Die haben es nie abgebaut. Und ich zahl bestimmt nicht dafür. Für mich macht es keinen großen Unterschied. Von mir aus könnten sie auch ein neues hinstellen. So seh ich das.«

Kluftinger sah, dass draußen vor dem Fenster ein weiterer großer Wagen auf den Hof bog. Der Fahrer rangierte das SUV rückwärts vor eine der Garagen.

»Ah, ich glaub, mein Sohn ist gekommen. Hört zu, so leid es mir tut, ich muss weitermachen, ja? Ich hab nämlich zu arbeiten, mir zahlt keiner ein Beamtengehalt, ohne dass ich was schaffen würde.« Lederer begleitete sie hinaus, wo sein Sohn gerade ein Schlagzeug aus seinem Kofferraum lud und in die Garage räumte.

»Ein großer Musiker, der Junior«, erklärte Lederer spöttisch. »He, Hubert«, rief er seinem Sohn zu, »während du deinem Hobby nachgegangen bist, hab ich deine Arbeit gemacht. Der Owen Lynch in Irland macht uns einen tollen Preis für sechzig Black Angus. Muss aber schnell gehen, dem sitzen die EU-Behörden schon im Nacken.«

»Mit dem wollten wir keine Geschäfte mehr machen, Papa.«

»Ach was, der muss verkaufen – davon können wir bloß profitieren. Ich hab ihn ordentlich gedrückt und damit basta.«

Der Sohn widersprach nicht, man sah ihm seinen Unmut jedoch deutlich an.

»Ja, ja, die Jungen. Sich nicht ums Geschäft kümmern, aber mitreden wollen«, raunte Lederer dem Kommissar zu, der sich ein Lächeln abrang. »Also, habe die Ehre. Tut mir leid, dass ich nicht mehr hab helfen können. Magst noch ein Fleisch mitnehmen? Hab grad eine belgisch Blaue zerlegt gekriegt. Vom allerfeinsten.«

Kluftinger lehnte dankend ab, und Lederer verabschiedete sich mit festem Händedruck. Dann rief er seinem Sohn zu: »Beeil dich, Bub, wir müssen nach Kisslegg. Der Metzger da und seine Grillverrückten, die können uns einen Haufen Geld bringen. Ziert sich noch ein bissle, aber den kriegen wir noch. Ich zeig dir mal, wie man mit so einem verhandelt.«

Kluftinger war froh, als sie wieder zurück nach Kempten fuhren. Das Stochern in der Vergangenheit hatte ihn aufgewühlt.

»Der Alte ist nicht nur Millionenbauer, der führt sich auch noch auf wie Graf Rotz«, sagte Lucia Beer auf einmal.

Der Kommissar lächelte. »Ja, und der scheint das Zepter noch ziemlich fest in der Hand zu halten.«

»Wie der mit seiner Frau geredet hat, der Arsch ... Ich wär da schon längst abgehauen. Die hat anscheinend gar nichts zu melden.«

»Die Arme, ja. Und der Sohn nicht viel mehr. Aber wissen Sie, was man sich über den alten Lederer immer erzählt hat? Dass es ihm nicht besser ging, als sein Vater noch gelebt hat.«

»Na, das erklärt ja einiges.«

»Genau. Wie der Vater, so der Sohn.«

– 15 –

Gut gelaunt schloss Kluftinger seine Haustür auf. Er hatte das Gefühl, heute endlich etwas dafür getan zu haben, sein Versprechen gegenüber Mendler zu erfüllen. Auch wenn er nicht ganz so gut vorangekommen war, wie er es sich vielleicht gewünscht hätte: Die Sache nahm endlich Fahrt auf und würde früher oder später zu einem Ergebnis führen.

Seine Frau räumte in der Küche Gläser in den Schrank. Auch das ein gutes Zeichen, er hätte sie schließlich auch auf dem Sofa liegend antreffen können. Kluftinger umarmte sie von hinten und drückte ihr einen Schmatzer auf die Wange. »Und, Schätzle, was hast du heut so gemacht?«, fragte er strahlend.

Erika drehte sich um. Als er in ihr Gesicht schaute, sank seine Laune gleich wieder.

»Nix«, erwiderte sie matt.

»Nix?«

»Nein, ich hab erst gedacht, ich geh in die Stadt, aber dann war ich mir nicht sicher, dann hab ich hin und her überlegt, und als ich mich dann entschieden hab, war's schon zu spät.«

»Zu spät, soso.« Er öffnete den Kühlschrank. Die Leere, in die er blickte, sagte ihm, dass sie es wohl nicht mal zum Einkaufen geschafft hatte. Warum hatte sie ihm denn nichts gesagt? Er hätte das auf dem Heimweg erledigen können. Aber so würde wohl wieder Schmalhans Küchenmeister sein. Und die Kässpatzen, die sie ihm seit zwei Tagen schuldig war, würden auch heute nicht auf dem Teller landen.

Das Telefon klingelte. Normalerweise ging Erika an den Apparat, da die Anrufer in der Regel mit ihr sprechen wollten. Er hatte durchaus Verständnis dafür, er war kein guter Gesprächspartner und telefonierte auch nicht gern, sondern brauchte das direkte Gegenüber für eine Unterhaltung. Nun aber schien seine Frau den Anruf überhaupt nicht zu registrieren.

»Ich geh ran«, sagte Kluftinger schließlich.

»Na, mein Lieber, dachte zuerst, vielleicht schreib ich lieber eine WhatsApp, wo Sie jetzt ja fast schon ein *Digital Native* sind. Aber es geht doch nichts über den direkten Kontakt, was?«

Kluftinger verdrehte die Augen. »Nein, das ist wirklich immer viel schöner, Herr Langhammer. Was gibt's denn?«

»Wir hatten doch vereinbart, dass Sie bei uns vorbeischauen, nach der Sache mit dem Hund.«

Zefix, an eine passende Ausrede hatte er den ganzen Tag über nicht gedacht.

»Dann können Sie ihn noch mal in Aktion erleben und vielleicht ...«

»Vielleicht was?«

»Also, Sie kommen doch, oder?«

Müssen wir?, lag Kluftinger auf der Zunge. Stattdessen versuchte er, sich anders herauszureden: »Ich weiß nicht, die Erika ist nicht so ...«

»... nicht so angeschlagen wie die letzten Tage, ich weiß, sie hat meiner Frau eine Nachricht gesendet. Meine heilenden Hände zeigen offenbar Wirkung.«

»Das wird's sein.« Kluftinger überlegte kurz. Sein erster Impuls, mithilfe seiner Frau eine Entschuldigung für den Abend zu erwirken, hatte nicht geklappt. Aber letztlich war das auch nicht so schlimm, immerhin interessierte ihn durchaus, wie sich der Hund so machte – beziehungsweise, was er schon alles kaputt gemacht hatte. Zudem gab es möglicherweise bei Langhammers eine Kleinigkeit zu essen, auch wenn es sicher kein Ersatz für die nahrhaften Kässpatzen sein würde, die er seit Tagen so schmerzlich vermisste. Auf jeden Fall könnten sie sich mit Rücksicht auf Erika frühzeitig verabschieden.

Als Kluftingers auf den Bungalow zuschritten, hörten sie schon das schrille Rufen des Arztes. »Hindemith, aus! Hörst du auf, Hindemith! Nein, das ist japanisches Walnussholz, hörst du?«

Der Kommissar blieb stehen und lauschte genüsslich. Er fühlte sich an den Sketch von Gerhard Polt erinnert, immerhin war das ja auch seine Inspirationsquelle für den neuen Namen des Hundes gewesen. Dass Langhammer aber nun tatsächlich den bayerischen Kabarettisten gab, wenn auch gänzlich unfreiwillig, war fast schon zu schön, um wahr zu sein.

»Kommst du?«, riss Erika ihn aus seinen Gedanken. »Mir ist kalt, ich würd gern reingehen.«

»Bin ja schon da.« Bevor er an der Tür klingelte, überprüfte Kluftinger noch einmal die Taschen seines Jankers, in die er vorsorglich je eine Scheibe Bierschinken gepackt hatte, und drückte lächelnd den Knopf.

Es dauerte ungewöhnlich lange, bis der Arzt öffnete, was vielleicht auch an dem infernalischen Hundegebell lag, das die Glocke ausgelöst hatte. Erika warf ihrem Mann einen fragenden Blick zu, doch der zuckte nur mit den Achseln. »Hoffentlich geht's dem Hund auch gut bei denen«, raunte er.

Schließlich erschien ein sichtlich erhitzter Langhammer im Türrahmen. »Erika, Herr Kluftinger, wie schön, dass ihr da seid«, flötete er. Der Kommissar hatte eine Schimpftirade über sein missliebiges Geschenk erwartet, aber das Gegenteil war der Fall: Der Doktor war die Liebenswürdigkeit in Person. Noch bevor die Tür wieder richtig geschlossen war, kam Hindemith angerannt und sprang an Kluftinger hoch.

»Ja, da isser ja, der kleine Strolch«, rief der Kommissar erschrocken und streichelte ihm vorsichtig den Kopf. »Schau, Erika.« Das Gesicht seiner Frau zeigte eine Mischung aus Schock und Abscheu. Vielleicht hätte er sie vorher auf das spezielle Erscheinungsbild des Hundes vorbereiten sollen. Der war indes nicht zu halten. Er roch offensichtlich die Wurstscheiben, denn er vergrub seine Schnauze in Kluftingers Jacke und schnüffelte an seiner Hose. Das fand der Kommissar nun doch ein wenig abstoßend, sagte aber nichts, immerhin hatte er es selbst herausgefordert.

»Aus, Hindemith, lass das! Hier gelten Regeln, an die sich jeder zu halten hat. Auch du. Und eine davon ist, seine Nase nicht im Schritt anderer zu reiben.«

Kluftinger fand, dass das etwas unglücklich formuliert war, winkte aber ab: »Ach, macht doch nix, Herr Doktor. So nett bin ich hier noch nie empfangen worden, gell ... Hindemith.« Beinahe hätte er den richtigen Namen des Hundes ausgeplaudert, konnte sich aber gerade noch bremsen. Erst als Langhammer vorausgegangen war, drehte der Kommissar sich von Erika weg, schnappte sich eine Wurstscheibe, fütterte den Hund damit und zischte: »Platz, Mao, dann gibt's später noch eine.« Sofort setzte sich der Vierbeiner und blickte erwartungsvoll nach oben. Erika war beeindruckt davon, wie das Tier ihm gehorchte, das konnte er an ihrem Blick ablesen.

»Wo bleiben Sie denn, lässt Sie der Hund nicht ...« Langhammer kam zurück und verstummte, als er sah, dass der Vierbeiner kreuzbrav vor dem Kommissar saß und sich nicht rührte. »Wie haben Sie ...«, begann er, dachte kurz nach und setzte dann erneut an: »Ja, da sehen Sie mal, mein Lieber. Ein paar Stunden konsequente Erziehung, und schon folgt das Tierchen aufs Wort, nicht wahr? Brav, Hindemith. Genau wie wir es geübt haben.«

Der Vierbeiner beachtete den Doktor überhaupt nicht. Er hatte nur Augen für Kluftinger – und die zweite Wurstscheibe.

»Sie haben aber auch ein Händchen für Hunde, nicht wahr, mein Lieber?«, fuhr der Doktor fort. »Da ist einfach ein Draht zwischen Ihnen und diesen Tieren. Das war ja auch bei Wittgenstein so, erinnerst du dich noch, Erika?«

Sie nickte irritiert.

Auch Kluftinger stutzte. So viel Lob vom Doktor, nur weil er die Bestie für kurze Zeit gezähmt hatte? *Seltsam.* »Das ist doch alles nur, weil Sie ihn so gut erzogen haben«, setzte er seinerseits die Lobpreisungen fort.

Erika schien überhaupt nicht mehr zu verstehen, was gerade vor sich ging. »Ich schau mal nach der Annegret«, erklärte sie und ging ins Wohnzimmer.

»Natürlich, wir sind auch gleich da«, rief ihr Langhammer hinterher. Dann wandte er sich an Kluftinger: »Stellen Sie Ihr Licht mal nicht unter den Scheffel, Sie sind einfach ein Hundeflüsterer. Aber bitte, legen Sie doch ab.«

»Nein danke, mir ist ein bissle kalt.«

»Wie Sie meinen.«

Der Kommissar setzte sich wieder in Bewegung, wobei der Hund nicht von seiner Seite wich. Als sie im Flur standen, sah er sofort, dass die Beine des kleinen Sofas, das Langhammers dort stehen hatten, zerkratzt waren. Er hatte das Ding immer schon hässlich gefunden, offenbar genauso wie der Hund. »War das der Hindemith?«, fragte er mit gespielter Bestürzung.

»Ach, das alte Ding ... Ich glaub, das sind noch Spuren von Wittgenstein. Aber bitte, kommen Sie doch in die gute Stube.«

Ein kurzer Rundblick im Wohnzimmer förderte keine neuen Schäden zutage, wie Kluftinger enttäuscht feststellte. Alles war wie immer, nur auf der hellen Ledercouch lag nun eine Decke.

»Lieber Herr Kluftinger, schön, dass Sie da sind«, empfing ihn Annegret Langhammer mit einem betörenden Lächeln. Sie hatte eine Art Abendkleid an.

»Gehen Sie noch weg heut?«

Sie lachte nur. »Nein, aber bei so hohem Besuch ...«

»Kommt noch wer?«

»Dein Mann ist aber auch ein Charmeur«, flötete sie Richtung Erika.

Das hatte ihm noch niemand vorgeworfen, dachte der Kommissar. Was sollte das alles? Er beschloss, weiterhin auf der Hut zu sein.

Als sie sich mit einem Glas Sekt auf der Couch niederließen, verrutschte die Decke ein wenig, und Kluftinger erkannte dunkle Flecken und ein paar Kratzer auf dem Leder. *Immerhin*. Sie saßen eine Weile da und nippten an ihren Gläsern. Es war ungewöhnlich still. Normalerweise tönte immer Jazz, irgendein Klavierkonzert oder sphärischer Walgesang aus den Lautsprechern.

Langhammer schien seine Gedanken erraten zu haben. »Leider ist unsere Anlage zurzeit außer Betrieb, aber so ein bisschen Stille ist auch mal ganz schön«, erklärte er. »Erhöht die Sensitivität.«

Kluftinger spähte nach der Design-Stereoanlage und sah sofort das zerkaute Kabel, das davon herunterhing. Langsam bekam er doch ein schlechtes Gewissen, ein solches Ausmaß der Zerstörung durch das Tier hatte er weder vorhergesehen noch beabsichtigt.

»Der Hindemith ist ja so ein Lieber«, begann da aber Annegret Langhammer eine wahre Lobeshymne auf das Tier. Es folgte ein fünfminütiger Monolog, in dem Begriffe wie »handzahm«, »zutraulich«, »verspielt«, »charakterstark« und »humorvoll« fielen. Als ihr Mann dem Hund dann auch noch eine geradezu therapeutische Wirksamkeit bei schlechter Stimmung attestierte, war Kluftinger vollends verwirrt. Das konnten die beiden doch unmöglich ernst meinen.

»Der wäre eigentlich was für euch«, schloss der Arzt – und

endlich verstand der Kommissar. Das war also des Rätsels Lösung. Dass er nicht gleich darauf gekommen war. Auch bei der Polizei war diese Methode sehr beliebt: Wollte man jemanden auf elegante Art loswerden, *lobte* man ihn weg. Bei Lodenbacher hatte das auch bestens geklappt, das ganze Präsidium hatte an einem Strang gezogen.

»Der bringt so viel Freude, wir haben ein richtig schlechtes Gewissen, dass wir ihn euch sozusagen weggenommen haben«, erklärte Langhammer. Im Hintergrund hörte Kluftinger das leise Winseln des Hundes, den der Arzt offenbar irgendwo eingesperrt hatte. »Wo ihr doch auch so gut könnt mir diesen Tieren.« Da ertönte ein Krachen, eine Tür flog auf, und der Hund kam angerannt. Sofort platzierte er sich wieder vor dem Kommissar. »Sehen Sie, wie er auf Sie fixiert ist? Faszinierend«, rief Langhammer begeistert aus. Kluftinger fragte sich langsam, ob seine Taktik mit den Wurstscheiben nicht gerade nach hinten loszugehen drohte.

»Wenn man es genau nimmt, ist es ja euer Hund«, erklärte Annegret. »Das spürt er eben.«

»Wie meinst du das: unser Hund?«, fragte Erika.

»Na, dein Mann hat ihn ja aus dem Tierheim geholt. Da ist er eben dankbar.«

»Verhaltensbiologisch könnte man das unter einer speziellen Art von Prägung subsumieren. Sie erinnern sich an die Gänse, die der erstbesten Kreatur nachlaufen, die sie nach dem Schlüpfen gesehen haben? So in der Art, nur sehr vereinfacht.«

»Meinst du, Annegret?« Erika blickte sie nachdenklich an. »Hm, mein Mann denkt wohl eh, dass ich eine Aufgabe bräuchte ...«

Entsetzt blickte der Kommissar sie an. Sie würde doch nicht ernsthaft ... »Die Polizeipräsidentin muss ihren Posten räumen. Von einem Tag auf den anderen«, platzte es aus ihm heraus. Er wollte unbedingt vom Hundethema weg, und das war das Erste, was ihm in den Sinn gekommen war.

»Ach, wirklich?« Langhammer schien sehr interessiert. »War ja nur eine Frage der Zeit, oder?«

»Ach ja? Wieso?«

»Ich hab nie so ganz verstanden, wie ausgerechnet eine Frau … also nichts gegen Frauen«, schob er mit Blick auf Annegret und Erika ein, »aber dass eine Frau eine derartige Behörde führen soll? Recht und Ordnung liegen doch eher uns Männern im Blut.«

Der Kommissar konnte nicht glauben, was der Doktor, der sich ansonsten so weltgewandt und fortschrittlich gab, da absonderte. »Sie beschäftigen doch auch Frauen bei sich«, wandte er ein.

»Ja, sicher. Ich hab sehr tüchtige weibliche Helferlein in der Praxis. Und als Blickfang am Empfang ist das natürlich was anderes als ein Mann, keine Frage. Ich selber habe auch gern was fürs Auge. Man kann mir nicht nachsagen, dass ich mich nicht gern mit schönen Frauen umgeben würde, nicht wahr, meine Taube?«

Erika und Kluftinger tauschten einen Blick. Er konnte sehen, dass seiner Frau diese Seite des Arztes überhaupt nicht gefiel. »Du kannst doch deine Helferinnen nicht aufs Äußere reduzieren«, sagte sie in ungewohnt kämpferischem Tonfall.

»Neinnein, um Himmels willen, so war es ja nicht gemeint. Da habt ihr mich völlig falsch … Aber wie geht es dir eigentlich gesundheitlich, Erika?«, wechselte nun Langhammer das Thema. »Du siehst ja schon viel besser aus.«

»Ganz gut, danke.«

»Das mit der Aufgabe, was du gerade angesprochen hast, sollte man aber dennoch nicht ganz vernachlässigen. Jede Frau braucht etwas Eigenes, nicht wahr?« Der Doktor lachte gekünstelt auf, als hätte er gerade einen Witz gemacht. »Meine Annegret malt zum Beispiel neuerdings wieder ganz wunderbar.« Er machte eine ausladende Geste und zeigte auf die Aquarelle an den Wänden, die toskanische Landschaften oder irgendwelche Früchte in Obstschalen zeigten. Auch Kluftingers hatten eines dieser Werke kürzlich geschenkt bekommen, eine etwas zerquetscht aussehende Zitrone auf einem Teller. Weil es zu aufwendig gewesen wäre, das Bild immer dann aufzuhängen, wenn Langhammers zu Besuch kamen, hatten sie inzwischen einen permanenten Platz dafür gefunden: bei der Garderobe, wo Kluftinger jeden Tag seinen Mantel davorhängen konnte.

»Malen kann ich gar nicht«, gab Erika zu bedenken.

»Ist ja auch nicht für jeden. Aber es gibt noch so viel anderes.« Langhammers Blick wanderte zu dem Hund.

Kluftinger begann zu schwitzen. Hier war Gefahr im Verzug, er musste handeln. Mit einer gemurmelten Entschuldigung erhob er sich und ging in den Hausgang, Hindemith folgte ihm. Eine Weile stand er unschlüssig herum, schaute den Hund an ... und hatte eine Idee. Er nahm die verbliebene Wurstscheibe aus der Tasche, worauf sich das Tier sabbernd über die Schnauze leckte. »Gleich, Mao, wart kurz«, vertröstete der Kommissar das Tier. Dann steckte er den Bierschinken in Erikas Handtasche, schloss den Reißverschluss bis zur Hälfte, legte sie auf das kleine Sofa und ging wieder ins Wohnzimmer.

»Na, wo haben Sie denn Ihren treuen Begleiter gelassen?«, fragte Langhammer, als er sich wieder zu ihnen setzte.

»Der hat anscheinend das Interesse an mir verloren«, erwiderte Kluftinger und lächelte seiner Frau zu. Langhammer schien etwas nervös zu werden, offenbar fragte er sich, was denn stattdessen die Aufmerksamkeit des Hundes auf sich zog.

Kluftinger beteiligte sich nun rege an dem Gespräch darüber, warum es in der Spitzengastronomie so wenig Frauen gab, obwohl die zu Hause meist die Köchinnen waren. Doch weit kamen sie nicht, denn plötzlich stand der Hund wieder vor ihnen – und er hatte etwas im Maul.

»Na, Hindemith, was hast du denn da?«, fragte Langhammer, aber der Hund reagierte nicht. »Zeig jetzt sofort, was du da hast«, insistierte der Arzt, doch von dem Tier kam nur ein tiefes, bedrohliches Knurren.

»Sieht aus wie …«, begann Erika, dann riss sie die Augen auf und rief: »Mein Geldbeutel!«

»Was?«, schrie Kluftinger. Seine Entrüstung war nur zum Teil gespielt, denn die lederne Börse hatte er seiner Frau einmal zum Geburtstag geschenkt – und sie war nicht billig gewesen. Dennoch betrachtete er dieses Opfer als notwendige Investition, um ein mögliches Übergehen des Hundes in ihren Besitz zu verhindern.

»Hindemith, aus, gib sofort die Geldbörse wieder her«, rief der Doktor, packte den Hund und versuchte ihm das Ding aus der Schnauze zu ziehen. Tatsächlich ließ der Hund seine Beute los, allerdings nur, um beherzt in Langhammers Unterarm zu beißen. Der Arzt schrie auf, Annegret kreischte, Erika bückte sich und jammerte: »Mein schöner Geldbeutel, das war ein Geschenk von dir!«

»Hauptsache, dir ist nichts passiert«, erwiderte Kluftinger.

Langhammer jagte nun mit wutverzerrtem Gesicht hinter dem Hund her, seine Frau folgte ihm und rief: »Lass doch das arme Tier, das kann doch nichts dafür.«

»Ich glaub, wir gehen besser mal«, sagte Kluftinger, erhob sich und reichte seiner Frau die Hand. Im Hausgang sammelten sie zunächst das verstreut herumliegende Innenleben von Erikas Tasche auf, verabschiedeten sich schnell und eilten nach draußen.

»Was für ein Abend«, seufzte er, als sie im Passat saßen. »Und Hunger hab ich immer noch.«

»Gehen wir halt noch zum Mondwirt«, schlug Erika vor, was Kluftinger für eine ausgezeichnete Idee hielt. Als er den Motor anließ, fragte ihn seine Frau: »Was ist das eigentlich für eine Rasse?«

»Hm?«

»Der Hund. Der sieht ja schrecklich aus.«

Lächelnd wandte er sich seiner Frau zu und sagte: »Schätzle, es kommt auf den Charakter an. Du kannst doch so ein Tier nicht aufs Äußere reduzieren!«

– 16 –

Ein wenig missmutig betrat Kluftinger am nächsten Morgen seine Abteilung. Der Besuch bei Langhammers war zwar recht erheiternd ausgegangen, dennoch hatte er schlecht geschlafen und immer wieder über den Fall nachgegrübelt.

Er hängte seinen Janker an die kleine Garderobe, die erst vor Kurzem installiert worden war. Da fiel sein Blick auf die Pantoffeln. Kurzerhand kickte er sie unter das kleine Holzbänkchen. Mit zufriedenem Blick auf seine Haferlschuhe, die zugegebenermaßen mal wieder etwas Schuhcreme vertragen konnten, machte er sich auf in sein Büro.

»Was soll denn das jetzt, bitte?«

Kluftinger hatte Richard Maier sofort an der Stimme erkannt, fühlte sich aber nicht angesprochen. »Morgen, Richie!«, sagte er daher, ohne sich nach ihm umzudrehen, und setzte seinen Weg fort.

»Werde ich jetzt von dir ignoriert? Ist das der Dank, dass ich mir Gedanken mache, was uns hier als Team wieder zusammenschweißen könnte, um das Schreckliche einigermaßen zu verarbeiten, was dennoch kaum in Worte zu fassen ist?«

Jetzt wandte sich der Kommissar um. Maier war direkt hinter ihm. »Redest du mit mir?«

»Mit wem denn sonst?«, empörte sich Maier.

»Mei, vielleicht mit den Kollegen? Mit der Sandy? Oder mit jemandem, zu dem dein ruppiger Ton besser passt als ausgerechnet zu deinem Vorgesetzten?«

»Ah, jetzt bist du also auf einmal der Vorgesetzte ...«

»Bin ich das nicht schon immer? Seit ich dich eingestellt hab?«

Maier schaute Kluftinger verdutzt an. Sein Mund stand offen. Es kam nicht oft vor, dass der württembergische Kollege nach Worten rang. Der Kommissar gönnte sich einen kleinen Augenblick des Triumphes, dann setzte er in versöhnlichem Ton hinzu: »Also, lieber Mitarbeiter und Kollege Richard, was kann ich für dich tun, hm?«

»Ich bitte doch sehr darum, dass du dich an unsere Abmachung hältst und die Hausschuhe auch anziehst.«

»Richie, bei aller Liebe ... ich mein, bei allem Verständnis für dich und deine besonderen Sichtweisen, ich kann mir nicht vorstellen, dass die anderen ...«

»Morgen!«, winkte Sandy Henske von ihrem Schreibtisch aus – und Kluftinger sah an ihren Füßen, dass sie ganz offenbar Maiers Wunsch gefolgt war.

Der blickte ihn mit überlegenem Lächeln an, setzte dann aber eine ernste Miene auf und sagte in salbungsvollem Ton: »Der Eugen hätte doch auch gewollt, dass wir alle zusammenhalten.« Damit ließ er ihn stehen.

Mit hängendem Kopf ging der Kommissar zurück zur Garderobe, wechselte sein Schuhwerk und schlurfte in sein Büro. Auch wenn er sich dem sozialen Druck der Abteilung zähneknirschend beugte: Hausschuhe passten nicht in eine Behörde und widersprachen seiner Auffassung von professioneller Arbeit. Ganz sicher würde das für ihn kein Dauerzustand werden. »Liegt was Besonderes an, Fräulein Henske?«

Sandy lächelte ihn gequält an. Kluftinger erkannte sofort, dass sie schlechte Nachrichten hatte. »Also, das Präsidialbüro hat mir eine Mail weitergeleitet.«

Da die Sekretärin nicht weitersprach, hakte er ungeduldig nach: »So, und ... was steht drin? Gibt's schon einen Nachfolger für die Frau Dombrowski?«

»Oder eine Nachfolgerin.«

»Es wird wieder eine Frau?«

»Nein, es gibt noch niemanden – aber es könnte ja auch wieder eine Frau werden.«

Kluftinger zog die Brauen zusammen. »Und das stand in der Mail?«

»Nee, Quatsch. Da stand drin, dass der Staatssekretär im Innenministerium in zwei Tagen die Verkehrssicherheitstage hier bei uns in Kempten eröffnet. Und Sie als Interims-Präsident sollen …«

»Auch dabei sein. Priml.« Solche Anlässe mied Kluftinger wie der Teufel das Weihwasser. Allein die ganzen Begrüßungsreden der Honoratioren, in denen die sich selbst gegenseitig beweihräucherten. »Sagen Sie denen, wenn ich Zeit hab, dann kann ich vielleicht schon zuschauen, aber wenn was Dringendes dazwischenkommt, was gar nicht so unwahrscheinlich ist …«

»Es wird erwartet, dass Sie zu diesem Event sprechen. Ein Grußwort, quasi.«

»Dass ich *was* spreche? Ein … *Grußwort?*«, wiederholte er. »Priml.«

Sandy lächelte ihn mitleidig an.

»Wenn Sie dann bitte gleich ganz absagen täten. Ich hab im Moment keine Zeit, eine lange Rede zu schreiben.«

Sandy holte tief Luft, bevor sie erklärte: »Ja, also, über die Dauer der Rede steht hier natürlich nichts … aber es war durchaus mehr eine Anordnung als eine Bitte. Also, eine Absage wird wohl schwer werden.«

»Eine Anordnung?«

»Vom Staatssekretär.«

»Vom … zefix!« Kluftinger stöhnte. Dann gab es wohl keinen Ausweg. Er musste ran. »Heilandnochmal! Ich brauch eine Stunde absolute Ruhe, ja? Keine Störung, nix. Dass ausgerechnet mir das passieren muss. Eine Rede. Schlimmer hätt's nicht kommen können, Himmelarschkreuzkruzinesn!« Mit diesem Fluch, der aus seinem tiefsten Inneren kam, begab er sich in sein Büro und schloss die Tür hinter sich.

Als er sich den leeren Schreibblock heranzog, um sich die Eckpunkte seiner Ansprache zu notieren, hatte er ein flaues Gefühl im Magen. Er kam sich vor wie bei seinem Deutschabitur, in dem er ausgerechnet eine Gedichtanalyse verfassen musste – ein Gebiet, auf das er sich nicht im Geringsten vorbereitet hatte. Aber nun war es eben so. Als Beamter musste man auch mal unangenehme Dinge erledigen. Und er würde allen zeigen, was er draufhatte.

Doch bereits bei der Frage der adäquaten Begrüßung geriet sein kurzzeitig aufkeimender Eifer wieder ins Stocken. Wie sprach man die Gäste einer solchen Veranstaltung an? In welcher Reihenfolge? Und wer war überhaupt anwesend? Vielleicht könnte er mit *liebe Festgäste* beginnen? Nein, das klang eher nach einem Blasmusik-Jubiläum. *Liebe Festgemeinde?* Das sagte der Pfarrer bei der Hochzeit. *Sehr geehrte Damen und Herren* war zu förmlich. Bestimmt erwartete man eine persönliche Handschrift von ihm. Etwas, was nur er so machte. Kurzerhand beschloss er, es exakt so zu halten, wie er es bei der Musikprobe immer tat. Er würde einfach mit den Fingerknöcheln aufs Rednerpult klopfen und sagen: »Gilt scho, Grüß Gott beinand.« Das war bodenständig und authentisch.

Er schaute auf die Uhr: Schon fast eine Viertelstunde vorbei, und er hatte gerade mal die Begrüßung. Was den weiteren Verlauf der kleinen Ansprache anging, wollte er sich deswegen moderner Hilfsmittel bedienen: Er schaltete den Monitor seines Computers an und gab *festliche Rede halten* in die Suchmaschine ein.

Das erste Ergebnis wirkte gleich ziemlich vielversprechend:

Ein sogenannter *Speaker* gab da allerhand Tipps zum Aufbau eines guten Vortrags. Der Kommissar schüttelte den Kopf. *Speaker*. Man hätte auch Redner sagen können, wobei sich Kluftinger ohnehin fragte, was das eigentlich für ein Beruf war. Vielleicht sollte er sich in Zukunft *Inspector* oder *Detective* nennen. Er scrollte weiter durch die Hinweise, die ihm alle ziemlich banal schienen: Freundlichkeit, deutliche Aussprache, Ruhe – das hätte er sich auch selbst denken können. Dann aber kam er an einen interessanten Punkt. Der Trainer postulierte als einen der wichtigsten Faktoren der gelungenen Rede die klare Vorstellung, »zu wem, wie lange, worüber und wozu« gesprochen werden solle. Keine der vier Fragen konnte der Kommissar beantworten.

Verdrossen scrollte er noch weiter nach unten. Da fanden sich Beispielreden zu verschiedenen Anlässen. Er las sich einige der Überschriften durch: *Mamaverwöhnfest: Schulleiterin spricht zum Muttertag* lautete die erste, gefolgt von *Ein frohes Kind, ein Wirbelwind – Rede zum Geburtstag einer Faschingsprinzessin in Franken*. Alles doch recht speziell und für ihn kaum verwendbar, selbst mit kleinen Änderungen nicht. Auch der Vortrag eines Gartenbau-Unternehmers *Grüner Daumen im Angesicht des Klimawandels* traf es nicht einmal ansatzweise, und mit der Ansprache eines Bürgermeisters zur Städtepartnerschaft mit der Ukraine *Ein großer Tag für Bad Kleingerhardsgmünd* würde er auch nicht weiterkommen. Die Suchbegriffe *Rede Verkehr* zeitigten ebenfalls keine brauchbaren Ergebnisse, denn da waren auf einmal Geschlechtskrankheiten (*Lasst uns über ungeschützten Verkehr und seine Gefahren reden*) und *Dirty-Talk beim Sexualakt* das Thema. Schnell brach er die Suche ab, nicht dass er noch auf halbseidene Bezahl-Websites weitergeleitet würde.

Stattdessen beschloss er, einem weiteren Tipp des Rede-Coaches zu folgen, den er eben gelesen hatte: Er würde ein Brainstorming zum Thema anfertigen. Schließlich wusste er, wie das ging, Maier hatte einmal einen Anlauf unternommen, diese Arbeitsweise in ihrer Abteilung zu etablieren, es aber nach dem Protest aller wieder aufgegeben. Auf sein Blatt schrieb er also mittig das Wort *Verkehrssicherheit*, zog einen großen Kreis darum und begann zu überlegen.

Nach einer weiteren Viertelstunde hatte er die Begriffe *Verkehr, Sicherheit, tödlicher Unfall* und *Zebrastreifen* notiert. Mehr fiel ihm zu diesem Thema einfach nicht ein. Er hob sein Telefon ab. So hatte das keinen Sinn. »Sandy? Wenn Sie ganz kurz kommen könnten? Ich bräucht Sie mal.« Dann stand er auf und ging zum Fenster.

Seine Sekretärin kam mit strahlendem Lächeln herein und setzte sich auf den Besucherstuhl vor seinem Schreibtisch, ihr Dienst-Laptop auf den Knien drapiert. »Ich bin bereit, Chef, schießen Sie los.«

Kluftinger verstand nicht.

»Sie wollen mir die Rede doch jetzt sicher diktieren, oder? Also, von mir aus kann's losgehen.«

Kluftinger ging zu seinem Arbeitsplatz zurück und schob zögerlich das Ergebnis seines Brainstormings über den Tisch.

Sandy Henske warf einen schnellen Blick darauf und flüsterte: »Gute Güte, mehr haben wir nicht?«

Kluftinger schüttelte den Kopf.

»Nee, da kommen wir so nicht weiter. Ich meine ... also, Sie können das sicher glänzend, aber im Moment haben Sie ja wahrlich andere Aufgaben, stimmt's?«

»Andere, ja. Auf jeden Fall«, murmelte Kluftinger verschämt.

»Ich bin da auch nicht versiert, tut mir leid. Aber vielleicht sollten wir uns Rat holen bei jemandem, der das öfter macht«, überlegte Sandy.

Kluftinger schöpfte Hoffnung. »Genau. Der das öfter macht und deshalb Routine in so was hat«, führte der Kommissar den Gedanken weiter. »Vielleicht ... der Kienle?«

»Der aus der Registratur?«

»Nein, der Oberbürgermeister.«

»Hm, der muss laut der besagten Mail seinerseits ein Grußwort halten.«

»Schade«, fand der Kommissar. Er mochte die spezielle Art des Stadtoberhaupts, Ansprachen zu halten: Er holte sich meist ein, zwei Gesprächspartner auf die Bühne, mit denen er sich unterhielt. »Aber wie wäre es dann mit … dem Landrat?«

»Die Landrätin, meinen Sie? Ist ja noch nicht ganz so lange im Amt, aber wenn Sie meinen …«

»Nein, lieber nicht«, winkte der Kommissar ab. »Wir bräuchten jemanden, der danach nicht überall rumposaunt, dass man ihn um Rat gefragt hat, verstehen Sie? Jemanden, der dienstgeheimnismäßig gebunden ist.«

»Ich hab's!«, rief Sandy auf einmal aus. »Wir fragen den Chef.«

»Das bin doch ich …«

»Nein, den richtigen … ich mein, den Ex-Chef, Ihren Vorgänger.«

»Den Hefele? Der ist aber nicht mehr ganz …«

»Unsinn«, sagte Sandy kopfschüttelnd. »Den Lo-den-bacher.«

»Den … Sandy, Sie sind genial!«

»Hör ich öfter. Wollen wir uns Rat beim Regierungsrat holen?«

»Nein«, erwiderte Kluftinger grinsend. »Wir holen uns nicht nur Rat beim Rat, wir holen uns gleich den ganzen Schrat … Rat. Den Regierungsrat. Höchstpersönlich, verstehen Sie, Frau Henske?«

Keine zwei Minuten später hatte er Lodenbacher am Telefon. »Mei, toll, dass Sie trotz Ihrem übervollen Terminkalender Zeit für ein Telefonat mit einem Provinzpolizisten wie mir haben,

Herr Lodenbacher!«, begann der Kommissar gleich nach der Begrüßung mit seiner zugegebenermaßen etwas klebrigen Charmeoffensive. Doch nur so sah er Chancen, den Plan, den er gefasst hatte, in die Tat umzusetzen.

»Allweil, für meine Leut ausm Allgäu, wissen S' doch«, gab sich Lodenbacher jovial. »Wo drückt der Schuh, Kluftinga?«

»Also, wie soll ich sagen«, wand sich der nun doch ein wenig, »ich mein, wir schwärmen hier ja alle immer noch von den tollen und abwechslungsreichen Reden, die Sie bei jedem offiziellen Anlass gehalten haben.« Gut, dass sein Gesprächspartner nicht sehen konnte, wie sich die Adern auf seinen Wangen knallrot verfärbten.

»Des glaub ich gleich.«

»Ja, so geistreich haben Sie immer gesprochen – und nie war einem langweilig, weil Sie immer aufs Publikum eingegangen sind, wissen Sie?«, log der Kommissar unverfroren weiter.

»Freilich weiß ich des.«

Kluftinger hätte beinahe gelacht. Lodenbachers monotone und langatmige Reden waren gefürchtet gewesen. Dass er ihnen selbst derart unkritisch gegenüberstand, fand er unglaublich. Egal, fürs Erreichen seines Ziels konnte das nur hilfreich sein. »Jetzt steht wieder so ein Anlass ins Haus, hier in Kempten werden nämlich die Bayerischen Verkehrssicherheitstage durchgeführt, und zur Eröffnung gibt es eine kleine Feierstunde.«

Lodenbacher sog hörbar die Luft ein. »Is mir zu Ohren gekommen. Aber bloß aus zweiter Hand, ned offiziell. Jedenfolls hom's mi ned eiglodn.« Am Umstand, dass Lodenbacher nun wieder in seinen niederbayerischen Dialekt verfiel, merkte Kluftinger, wie verschnupft er war. *Umso besser.*

Sein ehemaliger Vorgesetzter fuhr fort: »Is eh lang her, dass ich Reden g'halten hab, jetzt wird mir bloß noch die zweifelhafte Ehre zuteil, welche anzuhören, die leider oft von denselben Redenschreibern in den Ministerien san. Die gleichen sich wie ein Ei dem ander'n.«

»Die Redenschreiber?«

»Die auch, aber ich mein natürlich die Reden an sich, ned?«

»Ja, das glaub ich. Da würde es einen schon mal wieder in den Fingern jucken, selber eine zu verfassen, oder?«

Lodenbacher räusperte sich. »Kluftinga, kürzen mir des Ganze einfach ab: Ich kann Eahna schon a Rede schreiben. Als Amtshilfe, so zum sagen. Mei ehemalige Behörde soll sich ja ned blamier'n, verstengan S'?«

Der Kommissar schluckte die Herabwürdigung, die in dieser Aussage lag, einfach hinunter. Immerhin: Er hatte ein Etappenziel erreicht. »Da haben Sie ja so was von recht, Herr Lodenbacher«, säuselte er weiter. »Es soll gut werden, was sag ich: Grandios soll es werden, weil ja auch Ihr Staatssekretär da ist. Also, der vom Innenministerium.«

»Des is auch bloß oana wie du und ich. Nix B'sonders«, brummte Lodenbacher.

»Genau. Gar nicht.«

»Vieles, Kluftinga, werd im Ministerium ned nach Kompetenz besetzt, sondern über Beziehungen und mit Katzbuckeln.«

»Ja, das haben wir damals auch gesagt.«

»Damals?«

Kluftinger hüstelte nervös. »Also, das mit dem ... dings ... mit dem Ministerium. Allgemein, mein ich, nicht speziell.«

»Ja, vor allem ganz oben.«

»Genau. Ganz. Also oben. Aber umso wichtiger ist da auch die dings ... die Kompetenz bei der Vortragsweise. Von der Rede her. Und da ist einer wie ich sicher einem Staatssekretär unterlegen, und wenn er noch so ein Depp ist.«

»Moment, des hab ich aber nicht ... keine falschen Zitate, Kluftinga!«, tönte es aufgeregt aus dem Hörer.

»Nein, schon klar. Aber wenn so ein Staatssekretär kommt, da bräuchte es halt schon ein anderes Kaliber als mich. Als Gegengewicht quasi.«

»Meinan S'? Könnt schon sein.«

Der Fisch hatte den Köder im Maul, dachte Kluftinger. Jetzt noch ein beherzter Ruck an der Angel – und er zappelte am Haken. »Ich hätt doch auch gar nichts zum Anziehen. Und kenn ja niemanden von den ganzen wichtigen Leuten aus der Politik und …«

»Ja, jetzt wo Sie es sog'n: Da haben S' scho recht. Guad, dass Sie sich selber so gut einschätzen kennan. Da braucht's den Kuchen, ned den Krümel, ned?«

»Also so würd ich das jetzt auch wieder nicht …«

»Lieber der Schmid statt dem Schmiderl, oda?«

Kluftinger stand auf dem Schlauch. »Welcher Schmid jetzt?«

»Ich komm und red den Staatssekretär an d' Wand, dass es eam die Ohrwatschln anlegt.«

Na also, dachte Kluftinger. Lodenbacher zappelte fröhlich im Netz, und er selbst hatte eine lästige Aufgabe weniger. »Ganz genau, zeigen Sie ihm ruhig, wo der Bartel den Most holt.«

»Muss aber unter uns bleim, Kluftinga. Dass ich ihn ned ganz unkritisch seh. Rein fachlich, versteht sich.«

»Unter uns. So was von, Herr Lodenbacher. Verlassen Sie sich drauf.«

»Sauba. Des mach ma, Kluftinga. Ich schaug dann bei Eahna vorbei, wenn ich eh in Kempten bin. Pfiat Eahna.«

»Ja, keine Ursache, gern geschehen. Habe die Ehre, Herr Lodenbacher. Und bis bald«, sagte Kluftinger eilig und legte auf.

Er beschloss, seinen Arbeitsplatz besser für eine Weile zu verlassen, um vor eventuellen Rückrufen oder gar einem Rückrudern Lodenbachers gefeit zu sein. Schwungvoll stand er auf und berichtete Sandy stolz von seinem Telefonat. Dann ging er ins große Büro und kündigte Maier und Hefele an, dass er vorhabe, noch einmal nach Altusried zu fahren. »Mag jemand mit?«, fragte Kluftinger und erwartete, dass sie sich wie üblich darum streiten würden, wer ihn begleiten dürfe.

Doch die Beamten blickten angestrengt auf ihre Unterlagen. »Hm, ich hab noch … diese Sache, der ich nachgehen muss«, murmelte Hefele. »Du, nimm doch die Lucy mit, ist eh wichtig, dass die jetzt gleich möglichst viel von dir lernt, und dann stört sie … ich mein, dann ist sie versorgt, quasi.«

Maier nickte eifrig. »Da kann ich dem Roland nur zustimmen. Am meisten profitiert die Neue doch davon, wenn sie mit dir unterwegs ist. Keiner hat so einen Erfahrungsschatz wie du …«

»Schon gut, hab verstanden«, unterbrach ihn der Kommissar. »Ihr wollt sie loswerden, und ich soll mich kümmern.« Mit diesen Worten ging er auf den Gang und rief in Richtung des Zimmers der neuen Kollegin: »Fräulein Beer, wir hätten einen Außentermin.« Er wartete eine Weile, doch es tat sich nichts. Auch auf nochmaliges Rufen kam keine Antwort. Ob sie beim Rauchen war? Wenn ja, würde er ihr klarmachen müssen, dass man sich hier nicht einfach Pausen genehmigen konnte, wie es einem passte. Er seufzte angesichts dieser undankbaren Aufgabe. Als er an ihrem Zimmer vorbeiging, sah er durch die offen stehende Tür, dass die Beamtin an ihrem Schreibtisch saß. Ohne zu klopfen, trat er ein. »Also, ich muss schon sagen, Frau Kollegin, es ist etwas ungewöhnlich, dass man auf das Rufen seines Vorgesetzten nicht reagiert.«

Sie notierte etwas auf einen Zettel und würdigte ihn keines Blickes.

»Frau Beer, jetzt mal ehrlich …«

Da begann sie leise vor sich hin zu summen. Und nun entdeckte Kluftinger auch die beiden weißen Dinger in ihren Ohren,

Kopfhörer, wie er wusste, da Markus dieselben hatte. Er machte zwei weitere Schritte und tippte sie auf die Schulter.

Wie von der Tarantel gestochen fuhr sie herum, worauf der Kommissar so erschrak, dass ihm ein spitzer Schrei entfuhr.

»Heilige Scheiße«, presste Luzia Beer hervor und holte die Hörer aus ihrem Ohr.

»Jesses, bin ich jetzt erschrocken«, stammelte Kluftinger.

»Was gibt's denn, was einen Herzstillstand rechtfertigt?«, fragte sie forsch.

»Ich wollt, ich mein …« Er dachte kurz nach, was er eigentlich gewollt hatte. »Ach ja: Falls es Ihnen grad passen tät, wir hätten eine Außenermittlung.«

Sie ließ ihren Blick seine Beine hinabwandern. »In diesen Schuhen?«

– 17 –

Mit dem Schlüssel für den alten Schuppen in der Tasche lenkte Kluftinger seinen Passat einmal mehr in Richtung Opprechts, wo das verkohlte Kreuz stand. Es würde nicht das letzte Mal sein, da war er sich sicher.

»Der Natterer hat irgendwie erleichtert gewirkt, dass er den Schlüssel abgeben konnt.«

Kluftinger blickte seine Beifahrerin von der Seite an. Ja, sie hatte recht, er hatte das auch gespürt. Sie waren zu dem Mann ins Heim gefahren, um nach seiner Erlaubnis zu fragen, die Hütte zu betreten. Er hatte ihnen ohne Umschweife den Schlüssel in die Hand gedrückt und gesagt, sie könnten ihn behalten, solange sie wollten. Dabei hatte er gewirkt, als hätten sie eine Last von ihm genommen. Kluftinger hatte sich nie darüber Gedanken gemacht, dass das Verbrechen von damals möglicherweise noch andere Menschen als die direkt Betroffenen belastete.

»So, da simmer.« Er parkte den Passat auf einem kleinen Feldweg. Von hier konnten sie den Schuppen gut sehen, er stand etwa fünfzig Meter vom Waldrand entfernt auf freiem Feld. Sie stiegen wortlos aus und liefen darauf zu. Der Weg führte etwas bergauf, und nach einigen Metern tauchte hinter der Hütte das verkohlte Kreuz auf. Kluftinger schauderte, Luzia Beer schlug den Kragen ihrer Lederjacke hoch. Die düsteren Gedanken des Kommissars wurden von einem glockenhellen Klingeln unterbrochen. Ein Handy. Auch wenn er sonst kein Freund solcher Störgeräusche war, in diesem Moment begrüßte er die Ablenkung. Allerdings wunderte ihn, dass seine junge Kollegin gar nicht auf ihr Telefon blickte. Normalerweise schauten alle, die er kannte, sofort aufs Display, weil es schließlich *was Wichtiges* sein könnte. Dabei ging es meist nur um eine belanglose Plauderei oder, am schlimmsten, um irgendein Spaßvideo aus dem Internet, das sich wie ein Virus auf den Geräten verbreitete.

»Krass, die alten Siegel sind sogar noch zu sehen.« Luzia Beer zeigte auf die Eingangstür der Hütte. Dort prangten, vergilbt und von Wind und Wetter in Mitleidenschaft gezogen, noch immer die Aufkleber, mit denen die Polizei den Schuppen einst versiegelt hatte. Es war zwar ungewöhnlich, aber, wenn Kluftinger darüber nachdachte, nur folgerichtig, dass sie noch da waren. Die Polizei kümmerte sich nach Abschluss der Ermittlungen nicht mehr um ihre Hinterlassenschaften. Doch normalerweise waren die Besitzer daran interessiert, diese offensichtlichen Spuren eines Verbrechens so schnell wie möglich zu beseitigen. Natterer, das wussten sie aus seinen Erzählungen, allerdings nicht. Er war nur noch hier heraufgekommen, wenn es sich nicht hatte vermeiden lassen.

»Ist da eingebrochen worden?«, fragte Luzia Beer.

»Kann schon sein, dass irgendwann mal jemand …«

»Nein, damals.«

Kluftinger schüttelte den Kopf. In den Akten stand nichts über einen Einbruch, das hätte er sich gemerkt. »Wie kommen Sie denn darauf?«

Seine Kollegin ging zur Tür und schabte mit ihrem Schlüssel etwas von dem alten Siegel ab. Tatsächlich: Auf den Beschlägen befanden sich Kratzspuren, die unter dem Klebestreifen weitergingen. »Na also. Die Beschädigungen sind auch unter dem Siegel, das heißt, sie waren damals schon dort.«

Er nickte beeindruckt. Auch wenn es auf den ersten Blick nicht immer so wirkte, die Frau verstand ihr Handwerk. »Fragt sich nur, warum Mendler in seine eigene Hütte hätte einbrechen sollen …«

Sie nickte und steckte den Schlüssel ins Schloss. »Genau das ist die Frage. Vielleicht finden wir drinnen eine Antwort.« Mit diesen Worten öffnete sie die Tür.

Als sie eintraten, hatte Kluftinger das Gefühl, seine eigene Erinnerung zu betreten. Die Hütte hatte sich kaum verändert, sah beinahe noch so aus wie damals und wie auf den Fotos in der Akte, die er in den letzten Tagen so oft studiert hatte. Jedoch mit einem Unterschied: Die Mitte des Raums nahm nun eine große Kutsche ein, die dort, dem Staub nach zu schließen, schon mehrere Jahre stehen musste. Allerdings war es kein gewöhnliches Exemplar: Die Kutsche hatte hinter dem Bock einen schwarzen, kastenartigen Aufbau mit von innen verhangenen Fenstern, die mit einem schwarzen Kreuz versehen waren. Eine Leichenkutsche. In Kluftingers Magen breitete sich ein unangenehmes Kribbeln aus. Es wirkte, als hätte Mendler höchstpersönlich diese gespenstische Szene arrangiert, um ihn an sein Versprechen zu erinnern. Eine irrationale Angst hinderte den Kommissar daran hineinzuschauen, er fürchtete, dort Mendlers bleiches Gesicht oder den verkohlten Schädel von Karin Kruse zu erblicken – auch wenn er wusste, dass das unmöglich war.

Zum Glück nahm ihm Luzia Beer diese Aufgabe ab. »Leer«, sagte sie nach einem Blick ins Innere lapidar.

»Hab ich mir schon gedacht«, antwortete der Kommissar. Dann sah er sich um. Sogar das Zeug, das Mendler hier gelagert hatte, lag noch herum: Dachziegel, Teerpappe, Nägel, Werkzeuge, ein Werbeplakat für einen Fiat Kastenwagen aus den frühen Achtzigern.

Als wäre die Zeit an jenem verhängnisvollen Tag einfach stehen geblieben.

Wieder piepste ein Handy, und so langsam ärgerte sich Kluftinger über diese Störungen durch seine Mitarbeiterin. Nicht genug, dass sie nach Zigaretten roch und ständig Kaugummis kaute, jetzt nervte sie auch noch mit ihren privaten Nachrichten. »Vielleicht wär's gut, wenn Sie das Ding hier drinnen ausmachen, dann kann man sich besser konzentrieren«, sagte er deshalb.

»Hä?«, fragte sie abwesend, während sie die neuen Nachrichten auf ihrem Mobiltelefon las.

»Ihr Handy, mein ich.«

»Kann ich machen. Wär aber schade.«

Langsam wurde er wütend. Ein bisschen mehr Respekt einem Vorgesetzten gegenüber durfte er wohl erwarten. »Ja, das kann schon sein, aber als Polizeibeamtin muss man auch mal damit klarkommen, wenn man seine Nachrichten nicht immer sofort lesen kann.«

»Schade für Sie, Chef.«

»Wie bitte?«

Sie hielt ihm ihr Display hin, das voller Nachrichten in kleinen, farbigen Sprechblasen war. Schon bei der ersten hatte sie seine volle Aufmerksamkeit.

Richard Maier, 11:53
Hallo zusammen, leider musste ich feststellen, dass einige wieder nicht die Hausschuhe anhaben, die ich mitgebracht habe. Ich nenne keine Namen, bin nur enttäuscht.

Roland Hefele, 11:54
Kannst ruhig Namen nennen.

Richard Maier, 11:54
Also gut: Roland.

Roland Hefele, 11:54
Soso.

Richard Maier, 11:55
Und?

Richard Maier, 13:07
Roland, äußere dich dazu.

Roland Hefele, 13:08
Hm?

Richard Maier, 13:09
Tu nicht so. Der Chef hat angeordnet, dass wir die Hausschuhe tragen sollen. Warum machst du es nicht?

Roland Hefele, 13:09
Der Chef hat gar nix angeordnet.

Richard Maier, 13:10
Doch. Im Angedenken an Eugen :-(((

Roland Hefele, 13:10
Schmarrn.

Roland Hefele, 13:11
Der zieht sie ja selber nicht an. Ist doch froh, wenn er seine Haferlschuhe anbehalten kann, weil er sich so schwer bücken kann mit dem Bauch ;-)

Richard Maier, 13:11
Aber er trägt daheim anscheinend auch Hausschuhe.

Roland Hefele, 13:12
Ja, Kuhfellclogs! Sehen aus, als hätte Frau Antje vergessen, ihre Füße zu rasieren.

Richard Maier, 13:13
;-))))))

Roland Hefele, 13:13
Müssen aufpassen, nicht dass er die Nachrichten noch liest.

Richard Maier, 13:14
Dafür bräucht er nicht nur ein Handy aus diesem Jahrhundert, sondern auch seinen persönlichen Support – also mich.

Roland Hefele, 13:14
Lol

»Frau Beer?«

»Ja?«

»Warum krieg ich diese Nachrichten denn nicht?«

»Sie sind noch nicht beigetreten.«

»Wo?«

»Na, bei uns. Der Kollege Maier hat die Einladungen verschickt, haben Sie keine bekommen?«

Kluftinger dachte nach, aber er konnte sich nicht erinnern, in letzter Zeit Post von seinem Kollegen auf dem Schreibtisch gehabt zu haben.

»Darf ich mal Ihr Handy sehen?«

Zögernd nahm er es aus der Tasche, entsperrte es und reichte es ihr. Sie drückte ein paar Knöpfe und gab es ihm zurück. »Die Einladung war schon da, hab sie jetzt angenommen. Sie sind drin.«

Er wollte sein Telefon schon wieder wegstecken, da fiel ihm noch etwas ein. »Was muss ich denn machen, wenn ich was schreiben will? Also allen?«

Sie lachte. »Krass. Das kann sogar mein Vater. Also, Sie wollen in die Gruppe schreiben?«

»Nein, in die Abteilung halt.«

»Moment.« Sie nahm noch einmal sein Handy. »Was wollen Sie denn schreiben?«

Er dachte nach. »Ich würd bloß gern zeigen, dass ich ... das alles gelesen hab und dass ich auch ohne so einen Transport ...«

»Support«, korrigierte sie.

»Ja, also dass ich auch ohne den auskomm.«

»Klar.« Sie tippte auf dem Handy herum. »Fertig.«

Er nahm das Gerät zurück und blickte mit gerunzelter Stirn auf die Nachricht, die nun als letzte unter allen anderen stand.

A. I. Kluftinger, 13:17

Er wartete noch eine Weile, doch nun herrschte Funkstille. Zufrieden steckte er das Mobiltelefon wieder weg. Vielleicht gar nicht so schlecht, dieses neue Programm. »Jetzt ist Ruhe. Schauen wir uns mal weiter um.«

Sie durchkämmten den Schuppen, ohne genau zu wissen, was sie überhaupt suchten. Luzia Beer zeigte Kluftinger etwas, das sie nicht zuordnen konnte: ein etwa zwanzig Zentimeter langes, halbrund gebogenes Metallteil, an dem ein Lederriemen mit Metalschnalle angenietet war. »Ist das was von dem Dachdecker?«

Kluftinger wog das Teil in der Hand. Er hatte keine Ahnung, was es war, wollte aber auch nicht ausschließen, dass es zu Mendlers Werkzeugen gehörte.

»So eine Art Handschelle vielleicht? Ich mein, er hat sich doch hier mit der Kruse getroffen.« Der Kommissar wusste, worauf sie hinauswollte. Er zuckte mit den Achseln. »Möglich. Aber kommt mir nicht bekannt vor. Also, nicht, dass mir sonst so Sachen bekannt ... Machen Sie einfach ein Foto davon, vielleicht kann es einer von den anderen zuordnen.«

Sie suchten noch eine ganze Weile weiter, aber bis auf ein paar Werkzeuge, die ebenso gut als Waffe hätten dienen können, fanden sie nichts mehr, das ihre Aufmerksamkeit erregte.

»Pack mer's wieder?«

Luzia Beer nickte. »Hat sich gelohnt, würd ich sagen, oder?«

Kluftinger dachte nach. Ja, das hatte es. Auch wenn vielleicht nichts Gerichtsverwertbares dabei war. Die Tatsache, dass der Schuppen aufgebrochen worden war, bestätigte ihn in seinen Vermutungen. »Ich denk schon«, befand er deshalb und schloss die Tür von außen zu. Er war froh, wieder im Licht zu sein.

»Immerhin: Wenn der Sensenmann Sie holt, wissen Sie, wo Sie hinmüssen.«

Kluftinger blickte seine Kollegin entsetzt an.

»Ich mein die Kutsche ...«

Er lächelte gequält und erwiderte: »Solang ich im Sarg nicht Maiers Hausschuhe tragen muss ...«

– 18 –

Kluftinger saß an seinem Schreibtisch und las noch einmal nacheinander die WhatsApp-Nachrichten aus der Abteilungsgruppe. Darunter prangte seine Winkehand.

Seitdem war Funkstille.

Er grinste. Ziemlich souverän reagiert, fand er. Was wäre auch die Alternative gewesen? Sich in scharfem Ton zu beschweren, am Ende die Verwendung von diesem WhatsApp im Dienst zu unterbinden? Nein. Er würde einen Teufel tun und die Atmosphäre im Büro, die sich gerade langsam wieder erholte, gefährden.

Dennoch wollte er die beiden Kollegen nicht ungeschoren davonkommen lassen. Er bat Sandy Henske, die anderen zu einer kurzen Besprechung zu ihm zu schicken, und wartete schweigend, bis alle in seiner kleinen Sitzgruppe Platz genommen hatten. Seine beiden langjährigen Kollegen vermieden den Blickkontakt mit ihrem Vorgesetzten und schauten betreten zu Boden. Ihnen schien die ganze Sache peinlich zu sein. Nur Lucy Beer lächelte ihn wissend an.

Maier erklärte in geschäftsmäßigem Ton: »Also, um gleich mal in medias res zu gehen: Es gibt Neuigkeiten zum Überfall. Kollege Willi Renn hat uns darüber unterrichtet, dass der Schuhabdruck aus dem Wald nicht nur einer bestimmten Marke zuzuordnen ist, sondern auch Rückschlüsse auf eine anatomische Besonderheit des Trägers erlaubt.«

Hefele beeilte sich zu ergänzen: »Genau. Es sind Schuhe der Marke Puma …«

»... und der Träger weist eine beidseitige starke Supination auf«, übernahm Maier wieder.

»Aha«, erwiderte Kluftinger kurz.

Die Beamten sahen sich einen Moment an, dann stammelte Maier: »Das bedeutet, dass die Schuhe, also, ungleich abgelaufen sind, hat der Willi gemeint, aber eben nicht ...«

»Der Typ hat O-Beine«, unterbrach Luzia Beer Maiers Gestammel und erntete dafür einen vernichtenden Blick von ihm.

»Wie?«, fragte der Kommissar.

»Supination bedeutet, dass der Fuß nach außen knickt. Im Gegensatz zur Pronation, da knickt er nach innen«, erklärte sie.

»Ja, das wollt ich ja gerade noch ...«, begann Maier, doch Kluftinger ließ ihn nicht ausreden: »Ah, vielen Dank. Sie kann man halt brauchen, Frau Beer: kompetent, loyal und verständlich. So wünscht man sich seine Mitarbeiter.« Er blickte dabei demonstrativ zu seinen männlichen Kollegen, die dasaßen wie zwei arme Sünder im Beichtstuhl.

Doch Maier ließ die Sache noch nicht auf sich beruhen. »Wie ich gerade anmerken wollte, ist das ja allgemein bekannt. Weiß man, wenn man sich ein bisschen für Anatomie interessiert.«

»Nur ich Depp halt nicht«, fügte der Kommissar hinzu.

»Nein, das hab ich damit nicht ...«

»Übrigens: Wir müssten uns noch über die Sache mit den WhatsApp-Dingern da unterhalten.« Kluftinger machte bewusst eine Pause und ließ seine Ankündigung ein wenig wirken.

Maier lachte künstlich auf. »Das war lustig, gell?«

»Lustig?«

»Ja, weil ... wir wussten ja, dass du das mitkriegst.«

»So?«

»Ja. Wir wollten nur ... testen, ob du die WhatsApp-Nachrichten auch wirklich liest und ob du was zurückschreibst, drum haben wir uns für diese vielleicht auf den ersten Blick provokante

Taktik entschieden, die natürlich nur als Spaß gemeint war. Um dich … zu einer Reaktion zu bringen. Stimmt's, Roland?«

Er stieß Hefele in die Seite, woraufhin der eifrig zu nicken begann. »Stimmt, irgendwie.«

Kluftinger lächelte. »Soso. Bist du jetzt also der Teamgeist-Beauftragte, Richie? Und was war mit der Geschichte, dass ich angeordnet hätte, dass alle die Hausschuhe tragen müssen?«

Maier bekam einen knallroten Kopf. »Also, das war … auch nur Teil dieser Taktik, dich zum Antworten herauszufordern.« Dann zischte er seinem Nebenmann zu: »Sag du doch auch mal was, Roland.«

Hefele räusperte sich und ergänzte zaghaft: »Also, das, was der Richard sagt, ist auf jeden Fall … einleuchtend, oder?«

Kluftinger schüttelte grinsend den Kopf. »Männer! Ihr seid schlimmer als zwei Pubertierende, die man beim heimlichen Rauchen erwischt hat, ehrlich. Mir ist das doch wurscht, ob ihr meine Fellclogs mögt oder nicht. Ihr könnt auch über mich lachen, geschenkt. Aber erstens geht's nicht, dass falsche Anordnungen verbreitet werden, die ich angeblich gemacht hätte. Zweitens: Hier geht nix hintenrum. Wie lang kennen wir uns eigentlich? Wenn euch was nicht passt, sagt es mir gefälligst ins Gesicht.«

Beschämt nickten die beiden Polizisten.

Nach einer Weile räusperte sich Maier. An seiner Miene konnte der Kommissar ablesen, dass er schon wieder eine Idee hatte. »Jetzt zu was anderem, weil du vorher ja meintest, dass ich jetzt offiziell der Teamgeist-Beauftragte bin, danke übrigens, dass du mich mit dieser wichtigen Aufgabe betraut hast …« Kluftinger seufzte, doch sein Kollege ließ sich nicht beirren und sprudelte weiter: »Jedenfalls finde ich, es wäre toll, wenn wir hier einen Christbaum aufstellen könnten.«

»Was soll jetzt da dran toll sein?« Der Kommissar schüttelte energisch den Kopf. Lieber nicht noch mehr Gefühlsduselei. Aber irgendeine Alternative musste er schon bieten. »Gehen wir von mir aus halt mal kegeln, vor Weihnachten, wenn's sein muss.«

»Unsinn«, erwiderte Maier. »Nicht das mit dem Kegeln, das werde ich auf jeden Fall auf meiner Stoffsammlungs-Mindmap zu den Teamgeist-Aktivitäten ergänzen. Danke für die Anregung, Chef. Nein, was ich meinte, ist natürlich, dass wir einen Abteilungsbaum erwerben und dann hier gemeinsam schmücken.«

Kluftinger konnte sich für diesen Vorschlag nicht so recht erwärmen. Einen Christbaum hatten sie noch nie im Kommissariat gehabt. Früher hatte meistens einer der Kollegen einen Adventskranz oder ein Gesteck mitgebracht, aber seitdem die Brandschutz-Vorschriften verschärft worden waren, hatten sie darauf verzichtet. Vor allem Hefele hatte sich, seit er von seiner Frau getrennt war, immer gegen dieses »sentimentale Grünzeug« gewehrt. Er war also sicherlich auch dagegen.

»Also, ich wär dafür«, sprang Roland Hefele seinem Kollegen bei.

Kluftinger verstand die Welt nicht mehr.

»Lucy, was sagst du zu der Frage?«, wollte Hefele wissen.

Luzia Beer sah erst prüfend zu Kluftinger, dann antwortete sie: »Also, ich sag mal so: drängt sich jetzt nicht auf. Aber ich kann mich gern dran beteiligen, wenn ihr wollt ...«

Kluftinger seufzte. Maiers vereinnahmender Kuschelkurs mit den Hausschuhen und seine ständigen Teambuilding-Maßnahmen gingen ihm zunehmend gegen den Strich. Mit Schrecken dachte er an die Gemeinschaftsaktion zusammen mit Ex-Präsidentin Birte Dombrowski im Hochseilgarten zurück, die in einem Eklat geendet hatte und über die mittlerweile aus guten Gründen niemand mehr ein Wort verlor. *Dienst ist Dienst, und Schnaps ist Schnaps*, hatte ihm sein Mentor, der alte Hefele, immer gepredigt, und er war stets gut damit gefahren. Dass der Ex-Kriminaler letztlich seine Sekretärin geheiratet hatte, passte zwar nicht ganz ins Bild, aber Kluftinger hatte sich trotzdem oft an diesen Satz erinnert. Wie weit würde das alles noch gehen? Demnächst würde Maier wahrscheinlich noch selbst gehäkelte Decken mitbringen und einen gemeinsamen Mittagsschlaf einführen.

»Ich mein, der Eugen hätt sicher auch gewollt, dass Weihnachten trotz allem ein Fest der Freude und des Zusammenhalts wird«, erklärte sein Mitarbeiter feierlich.

Um die Sache erst mal vom Tisch zu haben, brummte Kluftinger: »Mir ist es wurscht, wenn ihr das unbedingt wollt. Aber das Strohsternbasteln findet ohne mich statt. Und Weihnachtslieder sing ich auch keine vor dem Christbaum, nur dass das klar ist, gell?«

Luzia Beer grinste still, und Maier tönte diensteifrig: »Gut, also keine Sterne. Aber vielleicht bringe ich mal die Flöte oder die Gitarre mit, und wer Lust hat, musiziert in der Mittagspause ein bisschen.«

Kluftinger blitzte ihn böse an, und Maier fügte hinzu: »Also, kein Zwang, jeder nur so, wie er es fühlt.«

– 19 –

Das Auto, das gleichzeitig mit seinem Wagen vor der Einfahrt hielt, war Kluftinger schon am Ortsausgang von Kempten aufgefallen, als es sich im Kreisverkehr rüde vor seinen Passat drängen wollte, was der Kommissar mit einem geschickten, aber waghalsigen Manöver verhindert hatte. Schließlich war er spät dran, und jede Minute zählte. Die ganze Fahrt hatte der Saab dann an seiner hinteren Stoßstange geklebt, war ihm in Altusried bei allen Abbiegemanövern gefolgt – und hielt nun nur einige Meter vor seiner Haustür auf der Straße.

Als Kluftinger ausstieg, verließ auch der andere Fahrer seinen Wagen, ein dunkelhäutiger Mann mit pechschwarzem Haar. Misstrauisch beäugte ihn der Kommissar. War er ihm gefolgt? Doch nun schien er ihn nicht weiter zu beachten. Langsam ging Kluftinger auf seine Haustür zu – da kam der Fremde ebenfalls näher. Der Kommissar beschleunigte seinen Schritt, was seinen Verfolger nicht zu beeindrucken schien, denn er behielt sein Tempo bei. Jetzt kam es darauf an: Kluftinger überschlug im Kopf die Entfernung zur Haustür, setzte sie ins Verhältnis zu der Geschwindigkeit, mit der sie sich beide bewegten, rechnete die Zeit dazu, die er fürs Aufsperren benötigte – und kam zu dem einzigen Schluss, den diese Variablen zuließen: Er begann zu rennen. Ohne sich noch einmal umzusehen, erreichte er im Laufschritt die Tür, fummelte hektisch den Schlüssel ins Schloss, warf sich gegen die Tür, die weit aufschwang, stolperte ins Innere, wirbelte herum, sah den Mann, der nun mit erhobener Hand auf ihn zulief – und knallte ihm die Tür vor der Nase zu.

Keuchend lehnte er sich innen gegen die Wand. Das war knapp gewesen. Er wischte sich über die Stirn, dann zuckte er zusammen: Die Türglocke ertönte.

»Jesses, Vatter, hast du mich erschreckt«, sagte Markus, als er in den Windfang kam. »Hast du geklingelt?«

»Nein, ich nicht, das war ...«

»Ich mach mal auf.«

»Warte, draußen ...«

»Ist jemand, schon klar. Ich denke, der will rein.« Markus nickte und öffnete die Tür.

Davor stand – natürlich – der Mann, der ihn eben verfolgt hatte. Kluftinger spannte die Muskeln an und sah, dass sein Sohn dem Mann freundschaftlich auf die Schulter klopfte und ihn hereinbat.

»Vatter, darf ich vorstellen: Anand Chandra.«

Offenbar kannten sich die beiden. Der Kommissar war erleichtert – und schämte sich ein wenig für sein Verhalten gerade eben. »So, grüß Gott, Herr ... Aneinanda.«

»Chandra.«

»Freilich.«

»Darf ich?«, fragte der Fremde.

»Was denn?«

»Komme herein?« Der Mann hatte einen starken Akzent.

»Anand ist Inder«, sagte Markus.

»Inder, klar.« Sie lächelten sich eine Weile verlegen an, dann fuhr der Kommissar fort: »Und, was treibt Sie in unsere Gegend? Geschäfte? Die indische Küche wird ja immer beliebter, hört man, gell? Oder was mit Computern? Da seid ihr ja besonders ... also, ich mein ...«

»Wir kennen uns von der Arbeit, aus der Klinik in Kaufbeuren. Anand ist da Seelsorger. Und unser Pfarrer für die Taufe.«

»Ja, genau.« Kluftinger lachte, doch als er merkte, dass Markus es ernst gemeint hatte, hörte er abrupt auf. Er nahm seinen Sohn beiseite und zischte ihm zu: »Wird unser Enkele jetzt Hindu? Tät evangelisch nicht reichen? Ist uns doch völlig fremd, alles.«

»Vatter, beruhig dich. Die Taufe wird streng katholisch ablaufen.«

»Ja?« Zweifelnd blickte er zu dem Inder, der noch immer freundlich lächelnd an der Tür stand. »Kann der das?«

»Bestimmt.«

»Ja, dann, willkommen im Hause Kluftinger, Herr … Pfarrer.«

Nachdem alle am Esstisch Platz genommen hatten, blickte Kluftinger zufrieden in die Runde. Bis auf seinen Vater, der sich verspätete, war die ganze Familie anwesend: Markus und Yumiko saßen auf der Eckbank, sein Enkelkind schlief neben ihnen in der Wippe, ihm gegenüber saß seine Mutter, die bei Markus nachgefragt hatte, ob der »richtige Pfarrer« denn keine Zeit habe. Neben ihm hatte Erika Platz genommen. Und daneben der indische Priester.

»Was willst du denn damit?«, fragte Erika ihren Mann, als er Markus' Laptop aufklappte.

»Der Bub hat mir den Computer gegeben, damit ich dem Joshi eine Mail schreiben kann. Interessiert den sicher auch, was wir mit seinem Enkele alles so anstellen.«

»Das ist aber sehr lieb von dir, dass du meinen Papa einbeziehst«, sagte Yumiko und lächelte ihm zu.

»So, dann fangen wir mal an, oder?«, schlug Markus vor. »Anand?«

»Ja, dank fur Einladung, isch freue mir, dass isch kann machen die Taufe, stimmt's?«

Der Mann hatte eine angenehm helle Stimme und redete in einem sympathischen Singsang, fand Kluftinger, auch wenn er die Frage nicht verstand. Vielleicht meinte der Pfarrer das aber auch nur rhetorisch. Aus dem Augenwinkel sah er, dass seine Mutter ihm einen besorgten Blick zuwarf, doch er ignorierte ihn fürs Erste.

»Wie haben Zeremonie von Tauffeier denn vorgestellt?«

Kluftinger begann zu tippen:

For Joshi
The Enkel wird ja jetzt soon getauft, also geblessed, so to say. Taufe is a holy thing in the Abendland, that gives it wahrscheinlich not in the Shintoismus. It means that the Kind …

Er beugte sich zu Yumiko und fragte: »Was heißt denn tauchen auf Englisch?«

»Dive«, antwortete seine Schwiegertochter.

»Danke.«

… is dived in water. Besser gesagt under water, and so, it kriegs … becomes a ghost. Nicht irgendeinen Geist, sondern den heiligen. By us, it is an Inder, who dives the kid. Früher, in the Bible, haben sie es mit fire getauft, aber jetzt mit water. Hauptsache, the holy ghost drives into the Enkelkind.

Er wurde abgelenkt, als der Pfarrer nach den Taufpaten fragte.

»Wir haben nur einen«, sagte Markus.

»Was, bloß einen?«, empörte sich Hedwig Maria Kluftinger. »Zwei sind doch besser, wenn einem von denen was passiert, gell, Herr … also Pfarrer?«

»Auch einer ist moglich, wenn Eltern wollen so.«

»Oma, lass uns mal machen. Einer reicht uns. Ist ja eh nur symbolisch.«

»Symbolisch?« Hedwig Maria bekam rote Flecken im Gesicht.

»Wir sind froh, dass wir überhaupt einen haben. Der Jascha

macht's nicht, weil er schon lange Atheist ist, die Laura ist in Oxford, und der Martin wird demnächst Moslem.«

»Jessesmaria.« Markus' Oma bekreuzigte sich.

»Und deswegen nehmen wir den Mick.«

»Den Mick?« Jetzt machte Kluftinger große Augen. »Aber der ist doch …«

»Was?« Markus hob die Brauen.

»Nix. Ich mein, ich hab ja persönlich nix dagegen, aber weil er halt …«

»Schwul ist?«

»Ja, ich mein: Geht das dann trotzdem? Weil, wenn der Moslem nicht darf, könnt's ja sein …«

»Aaaah, macht nixe«, mischte sich nun der Pfarrer wieder ein. »Bei uns auch viele sind so.«

Kluftinger fragte nicht nach, was der Mann mit »bei uns« meinte, und ließ das Thema auf sich beruhen.

»Nehmt's halt noch jemand dazu. Aus der Familie«, beharrte Hedwig Maria. »Den Opa zum Beispiel.«

»Wessen Opa, meinen oder den unseres Kindes?«, wollte Markus wissen.

»Deinen natürlich. Dein Vater hat schon genug um die Ohren, gell, Bub?«

Kluftinger nickte.

»Ich weiß nicht«, wandte Erika ein. »Der Taufpate soll doch die Erziehung des Kindes übernehmen, wenn mit den Eltern mal was ist.«

»Ach, und das könnt mein Mann nicht, oder wie?«

»Doch, doch, aber er sollt ja im Idealfall lange für das Kind da sein … ich mein, vom Alter her … ach, egal.« Erika winkte ab, und ihre Schwiegermutter schaute fragend zu ihrem Enkelsohn.

»Ich glaub, der eine Pate wird uns locker reichen«, beendete Yumiko das Thema.

Ein anderer wichtiger point ist der Taufpate. Here, some say Tauf-Dodel. Meiner war der Onkel Joseph, aber alle haben ihn nur Schnaps-Sepp genannt. Whiskey-Jo, so to say. Der hat nicht umsonst so geheißen. Er hat sich nach der Taufe schön die Lichter ausgeschossen. He shot himself the lights out. Klar, war billig, weil mein Vater alles gezahlt hat. Aber eigentlich soll der Pate …

»Yumiko, was heißt denn Pate auf Englisch?«

»Godfather.«

»Entschuldigung, aber so was muss ich ja nicht wissen …«

»Nein, Godfather.«

»Jaja, ich hab's verstanden. Kann man auch netter sagen, als *Gott, Vatter, du weißt ja mal wieder gar nix* …« Beleidigt machte Kluftinger ein Doppelkinn und verschränkte die Arme vor der Brust. »Ich weiß es halt nicht. Pate-Uncle, oder wie heißt es denn?«

»Nein, ich meine: Godfather heißt Pate«, erklärte Yumiko.

»Ach so. Echt?«

Sie nickte. Kluftinger zuckte mit den Achseln und schrieb weiter:

Also, der Godfather, das ist der Mann, der das Kind sozusagen als seins annimmt. He takes the child for him. I mean, he is the second father of the child. Wenn Markus …

Kluftinger dachte nach. Er wollte in Zusammenhang mit seinem Sohn nicht die Worte *sterben* oder *Tod* verwenden, also schrieb er stattdessen:

Wenn Markus is away sometime, this father comes ins Spiel. Er kümmert sich um die Yumiko. Und das Kind. For always. Deswegen muss man natürlich schauen, dass es passt, between den beiden. But I think she likes the Godfather schon very much.

Zufrieden über seine bisherige interkulturelle Aufklärungsarbeit wandte sich Kluftinger wieder dem Pfarrer zu, der gerade fragte, ob die beiden denn schon einen Taufspruch ausgesucht hätten.

Markus schlug sich gegen die Stirn. »Mist, das haben wir ganz verschwitzt. Sollen wir das jetzt schnell machen?«

»Gut, zeige ich euch Spruche. Kann ich kurz bekommen die Heilige Schrift?« Er blickte Kluftinger fragend an.

»Bibel? Ja, sicher, die hammer schon. Irgendwo.« Er versuchte sich zu erinnern, wann er sie das letzte Mal in der Hand gehabt hatte. War das nicht an Weihnachten gewesen? Also das Weihnachten, nachdem Markus in die Schule gekommen war und endlich lesen konnte? Da hatten sie ihn die Weihnachtsgeschichte vortragen lassen, allerdings bei der Stelle mit den Hirten aus Zeitgründen abgebrochen.

Aber wo zur Hölle war denn nun die Bibel? Er schaute zu Erika, die peinlich berührt mit den Schultern zuckte.

»Hol sie doch mal, Bub«, sagte seine Mutter, »dann kann der Herr Pfarrer sehen, was für schöne Exemplare es in Deutschland gibt. Wissen Sie, wir haben das Exemplar den beiden damals zur Hochzeit geschenkt. Ge-schenkt, verstehen?« Hedwig Maria sprach mit dem Inder, als sei er schwerhörig und begriffsstutzig zugleich.

»Ja, freilich, die schöne«, wiederholte Kluftinger, erhob sich langsam und ging zu ihrem winzigen Bücherregal, das fast vollständig von dem Lexikon ausgefüllt wurde, das sie vor vielen Jahren einmal beim Buchclub erstanden hatten. Doch außer diesem, einem Utta-Danella-Sammelband sowie ein paar weiteren Liebes-Schmonzetten und einem Goethe-Gedichtschuber, allerdings noch in der schützenden Plastikverpackung, stand nur wenig darin. »Ach, stimmt, die hab ich ja ... woanders«, sagte Kluftinger, erhob sich und eilte in den Hausgang. Er hatte keine

Ahnung, wo die Bibel sein konnte, suchte im Bügelzimmer, im Keller, sogar in der Küche. In seiner Verzweiflung ging er schließlich auch noch in Markus' ehemaliges Kinderzimmer. Als er das Regal durchsah, das vor allem aus Lustigen Taschenbüchern mit Donald-Duck-Geschichten bestand, atmete er erleichtert auf. Da war sie ja: die Bibel. Zwar nicht genau das Exemplar, nach dem er gesucht hatte, aber immerhin. Er packte das Buch, ging damit wieder ins Wohnzimmer, legte es vor den Pfarrer auf den Tisch und sagte: »Bittschön.«

Alle starrten auf das DIN-A4-große, etwas vergilbte Buch mit einem Comic-Jesus auf dem Einband, das nun vor dem Inder lag. *Meine erste Kinderbibel* stand darauf.

»Was ist denn?«, fragte Kluftinger, nachdem niemand mehr etwas sagte. »Werden ja wohl die gleichen Geschichten drinstehen wie in der anderen, oder?«

»Das darf doch nicht wahr sein«, sagte seine Mutter mit aschfahlem Gesicht. »Zur Hochzeit haben wir die euch geschenkt. Fürs ganze Leben hätt die sein sollen, und ihr schmeißt sie einfach weg.«

Erika mischte sich ein: »Niemand hat irgendwas weggeschmissen.«

»Wo ist sie dann?«

»Die ist ... also ... was weiß ich«, wand sich Kluftinger. »Wird schon irgendwo sein.«

»Ich weiß immer, wo unsere Sachen sind«, erwiderte seine Mutter mit Blick auf Erika. »Vor allem die Geschenke.«

»Ach, ist das so?« Kluftinger kniff die Augen zusammen. »Und der Topflappen, den ich dir in der dritten Klasse gehäkelt hab?«

»Große Kommode im Wäschezimmer, dritte Schublade unten links«, kam es wie aus der Pistole geschossen. »Den nehmen wir bloß zu ganz besonderen Gelegenheiten.«

»Ach so, ja, gut. Aber was ist mit dem Tee-Ei, das wir euch zu Vatters Pensionierung geschenkt haben?«

»Werkzeugschrank, mittleres Fach. Nimmt er zum Aufbewahren von Reißnägeln, weil wir seit jeher nur Kaffee trinken.«

»Ja … Ordnung ist das halbe Leben, gell?«

»Nich schlimm, Spruche wir konnen suchen danach, stimmt's? Was mit Lieder? Zum Beispiel Gottowielow?«

Kluftinger wog den Kopf hin und her. »Ich glaub, es passt doch besser, wenn wir was Deutsches singen, gell?« Erika und seine Mutter nickten.

»Is deutsche Lied. Klassische.«

»Wirklich? Kenn ich gar nicht.«

Anand Chandra begann lautstark zu singen: »Goßer Gottowielow-ben-disch. Heah, wie peisen deine Starke …«

»Ach, das meinen Sie. Großer Gott, wir loben dich.«

»Ja, habe doch gesagt.«

Kluftinger nickte. »Stellen Sie doch einfach was Nettes zusammen.«

»Brauchen wir noch Kartze.«

Die Übrigen blickten sich ratlos an. »Also, vielleicht macht man das in Indien so, aber Katzen haben wir hier bei der Taufe eigentlich eher selten.«

Der Inder nickte. »Meine ich nicht Katze. Meine … Kartze?«

Stille.

»Zu anzünden?«

Da fiel beim Kommissar der Groschen. »Kerze meint der Herr Ananandra.«

»Chandra«, korrigierte der.

»Ja, freilich. Habt's ihr da schon eine?«

Yumiko schüttelte den Kopf. »Brauchen wir die jetzt schon?«

»Nein, erst zu Taufe. Aber vielleicht wolle selbst basteln?«

Markus blickte Yumiko an. »Also ich weiß nicht so recht …«

»Ach, das macht doch Spaß«, mischte sich der Kommissar ein. »Wir können euch helfen, das haben wir bei dir damals ja auch selber gemacht.«

Begeistert begann Kluftinger auf die Tastatur zu hämmern.

Jetzt hätt ich beinahe das mit der Kerze vergessen. Also Kerze, nicht Katze. Not cat, gell? Wird manchmal verwechselt. Wir haben eine Kerze bei der godfatherei. Meine war schön, aber der Schnaps-Sepp hat das heiße Wachs auf mich getropft. Kid is burnt with wax, you know? Aber not so schlimm. A little pain schadet nix. Markus and Yumiko like to make it themselves, with the candle. It makes fun, ich hab's mit the Erika früher auch gemacht. Many years ago. Maybe we will joyn the kids, when they make it with the candle. It is easy: Als Erstes nimmt man da eine große candle ohne was drauf. Naked, quasi. Dann basteln beide damit. Man and woman work with it. Und wenn alles ready ist, they say things to each other. Das heißt dann Taufspruch.

Der Pfarrer nutzte die kurze Stille, um mit feierlichem Gesicht zu verkünden, wie sehr er sich freue, dass die jungen Leute ihr Kind überhaupt taufen lassen. »Ist nicht selbstverstandlich. Warum habt ihr entschieden dafur?«, wollte er von Markus und Yumiko wissen.

Die beiden sahen sich an, als wüssten sie nicht so recht, was sie sagen sollen. Kluftinger war gespannt auf ihre Antwort, denn für ihn gehörte es ganz einfach dazu, dass ein Kind getauft wurde – weil man das schon immer so gemacht hatte und die Verwandten es erwarteten. So war es auch damals bei Markus gewesen. »Also, erstens mal wollen wir, dass ... unser Kind, wie soll ich sagen ...«, begann Markus zu stammeln.

Die Türglocke ging. Noch bevor Kluftinger aufstehen konnte, war Markus bereits aufgesprungen und auf dem Weg in den

Hausgang. »Ich geh schon«, sagte er und klang ein bisschen erleichtert.

Kurz darauf kehrte er mit Kluftingers Vater zurück.

Jetzt comes übrigens grad mein Vatter. Der Uropa vom Kind. Clock-Grandfather. Ich glaub ja, er war schon wieder bei einer Führung. He is now the big leader, here in Altusried. Sie marschieren mit Fackeln. Zum Kreuz. Viele Leute folgen ihm. But I do not want that he is the Führer. He is too old. And it is not legal, you know?

Nach einer kurzen Begrüßung brummte der neue Gast etwas missmutig: »Also, auch wenn ich euch alle wirklich gern seh, find ich's übertrieben, dass die ganze Familie zusammenkommen muss, bloß wegen einer Kindstaufe. Was soll jetzt ich als Uropa da groß dazu beitragen? Noch dazu, wo die Oma erzählt hat, ihr tauft das Kind eh bloß, weil ihr einen Platz im katholischen Kindergarten wollt.«

Hedwig Maria Kluftinger versetzte ihrem Mann einen Stoß in die Rippen, während sich Yumiko und Markus peinlich berührt ansahen.

»Da hat der Opa vielleicht ein bissle was durcheinandergebracht, gell?«, baute Erika ihrem Schwiegervater eine Brücke, doch der dachte gar nicht daran, diese Hilfe anzunehmen.

»Nein, wieso soll ich was durcheinandergebracht haben? Bloß weil ich der Älteste bin, hab ich schon noch alle beieinander.«

Erika sah ihn eindringlich an. »Schon klar, aber ich mein halt ... das ist ja nicht eigentlich der Grund, warum ...«

»Das hat mir die Hedwig aber genau so erzählt: wegen dem Kindergarten, sonst käm eine Taufe gar nicht infrage. Stimmt's, Hedwig?«

»Also, so hab ich das nicht gesagt.«

Der Pfarrer lächelte gelassen.

Kluftinger wechselte schnell das Thema. »Was ganz anderes: Wo kommst du eigentlich grad her, Vatter?«

Sein Vater blickte zu seiner Frau. Sie bewegte kaum merklich den Kopf hin und her. »Mei, ich, also … war, beziehungsweise bin …«, begann der eben noch so selbstsicher tönende Senior stockend wie vorher sein Enkelsohn.

»Der Vatter hat halt noch einen Termin gehabt, gell?«, kam ihm seine Frau zu Hilfe.

»Genau, das hab ich.«

»Was denn für einen?«

»Einen … unaufschiebbaren halt«, murmelte sein Vater und erntete dafür als Bekräftigung ein Kopfnicken seiner Frau.

»Ist ja jetzt auch gar nicht interessant für den Pfarrer und alle anderen«, erklärte Hedwig Maria.

»Also mich würd's schon …«

»Himmelarschkreuzkruzifixsakrament, hab ich denn gar kein Recht mehr auf ein Privatleben?«

Nun räusperte sich der Priester und erklärte mit besorgter Miene: »Vielleicht ist ganz gut, ganze Familie kommt noch mal zu Beichte?«

»Also, ich glaub nicht, dass das wirklich nötig sein wird«, befand der Kommissar. Die anderen murmelten zustimmend.

Der Pfarrer schien anderer Ansicht. »Wichtig ist innere Reinigung von schlechte Gedanken und Worte vor so wichtige Sakrament, stimmt's?«

Kluftinger überlegte. Auf eine Beichte, noch dazu bei einem völlig unbekannten Priester, hatte er überhaupt keine Lust. »Hat's nicht früher immer noch so Bußgottesdienste gegeben? Für ein paar leichtere Sünden sollt's das doch auch tun, oder, Herr Pfarrer?«

Der Mann wiegte den Kopf hin und her. »Vielleicht ja, obwohl nur Beichte ist richtiges Sakrament.«

»Ja, das macht nix. Aufs Sakrament sind wir eh nicht so scharf.«

Chandra lächelte unsicher, dann erhob er sich. »Das Weitere wir klare dann zu dritt in Elterngesprach in mein Buro, ja? Ich darf entschuldigen, gute Appetit.«

Alle verabschiedeten sich verwirrt von dem Geistlichen. Während Markus ihn zur Tür brachte, ging Kluftinger in die Küche, um sich ein Bier einzuschenken. Den Laptop nahm er mit. Wenig später kam sein Sohn herein und trank den Rest aus der Flasche. »Ganz schön stressig, so ein Pfarrersbesuch, oder, Markus?«

»Vor allem, weil der Opa mal wieder alles rausblasen muss, was er irgendwo gehört hat.«

»Wegen dem Kindergarten? Mei, ihr habt euch wenigstens Gedanken drüber gemacht, warum ihr die Taufe wollt.«

»Anders als ihr damals, stimmt's, Vatter?«, sagte er augenzwinkernd.

Kluftinger grinste. »Erraten. Wie du nur immer draufkommst.«

»Ich kann in dir lesen wie in einem offenen Buch. Da sieht man eben doch, dass in unseren Adern dasselbe Blut fließt, gell, Vatter?«

»So, tut's das?«

»Alles in der DNA. Wenn ich nicht vom Postboten bin«, fügte Markus hinzu und ging.

»Red bloß nicht so saudumm daher«, rief ihm der Kommissar noch hinterher, dann tippte er ein paar weitere Zeilen in den Laptop:

Joshi, was ich grad erfahren hab: They make the Taufzeug only because they want to give the child away. Maybe schon in one year oder früher. They want to give it to the people in the church. Dann sollen die drauf aufpassen und the Yumiko can wieder andere Sachen machen.

Da gesellte sich sein Vater zu ihm. »Was hast denn heut allweil mit deinem Computer? Übrigens, gegen so ein Bier hätt ich auch nix einzuwenden, Bub«, sagte er und deutete auf Kluftingers Krug.

»Kannst gleich das nehmen, ich mach mir noch mal eins.«

Der Vater schnappte sich dankend das Glas und wollte ebenfalls in Richtung Wohnzimmer verschwinden, da hielt der Kommissar ihn auf. »Wart mal!«

»Gibt's noch was?«, fragte der unschuldig.

»Allerdings. Ich weiß genau, wo du warst, heut Abend.«

Kluftinger senior räusperte sich. »So, wo denn?«

»Du hattest wieder eine Führung, ist doch klar.«

Sein Vater erwiderte nichts.

Kluftinger senkte seine Stimme. »Sag mir wenigstens: Das Geheimnis, von dem die Rimmele da geredet hat, was soll denn das sein?«

»Hm?«

»Welches Geheimnis hat die Rimmele noch bei sich, das man extra dazu buchen kann?«

»Was weiß denn ich, da musst sie schon selber fragen. Geh einfach mal hin und erkundig dich. Die ist gar nicht so unrecht. Bei der Gelegenheit könnt ihr euch gleich aussprechen.«

»Jetzt sag's mir halt.«

»Würd ich ja, aber ich weiß es nicht. Ich interessier mich vorwiegend für die Aufwandsentschädigung, die mir die Rimmele zahlt.«

Sein Sohn schüttelte den Kopf.

»Mei, das ist alles brutto wie netto bar auf die Hand, da fragt keiner danach. Falls ich mal nicht kann, also, ich kann dich da gern reinbringen.«

»Geht's noch, Vatter?«

»Zier dich doch nicht so. Vielleicht zahlt sie dir nicht gleich den kompletten Satz. Ich hab mir ja auch alles erst überlegen müssen, was ich sag, und hab jetzt schon viel Erfahrung damit.«

»Ich bin beeindruckt!«

»Überleg's dir.«

»Überleg du dir, ob du nicht endlich damit aufhörst, sonst ...« Er ließ das Satzende im Ungewissen.

»Sonst was? Hängst mich beim Finanzamt hin?«

»Das nicht gerade, aber ...« Wenn er ehrlich war, wusste er nicht genau, was er machen würde, sollte sein Vater seine Mitwirkung bei den Führungen nicht endlich unterlassen.

»Ich höre?«

»Ich ... sag's der Mama!« Erst als sein Vater zu lachen begann, realisierte der Kommissar, wie das geklungen haben musste.

»Die Mutter weiß es doch längst! Ich geh rüber, Bub. Zum Wohl.«

Zehn Minuten später saßen alle wieder um den Esstisch. Kluftingers Mutter fand, jetzt, wo der Pfarrer weg sei, könne man sich um die wichtigen Dinge kümmern: wo gefeiert wird und was es zu essen geben soll. Erika und ihre Schwiegermutter schlugen fast alle Gasthöfe und Cafés der näheren Umgebung vor, doch Markus und Yumiko hielten sich bedeckt.

»Und was ist mit der *Fröhlichen Aussicht*? Soll jetzt wieder ganz gut sein, seitdem sie einen neuen Koch haben«, unterbreitete Kluftingers Mutter einen weiteren Vorschlag in fast flehentlichem Ton. »Gibt wohl allerdings viel Vegetarisches.«

»Jetzt sag's ihnen doch«, flüsterte Yumiko ihrem Mann zu.

Markus seufzte, dann erklärte er: »Okay, also ... wir haben uns gedacht, dass wir nach der Kirche gar nix machen.«

Die anderen warfen sich für einen Moment irritierte Blicke zu, dann fuhr Erika unbeeindruckt fort: »Also, die *Aussicht* find ich nicht so toll, da riecht's doch immer so nach Fritteuse. Und wenn wir nach Kempten gehen würden? Ich denk da ans Caféhaus in der Villa. Da hat die Probst Ingrid ihren Sechziger gefeiert, also das war nett und ...«

»Gibt's nimmer«, mischte sich Kluftinger ein.

»Was?«

»Das Café in der Villa. Die haben dichtgemacht.«

»Schade«, fand Erika.

»Entschuldigung«, hakte Yumiko ein, »ich bin mir jetzt nicht ganz sicher, ob ihr Markus bloß nicht gehört oder ihn nicht ganz verstanden habt: Wir möchten nichts machen, nach der Taufe.«

Erika und ihre Schwiegermutter verfielen in eine Art Schockstarre, Kluftinger senior trank den Rest seines Biers in einem Zug leer, und der Kommissar schnappte sich den Computer, um die neuen Entwicklungen in seiner Mail an Yoshifumi Sazuka festzuhalten.

Markus präzisierte: »Also, so ganz stimmt das auch wieder nicht.«

»Na, das hab ich mir ja gleich gedacht«, sagte seine Oma erleichtert.

»Wir gehen Burger essen.«

»Ihr wollt ... was essen?«

»Burger. Im Industriegebiet hat in einer ehemaligen Tankstelle ein echt guter Laden aufgemacht. Die haben sogar vegane Patties, die fast wie Fleisch schmecken.«

»Ich halt nix von dem Zeug. Wer weiß, was die an ihren großen Spießen da alles grillen«, ereiferte sich Kluftingers Vater.

»Das mit den Spießen sind Döner, Opa. Burger sind die ...«

»Die labberigen Semmeln mit Hackfleischplatte drin«, ergänzte der Kommissar.

»Ich hätt's nicht schöner sagen können, Vatter. Also, wenn ihr wollt, könnt ihr gern mitgehen. Müsst ihr aber auch nicht. Sonst wollen wir niemanden dabeihaben, um das Ganze nicht so hoch zu hängen. Die haben da eh bloß kleine Tische. So Diner-Boxen. Müssten wir uns halt aufteilen.«

»Aufteilen? Nein, wir wollen niemandem zur Last fallen. Nicht dass es heißt, die bucklige Verwandtschaft drängt sich auf«, brummte Kluftingers Vater.

»Burger, hm?«, brummte Kluftinger. Nicht dass er etwas gegen Feierlichkeiten in kleinem Rahmen hatte – allein schon von der finanziellen Belastung her hatte das durchaus Vorteile. Aber ein Essen in einer umgebauten Tankstelle fand selbst er unangemessen.

Markus versuchte, mit einem Themenwechsel die Stimmung ein bisschen aufzuheitern. »Ich hätte da noch eine gute Nachricht zu verkünden.«

»Ja? Was denn?« Erikas Neugier siegte erstaunlich rasch über ihre Verstimmtheit.

»Ich hab eine Stelle angeboten bekommen als wissenschaftlicher Mitarbeiter bei der OFA im Polizeipräsidium München. Ganz cool, oder?«

Sein Großvater strahlte. »Wirst doch noch was Richtiges, Bub. Schön, dass du in den Polizeidienst eintrittst, wie dein Vater und ich auch. Solide, ehrlich, sicher. Und wenn du fürs Erste nur bei dieser Hilfseinheit da bist, macht auch nix. Man kann sich hochdienen. Wann wirst verbeamtet?«

Markus schmunzelte. »Ich werd wahrscheinlich gar nicht verbeamtet. Die OFA ist auch keine Hilfseinheit, sondern die Operative Fallanalyse. Das, was man landläufig auch unter dem Namen *Profiling* kennt.«

Kluftinger nickte. Ihm war diese Spezialeinheit natürlich ein Begriff. Die Fallanalytiker kümmerten sich intensiv um komplizierte Fälle im Bereich der Schwerstkriminalität, erstellten Täterprofile, arbeiteten länderübergreifend. Und er wusste, wie schwer es war, in diesem Bereich unterzukommen. »Respekt«, sagte er daher anerkennend und klopfte seinem Sohn auf die Schulter. »Wie hast du denn das geschafft?«

»Sein Prof hat ihn so lange bearbeitet, bis er sich auf die einzige Assistentenstelle in Bayern beworben hat. Weil er sein bester Student ist«, sagte Yumiko mit warmem Lächeln, während ihr Mann bescheiden abwinkte.

»Aber ihr seid doch grad erst nach Kaufbeuren gezogen, da könnt ihr doch nicht schon wieder weg. Ich mein, auch für das Kind wär das ja nicht ganz leicht«, sagte Erika besorgt.

Ihre Schwiegermutter sprang ihr zur Seite: »Ja, da hat die Erika ganz recht. Stellt euch bloß mal vor, wenn so ein kleines Menschle in dieser Riesenstadt aufwachsen müsst!«

Markus schüttelte den Kopf. »Ich könnt mir vorstellen, dass es unserem Kind egal wäre, wenn wir umziehen würden, und es soll Leute geben, die in noch größeren Städten ohne nennenswerten Schaden groß geworden sind.«

»Außerdem, nur falls ihr es vergessen habt«, meldete sich Yumiko zu Wort, »früher oder später werden wir ohnehin eine lange Reise unternehmen. Nach Japan. Das hatten wir ja schon vor der Geburt vor.«

Kluftinger wurde auf einmal ganz flau im Magen. Sicher, die beiden hatten irgendwann mal vage angekündigt, eine gewisse Zeit in Yumikos Heimat verbringen zu wollen, danach aber nie mehr davon gesprochen. Und so hatte er vermutet, sie hätten diese aus seiner Sicht völlig unsinnigen Pläne längst aufgegeben. Er sah zu Erika und ahnte, dass sie dasselbe dachte wie er: München war die weit bessere Alternative als Osaka oder Tokio. »München hat auch schöne Ecken«, sagte er deshalb. »Und das Kind ist ja eh erst mal bei der Mama daheim. Ist doch toll, wenn man sich auf die Erziehung konzentrieren kann, gell, Miki?«

Sie sah ihn stirnrunzelnd an. »Na ja, konzentrieren, ich weiß nicht. Hat Markus euch nicht erzählt, dass ich promovieren werde?«

Kluftinger schüttelte den Kopf – wie alle anderen, die um den Tisch saßen.

»Drum versuchen wir ja auch, ziemlich bald einen Krippenplatz zu bekommen. Und die Kirche hat da einfach am meisten momentan.«

Kopfschüttelnd sagte Kluftinger senior: »Du hast doch so lang studiert – und jetzt willst du dich da auf so Messen hinstellen? Ich tät's nicht, das sag ich dir!«

Hedwig Maria nickte.

»Opa, nicht promoten. Promovieren. Sie macht ihren Doktor«, erklärte Markus.

»Stimmt genau. Das ist für mich einfach die Chance, jetzt die Elternzeit vernünftig zu nutzen, bevor dann auch ich im Beruf durchstarten kann.«

»Musst aber schon auch den Markus unterstützen, gell, Mädle?«, erklärte Hedwig Maria bestimmt. »Wenn der abends heimkommt, braucht er was Warmes zu essen, morgens ein nahrhaftes Frühstück und eine Brotzeit. Ein arbeitender Mann will auch eine saubere und gepflegte Wohnung. Und die Wäsche! Sicher muss der Bub jetzt Hemden tragen in München.«

Markus hob die Hand. »Also, bevor die Verwirrung jetzt noch größer wird: Ich werde von Kaufbeuren aus mit dem Zug nach München pendeln, und die Promotion meiner Frau ist völlig okay für mich. Ich kann meine Hemden auch selber waschen, wenn's drauf ankommt. Gell, Vatter?«

Kluftinger seufzte und hieb ein letztes Mal in die Tasten für seinen japanischen Freund Sazuka.

Your Tochter says that she has jetzt a promotion-job. Sie will ein Doktor sein. So ähnlich wie the Longhammer. Mei, everyone how he means. It can not be so schwer, wenn der es auch geschafft hat. I know his Doktorarbeit. About the Wechseljahre by the woman. Changing years. Egal. Markus leaves Yumiko now immer for Ofa. Wir sind happy, dass er zu Ofa kommen darf. But we hope dass er nicht wegen ihr ganz nach Munich zieht, sondern bei Yumiko und dem Child in Kaufbeuren bleibt. That is all for today, goodbye, my Freund.

– 20 –

»Musst du nicht langsam gehen?« Erika kam in die Küche, als Kluftinger gerade sein Frühstück beendete.

»Wieso, willst mich loswerden?«

»Nein, ich mein bloß ...« Sie blickte zur Küchenuhr. »Du kommst doch zu spät.«

»Ich bleib heut in Altusried.«

»Hast du frei?«

Kluftinger blickte seine Frau prüfend an. Die Frage hatte ein bisschen geklungen, als befürchtete sie, dass er heute nicht arbeiten müsse.

»Nein, hab ich nicht.« Er verkniff sich den Zusatz *keine Angst.* »Aber ich will heut zur Rimmele gehen.«

»Zu der alten Schreckschraube?«

»Mein Vater scheint da anderer Meinung zu sein.«

»Hm?«

»Egal. Jedenfalls mach ich das gleich von hier aus, sonst muss ich noch mal extra herfahren. Der Vatter hat gemeint, dass sie vormittags immer in ihrer Pension ist. Ist wohl recht beschäftigt, für ihr Alter. Aber er ja auch ...«

»Im Gegensatz zu mir, meinst du?«

»Nein, so hab ich das überhaupt nicht gemeint.«

»Ich geh heut einkaufen.«

»Immerhin«, murmelte der Kommissar kaum hörbar.

»Hm?«

»Ich hab gesagt: Geh nur hin.« Kluftinger sah seiner Frau zu, wie sie sich sehr langsam und bedächtig einen Kaffee eingoss.

Ihre Energie vom Vorabend schien wieder verflogen. »Vielleicht wär ja Yoga was für dich.«

Sie drehte sich um und musterte ihn, antwortete jedoch nichts.

»Oder Malen, das soll ein tolles Hobby sein. Macht doch die Annegret auch.«

Sie lächelte. »Erstens findest du ihre Bilder scheußlich und zweitens: Ich will nicht so sein wie die Annegret.«

»Heu, ich dachte ... du sollst ja nicht werden wie sie, nur ...«

»Nur was?«

»Ich weiß auch nicht. Aber irgendeine Ablenkung tät dir vielleicht gut.«

Sie nippte an ihrer Tasse.

Kluftinger erwartete keine Antwort. Wenn er sie zum Nachdenken gebracht hatte, war ihm das fürs Erste schon genug. Zufrieden stand er auf, ging zum Telefon und rief im Büro an. Es tutete fünfmal, ehe abgenommen wurde. »Kriminalpolizei Kempten, Kriminalhauptkommissar Maier hier, was kann ich für Sie tun?«

»Zefix ... ich mein, Morgen, Richie. Ist die Sandy nicht da?«

»Doch, aber grad nicht am Platz.«

»Und der Roland?«

»Noch nicht.«

»Verstehe. Und die ... dings, die Beer?«

Der Kommissar hörte seinen Kollegen schnaufen. »Auch nicht da.«

»Nicht da oder nicht am Platz?«

»Ich glaub, die hat heut die amtsärztliche Untersuchung.«

»Ah, stimmt.«

»Brauchst du was?«

»Ich wollt den Roland nur mitnehmen auf einen Termin in Altusried, aber ...«

»Ich kann doch mitgehen!«

Kluftinger biss sich auf die Lippen. Warum hatte er nur ausplaudern müssen, was er vorhatte? »Ach, Richie, du hast bestimmt genug damit zu tun, die zwei aus dem Wald zu finden, das passt schon.«

»Schon verstanden. Dann nimm doch die Neue mit.«

Kluftinger hatte keine Lust, schon wieder einen Tag in Luzia Beers Zigarettendunst zu verbringen. Sollten sich doch die anderen Kollegen ihrer mal annehmen, die hatten schließlich ähnlich viele Dienstjahre auf dem Buckel wie er.

»Passt schon, ich kann auch allein gehen.«

»Oder jemand anderen mitnehmen.«

»Ja, freilich.«

»Also, soll ich mitkommen?«

»Das ist wirklich nicht nötig.«

»Hättest lieber den Strobl dabei, stimmt's?«

Kluftinger spürte, wie sich sein Magen zusammenkrampfte. Natürlich hätte er lieber Eugen Strobl dabei, weil der ihm immer nähergestanden hatte, aber Strobl war nun einmal nicht mehr da. Im Gegensatz zu Maier. »Also gut, Richie, dann komm halt du mit.«

»Ich mach mich gleich auf den Weg. Ist doch was anderes, wenn man Unterstützung eines erfahrenen Kollegen hat, dem man vertrauen kann, oder?«

»Ja, sicher, Richie, ganz was anderes. Wir treffen uns bei der Pension von Frau Rimmele, das ist mitten in Altusried. Ach so: Kannst grad auf dem Weg noch Brotzeit mitbringen? Wie immer, bitte.«

Sie verabredeten sich vor dem Eingang zu Rimmeles kleiner Pension und hängten ein.

»Hallo, Chef, da bin ich schon.« Maier sprang geradezu aus seinem Auto und eilte freudig auf den Kommissar zu.

Wenigstens einer, der sich auf ihren gemeinsamen Termin freute. »Ja, schön. Dann klingel ich mal.«

»Wohnt die hier?« Maier deutete auf das Gebäude an einer großen Kreuzung mitten im Dorf. Ein goldenes Schild an der Hauswand, auf dem ein Pferd zu sehen war, sowie die Aufschrift *Gasthof zum Rössle* zeigten, dass dies einst eines der Wirtshäuser des Ortes gewesen war. Seit Jahren war es geschlossen, nur der Saal wurde noch für Bürgerversammlungen, Faschingspartys und größere Feierlichkeiten genutzt. Auch Markus und Yumiko hatten hier ihre Hochzeit gefeiert. Einmal wurde der Gasthof sogar für Dreharbeiten zu einem Krimi genutzt.

Die Gästezimmer hatte sich Regine Rimmele gesichert. Sie hatte sie auch früher schon vermietet und nach der Schließung der Gastwirtschaft einfach weitergemacht. Man munkelte etwas von einem lebenslangen Nutzungsrecht – wegen eines getürkten Kaufvertrags oder eines Verhältnisses mit dem ehemaligen Besitzer, je nachdem, wer die Geschichte erzählte.

Kluftinger zuckte mit den Achseln. »Ich find's gut, dass das Haus nicht ganz verkommt. Ist ja sozusagen das Zentrum von Altusried.«

»Scheint ja zu laufen«, erwiderte Maier mit Blick auf einen handgeschriebenen Zettel, der in einem Glaskasten am Eingang hing. Dort, wo früher die Speisekarten ausgestellt waren, wurde nun über spezielle Arrangements informiert, unter anderem: *Eine Nacht im Zimmer des Mordopfers K. K. – 85 Euro, gegen Aufpreis mit aktuellem Horrorfilm auf DVD. Übernachtung im Zimmer von K. K. inkl. Tatort-Führung 99 Euro (mit Frühstück 115 Euro).*

Kluftinger schüttelte den Kopf. Ihm war dieses Geschäftsmodell zutiefst zuwider. Und wenn er daran dachte, dass sein Vater daran beteiligt war, packte ihn die kalte Wut. Aber für sein

Gespräch mit der Rimmele brauchte er einen klaren Kopf, also versuchte er, diese Gedanken so gut es ging zu verdrängen.

Hinter der Scheibe sah der Kommissar nun eine Gestalt, hörte den Schlüssel im Schloss, dann wurde die Tür geöffnet.

»So, grüß Gott, was kann ich für Sie ... Nazi?« Das Lächeln, mit dem die Frau geöffnet hatte, verschwand. »Hör zu, dein Vatter kann machen, was und mit wem er will. Er ist ein erwachsener Mann.«

Maier blickte verwirrt zwischen der Frau und seinem Vorgesetzten hin und her. Kluftinger hatte keine Lust, ihm die Angelegenheit im Beisein von Frau Rimmele zu erklären.

»Und ich hab alles angemeldet«, keifte die weiter. »Da kannst du mir gar nix. Der vom Verkehrsamt ist auch einverstanden, solang er selber nix schaffen muss dafür.«

Kluftinger ließ die Frau ihr Pulver verschießen. Als sie fertig war, sagte er: »Frau Rimmele, wir sind nicht wegen dem ... Schmarrn gekommen, den Sie da im Ort veranstalten. Nicht, dass ich es gutheißen würd, aber wir müssen heute erst mal über was anderes mit Ihnen reden. Das ist mein Kollege, Kriminalhauptkommissar Maier.«

Maier grüßte förmlich, er hatte verstanden, dass sein Chef hier möglichst autoritär auftreten wollte.

»Aha, um was geht's denn?«, fragte die Frau und klang schon nicht mehr ganz so selbstsicher wie zu Beginn.

»Was wir gern sehen würden, sind die Sachen, die Sie bei der Führung angepriesen haben.«

»Welche Sachen? Ich hab nix.«

»Die geheimen Dinge, die man sich gegen ein Extrageld anschauen kann.«

Die Frau starrte ihn feindselig an.

»Die von der Kruse, Herrgott noch mal.«

»Das sind alles meine.«

»Himmelzefix, darum geht's mir doch gar nicht.«

»Darf ich mal?« Maier schob sich am Kommissar vorbei und sagte mit sanfter Stimme: »Frau Rimmele, es ist mir klar, dass das alles für Sie unangenehm sein muss. Wo Sie doch der Verstorbenen durch Ihre Tätigkeit quasi ein Denkmal setzen. Eine gute Sache, keine Frage.«

Kluftinger räusperte sich vernehmlich. Er hatte keine Ahnung, worauf sein Kollege hinauswollte, ließ ihn aber fürs Erste gewähren.

»Ich verstehe auch, dass Sie nicht wollen, dass hier durch unsere neuerlichen Untersuchungen des Falls Karin Kruse zu viel Rummel entsteht. Ein bisschen Staub müssen wir aber schon aufwirbeln, auch wenn die Gefahr besteht, dass dann noch mehr Leute Wind von der Sache bekommen und sich für diese alte Geschichte interessieren.«

Die Augen der Frau begannen zu leuchten, ihre Gesichtszüge entspannten sich. »Meinen Sie wirklich, dass das für Aufsehen sorgen wird?«

»Ich fürchte ja, Frau Rimmele. Hoffentlich rennen Ihnen die Leute dann nicht die Bude ein.«

»Ach, ich weiß mir schon zu helfen«, winkte sie freundlich ab. »Aber jetzt kommt's doch erst mal rein in die gute Stube. Ich mach uns einen schönen Kaffee, und dann erzählt ihr mir, was es Neues gibt. Vielleicht kann ich euch ja sogar ein bissle helfen.«

Als sie hineingingen, nickte Kluftinger seinem Kollegen anerkennend zu. Offenbar war es doch nicht so verkehrt gewesen, ihn heute mitzunehmen.

Sie folgten der Alten durch die dunklen Gänge der früheren Gastwirtschaft, erklommen die knarzenden Stufen in den ersten Stock und liefen vorbei an den ehemaligen Gästezimmern. Die sahen zum Teil noch genauso aus, wie sie Kluftinger aus seiner

Kindheit in Erinnerung hatte, als er mit dem Sohn der damaligen Besitzer hier gespielt hatte.

»Das Zeug ist noch alles pfenniggut. Seit ich den Pensionsbetrieb damals übernommen hab, musst ich gar nix machen. Die Leut finden das ja wieder toll inzwischen. *Retro-Charme* nennt sich das im Fremdenverkehrs-Jargon«, erklärte die auf einmal sehr gesprächige Frau Rimmele. »So, bittschön, da rein.«

Sie betraten eine kleine Küche mit einem abgenutzten Resopaltisch auf grünem PVC-Boden. »Kaffee kommt sofort. Ist noch vom Frühstück übrig. Hab heute nur zwei Gäste, Handwerker aus Polen. Sind drei Wochen insgesamt da. Gutes Geschäft«, sagte die Frau, stellte ihnen Tassen hin und schenkte ein. Dann setzte sie sich zu ihnen.

»Wo sind denn jetzt die Sachen?«, fragte Kluftinger ungeduldig.

»Ach herrje! Momentle …« Sie ging zu einem der Hängeschränke, deren Fronten aus demselben schäbigen Material waren wie der Tisch. Frau Rimmele holte eine alte Keksdose hervor und öffnete sie feierlich.

Kluftinger lugte hinein: verschiedene Stofffetzen, ein Klumpen aus glänzendem Metall, einige Papiere …

»Das ist alles?«, entfuhr es ihm ungläubig.

»Mehr, als sonst jemand hat.« Sie nahm eines der Stoffstückchen und hob es heraus. Es war kariert und an einer Seite angekokelt. »Der Rock, den sie in der unheilvollen Nacht getragen hat«, hauchte die Alte. Dann zog sie das metallene Gebilde hervor, ein verformtes, kieselsteingroßes Stückchen, das aussah wie ein Goldnugget: »Der Ring, den der Mörder ihr geschenkt hat.«

Maiers Kiefer klappte nach unten. »Das ist ja wirklich unglaublich. Darf ich?«

Sie reichte ihm die Sachen, die er ehrfürchtig entgegennahm. »Wenn man bedenkt, dass sie das ... also, dass es das Letzte war ...«

»Was sie angezogen hätte an einem kalten Wintertag im Februar«, beendete der Kommissar den Satz seines Kollegen. »Frau Rimmele, das ist doch ein Schmarrn. Und wenn es echt wär, dann hätten nicht Sie diese Dinge, sondern wir. Oder waren Sie damals Praktikantin beim Erkennungsdienst?«

Verschämt blickte die Alte zu Boden.

»Also?«

»Gut, der Rock ...«

»Ja?«, insistierte Kluftinger.

»Ist nicht ganz original. Aber sie hatte einen ganz ähnlichen. Und der Ring ... könnt durchaus so aussehen. Ist halt eher ein Beispiel. In diesem speziellen Fall mein altes Zahngold, hab ich mir rausmachen lassen, beim Zahnarzt Hübsch. In Probstried drüben. Aber der Rest ist echt.«

»Sicher. Können wir mal das Zimmer sehen, in dem Karin Kruse damals gewohnt hat?«, fragte Kluftinger ungehalten.

»Freilich, hier entlang.« Sie führte sie in eines der größeren Fremdenzimmer, einen Raum mit einem Bett und einem Holztisch, auf dem einige Schulhefte, Bücher und Lexika lagen. Links neben einer winzigen Nasszelle stand ein kitschig bemalter Bauernschrank, daneben eine kleine Kochnische aus demselben Resopal wie Frau Rimmeles Küche. »Ich hab nix angerührt, seit sie weg ist.«

Das Bett war mit einem Blumenmuster-Stoff bezogen, an der Wand hing ein Poster der Band Nirvana, auf dem Nachtkästchen stand eine Vase mit einer Orchidee darin.

Frau Rimmele flüsterte: »Das Mysteriöseste ist, dass diese Blume nie verblüht ist in all den Jahren. Steht da seit ihrem Todestag und verändert sich nimmermehr.«

Jetzt platzte Kluftinger der Kragen. »Bittschön, Frau Rimmele, wir sind keine von Ihren depperten Sensations-Touristen, denen Sie hier Schauermärchen erzählen können.«

Maier nickte. »Und vielleicht sollten Sie das Poster wechseln. Nirvana wurde erst im Jahr 1987 gegründet, als …«

»Zefix, jetzt reicht's«, fiel Kluftinger ihm ins Wort. »Wenn Sie uns hier weiterhin für dumm verkaufen, dann …«

»Ich hab dir gleich gesagt, dass das alles zu viel ist, Regine.« Eine Stimme in ihrem Rücken ließ die drei herumfahren. Im Türrahmen stand ein dürres Männlein und schaute sie aus wässrigen Augen an.

»Herr Eberle?« Kluftinger war baff. Was wollte denn der alte Mesner hier?

»Griaß di, Adi. Ich bin geschäftlich hier, aber ich will nicht stören.«

Kluftinger, der neugierig war, welche Geschäftsbeziehung der Mesner mit der Rimmele unterhielt, antwortete: »Nein, kein Problem, machen Sie ruhig.«

»Ah, dankschön. Ich hab die neuen Filme dabei für deine Gäste.« Der Alte zog einige DVD-Hüllen aus einer Plastiktüte. »Also, da hätt ich einmal *Es – Teil 2*, dann *Die Besessenen* und *Der Fluch.* Eine recht schöne Neuverfilmung. Die passen alle ganz gut zum Thema, find ich.«

»Zum Thema?«, echote Kluftinger.

»Ja, zum Fall Kruse halt. Das stimmt die Leute doch immer so schön ein.«

»Hm, also ich weiß nicht«, schaltete sich nun Maier ein. »Klar, in *Es* geht es auch um ein kleines Kaff, in dem das Böse herrscht, aber eigentlich bedient sich das Wesen ja nur der Ängste der Menschen.«

Mesner Eberle wiegte den Kopf. »Das stimmt schon, aber die Szene, in der der Clown dem Kind das Gesicht abbeißt, ist einfach wunderbar gemacht. Das würde den Gästen bestimmt gefallen.«

»Da bin ich nicht überzeugt«, sagte Maier. »Vielleicht ist *Der Fluch* doch eher geeignet.«

»Ja, mag sein. Weißt, Regine, das ist die Geschichte, wo in dem Haus dieser Dämon wohnt, und man nimmt ihn immer mit, wenn man das Haus mal betreten hat, und dann bringt er die Leut ganz grausam um, zum Beispiel das eine Mal ...«

»Ja, danke, Herr Eberle, wir können es uns vorstellen.« Das stimmte zwar nicht, aber Kluftinger erinnerte sich mit Schrecken an seinen nächtlichen Besuch beim Mesner vor ein paar Wochen im Zuge seiner Ermittlungen. Unfreiwillig hatte er einen Film mit ansehen müssen, in dem ein Mann mit Ledermaske und Kettensäge eine Frau zerteilte. Seitdem suchte ihn diese Gestalt regelmäßig in seinen Träumen heim, und er hatte keine Lust, dass dieses Bild nun auch noch Gesellschaft von anderen Scheußlichkeiten bekam.

»Ach so, kennst dich ja aus, stimmt«, antwortete der Mesner. »Wann kommst du denn jetzt mal zum Filmschauen? Ich hab jetzt 3D und Surroundsound.«

Maier blickte Kluftinger mit zusammengezogenen Brauen an, doch der Kommissar winkte nur ab.

»Ist gut, Ebi«, sagte nun Frau Rimmele, »leg's einfach auf die Kommode im Gang. Das Geld bring ich dir heut Nachmittag vorbei.«

»Schon recht, Regine. Hab schon wieder was Neues, was ganz vielversprechend ist, mal schauen, da geht's um dieses Riesenkrokodil, das ...«

»Nix verraten bitte, Herr Eberle«, unterbrach ihn der Kommissar, »vielleicht schauen wir den ja noch zusammen. Krokodile sind nämlich ... meine Lieblingstiere.«

»Ah so, gut, Adi, dann sag ich nix. Also, bis bald dann.«

Sie warteten, bis sie das Schlurfen seiner Schritte nicht mehr hörten, und Kluftinger fragte sich, wie viele Altusrieder noch Teil des zweifelhaften Netzwerks von Regine Rimmele waren.

»Gut, das ist vielleicht alles ein bissle dick aufgetragen, aber die Leut stehen drauf«, rechtfertigte die sich, bevor die Beamten etwas sagen konnten. »Das ist modernes Storytelling, und es tut niemandem weh. Was kann ich denn dafür, dass ich nur diesen blöden Brief und das blutige Taschentuch hab, da zahlt mir doch keiner Geld dafür.«

Kluftinger wurde hellhörig. »Was überhaupt für einen Brief? Und welches Taschentuch?«

»Das wollt ich doch vorher schon sagen. Die einzigen Sachen, die wirklich von ihr sind. Für die hat sich damals nicht mal die Polizei interessiert. Ich mein, nachdem du den Täter gefunden hast ...«

»Ich hab ihn nicht gefunden, ich war nur dabei, als ... aber wurscht. Was ist jetzt mit dem Zeug?«

»Ich zeig es euch.« Sie folgten der Rimmele wieder in die kleine Küche, wo sie ihnen ein paar handgeschriebene Seiten Papier und ein Stofftaschentuch aus der Keksdose reichte.

»Und der Brief ist von ihr?«

»Nein, natürlich nicht, sie hat sich ja nicht selber Briefe geschrieben. Der ist von ihrer Mutter. Kam aber erst an, nachdem ... also, als sie schon tot war.«

»Und was ist mit dem Taschentuch?«

Sie nahm es und faltete es auseinander. Es waren ein paar inzwischen fast schwarze Blutstropfen zu sehen.

»Ich vermute mal, dass das Blut vom Mendler ist. Der war ja oft bei ihr, und an einem Abend hat sie auch wieder Männerbesuch gehabt. Obwohl ich ihr gesagt hab, dass das nicht geht. Aber um so was hat sie sich nie geschert. Kannst jeden fragen, der sie gekannt hat, da wird dir keiner was anderes erzählen.«

Kluftinger seufzte. Damit hatte Frau Rimmele wohl recht.

»An dem Abend, wo sie also diesen Herrenbesuch gehabt hat, da haben sie jedenfalls arg gestritten. Ich hab gar nicht gewusst, dass wer da ist, dann hätt ich gleich was gesagt. Aber irgendwann hab ich Stimmen gehört. Und dann einen Schrei und Gerumpel. Ich hab erst gedacht, er hätt sie geschlagen, aber sie hat nix gehabt am nächsten Tag. Wird's wohl von ihm sein. Genau konnt ich nicht hören, was passiert ist. Und ich wollt auch nicht lauschen. Irgendwann ist er dann rausgestürmt und sie hinterher. Und auf dem Gang ist dann das Taschentuch gelegen.«

»Wann war das?«, wollte Kluftinger wissen.

»Ein paar Tage vor ihrem Tod.«

»Und Sie haben den Mendler gesehen?«

»Nein, das nicht. Aber wer hätt's denn sonst sein sollen?«

Kluftinger und Maier blickten sich an. »Das nehmen wir mit«, sagte der Kommissar und reichte das Tuch an seinen Kollegen weiter.

»Nein, das brauch ich!«, protestierte die Frau.

»Wir auch.«

»Dürft ihr das überhaupt?«

Die Augen des Kommissars verengten sich. »An Ihrer Stelle wär ich jetzt ganz vorsichtig, Frau Rimmele. Wir nehmen das mit und Ende.«

»Schauen Sie, das ist doch nicht tragisch«, beschwichtigte Maier. »So ein Taschentuch mit ein paar Blutstropfen ist schnell hergestellt. Etwas rote Lebensmittelfarbe und Kakaopulver – fertig.«

»Und das funktioniert?«

»Ganz sicher, hab's selber schon ausprobiert.«

Die Frau nickte nachdenklich. »Ja, dann ...«

Kluftinger schüttelte nur den Kopf und widmete sich dem Brief. Er hatte kein Datum, aber in diesem Fall glaubte er Frau

Rimmeles Worten. Schon als er die ersten Sätze las, bekam er eine Gänsehaut.

Mein Liebes,
danke für deine Zeilen und deine Offenheit. Wie lange haben wir nicht mehr geredet! Aber das holen wir bald nach, wenn du mich das nächste Mal besuchst.

Dazu war es nie mehr gekommen. Er las weiter.

Ich verstehe, dass du in einem Zwiespalt bist, aber du hast ganz richtig entschieden. Hättest du das nicht beendet, deine Karriere, deine Stelle, alles, wofür du so hart gearbeitet hast, hätte auf dem Spiel gestanden. Und auch dein gesellschaftliches Ansehen in diesem Dorf: Denk nur, was passieren würde, wenn das herauskommt!

Das Klingeln eines Mobiltelefons unterbrach den Lesefluss des Kommissars. Reflexartig blickte Maier auf das Gerät auf dem Tisch, doch die Rimmele griff es sich blitzschnell und nahm den Anruf an.

»Ja? Nein, du, es passt grad ganz schlecht. Ja, ich … ruf dich zurück. Bis später.« Sie legte auf.

»Geschäfte?«, fragte Kluftinger.

»Mei, von nix kommt nix«, erwiderte sie.

Er konzentrierte sich wieder auf den Brief.

Lange habe ich überlegt, aber so leid es mir tut, ich muss dir auch von dem anderen abraten. Selbst wenn du dich nach Nähe und Zuneigung sehnst: Tu das nicht, meine liebe Karin. Glaub mir, das hat keine Zukunft. Wenn ich etwas gelernt habe, dann, dass der richtige Weg irgendwann vor einem auftaucht und alles gut wird. Aber bis dahin musst du geduldig sein.

Komm bald, dann reden wir über alles,
deine dich liebende
Mama

Kluftinger räusperte sich, als er zu Ende gelesen hatte. Die Zeilen gingen ihm nahe – und warfen Fragen auf. »Sonst haben Sie keine Briefe von ihr?«

»Nein, die hat die Polizei damals mitgenommen.«

»Zefix, warum haben Sie denn *den* damals nicht zu uns gebracht?« Er spürte, wie der Zorn von ihm Besitz ergriff.

Eingeschüchtert erwiderte die Frau: »Ich hab nicht gedacht, dass er noch wichtig ist.«

»Nicht wichtig? Streng genommen hätten Sie ihn nie öffnen dürfen.«

»Ich hab ja gar nicht auf die Adresse …«

»Wurscht jetzt. Aber aus dem Brief geht doch hervor, dass sie sich zwischen zwei Männern entscheiden musste und dafür den Rat ihrer Mutter wollte.«

»Das hab ich da nicht rausgelesen. Ich hab gedacht, dass sie sich zwischen zwei beruflichen Wegen entscheiden muss. Und außerdem …« Sie hielt inne.

»Außerdem?«

»Weil doch der Täter schon gefunden war. Da hat man den Brief ja gar nicht mehr gebraucht.«

Der Kommissar erwiderte nichts. Dafür war er verantwortlich, nicht Frau Rimmele, die nun etwas mitgenommen aussah.

»Wollt ihr mich jetzt dafür irgendwie … belangen?«, fragte sie vorsichtig.

Kluftinger blickte zu Maier, der leicht den Kopf schüttelte.

»Schon gut, Frau Rimmele, aber die Sachen behalten wir, gell?«

Sie nickte. »Nur eine Frage noch.«

»Ja?«

»Kann ich den Brief kopieren, bevor du ihn mitnimmst?«

»Übertreiben Sie's nicht!«

Als sie wieder nach draußen traten, kam ihnen ein junger Mann in einem grünen Overall entgegen. *Gärtnerei Walter*, stand auf seiner Brusttasche. »Die wöchentliche Blumenlieferung für Frau Rimmele«, sagte er und hielt eine Orchidee in Cellophanpapier in die Höhe.

»Immer hier entlang«, erklärte Kluftinger und hielt ihm die Tür auf. Dann rief er nach drinnen: »Frau Rimmele, Ihr Blumenwunder wird gerade geliefert.«

»Und, was sagst du zu der ganzen Sache?«, fragte Kluftinger seinen Kollegen, als sie bei seinem Auto angekommen waren.

Maier zuckte mit den Schultern. »Also, ich weiß nicht, ob du dich da in was verrennst, Chef. Vielleicht sollten wir unsere Energie mehr auf die Suche nach den beiden aus dem Wald lenken.«

»Aber das Taschentuch, das müssen wir auf jeden Fall untersuchen lassen.«

»Und was werden wir finden? Blut von ihr? Oder vom Mendler? Und dann? Wissen wir auch nicht mehr. Ansonsten ist das inzwischen durch so viele Hände gegangen, das bringt uns gar nix.«

»Einen Versuch ist es wert.«

»Wenn du meinst, Chef.«

»Mein ich. Und was sagst du zu dem Brief? Zu den zwei Wegen?«

»Das ist komisch. Aber andererseits kann auch die These von der Rimmele zutreffen. Ich mein, da müsst man eigentlich Karin Kruses Brief haben, auf den die Mutter geantwortet hat.«

Die Miene des Kommissars hellte sich auf. »Ja, freilich, da

hast du völlig recht. Wir brauchen den Brief von ihr. Sehr gut, Richie.« Er klopfte seinem Kollegen auf die Schulter.

»Danke, ich helfe doch gern«, antwortete der geschmeichelt. »Schließlich waren wir immer schon ein tolles Team. Und das werden wir auch bleiben, stimmt's? Gemeinsam sind wir stark. Das Ganze ist immer mehr als die Summe seiner Teile. Einer für alle, alle für …«

»Ich hab's kapiert, Richie. Also dann, bis nachher im G'schäft!«

Er wandte sich zum Gehen, doch Maier rief ihm nach: »Eins noch …«

»Ja, ich hab dich auch schrecklich lieb.«

»Freut mich zwar, aber das mein ich nicht. Der Anruf vorher …«

»Bei der Rimmele?«

»Ja, also ich hab da aufs Display geschaut, quasi professioneller Reflex.«

»Und?«

Maier druckste ein wenig herum. »Also … dein Vater.«

»Was ist mit dem?«

»Der hat angerufen. Stand jedenfalls auf dem Display.«

»Mein …«

»Und weil sie doch am Anfang gesagt hat, dass er machen kann, was er will. Sag, läuft da was zwischen ihm und der Rimmele?«

Kluftinger prustete los. »Spinnst du? Mein alter Herr ist froh, wenn meine Mutter ihn in Ruh lässt, der würd nicht … Moment.« Er dachte nach. Auf einmal umspielte ein Lächeln seine Mundwinkel.

»Ich will da keine schlafenden Hunde wecken, Chef, ich dachte nur, ich sag's lieber.«

»Jaja, schon gut, Richie. Aber ich weiß aus sicherer Quelle, dass die Beziehung vom Vatter und der Rimmele rein geschäftlicher Natur ist. Allerdings würd es vielleicht nicht schaden, wenn noch ein paar mehr den Verdacht hätten, den du grad geäußert hast. Vielen Dank, du warst heute eine größere Hilfe, als du annimmst.«

– 21 –

Als Kluftinger seinen Wagen im Hof der Polizeidirektion abgestellt hatte, wartete Maier unten an der Tür auf ihn. Der Kommissar war vorsichtshalber noch bei der Metzgerei vorbeigefahren, da er seinen Kollegen gar nicht mehr gefragt hatte, ob er ihm nun wirklich Brotzeit besorgt hatte. Und er wollte nach dem gestrigen Imbiss-Desaster nichts dem Zufall überlassen. Sein Kollege tippte auf seinem Handy herum, als Kluftinger den Wagen abschloss und auf ihn zukam. Auch in Kluftingers Tasche bimmelte es immer wieder, daher sparte er sich einen Kommentar zum Medienkonsum des Kollegen. Der streckte ihm eine Papiertüte und eine Halbliterflasche Kakao entgegen.

»Kaba und zwei Salamisemmeln, wie immer«, erklärte er feierlich. »Extra dick belegt, so wie du es am liebsten hast.«

Kluftinger hatte seine eigenen Einkäufe vorsorglich in seiner Aktentasche verstaut. Das würde ein Festessen werden. Wenn auch möglicherweise etwas viel. Lächelnd nahm er die Tüte entgegen.

»Fünf achtzig, ich hab aber sechs gegeben«, erklärte der Kollege.

Der Kommissar langte in seine Hosentasche und holte drei Zwei-Euro-Münzen heraus. »Danke fürs Besorgen. Die zwanzig Cent gibst mir halt bei Gelegenheit zurück«, sagte er möglichst beiläufig, auch wenn er es durchaus ernst meinte. Schließlich hatte er keine Lust, für Maiers übertriebene Großzügigkeit geradezustehen. Trinkgeld in einer Metzgerei, wo gab's denn so was?

Auch auf dem Weg nach oben tippte Maier weiter auf seinem

Handy herum. Dennoch nahm er die Treppen fast doppelt so schnell wie Kluftinger, wie dieser zähneknirschend feststellte.

»Wir sind wieder da-ha!«, flötete sein Kollege, als sie die Abteilung betraten.

Kluftinger bückte sich ächzend und öffnete die Schnürsenkel seiner Haferlschuhe, um die Hausschlappen anzuziehen. Was tat man nicht alles um des lieben Friedens willen.

»Bevor ihr alle einzeln fragt: Wir haben tolle Neuigkeiten und Erkenntnisse«, rief Maier geschäftig. Luzia Beer erschien verwundert in der Tür ihres kleinen Büros, und auch Sandy Henske streckte ihren Kopf hinter dem Monitor hervor.

Kluftinger war noch nicht mal beim zweiten Schuh angekommen, da fuhr Maier mit geröteten Wangen fort: »Der Chef und ich, wir waren heute in Altusried. Tolle Zusammenarbeit, stimmt's?« Demonstrativ blickte er zu seinem Vorgesetzten, der sich mit knallrotem Kopf die rechte Wollsocke glatt strich, um überhaupt in den Hausschuh hineinzukommen. »Wir sind auf faszinierende Details gestoßen, es sieht aus, als nähme der alte Fall nun noch einmal richtig Fahrt auf.«

»*Der* alte Fall, den du gestern noch als Zeitverschwendung und Hirngespinst bezeichnet hast, Richie?«, warf Roland Hefele ein, der nun auch aus seinem Büro gekommen war.

»Ja ... ich ... hab ja nicht allgemein von Zeitverschwendung gesprochen, sondern nur für den speziellen, aber hypothetischen Fall, dass wir alle zusammen ... also, wir dürfen einfach nicht sämtliche Kräfte in eine Richtung ... ihr wisst schon, was ich ...«

»Ich weiß, was du meinst«, brummte Kluftinger, der sich mit seinen Kuhfell-Schuhen nun zu Maier stellte. »Was der Richie sagen will, ist, dass ein Brief aufgetaucht ist, den Karin Kruses Mutter ihr geschrieben hat – und der erst nach ihrem Tod ankam.«

»Vergiss nicht das Taschentuch! Wir haben nämlich ein Taschentuch, das ...«

»Das Blutspuren aufweist, die wir gleich mal vom Willi untersuchen lassen. Vielleicht kommt ja was Interessantes raus.«

Die Kollegen verzogen sich wieder an ihre Arbeitsplätze, nur Maier blieb neben dem Kommissar stehen und sah ihn erwartungsvoll an. »Und, was machen wir jetzt?«

»Also, was du machst, weiß ich nicht, Richie. Ich jedenfalls bring jetzt das Taschentuch zum Erkennungsdienst.« Der Kommissar ging Richtung Treppenhaus.

»Tolle Idee«, fand sein württembergischer Kollege und folgte ihm.

Kluftinger runzelte die Stirn. »Und wo gehst du jetzt hin?«

»Na, mit«, erklärte der schulterzuckend.

»Du, ich krieg das schon allein hin, danke. Bring lieber gleich mal was über die Mutter von der Kruse in Erfahrung.«

»Ich ... muss dem Willi aber sowieso noch was sagen, kann ich gleich bei der Gelegenheit erledigen.«

»So? Um was geht's denn? Dann richte ich es ihm einfach aus.«

Maier zögerte: »Also, das wäre jetzt zu kompliziert zu erklären, ich sag's ihm am besten schnell selbst.«

»Ich. Geh. Allein.«

»Aber ...«

»Was an den drei Wörtern ist so schwer zu verstehen?«

»Nichts«, sagte sein Gegenüber verschnupft. »Schon kapiert.«

Sofort tat Kluftinger sein Kollege wieder leid. »Weißt du was? Schreib's auf, ich komm dann nachher noch mal vorbei und hol es ab.«

»Oh, heut mal solo! Servus, Klufti«, begrüßte ihn Willi Renn.

»Servus, Willi. Sei bloß froh, ich hab mit Müh und Not den Maier abwimmeln können.«

Renn grinste ihn an. »Ja, da bringst mir schon besser deinen blonden Neuzugang. Obwohl du dir den ja lieber für dich selbst aufhebst, wie man hört.«

»So, hört man das?«

Renn zuckte mit den Schultern.

»Mei, ich versuch sie halt möglichst schnell in alles einzubinden. Schlimm genug, dass ich in der aktuellen Situation auch noch jemand Neuen einlernen muss. Und es wird auch nicht grad leichter dadurch, dass die anderen beiden sie so gar nicht leiden können und dass sie nicht zu uns passen will mit ihrer ... Art. Außerdem ich bin ja jetzt quasi doppelt ihr Vorgesetzter, weil ich das Präsidialzeug machen muss.«

»Bei mir musst du dich nicht rechtfertigen, Klufti«, sagte Renn verständnisvoll.

Der Kommissar seufzte. »Wahrscheinlich wär ein männlicher Kollege einfacher gewesen. Aber behalt das ja für dich, gell?«

»Was hast denn auf einmal gegen Frauen?«

Kluftinger winkte vehement ab. »Gar nix, Schmarrn. Aber es gibt halt oft so Eifersüchteleien, wenn in so einen Männerhaufen eine junge Frau reinkommt.«

»Das renkt sich schon ein, wirst sehen.«

»Hoffentlich. Aber ich bin wegen was anderem hier.«

»Das dachte ich mir. Nämlich?«

»Erstens wollt ich noch mal wegen der Fußspur fragen.«

»Schuhspur, himmelnochmal, merkt euch das halt!«

»Mein ich ja. Irgendeine Übereinstimmung mit anderen Spuren, zum Beispiel beim alten Fall?«

»Nein, leider.«

»Alles klar. Und dann hätt ich noch das hier für dich.« Er zog das Taschentuch aus der Pension von Regine Rimmele aus seiner Jankertasche und legte es mit spitzen Fingern auf Willis weißen Arbeitstisch.

Der sog die Luft ein und schloss die Augen. Genervt brummte er: »Kluftinger! Wie lange bist jetzt du bei uns, hm? Wenn du willst, dass ich an diesem Fetzen irgendwas finde, kannst ihn doch nicht in deine alte Jacke packen, wo du seit Jahrzehnten deine Brotzeit reinbröselst. Und dann noch ohne Handschuhe. Ehrlich jetzt!«

»Reg dich mal nicht auf. Du sollst das Ding ja gar nicht auf Fasern oder so untersuchen. Da sind aber Blutflecken dran, und die müsstest du analysieren. Ich sag dir gleich: Das Ding haben mit Sicherheit schon so viele Leute angefasst, dass meine paar Brösel das Kraut auch nicht mehr fett machen. Schaffst du das?«

»Wie alt?«

»Wer? Die Beer?«

»Nein, das Taschentuch.«

»Ach so. Über dreißig Jahre.«

Renn pfiff durch die Zähne, nahm mit einer langen Pinzette den Stoff hoch und versenkte ihn in einem frischen Plastikbeutel. »Wer sollt das schaffen, wenn nicht ich, hm?«

Kluftinger lächelte sein Gegenüber an. »So kenn ich dich! Interessant wäre erst mal, ob das eingetrocknete Blut von der Kruse oder vom Mendler ist. Oder vielleicht ...«

»Vielleicht?«

»Schau einfach, was du rausfindest.«

»Alles klar. Dauert aber ein bissle.«

»Passt schon. Sag einfach Bescheid, wenn du was hast. Habe die Ehre. Und danke.« Kluftinger wandte sich zum Gehen.

»Sag mir Grüße an die Lucy, gell?«

»Ganz bestimmt.«

»Übrigens: Bombige Schuhe hast du da. Respekt, machen einen schlanken Fuß.«

Der Kommissar überhörte die Bemerkung einfach. Er hätte

sich doch nicht breitschlagen lassen sollen, die saudummen Schlappen zu tragen.

Bevor Kluftinger die Treppen zurück in seine Abteilung nahm, holte er sein Handy aus der Tasche. Vorhin hatte es andauernd Laut gegeben, und er war noch nicht dazu gekommen, sich die neuen Nachrichten durchzulesen. Wieder waren es Mitteilungen aus der neuen Abteilungsgruppe. Er öffnete den Chatverlauf. Die erste Meldung stammte – wie nicht anders zu erwarten – von Richard Maier.

»*Bin auf dem Rückweg von einer sehr gewinnbringenden, intensiven Ermittlung mit dem Chef. Tolle Zusammenarbeit, blindes Vertrauen*«, las Kluftinger halblaut. Hefele hatte darauf mit einem lapidaren *Soso* geantwortet. Die folgende Nachricht war erneut von Maier.

Biegen gerade in die Hirnbeinstraße ein. Sicher habt ihr viele Fragen. Bald schon sind wir oben bei euch.

Der Kommissar schüttelte den Kopf und las die nächste WhatsApp:

Ich warte noch kurz, bis der Chef kommt. So können wir den gemeinsamen Einsatz zusammen beenden. Reminder: Heute Mittag 13 h Teambuilding-Maßnahme. Pflichttermin für alle. Eugen hätte sich sehr darüber gefreut. Bitte um Pünktlichkeit. CU

Kluftinger wiederholte die beiden Buchstaben laut. »C-U.« Was Maier wohl damit wieder sagen wollte? Er grübelte darüber nach, da erschien eine neue Nachricht auf dem Display, diesmal von Hefele:

@Richie, wegen Teambuilding: Eugen Strobl war jemand, dem sein Freitagnachmittag heilig war, lasst uns ihm getreu seinem Motto »Freitag um eins macht jeder seins« heute Mittag gedenken. Jeder bei sich daheim. Over and out.

Wenig später hatte der Kommissar von Maier die Informationen über Karin Kruses Mutter erhalten. Barbara Kruse wohnte in Kassel, noch immer unter derselben Adresse wie vor dreißig Jahren. Kluftinger wählte die Nummer, die ihm sein Kollege auf einem Zettel notiert hatte.

Nach nur einem Tuten wurde bereits abgehoben. Eine Frauenstimme blaffte in den Hörer: »Falls Sie es noch immer nicht glauben wollen: Die Skulptur kostet viertausendfünfhundert Euro glatt. Überlegen Sie es sich. Wenn Ihnen das zu teuer ist, kaufen Sie sich einfach ein nettes Poster bei Ikea. Ist ja auch recht dekorativ. Und jetzt noch einen schönen Tag und auf Wiederhören.«

Dann war die Leitung wieder tot. Kluftinger stutzte. Ganz offensichtlich hatte die Frau einen anderen Anrufer erwartet. Ihre Stimme hatte energisch geklungen, agil – und jünger als die einer 79-Jährigen, denn so alt war sie, wie Maier ihm gesagt hatte. Der Kommissar drückte die Wahlwiederholung und wartete auf das Tonsignal. Diesmal jedoch dauerte es länger, bis sich jemand meldete.

»Was ist denn noch? Mir wird die Farbe hart. Haben Sie sich entschieden?«, klang sie nun schon etwas versöhnlicher.

»Hier ist Kluftinger, Kripo Kempten. Frau Kruse, ich weiß ja nicht, wen Sie ...«

»Oh, das tut mir leid. Aber ich telefoniere hier seit Stunden mit diesem ... na ja, egal. Wissen Sie, die Leute wollen sich mit Kunstwerken schmücken, aber nichts dafür bezahlen. Mich als Künstlerin macht das sprachlos. Ich hoffe, Sie sehen mir das nach.«

Kluftinger verkniff sich den Kommentar, dass sie eben alles andere als sprachlos geklungen hatte. Stattdessen sagte er: »Frau Kruse, Sie werden sich wahrscheinlich wundern, dass sich jemand von der Allgäuer Polizei nach all den Jahren bei Ihnen meldet.«

Am anderen Ende der Leitung war ein tiefer Seufzer zu vernehmen. »Allerdings.«

»Also, zunächst wollte ich sagen, dass es mir wahnsinnig leidtut, das alles, mit Ihrer Tochter.«

»Es ist schön, dass Sie es sagen. Aber ich habe gelernt, damit zu leben. Mein Mann, Gott hab ihn selig, hat das leider nie geschafft. Aber es hat auch bei mir lang gedauert – man wird als Eltern sicher nie wirklich über den Verlust eines Kindes hinwegkommen. Der Schmerz ist unauslöschlich. Karin war unsere einzige Tochter. Aber keine Sorge, Sie reißen keine Wunden mehr auf, wenn wir über die Sache sprechen. Was kann ich also für Sie tun?«

Kluftinger war etwas irritiert, dass das alles so aus ihr herausgebrochen war, gleichzeitig jedoch verspürte er auch Erleichterung. Schließlich hatte er nicht wissen können, wie die Frau reagieren würde. »Zunächst, Frau Kruse, wollte ich Sie informieren, dass wir hier bei der Kripo Kempten die Ermittlungen in dem Fall wieder aufgenommen haben. Wir sind uns ziemlich sicher, dass damals ein falscher Täter inhaftiert und verurteilt wurde.«

»Um Himmels willen, das ist ja schrecklich. Ein Justizirrtum also?«

Kluftinger zögerte kurz, bevor er erklärte: »So ungefähr, ja. Und im Umkehrschluss würde das bedeuten, dass der echte Täter …«

»Seit dreißig Jahren auf freiem Fuß ist? Wollen Sie das sagen?«

»Im Prinzip ja.«

»Ich muss mich kurz setzen, das haut mich tatsächlich um, nach all den Jahren.«

»Wenn Ihnen lieber ist, dass wir ein andermal …«

»Nein, Herr Kommissar, geht schon wieder. Es ist nur die Wucht dieser Mitteilung, die mich beinah von den Beinen holt.

Ich bin natürlich bereit, Ihnen zu helfen – wenn ich überhaupt irgendetwas tun kann.«

Kluftinger erzählte ihr von dem Brief, den sie an ihre Tochter geschrieben hatte und der ihm heute in die Hände gefallen war – und fragte nach dem Gegenstück, dem letzten Schreiben von Tochter Kruse an ihre Mutter.

»Ich habe den Brief noch, ja. Letztlich ist ja alles noch da.«

»Wie meinen Sie das?«

Frau Kruse nahm sich Zeit für ihre Antwort. »Nun, wir haben Karins Zimmer so belassen, wie es gewesen ist, als sie das letzte Mal ins Allgäu gefahren ist. Mein Mann wollte das so. Auch wenn ich eigentlich gegen diesen ... diesen Schrein war: Ich wusste, dass er es braucht. Und daher habe ich mitgemacht, all die Jahre. Um schließlich irgendwann festzustellen, dass es auch mir guttut. Stellen Sie sich vor, es wurde so etwas wie mein Rückzugsort, mein Ruhepol, die Keimzelle meiner kreativen Kraft. Tatsächlich habe ich eines Tages in Karins Achtzigerjahre-Jugendzimmer wieder begonnen zu malen.«

Kluftinger dachte nach. Sicher, er hätte Barbara Kruse bitten können, ihm den Brief zuzuschicken oder ihn bei den Kollegen von der hessischen Polizei abzugeben, die ihn dann zu ihm weitergeleitet hätten. Aber das wollte er nicht. Irgendwie hatte er das Gefühl, dass er dorthin musste, das Zimmer sehen, die Atmosphäre in sich aufnehmen, die Frau treffen, um noch mehr zu verstehen.

»Könnte ich vielleicht bei Ihnen vorbeikommen, Frau Kruse?«, fiel er daher mit der Tür ins Haus.

Die Frau schien überrascht. »Wann denn?«

Er überlegte. *So schnell wie möglich*, dachte er. »Haben Sie morgen schon was vor?« Morgen war Samstag, und für ein beschauliches Wochenende im Familienkreis fehlte ihm momentan sowieso die Ruhe.

»Nein, eigentlich nicht. Ich wollte nur malen. Kommen Sie ruhig, wenn es Ihnen nicht zu weit ist bis nach Nordhessen. Sie stören mich nicht.«

»Sandy, ich hab mir für morgen gerade eine Dienstreise nach Kassel genehmigt«, verkündete Kluftinger kurz darauf seiner Sekretärin. »Wenn Sie mal schauen könnten, wie lang ich dahin brauche.«

»Sie wollen … nach Kassel? Morgen? Einfach so?«

»Einfach so, genau.«

»Mit dem Auto?«

»Schon.«

»Mit *Ihrem* Auto?«

»Spricht was dagegen?«

»Ich … also, nein. Ich gucke nach und sage Ihnen gleich Bescheid.«

»Danke, Sandy.«

Fünf Minuten später kam Richard Maier in sein Büro und wedelte mit einem Ausdruck. »Du, ich hab der Sandy das gleich mal abgenommen mit der Reiseplanung. Hab uns schon einen Zug rausgesucht. Fünf Stunden bis Kassel. Mit dem Wagen würde es in etwa genauso lange brauchen, allerdings nur, wenn wir staufrei durchkommen. Wenn wir mit deiner alten Karre fahren, sicher viel länger – und es wär längst nicht so komfortabel wie mit der Bahn.«

Kluftinger sah ihn stirnrunzelnd an. »Ich hör immer *wir*, Richie.«

»Ja, sicher, kein Problem. Ich opfere gern mein wohlverdientes Wochenende im Dienst der guten Sache. Schließlich haben wir ja zusammen dem Fall neuen Schwung verliehen.«

Kluftinger schnaufte tief durch. Die Vorstellung, stundenlang mit Maier in einem Zugabteil zu sitzen, verursachte ihm Bauchschmerzen. »Hm, Richie, da danke ich dir vielmals für dein Engagement und auch fürs Raussuchen des Zuges, aber leider hat unser Vorgesetzter die Dienstreise nur für einen Mitarbeiter genehmigt. Und das bin ich.«

Maier stutzte. »Bitte? Wer soll denn dieser Vorgesetzte sein?«

»Der Interims-Präsident.«

»Das bist doch …«

»Auch ich, da hast du völlig recht.«

– 22 –

Kluftinger war kein Bahnfahrer. Obwohl er diesem Prinzip des Reisens – umweltfreundlich, entspannt, sicher – durchaus einiges abgewinnen konnte, setzte er sich lieber selbst hinters Steuer seines Passats. Aufgrund des geringen Spritverbrauchs des Oldtimers war das nicht nur günstiger und flexibler, was Reiseroute und Abfahrtszeiten betraf. Er handelte auch aus Überzeugung getreu dem Motto, das ihm sein Vater immer eingebläut hatte: »Nur, wer selber lenkt, hat die Kontrolle.«

Heute freute er sich jedoch auf die erholsame Zeit im Zug und betrat beschwingt das Bahnhofsgebäude. Leider war vor einigen Jahren der Verkaufsschalter abgeschafft worden, und so führte ihn sein erster Weg zum Ticketautomaten, der ihn mit einem *Herzlich willkommen* auf dem Display begrüßte. Was nun folgte, war eine komplizierte Abfolge von aufploppenden Fenstern, die bestätigt werden wollten, Eingaben, die per Touchscreen ausgeführt werden sollten, und grundlegende Entscheidungen, die getroffen werden mussten, etwa bezüglich der Abfahrtszeit und der Umsteigehäufigkeit. Er seufzte. Das ging ja schon gut los.

Ein Räuspern in seinem Rücken riss ihn aus seinen Gedanken. Kluftinger drehte sich um und erschrak. Hinter ihm stand ein halbes Dutzend weiterer Reisender. Schweißtröpfchen sammelten sich auf seiner Stirn. Schnell wählte er eine Verbindung, doch der Vorgang war wider Erwarten noch nicht beendet, stattdessen ging ein weiteres Fenster auf, wo er den gewünschten Preis wählen sollte. Er hatte die Auswahl zwischen 49, 57 und 97 Euro. *Welcher Depp würde denn 97 zahlen, wenn er das Ticket auch für 49 haben könnte*, dachte er. Kurz bevor er den günstigsten Betrag antippte, hielt er jedoch inne. Ob die Sache vielleicht einen Haken hatte? Er beugte sich vor, um die kleine Schrift unter den Preisangaben lesen zu können. *Zugbindung, Storno ausgeschlossen* und *Kein City Ticket* stand dort. Was zum Teufel war denn ein *City Ticket*? Würde er aussteigen müssen, bevor sie die Innenstadt von Kassel erreicht hatten?

Jetzt geriet er wirklich ins Schwitzen. Noch einmal wandte er sich um. Zehn Wartende mindestens, schätzte er, also tippte er in Glücksspielermanier nun einfach zufällig auf die Schaltflächen und hatte eine Minute später seine Fahrkarte in der Hand, worauf die Menschen in der Schlange zu applaudieren begannen. Kluftinger nickte fahrig und eilte zu seinem Gleis.

Er wusste nicht, wie oft er bereits kontrolliert hatte, ob er wirklich im richtigen Zug saß. Immer wieder hatte er die Angaben auf seinem Ticket mit denen auf der Anzeigetafel verglichen. Es verwirrte ihn, dass dort als Ziel nur »München« stand, während sein Fahrtziel Kassel war, und er lediglich in Buchloe und Augsburg umsteigen musste. Er würde nicht einmal in die Nähe von München kommen. Irgendwann fuhr der Zug dann jedoch los und machte damit weitere Grübeleien überflüssig.

Nach fünf Minuten kam der Schaffner an seinem Sitz vorbei. Kluftinger sprang regelrecht auf und streckte ihm das Ticket entgegen. »Eine Frage: Ich muss heut dringend nach Kassel. Dienstlich. *Heut? Am Samstag?*, werden Sie jetzt bestimmt sagen, aber in meinem Beruf, da …«

»Sehr interessant. Bis später dann, gute Reise.« Der Mann ließ Kluftinger stehen und ging weiter.

»Moment, ich wollt doch nur fragen, ob wir den Anschlusszug noch kriegen, weil ich eben einen wichtigen Termin …«

»Wir sind pünktlich«, erklärte der Schaffner und verschwand.

Tatsächlich klappte das erste Umsteigen reibungslos. Doch die richtige Hürde stand ihm noch bevor: der Wechsel in den ICE. Bereits zwanzig Minuten vor der Endstation des Regionalzugs packte er seine Sachen und stellte sich als Erster an die Ausgangstür. Schließlich wusste man nie, wie viel beim letzten Halt los sein würde, und es könnte ziemlich knapp werden, hatte er doch nur achtzehn Minuten Umsteigezeit.

Kluftinger konnte den Bahnhof schon sehen, da hielt der Zug auf einmal an und bewegte sich nicht mehr weiter. Das beklemmende Gefühl völliger Hilf- und Machtlosigkeit breitete sich im Kommissar aus. »Zefix, was ist denn los, ich muss zum Zug!«, schimpfte er, da ertönte eine Durchsage: »Leider ist unser Einfahrgleis noch belegt, wir bitten um einen Augenblick Geduld.«

Geduld? Belegt? Wussten die in Augsburg denn nicht, dass sie kamen? Die anderen Reisenden starrten auf ihre Handys und schienen nicht weiter beunruhigt, dass hier Minute um Minute verstrich, ohne dass es auch nur einen Zentimeter voranging. *Die müssen ja auch nicht nach Kassel*, dachte er.

Nach geschlagenen zwölf Minuten, also sechs vor der geplanten Umsteigezeit, setzte sich der Zug dann endlich wieder ruckelnd in Bewegung. *Nur gut, dass ich der Erste in der Reihe bin*, freute sich Kluftinger. Kaum hatten sie endlich angehalten, drehte er an dem roten Öffnungshebel des betagten Waggons, drückte gegen die Tür – doch nichts geschah. Er probierte es wieder und wieder, rüttelte und schimpfte, aber die Tür bewegte sich nicht.

»Darf ich?« Ein zierliches Mädchen langte an ihm vorbei, packte den Griff und öffnete in einer eleganten, schwungvollen Bewegung den Ausstieg. »Bitteschön.«

»Ganz leicht, wenn man weiß, wie, gell?«, rief Kluftinger über die Schulter, sprang hinaus und rannte über den Bahnsteig, dass ihm das spärliche Resthaar nur so um den Kopf wehte. Schon von Weitem schrie er den Reisenden Sätze zu wie »Mir pressiert's, zefix!« und »Weg da, ich muss zum Zug!«. Als er auf Gleis eins ankam, stand sein ICE mit geöffneten Türen da, als habe er nur noch auf ihn gewartet. Keuchend und schwitzend wuchtete er sich in den Waggon und ließ sich auf den erstbesten Sitzplatz fallen.

Fast fünf Minuten brauchte er, um wieder zu Atem zu kommen. Als er sich langsam wieder beruhigt hatte, wischte er sich mit dem Stofftaschentuch den kalten Schweiß von der Stirn und blickte sich um. Sehr schön war es hier, viel schöner als in allen Zügen, mit denen er je gefahren war: vier breite Sitze mit Lederpolster um einen großen, hellen Holztisch herum – ganz für sich allein. Er musste Erika unbedingt vorschlagen, öfter mit dem Zug zu verreisen. Wenn sie überhaupt verreisen mussten.

Fröhlich packte er nun seinen Rucksack aus. Drei Semmeln, einen halben Ring Lyoner, ein kleines Stück Butter in Alufolie, eine Gurke samt Schäler, den praktischen kombinierten Salz- und Pfefferstreuer, sowie ein Taschenmesser drapierte er auf dem kleinen Deckchen, das er sonst beim Wandern dabeihatte, und stellte die Thermoskanne mit dem Kaffee daneben. Studentenfutter, Trockenobst, Schokolade, Erdnüsse und die Müsliriegel, die ihm Erika aufgenötigt hatte, ließ er noch in der Tasche. Er würde sie erst beim zweiten Hunger im Lauf des Vormittags brauchen. Dann schnitt er die Wurst auf und schälte die Gurke. Es ging einfach nichts über eine frisch zubereitete Brotzeit.

Als er fertig war, biss er herzhaft in die erste Semmel und begann die Utensilien auszupacken, mit denen er sich die Zeit vertreiben würde, schließlich wollte er während der langen Fahrt nicht nur apathisch aus dem Fenster starren. Zum Vorschein kam die Zeitung mit dem großen Wochenend-Kreuzworträtsel, dazu ein Buch, das seit Weihnachten 2011 auf seinem Nachtkästchen lag. Sein Vater hatte es ihm damals mit den Worten geschenkt: »Hab ich letztes Jahr von deiner Mutter gekriegt. Wenn's gut ist, les ich's auch noch.« Zum Schluss zog er das seltsam gebogene Kissen hervor, das Erika sich auf längeren Autofahrten immer in den Nacken schob. Zufrieden blickte er auf das Sammelsurium vor sich auf dem Tisch, und ein warmes Gefühl der Behaglichkeit machte sich in seinem Bauch breit. Er würde es schön haben hier drin, während draußen die Landschaft an ihm vorbeizog.

Als ihm auch noch die Schaffnerin ein Tablett voll golden verpackter Schokolade anbot, lehnte er zunächst dankend ab, nahm auf ihren Hinweis, das sei eine kostenlose Aufmerksamkeit, dann aber gleich eine ganze Handvoll. Versonnen las er die Aufschriften »Lieblingsgast« und »Goldstück« auf den Täfelchen. Er war von nun an Bahnfan, das war sonnenklar.

Mit einem wohligen Seufzen nahm er das Buch zur Hand. Viel zu lange war er nicht zum Lesen gekommen, fast feierlich schlug er die erste Seite auf und las: *Wir stiegen fünf Etagen dem Licht entgegen, verteilten uns in dreizehn Reihen und wandten uns dem Gott zu, der das Tor des Morgens aufschließt.*

Komischer erster Satz, dachte Kluftinger. Und so lang. Wie war er gleich noch mal losgegangen? Er wollte den Anfang gänzlich durchdrungen haben, bevor er weiterlas, denn das war doch die Tür zu jener Welt, die diese Geschichte ihm auftun sollte. *Wir stiegen fünf Etagen dem Licht entgegen, verteilten uns in dreizehn Reihen und wandten uns dem Gott zu, der das Tor des Morgens aufschließt.* Was war damit bloß gemeint? Der Gott, der ein Tor aufschließt? Hatte er etwas überlesen?

Ein Räuspern ließ ihn herumfahren. Neben ihm stand ein grauhaariger, hagerer Mann mit teuer aussehendem Mantel, darunter Anzug und Krawatte. »Ich störe nur ungern, aber ich fürchte, Sie sitzen auf meinem Platz«, sagte er.

»Bitte?«

»Fünfundachtzig. Meiner.«

Kluftinger blickte auf die drei anderen Sitze der Vierergruppe.

Keiner davon war besetzt. Auch der Rest des Waggons war nahezu leer. »Sie können sich ja auch gern ...«

»Hören Sie, ich will hier nicht mit Ihnen diskutieren. Ich habe meinen Platz lange im Voraus reserviert und habe ein Recht darauf. Wir können das aber auch mit dem Zugchef klären, wenn Ihnen das lieber ist.«

Der Kommissar überlegte, ob es Sinn hätte, ihn zu fragen, wo genau auf dem Sitz denn nun sein Name stand, doch er wollte die Situation nicht unnötig zuspitzen, also sagte er nichts. Stattdessen erhob er sich achselzuckend und packte seine Sachen zusammen, was eine ganze Weile dauerte. Der Fremde begleitete das mit Unmutsäußerungen wie Seufzen und demonstrativem Auf-die-Uhr-Blicken. Schließlich hatte Kluftinger den Platz geräumt, und der neue Fahrgast setzte sich.

Suchend blickte sich der Kommissar um und entschied sich dann, einfach auf die andere Seite der Sitzgruppe zu wechseln, was der Mann, der ihn eben verscheucht hatte, mit entsetztem Gesichtsausdruck zur Kenntnis nahm. »Oder haben Sie den auch reserviert?«, fragte Kluftinger scheinheilig, bekam aber keine Antwort.

Eine Weile fuhren sie schweigend durch die spätherbstliche Landschaft. Wieder schlug Kluftinger sein Buch auf. *Wir stiegen fünf Etagen dem Licht ent...*

»Hallo? Frau Trömmel-Petz?«, brüllte sein Gegenüber da so laut, dass Kluftinger zusammenschrak. Der Mann presste sein Handy ans Ohr. »Ja, hier von Schutter. Hören Sie mich? Hallo?« Er sprach so laut, dass die Frau ihn auch ohne Telefon hätte hören müssen, dachte der Kommissar. »Frau Trömmel-Petz, Folgendes, ich bin jetzt schon im Zug zum Shareholder-Meeting, und der Herr Beckmann steigt doch gleich zu. Könnten Sie mir da noch mal das Angebot durchmailen? Ja, ich weiß, es ist Samstag. Also, as soon as possible, ja. Ach, Sie sind ein Schatz.«

Reinster Langhammer-Sprech, dachte Kluftinger und verdrehte die Augen.

»Wir liegen mit unserm Angebot ja ohnehin weit unter dem Wert der Leistung von diesem Beckmann, aber der hat zum Glück keine Ahnung, was für ein Asset er da in Händen hält. Wär wahrscheinlich sogar das Doppelte drin für ihn, bei der momentanen Marktsituation. Wiesbaden würde sicher goutieren, wenn wir da rasch abschließen.«

Angestrengt versuchte Kluftinger, sich wieder in sein Buch zu vertiefen. Wo war er stehen geblieben? *... fünf Etagen dem Licht entgegen, verteilten uns in dreizehn Reihen und ...*

»Die Fahrkarten bitte.«

Seufzend zog er sein Ticket heraus. Im Zug etwas zu lesen war noch schwieriger als zu Hause. Die Schaffnerin nahm seine Fahrkarte, runzelte die Stirn, schaute erst ihn an, dann wieder das Ticket. Kluftinger bekam es mit der Angst zu tun. War er doch in den falschen Zug eingestiegen?

»Tut mir leid«, sagte die Frau schließlich mit ernster Miene, »aber dies hier ist die erste Klasse. Ihr Ticket gilt nur für die zweite. Wenn Sie gleich gehen, drücken wir ein Auge zu, ansonsten müssten Sie nachzahlen.«

Mit hochrotem Kopf entschuldigte sich der Kommissar.

»Nicht so schlimm, kann ja mal passieren. Einfach zwei Wagen weitergehen, dann sind Sie richtig.«

Erneut packte er seine Sachen zusammen, wobei sein Gegenüber ihn diesmal genüsslich beobachtete. Als er schließlich fertig war und grußlos ging, hörte er, wie der Mann murmelte: »Warum überrascht mich das jetzt nicht?«

Gedemütigt schlich Kluftinger von dannen. Er hatte gerade die Tür zum nächsten Waggon erreicht, als er seinen verhassten Reisegefährten rufen hörte: »Herr Beckmann, wie ich mich freue, Sie zu sehen.« Er drehte sich um und sah, wie der Grauhaarige einem kleinen Mann mit dicken Brillengläsern die Hand schüttelte. Der Kommissar rang mit sich, dann machte er kehrt, ging zu seinem ehemaligen Platz, beugte sich zu dem Mann mit der Brille und sagte so laut, dass es auch der Grauhaarige hören konnte: »Überlegen Sie sich noch mal, ob Sie das Angebot wirklich annehmen wollen, Herr Beckmann. Ich weiß aus vertraulicher Quelle, dass da mindestens das Doppelte drin ist.«

Auch wenn sein Selbstwertgefühl nun wiederhergestellt war, sank Kluftingers Laune, als er die zweite Klasse betrat: Im Gegensatz zu der Wohlfühlatmosphäre im anderen Waggon war es hier stickig und voll, Kinder rannten umher, und der Boden war bedeckt von einem Gemisch aus Chipsbröseln, Papier und leeren Dosen. Die Sitze waren auch nicht mit feinem Leder, sondern mit speckigem Stoff bezogen und in bedeutend geringerem Abstand montiert. Doch vor allem war kein Platz mehr frei. Erst im letzten Wagen vor der Lok fand er in einem Abteil noch etwas. Als er die Glastür aufschob, wurde er mit großem Hallo begrüßt. Die Gruppe – fünf junge Männer – stammte wohl aus Italien, falls Kluftinger ihre Sprache richtig einordnete. Sie riefen »Ciao« und »Benvenuto«, als sei er ein alter Freund, drückten ihn in seinen Sitz und boten ihm eine ihrer Getränkedosen an. Er lehnte dankend ab und zog sein Buch heraus.

»Personalwechsel, die Fahrkarten bitte.« Ein Schaffner stand in der Tür zum Abteil.

»Ich hab meine schon Ihrer Kollegin gezeigt«, sagte Kluftinger.

»Das mag sein, aber die ist gerade ausgestiegen. Nun führe ich weisungsgemäß eine erneute Kontrolle durch.«

»Ach so.« In der Annahme, die Ticketsache sei erledigt, hatte der Kommissar das Papier bei seinem hastigen Aufbruch aus der ersten Klasse einfach irgendwo hingesteckt. »Hab's gleich«, sagte er,und begann zu suchen. Er kramte in seinen Taschen, legte alles, was er fand, auf seinen Schoß, wobei jeder Gegenstand von den Italienern lautstark bejubelt wurde: sein Taschenmesser, sein Geldbeutel, sein Dienstausweis ...

»Ach, Sie sind von der Polizei?«, fragte der Schaffner überrascht.

»Ja, Kriminalpolizei, warum?«

»Na, da glaub ich Ihnen natürlich, dass Sie ein Ticket haben. Ist schon gut.«

Der Mann verabschiedete sich und verschwand. Kluftinger blickte ihm nach, dann schlug er wieder sein Buch auf. Doch er konnte nicht weiterlesen, denn irgendetwas war anders als vorher. Nur was? Dann hatte er es: Es war plötzlich mucksmäuschenstill. Er hob den Kopf – und erschrak. Die fünf Männer starrten ihn mit großen Augen an, packten dann hastig ihre Handys und Tablets ein, wobei sie peinlich darauf achteten, dass er nicht auf die Displays blicken konnte, und trollten sich aus dem Abteil.

Der Kommissar zuckte mit den Schultern. *Seltsames Völkchen, diese Italiener.* Dann blickte er sich in dem nun leeren Abteil um. So war es auch in der zweiten Klasse gut auszuhalten. Er rutschte noch tiefer in seinen Sitz und nahm seine Lektüre wieder auf. Als er nach fünf Minuten noch immer nicht über den ersten Absatz hinausgekommen war, schlug er das Buch wieder zu. Um Himmels willen, wer schrieb denn so ein sperriges Zeug? Es wunderte ihn nicht, dass sein Vater dieses Geschenk so großzügig an ihn weitergereicht hatte. Ein Blick auf die Uhr zeigte ihm, dass er sowieso nicht mehr lange hatte, da würde es sich kaum rentieren weiterzulesen.

Da knackte der Lautsprecher über ihm, und eine Durchsage ertönte, von der er allerdings nur Bruchstücke verstand: »...assel ...schlusszug ...auptbahnhof ... umsteigen Wilhelmshöhe …« Dann nichts mehr. *Das betraf ihn, hundertprozentig!* Gab es eine wichtige Änderung? Panisch stand er auf und eilte nach draußen. Zum Glück kam gerade der Schaffner aus einem Abteil. Kluftinger stürzte auf ihn zu. »Muss ich jetzt doch umsteigen?«, fragte er atemlos.

»Bitte?«

»Wegen der Durchsage.«

»Wo wollen Sie denn hin?«

»Nach Kassel.«

»Wilhelmshöhe?«

»Nein, Kassel.«

»Schon klar. Kassel-Wilhelmshöhe?«

»Ja, mei, was weiß ich, ins Zentrum halt. Also, zum Hauptbahnhof. Wo die großen Züge ankommen.«

»Also doch Wilhelmshöhe. Der Hauptbahnhof Kassel ist lediglich ein Kopfbahnhof, an dem kleinere Regionalzüge verkehren.«

»Also gibt's da gar keinen richtigen Hauptbahnhof? In so einer großen Stadt?«

»Doch, aber der ist eben in Wilhelmshöhe, wo Sie aussteigen, außer Sie wollen nach Göttingen.«

»Was soll ich denn da?«

»Wo?«

»In Göttingen.«

»Das weiß ich ja nicht. Aber es ist unser nächster Halt nach Kassel-Wilhelmshöhe.«

Kluftinger war nun gänzlich verwirrt. »Nicht der Hauptbahnhof?«

»Doch, aber der von Göttingen.«

»Und wenn ich nach Kassel will?«

»Steigen Sie in Wilhelmshöhe aus«, beharrte der Schaffner.

»Und wenn ich sitzen bleib …«

»Kommen Sie nach Göttingen. Müssten Sie allerdings das Ticket ab Wilhelmshöhe nachlösen.«

»Nein, das hab ich doch gerade gesagt, dass ich da nicht hinwill.«

»Deswegen müssen Sie ja aussteigen.«

»Ja, aber es hieß doch grad in der Durchsage …«

»Oh, mein Handy!«, sagte der Schaffner unvermittelt und langte in seine Tasche. Kluftinger wunderte sich, er hatte gar kein Klingeln gehört. »Ja? Was? Ich … dings … also komme sofort.« Der Schaffner steckte das Handy wieder weg. »Das war … jemand. Ich muss dringend hin.«

»Was Schlimmes?«, rief Kluftinger ihm hinterher, doch da war der Mann schon in den nächsten Waggon verschwunden.

Schwer atmend zog der Kommissar die Tür zu seinem Abteil auf und ließ sich noch einmal für ein paar Momente in den Sitz fallen. Sein Buch ließ er einfach liegen, als er in Kassel-Wilhelmshöhe ausstieg. Erleichtert, dass die Fahrt nun zu Ende war, ging er in Richtung Bahnhofsausgang. Plötzlich tippte ihm jemand auf die Schulter. Er wandte sich um und blickte in die Augen des Schaffners. »Das haben Sie vergessen«, sagte der und hielt sein Buch in die Höhe.

»Oh ja, mei, danke, das wär was gewesen«, antwortete er und rang sich ein Lächeln ab. Dann ging er weiter. Als er außer Sichtweite war, warf er das Buch in den Altpapier-Container.

– 23 –

Die angegebene Adresse war ein schmuckloses Einfamilienhaus aus den Sechzigerjahren, das aussah, als könnte es mal wieder eine Renovierung vertragen. Er ging am verwitterten Jägerzaun vorbei, dessen Stützen umgedrehte, bunt bemalte Tonblumentöpfe zierten, und fand ein handgetöpfertes Schild mit der Aufschrift *R. & B. Kruse*. Als Kluftinger gegen das Türchen stieß, öffnete es sich mit einem Knarzen.

Mit einem mulmigen Gefühl drückte er den Klingelknopf. Wie würde die Frau auf ihn reagieren? Zwar hatten sie ihm gestern versichert, die neuen Ermittlungen zum Mord an ihrer Tochter würde sie nicht belasten, aber ein persönlicher Besuch des leitenden Beamten war etwas ganz anderes als ein Telefonat.

Schließlich hörte er drinnen Schritte, ein Schlüssel drehte sich im Schloss, dann ging die Tür auf. Ihm gegenüber stand Barbara Kruse – so ähnlich, wie er sie sich vorgestellt hatte. Sie war schlank, fast drahtig und hatte kurze graue Haare. Ihre Haut war zwar faltig, aber braun gebrannt, was sie fit und vital aussehen ließ. Über einem Shirt trug sie einen Malerkittel voller Farbflecke. Sie sah ihn ein wenig verwundert an. »Ach natürlich, Kommissar Kluffinger, nicht wahr?«, versetzte sie dann und schlug sich die flache Hand gegen die Stirn.

»Kluftinger«, korrigierte er, »genau, ich … Grüß Gott.«

»Guten Tag. Barbara Kruse. Sie müssen meinen Aufzug entschuldigen, ich male gerade. Bitte, kommen Sie doch rein.«

Kluftinger durchquerte nach ihr den kurzen Flur, bis er in einen großen Raum kam, der Wohnzimmer, Esszimmer und Atelier zugleich war. Im Wintergarten standen drei Staffeleien und eine alte, hölzerne Werkbank mit einer Menge Farbtuben und einigen Einweckgläsern darauf, aus denen Pinsel aller Formen und Größen ragten.

»Möchten Sie Tee?«, fragte Barbara Kruse. »Ein grüner Jasmin, ganz frisch gebrüht.«

Klingt wie ein echtes Langhammer-Gebräu, dachte Kluftinger und lehnte dankend ab. Frau Kruse deutete auf den ledernen Ohrensessel neben Kluftinger. »Mögen Sie sich einfach kurz hierhersetzen, und wir reden? Dann kann ich noch die restliche Farbe auf der Palette vermalen, ja?«

»Klar, lassen Sie sich nicht aufhalten«, sagte der Kommissar und ließ sich in das erstaunlich bequeme Möbel plumpsen. Überall im Zimmer standen Bilder an den Wänden, von denen er aber nur Teile sehen konnte. »Sind die alle von Ihnen?«

Frau Kruse lächelte hinter ihrer Leinwand hervor. »Die meisten kommen gerade von einer Ausstellung.«

Kluftinger nickte. »Sind Sie schon immer Malerin?«

»Eigentlich bin ich Kunsterzieherin. Aber seit Karin ... nun, seit der Sache konnte ich meinen Beruf nicht mehr ausüben. Ich hatte die Ruhe nicht mehr, keine Geduld mit den Kindern. Und da habe ich mich nach einer gewissen Zeit entschlossen, freischaffend zu arbeiten. Ich male viel in Öl und Acryl in letzter Zeit, früher eher Aquarelle, aber meine echte Leidenschaft sind Tonskulpturen.«

»Sie verkaufen viele Kunstwerke, oder?«

»Ja. Die Leute gieren momentan geradezu nach Kunst. Obwohl ich es natürlich nicht fürs Geld mache.«

»Natürlich«, wiederholte Kluftinger und wollte eben zum eigentlichen Grund seines Besuchs kommen, da ging die Türglocke. Frau Kruse entschuldigte sich und kam wenig später mit einem jungen Mann um die zwanzig zurück, der dem Kommissar stirnrunzelnd zunickte. Sie machte keine Anstalten, ihm den neuen Besucher vorzustellen.

»Du kannst schon mal ablegen«, sagte sie. »Ich bin gleich fertig.«

Der Mann begann sich auszuziehen. Doch er legte nicht nur seine Jacke ab und schlüpfte aus seinen Schuhen, sondern machte dann seelenruhig mit der Hose weiter. Schon stand er in Boxershorts im Zimmer und machte sich jetzt daran, sich auch noch seines Shirts zu entledigen. Der Kommissar räusperte sich vernehmlich.

»Ach so, ja, das ist Benno, mein Aktmodell vom Studentenservice«, erklärte Frau Kruse und drehte ihre Leinwand so, dass für Kluftinger das fast fertige Ölgemälde eines völlig nackten jungen Mannes sichtbar wurde. Ob es sich dabei wirklich um Benno handelte, war schwer zu sagen, denn auf dem muskulösen Oberkörper prangte der Kopf eines Widders. Der Kommissar sog tief die Luft ein und nickte.

»Sagen Sie, stört es Sie, wenn Benno dabei ist?«

Kluftinger zögerte mit seiner Antwort. Natürlich störte es ihn. Er wollte nicht in Gegenwart eines Nackedeis mit der Frau über die Ermordung ihrer Tochter sprechen. Dem jungen Mann schien das weniger auszumachen, er hatte sich mittlerweile völlig ungeniert auch noch Unterhose und T-Shirt ausgezogen und saß nun im Adamskostüm auf einem Hocker. Kluftinger starrte krampfhaft zu Boden. »Also, wissen Sie ... es ist so ...«, stammelte er, »wenn wir gleich in das ... also ... Zimmer gehen könnten, wär mir das eigentlich am allerliebsten.«

»Karins Zimmer?«

»Genau«, murmelte Kluftinger, den Blick noch immer auf den Boden gerichtet.

»Klar, ich geh mit Ihnen hoch.«

Erleichtert erhob sich der Kommissar. Benno stand auf und

holte sich sein Smartphone aus der abgelegten Jeans. Dann setzte er sich splitterfasernackt auf den Sessel, den Kluftinger eben freigegeben hatte.

Hinter Barbara Kruse stieg der Kommissar die knarzende Holztreppe in den ersten Stock hoch. Frau Kruse öffnete eine Tür auf der rechten Seite und ging in das Zimmer. Kluftinger nahm sich vor, den ersten Eindruck möglichst exakt aufzunehmen. Hoffte, Dinge aus anderen Perspektiven zu sehen. Schon beim Eintreten hatte er das Gefühl, eine Zeitreise zu unternehmen: Den Boden bedeckte ein grasgrüner Teppich, die Wände zierte eine beige Tapete. Neben einem Poster von Sascha Hehn hing ein aufgeklebtes Riesenpuzzle der Freiheitsstatue, außerdem Urkunden von Tischtennis-Turnieren und einige Bleistiftzeichnungen. Die Möbel waren die eines klassischen Jugendzimmers aus den späten Siebzigern: folienbezogen, in heller Holzoptik. Links stand ein Bett, darüber hing ein Einbauregal mit Taschenbüchern, Reiseführern und gelben Reclamheften. Kluftinger überflog die Titel auf den Buchrücken, ein buntes Sammelsurium aus Pferdebüchern für Mädchen über Hermann Hesse bis zu pädagogischer Fachliteratur. Daneben ein paar graue Leitzordner, die Beschriftung längst verblichen.

Barbara Kruse bemerkte offenbar, dass sein Blick am Regal haften geblieben war. Sie griff sich das letzte Buch in der Reihe und hielt es dem Kommissar hin. »*Das Geisterhaus* von Isabel Allende. Karin hatte es gelesen und es mir wärmstens empfohlen, bei ihrem letzten Besuch zu Hause, bevor …« Sie stockte, weil ihr die Stimme versagte. Zum ersten Mal merkte man ihr an, wie nahe ihr das alles ging. Kluftinger sah die Frau hilflos an. Was, wenn sie nun doch zusammenbrechen würde, der Last der Emotionen nicht mehr standhalten könnte? Er hatte immer Probleme, sich angemessen zu verhalten, wenn Fremden das in seinem Beisein passierte. Doch Gott sei Dank räusperte sie sich in diesem Moment und fuhr in festerem Ton fort: »Ich kann Ihnen nicht sagen, wie oft ich es gelesen habe. Und danach übrigens alle anderen Bücher der Autorin, deren Erscheinen mein Kind leider nicht mehr erlebt hat. Ich sah es fast als Karins Vermächtnis an, dass sie mir am Ende ihres Lebens die Augen für diese wunderbare Frau und Schriftstellerin geöffnet hat. Haben Sie etwas von ihr gelesen?«

»Ich, also ... noch nicht.«

Für einen Moment dachte Kluftinger an das Buch, das er vorher in die Tonne geworfen hatte. Noch nie hatte er einen Autor oder eine Autorin gefunden, für die er so geschwärmt hätte – jedenfalls nicht mehr, nachdem er als Kind *Meister Eder und sein Pumuckl* gelesen hatte.

Sorgfältig stellte Frau Kruse das Buch wieder zurück, ging zum Fenster und kippte es. Erst jetzt fielen dem Kommissar die Orchideen auf, die am Fensterbrett blühten. Ganz ähnlich denen, die er im Zimmer von Frau Rimmele gesehen hatte.

Barbara Kruse nahm eine kleine Gießkanne und versorgte die Blumentöpfe mit Wasser. »Karin liebte Orchideen«, erklärte sie versonnen.

»Ich weiß«, antwortete Kluftinger, auch wenn das nicht wirklich stimmte. Es war nur eine Geschichte, die er sich aus den Erzählungen von Frau Rimmele zusammengereimt hatte. »Und Sie haben hier in all den Jahren wirklich nie was verändert?«

»Ich sagte Ihnen ja gestern am Telefon bereits: Dieser Raum war für meinen Mann und mich lange ein Ort, an dem wir unserem Kind nahe sein konnten. Ein Rückzugsraum. Und für mich wurde er irgendwann zur Inspirationsquelle. Hier am Schreibtisch habe ich wieder angefangen zu malen. Sehen Sie leider an den Farbflecken«, fügte sie lächelnd hinzu. Doch Kluftinger bemerkte, dass ihre Augen feucht waren.

»Verstehe.«

»Ich lasse Sie jetzt vielleicht am besten allein, Herr Kommissar. Der liebe Benno verkühlt sich sonst am Ende noch. Ach ja, die Briefe sind alle in der kleinen Schreibtischschublade. Bitte schauen Sie sich um, wo Sie wollen, keine Scheu.«

»Danke, ich melde mich, falls ich was brauch.«

»Gut. Bis gleich, Herr Kluffinger.«

»Kluftinger, aber egal«, korrigierte der Kommissar erneut, dann war er allein. Er schloss die Augen. Fühlte den Zwiespalt, in dem sich vielleicht auch die Eltern von Karin Kruse schon befunden hatten: Auf der einen Seite gab es da die Beklemmung angesichts all der Zeugnisse eines Lebens, das so jäh geendet hatte. Zum anderen lebte Karin Kruse hier ein wenig weiter. Für Kluftinger machte das den Blick auf diese junge Frau ein wenig klarer. Aus den Puzzleteilen wurde allmählich ein Bild. Ein lebenslustiges Mädchen, freiheitsliebend, sportlich, beliebt. Davon zeugten auch die Turnpokale im Regal, die Fotos, die sie mit ihren Freundinnen zeigten, allesamt in den grellen Farben der Achtziger, mit bizarr geformten Frisuren. Ihr Abiturbild zeigte sie ungewohnt streng mit Rock und Bluse, daneben Fotos von Reisen nach London, Paris, Barcelona.

Vorsichtig zog Kluftinger die Schublade auf und nahm den Stapel Briefe und Postkarten heraus. Auch wenn das sein Beruf war, fühlte er sich heute nicht besonders wohl damit, so sehr in die Intimsphäre der Kruses einzudringen. Aber wenn er Gerechtigkeit wollte, gab es keinen anderen Weg.

Er setzte sich auf den Drehstuhl am Schreibtisch und begann zu lesen. Postkarten von Reisen oder von Ausflügen in die Berge. Briefe an die Mutter, zunächst noch aus dem Studium, über Ängste vor dem Examen, über Partys, Zukunftspläne. Karin Kruse hätte gern irgendwann im Auslandsschuldienst gearbeitet, hatte sie ihrer Mutter offenbart, vielleicht in Südamerika. *Vielleicht in Chile*, fügte Kluftinger in Gedanken hinzu.

Geschafft hatte sie es letztlich nur bis Altusried.

Ihr Ton veränderte sich in den Briefen, die sie von dort nach Hause schickte. Wurde ernsthafter, schwermütiger. Erwachsener? Ein paar Wochen nach ihrer Ankunft im Allgäu schrieb sie darüber, wie sie in seiner Heimat aufgenommen worden war. Kluftinger las die Passage mit besonderem Interesse.

Mensch, Mama, was ist das nur für ein Kaff, in das sie mich gesteckt haben. Es hat nichts mit dem Postkartenallgäu zu tun, das man kennt, das ihr bei eurer Kur in Oberstaufen erlebt habt. Altusried hat kaum Fremdenverkehr, dafür viele Bauern, ein Milchwerk, ein paar Betriebe und Neubaugebiete. Es gibt auch keine Berge, nur ein paar Hügel drum rum. Ich habe das Gefühl, dass viele Leute mir mit Misstrauen begegnen. Am schlimmsten ist meine Vermieterin. Sie spioniert mir hinterher und führt dieses Haus hier wie ein Mädchenpensionat. Nachtleben? Fehlanzeige!
Aber weißt du was? Mir gefällt's hier trotzdem! Vielleicht gerade weil es so ein Kaff ist. Weil ich ihnen zeigen kann, dass nicht alles Neue und Unbekannte gleich schlecht und böse ist. Ich werde ja nicht ewig hierbleiben. Bis dahin lass ich mich nicht unterkriegen, auch wenn ich manchmal gar nicht verstehe, was sie sagen, die sprechen ja alle diesen schrecklichen Dialekt. Auch die Schüler. Die aber, das muss man echt sagen, sehr nett sind. Auch die Lehrerkollegen könnten ganz okay sein, glaube ich.

Kluftinger ließ das Papier sinken und blickte durchs Fenster. Hinter dem Haus war der Garten noch wilder als zur Straße hin. Er dachte über die Zeilen nach, die Karin Kruse über seinen Heimatort geschrieben hatte. Hatte er es nicht auch schon so empfunden, in den raren Momenten, wenn man mit einer Art Außenblick auf das eigene Leben schaute? Normalerweise war er ein Teil des Ganzen, bemerkte die Marotten und Gewohnheiten gar nicht. Er blätterte weiter durch die Korrespondenz und kam schließlich zu einem weiteren Brief, der im Anschluss an den vorherigen verfasst worden sein musste.

Neulich habe ich dir vom Dorf erzählt, von den Leuten – und war noch überzeugt, dass es in der Schule ganz anders werden wird. Aber das war vielleicht zu voreilig. Denn die Kollegen – und vor allem die Kolleginnen – machen mir das Leben schwer. Ich glaube, sie sehen in mir eine Konkurrentin. Wenn ich einen Vorschlag mache, bügeln sie ihn nieder. Man hätte das in Bayern schon immer so gemacht. Eigentlich wären einige in meinem Alter da, auch Frauen. Wir könnten zusammen wirklich was bewegen. Aber sie interessiert nur die Verbeamtung und ihr kleines Glück im Privaten. Ich will doch noch mehr sehen als ein Reihenhaus mit Gärtchen – auch wenn ich unser Kasseler Spießer-Schlösschen stets sehr genossen habe!
Was mit Männern ist? Es gibt da einen, dem ich wohl ganz gut gefalle. Er mir auch. Aber er ist noch ein bisschen grün hinter den Ohren. Allerdings: Was richtig Ernstes werde ich hier sowieso nicht finden. Obwohl … na, dazu vielleicht ein andermal mehr. Ich muss Schluss machen, die Hefte warten auf mich. Aufsatzkorrektur. Ausgerechnet. Bis bald,
Deine Karin

Anscheinend hatte man der jungen Lehrerin zu diesem Zeitpunkt den Schneid bereits ein wenig abgekauft. Er griff sich den vorletzten Brief, den sie geschrieben hatte. Er war Anfang Januar 1985 verfasst worden.

Nun bin ich wieder da, in meinem Bayern, nach unbeschwerten Weihnachtstagen mit euch und den alten Freunden! Ich hatte mir geschworen, die Sache zu beenden, von der ich dir erzählt habe. Aber ich bin zu schwach dazu. Was soll ich bloß machen? Ich bin hin- und hergerissen.

Ich sehe, dass ich es auf Dauer hier nicht schaffen werde. Ich werde mich zum neuen Schuljahr wegbewerben. Nach München vielleicht. Oder nach Nürnberg, dann bin ich auch wieder näher bei euch und den Freunden. Oder lieber gleich ins Ausland? Ganz weit weg?

Kluftinger war nervös. Allmählich ergab das, was er in dem Brief bei Frau Rimmele gelesen hatte, einen Sinn. Er war also tatsächlich auf der richtigen Fährte. Es ging um einen Mann – beziehungsweise zwei, nach dem, was er bisher gelesen hatte.

Fahrig nahm er den letzten Brief, das Gegenstück zum Brief aus Altusried.

Liebe Mama!
Was soll ich tun? Selbst wenn die Versetzung klappen würde, hab ich noch ein halbes Jahr vor mir. Sechs Monate können so schrecklich lang sein. Ganz ehrlich: Der junge Kerl, von dem ich dir erzählt habe, da war nicht viel, aber ich habe erfahren, dass er noch Schüler war, als ich ihn kennengelernt habe. Das war, als ich noch ganz neu hier war. Ich habe natürlich sofort alles beendet – aber man kann's nicht anders sagen: Deine Karin hat wohl ziemliche Scheiße gebaut! Er lässt mich seitdem nicht in Ruhe, hat sich da in was verrannt. Ich weiß nicht, was ich machen soll.

»Von wem redest du?«, murmelte der Kommissar mit trockenem Mund. Würde er je erfahren, wer dieser ominöse Schüler war, mit dem sie sich eingelassen hatte? Wenn ja, könnte das die Lösung des Falles sein.

Und was ist mit dem anderen? Dem, der wirklich ein Mann ist? Nur leider auch ein Ehe-Mann? Nach wie vor ist da diese Anziehung! Diese Nähe, die mir so guttut. Soll ich ihn zu einer Entscheidung zwingen? Aber: Seine Frau erwartet ein Kind!

»Mendler.« Keine Frage, dass es an dieser Stelle um den Mann ging, der unschuldig jahrelang im Gefängnis gesessen hatte, weil ... Der Kommissar verbot sich, den Gedanken zu Ende zu führen. Stattdessen las er weiter.

Ich will keine Familie zerstören, nur für ein Abenteuer. Oder ist es mehr? Wir können einfach nicht voneinander lassen! Vielleicht haben diejenigen ja doch recht, die sagen, ich wäre zu »leichtliebig«? Nein, das ist Unsinn!! Diese alten Säcke! Wenn ihre Frauen nicht dabei sind, flirten sie mit mir. Manche betatschen mich sogar.
Ob ich euch nächstes Wochenende besuchen komme? Da ist ohnehin »Funken« hier im Allgäu, ein Brauch, der mir suspekt ist: Man verbrennt Hexen auf dem Scheiterhaufen, um die Geister des Winters zu vertreiben. Wo bin ich nur hingeraten?
Ach nein, mir fällt eben ein: Es geht nicht, ich muss Zwischenzeugnisse schreiben. Dann komme ich das Wochenende drauf. Schreibst du mir vorher noch? Ich würd mich freuen. Danke, dass du nicht nur meine Mama, sondern auch eine Freundin bist! Grüß mir Papa und mach ihm weiter schöne Quark-Umschläge für sein kaputtes Knie, ja?
Bis bald! Deine Karin
PS: Das mit deiner Ente überleg ich mir. Ernsthaft. Dann bin ich endlich nicht mehr aufs Fahrrad angewiesen. Aber ob die die Fahrt ins Allgäu überhaupt überstehen würde? Hier würde sie mir auf jeden Fall gute Dienste leisten ...

Kluftinger schaute durch das Fenster nach draußen. Er blickte einer Krähe nach, die sich eine Nuss aus dem Baum schnappte, der den Nachbarsgarten überspannte. Sah, wie sie aufflog und verschwand.

»Er hört so locker auf, nicht wahr?«

Der Kommissar zuckte zusammen. Er hatte nicht bemerkt, dass Barbara Kruse ins Zimmer gekommen war.

Wortlos sah er sie an. Selten hatte ihn etwas, was er gelesen hatte, so berührt. Was sollte er dieser Frau nur sagen? Unvorstellbar, wie es ihr gegangen sein musste, als sie wieder und wieder diesen letzten Brief gelesen hatte, das letzte Lebenszeichen ihres Kindes.

»Ich kenne ihn auswendig. Habe tagelang, wochenlang jedes Wort hinterfragt, durchdacht, gedreht und gewendet.«

»Wissen Sie, wer der junge Mann war, der ehemalige Schüler, von dem sie schreibt?«

Sie schüttelte kraftlos den Kopf. »Ich denke, sie hätte mir alles viel genauer erzählt, wenn sie uns besucht hätte. Aber dazu kam es ja nicht mehr, wie Sie wissen.«

»Ja, leider.«

Jetzt trat Frau Kruse näher zu ihm heran und fasste seinen rechten Unterarm mit beiden Händen. »Herr Kommissar«, sagte sie eindringlich, »wenn es dieser Mendler tatsächlich nicht war, versprechen Sie mir dann, dass Sie Karins wirklichen Mörder finden?« Sie sah ihm fest in die Augen, bis er ihrem Blick auswich. Wieder verlangte jemand ein Versprechen von ihm, in diesem komplizierten Fall. Er hatte es bereits dem sterbenden Harald Mendler gegeben – nun gab er es ihrer Mutter. »Verlassen Sie sich auf mich, Frau Kruse.« Kluftinger fiel auf, dass sie nun viel älter wirkte als vorhin bei seiner Ankunft.

Er wollte die Frau nicht noch mehr mit alldem belasten. Weitere Fragen könnte er auch in den nächsten Tagen telefonisch klären, er hatte genug gesehen. Der Kommissar bat darum, Fotos von den Briefen machen zu dürfen, doch Barbara Kruse bot an, sie ihm zu kopieren, was er dankend annahm. Als sie aus ihrem Arbeitszimmer zurückkam, hielt sie ihm zusätzlich zu den Seiten noch ein Bild hin, das von Packpapier umhüllt war. »Ich gebe Ihnen eines meiner Werke mit. Vielleicht gefällt es Ihnen ja.«

»Vielen Dank, das bekommt einen Ehrenplatz.« Kluftinger wusste nicht, was er sonst hätte sagen sollen.

Er verabschiedete sich, winkte fahrig dem noch immer splitterfasernackten Benno zu und machte sich auf den Heimweg.

– 24 –

9:47

Kluftinger traute kaum seinen Augen, als er auf die Digitalanzeige des Radioweckers blickte. So lange hatte er seit Ewigkeiten nicht mehr geschlafen. Sofort meldete sich sein schlechtes Gewissen: Der Tag war beinahe um. Bis er angezogen war und gefrühstückt hatte, wäre es fast Nachmittag. Hoffentlich hatte seine Mutter auf dem Weg zur Messe nicht bemerkt, dass der Schlafzimmerrollladen noch unten war.

Er tastete neben sich, doch Erikas Seite des Bettes war leer, sie war offenbar schon länger wach. Natürlich. Mit einem Ächzen rollte er sich an die Bettkante und stand ebenfalls auf.

In der Küche saß seine Frau, noch im Bademantel, am Tisch vor einer Tasse Kaffee. »So, du Schlafmütze«, sagte sie, stand auf und goss ihm ebenfalls eine Tasse ein.

»Ja, ich weiß auch nicht, tut mir leid, dass ich so lang ... ich mein, hättest du mich doch geweckt.«

»Warum denn? Wir haben doch heute nix vor.«

Nicht? Kluftinger war es nicht gewohnt, dass seine Frau an einem Sonntag keine Pläne hatte. Normalerweise stand mindestens ein Besuch bei Langhammers, ein Spaziergang mit den Kindern oder ein Friedhofsbesuch mit anschließendem Kaffeetrinken bei seinen Eltern auf der Agenda. Sollten sie heute tatsächlich die Gelegenheit haben, planlos in den Tag heineinzuleben? Wie lange hatten sie das nicht mehr gemacht? Vielleicht müsste er heute nicht einmal den Schlafanzug ausziehen. Eine wunderbare Vorstellung.

»Du hast jedenfalls nichts vor«, präzisierte seine Frau.

»Wieso, was musst du denn machen?«

»Heut ist Thermomixabend bei Annegret und Martin.«

»Jessesmariaundjosef!«, entfuhr es ihm. Er verspürte tiefes Mitgefühl für seine Frau, war gleichzeitig aber heilfroh, dass er für diese Aktion offensichtlich nicht eingeplant war. Also doch Schlafanzug. Gott sei Dank.

»Sag halt, du bist krank«, schlug er vor. Die Vorstellung eines Tages ohne jegliche Aktivität gefiel ihm immer mehr, auch wenn das nur durch ihren besorgniserregenden Gemütszustand möglich wurde. Aber um die Lösung dieses Problems konnte man sich ja auch noch morgen kümmern. Und vielleicht war ein solcher Tag mit ihm zusammen ja genau die richtige Therapie für sie, um am Montag wieder durchzustarten.

»Das geht nicht«, wandte Erika ein. »Es gibt eine Mindestteilnehmerzahl, damit die Veranstaltung stattfindet. Ich kann nicht einfach absagen. Außerdem weiß der Martin ja, dass es mir besser geht.«

»Was ist denn das überhaupt, dieser ... Thermal-Mixer?« Kluftinger stellte sich ein feuchtfröhliches Treffen einiger Frauen mit lauwarmen Cocktails vor.

»Da wird eine Küchenmaschine präsentiert, die ganz toll sein soll.«

Sofort schrillten seine Alarmglocken. »Die brauchen wir doch nicht, oder?«

»Na ja, gut ist die schon. Haben ganz viele, aber eigentlich ...«

»Eben. Eigentlich haben wir ja schon einen Mixer. Und sogar einen Entsafter.« Er dachte schmerzvoll an diese überflüssige Anschaffung, die er nur Langhammers Gesundheitswahn zu verdanken hatte, der Erika geradezu zum Kauf gezwungen hatte, damit sie sich gesunde Säfte aus Obst und vor allem Gemüse zubereiten konnten. Mit Schrecken erinnerte er sich an einen Spinat-Sellerie-Saft mit Orange. Das hatten sie keine zwei Wochen durchgehalten, seitdem stand das Gerät im Schrank.

»Ich hab ja auch gar nicht vor, einen zu kaufen. Aber anschauen will ich's mir schon mal.«

»Freilich, ich wollt nur ... zur Vorbeugung sozusagen.«

Sechs Stunden später war Kluftingers Gammel-Elan nahezu aufgebraucht. Er hatte das Gefühl, er würde sich wundliegen, wenn er nicht bald vom Sofa hochkam; sämtliche Knochen taten ihm vom exzessiven Nichtstun weh. Außerdem waren alle Kreuzworträtsel gelöst, die im Haus aufzutreiben gewesen waren. In seiner Verzweiflung hatte er, trotz seiner leidigen Lektüre-Erfahrung in der Bahn, schon den Bücherstapel auf seinem Nachtkästchen durchstöbert, sich aber nicht zwischen der Pilcher-Empfehlung seiner Frau – *Der Brombeertag* – und Langhammers Geburtstagsgeschenk – *Die Säulen der Erde* – entscheiden können. Bei Ersterem fand er den Titel zu abschreckend, beim Zweiten den Umfang, 1150 Seiten, da konnte er ja gleich die Bibel lesen.

Jetzt aber war ihm schrecklich langweilig, im Fernsehen lief seit Stunden nur Wintersport, und er interessierte sich herzlich wenig für Menschen, die mit einem aufgeschnallten Gewehr und Skiern stundenlang durch norwegische Waldstücke hetzten. Seine Frau hatte er schon eine ganze Weile nicht mehr gesehen.

Er wälzte sich vom Sofa und humpelte Richtung Schlafzimmer. Sein Bein war eingeschlafen, wohl ebenfalls vor Langeweile, und sandte nun, da es wieder aufwachte, nadelstichartige Schmerzen aus. Als er die Tür öffnete, schwante ihm Böses: Seine Frau lag mit ihrer Schlafmaske im Bett. Er setzte sich zu ihr.

»Mir geht's nicht gut, wieder Migräne«, flüsterte sie.

»Kann ich dir was bringen?«

»Danke, Butzele, lass mich einfach ein bissle schlafen.«

»Mach ich. Ich sag den Langhammers, dass du nicht kommen kannst.«

»Nein, du musst hin.«

»Ich?«

»Ja, hab ich doch gesagt. Mindestteilnehmer.«

»Aber ich kauf doch eh nix.«

»Das ist egal, bitte, geh hin. Die haben mich fest eingeplant.«

Er dachte nach. Eine Küchenmaschinen-Vorführung beim Doktor und dessen Frau war so ziemlich das Letzte, wonach ihm der Sinn stand. Andererseits war die Vorstellung, noch weitere Stunden in dieser erdrückenden Lethargie zu verbringen, ebenfalls wenig verlockend. Und zu essen würde es hier auch wieder nichts geben, während beim Doktor bestimmt Häppchen bereitstanden.

»Na, das ist ja eine Überraschung, mein Lieber. Wollen Sie sich doch ein bisschen mehr in die Hausarbeit einbringen?« Mit einem wissenden Lächeln stand Martin Langhammer vor Kluftinger.

»So weit käm's noch, also ... ich mein: Mach ich eh. Aber die Erika ist wieder migränig.«

»Verstehe. Hat sie das Medikament genommen, das ich ihr verschrieben habe?«

»Ja, hat sie. Hat erstaunlicherweise sogar was genützt. Aber jetzt ist sie so müd geworden.«

»Das ist normal. Am besten, sie schläft sich aus. Und wir zwei kümmern uns als moderne Männer ums Häusliche, was?«

»Jaja, wahrscheinlich.«

Langhammer führte ihn in die offene Wohnküche. Von Hindemith war bei einem ersten Rundblick nichts zu sehen, auch schienen keine neuen Schäden hinzugekommen zu sein, was Kluftinger ein wenig stutzig machte. Hatte der Doktor den

Hund nach so kurzer Zeit schon gebändigt? Doch er konnte sich keine weiteren Gedanken dazu machen, denn der Esstisch war bereits voll besetzt. Neben Annegret Langhammer saßen noch vier Frauen darum, und alle hatten Teller vor sich stehen. Fürs leibliche Wohl schien tatsächlich gesorgt, stellte Kluftinger beruhigt fest.

»So, dann darf ich mal vorstellen, meine Damen: Herr Hauptkommissar Kluftinger, ein hochdekorierter Polizist und außerdem ein Freund des Hauses.«

»Also das würd ich jetzt so nicht ... egal. Grüß Gott, beinand.«

»Und ein Mann, der sich nicht zu schade ist, auch bei Frauenarbeit mal Hand anzulegen«, ergänzte der Arzt und fügte ein »So wie ich auch!« hinzu.

Kluftinger setzte sich auf den ihm zugewiesenen Platz. Zwei der Frauen kannte er: Sabine, die Helferin aus der Praxis des Doktors, sowie Frau Gertrude, die Zugehfrau der Langhammers.

»Die Sabine und unsere Perle kennen Sie ja bereits«, übernahm nun Annegret Langhammer, »das hier ist Frau Griesmann, die Frau des Pharmavertreters, mit dem mein Mann zusammenarbeitet.«

»Greismann«, korrigierte diese schmallippig.

»Oh ja, natürlich. Und das hier ist quasi der Star des heutigen Abends, Frau Litwinow. Sie wird uns in die höheren Weihen dieser Teufelsmaschine einweisen.«

Kluftinger musterte die Gäste. Er hatte erwartet, dass noch weitere Freunde der Langhammers zu Gast sein würden. Allerdings, wenn er es sich recht überlegte, kannte er überhaupt keine Freunde des Ehepaars. Außer sich selbst und Erika, wobei er für sich selbst das Wort *Freund* nicht benutzen würde. Die hier Anwesenden standen alle in einem irgendwie gearteten Abhängigkeitsverhältnis zu dem Mediziner, und ihren Mienen nach zu schließen, hätten sie den Sonntagabend lieber bei ihren Familien verbracht, als sich hier technische Gerätschaften aufschwatzen zu lassen. Hatte der Doktor wirklich niemanden außer ihm und Erika? Kluftinger bekam fast ein wenig Mitleid mit ihm. Doch noch mehr taten ihm diejenigen leid, die wie er zur Anwesenheit verdonnert waren.

»So, jetzt gibt's erst mal was zur Auflockerung«, sagte die Hausherrin und holte ein Tablett voller Gläser, die eine giftig aussehende rosafarbene Flüssigkeit enthielten. »Was Süßes für die Damen ... und die beiden Herren natürlich.«

Kluftinger nahm sich das Glas, schaute hinein – und verzog das Gesicht. In seinem Getränk schwamm eine Blüte. Immerhin keine Fliege, aber dennoch ziemlich unappetitlich. Er hielt das Glas unter die Tischkante und tauchte den Finger hinein, um die verirrte Blume heimlich herauszufischen. Als er sie erwischt hatte, flötete Annegret Langhammer: »Grenadine-Champagner-Cocktail mit eingelegten Hibiskusblüten.«

Kluftinger sah erschrocken auf, steckte sich reflexartig den Finger mit der Blume in den Mund und sagte: »Mmmmmh, mei, das ist ja mal ganz ... was anderes.« Dann nippte er höflichkeitshalber an dem viel zu süßen Getränk. Er musste aufpassen, dass ihm angesichts des pappigen Zeugs die Gesichtszüge nicht völlig entglitten. Als er es gerade wieder wegstellen wollte, erscholl eine donnernde Frauenstimme: »Das freut mich, dass wir heute haben einen besonders großen Männeranteil unter uns«, sagte Frau Litwinow mit unverkennbar russischem Akzent. »Auf gelungene Präsentation mit vielen Bestellungen. Prost. Ich bin Milana. Auf ex!«

Zefix, dachte der Kommissar bei sich und spülte das pappsüße Zeug hinunter.

»So, jetzt schauen wir einmal uns an, was Gastgeber haben Gutes für Thermamix gekauft.« Sie sagte *Thermamix*, aber niemand verbesserte sie, wobei Kluftinger sich nicht sicher war, ob aus Höflichkeit oder wegen ihrer doch etwas einschüchternden Erscheinung – sie war groß, breitschultrig, und ihre tiefe Reibeisenstimme tat ein Übriges.

Milana Litwinow stand auf und beugte sich über die Lebensmittel, die auf der Kücheninsel der Langhammers lagen. »Gut, sehe ich Thunfisch, sehe ich Eier ...«

»Das ist natürlich Thunfisch aus delfinsicherem Fang, außerdem vom Verband Demeter zertifizierte Eier«, unterbrach sie der Doktor.

Die Russin warf ihm einen vernichtenden Blick zu: »Schade, Eier in Real sind größer. Aber kann man auch mit diese arbeiten, sicher.«

Langhammer schnappte nach Luft, doch die Frau fuhr ungerührt fort: »Haben wir außerdem Gemuse und ... andere Sachen.«

Jetzt fühlte sich der Hausherr aber doch zu einer Replik genötigt. »Also, andere Sachen ist ein bisschen sehr prosaisch ausgedrückt, ich habe extra im sehr renommierten Bio-Mercato ...«

»Ja, macht nix, kann auch nehmen. Gibt aber billiger bei Real«, schnitt ihm Frau Litwinow das Wort ab.

Real notierte sich Kluftinger im Geiste. Er würde das daheim an Erika weitergeben, denn auch ihre Einkäufe waren preislich optimierbar.

Dann holte sie eine Plastiktüte hervor und zog eine Flasche heraus: »Habe ich auch etwas mitgebracht: Wodka aus meine Heimat.«

»Die Dame wird ja wohl kaum im Discounter geboren sein«, zischte Langhammer dem Kommissar mit Blick auf das Etikett der Flasche zu. Dass er sich nicht traute, es laut zu sagen, ließ die Frau in Kluftingers Ansehen noch weiter steigen.

Die schenkte nun ein paar Gläschen mit der hochprozentigen Flüssigkeit voll und forderte die Gäste auf, sich eins davon zu nehmen. Dann schnappte sie sich selbst das erste und kippte es auf ex hinunter. Keiner der Anwesenden rührte sich, nur die Pharmavertreter-Frau stand wortlos auf, holte sich eins und leerte es ebenfalls in einem Zug.

»So, bevor jeder von euch muss zubereiten seine Gang ...«

Den Rest des Satzes hörte Kluftinger nicht mehr. Er blickte entsetzt die anderen an, die die Enthüllung, dass man hier vor Publikum würde kochen müssen, nicht im Geringsten in Aufruhr versetzte. Offenbar wussten alle Bescheid. Aber er würde sicher nicht ...

»Wer will sein Erste?«

Sofort schoss der Finger des Arztes in die Höhe.

»Gut, Doktor, kommst du zu mir.«

Langhammer stolzierte nach vorn, als schreite er einen roten Teppich entlang. An der Kücheninsel angekommen, stellte er sich vor das monströse Küchengerät, um das es heute Abend ging – und das in Kluftingers Augen eher aussah wie eine Mischung aus Radio und Laserdrucker. Der Arzt blickte in die Runde, als erwarte er, dass nun alle in heftigen Beifall ausbrechen würden.

»Machen wir Aufstrich von Thunfisch«, erklärte Frau Litwinow.

»Sehr schön«, erwiderte Langhammer und patschte in die Hände. »Sabine, meine Schürze bitte. Und wenn Sie den Spatel bereithalten, danke.«

Die Sprechstundenhilfe stand auf und band dem Doktor das Teil um. Ganz offenbar setzte sich das Angestellten-Chef-Verhältnis auch im privaten Bereich des Arztes fort: Immer wenn Milana Litwinow ihm einen Arbeitsschritt anwies, ließ er sich dabei von Sabine assistieren. Kluftinger fand es bedauerlich, dass Erika das nicht sehen konnte. Als die Pampe aus Dosenthunfisch, Joghurt und verschiedenen anderen Zutaten in der

Maschine zusammengerührt und von der Russin auf Teller verteilt worden war, wurde Langhammer zum ersten Mal selbst aktiv. »Ich habe da noch einen wunderbaren granulierten Ingwer aus Australien, den ich noch drüberstreuen …«

In diesem Moment haute ihm Frau Litwinow kräftig auf die Hand, die bereits den Gewürzstreuer über die Thunfischmasse hielt. »Nix Australien. Ist perfekt so. Probieren.«

Alle taten, wie ihnen geheißen, nur Langhammer stand mit offenem Mund und noch immer ausgestreckter Gewürzhand da und rührte sich nicht. Kluftinger freute sich derart darüber, dass er freiwillig die Masse probierte – die ihm erstaunlich gut schmeckte. Nach Fisch zwar, aber das war wohl bei diesen Ingredienzien nicht zu verhindern.

»Sollen wir noch bisschen Wodka träufeln daruber?«, fragte die Köchin in die Runde, doch darauf hatte niemand so recht Lust. Auch nicht, als die Litwinow erklärte: »Ist gut für Arterien, stimmt, Doktor?«

»Nein, also so kann man das …«

»Probieren.«

Sofort nahm Langhammer ein aufgeschnittenes Brot aus einem Körbchen und strich die Paste darauf. »Hmm«, sagte er und verdrehte die Augen, »dieses *Chia-Bio-Superfood-Brot* – einfach himmlisch. *Aus dem Holzofen.*« Er strich noch ein paar Scheiben davon und stellte sie auf einer Platte bereit, doch sie blieben alle liegen, weil die Anwesenden lieber auf die Salzcräcker von Milena Litwinow zurückgriffen. Lediglich Annegret Langhammer langte beim Chia-Brot zu.

Obwohl Kluftinger gesehen hatte, wie der Aufstrich zubereitet worden war, konnte er nicht ganz glauben, dass das mit so wenigen Zutaten und nur mittels dieser Küchenmaschine hergestellt worden war. Er nahm sich vor, im Laufe des Abends noch Ermittlungen anzustellen, denn er vermutete, dass bereits eine fertige Paste aus dem Supermarkt bereitgestanden hatte, die von der Frau heimlich untergemischt worden war.

»So, noch kleine Glas Wodka«, dröhnte die Stimme von Frau Litwinow, dann prosteten sie und Frau Greismann sich zu, »und wir machen weiter. Also, wer will diesemal?« Sabine meldete sich, doch gleichzeitig schoss auch Langhammers Finger wieder in die Höhe. »Oh, dann machen doch Sie, Chef«, ruderte die Sprechstundenhilfe zurück, doch die Russin schüttelte resolut den Kopf. »Nix, Doktor war schon. Ist raus, kommst jetzt du, meine Liebe. Sind wir nix in Diktatur, sondern in freie Land. Zum Gluck.«

»Ich will nur nicht, dass die Frauen hier die ganze Arbeit machen müssen«, flüsterte Langhammer dem Kommissar zu.

»Die sind so viel Umsicht von Ihnen anscheinend gar nicht gewohnt«, zischte der zurück. Dann entschuldigte er sich, um kurz die Toilette aufzusuchen. Als er wiederkam, hörte er die Russin sagen: »Jetzt noch ordentliche Schuss Wodka rein, und fertig ist Suppe.«

Alle klatschten in die Hände, nur der Kommissar nicht. Misstrauisch blickte er in die Runde: Ganz offensichtlich hatten sich hier alle zusammengetan, um ihm dieses unnütze Küchenmonster aufzuschwatzen. Denn niemand konnte eine Suppe in der Zeit einer, wenn auch relativ ausgedehnten, Pinkelpause zubereiten, so viel stand fest. Wahrscheinlich waren alle am Gewinn beteiligt. Doch diese Suppe würde er ihnen versalzen. »Jetzt tät ich dann auch mal was ausprobieren, wenn's recht ist«, sagte er also, sicher, dass ihm das verwehrt werden würde, weil er Frau Litwinows Tricksereien so entlarven würde.

»Gern, endlich mal Mann, der hilft«, antwortete die Russin, was Kluftinger gleichermaßen überraschte wie Langhammer, der lediglich ein »Aber ich hab doch auch schon …« hervorbrachte.

Also stellte sich der Kommissar neben die Köchin, entschlossen, diese Scharade ein für alle Mal zu beenden. »Was gibt's?«

»Machen wir Gulasch mit Paprikareis und Beilage von Mischgemuse.«

Kluftinger blickte auf die Uhr. »Au, so viel Zeit hab ich nicht, ich müsst in einer Stunde wieder daheim sein.«

Sie drückte ihm ein paar Zutaten in die Hand. »Leerst du alle da rein.«

Er folgte der Anweisung der Frau, die noch einen seltsam geformten Korb auf das Gerät setzte und erklärte: »In zehn Minuten ist fertig. Können wir bisschen setzen.« Kluftinger war baff. War es tatsächlich möglich, in dieser kurzen Zeit und mit so wenigen Handgriffen ein komplettes Essen fertigzustellen? *Wenn das Ding doch nur Kässpatzen könnte …*

Während sie darauf warteten, dass das Hauptgericht fertig wurde, bereitete Frau Litwinow zusammen mit der Haushälterin das Dessert vor. Dabei stellte sie immer wieder fest, dass sich bestimmte Werkzeuge, die sie benötigte, aus ihrer Sicht am falschen Platz befänden. »Schlechte Organisation. Frau Gertrude, komm, umräumen.«

Langhammer schien das reichlich übergriffig zu finden, doch offenbar traute er sich nicht mehr zu opponieren. Seine Frau stieß mit Frau Greismann gerade mit einem weiteren Wodka an und scherte sich nicht um das, was in ihrer Küche passierte. Währenddessen räumten Frau Litwinow und Frau Gertrude die Schubladen um, und Kluftinger hörte, wie die Zugehfrau der Köchin zuraunte: »Das wollte ich schon lange, aber man hat mich ja nie gelassen …«

Beeindruckt verfolgte der Kommissar, wie die Küchengeräte ihre Plätze wechselten. Er versuchte mitzuschreiben, doch er kam durcheinander, und seine Skizze endete in einem undurchdringlichen Chaos aus Pfeilen und Strichen. »Könnten Sie vielleicht mal bei mir zum Umräumen vorbeikommen?«, fragte er schließlich, erntete aber nur einen verständnislosen Blick.

»Essen fertig, was Herr Kommissar hat gekocht«, wechselte die Russin das Thema, nachdem das Gerät ein schreckliches Gebimmel von sich gab.

»Ist was schiefgegangen?«, fragte Kluftinger erschrocken.

»Nix schief. Lecker.«

Fünf Minuten später hatten alle die fertige Hauptspeise auf dem Teller und aßen begeistert, wobei Kluftinger sich immer wieder bei allen versicherte, ob es ihnen denn auch schmecke. »Ja, das ist mir ganz gut gelungen, oder?«, fügte er hinzu. »Auch gewürzmäßig hab ich das gut abgestimmt, dieses ... wie heißt das noch mal, was ich da gemacht hab, Frau ... dings?«

Eine halbe Stunde und – bei Frau Greismann, Annegret und Frau Litwinow – einige Wodkas später war das Dessert so weit. Es gab Eis, das nur aus gefrorenen Früchten, Sahne und etwas Zucker bestand. Kluftinger sah mit feuchten Augen, in welcher Rekordzeit und mit wie wenig Aufwand das Ganze zubereitet worden war. Und es schmeckte auch noch himmlisch. Da tat sich ein Dessert-Paradies auf, von dem er nicht einmal zu träumen gewagt hatte. Bisher war er auf Erikas guten Willen angewiesen gewesen, wenn es um Nachspeisen ging. Nicht selten wurden ihm diese mit Verweis auf seine Leibesfülle verwehrt. Doch mit dem Gerät wäre er in der Lage, sich selbst ab und an eine kleine Leckerei zuzubereiten.

»Der Wodka ist mir persönlich deutlich zu dominant«, riss ihn der Doktor aus seinen Tagträumereien.

»Finden Sie? Also mir schmeckt es eigentlich ...«

»Mann, Langammer! Jetzt zieh endlich deinen Stock aus dem Arsch«, grölte es da vom anderen Ende des Tisches. Alle blickten zu der Frau, die mit leicht hängendem Kopf dasaß, den Zeigefinger der einen Hand erhoben, während die andere ein Wodkaglas hielt. Frau Greismann fuhr mit schwerem Zungenschlag fort: »Ob es schmeckt oder nicht, ist scheißegal, Hauptsache, es gibt was zu saufen! Ich bin nur hier, weil ich diese Dreckswette gegen meinen Mann verloren hab.«

Stille.

»Eigentlich hätte der Nichtsnutz ja zu seinem Sklaventreiber gehen müssen, stattdessen sitz ich hier in diesem Schöner-Wohnen-Albtraum und sauf mir die Hucke voll. Prost!« Mit diesen Worten hob sie das Glas und leerte es in einem Zug.

Wieder folgte betretenes Schweigen, das Frau Litwinow nutzte, um die Bestellzettel auszuteilen. »Wer will nun haben dieser Wundermaschine?«

»Ich! Ich nehm sie«, platzte Kluftinger heraus, aus Angst, die anderen könnten ihm das Ding vor der Nase wegschnappen.

Die sahen ihn erst bewundernd an, falteten dann die Zettel zusammen und murmelten Dinge wie »Mal sehen« und »Ich überleg's mir«.

Kluftinger hatte unterdessen seinen Geldbeutel aus der Hose gezogen und guckte hinein: Es befanden sich etwas mehr als 150 Euro darin, wie er zufrieden feststellte. Er würde die Maschine also gleich bar bezahlen können.

»So freigiebig kenn ich Sie ja gar nicht, mein Lieber«, tönte Langhammer bewundernd.

»Ja, da wird sich die Erika aber freuen«, schloss sich Annegret Langhammer, ebenfalls mit etwas verwaschener Diktion, an.

»Bei der Polizei verdient man halt gut«, sagte Sabine mit sehnsüchtigem Blick auf die Maschine.

Frau Greismann legte ihm die Hand auf den Oberschenkel, beugte sich etwas zu weit zu ihm herüber und hauchte mit ihrem Wodka-Atem: »So einen großzügigen Mann kann man sich nur wünschen.«

Kluftinger winkte ab: »Ist ja bloß eine Küchenmaschine und kein Kleinwagen.«

Alle lachten, als habe er einen Witz gemacht, nur er selbst und Frau Litwinow nicht. Die sagte mit leuchtenden Augen: »So viele Frauen hier, und Mann kauft. Großartig. Ubrigens, Kommissar: Kann ich auch mal mit Jemako zu dir kommen.«

Auch wenn der Kommissar das ein wenig zu vertraulich fand, antwortete er, von der Euphorie getragen, etwas Wunderbares gekauft zu haben: »Klar bringen Sie Ihren Mann gerne mal mit.«

Wieder lachten alle.

»Kann ich dann gleich zahlen? Und packen Sie's mir ein?«

Die Litwinow hob den Zeigefinger: »Männer immer sind zu schnell. Erst bestellen, dann wird geliefert neue Gerät mit Post. Kannst du Rechnung uberweisen.«

Enttäuscht zuckte Kluftinger mit den Achseln. Zu gern hätte er das Gerät gleich mit nach Hause genommen. »Na ja, aber dann können Sie mir wenigstens den Rest Eis mitgeben. Und noch ein paar Sachen erklären.«

Etwa eine Stunde später, nachdem Kluftinger den allgemeinen Aufbruch immer wieder durch seine Nachfragen hinausgezögert hatte, und die Runde nur aufgelöst wurde, weil Frau Greismann grölte, wenn sie jetzt nicht gleich nach Hause gehen dürfe, kotze sie die ganze Küche voll, machte sich dann auch der Kommissar auf den Weg. Im Gehen fragte er die Litwinow noch, wie viel sie eigentlich für so einen Verkauf bekomme.

»Um die zehn Prozent«, antwortete sie.

Kluftinger überschlug die Summe im Kopf, mehr als fünfzehn Euro konnten das nicht sein. *Ziemlich wenig*, fand er und steckte ihr zwanzig Euro Trinkgeld zu, um den spärlichen Verdienst etwas aufzubessern. Schließlich hatte sie nur ein Gerät an den Mann gebracht.

Beseelt verabschiedete er sich schließlich vom Doktor. »Sagen Sie dem Hindemith einen schönen Gruß, wenn Sie ihn sehen«, trug er Langhammer noch auf und beobachtete prüfend dessen Reaktion.

»Mach ich, mein Lieber, mach ich. Er ist bald wieder da, allerdings wird er danach ein anderer sein.«

Himmel, dachte Kluftinger. Im Geiste sah er bereits, wie der vom Arzt eingeschläferte Kadaver ausgestopft vor dem Kamin stand. Das wäre dann bereits der zweite Hund, den er auf dem Gewissen hatte.

– 25 –

Kluftinger kam beschwingt in der Direktion an. Es war ein kühler Montagmorgen, aber die Sonne schien bereits von einem strahlend blauen Himmel, und der Kommissar pfiff fröhlich vor sich hin, was er schon lange nicht mehr getan hatte. Ein bewegtes Wochenende lag hinter ihm, das ihn ein wenig auf andere Gedanken gebracht hatte. Und seine Reise hatte ihn im Fall ein beachtliches Stück weitergebracht. Der gestrige Gammel-Sonntag samt Erwerb der Wundermaschine von Frau Litwinow stimmte ihn besonders fröhlich. Hoffentlich würde das Gerät schon bald geliefert, damit er seiner Familie beweisen konnte, dass Kochen so kinderleicht war, dass sogar er es beherrschte. Er war gespannt, wie seine Frau darauf reagieren würde. Um sie zu überraschen, hatte er ihr noch nichts von seinem Kauf erzählt.

»Heu, der Bergvagabund!«

Eine tiefe Stimme riss ihn aus seinen Gedanken. Er sah auf und blickte Martin Buhl, einem Kollegen vom Kommissariat für Wirtschaftskriminalität verwirrt ins bärtige Gesicht. Buhl war Hobby-Älpler. Seine Familie betrieb in der Nähe von Hindelang seit Generationen eine Berghütte, in der sich am Wochenende recht gut einkehren ließ. Und er gab sich mit seinen ledernen Bergschuhen und seinem Rauschebart alle Mühe, exakt so auszusehen, wie man sich einen Hüttenwirt vorstellte. Kluftinger mochte ihn, auch weil er als Personalrat nie ein Blatt vor den Mund nahm.

»Jetzt schau nicht wie ein Schwälble, wenn's blitzt. Du hast doch grad den Bergvagabunden vor dich hingepfiffen.«

»Ach so, jetzt. Stimmt. Servus, Martin. Ich war ganz in Gedanken.«

»Wenn ich dieselbigen mal in eine bestimmte Richtung lenken dürft: Solange du der Hilfsbremser … ich mein, Hilfspräsident bist, hetz uns bitt schön bloß nimmer den Lodenbacher auf den Hals. Dem seine Rede war wieder mal genauso lang wie schlecht.«

Kluftinger hatte ganz verdrängt, dass am Wochenende ja der Verkehrssicherheitstag stattgefunden hatte. »War's nicht gut? Aber so einen kleinen Gruß bei einer Veranstaltung muss der als Ministerialrat doch aus dem Ärmel schütteln.«

»Kleiner Gruß? Von wegen. Fünfundzwanzig Minuten hat er über die Verkehrssicherheit im Allgemeinen und den Autoverkehr in München im Speziellen schwadroniert und uns erklärt, wie wichtig er im Ministerium ist und wie toll er seinen Staatssekretär findet. Regelrecht peinlich war das. Ich bin von mehreren Kollegen drum gebeten worden, dir das als Personalrat weiterzugeben.«

Der Kommissar presste die Lippen aufeinander. Im Kopf hatte er dieses Problem mit Lodenbachers Zusage bereits abgehakt gehabt. Sollte der Schuss nun doch noch nach hinten losgehen und er am Ende Probleme bekommen? »Also, Martin, es war ja eigentlich so gedacht, dass jemand aus Kempten was sagt, ganz kurz eben, aber auf einmal hat sich der Lodenbacher quasi fast schon … dings, also aufgedrängt. Der war richtig gierig drauf, was soll man da machen? Aber wenn du magst und ich mal wieder verhindert bin, dann kannst auch gern du das übernehmen. Ich mein, als Personalrat …«

Buhl riss die Augen auf. »Spinnst du? Bei uns in der Abteilung wird richtig gearbeitet. So was ist ja auch eine zutiefst, quasi, repräsentative Aufgabe. Und ich hätt auch gar nix, was ich da anziehen sollen … tät«, stammelte er.

»Ach so, ja dann. Lassen wir's so, wie's ist, oder? Aber danke für deine Rückmeldung.«

Buhl nickte hektisch. »Kein Problem. Immer gern. War ja bloß … so ein Eindruck. Du Klufti, ich muss, gell. Habe die Ehre.«

Der Kommissar sah amüsiert dem Kollegen nach, der die Treppe geradezu hinabstürzte.

Im Büro erwartete ihn Sandy Henske bereits mit der Ankündigung, dass er um neun im Präsidium sein solle für eine wichtige Personalsache, bei der auch die Presse anwesend sei. Und er solle dringend Willi Renn wegen des Verkehrssicherheitstags zurückrufen. »Der auch noch«, murmelte der Kommissar. »Sagen Sie ihm, ich hab jetzt wichtige Präsidialsachen zu tun«, trug er seiner Sekretärin auf.

Auch wenn Kluftinger sich ein paar Informationen mehr zu dem bevorstehenden Termin gewünscht hätte, fügte er sich in sein Schicksal. Wobei: Am liebsten hätte er eigentlich die neuen Spuren in seinem Fall weiterverfolgt. Aber er hatte nun einmal dieses Amt übertragen bekommen und konnte nicht alles immer wegdelegieren, das hatte Buhls Reaktion eben deutlich gezeigt. Also informierte er die Kollegen kurz über seine Erkenntnisse, die er aus den Briefen in Kassel gewonnen hatte, bat Luzia Beer, sich bei der Altusrieder Volksschule zu erkundigen, welche Lehrer dort noch unterrichteten, die bereits 1985 im Kollegium gewesen waren, und machte sich schnell auf den Weg in sein Büro, um die Post durchzusehen.

Auf dem kleinen Stapel lag zuoberst ein rotes Blatt, beschrieben mit einer ausladenden, gezielt auf Außenwirkung bedachten Handschrift, die er nur zu gut kannte. Kluftinger nahm den Zettel und las.

Mein lieber Kluftinger,
Ihre Idee, den Verkehrssicherheitstag in meine bewährten Hände zu legen, war goldrichtig. Die Leute hingen an meinen Lippen und bekundeten mir danach ihre Dankbarkeit für meine knappen, aber ehrlichen Worte. Ehrensache für mich, für meine Männer an vorderster Front da zu sein. Für die Frauen natürlich auch. Falls mal wieder Not am Mann ist: Ich stehe Ihnen zur Seite, verlassen Sie sich auf mich, und versichern Sie den Kollegen, dass ich die Rede gern gehalten habe. Manuskript kann bei mir per Mail angefordert werden.
Mit kollegialem Gruß, Ihr Dietmar Lodenbacher,
ehem. Polizeipräsident PP Schwaben Süd-West,
nunmehr Ministerialrat Bayer. Innenministerium

Kluftinger warf den Zettel grinsend in den Papierkorb und machte sich mit dem festen Vorsatz, die ihm übertragene Aufgabe nun etwas ernsthafter auszufüllen, auf ins Kemptener Polizeipräsidium.

Als er eine gute Stunde später wieder zurückkehrte, begegnete ihm als Erster Richard Maier. »Chef, du glühst ja im Gesicht, geht's dir nicht gut?«

Kluftinger winkte fahrig ab. *Priml.* Er hatte befürchtet, dass man ihm seine Erregung ansehen würde.

»Man könnte meinen, jemand hat dir einen unsittlichen Antrag gemacht. Stimmt was mit deinem Blutdruck nicht?«

»Schmarrn. Der ist bestens«, brummte er, auch wenn er keine Ahnung hatte, wann man seine Werte zum letzten Mal gemessen hatte. Es dauerte bei ihm einfach immer sehr lange, bis sich seine Gesichtsfarbe nach einem unangenehmen Ereignis wieder normalisierte. Und das, was ihm eben widerfahren war, war …

»Was ist denn los?«

»Nix, zefix. Und jetzt mach endlich weiter mit deiner Arbeit.«

Da blickte sein Kollege auf seine Schuhe. »Wegen der Pantoffeln ...«

»Nix Pantoffeln, ich fahr jetzt nach Altusried, in die Schule. Mit der Beer, die stellt nämlich keine blöden Fragen zu meinem Gesundheitszustand, der sie hinten und vorn nix angeht.«

– 26 –

Als er in seinem Passat saß und in seinen Heimatort fuhr, hatte sich seine Gesichtsfarbe wieder weitgehend normalisiert. Glaubte er zumindest.

»Alles klar, Chef? Sie waren vorher so durch'n Wind.«

»Jaja, alles gut. Wen sehen wir denn jetzt in der Schule?«, leitete Kluftinger zu einem weniger verfänglichen Thema über.

»Also, die Schulleiterin hat sofort nachgeschaut, es gibt noch vier Lehrkräfte, die schon zusammen mit der Kruse unterrichtet haben. Zwei davon warten auf uns. Die anderen beiden sind grad nicht in der Schule, eine auf Fortbildung in Dillingen, die andere auf Reha. Beamte halt.« Sie grinste.

»Hm, dann schauen wir mal, wie weit wir mit denen kommen«, erwiderte der Kommissar, als er den Wagen auf den Hof des Schulzentrums lenkte, einen Bau, der kurz nach seiner Schulzeit in den Siebzigerjahren mit viel Beton, Stahl und Glas errichtet worden war und dem man seine Entstehungszeit deutlich ansah. Er parkte ein Stück neben dem Haupteingang und legte eine Bescheinigung aufs Armaturenbrett, die ihn als Kriminalpolizisten im Einsatz auswies. Schließlich war der Hausmeister im ganzen Ort für seine rigorose Durchsetzung der Parkregeln bekannt. Kluftinger hatte von einem Musikkollegen gehört, den der »Hausl«, wie ihn alle nannten, bis zum Eintreffen des Abschleppwagens festgehalten hatte, indem er sich einfach auf die Motorhaube gelegt hatte.

Im Inneren des Gebäudes war es laut, und es wimmelte vor Kindern aller Altersklassen. Anscheinend war gerade Pause oder

Stundenwechsel. Als die Beamten hineingehen wollten, strömten ihnen Dutzende Schüler aus der Eingangstür entgegen und rannten mit ihren Turnbeuteln auf die Bushaltestelle zu.

»Na dann, auf in den Kampf. Schulen waren noch nie meine Lieblingsorte, aber heut gibt's ja keine Noten«, sagte Luzia Beer grinsend und drängte sich gegen den Strom der Schüler durch die gläserne Eingangstür. Kluftinger folgte ihr, wobei er gleich von mehreren Kindern heftig angerempelt wurde. »Hey, aufpassen, junger Mann«, rief er einem vielleicht Zehnjährigen hinterher, der ihm mit seinem ausladenden Rucksack eine derartige Breitseite verpasst hatte, dass er heftig gegen den Türgriff gedrückt worden war.

»Chill mal, okay?«

Kluftinger hörte die Replik des Jungen zwar, vermochte jedoch nicht deren Sinn zu erfassen. Das »Pass du doch auf, Opa!« von einem seiner Mitschüler war da weitaus verständlicher.

»Saububen«, zischte der Kommissar.

Innen legte sich die Hektik zum Glück, offenbar waren die meisten Schüler wieder in ihren Klassenzimmern. Nur vor der Haupttreppe balgten sich gerade ein Junge und ein Mädchen.

»Digger, gib endlisch mein Handy«, kreischte das Mädchen.

Der Junge, ein höchstens Vierzehnjähriger, schrie zurück: »Isch geb dir gar nix, du Hurensohn.«

Kluftinger überlegte, ob er eingreifen sollte, um dem Mädchen zu helfen, da drosch sie bereits mit so viel Wucht auf den Rücken ihres männlichen Kontrahenten ein, dass es einen dumpfen Schlag tat. »Handy her, oder isch kill disch, du Hure«, brüllte sie mit rotem Kopf.

Der Junge streckte ihr schnaubend das Telefon hin und spuckte aus.

Kluftinger schüttelte den Kopf. Anscheinend hatten die Kinder da mit den Geschlechtern etwas durcheinandergebracht, so ergab das alles ja gar keinen Sinn. »Also, wie die heutzutage miteinander umgehen ... das hätt's bei uns nicht gegeben«, sagte er zu seiner Kollegin. Er erinnerte sich, wie er selbst in Altusried die Grundschule besucht hatte: Das grundsolide *Depp*, vielleicht noch ein *Zipfel* oder *Drecksack*, maximal aber ein *blöde Sau* waren die Kraftausdrücke ihrer Wahl gewesen. Und damit waren sie in allen Situationen gut gefahren.

»Na ja, wenn ich mir meinen Bruder so anschaue – wie der mit seinen Kumpels redet, da ist *Hurensohn* eine echte Ehrenbezeichnung«, sagte Lucy Beer augenzwinkernd und folgte ihm zum Sekretariat.

»Guten Tag. Was kann ich für Sie tun?«, wandte sich die Sekretärin hinter dem kleinen Tresen an die Beamten. »Falls Sie Ihr Kind beziehungsweise Enkelkind anmelden wollen ...«

»Nein, Kluftinger, Kripo Kempten, meine Kollegin Frau Beer«, sagte der Kommissar.

Die Gesichtszüge der Frau entspannten sich. »Ach, Sie sind das. Sie hatten angerufen, nicht wahr?«

Lucy Beer nickte.

»Mein Name ist Homann. Ich soll Ihnen einen schönen Gruß von unserer Rektorin ausrichten, sie hätte Sie natürlich gern selbst empfangen, aber sie hat leider einen Ortstermin in unserer Nachbarschule. Aber Frau Wollmanseder und Herr Maurer erwarten Sie im Lehrerzimmer. Wir lassen sie extra vertreten, damit sie Zeit für das Gespräch haben. Wenn Sie mir bitte folgen würden?«

Sie schritten einen langen, dunklen Korridor entlang. »So, wir sind da«, verkündete Frau Homann schließlich und zeigte auf die Tür. Der Kommissar war auf die Atmosphäre dahinter gespannt. Als Kind hatte er immer einen Heidenrespekt gehabt, wenn er am Lehrerzimmer hatte anklopfen müssen. Das war ihm eigentlich bis zum Abitur so gegangen. Schließlich wusste man nie, wer einem aufmachte und wie dessen Laune gerade war. Am schlimmsten aber war es, wenn man hereingebeten wurde, etwa um irgendetwas selbst vom Tisch eines Lehrers zu holen. Diese gespenstische Ruhe, die hier herrschte, wenn nicht gerade Pause war. Und der Geruch, eine Mischung aus dichtem Zigarettenqualm, Spiritus aus dem alten Matritzen-Umdrucker, abgestandenem Kaffee, den Ausdünstungen des grauen Nadelfilzteppichs und den verschiedenen Parfüms der Lehrerinnen. Er ließ eine ganz eigene Duftwelt entstehen, die auf den Kommissar immer einschüchternd gewirkt hatte.

Hinter Frau Homann betraten sie den großen Raum, und Kluftinger sog die Luft tief in seine Lungen. Zwar fehlten der Rauch und die Spirituskomponente, der Rest aber roch ziemlich original nach seiner Schulzeit. Am liebsten hätte er sofort eines der großen Fenster geöffnet. Der Kommissar sah die Tischreihen entlang und musste grinsen. Wie in seiner Abteilung konnte man auch hier am Arbeitsplatz ablesen, was für ein Typ Mensch wo saß: Mal türmten sich Heftstapel und lose Blätter, mal standen Zimmerpflanzen neben Familienfotos, während an anderer Stelle die Stifte in Reih und Glied ausgelegt waren.

Eine grauhaarige Frau und ein bärtiger Mann saßen am Ende der Tischreihe.

»Grüß Gott, Kluftinger. Und Sie sind?«

Die beiden stellten sich als Irmgard Wollmanseder und Reinhold Maurer vor.

Die Sekretärin verabschiedete sich und ließ die vier allein zurück.

»Das ist die Frau Beer. Wir stellen im Mordfall Karin Kruse neue Ermittlungen an. Danke, dass Sie sich Zeit nehmen, um uns ein paar Fragen über Ihre verstorbene Kollegin zu beantworten.«

»Mei, besser, sich mit der Polizei unterhalten als in der 7b Mathe unterrichten. Oder was meinst du, Irmgard?« Daraufhin ließ er ein rasselndes Husten vernehmen, das einen starken Raucher verriet.

»Auf jeden Fall«, stimmte ihm seine Kollegin zu.

Die rundliche Lehrerin machte einen sympathischen Eindruck auf Kluftinger. Dass sie es allerdings bei der Kategorie Schüler, die ihnen vorhin am Eingang entgegengekommen war, besonders leicht hatte, bezweifelte er.

»Setzen Sie sich doch. Kaffee bieten wir Ihnen lieber nicht an, der ist hundsmiserabel. Die meisten bringen ihn von daheim mit.«

»Kein Problem, wir brauchen nix«, winkte Kluftinger ab. »Also, wenn Sie Ihre ehemalige Kollegin beschreiben sollten, was fällt Ihnen dann ein?« Er hatte lang über die Eröffnung des Gesprächs nachgedacht und fand seinen Einstieg recht gelungen.

»Aschebesche«, versetzte Herr Maurer. Kluftinger und seine Kollegin sahen ihn stirnrunzelnd an. »Na, sie war doch aus Hessen«, erklärte der Lehrer dann, »und da haben wir immer gesagt: Alle Hesse sinn Verbresche, denn sie klaue Aschebesche. Nur so ein Spruch. Nicht, dass Sie jetzt denken, ich hätte Vorurteile ...«

Frau Wollmannseder übernahm mit ihrem angenehm weichen bayrischen Einschlag in der Stimme: »Also, was der Kollege Maurer damit vielleicht sagen will: Sie hat sich immer ein wenig schwergetan, weil sie nicht aus Bayern war, wissen Sie? Sie musste sich erst mal mit den Gepflogenheiten hier vertraut machen, mit dem Lehrplan, unserem Schulsystem, dem Umgangston. Sie kam nie ganz an bei uns. Stimmt doch, Reinhold, oder?«

»Stimmt absolut, das kann man sagen. Aber mehr fällt mir jetzt auch nicht ein. Wir sind ein großes Kollegium, da herrscht ein dauerndes Kommen und Gehen, Referendare wechseln oft alle halbe Jahre, und die Jungen bewerben sich schnell wieder weg oder werden schwanger. Zudem liegt das ja eine Ewigkeit zurück. Wie lange ist das denn genau, dass sie … Sie wissen schon …«

»Es war 1985, im Februar«, erwiderte Kluftinger.

»Sehen Sie? Da fällt einem einfach vieles nicht mehr ein«, stimmte die Lehrerin zu.

»Fünfundachtzig, das war ja dann das letzte Jahr mit einem Funken. Da war ich abends noch in der Kirche«, fuhr Maurer fort.

»Ich auch«, versetzte Kluftinger. Er erinnerte sich an den Besuch im Gotteshaus, bei dem er um Beistand gebetet hatte, dass in seiner Schicht nichts Schlimmes passieren möge. Vergebens, wie sich herausgestellt hatte.

»Ah, können Sie sich dann auch erinnern, wie die Katechetin, die alte Mira, sich so furchtbar verhaspelt hat, bei der Lesung? Ums Verrecken ist sie nicht mehr in ihren Text reingekommen.«

Kluftinger schüttelte den Kopf. »Ich war nicht in der Messe.«

Jetzt meldete sich die Lehrerin zu Wort: »Das war das Jahr, in dem der Höhenrainer Seppi in Pension gegangen ist. Dem haben die Schüler sein Fahrrad an den Ständer geschweißt, zum Abschied, weil er sie immer so getriezt hat. Ist letztlich nie rausgekommen, ob der alte Hausmeister den Lausern nicht auch noch geholfen hat.«

»Toll, an was Sie sich nicht doch alles erinnern können«, sagte Luzia Beer scharf. »Dann fallen Ihnen jetzt ja bestimmt auch noch ein paar Details zur Frau Kruse ein, oder?«

Die Lehrerin und ihr Kollege warfen sich skeptische Blicke zu.

»Wissen Sie, wir wollen Ihnen nix Böses«, versicherte Kluftinger.

»Wir haben schließlich nichts Falsches gemacht, oder, Irmgard?«

»Und wir wollen nix Schlechtes sagen über die Kollegin Kruse. Posthum quasi«, ergänzte die Lehrerin.

»Gäb's denn was? Also, was ... Schlechtes?«, bohrte Kluftinger nach.

Die Frau zuckte mit den Achseln. »Wie gesagt, sie hat sich schwergetan. Andere Herangehensweise, anderes Konzept und mangelnde Distanz zur Schülerschaft.«

Kluftinger wurde hellhörig.

»Was meinen Sie damit?«, fragte Luzia Beer.

»Alles Mögliche. Sie hat sich duzen lassen von ihren Abschlussschülern, noch vor der Prüfung. Ich meine: Wo kommen wir denn da hin? So läuft das nicht bei uns, auch heute nicht.«

»Gerade heute wäre das undenkbar«, pflichtete ihr der Kollege bei. »Überlegen Sie sich mal, ich würde es so machen wie die Karin damals: würde mich mit Schülern an einem Weiher zum Baden treffen, zum Grillen, was weiß ich. Stellen Sie sich das Gerede vor.«

»Und das hat die Frau Kruse alles gemacht?«, wollte Kluftinger wissen.

»Anscheinend immer mal wieder. Ich mein, ich will niemandem was unterstellen, aber ...« Maurer hielt inne und presste die Lippen zusammen.

»Aber?«, drängte Luzia Beer. Kluftinger spürte, dass sie endlich an einem Punkt waren, der sie wirklich weiterbringen könnte.

Frau Wollmanseder fuhr fort: »Aber man hat schon gemunkelt, dass es vielleicht ... nicht nur beim Baden geblieben wär.«

»Sie meinen, sie hat was mit Schülern angefangen?«

»Um Gottes willen, das jetzt nicht direkt, also nicht so, wie Sie es meinen. Sie war einfach ... distanzlos.«

»Im Kollegium war sie dafür weit weniger zugänglich«, raunte Maurer.

Der Kommissar kam nicht dazu nachzufragen, denn die Lehrerin fuhr fort: »Wissen Sie, eines der Hauptgebote in der Schule ist, dass Lehrer und Schüler eben gerade keine Kumpels oder Freunde sind. Es muss ein hierarchisches Verhältnis geben. Kein … anderes.«

Kluftinger holte tief Luft. »Kein intimes, meinen Sie?«

»Meine ich, ja. Schauen Sie, natürlich kommt es bei den Kindern gut an, wenn man sich da locker gibt und einen auf Freund oder Freundin macht. Das gibt viele Sympathiepunkte, klar. Da steht man blöd da, wenn man distanziert bleibt, wie es geboten ist.« Die Augen der Frau hatten sich verengt, ihre Lippen waren spitz geworden. »Das hier ist keine öffentliche Streichelanstalt, sondern eine Schule. Da gibt es Prinzipien. Etwa, dass man Privates und Dienstliches zu trennen hat. Und sich nicht mit Schülern zu Partys trifft. Punkt.«

»Wissen Sie denn, ob es da unter den Schülern welche gegeben hat, die öfters bei diesen Partys dabei waren?«, schaltete sich Luzia Beer wieder ein.

Die beiden Lehrkräfte schüttelten unisono die Köpfe. Doch damit wollte sich der Kommissar nicht zufriedengeben. »Jetzt mal Klartext, bitte: Sie haben gerade die Vermutung geäußert, dass Frau Kruse etwas mit einem oder mehreren Schülern hatte. Um wen dreht es sich? Und wusste sonst noch jemand Bescheid?«

»Wir haben hier gar nichts geäußert, schon gar keine Vermutung«, stellte Maurer klar. Er wurde sichtlich nervös.

»Ich weiß auch nicht, wer das gewesen sein sollte. Ich hatte andere Probleme, damals, als junge Mutter«, erklärte die Lehrerin. »Sicher, es gab Gerüchte, wobei ich selbst mich daran nie beteiligt hab, das möchte ich klarstellen.«

»Ich auch nicht, nie«, sagte ihr Kollege eilfertig. »Stimmt, gell, Irmgard?«

»Was weiß denn ich, Reinhold, also wirklich. Und die Schulleitung, ich glaube nicht, dass unser damaliger Rektor so etwas ernst genommen hätte. Hätte man da was gesagt, er hätte eh zur Kruse gehalten. Weil sie ihn immer recht becirct hat. Das muss vielleicht noch dazugesagt werden. Sonst hat sie leider nicht viele Fürsprecher gehabt, damals. Sie hat es sich selber ein bisschen verdorben.«

»Soso«, sagte Kluftinger in Gedanken. Vor seinem inneren Auge liefen gerade Szenen ab, wie sie hier im Lehrerzimmer vielleicht stattgefunden hatten. Wie sich Karin Kruses Kollegen hinter ihrem Rücken die Mäuler zerrissen und nicht den Mumm aufbrachten, ihr ins Gesicht zu sagen, was sie über sie schwatzten.

»Wie haben denn die Kids reagiert, als sie vom Tod ihrer Lehrerin erfahren haben?«, wollte Luzia Beer wissen.

Reinhold Maurer antwortete schnell: »Was soll man sagen: Geschockt waren die, das können Sie sich ja denken. Wie wir alle.«

Irmgard Wollmanseder pflichtete ihm bei: »Die einen mehr, die anderen weniger. Da lernt man die Schüler noch mal ganz neu kennen. Hochinteressant.«

»Wenn Sie sagen, dass manche mehr betroffen waren, wie zeigte sich das denn?«

Die Lehrerin kratzte sich am Kopf. »Na ja, je nachdem, wie gut die Kinder sie halt gekannt hatten, denke ich. Ihre Neunte, die war schon durch den Wind.«

»Das stimmt. Ein paar von den Buben waren total fertig danach, mit denen war eine Weile kaum was anzufangen.«

»Ach so? Wer denn speziell? Wissen Sie das noch?«

»Wir Lehrer haben sie immer die Lederer-Truppe genannt.«

»Lederer? Der, der oben in Opprechts den großen Hof hat?«

Maurer nickte. »Ja, der Hubert. Also, den Junior mein ich. Wobei ich sagen muss, dass er damals nicht mehr bei uns war. Hatte die Schule schon verlassen. Ohne Abschluss, wenn ich mich recht entsinne. Ich hab ihn davor in der achten Klasse gehabt. War ein begabter Bursche, bloß der Vater wollt nicht, dass er auf die höhere Schule geht. Ein sturer Hund war das, der Senior. Mit Engelszungen haben wir auf den eingeredet. Na ja, egal. Der Bub sollte auf dem Hof mithelfen. Also hat der Bursche sich hier ziemlich verweigert und den Revoluzzer gegeben. Dabei hätt er's, wie gesagt, locker weitergebracht. Jetzt ist er ja doch noch Millionenbauer geworden. Auch ohne großen Schulabschluss. Jedenfalls, die restlichen aus dieser Truppe, die waren damals in der Neunten von der Kruse. Und diese Buben, ja, denen ging das schon an die Nieren. Der Kreutzer Klaus zum Beispiel oder der ... ja sacklzement, wie hat jetzt der andere wieder geheißen? Irmgard, weißt schon, der, dessen Vater beim Bund war und dann bald wieder wegversetzt worden ist?«

»Der Preußen-Bub?«, sagte Frau Wollmanseder mehr zu sich selbst. »Wart mal ... Janson oder Jason oder so.«

Herr Maurer hob die Hand. »Aber nicht, dass das jetzt heißen soll, dass ausgerechnet die was mit der Kruse ... gar nicht. Wissen Sie, das waren alles nicht die Typen dafür. Die haben sich für ihren Fußball interessiert und fürs ...«

»Fürs Saufen«, ergänzte seine Kollegin.

»Das ebenfalls. Aber na ja, für die Kinder, für unsere ganze Schule war das natürlich ein riesiges Unglück. Da hatten viele lang zu knabbern, können Sie sich denken. Schlimm, dass uns das damals passiert ist.«

»Und unserer Kollegin natürlich«, fühlte sich Frau Wollmanseder noch genötigt, hinzuzufügen.

Zwanzig Minuten später verließen sie die Schule. Frau Homann, die Sekretärin, hatte ihnen noch das Archiv in einem ziemlich staubigen Keller aufgesperrt. Kluftinger hatte erfahren, dass Schülerstammdaten fünfzig Jahre in der Schule aufbewahrt werden müssen, in denen der Abschluss gemacht worden war. Hinter einigen alten Wandkarten, auf denen noch DDR und Sowjetunion eingezeichnet waren, ein paar ziemlich gerupft aussehenden ausgestopften Vögeln und diversen anatomischen Modellen des menschlichen Körpers, denen jedoch lebenswichtige Teile fehlten, hatten sie dann tatsächlich in einem Aktenschrank die Listen, Schülerbögen und Adressen jener neunten Klasse gefunden, deren Leiterin Karin Kruse bis zu ihrem Tod 1985 gewesen war. Kluftinger hatte sie kurz überflogen und sie sich dann von Frau Homann kopieren lassen, ebenso wie ein Klassenfoto der damaligen 9b.

Zu einem der damaligen Schüler würden sie jetzt fahren, beschloss der Kommissar spontan. Und zwar zu dem, den Maurer in ihrem Gespräch kurz erwähnt hatte: Klaus Kreutzer wohnte und arbeitete nicht nur in Altusried – das halbe Dorf kannte den Mann, weil er seit Jahren Vorsitzender des Turnvereins war. Vielleicht könnte Kreutzer, der in einer Spedition am Ortsrand arbeitete, wie der Kommissar wusste, ihnen ein wenig von seiner ehemaligen Lehrerin erzählen – und möglicherweise auch über die Mitschüler, die sich besonders für sie interessiert hatten.

Der Kommissar legte die Kopien gerade auf dem Autodach ab, um den Wagen aufzusperren, als ihm eine größere Schülergruppe auffiel, die lachend und feixend zwei Jungs bedrängte. Zwei Jungs, die er kannte: Es waren die beiden, die er im Wald getroffen hatte. »Ich glaub, ich schau da mal nach dem Rechten«, sagte er. »Kommen Sie mit?«

»Aber hallo«, sagte seine Kollegin mit verschmitztem Lächeln und zog ihre Jacke ein wenig auf, sodass ihre Waffe im Holster sichtbar wurde. Eine schmerzhafte Erinnerung für Kluftinger, der noch immer nicht wusste, wo seine Pistole seit dem Überfall im Wald abgeblieben war.

»Was geht hier vor?«, schrie der Kommissar mit der bedrohlichsten Stimme, die er im Repertoire hatte. Die Kinder sahen ihn erschrocken an. Er hielt seinen Dienstausweis in die Höhe, Luzia Beer schob ihre Lederjacke noch einmal deutlich hinter das Holster zurück.

»Kriminalpolizei Kempten. Schaut's bloß, dass ihr verschwindet. Und wenn ihr dem ...dings, dem Kain und dem ... anderen auch nur ein Haar krümmt, dann bekommt ihr so einen Ärger, wie ihr ihn euch heut noch gar nicht vorstellen könnt. Die beiden stehen unter unserem persönlichen Schutz. Sie sind ... Zeugen der Anklage, kapiert?«

Die beiden Jungs grinsten glücklich. Die Aggressoren hingegen trollten sich mit eingezogenen Köpfen. Kluftinger rief ihnen hinterher: »Und jetzt räumt ihr noch den Pausenhof auf. Alle zusammen. Wenn ich da heut Nachmittag auch nur ein Kaugummipapier finde, dann komm ich mit einem Sondereinsatzkommando, ihr Saububen.«

»Sie sind ja ein harter Hund«, sagte Luzia Beer grinsend, als sie neben Kluftinger im Auto Platz nahm. Sie holte einen Kaugummi heraus und schob ihn sich in den Mund.

»Da könnt ich jetzt auch einen vertragen.«

»Was?«

»Einen Kaugummi. Wenn ich einen kriege.«

»Klar. Sind aber Nikotinkaugummis«, erklärte sie und hielt ihm die Packung hin.

Kluftinger winkte ab. »Au, dann lieber nicht, bevor ich durch die anfange zu rauchen.«

»Nie geraucht?«

»Lange her.«

»Seien Sie froh. Können wir jetzt fahren? Schulen machen mich immer irgendwie ... depressiv. Mir schnürt's richtig die Kehle zu, wenn ich bloß in die Nähe von einer komme.«

Kluftinger fragte nicht weiter nach und startete den Motor.

»Jedenfalls haben Sie's denen schön gegeben, Chef.«

»Ist doch auch unmöglich, so auf den Wehrlosen rumzuhacken, da packt mich jedes Mal die Wut.«

Sie nickte. »Geht mir genauso. Diese kleinen Wichser sind nur stark in der Gruppe. Allein ziehen die sofort den Schwanz ein. Hab ich oft genug erlebt. Kennen Sie eigentlich die Jungs?«

»Die, die grad die Kleinen traktiert haben?«

»Nein, ich mein die, von denen die Lehrer gesprochen haben. Wobei, klar: Das sind ja inzwischen längst alte Männer, keine Jungs mehr.«

»Den Kreutzer, den kenn ich«, antwortete Kluftinger. »Na ja, und den Lederer haben Sie ja auch schon gesehen. Mit dem hatte ich privat nie was zu tun. Aber der Kreutzer ...« Er stieß pfeifend die Luft aus.

»Was ist mit dem?«

»Ach, ein Schwätzer vor dem Herrn ist das. Aber das werden Sie ja gleich selber sehen. Wir statten dem jetzt nämlich einen Besuch ab. Der arbeitet in einer Spedition hier im Ort, das passt grad. Wie gesagt: Machen Sie sich auf was gefasst.«

»Inwiefern?«

»Früher war er mal ein ganz guter Fußballer. Ist dann sogar in der Jugendauswahl von 1860 München gewesen, aber hat's doch nie zum Profi geschafft. Dafür meint er jetzt, er sei der ungekrönte Kickerkönig. Den sollten Sie mal am Platz erleben.« Kluftinger verdrehte die Augen.

»Sie interessieren sich für Fußball? Hätt ich gar nicht gedacht.«

»Aha, und warum nicht?«

»Also ich ... so hab ich das nicht, ich wollte nicht ...«, entgegnete sie.

Kluftinger wunderte sich. Zum ersten Mal sah er sie nervös. »Kein Problem. Sie haben ja recht. Mich hat's nie interessiert.

Mein Vater war lang im TSV aktiv. Hat sich immer gewünscht, dass ich in seine Fußstapfen trete, aber dazu hab ich keine Lust gehabt. Auch wegen so Typen wie dem Kreutzer. Was der immer reinmault vom Spielfeldrand, ich mein, immerhin ist der Vorsitzender vom Sportverein, da sollt man sich doch benehmen können. Und Sie werden sehen: Irgendwann bringt er das Gespräch wieder auf seine angeblich so engen Freunde unter den Fußballstars. Auch wenn ich nicht glaub, dass sich überhaupt einer noch an den Kreutzer Klausi aus Altusried erinnert.«

Sie fuhren eine Weile schweigend durch den Ort, dann fragte Luzia Beer: »Waren Sie als Kind ein Opfer?«

Kluftinger wusste sofort, was sie meinte. »Nein, zum Glück nicht. Ich war ganz gut gebaut, und man hat mich in Ruhe gelassen.«

»Ich schon. Um meinen Bruder und mich hat man sich zu Hause nie groß gekümmert, und das hat man mir auch angesehen«, sagte sie mehr zu sich selbst. »Irgendwann hab ich dann mit Kampfsport angefangen.«

»Gut zu wissen«, erwiderte der Kommissar grinsend.

– 27 –

Als sie das Büro von Klaus Kreutzer in der kleinen Spedition betraten, nickte Luzia Beer dem Kommissar grinsend zu: Die Wand war gepflastert mit Fotos bekannter Bundesliga-Spieler, einige mit Unterschriften oder sogar mit dem Zusatz »Für Klaus«.

Kreutzer selbst saß an einem Schreibtisch unter einem riesigen Personalplaner und telefonierte. Als er die beiden sah, bedeutete er ihnen, auf den Stühlen vor ihm Platz zu nehmen. Der unerwartete Besuch hinderte ihn allerdings nicht daran, sein Telefongespräch in aller Ruhe fortzuführen. »Ja, klar, der Volker macht wieder den Nikolaus, wie die Jahre davor. Einen besseren haben wir nicht, was will man machen. Aber uns fehlt noch ein Glühweinstand.«

Kluftinger schloss daraus, dass es um den Nikolauseinzug mit angeschlossenem Weihnachtsmarkt ging, den der Sportverein alljährlich organisierte. Was wohl Kreutzers Chef davon hielt, dass der seine Vereinsgeschäfte während der Arbeitszeit erledigte? Er telefonierte derweil in aller Seelenruhe weiter, als wären sie gar nicht da. Nach etwa fünf Minuten beendete er schließlich das Gespräch, viel länger hätte der Kommissar auch nicht mehr gewartet.

»Hoher Besuch«, kommentierte Kreutzer die Anwesenheit der Beamten und reichte ihnen die linke Hand. »Kommt von Herzen«, sagte er und hob die Rechte, wo man unter dem hochgekrempelten Hemdsärmel einen Verband erkennen konnte: »Sportverletzung. Kann dir ja nicht passieren. Oder trittst du jetzt doch noch in den TSV ein, Klufti?«

»Nein. Wir sind wegen was anderem hier. Das ist meine Kollegin Luzia …«

»Oder du wirst Übungsleiter«, unterbrach ihn Kreutzer. »Können wir immer brauchen. Vielleicht wär das was für deine Frau. Die Heberle hört doch bald auf bei der Seniorengymnastik. Und dann kannst bei der Erika gleich einen Kurs belegen. Bauch, Beine, Po oder so was.« Er grinste.

Doch der Kommissar ließ sich nicht aus der Ruhe bringen. »Schön, dass dir so an meiner Gesundheit gelegen ist, Klaus, aber …«

»Mei, ich weiß halt noch aus meiner aktiven Zeit damals, wie wichtig körperliche Fitness ist.« Mit diesen Worten zeigte Kreutzer auf die Fußball-Fotos an der Wand. »Hab mich mit dem Jürgen oft drüber unterhalten, der war auch meiner Meinung. Ist ja ein paar Jährchen älter als ich. Er hat aber nie Starallüren gehabt, glaub's mir. Jedenfalls, der Fitnessaspekt, das war damals noch gar nicht so verbreitet, da haben die Spieler oft noch geraucht.«

Mit *Jürgen* meinte er Jürgen Klinsmann, das wusste Kluftinger inzwischen aus zahlreichen ähnlichen Unterhaltungen, in denen es Kreutzer immer schaffte, seine angeblich so glorreiche Vergangenheit einfließen zu lassen, wobei er immer nur die Vornamen der Stars erwähnte, um keinen Zweifel daran aufkommen zu lassen, dass er mit ihnen auf Du und Du stand. Dabei war Klinsmann nie bei 1860 gewesen, das wusste sogar Kluftinger. Somit durfte die Wahrscheinlichkeit, dass sie sich je über irgendetwas einig gewesen waren, geschweige denn getroffen oder sogar unterhalten hatten, gegen null gehen.

»Wie auch immer, Klaus, wir sind …«

Das Telefon klingelte erneut. Kreutzer nahm sofort ab. »Ja? Das Turnier? Nein, die Krugzeller sind nicht eingeladen. Die haben sich das letzte Mal auch nicht bedankt für die Ausrichtung. Ja. Kannst ihm ruhig sagen. Steh ich dazu. Habe die Ehre.« Er legte kopfschüttelnd auf. »Da organisiert ein waschechter ehemaliger Sechz'ger schon so ein Turnier, und die Deppen können sich nicht mal richtig erkenntlich zeigen.«

»Warum sind Sie denn nicht mehr im Profifußball? Als Trainer, Manager oder so?«, fragte nun Luzia Beer und nahm ihrem Gegenüber damit schlagartig den Wind aus den Segeln. Kluftinger hätte sich gerne sofort bei ihr für die Frage bedankt, aber das würde er auf später verschieben müssen.

Etwas weniger selbstbewusst antwortete Kreutzer: »Ach, wissen Sie, der Fußball ist so ein schmutziges Geschäft geworden, da hab ich mich früh für was Handfestes entschieden. Was Ehrliches, Frau ... wie war noch mal Ihr Name?«

»Beer. Wir sind wegen dem Mord an Karin Kruse hier.«

Nun wich auch der letzte Rest von Kreutzers Selbstsicherheit. Er lehnte sich zurück und musterte die Beamten. »Die alte Geschichte?«, fragte er schließlich mit rauer Stimme.

Kluftinger nickte.

»Ich wüsste nicht, wie ich euch da ...«

Es klopfte an der Tür, und ein Mann kam herein. »Du, Spider, ich hätt eine Frage wegen ...«

»Himmelnochmal! Jetzt nicht!«, brüllte Kreutzer, und sofort schloss der andere die Tür.

»Nett, dass du dir Zeit für uns nimmst«, kommentierte Kluftinger. »Wir rollen die Sache neu auf.«

Kreutzer zog die Brauen zusammen. »Im Ernst? Das hat damals die ganze Gemeinde verrückt gemacht. Und unsere Schule erst. Das willst du wieder ausgraben?«

»Ja, will ich.«

»Aha. Und warum? Gibt es neue Erkenntnisse?« Mit wachen Augen blickte Kreutzer die Polizisten an.

Doch Kluftinger ging nicht auf seine Frage ein. »Sie war doch deine Lehrerin.«

»Ja. Eine von vielen.«

»Na ja, immerhin deine Klassleiterin. Und ihr Tod hat dich besonders getroffen.«

»Wie kommst du denn darauf?«

»Du bist doch sogar regelrecht krank gewesen danach.«

»Ja? Keine Ahnung. Wahrscheinlich war ich erkältet. Vom Funken oder so.«

»Vom Funken, verstehe. Ich meinte jetzt eher, dass du psychisch ziemlich mitgenommen warst.«

Kreutzers Blick flog zwischen den beiden Beamten hin und her. »Wärst du auch gewesen, wenn deiner Lehrerin so was ... also, ich mein, wir waren doch alle geschockt damals.«

Der Kommissar erwiderte nichts, notierte sich nur etwas in seinen Block.

»Fragst du da jetzt alle aus meiner alten Klasse, oder wie?«

»Sollt ich das denn?«

»Herrgott, das weiß ich doch nicht. Du bist der Polizist.«

»Stimmt. Du warst damals viel mit dem Hubert Lederer zusammen und ... Moment«, er kramte die Papiere aus der Schule heraus, »dem Jansen Gernot und dem Hagen Paul.«

»Und?«

»Eine richtige Clique wart ihr.«

»Ist doch nicht verboten, dass man Freunde hat, oder?« Kreutzer ging nun auf Konfrontationskurs. »Außerdem hat das ständig gewechselt. Aber klar, die waren auch oft dabei.«

»Wobei?«

»Wenn wir unterwegs waren.«

Luzia Beer schaltete sich wieder ein: »Waren die anderen genauso geschockt wie Sie?«

»Da müsst ihr die schon selber ... außerdem war ich nicht geschockt, Herrschaftszeiten, das hab ich doch schon gesagt. Jedenfalls sicher nicht mehr als alle anderen.«

»Hast du noch Kontakt zu den alten Freunden?«, wollte Kluftinger wissen.

»Den Lederer treff ich natürlich ab und zu. Aber die anderen sind schon lange weggezogen.«

»Wie war sie denn?«

»Wer?«

»Die Karin Kruse.« Kluftinger hatte abrupt das Thema gewechselt, eine Strategie, mit der er bei Vernehmungen schon oft gut gefahren war.

»Nicht so hässlich wie die anderen«, entfuhr es Kreutzer prompt.

»Aha.«

»Da kannst du *aha* sagen, so viel du willst. Da ist gar nix *aha*. Das heißt nur, dass sie für eine Lehrerin recht ansehnlich war. Das hat uns Buben gefallen. Aber den Mädels auch. Haben alle zu ihr aufgeschaut. Weil sie anders war als die alten Schachteln in der Schule. Cooler.«

Kluftinger und seine Kollegin nickten sich zu. Sie hatten fürs Erste genug gehört und erhoben sich. Ohne Handschlag verließen sie das Büro, doch in der Tür drehte sich Kluftinger noch einmal zu dem Mann am Schreibtisch um. »Sag mal, Klaus, sie soll mal was mit einem Schüler gehabt haben. Weißt du da was drüber?«

Kreutzer wurde erst bleich, dann bekam sein Gesicht rote Flecken. »Du hast sie doch nicht mehr alle. Ich war Fußballer bei 1860, mir waren die Weiber völlig wurscht. Und jetzt ist gut, gell?«

Lächelnd nickte der Kommissar und ging. Als sie außer Hörweite waren, sagte er zu seiner Kollegin: »Und, was meinen Sie dazu?«

»Schaut aus, als würden wir allmählich die richtigen Fragen stellen.«

– 28 –

»Frau Beer, ich glaub, es wird Zeit, dass wir uns ein bissle stärken, oder? Lust auf eine vernünftige Brotzeit?«

»Vom guten Metzger? Immer«, sagte die Kollegin lächelnd. »Sie brauchen übrigens nicht immer Frau Beer sagen. Da komm ich mir ja fast so alt vor wie ...« Sie blickte ihn herausfordernd an. »Ältere Leute eben. Lucy passt schon. Ich könnt ja locker Ihre Tochter sein.«

»Aha, dann setzen Sie sich mal ins Auto, und ab geht die Lucy.« Schon während er den Satz aussprach, wurde ihm bewusst, dass das vielleicht als grobe Unhöflichkeit ausgelegt werden könnte. Doch seine Kollegin lachte so laut, dass eine Entschuldigung unnötig schien.

Wie beim letzten Mal stellten sie den Wagen direkt vor der Metzgerei ab. Kluftinger freute sich darauf, heute hemmungslos zuschlagen zu können. Vielleicht würde er sich zwei schöne, saftige Schweinebauchsemmeln genehmigen. Schon beim Betreten des Ladens stieg ihm der Duft aus der heißen Theke in die Nase. Vielleicht sogar noch eine Leberkässemmel extra ...?

»Bub, was machst du denn mitten am Tag hier in der Metzgerei? Kriegst nix zum Essen daheim?« Kluftinger brauchte einen Moment, um zu realisieren, dass es um ihn ging, da kam seine Mutter schon auf ihn zu und zupfte ihm ein paar Fusseln von der Jacke.

»Mutter? Griaßdi. Nein, wir sind ... die Erika weiß gar nicht, dass ich da bin.«

»Hallo, Frau Kluftinger«, grüßte Lucy Beer.

»Ah, die junge Kollegin ist auch wieder dabei«, versetzte Hedwig Maria Kluftinger süßlich. »Schön, Sie sieht man in letzter Zeit ja häufig. Und die Erika weiß gar nicht, dass ihr zusammen hier seid? Soso.« Wieder zupfte sie an der Jacke ihres Sohnes herum.

Die Polizistin grinste breit. Der Kommissar wusste nicht recht, was er erwidern sollte.

»Also, mich geht's ja nichts an, aber ich find, mittags braucht es was Gescheites, nicht bloß so einen Imbiss«, zischte Hedwig Maria und warf einen verächtlichen Blick auf die heiße Theke, aus der verführerisch duftender Dampf aufstieg. »Wenn du mit der Frau Kollegin lieber nicht nach Hause willst, dann kommt doch zu mir. Ich mach schnell Kässpatzen, das hat's doch gleich.«

»Mutter, erstens geht's nicht drum, dass ich nicht heimwill. Wir waren spontan noch hier, und die Erika wär gar nicht eingerichtet auf Besuch. Und zweitens haben wir es eilig, gell, Frau Beer, ich mein ... Frau Lucy.«

»Eilig hin oder her, keine Widerrede. Ist ja noch nicht mal halb zwölf, so viel Zeit wird schon noch sein. Kannst mich gleich im Auto mitnehmen, dann muss ich nicht die ganzen Einkäufe schleppen.«

Wenn sich seine Mutter einmal was in den Kopf gesetzt hatte, ließ sie nicht locker. Doch ein Verweis auf unaufschiebbare dienstliche Belange würde sie überzeugen, da war er sich sicher. »Mama, bitte, ich kann jetzt nicht ewig ... wir haben neue Erkenntnisse. Ziemlich ... brisant grad. Wir sind wirklich in Eile.« Hilfe suchend blickte er zu Luzia Beer.

»Wegen mir müssen Sie nicht absagen, Chef. Sie können ruhig gehen, und ich wart irgendwo und rauch in Ruhe.«

»Sie kommen natürlich mit«, bestimmte Hedwig Maria Kluftinger in einem Ton, der nicht mal für eine Lucy Beer die Möglichkeit zum Widerspruch ließ.

»Okay, ich geh gern mit, ich mag deftige Sachen. Und wir haben eh ne Mittagspause. Ziehen wir die halt vor und legen sie mit der ausgefallenen Vormittagspause zusammen.«

Priml. Jeder seiner langjährigen Kollegen hätte auf Anhieb verstanden, worauf es in einer solchen Situation angekommen wäre – die Neue hatte genau das Gegenteil gemacht.

»Das ist nicht nötig, ich mach das schon. Sie sind doch zu Gast«, protestierte die Mutter, als die Polizistin alle drei Teller nahm, um sie in die Küche zu bringen.

»Schwachsinn, ich mach das daheim auch, schon seit ich fünf bin.«

Ihrem Sohn flüsterte Hedwig Maria Kluftinger zu: »Toll, die hilft im Haushalt.«

Kluftinger saß zufrieden am Esstisch seiner Eltern und zuckte nur mit den Schultern. Er hatte vorzüglich gegessen. Zu der reichlichen Portion Spatzen hatte seine Mama noch Kartoffelsalat aus der Metzgerei mitgenommen, eine Kombination, die seine Eltern vor einigen Jahren eingeführt hatten. Kluftinger wusste, dass man die vor allem im württembergischen Teil des Allgäus schätzte, während man im »richtigen Allgäu« grünen Salat bevorzugte. Er fand jedoch, dass beide Varianten etwas für sich hatten. Und da er heute Abend wegen Erikas labilen Zustands seine Leibspeise wieder nicht bekommen würde, hatte er auch kein schlechtes Gewissen, dass er sich ein wenig mehr genommen hatte als eigentlich nötig. Nur das Bier hätte er besser lassen sollen, das machte ihn jetzt schon furchtbar müde.
»Und bei welchem Arzt ist der Vatter? Beim Langhammer?«, fragte er, als auch er aufstehen wollte, um die Gläser abzuräumen.

»Wo denn sonst?«, erklärte seine Mutter und nahm ihm die Gläser ab. »Warum?«

»Bloß so. Weil ich's halt komisch find, dass er nicht heimkommt. Sonst ist ihm doch sein Mittagsschläfle heilig.«

Seine Mutter zuckte nur mit den Schultern.

Als sie sich wenig später verabschieden wollten, blieb Kluftingers Blick an einem großen Wandkalender hängen. Er wunderte sich – seine Eltern schrieben seit Jahrzehnten alle Termine in den immer gleichen Taschenkalender der Sparkasse, der auf dem Büfett stets am selben Platz lag. Als er genauer hinschaute, las er Einträge wie *E-Bike-Führung Rappenscheuchen* oder *Tatort Milchwerk.* Er schnaubte. Anscheinend zog sein Vater hinter seinem Rücken eine regelrechte Freizeitindustrie auf – und das mit dem Wissen und der Unterstützung seiner Frau. Er musste dem endlich einen Riegel vorschieben. Da fiel ihm wieder ein, was er neulich mit Richard Maier nach dem Besuch bei Regine Rimmele besprochen hatte. *Natürlich!* Der Weg zum Ziel führte über seine Mutter. Und die kannte kaum jemand so gut wie ihr eigener Sohn. »Sag mal, Mama, und der Vatter wollte wirklich nur zum Arzt?«

Stirnrunzelnd sah sie ihren Sohn an. »Was interessierst dich denn so arg für den Vatter heut?«

»Ich frag ja bloß«, tat der Kommissar beiläufig. »Weil ich ziemlich genau weiß, dass der Langhammer jeden Tag pünktlich um zwölf die Praxis für zwei Stunden zusperrt.«

Seine Mutter schaute ihn verdutzt an. »Hm, ja? Na ja, ich glaub, er hat danach noch Fußpflege. Oder war das Gymnastik?«

»Soso«, flötete Kluftinger. »Gymnastik ...«

»Ja, ich glaub ... was ist denn los?«

»Nix, Mama, nix. Ist die Frau Rimmele da eigentlich auch, bei dieser ... Gymnastik?«

»Die Rimmele, wieso denn jetzt die Rimmele?« Seine Mutter

wirkte bereits ein wenig beunruhigt. Seine Saat begann zu sprießen.

»Du, Mama, wir müssen. Sind Sie so weit, Frau Beer?«

»Klar«, sagte sie und wandte sich zum Gehen.

»Bub, jetzt sag halt, wie du auf die Rimmele kommst«, bohrte seine Mutter nach.

»Nix. Ich hab bloß gedacht, sie geht vielleicht auch zur Gymnastik. Weil sie den Vatter doch so toll findet.«

»Tut sie das?«

»Schon. Wir waren neulich mal bei ihr, da hat sie in höchsten Tönen von ihm geschwärmt. Kannst stolz sein auf den Vatter. Wie hat sie gleich gesagt ...« Kluftinger tat, als überlege er. »Ach ja, ein *Kavalier alter Schule*, ein *echter Charmeur*. Ja, ich glaub, das waren ihre Worte. Es war lustig, weil er grad angerufen hat bei ihr, als ich da war.«

Hedwig Kluftinger schnappte nach Luft.

»Der Kollege Maier hat auch erzählt, dass die Rimmele ganz weg ist von Ihrem Mann«, stimmte nun auch Luzia Beer ein. »Ist ja auch ein Netter.« Ob sie durchschaute, welches Spiel der Kommissar mit seiner Mutter spielte, oder ob es stimmte, was sie sagte, konnte er nicht erkennen.

»Ich ... er ... wie genau meinen Sie das denn ...«, stammelte Hedwig Maria. Dann ging sie zur Wohnzimmerschrankwand und nahm sich fahrig ihr Handy. »Mal schauen, ob er wenigstens ans Telefon geht«, sagte sie in Gedanken.

»So, wie gesagt, wir müssen. Danke fürs Essen, Mama. Und sag dem Vatter einen schönen Gruß, falls er rangehen sollte, gell? Bis bald dann.«

– 29 –

Zum zweiten Mal innerhalb einer Woche stand Kluftinger mit seiner Kollegin nun vor der Tür der protzigen Lederer-Villa. Zufall, würden manche vielleicht sagen, doch in Ermittlungen, das hatte der Kommissar schnell gelernt, gab es so etwas wie Zufälle nur selten. Wenn noch dazu ein Name in verschiedenen Zusammenhängen mehrmals auftauchte, machte ihn das immer stutzig.

Entsprechend gespannt wartete er, bis ihnen geöffnet wurde. Diesmal war es Frau Lederer, die im Türrahmen stand. Verunsichert blickte sie die beiden Polizisten an. »Grüß Gott. Der Hubert ist nicht da«, erklärte sie, noch bevor die Beamten überhaupt sagen konnten, was sie wollten.

»Grüß Gott, Frau Lederer«, begann Kluftinger, »darf ich fragen, welcher?«

Sie blickte irritiert zurück.

»Ich mein, welcher Hubert nicht da ist. Wir wollen zum Junior.«

Verwundert zog die grauhaarige Frau die Stirn kraus. »Zu meinem Sohn?«, vergewisserte sie sich, als sei es völlig abwegig, dass sie nicht ihren Mann aufsuchen wollten.

»Ja, genau.«

»Der ist draußen.«

»Aha, und wo?«

»Im Stall. Bei den Rindern.«

»Dann schauen wir da mal vorbei, danke.«

Frau Lederer zuckte mit den Achseln und verschwand im Haus.

Kluftinger fand es bemerkenswert, dass der junge Mann sich nicht zu schade war, selbst im Stall anzupacken, obwohl er sich ziemlich großspurig *Geschäftsführer und Inhaber der Unternehmensgruppe Lederer* nannte. Nach ihrem ersten Zusammentreffen hätte der Kommissar ihn deutlich weniger handfest eingeschätzt und schämte sich nun ein wenig für sein vorschnelles Urteil. Als sie jedoch die weitläufigen Stallungen betraten, realisierte er, dass er mit seiner ersten Einschätzung doch nicht ganz falschgelegen hatte: Lederer junior stand mit weißem Hemd, dunkelgrüner Wachsjacke und grauer Stoffhose, deren Beine in hohen Stiefeln steckten, vor einer Box neben einer Frau in einem verdreckten Staubmantel.

»Und, was meinst du? Einschläfern oder nicht?«, fragte die gerade und blickte dabei auf das Rind, das schwer schnaubend im Stroh vor ihnen lag.

»Ich weiß nicht so recht«, gab Lederer zögerlich zurück.

»Aber wir müssen das jetzt entscheiden. Er leidet, das siehst du doch. Aus rein tierärztlicher Sicht gibt es eigentlich keine Alternative.«

»Ja, schon, aber … der war sauteuer. Und dann können wir nicht mal das Fleisch verkaufen.«

»Aber wenn ich ihm noch mehr spritze, wird es noch teurer. Und meiner Meinung nach wird's nix bringen. Du kennst mich, ich geb nicht zu früh auf.«

»Schon, aber der Vatter …«

»… ist nicht da, und wir brauchen jetzt eine Entscheidung.«

Hubert Lederer zog die Schultern hoch. »Ich würd doch lieber erst mal warten.«

Das Tier schnaubte erneut und stieß dann einen jämmerlichen Klagelaut aus.

»Hörst du das nicht?«, sagte die Frau eindringlich. »Hubert, jetzt lass es uns machen. Du bist doch der Chef.«

»Wenn der Vatter …«

Kluftinger tauschte einen Blick mit Luzia Beer, dann räusperte er sich vernehmlich, und die beiden anderen fuhren herum.

»Grüß Gott, Herr Lederer, Ihre Mutter hat uns gesagt, dass Sie hier sind.«

»Wie? Ach so, ja, mein Vater ist nicht da. Leider.«

»Wir wollen ja auch zu Ihnen.«

»Zu mir?« Er sagte das ebenso überrascht wie vorhin seine Mutter.

Kluftinger war verwundert. Müsste er es als Geschäftsführer nicht gewohnt sein, dass die Leute zu ihm wollten? »Ja, zu Ihnen. Wir hätten bloß ein paar Fragen.«

»Also, es ist grad wirklich schlecht, Sie sehen ja …«

»Dauert auch nicht lang. Und einen schönen Gruß vom Kreutzer Klaus soll ich ausrichten.«

Die Augen seines Gegenübers verengten sich. »Vom Spider?«

Kluftinger erinnerte sich daran, dass auch der Mitarbeiter in der Spedition ihn so genannt hatte. »Ja, bei dem waren wir vorher. Und jetzt würden wir gern mit Ihnen reden.«

Er seufzte. »Gehen wir doch kurz raus.«

»Aber, Hubert, was machen wir denn jetzt mit ihm?«, fragte die Frau neben ihm fast flehentlich.

»Wir warten. Und damit basta.« Mit diesen Worten ließ er sie stehen und bedeutete den Beamten, ihm zu folgen. »Ich ruf dich an, wenn der Vatter wieder da ist.«

»Immer ist was mit den Viechern«, sagte er draußen und zündete sich eine Zigarette an. Er hielt den Beamten die Schachtel hin, doch Kluftinger schüttelte den Kopf. Luzia Beer nahm das Angebot jedoch dankend an. Zum ersten Mal sah er sie rauchen, bisher hatte er nur immer ihren Zigarettenatem gerochen.

Lederer gab ihr Feuer. »Um was geht's denn?«, wollte er wissen.

»Wir waren heut schon in Ihrer ehemaligen Schule«, begann Lucy. »Und haben gehört, dass Sie eine Clique hatten. Mit dem Kreutzer, dem Hagen und dem Jansen. Sie waren anscheinend so was wie der Anführer.«

»Anführer, wie sich das anhört. Ja, wir Jungs waren öfter zusammen. Und?«

»Der Tod Ihrer Lehrerin hat Sie damals alle ganz schön runtergezogen.«

»Von der Kruse? Die war nie meine Lehrerin.«

»Nicht?«, hakte Kluftinger ein.

»Nein. Ich hab das ganze Drama mit der Schule ein bissle früher beendet. Das muss Ihnen doch jemand gesagt haben. Als die Kruse kam, war ich schon auf dem Sprung.«

»Das wissen Sie noch so genau?«, fragte Lucy Beer. Kluftinger ließ sie gewähren, sie machte ihre Sache gut.

»Sie haben doch … was wollen Sie denn jetzt von mir?«

»Na ja, fragen, warum Sie das alle so mitgenommen hat.«

Lederer warf seine Zigarette weg und drückte sie mit dem Stiefel in den matschigen Boden. »Jetzt hören Sie mal, nur weil diese Hilfspsychologen und Zivilversager in der Schule meinen, nach fünfunddreißig Jahren noch irgendwas Wichtiges zu sagen zu haben, muss ich mir doch hier nicht diesen Scheiß anhören.«

Doch Luzia Beer ließ nicht locker. »Also?«

»Also was?«

»Waren Sie jetzt fertig deswegen oder nicht?«

Kluftinger gefiel seine neue Mitarbeiterin immer besser.

»Wir waren Kinder. Und die Klassenlehrerin meiner Freunde ist ermordet worden. Da kann man wohl davon ausgehen, dass alle ein wenig geschockt waren, oder?«

Luzia Beer nickte dem Kommissar zu, der nun wieder übernahm.

»Haben Sie auch für sie geschwärmt, Herr Lederer?«

»Für die …?«

»Für die Karin Kruse.«

Er schüttelte vehement den Kopf. »So toll war die nicht.«

»Ach so? Da sind Sie jetzt aber einer der wenigen, die das behaupten.«

»Stimmt trotzdem. Und die wär ja viel zu alt gewesen für mich, was hätt ich mit so einer gewollt? Außerdem hat die's doch mit jedem getrieben, das war allgemein bekannt.« Er spuckte aus.

»Verstehe.« Kluftinger schwieg eine Weile, was Lederer sichtlich nervös machte.

»Ist noch was?«, fragte er und steckte sich eine neue Kippe an.

»Leben Sie allein, Herr Lederer?«

»Ja, wieso? Ist das verboten?«

»Nein, gar nicht. Ist doch auch schön für Ihre Eltern, dass der Bub noch im Haus ist.«

Lederer warf ihm einen vernichtenden Blick zu.

Luzia Beer fuhr fort: »Wir würden gern noch über Ihre Freunde von damals reden. Mit dem Klaus Kreutzer treffen Sie sich immer noch?«

»Mit Spider? Ja, ab und zu. Wir haben früher zusammen in einer Band gespielt. Und manchmal haben wir noch ein paar Revival-Auftritte. Wie neulich, als Sie da gewesen sind. Ich hab das Equipment hier gelagert, wissen Sie?«

»Gernot Jansen?«, kam es von Luzia Beer.

»Keine Ahnung. Ist weggezogen. Wir haben nie wieder von ihm gehört.«

»Ohne Scheiß? *Nie* wieder?«, hakte sie ungläubig ein.

»Nein. Sind Sie noch mit all Ihren Schulkameraden befreundet?«

Sie ging nicht auf seine Frage ein, sondern nannte lediglich den letzten Namen: »Paul Hagen?«

Er stieß ein bitteres Lachen aus. »Wir waren ziemlich eng,

damals. Aber dann hat er gemeint, er sei was Besseres. Hat sein Abi nachgemacht und studiert. Dachte wohl, wir Bauernbuben wären nicht intellektuell genug für ihn. Jurist ist er geworden. Jetzt ist er Anwalt in einer drittklassigen Gemeinschaftskanzlei in Kempten. Und ich ...« Er deutete mit der Hand auf den Stall und den Hof. »Da sieht man mal, dass Schule und Abschlüsse nicht alles sind, oder?«

»Eine Frage noch, Herr Lederer«, sagte der Kommissar, ohne auf die letzte Bemerkung einzugehen, »es hieß, Karin Kruse hätte mal was mit einem Schüler gehabt. Wissen Sie da was drüber?«

Er dachte eine Weile nach, dann nickte er: »Ich war zwar, wie gesagt, nicht mehr in der Schule, aber das hab ich auch gehört, ja.«

»Irgendeine Idee, wer das gewesen sein könnte?«

»Hm, hab ich mich nie gefragt, aber jetzt, wo Sie's ansprechen ... nö, keine Ahnung, echt.«

»Ihr Freund Klaus vielleicht?«

»Der Kreutzer?«, fragte er überrascht.

»Ja, der war doch so ein Macho-Typ, oder? Guter Fußballer, Aussicht auf eine Karriere als Profi ...«

Lederer lachte auf. »Ha, nie und nimmer. Eine wie die Kruse hätte der nie verschoben.«

»Bitte?«

Kluftinger wusste natürlich, was Lederer meinte – und fand diese Bemerkung mehr als unpassend.

»Ich mein, die hätt sich ja wohl kaum *den* ausgesucht. Den größten Aufschwätzer im ganzen Landkreis«, fuhr Lederer fort. »Wenn angeblich so viele hinter ihr her waren, dann hatte sie doch freie Auswahl. Warum also hätte sie sich mit dem Windbeutel abgeben sollen?«

»Ich dachte, Sie und der Herr Kreutzer sind befreundet.«

»Sind wir. Aber ich geh ja auch nicht mit ihm ins Bett.« Lederer grinste die Beamten an, die mit versteinerten Mienen vor ihm standen. »Ich mein, also, Sie wissen schon. Ich glaub einfach nicht, dass er das war. Passt nicht zu ihm. Hätte er mir bestimmt auch gesagt, irgendwann.«

»Und die anderen?«

»Hagen oder Jansen? Glaub ich nicht. Der Jansen ist meiner Meinung nach sowieso schwul, jedenfalls eher so ein Nerd, mit Weibern hatte der nie was am Hut. Und der Pauli? Der hatte anderer Probleme.«

»Welche denn?«

»Ach, mit seiner Gesundheit. Mein Vater hat immer gesagt, das ist so ein *Verreckerle*. Ein schmaler Wurf, wissen Sie …«

»Na ja, vielleicht überlegen Sie einfach noch mal, ob Ihnen jemand einfällt, der besser zu der Lehrerin gepasst haben könnte. Muss ja nicht aus Ihrer Gang sein«, schloss Lucy Beer. Lederer zuckte mit den Achseln und schnippte seine Kippe auf den Boden.

»Der Typ war auch nicht grad ne Plaudertasche«, seufzte die Beamtin auf dem Weg zum Auto.

»Mei, wir sind halt im Allgäu«, gab Kluftinger zurück.

Sie lachten.

»Jetzt müssen wir uns noch um die zwei anderen kümmern, den Jansen und den dings …«

»Hagen«, kam die Beer ihm zu Hilfe und genehmigte sich schon wieder einen ihrer Kaugummis.

»Genau. Suchen Sie doch mal die Kontaktdaten von denen raus, wenn wir zurück im Büro sind.« Bevor Kluftinger in den Passat stieg, schob er noch nach: »Das haben Sie übrigens gut gemacht heut, Frau … Lucy.«

»Oh, Kollege Maier hat was in die Abteilungsgruppe gepostet«, sagte Lucy Beer mit Blick auf ihr Handy, das sich eben mehrmals vernehmlich gemeldet hatte. Sie hatte nach einem strengen Blick des Kommissars, der am Steuer saß, schnell danach gelangt, worauf sein Handy exakt die gleichen Laute von sich gab.

»Oje, schon wieder! Was schreibt er denn?«

Lucy grinste. »Will wissen, wo wir bleiben. Er hätte extra angeordnet, dass alle die Mittagspause schieben, wegen einer dringenden Teambuilding-Sache.«

»Angeordnet? Schreibt er wirklich angeordnet?« Kluftinger wäre beinahe von der Fahrbahn abgekommen.

»So steht's da«, bestätigte Luzia Beer.

Der Kommissar seufzte und sah auf die Uhr. Mittlerweile war es fast zwei, ihre ausgedehnte frühe Mittagspause war schon fast nicht mehr wahr. »Wissen Sie was, schreiben Sie doch, dass wir bald kommen, sie aber trotzdem nicht auf uns warten müssen. Ach ja, und wir sollten vielleicht besser nicht erwähnen, dass wir heute schon ausgiebig Mittag gemacht haben – und vor allem wo. Das geht die anderen ja nix an. Wir gönnen uns heute einfach eine zweite Pause.«

Luzia Beer kratzte sich am Kopf. »Klar, ich schreib das so, bloß kann ich jetzt sowieso nicht mit. Ich muss noch mal kurz in der Personalabteilung vorbei. Die brauchen noch ein paar Unterschriften von mir. Ich hoff, der ganze Bürokratie-Scheiß ist bald durch.«

»Seien Sie doch froh, Lucy.«

»Wie jetzt?«

»Die Bürokratie sorgt dafür, dass Sie nicht mitmüssen zum Teamzeug vom Kollegen Maier«, sagte der Kommissar resigniert und lenkte den Passat in die Einfahrt der Direktion.

– 30 –

»Schade, dass die Sandy auf einmal so starke Migräne hat«, fand Maier. Er hatte den Kommissar zusammen mit Hefele gleich am Parkplatz abgefangen.

»Ja, die Art Migräne kenn ich«, erwiderte Hefele. »Hab ich leider nicht schnell genug gekriegt.«

»Falls du damit andeuten willst, das sei nur eine Ausrede: Kann ich mir nicht vorstellen«, gab Maier bestimmt zurück. »Schließlich soll die Aktion im Gedenken an Eugen stattfinden – und da würde Sandy nicht leichtfertig schwänzen.«

Kluftinger wurde allmählich ungeduldig. Und er fror. Der Himmel hatte sich zugezogen, es war deutlich kälter als noch am Morgen, und es nieselte leicht. Vielleicht würde es heute sogar noch den ersten Schnee geben, wie die Wetterfee im Radio eben gemutmaßt hatte. »Richie, wenn du mir jetzt nicht auf der Stelle sagst, wohin du willst, geh ich rauf und lass mich von Sandys Migräne anstecken.«

»Wohin? Na, ich dachte, das erklärt sich von selbst. Nachdem wir letzten Freitag aufgrund ... anderer Pläne des Kollegen Hefele nicht mehr dazu gekommen sind, werden wir jetzt den Abteilungs-Christbaum zusammen erwerben. Leider, wie gesagt, ohne die Damen.«

Kluftinger blickte seinen Mitarbeiter ungläubig an.

»Erinnert euch nur, welch großer Freund von Weihnachten im Allgemeinen und von Nadelbäumen im Speziellen unser lieber Eugen war.«

Für einen Moment schloss der Kommissar die Augen. *Also gut,* dann würde er eben kurz mitgehen und hätte das leidige Thema danach abgehakt. »Ich fahr. Zu welchem Baumarkt wollen wir? Direkt zu dem großen am Oberstdorfer Knoten oder lieber zu dem auf'm Bühl? Wär auch nicht viel weiter, und der ist sogar noch ein bissle billiger, glaub ich.«

»Nein, also ein Baumarkt geht gar nicht«, fand Maier.

»Dann halt zum Real.« Diesen Einkaufstipp von Frau Litwinow hatte Kluftinger noch deutlich im Ohr.

Doch Maier schüttelte erneut vehement den Kopf, während Hefele sich erst gar nicht an der Diskussion beteiligte. »Ich bin der Ansicht, dass wir unbedingt einen regionalen Baum kaufen sollten.«

»Soso«, brummte der Kommissar.

»Ja, weil die Bäume, die man in den großen Märkten kaufen kann, Anfang November bereits irgendwo in Russland oder sonst wo in Osteuropa von Tagelöhnern gefällt worden sind und seitdem auf Lkws durch die Gegend gekarrt werden.«

Damit hatte Maier sicher recht, aber sie waren eben auch sehr viel billiger.

»Außerdem werden die mit Pestiziden behandelt, wachsen in Monokulturen und riechen überhaupt nicht. Der Eugen hätte das nicht gewollt.«

Diesmal hatte der Kommissar nicht vor, das von seinem Kollegen inflationär bemühte Totschlagargument unhinterfragt stehen zu lassen. »Moment mal, du willst uns allen Ernstes sagen, dass Eugen nicht gewollt hätte, dass wir einen Baumarktbaum kaufen?« Sein Blick ging zu Hefele, der ihm jedoch auswich.

»Unser lieber Eugen war ein Fan von Tannenduft«, verkündete Maier unbeeindruckt in feierlichem Singsang.

»Dann kaufen wir halt eine Dose Sprüharoma. Oder ich bring mein Räuchermännle mit«, blaffte Kluftinger.

Maier winkte ab. »Er liebte das echte, natürliche Waldaroma.

Lass uns doch auf den Bauernmarkt gehen. Regionale Erzeuger verkaufen da ihre Waren. Unter anderem auch Bäume.«

»Soso, und wo soll der sein?«

»Unten, bei der Basilika.«

Seufzend lenkte Kluftinger ein. Dieser ganze Regionalgedanke war ja prinzipiell eine gute Sache. Wenn die Waren dort nur nicht so teuer gewesen wären. »Von mir aus, fahren wir halt zum Bauernmarkt.«

»Nein, wir laufen!«

»Jetzt komm, wir können schlecht den Baum durch die halbe Stadt hierher zurückschleppen.«

»Wir kriegen eh keinen Parkplatz da unten. Außerdem ist es eine tolle Teamaktion, wenn wir zusammen den Baum rauftragen. Da kriegen wir gleich eine Beziehung zu ihm.«

»Himmel, Richie ...«, begann Kluftinger, doch Hefele war bereits losgegangen.

»Egal, bissle frische Luft schadet ja vielleicht auch nix«, erklärte er.

»Dass ihr euch auf einmal immer so einig seid in letzter Zeit. Mir war's grad lieber, als ihr noch um jede Kleinigkeit gestritten habt«, grummelte der Kommissar und schloss zu den anderen auf.

Kaum am Bauernmarkt angekommen, der sich auf einem gekiesten Parkplatz unterhalb der barocken Basilika Sankt Lorenz befand, steuerte Hefele schnurstracks auf den Imbisswagen mit den Kässpatzen zu. Kluftinger kannte ihn vom Wochenmarkt und wusste, dass sie dort tatsächlich fast so gut waren wie selbst gemacht, auch wenn die geschmälzten Zwiebeln zu blass waren und – noch schlimmer – nie genug davon auf dem Teller landeten. Da er nach seiner Riesenportion beim Mittagessen ohnehin keinen Bissen mehr hinunterbekommen würde, schlenderte er mit Maier derweil durch die Gasse zwischen den Verkaufsständen, wo Dinge wie Honig und Bienenwachskerzen, Schaffelle oder handgestrickte Socken angeboten wurden. Aus einigen Lautsprechern plätscherte Stubenmusik. Über den gesamten Platz zog sich eine heimelige Duftmischung aus Glühwein, Kässpatzen, heißem Most und gegrillten Würstchen, die an einer Ecke auf einem großen Holzkohlegrill brutzelten. Der Kommissar hätte den Geruch sicher verführerisch gefunden, wäre er nicht so satt gewesen. Und die Atmosphäre hier zwischen den hölzernen Buden war jedenfalls wunderschön. Eine tolle Neuerung, dieser Markt, und eine gute Alternative zum überlaufenen Weihnachtsmarkt am Kemptener Rathausplatz. Vielleicht würde er mit Erika einmal herkommen.

Sie platzierten sich an einem rustikalen Stehtisch und winkten Hefele, der eben zurückkam. Er gesellte sich zu ihnen und stellte jedem eine Portion Spatzen hin, Kluftinger sogar eine besonders große mit einem ganzen Berg Zwiebeln. »Extraviel für den großen Hunger«, kommentierte er und schob sich eine Gabel in den Mund. Kluftinger traten sofort Schweißperlen auf die Stirn, obwohl das Wetter immer ungemütlicher und kälter wurde. Sicher, er war im Essen großer Mengen durchaus geübt, aber dass er das nach der Monsterportion heute Mittag wirklich unbeschadet überstehen würde, bezweifelte er. Andererseits fand er es sehr aufmerksam von Hefele, dass der ihm ungefragt etwas zu essen ausgab – und sogar seine Vorlieben berücksichtigt hatte. »Mei, das ist ja nett«, sagte er deshalb ehrlich. »Magst nicht lieber du die große Portion?«

»Ach Schmarrn«, erwiderte sein Kollege kauend, »du hast schließlich den ganzen Tag nix gegessen. Haut rein, ihr zwei. Geht auf mich, die Runde.«

»Danke, Roland, das ist so ... lieb von dir«, sagte Maier mit bebender Stimme. »Die zweite zahl ich dann.«

Kluftinger verschluckte sich an seinem ersten Bissen. *Die zweite?* Noch eine Runde würde er keinesfalls verkraften, die müsste er verhindern, so viel war klar. Es war schon schwierig genug, diese hier noch zu bewältigen. Er beschloss, es wie bei dieser amerikanischen Reportagereihe zu machen, die er manchmal im Fernsehen sah, bei der ein ziemlich gut genährter Mann an diversen Fresswettbewerben teilnahm: wenig kauen, schnell schlucken und an etwas anderes denken. Daher schnitt er ein neues Thema an: »Sagt mal, welche Hobbys haben eure Frauen eigentlich so? Würd mich grad mal interessieren.« Vielleicht konnte er die eine oder andere Idee als Vorschlag für Erika verwerten.

Die beiden Kollegen schauten von ihren Spatzen hoch und starrten ihn verwundert an. »Also, ich für meinen Teil bin ja schon ziemlich lang geschieden«, erklärte Hefele schließlich. »Und du doch auch, Richie, oder?«

»Klar, glücklich geschieden, was sonst?«

Kluftinger schluckte einen mächtigen Bissen hinunter: »Sicher, also, ich mein, was haben die immer so gemacht, eure Ex-Frauen, bevor sie euch ... ihr wisst schon.« Dann schaufelte er die nächste Ladung in sich hinein. Er durfte keine Zeit verlieren. Musste schneller sein als sein Sättigungsgefühl.

Maier antwortete: »Also, zunächst: Ich hab ja nach wie vor ein gutes Verhältnis zu meiner Ex. Es gab nie richtig Zoff. Wir geben uns nicht wie die meisten gegenseitig die Schuld, denn wir wissen, dass es einfach kein *perfect match* war, wie man neudeutsch sagt. Wisst ihr, was ich meine?«

Kluftinger sah auf. Er wusste nicht, was Maier meinte, hatte aber auch kein Interesse, es zu erfahren.

»Ohne Streit und Ärger ist es keine richtige Scheidung, wenn du mich fragst«, wandte Hefele brummig ein.

Maier zuckte mit den Achseln. »Ich nehme an, Chef, du willst eher Anregungen, was für deine Frau gut wäre, oder? Sucht sie ein Hobby?«

»Suchen ist vielleicht zu viel gesagt. Ich mein nur, vielleicht gäb's was, was ihr Spaß machen könnte.«

»Reichst du ihr nicht mehr?«

»Schmarrn. Aber der Markus hat seine eigene Familie, ich bin den ganzen Tag weg, da fällt ihr manchmal die Decke auf den Kopf.«

»Also, meine Frau war voll berufstätig, deswegen hatte sie jetzt nicht wahnsinnig viel Zeit. Aber ich kann Bridge sehr empfehlen.«

»Ist das nicht das Kartenspiel für alte Weiber?«, wandte Hefele ein.

»He, das heißt ältere Damen, gell?«, ermahnte ihn Kluftinger augenzwinkernd.

»Das ist ja ein ganz altes Vorurteil. Ich hatte mit meiner Frau auch eine regelmäßige Bridgegruppe«, verkündete Maier.

»Kein Wunder, dass sie nix mehr von dir wissen wollt.« Hefele schlug seinem Kollegen lachend auf die Schulter.

Maier verzog keine Miene. »Wie schon gesagt, das hat ganz andere Gründe, die ich euch gern darlegen kann, wenn's euch interessiert.«

Kluftinger und Hefele stocherten konzentriert in ihrem Essen und vermieden es tunlichst aufzusehen.

»Na ja, vielleicht ein andermal. In Ruhe.«

Die Beamten nickten.

»Vielleicht wäre auch Ashtanga was Schönes für deine Frau? Das hilft vielen, die Mitte zu finden.«

Kluftinger winkte ab. »Ich glaub, mit Tangas hat sie's gar nicht, die Erika.«

»Das hat doch nichts mit ... Ashtanga ist die verbreitetste Form des Yoga. Hast du das nicht sogar selber mal probiert?«

Kluftinger erinnerte sich mit Schrecken an eine Yogastunde bei Langhammer. »Nie«, brummte er deshalb.

»Wie wär's dann mit Stricken? Ist total in gerade. Da kommt man wunderbar runter. Dazu ein Hörspiel oder nen schönen Podcast ...«

»Du strickst?«, hakte Kluftinger ungläubig nach und versicherte sich mit einem Blick, dass Hefele ebenso erstaunt war.

»Ich ... das kam jetzt vielleicht falsch rüber, also, wenn ich eine Frau wär, dann würd ich stricken. Für mein Leben gern.«

»Schon klar, Richie!« Hefele hatte mittlerweile aufgegessen. Auf einmal brach es aus ihm heraus: »Wie wär's denn dann so mit den Hobbys von meiner Ex-Frau? Die hat tolle Sachen gemacht: den ganzen Tag irgendwelche Schrott-Talkshows und Reality-Müll angeschaut, Schokolade in sich reingestopft, Shopping-Queen im Internet gespielt, mein Geld ausgegeben und sich ansonsten den Arsch breit gesessen und gewartet, dass ich abends heimkomme, damit sie mir Vorwürfe machen kann, in was für bescheidenen Verhältnissen sie leben muss, weil wir nicht mal eine Zweitwohnung haben. Und weil sie auch noch nie in der Karibik war und noch keine Kreuzfahrt hat machen dürfen.«

Kluftinger schloss die Augen. Hätte er das Thema doch bloß nie angeschnitten! »Ja, vielen Dank für eure tollen Tipps, dann geh' mer jetzt doch einfach mal ein Bäumle suchen«, schlug er vor. Sein Blick auf die Tischplatte machte ihn ein wenig stolz: Er hatte es tatsächlich irgendwie geschafft, sich alle Spatzen samt den blassen Zwiebeln einzuverleiben. Allerdings bezahlte er diese Leistung mit einem unangenehmen Druck im Magen. Für heute hatte er eindeutig genug, und auch beim Glühwein würde er passen müssen.

Zu dritt schlenderten sie – zu einer schnelleren Gangart wäre der Kommissar momentan auch nicht in der Lage gewesen – zum Christbaumhändler, den Maier schon von Weitem begrüßte und erklärte, er habe einen Termin vereinbart. Der Verkäufer, ein groß gewachsener, breitschultriger Typ um die vierzig, erhob sich langsam von seinem Klappstuhl und kam auf sie zu. Auf dem Weg legte er noch zwei Stücke Holz in die Feuerschale, die rauchend vor sich hin schwelte. Er war eine imposante Erscheinung: Die Füße steckten in kniehohen Lederstiefeln mit Filzschaft, dazu trug er einen breitkrempigen Hut und einen pelzgefütterten olivgrünen Mantel. »Grüß Gott beinand. Worum geht's?«, fragte er Maier, der instinktiv einen Meter zurückwich, mit einer brummenden Bassstimme.

»Ich komme wegen des Beratungstermins zum Erwerb eines Weihnachtsbaumes, den wir heute Vormittag telefonisch vereinbart haben. Kriminalhauptkommissar Maier ist mein Name, wir sind leider fünf Minuten zu früh, können aber warten.«

Der Mann grinste und holte eine Zigarre aus seiner Manteltasche, die er erst genüsslich anzündete, bevor er antwortete. »Soso, das trifft sich ja gut, dass mein letzter Termin schon zwei Tage her ist. Da war ich nämlich beim Zahnarzt. Mit wem auch immer Sie telefoniert haben, ich war's nicht. Aber wenn Sie einen Baum wollen, davon hab ich so viele, dass ich sie auch spontan verkauf.« Er zog an seiner Zigarre und ließ einen beeindruckenden Husten vernehmen.

»Der Typ sieht ein bisschen aus wie Hagrid, oder?«, flüsterte Maier Kluftinger zu, der keine Ahnung hatte, was er damit meinte.

»Sind übrigens alles Bäume von der Westallgäuer Waldbesitzervereinigung. Beste Ware«, versicherte der Verkäufer.

»Schön«, fand Maier, »wir bräuchten allerdings einen Baum, der bestimmte Anforderungen erfüllt. Zunächst: Er wird in einem Büro stehen. Öffentlicher Dienst.«

»Aha. Den meisten von meinen Bäumen ist es ziemlich egal, wo sie aufgestellt werden. Privat oder Büro, die sind nicht wählerisch.« Der Mann blickte grinsend zu Hefele und Kluftinger. Wahrscheinlich sah er ihren Gesichtern an, was sie von Maiers Gebaren hielten.

»Das freut mich«, fuhr der unbeirrt fort, »wir haben keinen Publikumsverkehr, im Allgemeinen ist es also eher ruhig bei uns. Wir sind drei Männer und zwei Frauen in der Abteilung. Die Luftfeuchtigkeit wäre eher gering, weil außer mir nie jemand lüftet. Und der Anteil an künstlichem Licht erheblich. Was würde sich da gut machen?«

Wieder sog der Mann an seiner Zigarre, sodass deren Spitze rot aufglühte. »Also, lassen Sie mich mal überlegen: Bei zwei Männern und einer Frau ...«

»Drei Männer, zwei Frauen«, korrigierte Richard Maier.

»Ah, das ist natürlich was anderes. Ich würd ... ja, ich würd einen grünen nehmen. Die besten Bürobäume finden Sie außerdem genau ... hier.« Er machte eine ausladende Handbewegung über seinen ganzen Verkaufsstand.

»Wunderbar.« Maier schaute seine Kollegen Beifall heischend an.

Kluftinger zuckte mit den Achseln und begann sich zusammen mit Hefele ein wenig umzusehen, während Maier weiter auf Fachberatung bestand. Sie hörten noch, wie der Verkäufer erklärte: »Also der hier könnte mit einer Bürosituation sicher ganz toll umgehen. Ist eine sogenannte Schreibtisch-Blaufichte. Kostet allerdings ein bissle mehr als eine ordinäre Nordmanntanne.«

»Wir legen alle zusammen. Am Geld sollte es also nicht scheitern.«

»Das wär dem Eugen sicher nicht recht, Richie«, rief Kluftinger. Sein Kollege sendete Signale aus, die preislich gesehen fatal enden konnten. »Er war sehr sparsam, gerade am Ende seiner Tage. Und eine Blaufichte passt ja gar nicht zum Ahornholz unserer Fensterbänke.« Bei ein paar kleineren Exemplaren machte der Kommissar halt. Die würden für ihren Zweck locker reichen und waren, den Farben der Bändchen nach, die er auf einer kleinen Tafel gesehen hatte, außerdem recht günstig. Er hielt einen in die Höhe. »Was meinst, Roland? Wär der was?«

»Der? Da hast du mit sicherem Blick den räudigsten von allen ausgesucht. Den würd ich nicht mal meiner Frau hinstellen.«

Der Kommissar verstand nicht, was der Kollege hatte. Sicher war der Baum etwas windschief und ungleichmäßig, aber er besaß Charakter.

»Völlig indiskutabel«, rief Maier ungefragt herüber, und der Verkäufer ergänzte: »Also, die krummen sind eigentlich bloß dafür da, falls jemand einzelne Zweige davon abschneiden will. Die gibt's gratis zum Kauf dazu.«

Ärgerlich räumte der Kommissar das Bäumchen wieder auf und suchte ein neues heraus. »So was?«

Maier schüttelte den Kopf. »Zu gelb, untenrum«

»Das musst du als Württemberger grad sagen«, brummte Kluftinger und suchte weiter. Beim nächsten Baum, den er vorschlug, waren Maier die Nadeln zu klein, bei einem anderen zu dicht, der dritte wiederum schien ihm zu schmal. Nun begab sich auch Hefele auf die Suche, um die Aktion zu beschleunigen, doch auch er bekam von seinem Kollegen eine Abfuhr nach der anderen: Doppelspitze, schlechte Schnittstelle, zu gedrungener Wuchs.

Schließlich beschloss Kluftinger, den nächsten Christbaum, den Hefele anschleppen würde, derart in den Himmel zu loben, dass Maier, der selbst bislang noch keinen Vorschlag gemacht hatte, gar keine andere Chance hätte, als einzulenken. »Mei, Roland, deeeeer isch ja soooo schöööön! Den müssen wir nehmen«, flötete er, als sein Kollege auf ein Exemplar zeigte.

Hefele rollte mit den Augen.

Vielleicht etwas zu dick aufgetragen, dachte Kluftinger.

Maier, noch immer im Beratungsgespräch mit dem Zigarrenraucher, machte eine wegwerfende Handbewegung. »Der hat so eine lichte Stelle da oben. Ausschluss«, lautete sein vernichtendes Urteil.

Jetzt hatte auch Hefele genug. »Du hast auch eine lichte Stelle am Kopf, Richie. Dich bezeichnet deswegen aber auch keiner als Ausschuss.«

Kluftinger hatte es ebenfalls satt, selbst der Preis war ihm inzwischen egal, er wollte weg hier. Zurück zur Arbeit, zurück ins Warme. Also griff er sich einen wirklich prächtigen Baum, der in einem Betonständer steckte, schleppte ihn zu den Kollegen und präsentierte ihn. »Der wird's, und damit basta!« Dann wandte er sich an den Händler. »Wenn Sie uns den einpacken, bitte.«

»Also, der ist aber wirklich mal schön!«, fand auch Hefele.

Richard Maier ging ein paar Schritte darauf zu, umkreiste ihn und verkündete mit verklärtem Blick: »Ihr habt völlig recht! Der ist es. Eine prachtvolle Erscheinung. Sieht sogar ein bisschen aus wie Eugen, Gott hab ihn selig.«

»Au, das tut mir leid, der ist schon weg«, verkündete der Verkäufer. »Kriegt der katholische Dekan fürs Pfarrhaus. Ist sogar schon bezahlt. Sorry, aber da geht gar nix.«

Den gesamten Rückweg über lamentierten sie über ihre erfolglose Shoppingtour. Während Maier sich echauffierte, dass der starrköpfige Verkäufer auch auf sein Flehen samt Erklären der Sondersituation (»verschiedener Kamerad«) den Pfarrbaum nicht hatte hergeben wollen, fand Hefele, dass es ohnehin übertrieben sei, dass sich der Geistliche einen solchen Prachtbaum ins Zimmer stellte, wo er über Weihnachten sowieso fast pausenlos in der Kirche sei.

»Ich sag bloß: Beim Baumarkt wär das nicht passiert. Die machen keine Extrawürste, auch nicht für Pfarrer. Da kriegt jeder den Baum, den er will«, schimpfte Kluftinger. Schließlich einigte er sich mit Hefele darauf, dass Maier wegen seiner Idee einer Teambuilding-Maßnahme und der ständigen Mäkelei an den Bäumen nicht nur daran schuld war, dass sie mit leeren Händen zurückkehren mussten, sondern auch an der Stimmung, die nun viel schlechter war als zuvor. Und obendrein am drückenden Spatzenklumpen in Kluftingers Magen, was der Kommissar aber für sich behielt.

Sie nahmen gerade die letzten Stufen zur Abteilung, da tönte Maier, er werde zu Hause eine Anforderungsmatrix für den idealen Bürobaum entwerfen, die man dann beim nächsten Besuch eines Verkaufsstands wie eine Checkliste einfach abhaken könne.

»Du glaubst doch nicht im Ernst, dass wir noch mal …«, begann Kluftinger, als er wütend den oberen Treppenabsatz erreichte, in den Gang stürmte – und wie angewurzelt stehen blieb: Auf einem kleinen Tischchen in der Ecke neben Sandys Schreibtisch stand ein Christbaum samt bunt glänzenden Plastikkugeln und elektrischen Kerzen in einem Ständer. Er ähnelte in der Form sogar ein wenig dem, den man ihnen eben verweigert hatte. Sandy krabbelte gerade unter dem Tisch hervor, ein Verlängerungskabel in der Hand.

»Na, schön, was?«, sagte sie und stand auf. »Jetzt müssen wir ihn bloß noch anstecken. Hat die Lucy mitgebracht.«

»Der ist ja der Hammer«, schwärmte Hefele, und auch Kluftinger nickte anerkennend, obwohl der Schmuck für sein Dafürhalten eindeutig zu bunt ausgefallen war. Die Glitzerkugeln aus Plastik fand er regelrecht geschmacklos, sagte aber nichts.

»Ich war schnell noch beim Baumarkt, auf dem Rückweg vom Präsidium«, sagte Luzia Beer lächelnd vom Türrahmen ihres Büros aus. »Weil Sie doch so begeistert waren vom Gedanken, dass wir für unsere Abteilung einen Baum kaufen, stimmt's, Herr Kollege?«

Maier zuckte mit den Schultern. »Begeistert? Das war ja nur ein Vorschlag. Ob so ein Baum wirklich nötig ist, muss letztlich jeder selbst entscheiden. Aber wenn Sie meinen ...«, sagte er kühl und verschwand in seinem Büro.

– 31 –

Intervallfasten.

Wie oft hatte Richard Maier ihm diese Ernährungsform ans Herz gelegt, ihre lebensverlängernde Wirkung gepriesen und ihre Abnehm-Effekte in schillernden Farben geschildert. Und wie oft hatte er ihn deswegen ausgelacht. Doch nun schien es Kluftinger die einzige Rettung für seinen geschundenen Magen zu sein, der von den vielen Kässpatzen im Laufe des Tages noch immer derart gefüllt war, dass er den Gürtel schon zwei Löcher weiter gestellt hatte. Sechzehn Stunden würde er nun fasten. Mindestens. Im Moment konnte er sich nicht einmal vorstellen, überhaupt jemals wieder irgendetwas zu essen, auch wenn ihm sein Verstand sagte, dass die Lage spätestens morgen früh schon wieder anders aussehen würde.

Als er jedoch seine Haustür aufschloss, musste er einen Würgereiz unterdrücken. Es roch derart stark nach Kässpatzen, dass er Sorge hatte, er müsse sich auf der Stelle übergeben. War das denn die Möglichkeit? Wochenlang war sein traditionelles Montagsgericht ausgefallen, weil Erika einfach nicht mehr in der Lage gewesen war, es zu kochen. Und nun, aus heiterem Himmel, schien es wieder auf dem Speiseplan zu stehen. Ausgerechnet heute, nach dieser Spatzensintflut.

»Hallo, Butzele«, rief seine Frau aus der Küche.

»Ja, hallo«, presste er hervor.

»Ist dir nicht gut?«, fragte Erika, die mit Kochlöffel und Schürze im Türrahmen erschien. Sie wirkte wie ausgewechselt mit ihren rosigen Wangen und den leuchtenden Augen.

»Doch, doch, alles gut. Was ... gibt's denn?«

»Tu doch nicht so, das riechst du doch. Du hast jetzt so lang keine Kässpatzen mehr gekriegt, du bist bestimmt ganz ausgehungert danach. Drum hab ich heut gleich mal eine doppelte Portion gemacht.«

»Doppelt ... das hätt's doch nicht gebraucht.«

»Doch. Und es tut mir leid, dass ich in letzter Zeit so neben mir gestanden hab.« Sie schmiegte sich an ihn. »Das wird ab jetzt wieder anders, versprochen.« Mit diesen Worten gab sie ihm einen Kuss auf die Wange.

Kluftinger freute sich sehr über die veränderte Gemütslage seiner Frau. Und wenn das hieß, dass er heute zum dritten Mal sein Leibgericht würde essen müssen, dann würde er eben in den sauren Apfel beißen. Respektive in die Spatzen.

»Setz dich, ist gleich fertig.«

Er nahm auf der Ofenbank im Wohnzimmer Platz. Erika stellte ihm seinen Weizen-Bierkrug hin. Bei der Vorstellung, wie die Kohlensäure und die Hefe seinen Magen noch weiter ausdehnen würden, bekam er Schweißausbrüche. »Ich trink bloß Wasser.«

Sie blickte ihn prüfend an. »Irgendwas ist doch ...«

»Weil ich keinen Alkohol will?«

»Nein, weil ... egal. Dann eben Wasser.«

Sie ging wieder, und Kluftinger bereitete sich mental auf die ihm bevorstehende Aufgabe vor. Er musste versuchen, schnell zu essen, bevor der Magen überhaupt mitbekam, dass er erneut befüllt wurde. Dann könnte er es schaffen.

»So, lass es dir schmecken.« Erika stellte ihm einen Teller mit einer gigantischen Portion Spatzen hin, goss das Wasser ein und setzte sich ihm gegenüber. Sie selbst nahm sich nur Salat.

»Isst du nix, Erika?«

»Nein, mir ist heut nicht danach. Außerdem hab ich beim

Kochen schon so viel probiert. Also, hau rein.« Erwartungsvoll sah sie ihn an, beobachtete, wie er die erste Gabel zum Mund führte, freute sich, als er ein »Mhhhmmm« hervorpresste, und widmete sich dann erst ihrem Salat. Er schaufelte sich riesige Gabeln in den Mund, doch schon nach kurzer Zeit kämpfte er schwer, unter seinen Achseln zeichneten sich handtellergroße Schweißflecken ab, aber irgendwie schaffte er es, den halben Teller leer zu essen.

»Ach, ich hab ja den Pfeffer ganz vergessen«, sagte Erika und stand auf. Kaum hatte sie den Raum verlassen, leerte Kluftinger den Rest seines Tellers in die große Schüssel, um dann, als seine Frau wieder erschien, zu ächzen: »Ahhh, war das gut. Deine Spatzen sind einfach die besten.« Das war nicht einmal gelogen – wenn man von denen seiner Mutter absah, das musste er im direkten Tagesvergleich einräumen.

»So, hier ist der Pfeffer«, sagte Erika, hielt dann aber inne, blickte erst auf ihn, dann auf die Schüssel. Er befürchtete schon, sie hätte ihn enttarnt, da sagte sie: »Es ist so viel da, nimm doch noch.« Mit diesen Worten schaufelte sie ihm zwei weitere Kellen auf den Teller.

Das war nun endgültig zu viel. Diese Menge könnte er beim besten Willen nicht mehr bewältigen. »Hättest du doch noch Salat für mich?«, fragte er in seiner Verzweiflung.

»Ja, in der Küche«, erwiderte seine Frau. »Ich hol's dir.«

Sofort als sie draußen war, schnappte er sich seinen Teller, rannte auf den Balkon, holte aus, entdeckte im letzten Moment den Pudel im Nachbargarten, zischte: »Gscht, geh weg, Hund, jetzt kommt was!«, und pfefferte das Essen über den Zaun auf den Rasen des Nebengrundstücks. Das Tier jaulte überrascht auf und machte einen Satz zur Seite. Kluftinger eilte zurück und setzte sich wieder. Genau im richtigen Moment, denn Erika kam herein, die Salatschüssel in der Hand.

»Ui, du bist ja regelrecht ausgehungert. Magst noch mehr?«

»Nein!«, schrie er so laut, dass sie zusammenzuckte. Und fügte etwas leiser hinzu: »Du weißt doch, dass ich abnehmen will.«

Entgeistert blickte sie ihren Mann an. »Nein, das hör ich zum ersten Mal.«

»So? Mei, dann weißt du es eben jetzt. Aus ... gesundheitlichen Gründen. Das ist doch das Allerwichtigste.«

Sie sah ihn lächelnd an und legte ihre Hand auf seine. »Freut mich, dass du das so siehst.«

»Apropos Gesundheit: Willst du nicht doch mal Yoga probieren? Dieses ... Tanga-Yoga vielleicht?« Ihre Augen verengten sich. Er musste das geschickter einfädeln, wenn er Erfolg haben wollte. »Soll ganz toll sein.«

»Yoga? Ich weiß nicht ...«

Priml. Vielleicht musste er die Sache anders aufziehen. »Stell dir vor, der Richie hat ein neues Hobby. Der strickt jetzt.«

»Ehrlich?«

»Ja, der ist ganz verrückt danach. Macht ihm einen Mordsspaß.«

Erika schüttelte den Kopf. »Kann ich gar nicht verstehen. Ich hab das schon in der Schule gehasst.«

»Gehasst, hm? Das ist ja blöd.«

»Warum?«

»Ja, weil ... wenn du es nicht hassen würdest, würd es dir ja vielleicht Spaß machen. Und dann ... wäre es ein schönes Hobby, wie für den Maier.«

»Wenn.«

»Ja, wenn ...« Angestrengt überlegte Kluftinger, was er noch vorschlagen könnte. Der volle Bauch erschwerte ihm allerdings das Denken, und so fiel ihm lediglich seine gestrige Abendaktivität ein. »Übrigens, was die Frau Litwinow da macht, weißt schon, die mit diesem Thermodings, also die verdient bestimmt ganz gut dabei.« Er wusste zwar, dass das nicht stimmte, aber darum ging es im Moment ja nicht.

»Aha.« Seine Frau musterte ihn misstrauisch. »Willst du damit sagen, dass ich eigenes Geld verdienen soll? Kommt das von deiner Mutter?«

Er hatte heute wirklich ein Händchen. »Nein, das will ich nicht. Und meine Mutter hat gar nix damit zu tun. Ich erzähl einfach, was so los ist. Kannst dich doch mal bei der melden.«

»Bei deiner Mutter?«

»Nein, bei der Litwinow. Die ist nett.«

»Ich kenn die Frau überhaupt nicht.«

»Ja, dann ...« Kluftinger war mit seinem Latein am Ende. Hatten seine Kollegen noch irgendetwas gesagt, was er anbringen konnte? Ihm fiel nichts ein. Nichts bis auf: »Diese Nachtmittagstalkshows sollen ja auch sehr unterhaltsam sein. Und dabei kann man wunderbar ... Schokolade essen ...«

Kluftinger schlief extrem schlecht in dieser Nacht. Er wälzte sich von einer Seite auf die andere, doch mit all den Spatzen und Zwiebeln im Bauch fand er einfach keine Ruhe. Irgendwann döste er dann doch weg – nur um kurz darauf vom Jaulen eines Hundes wieder geweckt zu werden. »Zefix«, schimpfte er, stand auf und versuchte die Quelle dieses Jammerns zu lokalisieren. Es kam vom Nachbarhaus, das war eindeutig. Er stand auf und öffnete das Fenster.

»Was machst du denn?«, kam es da von Erika.

»Pscht«, zischte er und schaute hinaus. Bei den Nachbarn brannte Licht, obwohl es bereits weit nach Mitternacht war. Dann sah er auch die beiden Bewohner in Bademantel und Schlafanzug in ihrem Wohnzimmer über dem Hundekörbchen knien. Da ihr Fenster gekippt war, hörte er, wie die Frau sagte:

»Ich weiß nicht, was der Wauzi hat, sein Bauch ist ja ganz aufgebläht.«

Blitzartig schloss er das Fenster wieder.

»Was ist denn …?«, fragte Erika.

»Ach, der Wauzi hat irgendwas, diese überzüchteten Viecher allerweil.« Er verdrehte die Augen und wechselte schnell das Thema. »Apropos: Irgendwas stimmt nicht beim Langhammer. Ich seh den Hund gar nicht mehr.«

»Was soll denn nicht stimmen?«

»Keine Ahnung. Ist doch komisch, dass das Tier so von der Bildfläche verschwindet. Ich mein, der hat als Arzt ja Zugang zu allen möglichen Medikamenten.«

»Was willst du denn damit sagen?«

»Gar nix will ich sagen. Nur, dass man nix mehr sieht und hört. Und dass nix mehr kaputt ist, obwohl der Mao doch so auf Möbel steht.« Er verstummte.

»Wer ist denn der Mao?«

»Hm?«

»Du hast was von einem Mao gesagt. Wer ist das?«

»Das … ist … ein Chinese.«

»Ja, das weiß ich.«

»Also, einer vom China-Lieferservice.«

»Und der verkauft jetzt Möbel?«

»Warum jetzt das?«

»Was weiß ich? Du hast doch grad von ihm angefangen.«

Er gähnte ausgiebig. »Jetzt lass uns mal wieder schlafen, ist ja mitten in der Nacht.« Damit drehe er sich um und täuschte Schnarchgeräusche vor.

– 32 –

Gleich nach ihrer Morgenbesprechung hatte Kluftinger in der Kemptener Kanzlei angerufen, in der Paul Hagen tätig war. Er hätte gern für den Vormittag einen Gesprächstermin vereinbart, doch der Anwalt war noch nicht da und hatte sich bisher auch nicht gemeldet. Die nette Sekretärin hatte dem Kommissar jedoch gleich seine Privatnummer gegeben und hinzugefügt, es sei nicht unüblich, dass sich Hagen morgens erst spät im Büro einfinde, schließlich schlafe er gern lang. Auch unter der Privatnummer hatten sie ihn jedoch nicht erreicht, weshalb Kluftinger nun zusammen mit Luzia Beer auf dem Weg zu seiner Wohnung war.

Er hatte sich wieder für sie als Begleitung entschieden, denn, auch wenn er mit ihrer Art und vor allem ihrer Ausdrucksweise nach wie vor seine Probleme hatte: Ihre gemeinsamen Befragungen waren bisher gut verlaufen, und der Kommissar hatte das Gefühl, dass sie sich immer besser aneinander gewöhnten, je länger sie zusammenarbeiteten.

Sie fuhren nach Hegge, das so etwas wie das hässliche Entlein im Kemptener Umland war: ein von Industriebauten und gleichförmigen Wohnblocks geprägter Teil der Gemeinde Waltenhofen, direkt an der Iller gelegen und quasi mit Kempten zusammengewachsen. Hätte man von hier nicht den Blick auf die Alpen, man würde kaum vermuten, im Allgäu zu sein, fand Kluftinger.

Als sie sich dem ehemaligen Industriegelände näherten, auf dem sich mittlerweile viele kleine Betriebe und Firmen angesiedelt hatten, fragte er sich, ob hier tatsächlich der Anwalt Paul Hagen wohnte. Ab Anfang des 20. Jahrhunderts war an diesem Ort Babynahrung, vor allem Milchpulver, hergestellt worden, in den Neunzigern aber hatte man das Werk geschlossen. Kluftinger erinnerte sich noch an die Sprengung des Fabrik-Schornsteins, die ein echtes Publikumsspektakel gewesen war.

»Sieht aus wie in Oberhausen«, erklärte Luzia Beer und fügte auf Kluftingers fragenden Blick hinzu: »Das ist mein Stadtteil in Augsburg. Arbeiterviertel, wie hier. Ich mag's trotzdem irgendwie. Oder vielleicht grade deswegen.« Sie deutete auf die Blocks, die als Werkswohnungen für die Fabrik errichtet worden waren und aussahen, als warteten sie auf eine Sanierung.

»Kein Allgäuer Postkartenidyll«, fand der Kommissar. Ihm kam ein Besuch in Hegge immer ein wenig vor wie eine Zeitreise ins Kempten seiner Jugend, eine Zeit, in der die Stadt noch weniger repräsentativ herausgeputzt war als jetzt.

»Sie kennen bestimmt zu jeder Ecke des Allgäus nen Toten, nach Ihren ganzen Dienstjahren, stimmt's?«, wollte seine Beifahrerin wissen.

Tatsächlich erinnerte er sich an einen spektakulären Fall hier draußen: Ein junger Mann hatte seine Eltern getötet, sie ins Auto gesetzt und danach Selbstmord begangen. Anwohner hatten sich nach einer Weile gewundert, dass das Ehepaar so lange im Auto saß – bis sie merkten, was geschehen war. Kluftinger würde nie den Geruch in dem Wagen vergessen. Und den enttäuschten, ungläubigen Ausdruck im Gesicht des toten Ehepaars. Vielleicht hatte er sich den aber auch nur eingebildet.

»Stimmt schon. Meine Frau kann die Geschichten schon bald nicht mehr hören, glaub ich«, sagte Kluftinger schmunzelnd. Auf ihren verschmitzten Blick hin fügte er an: »Nicht dass ich Dienstgeheimnisse weitergeben tät. Sollten Sie übrigens auch nicht ... ah, wir sind da.«

Sie fuhren an der alten Werkspforte vorbei und stellten den Wagen etwas unterhalb neben einigen ausgemusterten Transportern ab. Die Sekretärin von Paul Hagen hatte ihnen nur die Adresse – passenderweise mit dem Namen »Industriestraße« – und die Hausnummer genannt. Nun aber stellte sich heraus, dass alle Gebäude dieselbe Nummer hatten. Ein wenig ratlos standen sie vor dem verschachtelten Komplex aus mehreren lang gestreckten, zweistöckigen Hallen, einem vier- oder fünfgeschossigen Haupthaus, das aussah, als wäre es Sitz der Verwaltung gewesen, und einigen weiteren Garagen und Remisen. Ein paar Firmenschilder waren an einer Anschlagtafel hinter dem Parkplatz angebracht, allen aber fehlte eine Wegbeschreibung. Wo sich hier zwischen all den Klein- und Kleinstbetrieben die Privatwohnung des Rechtsanwalts verbergen sollte, war Kluftinger schleierhaft.

»Krasse Mischung«, erklärte Lucy Beer, als sie die Tafel mit den Firmennamen studiert hatte. Kluftinger nickte. Tatsächlich hatte sich eine bunte Vielfalt auf dem Gelände angesiedelt: Eine Bio-Bäckerei fand sich ebenso wie ein Sozialkaufhaus, ein regionaler Sportartikelhersteller, eine E-Bike-Schmiede, ein Tonstudio und obendrein eine Manufaktur für maßgefertigte Särge, die passenderweise den Namen *Kistenmacherei* trug.

»Hm, und jetzt?«, murmelte er mehr zu sich selbst.

»Ich frag vielleicht mal den Typen da drüben, oder?« Seine Kollegin zeigte auf einen Gabelstaplerfahrer, der vor einer der Hallen aus einem Lkw Aluminiumprofile auslud.

Der Mann konnte ihnen zwar nicht weiterhelfen, gab ihnen aber den Tipp, beim Betreiber des Tonstudios nachzufragen. Also klingelten sie kurz darauf bei der *Musicfactory*. Es dauerte eine Weile, bis ein Summton erklang. Sie drückten die Tür zum Treppenhaus auf und nahmen sofort den muffigen Geruch wahr, der sich in den Jahrzehnten hier festgesetzt hatte. Ihr

Blick fiel auf ein Relief an der Wand, das das Logo der früheren Betreiberfirma zeigte – ein Nest, in dem sich einige kleine Vögelchen tummelten. Im ersten Stock öffnete sich eine Tür – und von drinnen drang ein infernalisches Dröhnen nach draußen.

»Cooler Sound«, kommentierte Lucy.

Kluftinger zuckte mit den Achseln. Nach Musik klang das für ihn nicht.

Im Türrahmen erschien ein Mittvierziger mit Brille und lichter werdenden blonden Haaren, dessen Füße samt weißen Tennissocken in braunen Sandalen steckten. Die Beamten fragten ihn, ob er wisse, wo sich die Wohnung von Paul Hagen befinde. Er verneinte und riet ihnen, es im Quergebäude unten an der Iller zu versuchen, dort seien einige Wohnungen und privat genutzte Lofts.

Da erschien hinter ihm ein langhaariger Mann in Lederjacke, zerrissener Jeans und Sonnenbrille. Er musste etwa in seinem Alter sein, schätzte Kluftinger. »Sag mal, könntest du langsam wiederkommen, Chrissie? Wir sollten die CD fertig einspielen, der Tom muss ja um halb zehn schon bei der Faszientherapie sein, und ich sollt noch zur Wirbelsäulen-Gymnastik.«

»Klar, Manni, ich hab's gleich. Nimm dir einfach noch schnell nen Tee.«

Die Beamten grinsten, bedankten sich und machten sich auf den Weg zu der zweistöckigen Halle, an deren Vorderfront metallene Außentreppen angebracht waren. Auf den Treppenabsätzen standen Grills, erfrorene Topfpflanzen und Fahrräder. Hier sah es wirklich eher nach Wohnungen aus.

An einer zweiflügligen Metalltür am Ende des Baus, die wirkte, als habe sie einmal zu einer Werkstatt gehört, fanden sie schließlich ein Klingelschild mit dem Namen *P. Hagen*. Doch auch nach mehrmaligem Läuten tat sich nichts. Die beiden Sichtfenster in der Tür waren von innen weiß lackiert, sodass sie keinen Blick in die Wohnung zuließen.

»Gehen wir mal ums Haus rum? Vielleicht gibt es nach hinten ja eine Terrasse oder so was«, schlug Kluftinger vor.

Sie versuchten es, doch an der Ecke gab es kein Durchkommen: Eine massive Holzwand aus alten, handbehauenen Balken schirmte einen Garten oder eine Terrasse vor ungebetenen Blicken ab. Das Grundstück zog sich bis zum Ufer der Iller, die hier gemächlich dahinfloss.

»Soll ich mal drüberklettern und gucken?«

Kluftinger sah seine Kollegin zweifelnd an. Einerseits hatten sie weder das Recht noch eine dringende Veranlassung, in den Privatbereich dieses Mannes einzudringen, nur um ihm Fragen über ein paar Jugendfreunde zu stellen. Andererseits war es komisch, dass der Anwalt weder hier noch auf seinem Mobiltelefon noch in seinem Büro erreichbar war. Der Kommissar blickte sich um. Nirgends eine Menschenseele, niemand würde sie sehen …

»Wenn's Ihnen nix ausmacht, Lucy.«

Sofort schwang sie sich behände an der Holzmauer empor, um schließlich mit einem lautlosen Sprung auf der anderen Seite zu verschwinden.

»Shit«, hörte er sie kurz darauf rufen, dann war es wieder still.

»Lucy?«, zischte er gegen die Balken.

Nichts.

»Lucy, was ist denn?«

»Ich … mach Ihnen vorn die Tür auf, Chef«, hörte Kluftinger die Kollegin halblaut sagen. Er eilte zurück zur Eingangstür. Dort angekommen, öffnete ihm eine ziemlich stille Luzia Beer.

»Terrasse«, erklärte sie, ohne ihn anzusehen, und wies ihm den Weg durch den weitläufigen, offenen Raum bis zu einer großen Glastür, die bereits offen stand. Was der Kommissar nicht zuletzt wegen der Reaktion seiner Kollegin bereits ahnte, wurde draußen schließlich Gewissheit. Mehrere Dinge nahm er gleichzeitig wahr: den in einem Gartensessel zusammengesunkenen Körper eines Mannes um die fünfzig in Jogginghose und Kapuzenjacke, die Waffe in seiner Hand, die schlaff in seinem Schoß lag, und die kreisrunde Wunde an der rechten Schläfe, die von angetrocknetem Blut gesäumt war, in dem einige Haare klebten.

»Zefix!«, entfuhr es ihm.

»Selbstmord?«, fragte Lucy Beer in seinem Rücken.

Er zuckte mit den Schultern. »Werden wir sehen. Zumindest schaut es so aus.« Das war alles, was er sich an Mutmaßung genehmigte. In seiner jahrelangen Berufspraxis hatte er gelernt, dass vieles oft nicht so war, wie es auf den ersten Blick schien.

»Eine HK P7, oder?« Luzia Beer deutete auf die Schusswaffe.

»Ah, Sie kennen sich aus. Scheint so, ja.« Auf einmal zog er die Augenbrauen zusammen. Gern wäre er noch einen Schritt näher an den Toten getreten, doch er fürchtete die Übelkeit und wollte sich vor der neuen Kollegin auf keinen Fall seine Leichenunverträglichkeit anmerken lassen. »Ich glaub, das ist … zefix!« Wenn ihn nicht alles täuschte, hatte der Tote seine Dienstwaffe in der Hand. Doch wirklich sicher konnte er sich erst sein, wenn er sie genauer betrachten könnte. Das ging im Moment noch nicht. Er wandte sich ab und holte sein Handy heraus, gab im Büro Bescheid und forderte die Kollegen vom Erkennungsdienst an. Dann steckte er das Telefon weg und blickte auf den Fluss.

»Dauert das lang, bis die da sind?«, fragte Luzia Beer, die sich neben ihn gestellt hatte und ebenfalls aufs ruhig dahinfließende Wasser sah. Es war ein idyllisches Plätzchen, an dem Paul Hagen gewohnt hatte. Ein Ort, wie ihn Kluftinger in dieser ehemaligen Industrieanlage nicht erwartet hätte.

»Sie können ins Auto gehen, wenn Sie möchten, Lucy«, bot er

an, doch die junge Frau schüttelte nur den Kopf. »Ich hab kein Problem mit Leichen«, sagte sie ein wenig ärgerlich, fügte dann jedoch ein »Aber danke« hinzu. »Ich geh vielleicht mal kurz eine rauchen.«

»Freilich, machen Sie ruhig«, antwortete der Kommissar. »Ich bleib so lange bei ... ihm.« Dann war er allein. Allein mit dem Toten. Nach wie vor bereitete es ihm Unbehagen, einer Leiche so nahe zu sein. Er kämpfte nicht mehr dagegen an – außer wenn neue Kolleginnen anwesend waren. Weshalb sollte sich seine Leichenunverträglichkeit ausgerechnet in den letzten Dienstjahren noch verflüchtigen, wo sie ihn doch sein ganzes Leben so hartnäckig verfolgt hatte? Er merkte, wie er zu schwitzen begann, wie sich seine Nackenmuskulatur allmählich verspannte. Doch wenn Luzia Beer zurückkam, würde er sich nichts anmerken lassen. Spitze Bemerkungen einer Endzwanzigerin brauchte er ganz bestimmt nicht.

Kluftinger verließ die Terrasse und ging hinein, ohne den Toten noch einmal anzusehen. Drinnen bestand die Wohnung nur aus einer hohen, kargen Halle, in der ein Quader stand, der offenbar das Bad darstellte. Kluftinger schaute durch die Tür auf die Wanne, die mitten im Raum stand. Und bemerkte den ungewöhnlichen Boden: Holzleisten mit schwarzen Gummistreifen im Wechsel, ein Belag wie auf dem Deck eines Schiffes. Auf dem Kasten, den das Bad bildete, hatte der Anwalt seinen Schlafbereich eingerichtet. Kluftinger stieg die grob zusammengezimmerte Holztreppe ein Stück hinauf. Oben stand, ohne Brüstung, ein riesiges Futonbett auf ordinären Holzpaletten, davor ein Fernseher auf einer alten Obstkiste. Er wandte sich um. Das Erdgeschoss war weitläufig, wobei Kluftinger das Gefühl hatte, als fehle dem Raum jegliche Struktur. In einer Ecke war eine Küchenzeile eingebaut, die mit ihren Eiche-Rustikal-Fronten aussah, als wäre sie einfach aus einer anderen Wohnung lieblos hier hineinverpflanzt worden. In der Spüle stapelten sich Geschirr und Töpfe, die auf einen Abwasch warteten.

Eine zerschlissene Ledercouch bildete das Zentrum der Wohnung, als Couchtisch diente eine ausrangierte Kabelrolle aus Holz, die einen Durchmesser von gut und gern zwei Metern hatte. Kluftinger gruselte es bei der Vorstellung, hier wohnen zu müssen. Doch darum ging es im Moment nicht. Er schloss die Augen, versuchte, die Atmosphäre des Raums in sich aufzunehmen. Auf einmal riss er erschrocken die Augen wieder auf. Irgendetwas bewegte sich da unter der Ledercouch und stieß bedrohlich malmende Geräusche aus. Ob Hagen irgendein Haustier hatte? Ein Reptil oder ...

»So, bin wieder da«, rief Lucy Beer vom Eingang aus.

»Vorsicht, da ist ...«, begann Kluftinger, dann sah er den Staubsauger-Roboter, der blinkend mit einer wild rotierenden Plastikbürste auf sie zugefahren kam. Er stieg die Treppe hinunter und kickte das Gerät ein Stück zur Seite. »Blöde Kiste. Wissen Sie, wie man so was abschaltet?«

»Wieso? Weil ich eine Frau bin?«, fragte sie zurück, und er konnte nicht erkennen, ob sie das ironisch oder ernst meinte.

»Nein, weil Sie halt ... ich mein, das muss irgendwie programmiert sein. Das saublöde Ding saugt uns am Ende noch wichtige Spuren weg.«

Lucy nickte, ging auf den Staubsauger zu und schaltete ihm mit einem gezielten Druck ihres Schuhs auf eine Taste aus. »Mein Vater hat den gleichen. Auch wenn er ihn öfter mal verwenden sollte.«

»Danke. Ich hab mich schon mal umgesehen. Nicht grad gemütlich, wenn Sie mich fragen.«

Sie nickte. »Stimmt. Dabei hätte die Bude durchaus Potenzial. Man müsste es nur geiler einrichten. Nicht nur mit ... Sperrmüll. Irgendwas Auffälliges? Abschiedsbrief oder so?«

Kluftinger schüttelte den Kopf.

»Sollen wir noch mal raus auf die Terrasse? Ich meine, bevor hier dann die komplette Mannschaft rumtrampelt?«

»Ja … unbedingt«, stimmte Kluftinger zu, fügte aber vorsichtshalber an, dass es besonders wichtig sei, sich aus Gründen der Spurensicherung dem Toten nicht zu sehr zu nähern.

Draußen scannte er alle Ecken ab: ein alter Biergartentisch, verwitterte Klappstühle, eine Hängematte unter dem Vordach, ein Feuerring aus Beton, zwei Aschenbecher auf dem rostigen Metalltischchen direkt neben dem Toten, ein Gartenstuhl. Erneut schloss er die Augen. Rückte in seinem Geiste alles an seinen Platz. Kippen quollen aus den Aschern, ein paar leere Flaschen standen daneben, Gin, Rum, Whiskey, ein paar Weingläser, in denen sich der Regen gesammelt hatte.

»Da ist doch was«, murmelte er. Er öffnete die Augen und erkannte, dass Luzia Beer exakt vor dem Gegenstand kauerte, der ihn stutzig gemacht hatte: Im Kies lag ein fast vollständiger Joint.

»Zwei Dumme, ein Gedanke«, sagte die Polizistin. »Da hat sich unser Toter wohl vor seinem Ableben noch einen Dübel genehmigt.«

»Einen Dübel?«

»Giftler-Jargon. Drogenfahndung Nürnberg. Hartes Pflaster.«

»Verstehe. Lassen Sie uns mal überlegen: Wenn er regelmäßig Drogen genommen hat, warum sollte er nicht auch vor seinem Tod noch was rauchen, oder?«

»Klingt logisch«, fand sie.

»Aber wissen Sie, was nicht logisch ist?«

»Wieso baut sich einer vor seinem geplanten Selbstmord noch einen Joint, den er dann nach zwei Zügen wegwirft, um sich zu erschießen?«, antwortete Lucy Beer mit einer Gegenfrage.

»Stimmt.«

»Entweder jemand hat ihm so erbärmliches Kraut verkauft, dass er sich deswegen umgebracht hat, oder ...«

»Oder jemand hat ihn beim Genuss seiner Haschzigarette gestört«, ergänzte der Kommissar.

»So, alle mir nach, dort draußen muss es laut KHK Kluftinger sein.«

Kluftinger konnte den Gedanken nicht zu Ende führen, weil er Maier drinnen lautstark kommandieren hörte. Er würde später darauf zurückkommen müssen. Nun galt es, die Kollegen zu informieren. Der Kommissar ging ihnen entgegen und wollte gerade Maier begrüßen, als der sagte: »So, jetzt bin ich doch noch da. Hättest mich auch gleich mitnehmen können.«

Hefele verdrehte die Augen. Hinter ihm kam Willi Renn herein, der seine halbe Abteilung im Schlepptau hatte. Sie trugen bereits ihre Schutzkleidung und hatten die Koffer mit ihrer Ausrüstung in der Wohnung abgestellt.

Willi ging auf den Kommissar zu. »So, was haben wir genau? Männliche, leblose Person auf der Terrasse, richtig?«

»Richtig, Willi. Kopfschuss, seitlich. Am meisten interessiert mich erst mal die Waffe, ehrlich gesagt.« Er wies ihm den Weg zum Toten.

»Musst nicht mitgehen, wenn du nicht willst«, erklärte Renn.

»Logisch geh ich mit, wieso denn nicht?«

Als sie die Terrasse betraten, begrüßte der Erkennungsdienstler erfreut Luzia Beer. »Ah, die junge Kollegin, wunderschönen guten Morgen. Gut, dass du deinen Chef begleitet hast. Hast ihn sicher davon abgehalten, dass er überall rumtrampelt und mir meine Spurenlage kontaminiert.«

Lucy sah zwischen Renn und Kluftinger hin und her. Dann zuckte sie mit den Achseln und sagte augenzwinkernd: »Für irgendwas muss die blonde Tussi ja gut sein, oder?«

Renn zog sich grinsend seine Einweghandschuhe über und

wandte sich der Leiche zu. »Au weh, ich glaub, ich weiß, was dich an der Pistole so interessiert, Klufti. Sieht verdammt danach aus, als wär das eine von unseren.«

»Sieht sogar verdammt so aus, als wär das meine«, präzisierte der Kommissar.

»Kannst ruhig reingehen, Chef, ich übernehme, solange der Tote noch hier ist«, bot Maier an, der sich unbemerkt zu ihnen gesellt hatte.

»Wieso sollt ich als Chefermittler rausgehen und ausgerechnet euch Hansel die Arbeit machen lassen?«, blaffte er den Kollegen an, der ihm sogleich ein wenig leidtat. Aber er wollte vor Luzia Beer einfach nicht blöd dastehen, noch dazu, wo er sich heute wirklich gut im Griff hatte, dafür dass er bereits so viel Zeit mit der Leiche verbracht hatte.

Kurz darauf traf Georg Böhm, der Gerichtsmediziner aus Memmingen, ein. Böhm trug wie immer eine abgewetzte Baseballkappe, Jeans und weiße Turnschuhe – auch wenn das zu seinem fortschreitenden Alter immer weniger passen wollte. »Jetzt scheucht ihr mich schon wieder rauf in euer Oberallgäu. Dabei hätt ich so eine schöne Obduktion gehabt, heut früh. Wasserleiche aus dem Illerwehr bei Ferthofen. Na ja, läuft mir nicht davon, liegt ja schön kühl. Aber das mit der Iller passt thematisch, gell?«

Kluftinger nickte. Die nassforsche Art, mit der der Rechtsmediziner mit dem Thema Tod umging, machte ihm zu schaffen. Und das wusste Böhm. Musste der Kommissar bei der Sektion einer Leiche anwesend sein, hatte er immer das Gefühl, Böhm weide sich geradezu an seinem Unbehagen und ziehe alles bewusst in die Länge. Nicht nur aus diesem Grund vermied er diese Termine, so gut es ging.

»Sag mal, Klufti, war das nicht hier, wo wir das Ehepaar hatten, das vom Sohn umgebracht worden ist? Die schon so bös gesaftelt haben, weil's in dem Auto, in dem er sie drapiert hat, so sauheiß war?«

»Haben die schon gerochen? Weiß ich gar nicht mehr«, log Kluftinger, während Böhm begann, den Toten in Augenschein zu nehmen.

Renn hielt die Pistole, die er in einem seiner Asservatenbeutel verstaut hatte, in die Höhe. »Also, das ist deine. Definitiv.«

»Kreizkruzifix!«

»Komm, der hätte sich sonst mit was anderem umgebracht, wenn er dir im Wald nicht die Waffe geklaut hätte«, mischte sich Hefele ein und klopfte seinem Abteilungsleiter aufmunternd auf die Schulter. »Es ist übrigens zweifelsohne Paul Hagen, wir haben seinen Personalausweis gefunden, das Foto stimmt überein. Und jede Menge Fotos haben wir auch gefunden.«

»Wer sagt denn, dass er sich wirklich selber umgebracht hat? Und wer sagt, dass er das war im Wald?«, erwiderte Kluftinger.

»Jetzt freu dich doch, dass wir einen von deinen Angreifern gefunden haben. Nur halt tot statt lebendig.«

»Freuen tu ich mich schon mal überhaupt nicht. Und sicher ist noch lang nix.«

»Gibt's denn nichts, an was du dich erinnerst, was der Typ aus'm Wald mit ihm hier gemeinsam hatte?«

»Was denn, Roland, hm? Seine Stimme? Seine blasse Hautfarbe?«

»Jaja, schon recht. Ich kann auch nix dafür, brauchst mich nicht gleich so anpampen.«

»War nicht so gemeint.« Der Kommissar war nervöser, als er sich selbst eingestehen wollte.

»Passt schon«, versetzte Maier, der eben hinzukam.

»Dann ist ja gut, wenn's für dich passt. Wir haben übrigens was gefunden, kommt mal mit.« Kluftinger ging mit den Kollegen zu der Stelle, an der noch immer der Joint lag, und winkte auch

Luzia Beer heran. »Er hatte anscheinend hier grad was geraucht, dann soll er sich auf einmal spontan hingesetzt und erschossen haben. Wenn ihr mich fragt, passt das nicht zusammen.«

»Leuchtet mir jetzt nicht auf den ersten Blick ein, was dich da irritiert«, fand Maier. »Klingt ein bisschen far fetched.«

Der Kommissar sah ihn herausfordernd an.

»Weit hergeholt, deine These. Wie will man schon nachvollziehen, was im Hirn eines Selbstmörders in den letzten Minuten vor der Tat abgeht? Vielleicht war es wirklich ein völlig spontaner Entschluss. Eine Kurzschlussreaktion, vielleicht sogar ausgelöst durch die Drogen.«

»Also das würde keiner von meinen Kumpels machen, dass er einen Joint einfach so wegwirft und liegen lässt«, versetzte Lucy. »Nicht mal, wenn er sich danach die Kugel geben will.«

Alle sahen sie verwundert an.

»Ich mein ... egal«, sagte sie leise und scharrte mit der rechten Schuhspitze im Kies.

»Ich hab's im Gefühl, glaubt mir«, beharrte Kluftinger und wandte sich an Georg Böhm, der sich eben die Hände des Toten genauer ansah. »Keine Schmauchspuren an den Fingern, oder, Georg?«

Böhm hob den Kopf. »Ich sag zwar, wie du weißt, sehr ungern was ohne mein Labor, aber ich würd schon behaupten, dass wir Schmauchspuren finden.«

»Siehst du?«, sagte Maier. »Hat er also doch selbst abgedrückt.«

Kluftinger schnaubte. »Mei, er muss ja nicht die Kugel verschossen haben, die ihn getötet hat. Vielleicht gab es einen Kampf, und er hat vorher schon geschossen.«

»Sieht nicht nach Kampf aus, ehrlich gesagt.«

Doch Kluftinger vertraute auf sein Bauchgefühl. »Kollegen, alle mal herhören. Ich gehe von mindestens einem weiteren Schuss aus. Also bitte schaut euch nach Projektilen, Hülsen und auch nach Einschusslöchern oder Schusskanälen um. Vor allem hier auf der Terrasse, im Boden, aber auch auf dem restlichen Gelände. Vielleicht wurde ja in die Luft geschossen. Und fragt die Leute, ob sie Schüsse gehört haben. Und wenn ja, wie viele.«

»Da deine nächste Frage sein wird, wie lange er schon tot ist: Ich tippe mal auf gestern Abend«, rief ihm Böhm ungefragt zu.

»Okay, also, bitte befragt die Anwohner nach Schüssen gestern in den Abendstunden, klar?«

Die Kollegen nickten wenig begeistert.

»Gut, danke. Sag mal, Roland, was habt ihr da für Fotos gefunden?«

»Einige. Auf dem Tisch stand ein gerahmtes Bild von ihm als Teenager.«

Kluftinger ging ihm nach ins Innere der Wohnung und ließ sich das Bild zeigen. »Ah, da ist er nur allein drauf«, seufzte er enttäuscht. »Ich hab gedacht, wir hätten ihn vielleicht mit der Clique zusammen.« Er wollte das Bild in dem hölzernen Rahmen bereits wieder zurückstellen, da sah er noch einmal genauer hin. Es zeigte den jugendlichen Hagen, der an einem Gartentisch saß und mit Sonnenbrille und Oberlippenflaum in die Kamera schaute. Der Kommissar wunderte sich, dass er ausgerechnet eine solche Fotografie von sich aufgestellt hatte, bemerkte aber auch die Ähnlichkeit zur Haltung, in der sie ihn heute gefunden hatten – ebenfalls auf einem Gartenstuhl, auf einer Terrasse sitzend ... Ein Detail aber interessierte ihn besonders: Hagens Bein unter dem Tisch sah seltsam aus, irgendetwas daran passte nicht. Hatte er einen Gips? Oder Krücken? Doch sosehr er auch die Augen zusammenkniff, er konnte es beim besten Willen nicht erkennen.

»Roland«, bat er Hefele daher, »sucht alle Fotos von Hagen raus, vor allem aus der Kindheit und Jugendzeit, die ihr hier finden könnt, packt sie ein und bringt sie mir ins Büro, ja? Ich muss raus, ich hab das ungute Gefühl, ich bin schon viel zu lang da. Habe die Ehre.«

Damit verschwand er, ohne sich noch einmal umzudrehen.

Etwas kurzatmig blickte Kluftinger in die Gesichter seiner Mitarbeiter, die sich im kleinen Besprechungsraum versammelt hatten. Die Ereignisse hatten sich überschlagen, der scheinbar alte Fall hatte eine hochaktuelle Wendung bekommen.

»So, liebe ...« Er zögerte kurz, blickte auf Sandy, die mit einem Block auf einem Stuhl an der Wand Platz genommen hatte, dann auf Luzia Beer am Tisch, »... Kolleginnen und Kollegen, es gibt einiges zu besprechen.«

Alle nickten. Sie waren ebenfalls überrascht, und in ihren Gesichtern konnte Kluftinger lesen, wie sehr es sie aufwühlte, dass ausgerechnet dieser Fall, der sie bereits so viel gekostet hatte, immer neue Opfer forderte.

»Es scheint im Moment ja so zu sein, dass der Tote, dieser Paul Hagen, einer der beiden Männer war, die mir damals im Wald die Dienstwaffe abgenommen haben.«

Wieder nickten sie.

»Fragt sich nur: Wer war der zweite?«

»Kannst du dich an den Hagen erinnern?«, wollte Hefele wissen.

»Wie meinst du das?«

»Na ja, kommt er dir irgendwie bekannt vor?«

Kluftinger war überrascht, dass Hefele diese Frage bereits zum zweiten Mal stellte. In Hagens Wohnung hatte er ihm deshalb eine gewaltige Abfuhr erteilt. Doch jetzt dachte der Kommissar ernsthaft darüber nach. Aber seine zwei Entführer im Wald waren nur Schatten, Schemen einer unvollständigen Erinnerung. »Nein«, antwortete er schließlich.

Hefele zuckte mit den Achseln. »Dann müssen wir jetzt erst

mal davon ausgehen, dass er einer von beiden war. Als Arbeitshypothese.«

Mit einem Nicken bestätigte Kluftinger den Vorschlag. »Gut, nächste Frage: Selbstmord oder nicht?«

»Sieht jedenfalls alles danach aus«, resümierte Maier.

»Schon, aber es gibt ja durchaus Grund, daran zu zweifeln.« Maier holte Luft, um etwas zu sagen, doch sein Vorgesetzter hob die Hand. »Ich mein jetzt nicht nur den Joint. Auch der Zeitpunkt ist komisch, oder? Grad als wir mit ihm reden wollen, hat er eine Kugel im Kopf. Zufall schaut anders aus.«

»Da geb ich dir recht, Chef«, sagte Maier. »Aber es kann natürlich trotzdem Suizid gewesen sein. Genau aus dem Grund.«

Das war Kluftinger bewusst. Er wollte auch nicht krampfhaft auf etwas anderes hinaus. Dennoch fand er es wichtig, diese Möglichkeit nicht aus den Augen zu verlieren. »Wir sollten auf jeden Fall in beide Richtungen ermitteln. Mich würde vor allem interessieren, ob nicht vielleicht ein zweiter Schuss abgegeben worden ist, wegen den Schmauchspuren an Hagens Hand. Heutzutage weiß ja jeder Krimileser, dass wir auf so etwas achten.«

»Die Kollegen fragen sich gerade durch die Nachbarschaft«, erklärte Luzia Beer. »Bisher allerdings ohne Ergebnis. Auf dem Gelände wohnt sonst ja kaum jemand. Es war nur einer da, der Typ aus dem Tonstudio. Aber der hat gar nix gehört. Hat den ganzen Abend ein Headset aufgehabt, weil er grad eine Platte abmischt.«

»Wahrscheinlich die Musik, die wir vorhin gehört haben. Egal. Bleibt da trotzdem dran«, beharrte Kluftinger. »Auch an der zweiten Kugel. Ach ja: Hat der Willi die Spur aus dem Wald schon mit den Schuhen vom Hagen abgeglichen?«

Sie schüttelten die Köpfe.

»Gut, wird er schon noch machen. Dann sollten wir jetzt mal mit dem Lederer und dem Kreutzer reden, ob die in letzter Zeit

Kontakt zu ihrem ehemaligen Freund hatten. Das alles hängt zusammen, da bin ich mir sicher, und wenn uns jemand weiterbringt, dann die beiden.«

»Wir dürfen diesen Jansen nicht vergessen«, warf Luzia Beer ein.

»Wen?«, fragte Hefele.

»Das ist der Letzte aus der Lederer-Gang. Ich mein, wenn es Mord war, ist der vielleicht auch in Gefahr.«

»Gut mitgedacht«, fand Kluftinger.

»Die Idee hatte ich auch gerade«, ergänzte Maier.

»Dass das gut mitgedacht war?«, fragte Hefele.

»Ich ... nein, also das mit dem ... egal.«

»Sucht doch bitte mal die Adresse von Jansen raus, dann meld ich mich gleich mal bei dem.«

»Hab ich schon«, erwiderte Luzia Beer. »Er wohnt in Hamburg. Telefonnummer kann ich Ihnen geben.«

»Sehr gut. Aber zurück zur *Lederer-Gang*, wie sie die Kollegin grad genannt hat: Irgendwie stoßen wir ja immer wieder auf dieselben Namen. Auch da glaube ich nicht an einen Zufall. Es wirft einige Fragen auf: War vielleicht der Hagen derjenige, mit dem die Kruse was hatte? Dieser ominöse Schüler, von dem so viele reden, aber von dem trotzdem keiner was weiß? Oder hatte er brisante Informationen, war Mitwisser und wurde zum Schweigen gebracht? Wie steht es mit dem Kontakt in der ehemaligen Clique? Haben Kreutzer und Lederer ihn angerufen, nachdem wir mit ihnen geredet haben?«

Die anderen erwiderten nichts, aber Kluftinger sah ihnen an, dass sie sich dieselben Fragen stellten.

»Wir sollten der Vollständigkeit halber in alle Richtungen ermitteln«, merkte Maier an. »Also: Gab es jemanden, der Hagen schaden wollte? Hatte er Probleme im Beruf? Privat? All so was.«

»Richtig, Richie. Kümmerst du dich drum?«

»Ich?«

»Ja, war doch dein Vorschlag.«

»Kann ich schon machen.«

»Also, dann ist ja alles so weit klar. An die Arbeit, Männer.« Kluftinger biss sich auf die Lippen. Jetzt war es ihm doch noch passiert. »Und Frauen, mein ich natürlich. Ach ja, und bestellt mir schleunigst den Lederer und den Kreutzer ein.«

– 33 –

Vom Fenster aus beobachtete Kluftinger die beiden, wie sie etwa eine Stunde später gemeinsam auf den Eingang der Dienststelle zuliefen. Ihre Gesichter wirkten ernst, angespannt – was aber nichts heißen musste, schließlich galt das für die meisten Menschen, die zu einer Unterredung bei der Kripo »eingeladen« wurden. Einem Gefühl folgend, ließ er Lederer und Kreutzer trotzdem fast eine Viertelstunde in getrennten Verhörräumen warten. Im besten Fall würde es sie nervös machen, im schlimmsten wütend, was beides Ergebnisse waren, die er für seine Befragung nutzen konnte. Dann hielt er es aber selbst nicht mehr aus, ging ins Nachbarbüro und bat Luzia Beer, ihm zu folgen.

Im selben Moment schoss Maiers Finger in die Höhe wie bei einem Schulkind, das dem Lehrer die richtige Lösung mitteilen möchte.

Der Kommissar war irritiert. »Ja, äh, Richie, du ... willst was sagen?«

»Chef, dürfte ich dich ganz kurz unter vier Augen sprechen?«

»Kann das nicht warten, die zwei ...«

»Nein, das kann nicht warten«, unterbrach ihn sein Kollege.

»Gut, dann ... komm mal schnell in mein Büro.«

Als sie drin waren, schloss Maier die Tür. »Ich verstehe ja, dass du diese junge, attraktive Kollegin gern um dich hast«, begann er.

Kluftinger holte tief Luft. »Also, ob die jetzt attraktiv ist oder nicht ...«

»Darauf will ich ja gar nicht hinaus. Die junge Frau muss angeleitet werden, da eignet sich so ein alter, erfahrener Kriminaler wie du natürlich besonders.«

»Ich geb dir gleich alt!«

»Dennoch gibt es Aufgaben, die sensibel sind, bei denen es nicht angezeigt ist, Ausdrücke zu benutzen und rumzuproleten. Aktionen, die Fingerspitzengefühl erfordern, Empathie und psychologisches Geschick.«

Drei Fähigkeiten, die Maier nicht besaß, notierte Kluftinger im Geiste.

»Und Erfahrung. Aufgaben wie die Befragung von zwei Personen, die den Fall ein entscheidendes Stück weiterbringen könnten.«

»Sprichst du von dem Fall, bei dem mir in den letzten Tagen nur die besagte Kollegin und sonst niemand helfen wollte?«

»Wie? Ja, mag sein, aber ich möchte dich trotzdem bitten, die Befragung mit *mir* durchzuführen, nicht mit dieser ... Göre.«

Kluftinger holte tief Luft. Es hätte viel gegeben, was er darauf hätte erwidern können. Angefangen bei einer dienstlichen Anordnung bis hin zu der Feststellung, dass er Luzia Beer trotz ihrer geringeren Berufspraxis und ihres manchmal unpassenden Slangs mehr Vernehmungsgeschick zubilligte als seinem langjährigen Mitarbeiter. Der hatte andere Qualitäten, keine Frage. Aber im direkten Kontakt mit Menschen war er manchmal ungelenk, um es vorsichtig zu formulieren. Dennoch hätte das alles nur eine Diskussion in Gang gesetzt, für die dem Kommissar momentan die Geduld fehlte. Deswegen antwortete er: »Du hast völlig recht, Richie.«

Der Kollege verstummte und schaute ihn irritiert an. »Hab ich?«

»Ja, deswegen wollt ich dich ja noch um etwas bitten, aber da bist du mir zuvorgekommen.«

»Was denn?«

»Ich dachte, dass es sinnvoll wäre, wenn du mit deiner psychologischen … dings, also Vorbildung, das Ganze beobachten könntest. Am Monitor. Und dir, praktisch mit einem Blick von außen, alles notierst, was dir auffällt. Was die Kollegin vielleicht übersieht, weil sie, weil sie …«, die folgenden Worte kamen dem Kommissar nur schwer über die Lippen, »weil sie nicht deine Erfahrung und Kompetenz hat.«

Das hatte gewirkt. Überrascht und stolz willigte Maier sofort ein.

»Herr Lederer, danke, dass Sie sich so kurzfristig Zeit genommen haben«, eröffnete Kluftinger das Gespräch. Im Nebenzimmer widmete sich Luzia Beer Klaus Kreutzer, während Maier beide Vernehmungen am Bildschirm mitverfolgen konnte.

»Na ja, Ihre Kollegen haben nicht gerade so gewirkt, als hätte ich eine Wahl.«

Der Kommissar überhörte die Bemerkung. »Wir wüssten gern, ob Sie mit Paul Hagen über unser Gespräch neulich geredet haben.«

Hubert Lederer junior wirkte nicht überrascht. »Klar«, antwortete er sofort. »Was glauben Sie denn?«

»Aber Sie haben beim letzten Mal erzählt, dass Sie mit Paul Hagen nix mehr am Hut haben.«

»Das stimmt schon. Aber Sie wollten ja lauter Sachen von früher wissen. Und das geht ihn ja auch an.«

Kluftinger nickte. »Was haben Sie ihm denn gesagt?«

»Dass Sie da waren, dass es um die Sache mit der Lehrerin geht und Sie wieder ermitteln, dass Sie bei mir und beim Spider waren.«

»Wie hat Hagen reagiert?«

»Er war überrascht. Und … wie soll ich sagen …« Er zögerte.

»Ja?«

»Ein bisschen beunruhigt vielleicht.«

»Beunruhigt?«

»Ja, kam mir so vor. Nervös. Ich weiß auch nicht, wie ich das besser ausdrücken soll.«

Der Kommissar musterte sein Gegenüber. Der Mann wirkte jünger als die knapp fünfzig, die er war. Das schien in der Familie zu liegen, denn auch sein Vater sah nicht aus wie Mitte siebzig. Allerdings war Lederer junior nicht so groß gewachsen und breitschultrig wie der Senior. Auch im übertragenen Sinne nicht. Er wirkte eher schüchtern, in sich gekehrt.

»Haben Sie Herrn Jansen auch kontaktiert?«

»Den Gernot? Nein, ich weiß gar nicht, wo der sich jetzt rumtreibt.«

»Noch einmal zu Paul Hagen. Was genau hat er denn zu den erneuten Ermittlungen gesagt?«

»Mei, dass er das nicht versteht, dass man die alten Sachen wieder ausgräbt und so. Wissen Sie, der Pauli hat ja früher auch am meisten unter der Sache gelitten.«

»Ja?«

»Ja, sicher. Und jetzt war er wieder so komisch. Also, wenn ich so drüber nachdenke …«

»Dann?«

»Ach, nix.«

Kluftinger wollte unbedingt, dass der Mann seinen Gedanken zu Ende führte. »Doch, bitte, reden Sie, ganz frei von der Leber weg. Hier dürfen Sie alles sagen. Vielleicht helfen Sie uns damit.«

»Na ja, ich hab noch mal überlegt, könnt schon sein, dass er es war, der damals was mit der Kruse hatte.«

Der Gedanke war Kluftinger auch schon gekommen.

»Ich weiß es nicht, aber … das würd halt so manches erklären.«

»Und wie kommen Sie jetzt auf einmal drauf?«

»Was heißt *jetzt*? Wir anderen haben früher auch schon drüber geredet. Irgendwie war der Pauli einer, den die Frauen gern bemuttert haben. Der hat so was ausgelöst in denen. So einen Beschützerinstinkt.«

»Sie meinen, er hat Mitleid erregt?«

»Wenn Sie so wollen. Die Kruse war ja auch älter. Und immer sehr begeistert von ihm.«

Kluftinger beugte sich vor. »Ach ja?«

»Ja, also nicht, wie Sie jetzt vielleicht denken. Aber so: *Paul, das hast du ganz großartig gemacht, Paul, du bringst es mal weit, Paul, aus dir wird mal was Besonderes* und so. Haben jedenfalls die anderen erzählt. Ich war da ja schon nicht mehr in der Schule. Aber fragen Sie ihn doch mal selber deswegen.«

»Das geht leider nicht mehr.«

»Warum?«

»Paul Hagen ist tot.« Kluftinger beobachtete genau die Reaktion seines Gegenübers. Lederer wirkte erschüttert. »Pauli ist ... ich mein, wie?«

»Er wurde erschossen. Mit meiner Dienstwaffe.«

»Sie haben ihn ...«

»Nein, nicht ich. Er hat sich ... wir wissen es nicht genau.«

»Er hat sich ... selber ...? Wie ist er denn an Ihre Waffe gekommen?«

»Wer?«

»Na, der Pauli. Wenn es Selbstmord war ...«

Kluftingers Augen verengten sich. »Ich hab nicht gesagt, dass es Selbstmord war.«

Lederer schien verunsichert. »Aber Sie haben es doch angedeutet. Ich denk mir nur ... weil er halt so komisch drauf war. Drum hab ich gedacht ... Wie kam er denn nun an Ihre Waffe?«

»Das geht Sie nichts an«, antwortete Kluftinger scharf.

»Ich frag ja bloß. Schlimm, dass es so enden musste mit dem

Pauli. Aber irgendwie überrascht es mich jetzt auch nicht. Er war schon immer sehr sensibel, ihn hat schnell was aus der Bahn geworfen. Und wenn er sich zusammengereimt hat, dass gegen ihn ermittelt wird …« Wieder ließ er seinen Satz im Unbestimmten verhallen.

Kluftinger hatte genug. »Alles klar, Herr Lederer, wir melden uns.«

Im Raum mit den Monitoren warteten bereits Luzia Beer und Richard Maier auf den Kommissar. Er sah sich nun das Video der Kreutzer-Vernehmung an. Luzia Beer machte ihre Sache gut, nahm den Befragten hart ran, ließ aber auch Pausen, wo es nötig schien, um ihr Gegenüber zum Weiterreden zu animieren. Mehr Informationen als die Unterredung mit Lederer hatte aber auch dieses Gespräch nicht gebracht. Kreutzer gab ebenso wie Lederer unumwunden zu, Hagen von den Ermittlungen erzählt zu haben. Über Jansen wusste auch er angeblich nichts, und je länger es dauerte, desto mehr erging sich Kreutzer in Vermutungen darüber, ob Hagen damals etwas mit Kruse gehabt hatte und, das war der einzige Unterschied zu Lederer, vielleicht etwas mit ihrer Ermordung zu tun hatte.

»Klingt alles sehr ähnlich«, fasste Kluftinger zusammen.

»Sie meinen, die haben sich abgesprochen?«, fragte Lucy Beer.

»Würden Sie das denn nicht tun, wenn Sie in so einer Sache zur Polizei gerufen werden? Und sollten die beiden die Wahrheit sagen, wäre es nur logisch, dass sich ihre Aussagen gleichen. Sagt also alles in allem nicht viel aus.«

»Da wäre ich mal nicht so pessimistisch«, schaltete sich Maier ein. »Ich habe hier meine Betrachtungen minutiös festgehalten.« Er hielt einen Stapel von mehreren eng beschriebenen Seiten hoch. »Gerade aus tiefenpsychologischer Sicht war das alles hochinteressant. Da lief viel auf der nonverbalen Ebene ab.«

Der Kommissar schnaufte. *Die Geister, die ich rief*, dachte er. »Ach, das ist ja interessant, Richie. Kannst mir später …«

»Äußerst interessant sogar, Chef. Schau mal: Ab Minute vier hat der Lederer immer wieder nach links oben geschaut, bevor er geantwortet hat.«

»Nach links? Jetzt hör auf.«

»Ja, das bedeutet, dass er versucht, in seinem Gehirn ein Bild zu konstruieren. Hätte er nach rechts geschaut, dann hätte er seine visuelle Erinnerung angezapft, aber links …«

»Soso.« Kluftinger hielt nichts von solchen Psychospielchen. Klar hatte er schon davon gehört, aber nach seiner Erfahrung war jeder Mensch anders, man konnte nicht einfach eine Schablone über alle legen.

»Und bei Kreutzer, bei Minute sieben, warte, ich spul's mal her …«

Der Kollege strapazierte Kluftingers Geduld aufs Äußerste. »Weißt du was, Richie, kannst du mir das mal abtippen, damit ich das schriftlich hab? Dann kann ich … immer wieder draufschauen, wenn ich was brauch.«

»Klar«, erwiderte Maier stolz. »Wenn es nützt, freut es mich natürlich.«

»Natürlich. Also dann: An die Arbeit!«

– 34 –

Als der Kommissar zurück in sein Büro kam, lag ein Stapel Fotos auf seinem Schreibtisch. Die Kollegen hatten ihn mit sämtlichen Alben aus Paul Hagens Wohnung versorgt, dazu kamen noch der Inhalt zweier Schuhkartons und einige gerahmte Fotografien.

»Scheint ja ein großer Nostalgiker gewesen zu sein«, brummte Kluftinger und breitete alles auf seinem Arbeitsplatz aus. Er versuchte, die Bilder in einen groben chronologischen Ablauf zu bringen. Dabei machte es ihm der Umstand leichter, dass Paul Hagen seine Kindheit und Jugendzeit in seinem Heimatdorf Altusried verbracht hatte: Kluftinger kannte sich aus und wusste, wie sich alles im Lauf der Jahre verändert hatte.

Viele der Szenen kamen ihm bekannt vor – fast als blickte er auf die Erinnerungsfotos seiner eigenen Familie: die Taufe, Kindergartenbilder, die Einschulung, Erstkommunion in der Altusrieder Pfarrkirche, die Feier danach beim Mondwirt, dazu ein paar Urlaube irgendwo in den Bergen und am Meer in den Achtzigerjahren. Dann Zeugnisverleihung in der Hauptschule, anschließend hatte Hagen offenbar eine Banklehre in Kempten absolviert, die Berufsoberschule besucht und das Abitur nachgeholt.

Das alles waren Versatzstücke einer normalen Jugend auf dem Land, bürgerliche Verhältnisse. Auch wenn der schulische Weg Hagens ein besonderer war, nichts deutete auf irgendwelche Schwierigkeiten, nichts auf Abwege hin. Doch wären die auf solchen Fotos, die meist nur bei fröhlichen Festen oder Meilensteilen des Lebens geschossen wurden, überhaupt zu sehen gewesen?

Der Kommissar hing ein wenig seinen Gedanken nach, dann suchte er gezielt das Bild heraus, auf dem die gesamte »Lederer-Gang« zu sehen war. Es war das einzige, auf dem die vier Jugendlichen zusammen abgebildet waren, unverkennbar in den Achtzigerjahren. Die Jungs mussten damals um die fünfzehn Jahre alt gewesen sein, hatten die Haare länger, als das heutzutage üblich war. Kreutzer hatte sogar eine Dauerwelle mit kurzem Pony, dazu trugen sie Oberlippenbärte – oder das, was Pubertierende dafür hielten. Der Junge, der Gernot Jansen sein musste, grinste mit einer auffälligen Zahnspange ins Bild. Sie saßen auf einer Bank und sahen bewundernd zu Hubert Lederer, der in einer ausladenden Lederjacke auf einem Mofa hockte. Paul Hagen stand hinter der Parkbank. Wieder konnte der Kommissar sein rechtes Bein nur bruchstückhaft erkennen. Doch irgendetwas war dort. Hastig durchforstete er auch die anderen Bilder aus dieser Zeit, aber seltsamerweise schien Hagen immer darauf zu achten, dass sein Bein auf dem Foto nicht zu sehen war: Entweder saß er an einem Tisch, stand hinter einem Auto oder einem Baum, oder das Bild zeigte nur seinen Oberkörper.

»Zefix, was hast du da bloß?«, fragte sich Kluftinger halblaut, zog seine Schublade auf und holte eine Lupe heraus, die er schon Jahre nicht mehr benutzt hatte. »Zefix«, rief er auf einmal, nahm den Hörer ab und wählte Luzia Beers Nummer. »Sie haben doch das Teil fotografiert, das wir im Stadel vom Mendler gefunden haben, oben in Opprechts«, kam er ohne Umschweife zur Sache. »Haben Sie das Bild noch?«

»Na klar.«

»Das bräucht ich bitte gleich.«

»Yo, ich mail's Ihnen.«

Mit einem Seufzen bedankte sich Kluftinger und legte auf. So gut wie seine beiden altgedienten Kollegen kannte ihn die Neue noch nicht. Sollten sie je an diesen Punkt gelangen, war es bis dahin noch ein weiter Weg: Hefele hätte das Bild ausgedruckt und ihm schnell hereingereicht, ein Verfahren, gegen das in seinen Augen nicht das Geringste sprach. Der Ermittlungsakte müsste man die Aufnahme ohnehin in Papierform beilegen. Denn er war sich so gut wie sicher, dass das metallene Teil, das sie neulich noch nicht zuordnen konnten, nun ein Beweisstück im Mordfall »Funkenmord« war.

Nach ein paar Minuten bimmelte sein Mailprogramm, er öffnete die Nachricht – und räumte damit auch die letzten Zweifel aus. Das Fundstück musste Teil einer Beinschiene sein. Eine Schiene, die Hagen in seiner Jugend anscheinend hatte tragen müssen und die er auf Fotos immer zu verstecken versucht hatte – wofür der Kommissar ein gewisses Verständnis hatte. Jedenfalls ließ das nur einen Schluss zu: Paul Hagen war als Jugendlicher in dem von Harald Mendler gemieteten Stadel gewesen, wo er anscheinend einen Teil der Schiene verloren hatte.

Sicher, damit war noch keine direkte Beteiligung am Mord an Karin Kruse bewiesen, denn auf dem Metall stand schließlich weder ein Datum noch ein Name. Hagen hätte zu jeder Zeit vorher und auch später dort oben gewesen sein können. Theoretisch könnte die Schiene auch von jemand anderem stammen, doch das war so unwahrscheinlich, dass der Fund für Kluftinger einer Bestätigung seiner Hypothesen gleichkam. Mehr noch: Wenn Hagen körperlich so eingeschränkt war, kam er dann als Täter überhaupt infrage? Was war seine Rolle gewesen? Hatte er das T-Shirt der Lehrerin in den Schuppen gelegt?

Einem Impuls folgend wählte der Kommissar nun Willi Renns Nummer. Er musste unbedingt wissen, ob der Erkennungsdienstler schon Ergebnisse von der Untersuchung des Shirts hatte.

»Wer stört?« Es hatte bedeutend länger gedauert als eben bei Lucy Beer, bis Renn abhob, was sicher auch an der Menge an Arbeit lag, die er und seine gesamte Abteilung seit dem Auffinden des Toten am heutigen Vormittag zu bewältigen hatten.

»Ich bin's, Willi. Ich will dich nicht aufhalten«, stellte Kluftinger daher gleich klar.

»Aha, warum tust du's dann?«

»Ich müsst bloß schnell wissen, ob es schon was Neues zu dem T-Shirt von der Kruse gibt, aus dem Schuppen, du weißt schon.«

»Hm«, hörte er Renn brummen, »wir haben das ja nach München eingeschickt, ins Zentrallabor beim BKA. Die versenden immer schon vorab kleine Dossiers per Mail, wenn sie was haben. Warte, ich mach mal mein Outlook auf ...«

Kluftinger, der sich eben noch über die ständige Hin-und-Her-Mailerei zwischen allen möglichen Abteilungen geärgert hatte, musste eingestehen, dass diese Art der Kommunikation auch Vorteile hatte.

»Also, jetzt pass auf ...«, meldete sich Willi zurück, »ich hab tatsächlich was gekriegt von den Münchnern, heute Morgen.«

Kluftinger hielt die Luft an.

»Lass mal sehen ... was eventuelle DNA-Spuren angeht, haben sie nix Neues. Okay ... ah, hier, sie haben aber im Stoff minimalste Reste einer hochflüchtigen Substanz gefunden, die aufgrund der typischen Struktur verschiedener Kohlenwasserstoffe und der additiven Beigabe eines Erdöldestillats den Schluss zulässt ...«

»Willi, geht's noch ein bissle komplizierter? Was ist das für ein Zeug?«

»Lass mich halt ausreden! Also ... die den Schluss zulässt, dass es sich um ein sogenanntes Zweitaktgemisch handelt, wie es von Mitte der Siebziger- bis Ende der Achtzigerjahre in Westdeutschland in Kleinmotoren üblich war.«

»Wie jetzt: Zweitaktgemisch?«

»Na ja, in dem Shirt waren eindeutig Reste von Benzin. Allerdings ist das ganz schön flüchtig, aber dadurch, dass Motoröl beigemischt war, hat es sich bis jetzt erhalten. In geringen Teilen halt. Hat man mit den Methoden damals nicht finden können, selbst wenn man danach gesucht hätte.«

Der letzte Satz klang wie eine Entschuldigung, immerhin hatte Renn damals die Spurensicherung verantwortet. Doch darum ging es dem Kommissar nicht: »Und das heißt?«

»Das heißt, dass wir dieselbe Substanz haben dürften, die damals auch als Brandbeschleuniger für das ganze Holz und den Körper der Frau verwendet wurde.«

»Das Zeug, das Mendler in seinem Schuppen gelagert hat, für seine ganzen Maschinen?«

»So schaut's aus«, bestätigte Willi.

»Das würde also heißen, dass man Mendler das Shirt tatsächlich untergeschoben hat, denn die Kruse wird sich ja kaum selber freiwillig mit Benzin eingesaut haben, um vor ihrem Tod das Ding dann noch in den Schuppen zu schaffen. Noch dazu, wo sie weder ein Auto noch irgendein Moped hatte, das weiß ich aus einem Brief an ihre Mutter.«

Am anderen Ende der Leitung blieb es still.

»Oder, Willi, es stimmt doch, was ich sag?«

»Klufti, du weißt, dass ich Schlüsse aus Analyseergebnissen gern euch überlasse. Aber wenn du mich als Privatmann fragst, der den Fall ziemlich gut kennt: Ich hätt's nicht schöner sagen können. Man hat versucht, mit dem T-Shirt dem Mendler den Mord anzuhängen.«

»Und ich bin drauf reingefallen«, fügte Kluftinger bitter an.

»Wir alle. Simmer doch einfach froh, dass wir jetzt Gewissheit haben.«

»Danke, Willi. Du bist ein echter Freund.«

Eine Weile war es still in der Leitung, dann tönte Renn: »Freut mich zu hören. Wobei: Muss ich mir Sorgen machen? Solche emotionalen Höhenflüge kennt man von dir ja normalerweise gar nicht. Ist das die verstärkte weibliche Präsenz in deinem beruflichen Umfeld, die diese weiche Seite in dir auf einmal ans Tageslicht befördert? Bringst mir halt mal ein Sträußle Blumen oder einen schönen Duft vorbei, wenn dir danach ist.«

»Depp!«, brummte Kluftinger und legte auf. Da fiel ihm ein, dass er vergessen hatte, nach der Sache mit dem Abdruck aus dem Wald und der Übereinstimmung mit einem von Hagens Schuhen zu fragen. Er drückte auf Wahlwiederholung, doch aus dem Telefon tutete ihm nur das Besetztzeichen entgegen. Also bat er stattdessen Sandy Henske, eine sofortige Teamkonferenz im kleinen Besprechungsraum einzuberufen.

– 35 –

»Das alles deutet, wie ich abschließend zusammenfassen möchte, schon sehr darauf hin, dass der Hagen damals an dem Tötungsdelikt zum Nachteil der Karin Kruse zumindest beteiligt war, obwohl die Beweislage dafür natürlich noch längst nicht ausreicht, wie wir uns selbst eingestehen müssen.« Kluftinger horchte seinen Worten nach und wusste selbst nicht, warum er sich eben dieses hochtrabenden Polizeijargons bedient hatte, um den anderen von seiner Entdeckung der Beinschiene und vom Telefonat mit Willi Renn zu berichten.

Hefele war der Erste, der sich dazu äußerte: »Okay. Das heißt aber auch, dass es zumindest plausibel wäre, dass er sich wegen drohender neuer Ermittlungen aus Panik selbst erschossen hat. Zumal ja sein Überfall auf dich im Wald noch dazugekommen wäre.«

Kluftinger presste die Lippen zusammen. »Nach wie vor bin ich bei der Selbsttötung skeptisch. Ich weiß aber auch, dass das schwer zu klären sein wird, wenn wir keine Beweise finden. Bin aber voll bei dir, Roland, was die Frage mit dem Überfall im Wald angeht. Ich denke, er war dabei, wir müssen jetzt also noch den Zweiten suchen.«

»Da würd ich mich wundern, wenn wir den nicht im Dunstkreis der Lederer-Gang finden«, erklärte Luzia Beer, und die Kollegen nickten.

Auch Kluftinger erschien diese Auffassung plausibel. »Wegen der Fußspuren im Wald, könnte da bitte jemand ...«

Ein Klopfen an der Tür unterbrach ihn. Sandy streckte ihren

Kopf herein. »Sorry, Chef«, sagte sie, dann wartete sie ab, wie Kluftinger reagieren würde.

»Ja?«

»Also, das kam gerade per Mail von den Kollegen der Bereitschaftspolizei. Die haben extra die Priorität auf *sehr hoch* gesetzt, mit drei Ausrufezeichen, da wollt ich Ihnen das nicht vorenthalten.« Sie wedelte mit zwei ausgedruckten Seiten, die sie ihm schließlich überreichte. Er überflog die Mail, ließ die Blätter sinken, sah in die Runde und erklärte: »So, Männer ... ich mein, Kollegen ... zefix, also, Mitarbeitende: Hier steht, dass gestern mehrere Anwohner in den umliegenden Wohnblocks in Hegge *zwei* Schüsse gehört haben, und – jetzt passt auf – Renns Leute haben am Illerufer, das der Wohnung von Hagen gegenüberliegt, ein Projektil in einem Baum gefunden – eindeutig aus meiner Dienstwaffe abgegeben. Was sagt ihr jetzt?«

Eine Weile war es still, dann gab Maier zu bedenken: »Das stützt natürlich deine These, ist aber auch kein Beweis, dass Hagen von jemand Drittem getötet wurde, da er ja auch selbst vorab schon geschossen haben könnte.«

Kluftinger seufzte. Natürlich hatte Maier damit recht, dennoch waren für ihn die Dinge mit dieser Nachricht noch klarer. Erst jetzt merkte der Kommissar, dass Sandy noch immer neben ihm stand. »Ist noch was, Fräulein Henske?«

»Ich wollte nur ergänzen, dass ich kurz nach der Mail noch einen Anruf von Herrn Renn bekommen habe – also eigentlich auf Ihrem Apparat, aber ...«

»Ja?«, hakte der Kommissar ungeduldig nach. »Um was ging's denn?«

»Ich soll Ihnen sagen, dass die Schuhspur aus dem Wald bei Opprechts nicht mit einer von Hagens Schuhen identisch ist, und auch die Art, wie seine Sohlen abgelaufen sind, stimmt nicht mit den ... wie hat der Willi noch gesagt? Ach ja, mit der besonderen Abnutzung bei dem gesicherten Abdruck überein. Die von Hagen seien nicht mal annähernd so ungleich abgenutzt.«

Kluftinger sah sie mit großen Augen an.

»Können Sie damit was anfangen, Chef?«

»Klar, ja, damit können wir was anfangen. Ist nur ... schade.«

Sandy Henske ging wieder, und Kluftinger blickte in die enttäuschten Mienen seiner Mitarbeiter. Er zuckte mit den Schultern. »Wäre ja auch zu schön gewesen. Aber letztlich ändert sich nichts für uns. Das heißt nicht, dass Hagen nicht im Wald war – schließlich hatte er meine Pistole.«

»Und wir können dem anderen Scheißtyp aus dem Wald mit der Spur seine Anwesenheit beweisen«, ergänzte Lucy.

Hefele fügte an: »Wenn wir ihn ermittelt haben.«

Kluftinger sah sie zufrieden an. Aus seinem durch Strobls Tod geschundenen Rumpf-Kollegium, in dem es an allen Ecken und Enden hakte, wurde allmählich ein funktionierendes Team. »Gut, Männ..., gut, Leute. Und damit wir den anderen bald haben, machen wir uns alle wieder an die Arbeit. Wenn's was Neues gibt, halten wir uns gegenseitig auf dem Laufenden, ja?«

Alle standen auf und verließen den Raum. Kluftinger holte sich noch einen Kaffee in der kleinen Küche, setzte sich an seinen Schreibtisch und wählte Georg Böhms Memminger Büronummer. Sofort stellte ihn die Sekretärin zum Gerichtsmediziner durch. »Georg, servus.«

»Hast schon wieder Sehnsucht nach mir?«

»Du, ich weiß, es ist noch nicht viel Zeit vergangen, aber ich wollt dir sagen, dass Willis Leute ein zweites Projektil in einem Baumstamm am Flussufer gegenüber gefunden haben. Und man hat auch gestern Abend zwei Schüsse in Hegge gehört, nicht nur einen. Die These, dass es keine Selbsttötung war, hat also durchaus Berechtigung. Wenn du ganz genau auf die Schmauchspuren und vielleicht auch auf den Schusswinkel schaust, wär's gut.«

»Schön, dass du mich noch mal drauf hinweist, dass ich exakt arbeiten soll.«

»Nein, Georg, so mein ich das nicht, aber ...«

»Schon klar, du willst, dass ich die Beweise liefere, dass sich Hagen nicht selber erschossen haben kann.«

»Kurz gesagt: ja.«

»Ich schau natürlich, was ich machen kann, aber sag mal, wieso kommst nicht einfach vorbei? Ich hab ihn gleich auf dem Tisch und fänd's ganz schön, wenn einer von euch mal wieder dabei wär. Kannst mir also helfen, seine Finger auf alle Schmauchspuren durchzufieseln und den Eintrittskanal am Kopf schön zu vermessen und zu dokumentieren, oder?«

»Du, Georg, ich mein ... also ... normalerweise natürlich gern, aber grad heut geht's wahnsinnig schlecht.«

Böhm machte eine kurze Pause, bevor er seufzend sagte: »Ja, gut, wenn das so ist, dann zieh ich meine Wasserleiche aus dem Wehr halt vor, und wir machen den Hagen gemütlich morgen zusammen, okay? Acht? Halb neun? Was passt dir am besten?«

Kluftinger schluckte. Fieberhaft überlegte er.

»Klufti? Hallo? Bist noch dran?«

»Ich ... ja, klar. Ich schau bloß grad in den Kalender. Au, da seh ich: ganz schlecht. Ich bin ja auch noch Interims-Präsident, momentan. Da hab ich natürlich ganz viele so ... Präsidialsachen zu machen. Und blöderweise ist ausgerechnet morgen früh eine davon.«

»Wow, da muss ich ja bald Sie zu dir sagen! Oder dich gleich im Pluralis Majestatis anreden. Aber okay, kein Problem, machen wir's morgen Nachmittag. Ich kann mir meine Zeit schon vertreiben bis dahin. Kommt sicher tagesaktuell noch was Schönes rein.« Böhm lachte kehlig auf.

Kluftinger wusste genau, welches Spiel er mit ihm trieb. »Vormittag und Nachmittag sind morgen präsidial verplant. Tut mir leid. Aber ich schick dir den Maier vorbei, wenn du willst.«

»Du ... dann würd ich's vielleicht doch allein machen«, klang Böhm nun schon etwas weniger forsch. »Brauchst das Ergebnis ja sicher schnell.«

Na also, Kluftinger würde ihn einfach mit seinen eigenen Waffen schlagen. Und beschloss, gleich noch ein wenig nachzulegen: »Ehrlich jetzt, Georg. Er freut sich, der Richie. Und einen Maier in Ehren kann niemand verwehren.«

»Wir machen's so: Ihr geht eurer Arbeit nach, ich komm allein klar, war ja schließlich vor Ort und weiß, worauf's ankommt. Ich meld mich bei dir, wenn ich was find. Fang gleich an jetzt. Servus!«

Noch bevor Kluftinger etwas erwidern konnte, hatte Böhm das Gespräch beendet. Der Kommissar grinste, dann lehnte er sich in seinem Bürostuhl zurück, legte die Füße auf die Tischplatte und schloss die Augen. So konnte er am besten nachdenken. Ob ihre Hypothese tatsächlich zutreffen sollte? War Paul Hagen der Mörder von Karin Kruse? Und jener Schüler, der ein fatales intimes Verhältnis mit ihr angefangen hatte? Eine »verbotene Liebe«? Und warum hatte alles geendet? Was waren seine Motive? Eifersucht auf Mendler, den verheirateten Liebhaber der Lehrerin? Hatte es einen Streit gegeben zwischen Karin und Paul, der eskaliert war und mit dem Tod der jungen Frau geendet hatte? Andererseits: War der Teenager von den Fotos, dieser dürre, blasse Jüngling mit dem Oberlippenflaum und der Behinderung wirklich der Typ für eine Liebschaft mit der Klassenlehrerin? Wohl kaum. Aber was sagte das schon? Wie hatte ihn Lederer in ihrem Gespräch genannt? *Ein Schwächling, der die Mutterinstinkte bei den Frauen weckte*, oder so ähnlich. Damit hatte er auf Paul Hagens Gehbehinderung angespielt. Doch wäre er durch diese Behinderung überhaupt in der Lage gewesen, die Tat so auszuführen, die tote Frau ans Kreuz zu binden und in Brand zu stecken? »Sicher nicht allein«, sagte er laut.

»Was is los?«

Kluftinger riss die Augen auf. Vor Schreck wäre er um ein Haar vom Stuhl gekippt. In der Tür stand Luzia Beer.

»Sorry, Chef, aber ich hab geklopft, und Sie haben nicht reagiert, drum bin ich reingekommen. Alles okay?«

»Ja, alles klar. Ich war bloß in Gedanken.« Mittlerweile hatte er sich wieder gefangen und streckte die Beine wieder unter den Tisch. »Was gibt's?«

»Nur wegen der Nummer und Adresse von Gernot Jansen.«

»Ja?«

Sie seufzte. »Die wollten Sie.«

»Ach ja, freilich. Was macht denn der Mann so?«

»Ist so'n Obermacker bei der Bundeswehr, ich habe auch seine Dienstnummer. Da müssten Sie ihn jetzt erreichen. Er wohnt in Hamburg und ist da auch stationiert.« Sie reichte ihm einen gelben Klebezettel.

»Prima, danke, Lucy. Ich meld mich da«, sagte er, und die Kollegin verschwand so lautlos, wie sie gekommen war.

»Sie rufen aufgrund des Todes meines Jugendfreundes Paul Hagen an, nehme ich an?«, fragte Gernot Jansen sofort, nachdem Kluftinger sich vorgestellt hatte.

Der Kommissar war baff. »Woher wissen Sie denn, dass …«

»Hubert Lederer hat mich informiert. Tragische Sache das. Lederer sagte, Sie hätten heute bereits eine Unterredung mit ihm gehabt?«

Man merkte dem Mann, der lupenreines Hochdeutsch sprach, nicht nur an, dass er aus Norddeutschland stammte und schon lange dort lebte, sondern an seinem unbeirrbaren Ton und seiner zackig-schnellen Aussprache auch, dass er Bundeswehroffizier war. »Stimmt. Mit Lederer und einem anderen Herrn, den Sie vielleicht kennen dürften: Klaus Kreutzer.«

»Ach, Klausi, der alte Schwerenöter. Gibt's den auch noch? Lederer hat erwähnt, dass Sie ihn schon einmal gesprochen haben, weil es neue Ermittlungen im Fall der toten Lehrerin gibt? Das ist aber doch Jahrzehnte her, wie kann es da noch Neues geben? Und vor allem: Wie könnten Ihnen ausgerechnet ein paar ehemalige Neuntklässler helfen? Verstehe ich nicht, aber nun ja ...«

Kluftinger schüttelte den Kopf. Er hatte das Gefühl, der Befragte zu sein. Das würde er schleunigst ändern. »Herr Jansen«, sagte er und verzichtete bewusst auf dessen Dienstgrad, irgendetwas mit Oberst, was er allerdings auch schon nicht mehr fehlerfrei hinbekommen hätte, »bevor ich Ihnen ein paar Antworten geben kann, stellen sich für mich einige Fragen, die wir vorab klären müssten. Sind Sie dazu am Telefon bereit?«

»Habe ich denn die Wahl?«

»Sie können auch herkommen. Mit dem Zug hat's das in ein paar Stündchen.«

»Ich ... nein, ich kann es mir telefonisch durchaus einrichten, ja.«

»Gut, dann erzählen Sie doch zuerst mal ein wenig von Ihrer Schulzeit in Altusried.«

»Ich bin 1982 zugezogen, nachdem mein Vater in die damalige Prinz-Franz-Kaserne in Kempten versetzt worden war. Auch er war in Diensten der Bundeswehr. Ebenfalls Offiziersrang, weswegen wir viel umziehen mussten. Wir fanden ein Haus zur Miete im nahe gelegenen Altusried, daher ging ich dort zur Schule. Ich war ein Spätstarter, habe erst eine Ausbildung zum Elektriker absolviert, dann meinen Wehrdienst geleistet. All meine weitere Ausbildung, mein Studium, ja meinen Werdegang und meine gesellschaftliche Stellung verdanke ich gänzlich den deutschen Streitkräften.«

Gernot Jansen antwortete in einer Geschwindigkeit und Stringenz, die Kluftinger tatsächlich Respekt abrang. »Haben Sie denn Ihre Ausbildung im Allgäu gemacht?«

»Nein, Gott bewahre.«

Der Kommissar verkniff sich nachzufragen, was er damit sagen wollte.

»Vater ist bereits im Mai 1985 weiter nach Bückeburg versetzt worden.«

»Soso.«

»Das ist in Niedersachsen, Grenze zu NRW. Große Jägerkaserne damals, wichtiger strategischer Standort. Dort habe ich schließlich auch meine Grundausbildung absolvieren dürfen.«

»Haben Sie denn schnell Fuß gefasst, als Sie Anfang der Achtziger als Bub nach Altusried gekommen sind?«

Jansen lachte kurz auf. »Ist das eine ernst gemeinte Frage? Ich bin viel rumgekommen, als Kind und dann auch als Soldat. Aber ich weiß nicht, ob es irgendwo anders schwieriger war als bei Ihnen dort unten im Allgäu. Mal abgesehen von Afghanistan und dem Kongo. Da war ich bei Auslandsmissionen.«

Kluftinger wartete, bis er weitersprach. Über das Bonmot des Soldaten zu lachen, hatte er jedenfalls nicht vor.

»Spaß beiseite: Ich war es gewohnt, der Neue zu sein, der andere – und somit auch der, der irgendwann wieder weiterziehen würde. Soldatenkind eben. Nun ja, mir hat es sicher nicht geschadet. Gelobt sei, was hart macht, und was nicht direkt zum Tode führt, dient der Abhärtung, nicht wahr?«

»Hm, wenn Sie meinen«, murmelte Kluftinger. Klassische Soldatensprüche, die er vor allem aus dem Munde seines meistgehassten Sportlehrers kannte – eines Typen, der Drill als oberstes Erziehungsziel postulierte, Schüler mit seinem Schlüsselbund bewarf und neben den Unsportlichen beim Dauerlauf herlief, während er ihnen Nettigkeiten wie »Weichei!« oder »Nur Tote scheiden aus, Schwabbel!« ins Ohr brüllte.

Jansen fuhr fort: »Hubert Lederer stand mir einmal bei, als ich noch ziemlich neu war im Dorf. Er hat mich vor ordentlich Prügeln bewahrt. So bin ich in den Freundeskreis gekommen, mit den anderen, die Sie ja bereits kennen. Aber jetzt wollen Sie sicher wissen, wo ich gestern Abend war, nicht wahr?«

»Wieso sollte ich das?«

»Na, weil Sie Lederer ja auch danach gefragt haben, wie er mir berichtet hat. Warum also nicht auch mich?«

»Hm, Herr Jansen, schau mer mal. Zuerst würde mich auf jeden Fall noch was anderes interessieren, nämlich ob Sie sich an die Tat damals noch erinnern können. An die Ermordung Ihrer Klassenlehrerin am Funkensonntag 1985.«

Kluftinger hörte, wie Jansen am anderen Ende der Leitung tief Luft holte.

»Sicher kann ich mich erinnern, wie es war, als das alles bekannt wurde. Das war ein Schock. Wir waren fast alle erst fünfzehn. Da setzt einem so was natürlich zu. Aber das war nichts im Vergleich zu dem, was ich dann auf so mancher Auslandsmission erlebt habe, seien Sie sich dessen gewiss.«

»Das bin ich, Herr Jansen.«

»Nun, und dann sind wir ja, wie gesagt, auch noch im selben Jahr weitergezogen nach NRW. Viel habe ich danach eigentlich gar nicht mehr mitbekommen. Sicher, eine Weile hielt sich der Kontakt mit den anderen Jungs noch, wir haben geschrieben, mal telefoniert, aber letztlich schlief das alles ein. Ich musste schon zweimal nachfragen, als mich Lederer antelefoniert hat. Hätte nicht gedacht, dass ich von dem in meinem Leben noch mal was höre.«

»Woher hatte er denn überhaupt Ihre Nummer? Mir hat er gesagt, Sie hätten keinen Kontakt mehr.«

»Das ist nicht allzu schwierig, ich habe nichts zu verbergen, stehe samt Beruf im Telefonbuch, und meine Frau hat die Order, meine Dienstnummer herauszugeben. Offenheit und Transparenz sind nicht nur beruflich wichtig für mich, sondern auch privat. Alles sofort erledigen, das ist am einfachsten und zeitsparendsten.«

»Verstehe.«

»Nun also zum fraglichen Abend: Ich war seit gestern Morgen um sechs bis heute Morgen um acht Uhr auf einem Überlebenslehrgang im Wasser der Elbe. Die Rettungsschwimmerstaffel veranstaltet immer wieder derartige Challenges, vor allem und ganz bewusst für Führungskader. Damit wir nicht einrosten, in unseren weichen Bürosesseln, wissen Sie?«

Wieder brummte Kluftinger ein ziemlich desinteressiertes »Mhm«.

»Aber darf ich wissen, weshalb Sie uns nach unseren Alibis fragen, wo sich Paul Hagen doch selbst getötet hat, wie Lederer sagte? Wo steckt da der Sinn?«

»Den Sinn müssten Sie schon mir überlassen, Herr Jansen. Und streng genommen hab ich das auch gar nicht.«

»Was, bitte?«

»Sie nach einem Alibi gefragt.«

»Wie? Ich habe Ihnen doch eben dargelegt, dass ich beim Vier-Stunden-Lehrgang der Kampfschwimmer war.«

»Eben. Sie haben es mir dargelegt. Aber ohne dass ich Sie gefragt hätte.«

»Na, jetzt wollen wir mal nicht spitzfindig werden, wie? Bestimmt hätten Sie es mich noch gefragt ...«

»Ja? Da bin ich mir nicht so sicher ...«, gab sich der Kommissar unbeeindruckt, notierte sich die Angabe dennoch auf seinem Notizblock. Vielleicht würde er sie noch überprüfen lassen. »Aber wenn wir schon gerade bei Alibis sind, hätt ich da mal eine Frage …« Erst im Verlauf des Telefonats war dem Kommissar die Idee gekommen, nachzuhaken, wo der Soldat denn am Tag des Überfalls auf ihn im Wald oberhalb von Altusried gewesen war. Schließlich hatten sie bislang maximal einen der beiden Täter gefunden. Zum ersten Mal im Laufe des Telefonats kam Jansens Antwort nicht wie aus der Pistole geschossen. Dennoch versprach er, im Kalender nachzusehen und sich dann bei Kluftinger zu melden.

»Gut, dann lass ich Sie mal weiter … befehlen«, wollte sich Kluftinger eben verabschieden, da fragte Gernot Jansen: »Eins noch: Wie hat er sich denn getötet?«

»Wie und wer Ihren Freund umgebracht hat, das würden Sie dann gegebenenfalls aus der Presse erfahren, über laufende Ermittlungen darf ich aus taktischen und außerdem aus Datenschutzgründen keine Angaben machen.«

»Also, da kann ich Sie beruhigen, als Soldat unterliege auch ich der Schweigepflicht.«

»Das mag schon sein, Herr Jansen, aber das hebt meine nicht auf.«

»Sicher. Sagen Sie – das dürfen Sie mir ja sagen –, stimmt es tatsächlich, dass Paul Anwalt war?«

»Ja. Warum?«

»Nun, ich finde das respektabel. Wir waren alle in der Hauptschule. Wobei er auch immer schon der Überflieger war. Und damit das Schätzlein, der Günstling der Lehrer. Und Lehrerinnen.«

»Sie meinen … auch bei Frau Kruse?«

Jansen seufzte tief. »Schwer zu sagen, heute. Noch dazu bei … den gegebenen Umständen. Aber ja, alles, was er machte, war gut. *Unser Musterschüler Paul Hagen.*«

»Meinen Sie, er hat sich körperlich zu ihr hingezogen gefühlt?«

»Kann sein. Er hatte damals diese Probleme mit dem Bein – was es ihm nicht einfach machte bei gleichaltrigen Mädchen. Vielleicht hatte die weit ältere Lehrerin da schon einen anderen Blick auf ihn. Und vielleicht weckte er den Muttertrieb in ihr.«

»Vielleicht«, wiederholte Kluftinger und kratzte sich am Kopf. Lederer hatte dasselbe gesagt.

»Huberts Mutmaßung ist ... nun ja, ich will nicht als Waschweib dastehen, aber ... möglicherweise hat sich Hagen selbst gerichtet, weil er die Schuld, mit der er all die Jahre gelebt hat, nicht mehr aushielt? Weil die Last ihn erdrückte?« Jansens Stimme hatte auf einmal einen anderen Klang. Weicher, empathischer. Kluftinger schwieg dennoch.

»Sehen Sie das auch so, Herr Hauptkommissar?«

»Ich sehe im Moment gar nichts, Herr Jansen. Ich muss mich auf Fakten verlassen, nicht auf Mutmaßungen und Gefühle.«

»Sicher, Fakten, Fakten, Fakten. Ganz mein Reden. Mit Gefühlen wurde noch keine Schlacht gewonnen.« Jetzt war er wieder ganz der Soldat von vorher.

»Das war's für heut, Herr Jansen. Sie denken an die Sache wegen dem Alibi und melden sich, gell? Und ich werde auf jeden Fall wieder auf Sie zukommen, verlassen Sie sich drauf.«

»Sicher, stets zu Diensten, wenn nötig und mit dem Dienstplan vereinbar. Schönen Tag noch«, schnarrte Jansen und beendete das Gespräch.

Kaum hatte Kluftinger aufgelegt, klingelte das Telefon schon wieder. Eine Münchner Nummer. Wen kannte er denn in München? Er schlug sich gegen die Stirn. Natürlich ... »Herr Lodenbacher, so eine Freude«, heuchelte er.

»Kluftinga!«, antwortete der nur. Das verhieß nichts Gutes. »So geht des fei ned.«

»Was denn, Herr ...«

»I bin ned Ihre präsidiale Rufumleitung!«

»Präsi…was?«

»Hean S', so kemma des ois ned moch'n!«

Wieder einmal verfiel sein ehemaliger Vorgesetzter in starken Dialekt. Er musste ziemlich aufgebracht sein. Kluftinger beschloss, dem demonstrative Ruhe entgegenzusetzen: »Was denn, lieber Herr Lodenbacher?«

»Die Soch, mit den präsidialen Aufgaben. I helf Eahna ja gern, und für mei Rede neulich krieg ich allweil no ein dankbares Feedback, aber Sie können au ned ois auf mi abwälzen, sonst kann i ja glei wieder zruckkemman.«

Um Gottes willen, dachte der Kommissar. Allerdings wusste er genau, was Lodenbacher meinte. Er hatte Sandy angewiesen, alles, was in Verbindung mit seinem Interimsposten zusammenhing und nach Arbeit aussah, kommentarlos an den Regierungsrat weiterzuleiten.

»Meinen S', i hab hier gar nix anderes zum tun?«, schimpfte der Niederbayer.

Genau das meinte Kluftinger, sagte es aber natürlich nicht. »Nein, aber ich hab gedacht, ich kann von Ihnen ja nur lernen, wenn ich …«

»Papperlapapp, jetzt lassen S' amoi des Süßholzraspeln, i bin schon verheiratet.«

Priml. Musste er sich wohl eine andere Taktik überlegen.

»Also«, fuhr sein ehemaliger Chef fort, »aktuell muss der Präsident, in dem Fall Sie, dieses Grußwort verfassen. Und wenn ich des richtig seh … Moment … ja, genau, des muss heut no raus. Da setzen S' sich besser glei hin. Und bittschön, Kluftinga: Denken S' dran, dass des Ganze genderneutral verfasst sei muss. Sonst kemman mir in Teufels Küche, ned?«

»Klar, kein Problem.«

»Da hab i was anderes g'hört.«

»Hm?«

»Was war'n da gestern los?«

Der Kommissar wusste genau, worauf Lodenbacher anspielte. Allein beim Gedanken an seine Blamage bekam er wieder einen roten Kopf. »Gestern? Ich weiß jetzt nicht, was Sie meinen.«

»Sie ham doch gestern bei der Amtseinführung von Eahna neuen Gleichstellungsbeauftragten g'red, n?«

»Ach, das. Ja, da ... war ich.«

»Mir is berichtet wor'n, dass Sie fünf Minuten ziemlich speziell zum Thema Regelarbeitszeit referiert hätt'n.«

»So lang war das?«

»Was ham Sie sich denn dabei gedacht, Kluftinga?«

Der Kommissar wusste es auch nicht so genau. Er war unvorbereitet zu dem Termin gegangen, weil er sich sicher gewesen war, dass ihm schon ein paar warme Worte einfallen würden. Als er dann vor Ort kurz die Einladung überflogen und darin die Begriffe *Regelarbeitszeit* und *Gleichstellungsbeauftragte* gelesen hatte, hatte er eins und eins zusammengezählt und drauflosimprovisiert. Wie wichtig es sei, während dieser besonderen Tage auf die Frauen Rücksicht zu nehmen, dass die Geschichte der Menstruation eine Geschichte voller Missverständnisse sei – ein Satz, auf den er besonders stolz war, auch wenn er ihn aus einer Fernsehwerbung geklaut hatte – und dass er ja selbst verheiratet sei und wisse, dass eine Frau während dieser Zeit eben anders ticke als sonst. Als er daraufhin in versteinerte Mienen geblickt hatte, war ihm klar geworden, dass er in der Eile wohl eine falsche Analogie gezogen hatte. Was danach kam, wusste er nicht mehr genau, es verschwamm vor seinem geistigen Auge, nur Bruchstücke konnte er noch rekonstruieren: wie er versucht hatte, es als Witz erscheinen zu lassen, was die ganze Sache nur noch verschlimmert hatte, wie er Geschichten von seiner ehemaligen Chefin zum Besten gab, die aber nun vorübergehend ihm, einem Mann, weichen musste, wie er irgendwann einfach nur noch herumgestammelt und schließlich einen Anruf mit einem Notfall vorgetäuscht hatte, um sich sofort hastig zu verabschieden.

»Wissen S', des is nimma so wie früher. Jetzt dürfen die überall mitreden. Da muss ma aufpassen! Bald brauch'ma an Gleichstellungsbeauftragt'n für uns Männer, ned?«, schwadronierte Lodenbacher und schien darüber sein eigentliches Ansinnen, den Rüffel an Kluftinger, glatt zu vergessen.

Kraftlos dankte der Kommissar seinem Gesprächspartner und beendete das Telefonat. Dann suchte er die Mail heraus, von der Lodenbacher gesprochen hatte. *Editorial zum Streiflicht Iller* stand in der Betreffzeile. Dem Text entnahm er, dass er ein paar Worte für die Weihnachtsausgabe dieses Mitarbeitermagazins schreiben sollte. Für das neueste Heft waren verschiedenste Themen geplant, etwa die Verabschiedung des leitenden Kriminaldirektors Müller in den Ruhestand, eine Bilanz der Einsätze des vergangenen Jahres und die Instagram-Pläne des Dienstbereichs. Schrecklich langweiliges Zeug also. Kluftinger erinnerte sich nicht, das Vorwort des Druckerzeugnisses je gelesen zu haben – was sich nun rächte.

Immerhin mussten irgendwo noch ein paar Exemplare von Magazinen aus benachbarten Präsidien herumliegen, die ihnen von dort zugeschickt wurden. Vielleicht konnte er sich da Hilfe holen, ohne gleich unter Plagiatsverdacht zu geraten. Er legte sich die Hefte zurecht und dachte nach. Was hatte Lodenbacher gesagt? *Genderneutral* solle er das Ganze formulieren. Er googelte den Begriff und erfuhr, dass es inzwischen nicht einmal mehr reichte, Männer und Frauen anzusprechen, es galt nun auch noch auf das dritte Geschlecht Rücksicht zu nehmen.

Also suchte er die alten Zeitschriften durch und fand tatsächlich eine Weihnachtsausgabe des Neu-Ulmer Präsidiums. Endlich einmal schien sich seine Nachlässigkeit beim Aufräumen auszuzahlen. Der dortige Präsident, ein gewisser W. Strößner, hatte in seinem Vorwort die Aufgabe bereits erfüllt, die ihm nun bevorstand. Warum das Rad also neu erfinden, dachte sich der Kommissar und begann den Text einfach abzutippen. Das heißt: Er musste das Ganze natürlich noch den aktuellen Anforderungen an die geschlechtliche Neutralität anpassen, was Herrn Strößner offenbar nicht so sehr interessiert hatte. Aber 2018 war eben noch eine andere Zeit gewesen.

Kluftinger begann also.

Liebe Kolleginnen und Kollegen,

Er strich das aber sofort und schrieb stattdessen:

Liebe Kollegen,

Auch das löschte er wieder und schrieb dann:

Liebe diverse Kollegen (womit jetzt nicht verschiedene Kollegen gemeint sind {also schon verschiedene, aber im Sinne von alle [auch die Diversen]}), der diesjährige Präsidentenbrief trägt das Zitat: »Ich werde Weihnachten in meinem Herzen ehren und versuchen, es das ganze Jahr hindurch aufzuheben«.

Besser hätt ich auch nicht anfangen können, dachte sich der Kommissar und war besonders stolz auf seine Verwendung der verschiedenen Klammern, an die er sich noch aus dem Mathematikunterricht erinnerte, auch wenn er nicht mehr genau wusste, ob die eckige der geschweiften untergeordnet war oder umgekehrt.

Das Zitat stammt von dem Autor Charles Dickens.

Er überlegte kurz, dann fuhr er fort:

Sicher hätte es eine Autorin genauso gut sagen können, aber eine Charlotte Dickens ist mir nicht bekannt. Und Diverse waren damals noch nicht erfunden. Obwohl es sicher auch diverse andere Autoren gab, das ist klar. Das Buch jedenfalls handelt von einem gefühlskalten Geschäftsmann

Kluftinger löschte das letzte Wort und schrieb:

einer Geschäfte machenden Frau bzw. einem Mann bzw.

Er korrigierte sich:

Handel treibenden Menschinnen und Menschen (m / w / d)

Er machte auch das rückgängig und tippte:

Es handelt von allen Geschöpfen, für die Heiligabend eher ein Ärgernis ist.

Nun stand in dem Heft: *Wenn der Weihnachtsmann kommt, ist das für die meisten Menschen das wichtigste und schönste Fest des Jahres.* Kluftinger überlegte eine Weile, dann hellte sich seine Miene auf, und er formulierte:

Wenn der Nikolaus und das Christkind kommen und zusätzlich die Frau Holle, der Knecht Ruprecht, der ja mit dem Nikolaus zusammenlebt, und dann auch noch die kleinwüchsigen Wichtel, dann ist das für die meisten Menschen sicher das schönste Fest des Jahres. Dass wir dieses Fest beruhigt begehen können, weil es sich laut Kriminalstatistik fast nirgends sicherer wohnen lässt als in unserem Schutzbereich, dazu tragen Sie durch Ihren Dienst am Menschen – also an allen Menschen, nicht nur den männlichen – bei. Sie sind Mitglied …

Kluftinger hielt inne. War das Wort unbedenklich? Aber was hätte er sonst sagen sollen? Nein, das war ihm zu heikel.

Sie sind Teil einer außergewöhnlichen Mannschaft …

»Zefix!«, schimpfte er laut. Überall lauerten Fallstricke.

Sie sind Teil einer außergewöhnlichen Truppe, danke dafür.

Da fiel ihm eine Begebenheit ein, mit der er dem Brief gerne eine persönliche Note verleihen würde.

Neulich wurde mir der Wert der Polizei für unsere Gesellschaft auf besondere Weise bewusst. Ich war in Frauenzell …

Verzweifelt blickte Kluftinger auf den blinkenden Cursor. Sollte er die Anekdote einfach in eine andere Ortschaft verlegen? Aber die Kollegen, die dabei gewesen waren, würden sich fragen, warum er hier falsche Angaben machte. Er zermarterte sich das Hirn, löschte dann den letzten Absatz und schrieb:

*Frohes Fest, auch all Ihren Partnerinnen, Partnern (m) und Partnern (d), Ihren Kindern (m / w / d) und sonstigen Familienangehörigen*innen*

Ihr Interims-Polizeipräsident A. I. Kluftinger

Einigermaßen beschwingt warf Kluftinger die alten Magazine in den Papierkorb. Eigentlich war so eine Präsidentschaft gar nicht so schwer: ein paar salbungsvolle Worte hier, ein bisschen Verbreiten natürlicher Autorität dort, der Rest kam mit der Würde, die dieses Amt von sich aus verlieh. Ein bisschen wie beim Papst, der mit dem Tag seiner Wahl auch schlagartig unfehlbar wurde.

Das Telefon klingelte erneut. Diesmal erkannte Kluftinger die Nummer sofort: Sie gehörte Georg Böhm, dem Gerichtsmediziner. Grinsend nahm der Kommissar den Hörer ab: »Hier spricht Seine Majestät, der Polizeipräsident. Wer stört?«

Am anderen Ende der Leitung blieb es ein paar Sekunden still, dann tönte ein kehliges Lachen durch den Hörer. »Klufti, du bist der Beste. Erst treten wegen dir sämtliche Polizistinnen in den Hungerstreik, und dann machst du einen auf Gesalbter.«

Mist, hatte sich die Sache mittlerweile also schon bis nach Memmingen herumgesprochen.

»Höret zu, Ihro Gnaden, Ignaz der Gefürchtete, Schlächter der Emanzen: Ich rufe in dienstlichen Belangen an, leihet mir kurz Eurer hochherrschaftliches Ohr.«

»Ha, sehr gut, Georg, kannst du das bitte aufschreiben, damit ich das meinen Untertanen hier geben kann? Die lassen den nötigen Respekt bisher noch vermissen.«

»Selbstredend, Euer Hochstaplichkeit. Aber jetzt pass auf: Ich kann deine These, was den Selbstmord von diesem Paul Hagen angeht, zu ... ich würde mal sagen, achtzig Prozent bestätigen.«

Kluftinger setzte sich kerzengerade hin. »Ach ja?«

»Ja, ich hab mir den Schusskanal angeschaut: Die Kugel ist von schräg hinter dem linken Ohr durch das Hinterhauptsbein eingetreten, hat den Okzipitallappen durchschlagen, bevor sie am rechten Stirnbein wieder ausgetreten ist.«

»Aha.«

»Ich entnehme deiner Reaktion, dass Ihro Unwissenheit noch nähere Erklärungen benötigen?«

»Das wär sehr nett.«

»Gut. Was zum einen gegen die Selbstmordthese spricht, ist, dass die Pistole links angesetzt wurde, obwohl er laut Schmauchspuren mit der rechten Hand geschossen hat. Das hätte ziemliche Verrenkungen erfordert. Dann verläuft der Schusskanal auch leicht abschüssig, was anatomisch zusätzlich schwierig gewesen wäre. Nicht unmöglich, aber, nun ja: kompliziert und unsinnig. Deswegen würde ich sagen: Zu mindestens achtzig Prozent hast du recht. Vielleicht auch mehr.«

»Alles klar, Georg, das reicht mir.« Kluftinger war zufrieden. Für ihn ließen die Ausführungen nur einen Schluss zu: Paul Hagen war ermordet worden. Auch die Antwort auf die Frage, von wem, lag für den Kommissar auf der Hand: Es musste der zweite Mann aus dem Wald gewesen sein. Denn wahrscheinlich hatte der, und nicht Hagen, Kluftingers Dienstwaffe all die Zeit in seinem Besitz gehabt. Vielleicht war es ja doch nicht Hagen, der etwas mit der Lehrerin gehabt hatte, sondern dieser Zweite, der Schattenmann, von dem Kluftinger nicht mehr als ein verschwommenes Bild in Erinnerung hatte. Vielleicht hatte der auch Karin Kruse getötet. Oder Hagen und der andere zusammen?

Plötzlich wurde dem Kommissar klar, dass Georg Böhm noch immer am Telefon war. »Ist noch was?«, fragte er.

»Nein, ich warte nur.«

»Worauf denn?«

»Dass Ihro Unsäglichkeit die Audienz beenden.«

»Depp.«

»Das Kompliment kann ich zurückgeben. Servus.«

– 36 –

»Butzele, es gibt so Tage, die machen einem erst wieder bewusst, wie gut es einem geht!«

Kluftinger senkte das Kinn auf die Brust und sah seine Frau skeptisch an. Sie hatte ihn derart überschwänglich begrüßt, dass er befürchtete, sie habe irgendeinen starken Stimmungsaufheller vom Doktor verschrieben bekommen. Andererseits würde sie so ein Zeug nie nehmen, da war er sich ganz sicher. Ziemlich sicher. Zumindest glaubte er es. Oder doch nicht? »Erika, alles klar bei dir?«, fragte er daher zögerlich.

Sie strahlte ihn nur noch mehr an, kam auf ihn zu, umarmte ihn und gab ihm einen Kuss, der deutlich länger währte als alle Liebesbezeugungen der letzten Wochen zusammen. »Aber so was von klar«, bestätigte sie und stieß einen wohligen Seufzer aus.

Der Kommissar trat einen kleinen Schritt zurück und musterte seine Frau erneut. Er konnte nichts Auffälliges entdecken. Äußerlich schien tatsächlich alles in Ordnung mit ihr.

»Wie könnte irgendwas nicht klar sein, wenn man so einen tollen Mann hat.«

Der tolle Mann kratzte sich am Kopf. Sicher, damit hatte Erika völlig recht, er hätte das jederzeit unterschrieben, nur wie sie ausgerechnet heute zu dieser Erkenntnis kam, verstand er nicht. Aber er würde schon noch herausfinden, welche seiner zahlreichen guten Eigenschaften es war, die seine Frau gerade so für ihn einnahm. Sollten allerdings doch Medikamente dahinterstecken, musste er sich unbedingt beim Doktor nach der Möglichkeit einer Langzeittherapie erkundigen.

»Ich hab da schon mal was vorbereitet, kommst du gleich?«

Schon beim Eintreten hatte er bemerkt, dass es heute Abend besonders verführerisch nach Essen duftete, was er aber vor allem auf seinen Kohldampf geschoben hatte, da er – als Ausgleich zum Vortag mit seinem verheerenden Spatzen-Überangebot – tagsüber fast nichts zu sich genommen hatte. Er zog sich die Haferlschuhe aus und tauschte sie gegen die Fellclogs.

Erika tätschelte ihm den Rücken. »Toll, dass du so weit über deinen eigenen Schatten springen kannst. Einfach so, nur damit es mir besser geht.«

Kluftinger richtete sich auf und dachte nach. Es waren also weder sein Fleiß noch seine Intelligenz oder seine Geduld, die Erika so pries. Was meinte sie bloß?

Wortlos winkte sie ihn in die Küche – wo er endlich den Grund für ihre Lobreden erblickte: Auf der Arbeitsplatte, direkt neben dem Spülbecken, stand malmend und dampfend der Thermomix.

»Heu, ist das Ding schon gekommen?«, rief er überrascht aus. »Das ist ja schnell gegangen.«

Nun schlang Erika von hinten die Arme um seinen Bauch und drückte ihn an sich. »So eine tolle Überraschung!«

Der Kommissar fand es unglaublich, welche Freude er seiner Frau mit einer Küchenmaschine machen konnte. Wenn er da an diverse Weihnachtsgeschenke wie den Staubsauger oder den elektrischen Fensterputzer dachte – dafür hatte er keine derartigen Jubelstürme geerntet. Ein wenig missfiel dem Kommissar aber, dass Erika das Ding nicht nur bereits ausgepackt, sondern auch schon in Betrieb genommen hatte. Schließlich hatte nicht sie die Unterweisung von Frau Litwinow erhalten, sondern er. Zudem konnte man nie sicher sein, ob nicht von Haus aus irgendwas kaputt war – und nun war die Maschine schon benutzt.

»Ich hab gleich ein paar Sachen gemacht: Rohkostsalat mit Rote Beete, frisches Baguette, und im Moment ist grad noch eine Gemüsesuppe drin – ich muss bloß noch schnell ein bissle Speck in der Pfanne auslassen. Setz dich schon mal hin und schenk dir ein Bier ein, der Wunderkessel braucht noch zwei Minuten und ... achtunddreißig«, trällerte Erika.

Angesichts ihrer blendenden Verfassung verkniff sich Kluftinger einen Kommentar dazu, dass das Gerät bereits einige hässliche rote Flecken von besagtem Salat und mehrere Teigspritzer aufwies. Stattdessen ließ er sich noch ein wenig für seine Entschlossenheit preisen. Anschließend genoss er ein leckeres Essen, das sie letztlich ihm zu verdanken hatten – auch wenn er es nicht selbst gekocht hatte.

In wohliger Selbstzufriedenheit versunken, hatte er noch einen Einfall: »Du, soll ich uns schnell ein Eis machen? Da braucht's bloß gefrorenes Obst, Zucker und, wenn man will, Sahne oder Milch. Ist natürlich nicht ganz einfach, aber das krieg ich schon hin.«

Erika winkte ab. »Kann ich doch machen. Welches Obst magst du?«

Kluftinger schüttelte den Kopf. »Nein, *ich* will doch. Und das ist schwerer, als du denkst.« Er beharrte auf seinem Herrschaftswissen.

Seine Frau sah ihn an wie ein dickes Kind, das seinen Eltern eröffnet, es wolle unbedingt Primaballerina werden. »Belassen wir es doch einfach so, wie es immer war. Da musst du dich jetzt nicht extra einarbeiten.«

Priml. Sie versuchte gerade, ihm sein selbst erworbenes Teufelsgerät streitig zu machen. Doch das würde er nicht hinnehmen. Schließlich hatte Frau Litwinow *ihm* die Tricks und Kniffe gezeigt, und er würde sie nun auch anwenden. Den Thermomix hatte er auch ein wenig für sich selbst gekauft. »Schluss jetzt, ich mach Eis und damit basta«, brummte er ein kleines bisschen verstimmt. Erika lenkte ein und verfolgte mit Argusaugen, wie er einen Beutel gefrorene Heidelbeeren, die er im Sommer von einer Bergtour kiloweise nach Hause gebracht hatte, zusammen mit ein paar anderen Zutaten in den mittlerweile abgespülten Mixtopf gab und am Bedienknopf drehte.

Sofort setzte sich das Schneidwerk mit einem Höllenlärm in Bewegung. Die eisigen Beeren wurden so heftig gegen die Metallschüssel geschleudert, dass sich beide Kluftingers erschrocken die Ohren zuhielten. Doch gerade mal zehn Sekunden später piepste das Gerät unschuldig eine kleine Melodie, und der Nachtisch war fertig. Erika sparte sich jeglichen weiteren Kommentar, denn auch ihr schien – wie ihrem Mann – die Eiscreme richtig gut zu schmecken. Zufrieden saßen sie sich am Küchentisch gegenüber und schleckten ihre selbst gemachte Köstlichkeit.

»Du, deine Mutter hat schon dreimal angerufen heut und wollt wissen, wo dein Vater ist«, erzählte Erika.

»Aha. Und? Ist er denn jetzt wieder daheim?« Kluftinger war immer ein wenig besorgt, wenn es um seine Eltern ging. Schließlich waren sie in einem Alter, in dem schnell mal was sein konnte ...

»Hm, keine Ahnung, ich hab nix mehr gehört.«

»Und das sagst du mir jetzt erst?«

»Ist doch nix passiert, reg dich doch nicht wegen allem immer gleich so auf. Die beiden sind selber groß.«

»Ja, und ... alt«, fügte Kluftinger hinzu, ging zum Telefon und wählte die Nummer seiner Eltern. Es dauerte etwas, dann hob sein Vater ab. Gott sei Dank, er lebte und war zu Hause, schoss es Kluftinger durch den Kopf. »Servus, Vatter, geht's dir gut?«, fragte er aufgeregt in den Hörer. Schließlich wusste er noch nicht, warum seine Mutter ihn den ganzen Tag gesucht hatte.

»Schon, warum?«

»Bloß so. Die Erika hat erzählt, dass du abgängig gewesen bist heut. Wo warst du denn?« In Kluftingers Kopf überschlugen sich die Gedanken. Was, wenn sein Vater irgendeine Krankheit hatte, bei der er orientierungslos umherlief und man ihn suchen musste, weil er sich selbst nicht mehr zurechtfand?

»Mei, da und dort«, erklärte sein alter Herr gelassen. »Warum fragen mich denn jetzt auf einmal alle, wo ich genau war? Ich hab ein paar Besorgungen gemacht. Wieso willst denn das wissen?«

»Bloß ... so halt. Weil ich mich dafür interessier, wie dein Tag so war.«

Nach einer kurzen Pause hörte Kluftinger im Hintergrund eine Stimme, dann sagte der Vater: »Es ist der Bub, was ist denn, Hedwig?«

Kluftinger seufzte.

»Entschuldige, aber die Mutter wollt wissen, wer dran ist ... Ja, der Bub, wenn ich's dir doch sag«, brüllte er jetzt so laut in den Hörer, dass Kluftinger seinen ein Stück vom Ohr weghielt. »Himmel, Hedwig, ich weiß ja noch nicht, was er will, weil du mich nicht mit ihm reden lässt. Bub?«

»Ja, Vatter, du, wir lassen das vielleicht einfach, und ich meld mich ein andermal wieder.«

»Wieso ein andermal? Es geht schon. Also, was wolltest du denn?«

»Eigentlich ...«

»Wieso willst jetzt du auf einmal mit dem Buben reden? ... Bitte! Du, Adi, die Mutter will dich. Aber ich dann auch noch mal kurz, gell?«

Offensichtlich wurde das Telefon nun an Kluftingers Mutter weitergereicht.

»Kluftinger. Wer ist am Apparat?«, fragte die.

»Ich bin's, Mutter, das hat der Vatter dir doch gesagt.«

Was hatten die beiden bloß?

»Schon. Ich wollt's halt von dir wissen, Bub. Was gibt's?«

»Eigentlich nix. Ich wollt nur fragen, ob der Vatter wieder daheim ist.«

Er hörte regelrecht, wie seine Mutter stutzte. »Aber du hast doch grad schon mit ihm geredet!«

»Ja, schon. Aber weil du schon dreimal ... wurscht. Und sonst so?«

»Mei, nix, eigentlich. Und du? Hast schon was gegessen?«

»Ja, sehr gut war's. Suppe, Brot und Rohkost. Und rate mal, wer den Nachtisch gemacht hat!«

»Der Doktor Oetker?«

»Schmarrn, ich. Kommt's halt am Wochenende mal zum Essen, und ich mach uns Heidelbeereis.«

»Hm, ja, vielleicht ...«, antwortete sie zögerlich, dann kam ihr anscheinend eine bessere Idee: »Oder ich bring rote Grütze mit und Sahne, das ist doch was Feines.«

Niemand in seiner Familie schien ihm kulinarisch auch nur das Geringste zuzutrauen. Na, die würden sich schon alle noch umschauen, was er im Zusammenspiel mit seiner neuen Maschine zu leisten imstande war.

»Du, der Vatter will dich noch mal. Mach's gut, gell? Und iss noch was Gescheites! Man soll ja nicht hungrig ins Bett.«

Der Kommissar konnte nichts erwidern, denn nun hörte er schon wieder seinen Vater tönen: »Ich bin's noch mal, Bub.«

»Ich hör's, Vatter.«

»Horch, ich mach mir ein bissle Sorgen um die Mutter«, sagte Kluftinger senior mit gesenkter Stimme.

Sofort war Kluftinger wieder alarmiert. »Was ist denn?«

»Keine Ahnung. Sie ist so komisch, den ganzen Tag. Will immer wissen, wo ich hingeh, dabei hat sie das die letzten sechzig Jahre nicht interessiert. Am liebsten würd sie überallhin mitkommen. Aber ich kann doch schlecht mit meiner Frau beim Urologen auftauchen, oder? Wie sieht denn das aus? Und die Post holt sie selber aus dem Briefkasten, neuerdings ...«

»So was, hm ...«, versetzte Kluftinger unschuldig. Dabei wusste er genau, wodurch sich dieses Verhalten seiner Mutter erklärte.

»Nein, ich flüster gar nicht, Hedwig«, brüllte der Vater nun, bevor er leise weitersprach: »Also sag, Bub, weißt du, warum sie sich so anders benimmt?«

»Ich? Woher denn?«

»Keine Ahnung. Ich hab Angst, dass Sie allmählich ... du weißt schon ... sonderbar wird.«

»Ach was, Vatter, da würd ich mir nix denken. Sie passt halt ein bissle auf, dass du keine Dummheiten machst«, antwortete er und verabschiedete sich.

»Alles okay bei dir daheim?«, wollte Erika wissen und hielt ihm einen Umschlag hin. »Der war noch in der Schachtel vom Thermomix.«

»Ah, das wird die Rechnung sein. Ja, bei den Eltern ist ... alles gut. Wo ist denn die Schachtel?«

»Hab ich schon zerschnitten und in die Blaue Tonne.«

»Was?« Damit war eine Rücksendung praktisch ausgeschlossen.

»Ja, die war so groß.«

»Hast aber schon alles raus, oder?« Kluftingers größte Angst war, bei irgendeinem Gerät, das er neu anschaffte, wichtige Zubehörteile in der Verpackung zu vergessen und mit ihr wegzuwerfen.

»Alles, Butzele«, sagte sie und küsste ihren Mann auf die Wange.

»Ja, dann ...« Er legte den Brief beiseite, und während sich Erika ins Bad verzog, machte er sich daran, den Thermomix zu säubern. Auch dazu hatte es ja eine Lektion von der Russin gegeben. Wichtigster Helfer dabei war eine Rundbürste, auf deren Ähnlichkeit mit einer Klobürste Frau Litwinow immer wieder unter heftigem Lachen hingewiesen hatte – was vielleicht auch mit ihrem erhöhten Wodkakonsum an jenem Abend zu tun gehabt hatte. Akribisch putzte Kluftinger das Gerät, denn er wusste, wie wichtig es war, bei technischen Apparaturen auf Pflege und Wartung zu achten, allerdings nur mit einer detaillierten Kenntnis der Maschine. Bestes Beispiel war da sein Auto, an dem er Erika noch nie auch nur eine Scheibe hatte putzen lassen. Nein, die Thermomixreinigung musste Chefsache bleiben. Gegenüber seiner Frau würde er natürlich betonen, wie wichtig es ihm sei, sie zu entlasten.

Als er mit dem Resultat zufrieden war, setzte er sich an den Küchentisch und öffnete den Umschlag. Zum Vorschein kam, wie erwartet, die Rechnung. Er ließ die Augen übers Papier fliegen und entdeckte den Betrag. Zufrieden nickte er. Wirklich ein angemessener Preis für so eine tolle Maschine. 135,50 Euro, dafür bekam man heutzutage kaum noch einen vernünftigen Akkuschrauber, in dem allerdings weit weniger Technologie steckte als in seinem kleinen Küchenwunder.

Er nahm gemächlich einen Schluck Bier und legte die Rechnung beiseite, stutzte aber im selben Moment. Stand da nicht 1355,00 Euro? Er schaute noch einmal genau. Tatsächlich, er hatte sich nicht getäuscht. Wie ärgerlich. Nun musste er sich darum kümmern, diesen Irrtum richtigzustellen, bevor er wegen der horrenden Summe eine Mahnung bekam. Und das nur, weil irgendein Depp das Komma an der falschen Stelle gesetzt hatte ...

Seufzend holte er sich erneut das Telefon aus dem Hausgang. Auf der Rechnung stand riesengroß eine Servicenummer, die man bei Fragen zum Kauf jeden Tag kostenlos bis 20 Uhr kontaktieren konnte. Er sah auf die Uhr: Zehn vor acht, das passte wunderbar, sicher war nicht mehr viel los. Und ein Zahlendreher war bestimmt schnell aus der Welt geschafft. Wer weiß, vielleicht bekam er sogar noch eine Kleinigkeit als Entschädigung. Kluftinger tippte konzentriert die Nummer ein und hatte nach Eingabe von ein paar seltsamen Tastenkombinationen eine Hotline-Mitarbeiterin am Telefon, die er umgehend fragte, ob er mit Frau Litwinow sprechen könne.

»Wie heißt die Dame?«

»Litwinow, also ... wenn ich mich recht entsinne.«

»Vorname?«

»Adalbert Ignatius. Aber die Frau Litwinow kennt mich nur als Herr Kluftinger. Wir sind per Sie.«

Stille.

»Hallo?«, hakte der Kommissar nach.

»Den Vornamen Ihrer Bekannten wollte ich eigentlich wissen.«

Er überlegte. Ob das so eine Sicherheitsfrage war, wie er sie damals beim Einrichten des Online-Bankings hatte angeben müssen? »Welche Bekannte jetzt noch mal genau?«

Die Dame am anderen Ende seufzte vernehmlich. »Die Frau Litwinow, wie heißt die noch?«

»Keine Ahnung. Was Russisches, nehm ich mal an, aber das werden Sie ja bestimmt besser wissen.«

»Woher denn, ich kenne die Frau doch gar nicht.«

»Sie haben doch grad von ihr geredet.«

»Ich? Nein, ich hab Sie nur zitiert.«

»Aber Sie kennen sie sicher, das ist eine Kollegin.«

»Die Frau arbeitet nicht bei uns.«

Allmählich verlor der Kommissar die Geduld. »Doch, natürlich. Bloß weil Sie sie nicht kennen, heißt das ja nicht ...«

»Sagen Sie mal, sind Sie von irgendeinem Radiosender und machen mit mir einen Spaßanruf?«

»Ich? Nein, Schmarrn, ich bin von der Polizei.«

»Na, das wird ja immer besser.« Die Frau schien zu überlegen, was sie nun tun sollte, entschied sich dann zum Durchhalten und sagte: »Schön. Letzter Versuch: Wie kann ich Ihnen helfen?«

»Hat die Frau Litwinow vielleicht grad Urlaub?«

Wieder ein Seufzen. »Was weiß ich? Vielleicht hat sie sich auch ein Bein gebrochen. Oder ist im Mutterschutz.«

»Nein, die ist ja in meinem Alter, ungefähr.«

»Himmel! Sie arbeitet jedenfalls nicht hier. Möchten Sie jetzt, dass ich auflege oder dass ich mich um Ihr Problem kümmere?«

»Hm, ja, vielleicht, also, wenn Sie sich damit auskennen?«

»Womit denn genau?«

»Mit dem Thermomix.«

»Na, das ist ein Zufall. Das ist sozusagen mein Spezialgebiet.«

»Gut. Ich hab bei der Frau Litwinow so einen gekauft, und jetzt steht ein falscher Betrag in der Rechnung.«

»Na sehen Sie, warum denn nicht gleich.« Man hörte der Dame ihre Erleichterung an. »Das ist gar kein Problem, kommt immer wieder mal vor. Dazu müssen wir die Frau Litwinzew gar nicht behelligen.«

»Ah! Kennen Sie sie doch?«

»Kundennummer?«, schnarrte die Frau.

Der Kommissar las ihr den Zahlencode vor und wurde umgehend in eine Warteschleife mit grässlicher Fahrstuhlmusik geschickt. Überraschend kurz darauf meldete sich die Frauenstimme auch schon zurück. Und klang weitaus freundlicher als eben. »Danke, dass Sie gewartet haben, Herr Kluftinger. Sie haben völlig recht, die Rechnung ist so nicht korrekt.«

Er grinste zufrieden.

»Wir haben vergessen, Ihnen die beiden Kochbücher zu berechnen, die Sie bei Ihrer Beraterin geordert haben, mit dem TM kommen standardmäßig nur das Grundkochbuch und die Reinigungsbürste. Macht also zusammen 1440 Euro statt 1355. Bitte verzeihen Sie den Fehler. Wir schicken Ihnen eine neue Rechnung zu, die Sie einfach in den nächsten zehn Tagen überweisen. Toll, dass es ehrliche Kunden wie Sie gibt, das erlebt man nicht oft. Kann ich sonst noch was für Sie tun?«

Kluftingers Lippen bebten, seine Hände zitterten. Wie in Trance legte er auf und starrte auf die Arbeitsplatte. Egal, wie gut er das Ding auch gereinigt hatte: Es war benutzt, da biss die Maus keinen Faden ab. Außerdem verfügte er nicht mal mehr über die Originalverpackung. Was für ein unverantwortlicher Leichtsinn seiner Frau. Wie sollte er das Ding denn so zurückschicken?

Mit einem Mal begann er heftig zu schwitzen. Er schüttelte den Kopf. Nein, er konnte es ja gar nicht mehr zurücksenden, Originalverpackung hin oder her. Nicht, nachdem er sich gerade zwei Stunden lang als Held sämtlicher Ehefrauen der westlichen Hemisphäre hatte feiern lassen. Ein Rückzieher war unmöglich. Er hatte auf einmal regelrecht Mühe, Luft zu bekommen. Vierzehnhundert Euro, das war ... in etwa ein Drittel seines Monatsgehalts! Für einen Mixer!

Mit einem tiefen Stöhnen trank er den letzten Schluck Bier. Es half nichts, er würde bezahlen müssen. Innerlich begann er sofort, Sparpläne aufzustellen, um den Verlust wieder einigermaßen wettzumachen: kein Mondwirt bis Ostern, mehr Beilagen wie etwa Reis und Kartoffeln, dafür weniger Fleisch – das war ja angeblich eh gesünder. Statt einer Woche Südtirol reichten auch mal vier Tage. Und die Winterreifen würde er sich dieses Jahr nicht in der Werkstatt montieren lassen. Anscheinend machte seine Schwiegertochter das ja leidenschaftlich gern. Dann stand er auf und drehte den Heizkörper von Stufe vier auf Stufe zwei herunter. Wer brauchte eine derart überhitzte Küche, wo hier eh ständig gekocht wurde und man sich kaum hier aufhielt? Wenn all seine Maßnahmen greifen würden, hätte sich der Thermomix am Ende vielleicht sogar noch gelohnt. Einigermaßen beruhigt zapfte er sich ein Glas Leitungswasser und ging ins Bett.

– 37 –

Kluftinger blickte auf die Uhr. Es war kurz nach halb acht, Hefele und Maier saßen ihm im kleinen Besprechungsraum gegenüber, Sandy Henske hatte ihren Block und ihren Kugelschreiber mit dem Glücksklee-Anhänger bereits gezückt. Nur von Luzia Beer war noch nichts zu sehen. Es konnte ja vorkommen, dass man es morgens nicht rechtzeitig schaffte, auch wenn das vielleicht nicht gleich in den ersten Diensttagen in einer neuen Abteilung passieren sollte. Aber in dem Fall rief man eben an.

»Gerade mal ein paar Tage hier und schon unpünktlich«, fasste Maier die Gedanken des Kommissars in Worte.

»Mei, vielleicht ist ihr was passiert.« Kluftinger hatte das Gefühl, die neue Kollegin verteidigen zu müssen, damit sich nicht noch mehr Gräben in seiner Abteilung auftaten. Auch wenn er fand, dass Maier völlig recht hatte.

»Das hätten wir wohl erfahren«, beharrte der. »Aber dieses Pendeln jeden Tag von Augsburg bringt einfach nichts.«

»Ich glaub, das hat familiäre Gründe bei ihr«, wandte Kluftinger ein.

»Du musst grad reden, Richie«, sagte Hefele und warf einen Seitenblick auf Sandy, um sich zu vergewissern, dass sie auch zuhörte. »Du wohnst sogar in einem anderen Bundesland. Und die Lucy tut unserer Abteilung doch gut.«

»Stimmt doch gar nicht.«

»Ich find schon«, fuhr Hefele mehr an Sandy als an Maier gerichtet fort. »Diese neue weibliche Note …«

»Ich mein das mit dem Bundesland.«

»Ach, gehört Leutkirch jetzt auf einmal nicht mehr zu Württemberg? Hat man das eingemeindet?«

»Unsinn! Aber ich bin doch schon längst umgezogen.«

Hefele und Kluftinger warfen sich einen irritierten Blick zu. Sandy zuckte mit den Achseln.

»Du bist umgezogen?«, brachte Kluftinger schließlich hervor.

»Ja, schon vor Monaten.«

Wieder tauschten sie überraschte Blicke.

»Warum das denn?«, fragte Sandy. Ihr entging normalerweise nicht mal, wenn einer der Kollegen sein Rasierwasser wechselte. Entsprechend konsterniert war sie angesichts dieser unerwarteten Neuigkeit.

»Private Gründe«, antwortete Maier knapp.

Kluftinger respektierte zwar, dass er nicht darüber reden wollte, dennoch trieb ihn die Neugier. Und ein bisschen auch das schlechte Gewissen, dass er eine solche Lebensveränderung bei seinem Kollegen nicht mitbekommen hatte. Sicher, er wusste, dass Maier auf der Suche nach etwas Neuem gewesen war. Einmal hatte der sogar die Wohnung eines Mordopfers vermessen. Aber das war schon länger her, und nach einem Rüffel seinerseits war das nie wieder zur Sprache gekommen. »Warum hast denn nix gesagt?«, wollte der Kommissar wissen. »Wir hätten doch ... helfen können.«

»Ganz bestimmt, so kennt man euch. Danke, es ging auch so. Und wie gesagt: Es hatte private Gründe. Ich wollte einfach lieber in der Anonymität der Großstadt wohnen.«

»Wo wohnst du dann jetzt? In München?«

»Nein, hier in Kempten.«

Hefele lachte laut auf. »Großstadt? Du bist ja lustig! Großstadt geht anders.«

»Sicher, schon klar. Aber gegenüber Leutkirch ist es hier deutlich urbaner. Und anonymer.«

»Hast du was ausgefressen?«, fragte Hefele grinsend.

»Können wir jetzt endlich wieder über das Zuspätkommen der Kollegin reden anstatt über meine veränderte Lebenssituation?«

»Was sollen wir denn da groß drüber reden?«, mischte sich Sandy Henske ein. »Sie ist zu spät, mehr isses ja nicht.«

Maier schüttelte den Kopf. »Nein, das sehe ich anders. Es ist ihre ganze Dienstauffassung: ihre Ausdrucksweise, die ständige Raucherei, von der ich mich übrigens wirklich gestört fühle und die ja auch ganz viel Arbeitszeit verschlingt – das passt doch alles nicht zu einem Amt, wie wir es bekleiden. Aber wird sich ja vielleicht bald erledigt haben, ich vermute, dass die nicht lange bleiben will.«

»Na ja, zumindest so lang, bis in Augsburg was frei wird«, wandte Kluftinger ein.

»Ach, das ist ja interessant. Mit dir bespricht sie ihre Pläne? Klar, wir sind ja nur die Handlanger, da muss man nicht ...«

»Ich ruf sie jetzt einfach mal an, vielleicht ist sie ja schon an ihrem Platz und wundert sich, wo wir alle sind«, unterbrach der Kommissar die Tirade seines Mitarbeiters. Er schnappte sich das Telefon auf der Mitte des Tisches, wählte Beers Büronummer und stellte auf Lautsprecher. Es tutete zweimal, dann knackte es in der Leitung, und Strobls Stimme erklang. *»Lieber Anrufer, Sie haben die Nummer von Eugen Strobl bei der Kriminalpolizei Kempten gewählt. Ich bin unterwegs, Nachrichten nach dem Ton oder besser gleich einen der Kollegen anwählen.«*

Entsetzt starrten sie das Telefon an. Keiner rührte sich, alle waren in Schockstarre. Eugen Strobl hatte wie aus einer anderen Welt zu ihnen gesprochen. Darauf waren sie nicht vorbereitet gewesen.

In diesem Moment wurde die Tür aufgerissen, und Luzia Beer stürmte herein: »Fuck! Sorry, Kollegen, mal wieder Vollsperre. Irgend so ein Idiot hat seinen Tankwagen quer gelegt und die B12 in ne Milchstraße verwandelt.« Ihr glockenhelles Lachen hallte von den kahlen Wänden wider. Die anderen blickten betreten vor sich hin. Als die junge Frau verstand, dass irgendetwas nicht stimmte, verstummte ihr Lachen, und sie fragte: »Wart ihr auf ner Beerdigung, oder was ist passiert?«

Diese Frage löste die Erstarrung ihrer Kollegen. Kluftinger räusperte sich und antwortete mit belegter Stimme: »Nein, nix passiert. Ich ... muss nur mal bei der Haustechnik anrufen, dass die bei dem Anrufbeantworter im System was ändern.«

Maier erhob sich ruckartig und knallte seine Handflächen so laut auf die Tischfläche, dass alle zusammenzuckten. »Du willst den Eugen löschen lassen?«, zischte er wütend.

Hefele griff ihn an der Schulter und zog ihn wieder auf seinen Stuhl. »Jetzt komm, Richie, das ist ja nicht so, als würd der in den Telefonleitungen weiterleben. Der Eugen kommt nicht wieder. Aber die Lucy ist jetzt da. Wir müssen nach vorn schauen.«

Luzia Beer sah verwirrt von einem zum anderen. Sandy suchte ihren Blick und schüttelte den Kopf, als wollte sie sagen: *Besser jetzt nicht nachfragen.*

In die Stille hinein ergriff der Kommissar wieder das Wort: »Apropos nach vorn schauen: Wie steht es denn mit unserer Arbeitshypothese Mord? Gibt's da irgendwas Neues?«

Luzia Beer legte ihre Autoschlüssel, ihr Handy und eine Zigarettenschachtel auf den Tisch und setzte sich ebenfalls. Dann berichtete sie: »Das Alibi von Jansen wurde überprüft. Er kann nicht hier gewesen sein. Auch das für den Tag des Überfalls im Wald ist gecheckt. Er war da bei so ner überflüssigen NATO Tagung in Brüssel.«

Kluftinger nickte.

Sandy schob dem Kommissar ein paar Blätter hin. »Das hat der Böhm vorher noch geschickt.«

»Ah ja, danke.« Er überflog die Ausdrucke. »Also, hier steht noch mal, dass die Variante Mord eindeutig die wahrscheinlichste ist. Der Georg hat uns ja schon seine Ansichten bezüglich Schusskanal und so mitgeteilt. Jetzt hat er das noch mal mit den Datenbanken abgeglichen und ... Moment ... ja, bleibt bei seiner Einschätzung, weil die Häufigkeitsverteilung bei Selbstmorden mit Schusswaffen diesen Kugelverlauf eindeutig als singulär kennzeichnet.«

»Wir müssen jetzt endlich den Zweiten aus dem Wald finden«, konstatierte Hefele.

»Ich bin ja dran«, gab Maier gereizt zurück.

»War nicht gegen dich gerichtet, Richie. Ich mein nur, dass der die Schlüsselfigur in der ganzen Geschichte ist.«

Alle nickten.

»Gut, dann lasst uns mal an die Arbeit gehen«, forderte Kluftinger sie auf.

Sie erhoben sich und trotteten wortlos in ihre Büros. Kluftinger ließ sich in seinen Schreibtischstuhl fallen und starrte auf den ausgeschalteten Monitor. Er war noch immer wie paralysiert. Strobls Stimme zu hören, so klar und deutlich, so lebendig, als spaziere er jetzt gleich durch die Tür, hatte ihm mehr zugesetzt, als er sich hatte anmerken lassen.

Weil er keinen klaren Gedanken fassen konnte, begann er seinen Schreibtisch aufzuräumen. Hier hatte sich in den letzten Wochen einiges angesammelt. Zusätzlich zu dem Durcheinander, das hier sowieso immer herrschte. Er heftete die losen Blätter aus den Kruse-Akten wieder in die dazugehörigen Ordner ein, warf ein paar Notizzettel weg und hatte auf einmal die Kinderzeichnung in der Hand. Das Bild von dem Fettkloß, in dem so viele ihn erkannt haben wollten, und mit diesen tierähnlichen Gestalten. Plötzlich durchfuhr es den Kommissar. Ihm wurde heiß und kalt zugleich, und er musste sich setzen. Konnte das sein? War es so einfach?

Zitternd legte er die Zeichnung beiseite, stand auf, nahm sich die Fotoalben aus Hagens Wohnung und begann zu blättern. Irgendwo hier musste es sein: Hagen als Jugendlicher im Urlaub, beim Abschlussball und … da: bei einer Feier. Ein Schulfest vielleicht. Er stand neben der Band, das Bein von einer großen Bassbox versteckt, ein Bier in der Hand, und prostete ihnen zu. Die Band bestand aus vier Teenagern mit langen Haaren, sie trugen Schweißbänder und Nietengürtel. Auf dem Schlagzeug im Hintergrund stand ein Name: *The Beasts.* Zwei der Bandmitglieder erkannte der Kommissar sofort: Lederer junior, mit zwei Trommelschlegeln in der Hand, und Kreutzer, der eine E-Gitarre umhängen hatte. Aber es waren ihre T-Shirts, die Kluftingers Aufmerksamkeit erregten: Einer hatte eine Schlange aufgedruckt, darunter stand *Snake.* Das Shirt des Zweiten zeigte einen toten Käfer ohne Beine mit dem Schriftzug *Torso*, während auf Lederers Shirt die Aufschrift *Scorpion* mit dem dazu passenden Symbol prangte. Kreutzer trug eine Spinne. *Spider*, stand darunter.

Kluftinger atmete tief durch. Es gab keinen Zweifel. Oder doch? Das würde bedeuten, dass Lederer …

Er musste sichergehen. Fahrig hob er den Hörer ab und wählte Richard Maiers Nummer, wobei er peinlich genau darauf achtete, die letzte Ziffer nicht aus Versehen falsch zu drücken und wieder Strobls Ansage zu hören.

»Was gibt's, Chef?«, meldete sich sein Kollege.

»Richie, kannst du mir aus diesen Sozialdingern Fotos von dem Kreutzer und dem Lederer ausdrucken?«

»Was für Sozialdinger denn?«

»Ja, dieses Facebuch und das ganze Zeug halt.«

»Ach so, klar, mach ich.«

Kluftinger schnappte sich seinen Janker und eilte aus dem Büro.

- 38 -

Der Kommissar war allein zum ehemaligen Schullandheim am Ortsausgang von Altusried aufgebrochen. Im Treppenhaus hatte ihn Martin Buhl, der Personalrat, aufgehalten, der sich diesmal weitaus konzilianter gegeben hatte als beim letzten Zusammentreffen. Damals hatte er sich noch vehement über Lodenbachers Rede und damit auch über Kluftingers Amtsführung beklagt, diesmal jedoch versuchte er, beim Interims-Präsidenten gut Wetter zu machen: Es ging um die Weihnachtsfeier, für die Buhl sich nicht nur eine möglichst liberale Auslegung des Dienstplans versprach, sondern auch ein wenig finanzielle Unterstützung aus einer internen Kasse, die Kluftinger als Präsident zu verantworten hatte.

Wegen der Verzögerung hatte ihn dann auch noch Sandy Henske auf der Treppe abgefangen: Das Präsidialbüro habe darum gebeten, dass Kluftinger kurz vorbeikommen solle – es gebe einen ganzen Stapel Unterlagen, die darauf warteten, unterzeichnet zu werden.

Seufzend hatte der Kommissar zugestimmt – nicht zuletzt, weil es für sein eigentliches Vorhaben noch zu früh gewesen war, auch wenn es ihm noch so auf den Nägeln brannte: Die Kinder, mit denen er sprechen wollte, waren bestimmt noch in der Schule, und da wollte er nicht schon wieder vorstellig werden.

Es war bereits nach halb zwölf, als er die Notunterkunft für Asylbewerber erreichte. Kluftinger war noch nie dort gewesen, hatte nur aus Erzählungen und aus dem »Gemeindeblättle« von gemeinsamen Aktionen der Altusrieder mit den Bewohnern erfahren, die darauf schließen ließen, dass die viel diskutierte Integration hier – bei allen Schwierigkeiten – ganz gut zu klappen schien: Die Landfrauen veranstalteten Nähkurse und Kochtreffen mit den syrischen Müttern, es gab eine gemischte Hobby-Fußballmannschaft, Kleider- und Materialspenden wurden organisiert, pensionierte Lehrer hielten unentgeltlich Deutschkurse, und einige Migranten waren sogar schon in Theaterprojekte eingebunden worden. Auch wenn die letzten Wahlergebnisse bedeuteten, dass viele Menschen anders dachten: Offenbar gab es genug, die sich engagierten – und vor allem neugierig waren.

Kluftinger schnappte sich die Fotos mit den Konterfeis von Lederer und Kreutzer, die Maier ihm innerhalb weniger Minuten aus dem Netz gefischt und ausgedruckt hatte, und stieg aus. Mit einem latent schlechten Gewissen ging er auf den Eingang der Einrichtung zu – schließlich hätte er mit Erika längst einmal beim Tag der offenen Tür oder zum interkulturellen Grillfest im Sommer hier vorbeischauen können, um den Neuankömmlingen zu zeigen, dass sie im Dorf willkommen waren. Doch wie so oft war etwas anderes wichtiger gewesen. Irgendetwas war immer wichtiger.

Er wollte die Eingangstür aufdrücken, doch sie war verschlossen, also betätigte er den Klingelknopf neben dem Schildchen *Verwaltung* und hörte kurz darauf Schritte im Inneren. Die Tür wurde von einem breitschultrigen, glatzköpfigen Mann in schwarzer Cargohose und Jeansweste geöffnet. *Allgäu-Security Legau* war auf seine Brusttasche gestickt. Der Typ war so groß, dass Kluftinger zu ihm aufsehen musste.

»Was kann ich für Sie tun?«, fragte der Schrank mit überraschend hell tönender Stimme.

»Ich wollt mit ein paar ... Kindern reden«, stammelte Kluftinger. Er war nicht davon ausgegangen, dass er sich hier würde legitimieren müssen, und er wollte seinen Besuch gern möglichst niedrig hängen.

Sein Gegenüber zog die Brauen zusammen. »Sie können hier aber nicht einfach reinspazieren und sich mit Kindern unterhalten. Was möchten Sie denn?«

Wohl oder übel zog der Kommissar nun seinen Dienstausweis, und der Riese gab den Weg frei. »Sorry, konnt ich ja nicht wissen«, sagte er. »Hier kommen alle möglichen Idioten vorbei, drum müssen wir Wache schieben.«

Kluftinger nickte. Vielleicht hatte er die Haltung der Allgäuer den Geflüchteten gegenüber doch ein wenig zu positiv eingeschätzt.

»Wissen Sie, wo's hingeht?«, fragte der Mann vom Sicherheitsdienst ihn noch, was er bejahte. Auch wenn das nicht den Tatsachen entsprach: Er wollte sich erst mal umsehen – und vor allem nicht mit Security bei den Kindern auftauchen.

Drinnen erinnerte noch viel an das ehemalige Schullandheim, dessen Speisesaal vor Jahren als Ausweich-Probenlokal für die Musikkapelle gedient hatte: der lange, dunkle Gang, an dem links und rechts die früheren Gemeinschaftsräume lagen, die kitschigen Landschaftsbilder an der Wand. Kluftinger ging den Korridor entlang und sah in die große Küche, in der zwei dunkelhaarige Frauen gerade Gemüse schnitten. Aus dem nächsten Zimmer drangen Stimmen. Er näherte sich der Tür und spitzte vorsichtig hinein, schließlich war er unangemeldet hier und wollte nicht irgendwo indiskret hineinplatzen. Bei dem Raum handelte es sich um eine Art Kleiderkammer: Auf langen Tischen lagen stoßweise zusammengefaltete Klamotten, eine Frau beugte sich über einen großen Karton mit weiteren Textilien. Er wusste nicht genau, in welcher Sprache er die Unbekannte ansprechen sollte und entschied sich für Englisch, was neulich im Wald ja auch leidlich geklappt hatte.

»Excuse me, Madam«, begann er zögerlich.

Die Angesprochene wandte sich um – und stieß einen spitzen Schrei aus: »Butzele!«

»Erika!«, entfuhr es nun auch dem Kommissar, der völlig konsterniert ins Gesicht seiner Frau blickte.

»Bin ich erschrocken! Was machst du denn da, um Gottes willen?«

»Ich such jemand, mit dem ich reden muss«, antwortete Kluftinger mechanisch. Erst dann fiel ihm die weitaus naheliegendere Frage ein: »Aber sag mal, was genau bringt dich hierher?«

»Ich bin wegen der Kleiderspende da«, erklärte Erika.

Er sah sie verdutzt an. Ob sie von seinen Überlegungen gestern Abend Wind bekommen hatte? Nein, unmöglich, er hatte keinen Ton zu ihr gesagt. Oder sprach er vielleicht im Schlaf? »Also, Erika, das mit dem Thermomix kriegen wir auch anders hin. Es gibt ja wirklich Leut, die diese Sachen dringender brauchen ...«

Erika schaute verständnislos drein. »Was hat denn der Thermomix damit zu tun?«

»Klar, das kam jetzt überraschend für mich, aber deswegen musst du uns doch hier keine Sachen holen.«

»Wovon redest du denn? Ich will mir doch nix holen, im Gegenteil.«

»Im Gegenteil?«

»Ja.«

»Du meinst, du holst nix, sondern ...?«

»Genau.«

Priml. Er mochte es nicht, wenn seine Frau ohne ihn seinen Schrank ausmistete, wusste er doch selbst am besten, wenn er etwas wegwerfen wollte – und als »Daheimrum- oder Arbeitsgwand« konnte man fast alles noch auftragen. »Also, wenn du was spenden willst, in Ordnung, aber von mir muss nix weg, aktuell. Das kannst du also ruhig wieder rausholen, ich zieh das noch an.«

Erika schüttelte den Kopf und grinste. »Keine Angst, die sind hier gar nicht so scharf auf deine rosa Hemden. Nein, du hast noch immer nicht verstanden: Ich helf hier jetzt mit. Und gestern ist eine Ladung Kleider gekommen, die wir jetzt sortieren müssen.«

Der Kommissar kratzte sich am Kopf. Er verstand gar nichts mehr. »Wie, du hilfst hier? Wem denn?«

»Dem Unterstützerkreis«, sagte sie lächelnd, kam auf ihren Mann zu und drückte ihn an sich. »Ich freu mich so, dass ich endlich wieder was hab, was mir richtig Spaß macht.«

Kluftinger war baff. »Und ... seit wann?«

»Seit vorgestern. Jetzt erst mal zwei Tage die Woche am Vormittag. Endlich hab ich das Gefühl, wieder gebraucht zu werden.«

»Ich brauch dich doch auch!«

»Klar, Butzele, das weiß ich«, sagte sie und küsste ihn auf die Wange.

»Hello, Erika!«, rief vom Gang eine der Frauen aus der Küche herein und winkte freundlich.

Kluftinger nickte ihr zu, während seine Frau ein »Hello!« erwiderte. Dann fuhr sie fort: »Schau, du weißt doch, dass es mir gar nicht gut ging die letzte Zeit. Ich hab mich ja um nix mehr richtig kümmern können. Weil ich so schrecklich antriebslos war.«

»Ja, und wie ich das weiß«, murmelte Kluftinger, schob dann aber ein versöhnliches »halb so wild« nach.

»Und dann hat der Martin gesagt, ich bräucht was ... Eigenes. Ja, so hat er es ausgedrückt, glaub ich. Und du hast mir ja auch ständig Sachen vorgeschlagen, wie Stricken oder Nähen oder so.«

»Ich mein, Stricken ist ja auch sinnvoll und …«

»Das mag ja sein, Butzele. Aber ich will nicht einfach irgendeinen Schmarrn machen, bloß damit mir nicht die Decke auf den Kopf fällt. Da hat doch am Ende niemand was davon. Irgendeine Beschäftigung der Beschäftigung wegen wollt ich nicht, so wie's die Annegret mit ihrer Malerei macht. Die wissen doch schon nicht mehr, wo sie ihre Aquarelle alle hinhängen sollen. Nein, ich wollt was Sinnvolles machen. Was, was anderen nützt.«

Noch immer konnte der Kommissar nicht fassen, dass Erika sich ausgerechnet in der Flüchtlingshilfe engagierte. Klar, auch er fand das eine wirklich vernünftige und gute Sache, doch bislang hatte sie weder Ambitionen in diese Richtung gezeigt noch irgendwelche Anknüpfungspunkte zu Leuten aus dem Unterstützerkreis. »Und dann bist du ausgerechnet …«, begann er, doch Erika ließ ihn nicht weitersprechen.

»Moment. Dann kamst erst mal du und hast mich letztlich drauf gebracht, das hier zu machen.«

»Bloß weil ich einmal die Wäsche gemacht hab?«

»Unsinn. Weil du mir von den Flüchtlingskindern erzählt hast. Wie fröhlich sie waren, obwohl sie so schlimme Sachen erlebt haben. Auf einmal taten die mir richtig leid.«

»Weil ich mit ihnen geredet hab?«

»Ach was! Weil sie vielleicht das Gefühl haben, niemand will sie hier haben. Und da wollt ich einfach was dran ändern. Der Gedanke hat mich gar nicht mehr losgelassen. Da hab ich die Wimmer Evi angerufen.«

»Die Kindergärtnerin?«

»Genau. Jetzt ist sie ja schon in Rente, aber von der wusst ich, dass sie auch beim Helferkreis mitmacht. Du, sie sind total froh, dass ich jetzt dabei bin. Ich lass mir grad alles zeigen.«

Kluftinger nickte. Noch immer war sein Weltbild irgendwie durcheinander.

»Heu, hoher Besuch hier!«, tönte es da hinter ihm. Als er sich umwandte, blickte er ins Gesicht von ebenjener Ex-Erzieherin, von der sie gerade gesprochen hatten. »Hallo, Herr Kluftinger. Ich sag's Ihnen, die Erika ist ja so ein Sonnenschein! Was für ein Glücksfall für uns alle.«

»Ja, das ist sie. Vor allem für mich«, stimmte er der Frau zu, die fast einen Meter achtzig groß war und mit ihrer toupierten blonden Mähne sehr imposant wirkte. Der Kommissar hatte schon immer gerätselt, wie das auf die Kindergartenkinder gewirkt haben musste.

»Ich stör nur ungern, Frau Wimmer, aber Sie kennen sich ja hier sicher gut aus, oder?«

»Freilich.«

»Gut, ich bräuchte mal Ihre Hilfe. Dienstlich.«

»Aha. Was will denn die Kriminalpolizei von uns? Gibt's Probleme?«

»Keine Probleme, nein. Ich müsst mich bloß mit jemandem unterhalten. Es geht um eine Zeugenaussage, wissen Sie? Ansonsten alles in Ordnung.« Nicht dass es die Frau wirklich was anging, aber er hoffte schließlich auf ihre Hilfe.

»Ah, da bin ich beruhigt«, sagte Frau Wimmer erleichtert. »Zu wem müssten Sie denn?«

Kluftinger holte einen Zettel aus der Tasche, auf dem er sich die Namen der Kinder notiert hatte. Die Frau schob eine schmale Lesebrille von ihrer Stirn auf die Nase und überflog die Zeilen.

»Salem und Amiga ... nein, wir haben niemanden, der so heißt.«

»So ähnlich vielleicht?«

Sie schüttelte den Kopf.

»Es handelt sich um Kinder.«

Jetzt hellte sich ihre Miene auf. »Salim und Amira vielleicht?«

»Genau, die mein ich.«

»Ja, die sind da. Sie waren mit Doktor Sabia heute Vormittag in Kempten. Mit dem Bus. Sonst wären sie noch in der Schule.«

»Heu, gibt's einen neuen Arzt in Altusried?«, fragte Kluftinger hoffnungsvoll.

»Nein. Doktor Sabia ist der Vater der Kinder. Die hatten einen Termin beim Kieferorthopäden«, erklärte Frau Wimmer.

»Ah, schade.«

»Was ist schade?«

»Ach, nix, 'tschuldigung.«

»Doktor Sabia ist Internist, und seine Frau war Erzieherin in Syrien. Wie ich. Sollen wir mal raufgehen, zu den Sabias?«

»Also, das wär natürlich sehr nett, wenn Sie mir das zeigen könnten.«

»Kein Problem. Erika, kommst auch kurz mit?«

Sie nickte. »Ich hab eh schon einen Stapel Sachen hier, die den beiden Kindern passen könnten, die bring ich ihnen schnell vorbei.«

Kluftinger merkte ihr an, dass sie neugierig war. Hinter den beiden Frauen stieg er in den ersten Stock.

»Die Familie hat ganz hinten einen großen Raum«, sagte Frau Wimmer und deutete den Gang entlang. Der Kommissar warf im Vorbeigehen immer mal wieder einen Blick in die Zimmer links und rechts des Korridors – und schluckte. Sie waren eng, in den meisten standen noch die Stockbetten aus Jugendherbergszeiten, und man sah, dass sie voll belegt waren.

»Hey, Erika, danke ... für Hosen. Perfect!«, rief ihnen ein junger Mann aus einem der Zimmer zu und reckte den Daumen in die Höhe.

Erika tat es ihm gleich und erklärte: »Das ist der Faisal, Butzele. Hat gestern ein paar nagelneue Jeans bekommen, eine Spende vom Modehaus.«

Faisal nickte jetzt auch den anderen beiden zu. »Hello, Evi! Hello … Buhdselle«, sagte er winkend.

»Hello«, erwiderte Kluftinger seufzend, dann standen sie vor dem Zimmer der Familie.

Die Eltern und die beiden Kinder saßen um einen kleinen Holztisch herum, offenbar hatten sie gerade gegessen. Auf der abgewetzten Couch lag säuberlich zusammengelegtes Bettzeug.

Amira und Salim winkten dem Kommissar fröhlich zu, als er hereinkam. Sofort fielen ihm die nagelneuen Zahnspangen auf, die aus ihren Mündern blitzten. Doktor Sabia, ein kleiner, drahtiger Mann Mitte vierzig, lächelte ihn ebenfalls an. Nur seine Frau schien etwas verunsichert. Nach der Begrüßung luden die beiden ihre unangemeldeten Besucher auf ein Glas Tee ein und entschuldigten sich auf Englisch wortreich dafür, dass sie leider schon gegessen und jetzt überhaupt nichts Vernünftiges mehr anzubieten hätten.

Die drei winkten ab. Frau Wimmer und Erika zeigten der Mutter und den Kindern die Kleidung, die sie ausgesucht hatten. Kluftinger setzte sich an den Tisch und hatte umgehend ein kleines Glas dampfenden Tees vor sich, das der Arzt aus einem Samowar am Fensterbrett gezapft hatte. Mehr aus Freundlichkeit nippte der Kommissar an dem ziemlich süßen, siedend heißen Getränk.

Er wollte nicht gleich mit der Tür ins Haus fallen und versuchte sich erst an einem kleinen Schwatz mit Herrn Sabia, was dank einer Mischung aus Englisch, Deutsch und Pantomime überraschend gut klappte. Kluftinger erfuhr, dass der Arzt in einer großen Praxis in Aleppo gearbeitet hatte, bevor er mit seiner Familie übers Mittelmeer geflohen war.

»So, will you wieder work here, in Germany, als Doktor? We could noch einen gebrauchen, here. Not always Longhammer.«

»Who has a long … hammer?«

»This is a long story. Aber wär good, when you here Doktor.«

Der Mann hob resigniert die Schultern. »I would love to, but I must not.«

Kluftinger runzelte die Stirn. Diese Haltung wunderte ihn jetzt doch. »Schon klar, you can live here weiterhin, aber es ist doch schon besser, wenn Sie Ihr eigenes Geld verdienen und eine gute Wohnung haben, oder? Own money, good house, you know?«

Der Mann sah ihn irritiert an. »Yes, own money. But I must not work.« Wieder zuckte er mit den Achseln.

»*Must not* heißt, dass er nicht darf, wissen Sie?«, schaltete sich auf einmal Frau Wimmer ein. »Er würde gern arbeiten, aber es ist ihm nicht erlaubt.« Sie klang ein wenig, als würde sie mit einem ihrer früheren Kindergartenkinder reden.

»Ja, das ist mir schon klar«, log Kluftinger. »Ich wollte ja bloß wissen, warum. Noch dazu, wo wir so schlecht medizinisch versorgt sind, in Altusried. Da wär's doch gut, wenn wir mal einen richtig guten Doktor hätten, als Alternative zum Quack…, zum Langhammer, mein ich.«

»Butzele«, raunte Erika mahnend, doch Frau Wimmer war schon alarmiert.

»Ach, halten Sie nicht so viel von Doktor Langhammers therapeutischen Fähigkeiten?«, wollte sie wissen. »Man hört ja viel Positives, aber es gibt auch andere Stimmen.«

Auch wenn das hier wirklich nicht der richtige Ort und Zeitpunkt war: Kluftinger konnte nicht anders als nachzufragen. »Echt? Was sagen die anderen Stimmen denn? Würd mich wirklich mal interessieren. Ich finde nämlich auch, dass …«

»Nein, Evi, er macht doch nur Spaß. Mein Mann und der Martin sind sehr eng befreundet. Wir sind schon ganz lange bei ihm in Behandlung und sehr zufrieden, gell?«

»Ja, dann … ich muss auch mal wieder«, erwiderte Frau Wimmer und verabschiedete sich.

»Befreundet? Das wüsst ich aber«, brummte Kluftinger und wandte sich Doktor Sabia zu. Er entschuldigte sich bei dem Arzt für sein kurzes Abschweifen und erklärte ihm sein eigentliches Anliegen. Schließlich zog er die beiden Fotos heraus, und der Vater rief die Kinder zu sich.

Nun wurde der Kommissar doch etwas nervös. Wenn seine Vermutung richtig war, würde er in Kürze Gewissheit über die Identität seiner Angreifer im Wald haben. Mit angehaltenem Atem legte er die Fotos vor den Kindern auf den Tisch. Die schauten sie aufmerksam an, tauschten dann einen Blick und redeten aufgeregt mit ihrem Vater in ihrer Muttersprache. Ungeduldig verfolgte der Kommissar das Gespräch, versuchte aus den fremdartigen Lauten etwas herauszuhören, was ihm verriet, ob die Kinder die beiden erkannten oder nicht. Doch es gelang ihm nicht annähernd, den Worten einen Sinn zuzuordnen. Erst als der Vater zu übersetzen begann, bekam Kluftinger endlich die lang ersehnte Information: Die Kinder hatten die Männer aus dem Wald auf den Fotos zweifelsfrei erkannt. Sie hatten gehört, wie sie sich gegenseitig *Spider* und *Scorpion* genannt hatten, deswegen hatten sie die Figuren auf ihrem Bild so gezeichnet.

»Volltreffer«, murmelte er, bedankte sich überschwänglich und verabschiedete sich von der Familie. Er nahm sich vor, die Kinder samt ihren Eltern demnächst mal einzuladen, um sich für die Hilfe der beiden erkenntlich zu zeigen. Seine Frau hätte sicher nichts dagegen.

»Das waren doch der Lederer vom Millionenbauer oben und der Kreutzer vom TSV, oder?«, flüsterte Erika, als sie das Zimmer verlassen hatten.

»Hm?«

»Auf den Bildern. Das waren doch die zwei!«

»Ja, kann sein.«

»Kann sein? Butzele, bitte! Und warum hast du gesagt, das sei ein Volltreffer?«

»Erika, ich kann dir doch da nix …«

»Du sagst mir jetzt, was los ist. Meinst du, ich hab Lust, schon wieder Panikattacken zu kriegen, weil ich mir alles Mögliche zusammenreime?«

»Leise, Erika«, zischte der Kommissar.

»Nix, ich war lang genug leise.«

»Also gut«, flüsterte er und sah sich nach allen Seiten um, bevor er weitersprach. »Was ich dir jetzt sag, muss absolut unter uns bleiben, sonst komm ich in Teufels Küche, gell?«

»Logisch!«

Noch einmal blickte er in alle Richtungen. »Ja, also, das waren die zwei. Schaut alles danach aus, dass sie mich im Wald … du weißt schon.«

»Überfallen haben?«, ergänzte seine Frau atemlos.

»Pscht! Ja, also … die Kinder meinen jedenfalls, dass sie sie erkannt haben.«

Erika klammerte sich an seinen Arm. »Um Himmels willen! Und jetzt?«

»Jetzt werd ich halt mal mit denen reden müssen …«

»Reden? Spinnst du? Solche wie die gehören doch sofort verhaftet und weggesperrt. Und zwar sicher nicht von dir, klar?«

Der Kommissar seufzte. Hätte er bloß nichts zu ihr gesagt. Andererseits konnte er ihr wirklich nicht verdenken, dass sie Angst um ihn hatte. »Zur Verhaftung reicht das noch nicht. Aber ich versprech dir, dass mir nix passiert«, versuchte er sie zu beruhigen. »Vor allem ist jetzt ganz wichtig, dass du zu niemandem was sagst. Kein Sterbenswort. Auch damit den Kindern nix passiert. Ja?«

Sie seufzte. »Kannst dich auf mich verlassen.«

Er wandte sich schon zum Gehen, da hielt sie ihn noch einmal auf: »Und bitte, pass auf dich auf, ja?«, bat sie ihn und gab ihm einen Abschiedskuss.

– 39 –

Mit einer seltsamen Mischung aus Beruhigung und Nervosität fuhr Kluftinger durch seinen Heimatort zurück zur Dienststelle. Einerseits war er erleichtert, dass es Erika wieder besser ging, dass sie eine Aufgabe hatte, die sie erfüllte. Noch dazu eine, auf die er stolz war: Sie engagierte sich für Menschen, die ihre Hilfe bitter nötig hatten und die sie offenbar sehr schätzten. Andererseits hatte sie schon wieder Angst um ihn, und er fürchtete, dass sie erneut in ein Stimmungstief rutschen könnte. Das musste nun endlich aufhören, dafür würde er sorgen.

Doch das war nicht der Punkt, der ihn am meisten umtrieb: Sicher, er wusste nun, wer ihn im Wald überfallen hatte. Er war sich auch bewusst, dass dieses Wissen für einen Haftbefehl nicht ausreichen würde. Viel wichtiger für ihn war jedoch die Frage, wer Karin Kruse umgebracht hatte. Er war immer davon ausgegangen, dass es dieselben waren, die ihn im Wald überfallen hatten. Kreutzer und Lederer also. Oder zumindest einer davon. Doch wie sollte er ihnen den Mord an der Lehrerin nachweisen, wenn schon seine Beweise für ihren Überfall kaum mehr als eine vage Zeichnung und die Aussagen von Kindern waren, die vor Gericht als wenig aussagekräftig angesehen wurden?

Seine Gedanken wurden in eine andere Richtung gelenkt, als ihm am Ortsausgang Martin Langhammer entgegenkam. Kluftinger hob die Hand zum Gruß, doch der Doktor, der auf dem Spazierweg neben der Straße unterwegs war, bemerkte ihn nicht. Wie gern hätte der Kommissar ihm jetzt erzählt, was Erika in ihrer Freizeit machte, während die Frau des Doktors toskanische Fantasielandschaften auf die Leinwand pinselte. Auch wenn er selbst nichts zu Erikas Entscheidung beigetragen hatte – abgesehen davon, dass er sie mit seinen Erzählungen von den Kindern überhaupt auf die Idee dazu gebracht hatte – fühlte er gegenüber den Langhammers eine gewisse moralische Überlegenheit. Jahrelang hatten sie ihn getriezt, weil er das Falsche aß, nicht nachhaltig lebte, zu engstirnig war und überhaupt für die Welt eine Belastung darstellte. Aber nun war er es, der durch sein Tun diese Welt ein bisschen besser machte – und natürlich seine Frau.

Plötzlich stieg der Kommissar derart in die Bremsen, dass seine quietschenden Reifen rauchende Spuren auf dem Asphalt hinterließen. Erschrocken über sich selbst blickte er in den Rückspiegel: Gott sei Dank war kein Auto hinter ihm gewesen. Er lenkte den Passat auf einen Feldweg, atmete tief durch und blickte in Richtung Ortsschild. Dort konnte er noch immer die Silhouette des Doktors sehen. Er war allein unterwegs, in der Hand hielt er eine Hundeleine. Doch von dem Hund war nichts zu sehen. Sollte der Arzt etwa wirklich …? Kluftinger wagte nicht, den Gedanken zu Ende zu führen, denn er fühlte sich plötzlich mitverantwortlich für das möglicherweise tragische Schicksal des Vierbeiners.

Kurz entschlossen setzte er den Blinker und bog wieder auf die Staatsstraße in Richtung Altusried. Der Doktor hatte den Kreisverkehr bereits passiert und ging nun auf dem Gehweg in Richtung Ortsmitte. Kluftinger fuhr an ihm vorbei, bog ein paar Meter weiter in die Bus-Haltebucht ein, kurbelte das Beifahrerfenster herunter und wartete, bis Langhammer zu ihm aufschloss. Als er sein Auto passierte, rief Kluftinger durch die offene Seitenscheibe: »Grüß Gott, Herr Doktor! Und, wo kommen Sie grad her?«

Langhammer fuhr zusammen. Er hatte den Kommissar offensichtlich erst bemerkt, als der ihn angesprochen hatte. »Herr Kluftinger, na, das ist ja eine Überraschung. Sie haben mich ganz schön erschreckt.«

»So? Warum das?«

»Na, weil ich Sie nicht gesehen habe.«

»Ich steh doch brettlesbreit da.«

»Ja, aber ich habe ... nun, nicht mit Ihnen gerechnet.«

»Das glaub ich gern.«

»Wie meinen?«

»Dass Sie nicht mit mir gerechnet haben. Aber jetzt bin ich da. Also, wo waren Sie gerade?« Kluftinger fand selbst, dass er klang wie bei einem Verhör.

Langhammer blickte sich um. »Ich, nun, war ... spazieren.«

»Einfach so, am hellichten Werktag?«

»Ein Privileg der Selbstständigen.«

»Aha. Und den Hund haben Sie dabeigehabt?«

»Nein, ich ... war allein, quasi.«

»Wieso dann die Leine?«

Der Doktor blickte verwirrt auf den Lederriemen in seiner Hand. »Das? Ach, alte Gewohnheit.«

»So lang haben Sie den Hund doch noch gar nicht.«

»Es ist eine nostalgische Anwandlung, der ich manchmal nachgebe. Die Leine hat Wittgenstein gehört ...« Seine Stimme wurde brüchig.

Kluftinger glaubte ihm kein Wort. »Ja, der Wittgenstein, das war schon einer. Aber wo ist denn der Hindemith?«

»Da, wo er hingehört«, antwortete Langhammer wie aus der Pistole geschossen und schien selbst über die Heftigkeit in seiner Stimme erschrocken.

»Ach ja? Wo gehört er denn hin?«

Der Doktor räusperte sich. Sichtbar um Beherrschung bemüht sprach er weiter: »Nach Hause gehört er. Und da ist er auch.«

»Ja? Das ist ja nett. Ich würd ihn ja so gern mal wiedersehen. Soll ich Sie mitnehmen, und ich besuch ihn noch schnell?« Der Kommissar blickte auf die matschigen Schuhe des Doktors und hatte sofort ein Bild vor Augen, wie dieser den Hundekadaver auf einem Acker vergrub.

»Nein, das ... ist schlecht jetzt. Ich hab ... wenig Zeit, Sie verstehen«, wand sich der Arzt. »Und außerdem sind wir gerade in einer wichtigen Erziehungsphase, Hindemith und ich, da wären extrinsische Einflüsse kontraproduktiv.«

»Ex... dings? Kontra? Soso. Müssen Sie denn nicht zum Schaffen?«

»Nein, ich bin krankgeschrieben.«

»Von wem?«, fragte Kluftinger interessiert.

»Na, von mir. Ein kleines Malheur.«

»Was haben Sie denn?«

»Ach, nur das hier.« Er hob den rechten Arm, sodass der Ärmel seines Mantels zurückrutschte und ein Verband zum Vorschein kam.

»Was ist denn passiert?«

»Wissen Sie nicht mehr, als Hindemith ... die Sache mit Erikas Portemonnaie, als Sie bei uns zu Besuch waren.« Er schob den Ärmel noch etwas höher und zeigte nun den gesamten Verband.

»Das ist von dem Hundebiss neulich?«

»Ja, es hat sich nun doch stärker entzündet, als ich dachte. Kommt schon mal vor, weil sich im Maul von Hunden oft Erreger finden.« Der Arzt seufzte. »Offenbar auch in dem von Hindemith.«

Kluftinger nickte. »Und da haben Sie ihn ...« Er vollendete den Satz nicht, irgendwas an dem Anblick des bandagierten Arms hatte Kluftinger innehalten lassen.

»Was denn?« Langhammer wirkte etwas alarmiert wegen der Frage. »Was habe ich ihn?«

Da fiel beim Kommissar der Groschen. »Zefix, ich muss weg!« Hektisch kurbelte er die Scheibe wieder hoch und rief, bevor er mit quietschenden Reifen losfuhr: »Aber wir sprechen uns noch, verlassen Sie sich drauf!«

– 40 –

»Leut, wir müssen den Wittgenstein exhumieren.«

Sandy Henske sah ihren Chef verwundert von ihrem Schreibtisch aus an. Kluftinger war grußlos in die Abteilung gestürmt und hatte den Satz einfach in den Korridor gerufen. Er wollte seinen Plan sofort mit allen teilen, so sehr elektrisierte ihn die Idee, auf die ihn Langhammer eben gebracht hatte.

»Hallo, Chef!«, antwortete die Sekretärin, dann erschienen Hefele und Maier in der Tür zu ihrem Büro.

»Wen willst du ausgraben?«, fragte Hefele nach.

»Den Wittgenstein. Sandy, rufen Sie bitte bei Willi Renn an, wir brauchen ihn und ein paar von seinen Leuten.« Sie nickte, zögerte aber noch, den Auftrag auszuführen.

»Du willst den Wittgenstein exhumieren?«, wiederholte Maier ungläubig. »Wieso das denn? Der ist Anfang der Fünfzigerjahre verstorben, außerdem in England, glaube ich. Von dem ist sicher nicht mehr viel übrig.«

»Schmarrn, das war doch erst vor ein paar Jahren. Und auch nicht in England«, korrigierte ihn Hefele.

Maier stemmte die Hände in die Hüften. »Vor ein paar Jahren? Ludwig Wittgenstein, der Philosoph?«

Hefele schüttelte den Kopf. »Nix Philosoph. Alois Wittgenstein, der Metzger. Um den geht's doch, oder, Klufti?«

Der Kommissar kam nicht dazu zu antworten, da hinter ihm Lucy Beer aufgetaucht war – samt dem Geruch von Zigaretten, der sie ständig begleitete. Sie musste nach ihm die Treppe hochgekommen sein. »Ich glaub, ich weiß, was der Chef meint.«

»Wenigstens eine«, seufzte Kluftinger. »Es dreht sich um die Bisswunde …«

»Moment«, schaltete sich nun Hefele wieder ein, »der Metzger hat jemanden gebissen?«

»Klingt seltsam. Gut, bei Metzgern kenn ich mich jetzt nicht so aus, aber ein Philosoph beißt nicht. Wäre der Erste seiner Zunft, von dem ich so etwas höre.«

»Es geht um den Köter, Leute!«, versetzte Lucy jetzt ein wenig genervt. »Stellt euch mal nicht ganz so dämlich an. Steht doch tausendmal in der Akte drin, dass die Töle so geheißen hat.«

Kluftinger lächelte sie dankbar an. Sie hatte völlig recht. Hätten die altgedienten Kollegen sich die gleiche Mühe gemacht wie sie, stünden sie jetzt nicht so auf dem Schlauch. Schließlich erzählte er ihnen von seinem Gespräch mit den Kindern und von Langhammers Hundebiss. »Wenn das beim Kreutzer, an seinem Arm, kein Hund war, dann fress ich einen Besen. Und weil ich keine Lust hab, dass der sich da wieder rauslaviert, will ich einen Gebissabdruck von dem haben, der ihn angefallen hat. Und das ist der Wittgenstein«, schloss er und erntete endlich allgemeines Kopfnicken. Nun könnte es sich als Segen erweisen, dass er nicht in der Tierverbrennung gelandet war. Auch wenn Kluftinger dafür einer Art Trauerfeier hatte beiwohnen müssen, die Langhammer zu Ehren des Vierbeiners veranstaltet hatte.

»Chef, der Herr Renn wäre jetzt am Apparat.« Sandy streckte ihm den Hörer entgegen.

Kluftinger nahm ihn und fragte nach der Meinung des Erkennungsdienstlers, was die Exhumierung und die Sicherung der Bissspuren anging.

»Mei, Klufti, mein Traum ist es jetzt nicht, ein halb verwestes Haustier auszugraben, aber klar, wir können da belastbare Bissproben nehmen. DNA-Proben haben wir ja schon genommen, aber bisher hast du mir noch keinen gebracht, der dazu passt. Also, von mir aus spricht nix dagegen«, lautete Renns Fazit.

»Versuch ich doch gerade«, verteidigte sich der Kommissar.

»War ja kein Vorwurf.«

»Alles klar, danke, Willi. Dann in einer halben Stunde auf dem Tierfriedhof.«

Mit einem Quietschen öffnete der Kommissar den schmiedeeisernen Torflügel und schritt den gekiesten Mittelweg entlang. Genau wie er selbst vor ein paar Wochen, staunten nun sämtliche Beamte über die bizarre Institution, die der Tierfriedhof »Engelshain« im Kemptener Stadtteil Sankt Mang darstellte: Das durch eine hohe Mauer eingefasste Gelände wirkte auf den ersten Blick wie ein völlig normaler Friedhof, nur dass die Grabstätten deutlich kleiner waren – und die Gedenksteine, Platten und Figuren eben oft Tierdarstellungen zeigten.

»Wo ist es denn genau?«, wollte Renn wissen, doch der Kommissar zuckte mit den Schultern.

»Ich würd sagen, eher da im hinteren Drittel, aber genau wüsst ich's jetzt auch nicht.«

»Ich hab gedacht, du warst schon mal da.«

»Meinst du, ich hab mir gemerkt, wo das genau war? Ich war froh, als ich das hinter mir gehabt hab. Aber wir können uns ja ein bissle verteilen und suchen.«

»Hoffentlich hat Ihr Kumpel auch den Namen draufgeschrieben, sonst könnten wir uns schwertun«, bemerkte Luzia Beer, die ihre Zigarette aufgeraucht und zu den anderen aufgeschlossen hatte.

»Stimmt. Bloß ist er nicht mein Kumpel.«

»'tschuldigung. Freund, wollt ich natürlich sagen«, korrigierte sie sich.

»Das schon gleich gar nicht.«

»Was'n dann?«

»Wurscht. Das ist eine lange Geschichte.«

Dann schwärmten sie aus, um die Grabstätte des Hundes auf dem weitläufigen, mit jungen Bäumen bestandenen Areal zu suchen. Kluftinger besah sich zusammen mit Richard Maier im Vorübergehen die Gräber und schüttelte immer wieder verdutzt den Kopf. Man baute bestimmt eine enge Beziehung zu einem Haustier auf, in all den Jahren, in denen man mit ihm zusammenlebte – beziehungsweise Wochen, wie im Fall von Langhammer und Wittgenstein –, aber diese Form von Tierliebe ging für seinen Geschmack doch etwas weit: Aufwendige Grabsteine mit verschnörkelter Goldschrift zierten die letzten Ruhestätten, lebensgroße Skulpturen von Katzen und einem Papagei waren ebenso zu sehen wie Fotos der Tiere zusammen mit ihren Besitzern. Dazu brannten Grablichter, und sie entdeckten sogar einen marmornen Weihwasserkessel.

Die beiden Beamten passierten eine Gruppe aus mehreren Erwachsenen und zwei kleinen Kindern, die gesenkten Hauptes um ein kleines Loch in der Erde stand.

»Und so werden wir den lieben Hansi nun unter diesem besonderen Ewigkeitsbaum, einem Amberbaum, der im Herbst wunderschön gefärbte Blätter trägt, zur ewigen Ruhe betten«, sagte einer der Erwachsenen in feierlichem Tonfall. Dann nahm er eine Schachtel, die etwas kleiner als das Loch war, legte sie hinein und schob mit einem Schäufelchen ein wenig Erde darüber.

»Meinst du, dass das eine Urnenbestattung ist, bei dem kleinen Schächtelchen?«, flüsterte Maier seinem Vorgesetzten zu. Dann ging er zu einem der Kinder, das ein wenig abseits stand, und fragte: »Was war denn der Hansi für ein Tier?«

Das Kind schluchzte kurz und sagte dann unter Tränen: »Ein Wellensittich. Ein blauer.«

Maier tätschelte dem Jungen ein wenig ungelenk die Schulter. Nun sahen auch die anderen Trauernden zu ihnen herüber.

Kluftinger hatte das Gefühl, etwas sagen zu müssen: »Ja, mein ... Beileid. Schlimm. Aber so Sittiche halten leider nicht besonders lang.«

»Gerade die blauen«, fügte Maier noch hinzu, und die kleine Trauergemeinde nickte betroffen.

Die Polizisten gingen weiter und unterdrückten mit Mühe ein Grinsen.

»Treffer!«, rief da Roland Hefele laut durch die Anlage und winkte die anderen zu sich.

»Moment, die Herren, ich müsste Sie mal ganz kurz aufhalten.«

Maier und Kluftinger drehten sich um und sahen, dass der Mann, der eben den Vogel bestattet hatte, hinter ihnen hereilte. Der Kommissar gab seinem Kollegen ein Zeichen, schon mal vorzugehen.

»Dürfte ich erfahren, wer Sie sind?«, fragte der Mann. »Falls Sie wegen dem Trauerfall *Muschi* da sind, müssten Sie sich noch gedulden, die Feier beginnt erst um 16 Uhr. Allerdings hatten die Angehörigen von einer Beisetzung im engsten Familienkreis gesprochen. Weiß gar nicht, ob ich so viele Stühle habe.«

Kluftinger winkte ab. »Nein, wir sind nicht wegen dem ... der Muschi da. Wir wollen zum Wittgenstein.«

»Zum Metzger? Der hat sein Geschäft ja schon lang übergeben. Tragischer Todesfall, es ...«

»Nein. Zum Hund. Der liegt hier. Wir sind von der Kriminalpolizei Kempten. Aber dürfte ich vielleicht erfahren, wer Sie sind?«

Der Mann strich seine schwarze Lederweste glatt, die er zu einer Jeans und Cowboystiefeln in derselben Farbe trug. »Natürlich, ich bin Conny Seibold. Mädchen für alles hier. Grabpfleger, Friedhofsverwalter, Trauerredner, Totengräber, Sargträger, Landschaftsgärtner. Und nicht zuletzt ... der Inhaber des Engelshains.« Er klang stolz, als er das sagte.

»Ah, das trifft sich eh gut. Wir müssen nämlich den Hund, also den Wittgenstein, exhumieren. Unsere Leute haben aber alles dabei, wir brauchen nichts weiter«, erklärte der Kommissar und wollte bereits weitergehen, als ihn Herr Seibold aufhielt.

»Moment, guter Mann, so geht das nicht hier bei uns. Wir sind um ein hohes Maß an Pietät bemüht, die Totenruhe ist uns heilig. Sie können doch nicht einfach einen Leichnam exhumieren.«

»Machen wir auch nicht. Wir graben bloß einen Tierkadaver aus.«

»Wissen die Hinterbliebenen überhaupt Bescheid?«

Kluftinger musste kurz lachen. »Entschuldigung: Wer soll Bescheid wissen?«

»Die hinterbliebenen Angehörigen eben.«

»Die ... nein. Ich weiß auch nicht, ob der Wittgenstein Verwandte hatte. Aber jetzt lassen Sie meine Kollegen bitte ihre Arbeit machen. Wenn Sie wünschen, kann ich Ihnen jederzeit einen richterlichen Beschluss bringen, der ist schon unterwegs, quasi.«

»Das ist unerhört! Ich werde umgehend die trauernde Familie benachrichtigen. Die Tiereigner müssen über solche Fragen entscheiden. Machen Sie sich auf was gefasst! Wie war noch mal Ihr Name?«

»Kluftinger. Leitender Kriminalhauptkommissar, KPI Kempten.«

»Das wird ja immer schöner in unserem Land!«

Damit zog der Mann in Richtung eines kleinen Gartenhäuschens ab, in dem der Kommissar das Büro vermutete. Er war kaum bei den Kollegen angekommen, da meldete sich bereits sein Handy. Auf dem Display stand *Kurpfuscher ruft an.* Das war wirklich schnell gegangen. Kluftinger drückte den Anruf weg und warf einen Blick auf das noch unversehrte Hundegrab. Wieder musste er grinsen: *Im Angedenken an Wittgenstein al. Arcadi von Buronia. Held, Lebensretter, Freund*, stand auf einer Platte aus schneeweißem Marmor. Daneben ragte eine stilisierte weiße Hundeskulptur gut fünfzig Zentimeter in die Höhe. Eine Blumenschale mit großer Schleife komplettierte das Bild.

»Kann das Zeug weg?«, fragte einer von Willi Renns Mitarbeitern, und der Kommissar nickte. Er merkte, wie sein Handy noch zweimal einen Anruf meldete, dann vibrierte es immer wieder kurz, weil offenbar Nachrichten eingingen. Dennoch ignorierte er sie und sah zusammen mit seinen Kollegen zu, wie sich die Spurensicherer daranmachten, den Hund auszugraben. Nebel zog auf, und ein eisiger Wind pfiff über diesen bizarren Ort. Kluftinger schlug seinen Mantelkragen hoch.

Als die kleine, weiß lackierte Kiste, in der der Hund vor ein paar Wochen in sein Grab gelassen worden war, freigelegt war und sich Willis Leute eben anschickten, sie zu heben, tönte aufgeregtes Rufen über das Gelände. Ohne hinzusehen, wusste Kluftinger sofort, wer da zusammen mit Herrn Seibold auf ihn zugestürmt kam.

»Na hören Sie mal, so geht das aber nicht, mein Lieber!«

Langsam drehte sich der Kommissar um. »Herr Langhammer, was für eine Überraschung! Schon zum zweiten Mal heute ...«

»Was geht hier vor?« Der Arzt war ziemlich außer Atem, der Friedhofsverwalter schnaufte sogar noch mehr. »Zum Glück war ich gerade in der Stadt, bin ja im Krankenstand und hatte ein, zwei Besorgungen zu machen. Herr Seibold hat mich gleich verständigt. Also, was soll das?«

»Herr Doktor, Sie haben mich vorher selber auf die Idee gebracht, dass wir uns den Wittgenstein noch mal genau anschauen müssen. Dafür bin ich Ihnen wirklich dankbar.«

»Ich?«, fragte Langhammer ungläubig.

»Ja, wegen Ihrer Verletzung, die Ihnen der Hindemith zugefügt hat. Toller Gedanke, wirklich. Fast ... brillant, würd ich sagen.«

Doch egal, wie viel Honig ihm Kluftinger auch ums Maul schmierte: Der Arzt ließ sich mit derartigen Schmeicheleien heute offensichtlich nicht besänftigen. Er war so aufgebracht, wie ihn der Kommissar selten erlebt hatte. »Nicht genug, dass mein treuer vierbeiniger Freund für Sie gestorben ist, jetzt ziehen Sie auch noch sein Angedenken in den Schmutz, indem Sie sein Grab schänden und seinen Leichnam fleddern?«

»Genau. Fleddern«, meldete sich Herr Seibold von hinten zu Wort.

»Jetzt machen Sie mal halblang, Doktor. Vielleicht können wir mit dieser Analyse einen Doppelmord, den Überfall auf mich und Wittgensteins Tod klären. Und ich mein: Es ist immer noch ein Tier. Ihm passiert ja letztlich nichts, Sie können ihn genau an derselben Stelle wieder verscharren.«

»Verscharren?« Langhammer schnappte nach Luft.

Willi Renn gesellte sich zu ihnen. »Du, Klufti, Frage: Könnten wir den Hund in dein Auto laden? Du hast doch einen Kombi. Wir legen auch was unter, und aus der Kiste riecht's noch so gut wie gar nicht raus.«

»Der Hund wird nirgendwohin gebracht!«, erklärte Langhammer mit sich überschlagender Stimme und baute sich vor dem klein gewachsenen Renn auf.

»Willi, es wäre vielleicht tatsächlich besser, wenn ihr eure Proben gleich hier nehmt«, sprang Kluftinger nun dem Arzt zur Seite – vor allem, weil er keine Lust hatte, einen halb verwesten Hundekadaver im Passat quer durch die Stadt zu kutschieren. »Geht das?«

»Mei, gehen tut's schon, auch wenn's anders praktischer wär.«

»Wär das Ihnen dann auch recht, Herr Langhammer?«

Der Doktor sog die Luft tief in seine Lungen. Offenbar hatte er sich ein wenig beruhigt. »Sehr rücksichtsvoll, danke. Und wenn es der Wahrheitsfindung dient ... Sollte ich als Wissenschaftler mich einer solchen Analyse in den Weg stellen? So hat Wittgensteins Verscheiden sogar noch mehr Nutzen als nur, Ihnen das Leben gerettet zu haben. Schließlich will ich, dass der meuchlerische Mord an meinem treuen Gefährten ein für alle Mal geklärt wird. Machen Sie schon, öffnen Sie den Sarg!«

Kluftinger zog sich für die folgende Prozedur vorsichtshalber hinter ein paar andere Gräber zurück und sah aus sicherer Entfernung zu, wie die Beamten den toten Hund aus der Kiste auf eine Plane legten und dann diverse Abdrücke und Proben aus seinem Maul nahmen.

Zum Glück stand er so, dass er den Wind im Rücken hatte – er wollte sich gar nicht vorstellen, wie eine exhumierte Hundeleiche roch. Auch die Kollegen gesellten sich zu ihm.

Langhammer hingegen hatte von einer Minute auf die andere all seine Pietäts-Bedenken über Bord geworfen und gab nun den unbeirrbaren Wissenschaftler. Nicht nur, dass er die Spurensicherer mit seinem anatomischen Fachwissen nervte, er gab auch wortreich Geschichten über den ach so treuen, intelligenten, folgsamen, braven Wittgenstein zum Besten, der nie irgendetwas kaputt gemacht habe – ganz im Gegensatz zu anderen Vertretern seiner Art. Mehrmals hatte Renn dem Kommissar jetzt schon mit eindeutigen Gesten zu verstehen gegeben, ihm den aufsässigen Arzt endlich vom Hals zu schaffen. Da beugte sich Luzia Beer zu Kluftinger und flüsterte ihm zu: »Haben Sie die Handynummer von dem Wichtigtuer?«

Der Kommissar nickte.

»Gut, dann ruf ich den mal eben an.«

Keine Minute später bimmelte Langhammers Mobiltelefon. »Sind Sie es, Sabine? Ihre Nummer wird nicht angezeigt, und ich kann Sie so schlecht verstehen. Ja, in Kempten. Ein Notfall? In der Praxis? Sofort? Nun, ich bin ... natürlich. Ich komme. Sagen Sie nur noch kurz ... worum dreht es sich denn? Sabine? Sabine?« Ratlos blickte der Arzt auf sein Handy. Dann wandte er sich geschäftig an die Polizisten, die nach wie vor am Maul des Hundes arbeiteten. »Vielleicht haben Sie es mitbekommen, ein medizinischer Notfall, meine Sprechstundenhilfe hat eben angerufen. Man braucht mich trotz meiner Krankschreibung in der Praxis. Obzwar ich Ihnen gerne noch mit meiner Expertise zur Seite gestanden hätte – es geht nicht anders, der hippokratische Eid duldet keinen Aufschub, wenn es um Leben und Tod geht. Sie verstehen.«

Die Spurensicherer schauten nur kurz auf und arbeiteten dann kommentarlos weiter.

Kluftinger lächelte Lucy Beer zu, die sich eben wieder neben ihn stellte. »Schade, dass Sie schon wegmüssen, Herr Langhammer«, rief er dem Arzt hinterher, der ihm fast ein bisschen leidtat.

»Wir sehen uns, Kluftinger. Und bitte sorgen Sie dafür, dass Wittgenstein wieder ordentlich zur letzten Ruhe gebettet wird, und die Grabstätte danach würdig wiederhergestellt ist, ja? Ich verlasse mich auf Sie!«

Dann rauschte er davon.

Eine halbe Stunde später war der Hund tatsächlich wieder unter der Erde, und Renns Leute hatten ihre Gerätschaften bereits eingepackt. Von einem *würdig wiederhergestellten Grab* konnte allerdings beim besten Willen nicht die Rede sein: Alles lag kreuz und quer, die Skulptur hatte einige Dreckklumpen abbekommen, und die Schale sah reichlich zerzaust aus.

Der Kommissar dachte an Langhammer, der inzwischen wahrscheinlich verwundert in seiner menschenleeren Praxis angekommen war. Sein schlechtes Gewissen meldete sich. »Wisst ihr was, geht's schon mal vor, ich muss noch was erledigen«, rief er seinen Kollegen zu. Sobald sie außer Sichtweite waren, lieh er sich beim Friedhofsbetreiber ein paar Gartengeräte aus, um zumindest den schlimmsten Flurschaden zu beheben. Als er jedoch die Statue säubern wollte, stolperte er und fing sich so unglücklich an der Skulptur ab, dass dieser der Kopf abbrach und auf dem Boden in tausend Stücke zerschellte. »Zefix!«, schimpfte Kluftinger und blickte auf den Scherbenhaufen. Er hatte alles nur noch schlimmer gemacht. Doch als er die Scherben zum Abfallcontainer brachte, lag darin glücklicherweise der obere Teil eines riesigen Stofftiers. Offenbar ein Pudel oder etwas Ähnliches, genau ließ sich das nicht mehr feststellen, weil die Figur schon etwas mitgenommen war. Für seine Zwecke würde es aber allemal reichen. Er riss ihm kurzerhand den Kopf ab und befestigte diesen mittels Blumendraht auf dem Gipskörper. Mit dem Ergebnis war er recht zufrieden. Sicher, es war nur ein Notbehelf, aber wenn alles erst mal ordentlich von Efeu umrankt wäre, würde man bestimmt kaum noch etwas bemerken.

– 41 –

Es war dem Kommissar unmöglich, still in seinem Büro zu sitzen, während Willi Renn im Labor am Gebissabdruck arbeitete. Die Zeit auf dem Tierfriedhof hatte ihn aufgewühlt, nicht zuletzt wegen Langhammers Auftauchen. Er hatte sich nie wirklich Gedanken darüber gemacht, was der Hund für den Arzt bedeutet hatte, sondern es nur befremdlich gefunden, dass der um das verstorbene Tier so ein Bohei machte. Aber vielleicht hatte er dem Arzt unrecht getan. Was, wenn Wittgenstein ihm nicht nur das Leben gerettet hatte, sondern, quasi posthum, bei der Aufklärung des Falles eine entscheidende Rolle spielte?

Das alles ging ihm durch den Kopf, während er nervös auf die Ergebnisse der Erkennungsdienstler wartete. Seine Unruhe rührte jedoch auch daher, dass er möglicherweise ganz kurz vor dem ersten gerichtsverwertbaren Beweis in diesem vermaledeiten Fall stand.

Um sich die Zeit irgendwie zu vertreiben, las der Kommissar sich die Mails durch, die in den letzten Tagen hereingekommen waren, vor allem solche, die Lodenbacher nach der Weiterleitung an ihn wieder zurückgeschickt hatte. Anschließend drückte sich der Kommissar bei Sandy Henske herum, um mit ihr irgendwelche belanglosen Termine zu koordinieren, zupfte ein wenig den Schmuck des neuen Christbaums zurecht und war kurz davor, zu Maier zu gehen, um mit ihm ein mögliches Abteilungskegeln zu koordinieren, da stürmte Willi Renn herein.

»Schneller ging's nicht«, sagte er ein wenig außer Atem und hielt dem Kommissar ein weißliches Gebilde hin, das ein bisschen wie die Vampir-Zähne aus Plastik aussah, die es zur Faschingszeit überall zu kaufen gab. »Ich dachte, es ist am besten, wenn ich gleich einen Positiv-Abdruck aus Kunststoff modelliere«, erklärte Willi.

»Danke«, entgegnete der Kommissar. »Kommst du mit? Wir fahren sofort los.«

Kluftinger, Renn und Luzia Beer hatten einen Streifenwagen mit zwei uniformierten Beamten im Schlepptau, als sie in Altusried auf das Gelände der Spedition fuhren. Der Kommissar wusste, dass das für Aufsehen sorgen würde, und wahrscheinlich würde es so schnell die Runde machen, dass seine Frau davon wusste, noch ehe er wieder zu Hause war. Aber darauf konnte er keine Rücksicht nehmen. Als er mit den beiden anderen das Büro von Klaus Kreutzer betrat, schaute der erst erschrocken drein, fing sich dann aber gleich wieder und setzte ein schiefes Grinsen auf. »So, willst gleich deine eigene Sportgruppe gründen? Tennis, oder wie? Gemischtes Doppel?«

»Spar dir deine Sprüche, Klaus«, gab der Kommissar schroff zurück. »Wir müssen reden.«

»Dann kommt's halt rein. Servus.« Wie bei seinem ersten Besuch hielt er Kluftinger wieder die Linke hin.

Der zeigte auf seinen anderen Arm. »Sag mal, was hast du da noch mal genau?«

»Sportverletzung, wie gesagt. Wirst du nicht kennen, das ist, wenn man sich körperlich betätigt ...«

»Und was für ein Sport war das?«

»Was für ein ...?«

»Ja. Wo hast du dir die Verletzung zugezogen? Und hat sich das schon mal jemand angeschaut? Damit ist nicht zu spaßen. Hier, mein Kollege, der kennt sich mit so was aus.« Er zeigte auf Willi Renn, der einen Schritt auf Kreutzer zuging.

»Aha, habt ihr jetzt schon Ärzte bei der Polizei?«

»Das auch. Aber wenn dich der Georg Böhm untersucht, ist der Arm dein kleinstes Problem.«

Luzia Beer und Willi Renn lachten kurz auf, während Kreutzer verständnislos dreinblickte.

»Egal«, winkte Kluftinger ab, »jetzt zeig uns doch mal, was dir die Beschwerden macht.«

»Einen Scheiß zeig ich euch.«

»Das war keine Bitte, Klaus.«

Kreutzer blickte von einem zum anderen, dann gab er klein bei. Langsam rollte er die Mullbinde vom Arm, was Kluftingers Geduld erneut auf die Probe stellte, doch schließlich lag die Wunde frei. Luzia Beer warf dem Kommissar einen Blick zu und nickte.

»Sportverletzung, hm?«, kommentierte Kluftinger die gut sichtbaren Bissspuren. Der Arm um die Wunde war blaurot verfärbt und geschwollen.

»Hundesport«, erwiderte Kreutzer trotzig. »Noch nie was davon gehört?«

»Mal schauen, ob wir deinen Sportskameraden kennen.« Kluftinger winkte Renn, der das modellierte Gebiss auspackte. Kreutzer zog unwillkürlich seinen Arm zurück. Doch der kleine Mann vom Erkennungsdienst packte ihn und hielt ihn fest. Kluftinger wusste, wie viel Kraft in dem Kollegen steckte, auch wenn man ihm das nicht ansah. Mit der anderen Hand legte Renn das Gebiss an.

»Au«, schrie Kreutzer, als das Modell seine Wunde berührte, doch Renn ließ sich davon nicht beirren. Als er es schließlich platziert hatte, pfiff er durch die Zähne. Es war offensichtlich: Das Gebiss passte perfekt zu den Spuren auf Kreutzers Arm.

»So, jetzt sag ich dir mal kurz, wie das hier weiterläuft«, ergriff Kluftinger das Wort. »Wir nehmen dich mit wegen des dringenden Verdachts auf Entführung eines Polizeibeamten, also von mir. Der Willi wird auch gleich noch eine Speichelprobe für einen DNA-Test von dir nehmen, wenn du einverstanden bist.«

»Muss ich?«

»Der Gebissabdruck passt perfekt, also kriegen wir sie so oder so.«

Kreutzer schwieg.

»Ach ja, den Tatverdacht auf Mord oder Beihilfe zum Mord an Karin Kruse hab ich noch nicht erwähnt, oder?«

Entgeistert blickte ihn Kreutzer an. Sein Mund öffnete sich, doch es kam kein Ton heraus. Kluftinger sah Luzia Beer dabei zu, wie sie ihm Handschellen anlegte und ihn dann, eskortiert von den Uniformierten, aus dem Büro führte.

»So schnell verstummt ein Großmaul«, kommentierte der Kommissar die Szene, dann nickte er Willi Renn zu, und sie verließen ebenfalls die Spedition.

– 42 –

Im Gegensatz zu vorher, als es dem Kommissar nicht schnell genug hatte gehen können, tat er nun alles, um hinauszuschieben, was ihm bevorstand. Von Sandy Henske wusste er, dass Kreutzer bereits im Verhörzimmer saß; die Kollegen warteten nur noch auf sein Zeichen, dann konnte es losgehen. Doch Kluftinger zögerte. Und er wusste genau, warum. Er hatte diese Situation schon einmal erlebt. Auch damals hatte ein Mann im Vernehmungsraum gesessen, und auch damals war er davon überzeugt gewesen, den Mörder von Karin Kruse verhaftet zu haben. Was dann passierte, war der schwarze Fleck auf seiner ansonsten relativ weißen Polizeiweste, der Fehler, für den er Jahrzehnte später einen hohen Preis hatte zahlen müssen.

Und jetzt? Kluftinger gestand es sich selbst nur ungern ein, aber er hatte Angst. Nicht davor, den Mann zu vernehmen. Nein, er hatte Angst, erneut einen Fehler zu begehen. Wieder ein Leben zu zerstören – mit unabsehbaren Folgen. Unvermittelt griff er zum Telefonhörer und wählte Renns Nummer. »Ich bin's«, meldete er sich. »Habt ihr schon was wegen der Spur aus dem Wald? Irgendwelche Schuhe beim Kreutzer gefunden, die dazu passen?«

»Noch nicht, aber wir überprüfen die grad alle. Sobald wir einen Treffer haben, klingel ich durch. DNA dauert natürlich noch eine Weile.«

»Danke!« Kluftinger beendete das Gespräch. Nun fiel ihm wirklich nichts mehr ein, womit er die Befragung noch hinausschieben konnte. Doch er hatte noch eine Entscheidung zu treffen. Er grübelte eine ganze Weile, dann stand er plötzlich auf und lief entschlossen zum Verhörzimmer.

»Du willst *was?*« Hefele starrte Kluftinger ungläubig an.

»Ich will das Verhör nicht selber führen, sondern abgeben.« Der Kommissar war völlig ruhig, er wusste, dass er sich richtig entschieden hatte.

»Nach allem, was du wegen dem durchgemacht hast?« Hefele zeigte auf den Monitor, auf dem Klaus Kreutzer zu sehen war, der in dem nur mit einem Tisch und mehreren Stühlen ausgestatteten Raum saß und darauf wartete, dass die Prozedur begann.

Die Tür öffnete sich, und Maier kam herein, gefolgt von Luzia Beer. »Gott sei Dank, wir dachten schon, wir hätten was versäumt«, sagte Maier erleichtert.

»Allerdings habt ihr das«, entgegnete Hefele. »Stellt euch vor, der Chef …«

Kluftinger hob die Hand: »Ich möchte euch bitten, das zu übernehmen.«

Maier blickte verwirrt zu seiner Kollegin. »Was denn?«

»Das Verhör.«

»Dein …«

»Es ist nicht meins. Sondern seins.«

»Ich weiß auch nicht, was er hat«, kommentierte Hefele.

»Herr Kluftinger, sind Sie sich sicher, dass …«, begann Luzia Beer, doch ihr Vorgesetzter ließ sie nicht ausreden.

»Ja. So sicher wie schon lange nicht mehr. Ich habe vor vielen Jahren einen Fehler gemacht, weil ich zu eifrig war, zu versessen darauf, einen Erfolg zu erzielen. Das passiert mir nicht noch mal. Ich weiß, dass ihr das könnt. Lassen Sie sich nur nicht von Ihrem Ehrgeiz leiten, Lucy, so wie ich damals. Und du, Richie: Nutz deine psychologische Ausbildung. Roland, du …«

Diesmal war es Hefele, der ihn unterbrach: »Ich bleib hier mit dir und schau mir das an. Verhöre sind nicht so meins, wie ihr wisst. Ihr macht das schon.«

Sie nickten den beiden zu, und Luzia Beer verließ mit Maier den Raum.

Kluftinger hatte sich vorgenommen, das Verhör im Sitzen zu verfolgen, doch er schaffte es nicht. Dabei war es noch nicht einmal losgegangen. Zu nervös, zu angespannt war er, und so stand er nun hinter Hefele und starrte auf den Monitor. Richard Maier und Lucy Beer hatten das Zimmer betreten und ließen von Anfang an keinen Zweifel an ihrer Entschlossenheit aufkommen. Kreutzer bekam das auch mit, wie der Kommissar an seinem Verhalten bemerkte: Seine Blicke waren fahrig, immer wieder fasste er sich mit den Händen ins Gesicht oder fuhr sich durchs Haar. Als Erstes wollte er von den beiden Beamten wissen, wo denn Kluftinger sei, er wolle mit ihm sprechen, schließlich kenne man sich.

»Wer hier mit wem spricht, entscheiden wir, nicht Sie, das wäre ja noch schöner«, fuhr ihm Maier sofort in die Parade, dann setzten sich die beiden ihm gegenüber an den Tisch und starteten die Aufnahme.

»Vernehmung Klaus Kreutzer, wohnhaft in Altusried, durch KHK Richard Maier und …«

»Klufti, willst dich nicht lieber setzen?«, fragte Hefele, wahrscheinlich, weil es ihn selbst nervös machte, dass der nun hinter ihm auf und ab ging.

Doch der Kommissar winkte ab und verfolgte gespannt, wie Lucy Kreutzer nun direkt mit dem Verdacht konfrontierte, einer von zwei Tätern des Überfalls im Wald gewesen zu sein. »Geben Sie zu, dass Sie zur besagten Zeit im Wald bei Opprechts gewesen sind?«

»Ich … muss ich dazu Angaben machen?«

Die Tür öffnete sich, und ein uniformierter Beamter reichte den beiden einen Zettel herein. Maier las ihn und gab ihn an Luzia Beer weiter. Dann fuhr er fort: »Herr Kreutzer, Sie müssen hier gar nichts aussagen, was Sie möglicherweise belastet. Aber nur so als Tipp: Ich würd's machen, wir haben schließlich eindeutige Beweise.«

»Von wegen Beweise!«, blaffte Kreutzer.

Kluftinger sah, dass Lucy ihn mit einem überlegenen Lächeln bedachte. Doch Maier übernahm: »Schweigen bringt Ihnen gar nichts, wir haben den Hundebiss, des Weiteren passt Ihr Schuhabdruck zu jenem, den wir am Tatort im Wald genommen haben.«

Kluftinger nickte, auch er hätte diese Information sofort gebracht.

»Und es gibt Zeugenaussagen, dass Sie dort oben im Wald waren und Hauptkommissar Kluftinger angegriffen haben.«

Kreutzer schloss kurz die Augen, massierte mit seinen Fingern die Nasenwurzel und sagte dann mit einem tiefen Seufzen: »Herrgott, ja, ich war dort. Und jetzt?«

Für einen Moment hielt Kluftinger den Atem an. Maier und Lucy warfen sich einen kurzen Blick zu.

»Schön. Und jetzt wüssten wir gern, warum Sie dort waren«, fragte sie.

»Weil ich einfach viel zu gutmütig bin. Darum«, blaffte Kreutzer.

»Ach ja?«, gab Maier scharf zurück, erhob sich und baute sich neben dem Befragten auf. »Nach Gutmütigkeit sah das im Wald allerdings nicht aus. Eher nach Kaltblütigkeit.«

»Vieles ist aber nicht so, wie es ... vielleicht ausschaut.«

»So? Wie denn dann?«

»Wenn man mich mal aussprechen lassen würd, könnt ich's erklären.«

Maier setzte sich wieder, und Kreutzer fing an zu erzählen: »Also, folgendermaßen: Ich war dem Paul Hagen einen Gefallen schuldig. Er hat mich gebeten, ach was, angebettelt, dass ich mit ihm komm, an diesem verdammten Tag vor ein paar Wochen. Er wollte nicht, dass rauskommt, was damals passiert ist mit der Kruse. Und als er die Anzeige gesehen hat, wo drinstand, dass der wahre Schuldige gefunden wird und so …« Kreutzer vollendete seinen Satz nicht.

»Nur fürs Verständnis: Ein alter Schulfreund kommt zu Ihnen und sagt, er braucht Hilfe dabei, einen Zeugen oder Mitwisser oder was weiß ich, was Sie gedacht haben, auszuschalten, also umzubringen. Und Sie sagen so mir nichts, dir nichts: *Klar, wann soll's losgehen*, oder wie?«, hakte Lucy ein.

Kluftinger schaute gebannt auf Kreutzer.

»Ich hab ja versucht, ihm das alles auszureden, von Anfang an. Aber er war wie vernagelt.«

»Hat er Ihnen gegenüber den Mord an Karin Kruse zugegeben?«, fragte Maier.

»Zugegeben, was heißt zugegeben? Kann man sich doch an einer Hand abzählen, dass er das war.«

»Ach ja? Sie haben also nie explizit darüber gesprochen?«

»Ich wollt's nicht wissen. Ich weiß nur, dass ich mit ihm mitgegangen bin, damit er nicht noch mehr Scheiß baut, verstehen Sie? Ich hab immer gesagt: Lass es, es hat keinen Sinn. Und ich hab ja auch verhindert, dass noch mehr passiert ist im Wald. Der Paul, der wollt kurzen Prozess machen mit eurem Chef. Und ich hab ihn gerettet!«

Kluftinger schnaubte. Für wie blöd hielt Kreutzer sie eigentlich? »Der lügt doch, dass sich die Balken biegen! Sowohl was den Hagen angeht, als auch, was ihn betrifft. Er war im Wald, wahrscheinlich mit dem Lederer. Und jetzt schiebt er's auf den, den sie umgebracht haben.«

Hefele sah weiter gebannt auf den Monitor.

»Bleiben wir doch kurz bei Paul Hagen«, setzte Maier die Vernehmung in sachlichem Ton fort. Der Kommissar war beeindruckt, wie ruhig sein Kollege blieb. »Auch wenn Sie nie darüber gesprochen haben wollen: Seit wann war Ihnen denn klar, dass er Karin Kruse 1985 ans Kreuz gebunden und angezündet hat?«

Kreutzer wurde immer nervöser. »Gut so«, flüsterte Kluftinger.

Mehrmals hintereinander leckte der Befragte sich hektisch über die Lippen, sein Gesicht glänzte wegen der zahlreichen kleinen Schweißtröpfchen. »Das ... na ja, das hab ich mir dann halt irgendwann so zusammengereimt.«

»Wann, hat Sie der Kollege gefragt?«, beharrte Lucy.

»Wann, wann ... schwer zu sagen, wann. Ich bin doch kein Kalender.«

»Kann's denn sein, dass es schon ziemlich lange her ist? Dass Sie vielleicht sogar dabei waren, als es passiert ist?«, insistierte die junge Polizistin.

»Klar war ich dabei, also, bei der ... Sache im Wald, vor ein paar Wochen. Hab ich doch schon gesagt. Und nachdem es dann nicht hingehaun hat und die Ermittlungen weitergegangen sind, was er ja vom Hubse Lederer und mir erfahren hat, hat er sich umgebracht, der Paul.«

»Sie wissen genau, was meine Kollegin gemeint hat: Waren Sie beim Mord an Karin Kruse dabei? Vielleicht nur als Zeuge?«

»Dabei? Was soll denn der Schwachsinn? Ich mein, seht ihr das denn nicht: Der Hagen hat sich umgebracht! Weil er nicht in den Knast wollte für den Mord. Reicht euch das nicht als Geständnis? Wieso sollte er sich sonst eine Kugel in den Kopf schießen? Was wollt ihr bloß immer von mir? Ich war zur falschen Zeit am falschen Ort, das war's!«

Kreutzer wich aus, doch die Beamten ließen nicht locker.

Kluftinger brauchte all seine Willenskraft, um nicht einfach ins Verhörzimmer zu stürmen und ihn so lange zu schütteln, bis irgendwann die Wahrheit aus ihm herauskommen würde. Er wollte nie mit Hagen über die Tat gesprochen haben? Dachte Kreutzer allen Ernstes, dass man ihm diese Geschichte abkaufen würde?

Maier stellte genau diese Frage: »Herr Kreutzer, Sie wollen uns tatsächlich erzählen, dass Sie und Ihr Schulfreund dieses Thema fünfunddreißig Jahre lang totgeschwiegen haben, um dann mit Hagen in den Wald zu gehen und die Strafverfolgung für ein Verbrechen zu vereiteln, von dem Sie nicht wussten, wie und ob er daran beteiligt ist? Das ist ja völlig absurd.«

»Das ist ...« Er schien zu begreifen, wie unsinnig sich das alles anhörte. »Scheiße, dann erzähl ich's halt, hat ja keinen Sinn so. Ich hab ja letztlich nix Schlimmes gemacht.«

»Das werden schon noch andere entscheiden«, zischte Kluftinger.

»Also? Wir sind ganz Ohr«, erklärte Maier mit einem einfühlsamen Lächeln und rückte das Mikrofon, das auf dem Tisch stand, ein paar Millimeter mehr zur Mitte.

»Okay, um genau zu sein: Ich weiß es seit dem Tag, an dem es passiert ist.«

Kluftinger nickte und setzte sich. Mal sehen, was Kreutzer ihnen nun für eine Version auftischen würde.

»Als ich dazukam, war die Lehrerin aber schon tot.« Er blickte Maier und Lucy aus großen Augen an. Erst als die Beamten nickten, fuhr er fort. »Der Paul, der hat sich mit ihr gestritten, und dann hat er sie geschlagen. Uns hat er immer erzählt, sie wär so blöd gefallen, hätte auf einmal nicht mehr reagiert. Was weiß denn ich, wie das genau war. Wie gesagt, es war ja alles schon vorbei, sie lag tot neben Hagen. Und da war alles voller Blut. So viel Blut ...«

Lucy runzelte die Stirn. »Von viel Blut steht aber nix in den Akten.«

»Ist ja auch verbrannt. Das war an den Paletten, mit denen wir sie zum Kreuz getragen haben. Scheiße ...« Eine Weile war Kreutzer wie weggetreten, sein Blick glasig, als sehe er nun alles wieder vor sich. Dann schluckte er und redete weiter. »Der Paul war natürlich total im Arsch. Der hat nur noch hysterisch gekreischt.«

»Waren Sie allein mit Hagen?« Lucy klang sachlich, was Kluftinger gefiel. Nicht einmal er konnte sagen, ob sie ihm die Geschichte nun glaubte oder nicht.

»Nein, wir sind doch alle dazugekommen, nicht bloß ich.«

»Aha. Wieder was Neues. Wer, bitte, sind *alle*?«

»Also, der Scorpion, der Soldier und ich eben.« Kreutzer machte eine Pause, offenbar rechnete er mit ihrer nächsten Frage.

»Das sind Lederer und Jansen?«

Er nickte. »Wir hatten natürlich coole Spitznamen für uns. Jansen hieß Soldier, wegen seines Vaters, Hubert war Scorpion und ich Spider, wie in der Band. So sagen immer noch viele zu mir. Ansonsten nennen wir uns nur untereinander so.«

Der Kommissar nickte. Das mit den Namen hatte ihn schließlich auf ihre Fährte gebracht.

»Und der Paul Hagen?«, wollte Maier wissen.

»War der Pauli.«

Lucy und Maier tauschten einen Blick, dann fuhr sie fort: »Warum waren Sie denn oben in Opprechts? Hatten Sie sich verabredet?«

»Ja, wir wollten einen kleinen Gegenfunken machen, oben am Kreuz, mit den ganzen Paletten und dem Holz, das beim Schuppen vom Mendler immer rumgelegen ist. Mit den Alten unten im Ort rumzuhängen war uns zu langweilig. Und wir haben ja auch gewusst, dass der Mendler Benzin im Schuppen hat und anderes Zeug, das gut brennt. Und immer ein, zwei Kästen Bier. Das Zeug haben wir vorher schon gesucht und hergerichtet, in den Stadel reinzukommen war ja gar kein Problem. In der Dämmerung hätt unser Feuerchen losgehen sollen.«

»Und Karin Kruse? Warum kam sie dort vorbei?«, hakte Maier ein. »Sie wollte doch sicher nicht bei diesem Blödsinn mitmachen? Oder kam sie, um Sie daran zu hindern.«

»Nein, Quatsch. Die ist zufällig vorbeigekommen. Der Hagen hat immer gesagt, wahrscheinlich, weil sie sich mit dem Mendler treffen wollt, oben im Schuppen.«

Kluftinger runzelte die Stirn. Er hätte an dieser Stelle eingehakt – was Lucy Beer im Nebenzimmer prompt tat.

»Wie meinen Sie das: Sie wollte sich mit ihm treffen?«

»Ja, verstehen Sie das denn immer noch nicht? Zum Bumsen, Herrgottzack! Der Paul, der war von Anfang an scharf auf die Kruse. Schon wie wir noch gar nicht wussten, dass sie unsere Lehrerin wird. Irgendwann, da hat er sie auch rumgekriegt. Sie hat ihm ... Sie wissen schon. Von da an war der ihr verfallen. Hätt alles für sie gemacht. Bloß war ihr das irgendwann zu blöd. Weil sie, wahrscheinlich aus Mitleid oder so, mal mit ihm rumgemacht hat, wollt sie doch nicht ihren Job los sein. Immerhin war er ihr Schüler. Also hat sie alles ganz schnell wieder beendet und stattdessen mit dem Mendler rumgevögelt. Was das halbe Dorf gewusst hat, nur die gute Frau Mendler anscheinend nicht.«

Kluftinger sog scharf die Luft ein.

»Das hat dem Paul natürlich den Rest gegeben: Seine erste große Liebe, auf und davon mit einem anderen, älteren, verheirateten Mann. Was meinen Sie, wie eifersüchtig der war! Der ist denen hinterher und hat ihnen zugeschaut und so. Erst wollt er der Alten vom Mendler alles stecken, aber dann hat er sich mehr auf die Kruse konzentriert. Er hat ihr richtig nachgestellt und sich selber immer mehr reingesteigert. Na ja, bis zu diesem … Scheißtag, wo dann alles eskaliert ist.«

»Verstehe«, erklärte Maier ruhig. »Und dann haben Sie und die anderen drei fünfzehn- oder sechzehnjährigen Jungen eiskalt beschlossen, man müsste jetzt die Leiche der Lehrerin beseitigen, was natürlich am besten geht, wenn man sie mit Benzin übergießt und auf einem Scheiterhaufen verbrennt? Tut mir leid, aber das alles hört sich nicht plausibel an. Wenn ich mir Jungs in dem Alter vorstelle, denen so was passiert – dann seh ich bloß Panik und keine solche Abgebrühtheit.«

»Was Sie sehen, ist mir scheißegal. Weil es so war.«

»Ach ja? Was hat Sie denn damals zu so kaltblütigen Typen gemacht? Hatten Sie so viel kriminelle Energie?«

Kreutzer atmete tief ein. »Okay, ja, also … ganz allein waren wir nicht. Scheißegal, jetzt kann ich's ja sagen: Wir haben Hilfe gekriegt. Auch durch Zufall.«

»Was soll das heißen?« Lucy Beer war verwirrt.

»Der alte Lederer, dem Hubse sein Vater, der ist vorbeigekommen. Er hat uns gesehen – und hat dann praktisch … so ein bisschen das Heft in die Hand genommen bei der ganzen Sache. Er hat sich hingekniet, ihren Puls kontrolliert, nachgeprüft, ob die Kruse tot ist. Und hat dann die Idee gehabt, dass wir im Schuppen das T-Shirt von ihr deponieren und alles so ausschauen lassen, als hätt der Mendler sie ans Kreuz gebunden und angezündet. Der Paul hat das Shirt dann da rein, der war eh für nix anderes mehr zu gebrauchen, so wie der gezittert hat.«

Hefele und Kluftinger tauschten einen erstaunten Blick. Das mit Lederers Vater war eine Wendung, die sie so bislang nicht auf dem Schirm gehabt hatten. Auch wenn man ihn nach über drei Jahrzehnten für die Verschleierung eines Kapitalverbrechens nicht mehr juristisch belangen konnte – sie mussten dringend mit dem Senior reden.

»Und Huberts Vater hatte auch die Idee mit dem Verbrennen?«

»Schon, glaub ich. Was weiß ich denn? Ich war bloß zur falschen Zeit am falschen Ort, hab ich doch schon gesagt!«

Sofort bemerkte Maier: »Na ja, Sie haben schon so viele verschiedene und widersprüchliche Geschichten erzählt, da kann man schnell mal den Überblick verlieren.«

Kreutzer schlug mit der flachen Hand auf die Tischplatte. »Himmelarsch! Wär ich daheimgeblieben an dem Abend und hätt ein bissle ferngesehen, wär mir einiges erspart geblieben!«

Lucy packte nun gemächlich einen ihrer Kaugummis aus, schob ihn sich in den Mund, stand auf und ging um den Tisch herum. »So, das war ja eine rührende Geschichte von den armen Jungs, die ihrem Freund einfach nur aus der Scheiße geholfen haben und dadurch selbst zu Straftätern geworden sind. Welche kommt als Nächstes?«

»Nix kommt als Nächstes, wieso?«

Jetzt stand sie direkt hinter ihm. »Na, wer genau sagt uns, dass es wirklich so war, hm? Wer sagt uns, dass Sie nicht nach einem Sündenbock gesucht haben – und das war dann der Hagen? Wer sagt uns, dass nicht *Sie* Karin Kruse umgebracht haben und die anderen *Ihnen* geholfen haben, hm?«

Kluftinger sprang auf. Was die Polizistin eben gesagt hatte, stimmte natürlich, aber sie hätte es aus seiner Sicht so nicht formulieren dürfen. Denn die einzige Antwort, die es darauf gab, lautete: niemand. Schließlich war das die Schwachstelle, der Knackpunkt an der ganzen Sache: Wenn tatsächlich alle Genannten beteiligt waren und alle weiterhin dichthielten oder sich gegenseitig beschuldigten, wie sollten sie dann den wirklichen Täter je überführen?

»Niemand«, gab Kreutzer wie erwartet zurück und erhob sich.

»Hinsetzen, sofort!«, zischte Lucy Beer und drückte den Mann ohne große Anstrengung zurück auf seinen Stuhl. »Sonst lassen wir Ihnen ruckzuck Hand- und Fußfesseln anlegen, klar?«

Kreutzer schluckte. Er wirkte eingeschüchtert. »Okay, okay. Ganz ruhig. Also, wie oft soll ich es euch denn noch sagen: Meint ihr wirklich, der Hagen hat sich zum Spaß erschossen, hm? Wieso reicht euch das nicht? Und vor allem: Wieso wollt ihr ausgerechnet mir was anhängen? Nur weil ich einem Freund aus der Patsche geholfen hab, gottverdammter Scheißdreck? Ich mein, das können ja auch andere bestätigen, dass es so war, wie ich es grad gesagt hab. Der Hubert, sein Vater, der Gernot. Fragt halt die einfach auch mal, und macht nicht immer mir die Hölle heiß!«

»Klar, weil Sie sich mit denen auf Ihre kleine Story hier geeinigt haben«, zischte Lucy.

Maier fuhr deutlich ruhiger fort: »Um das klarzustellen: Wir wollen Ihnen nichts anhängen, Herr Kreutzer. Und Sie haben völlig recht: Ein Selbstmord von Hagen, das wäre für uns schon ein ziemlich deutlicher Hinweis auf seine Schuld.«

»Sehen Sie? Was wollen Sie denn dann von mir?«

Maier lächelte. »Nein, Herr Kreutzer, Sie müssen schon genau hinhören, bitte: Ich sagte, es *wäre* ein Hinweis. Wenn es ein Selbstmord gewesen *wäre*. War es aber nicht.«

»Was?«

»Paul Hagen wurde erschossen. Es sollte nur aussehen wie ein Selbstmord. Wir sollten an die tragische Geschichte vom Suizid als spätem Schuldeingeständnis glauben. Nicht ganz schlecht gedacht, aber mies ausgeführt von Ihnen, Herr Kreutzer. Zumindest nicht gut genug für uns.«

»Wie jetzt: von mir?«

Kluftinger entging nicht, dass der Vernommene immer wortkarger wurde. Ein weiteres Zeichen für seine wachsende Anspannung.

Luzia Beer sagte in einem Tonfall, als spräche sie mit einem begriffsstutzigen Kind: »Herr Kreutzer, wer soll's denn sonst gewesen sein, der den Hagen ausgeschaltet hat, hm?« Dann wurde sie auf einmal laut: »Sie tischen uns hier eine Lüge nach der anderen auf, und wir sollen Ihnen die ganzen Storys abkaufen?«

»Was heißt da Lügen?«

»Zum Beispiel wissen wir, dass nicht etwa Sie und Paul Hagen im Wald waren und unseren Chef angegriffen haben«, antwortete Maier, »sondern dass Sie Hubert Lederer dabeihatten.«

Kreutzer zuckte zusammen. Kluftinger hätte ihm diese Erkenntnis gern selbst entgegengeschmettert, schließlich hatte er es gerade erst mithilfe der Kinder herausgefunden – aber er war andererseits auch beruhigt, weil er sah, wie gut Maier und Lucy Beer sich im Gespräch mittlerweile ergänzten. Sie ließen ihrem Gegenüber keine Atempause, umkreisten ihn, versetzten ihm kleine Nadelstiche und nahmen ihn verbal in die Mangel.

»So, und falls gleich Fragen kommen«, legte Lucy nach, »verlassen Sie sich drauf, wir werden Ihnen nachweisen, dass Sie Hagen auf dem Gewissen haben. Und Lederer hat Ihnen geholfen.«

»Was wollen Sie mir denn noch alles in die Schuhe schieben? Ich hab Ihnen doch jetzt alles gesagt! Zum Beispiel, dass ich mitgeholfen hab, die tote Lehrerin zu beseitigen.«

Offensichtlich wollte Kreutzer vom eigentlichen Thema ablenken. Die beiden Beamten sahen den Mann an und warteten, bis er von sich aus weitersprach.

»Das war auch von uns nicht okay, damals, seh ich ja ein. Wir hätten alles der Polizei sagen sollen. Aber wir waren doch noch Buben. Egal, es war eben, wie es war. Das ist alles längst verjährt. Und ich hab gesagt, dass ich im Wald war, aber auch da hab ich nichts Schlimmes gemacht, sondern im Gegenteil Schlimmeres verhindert. Aber bitte, dann hängen Sie mir halt ne Körperverletzung an. Dass ich aber den Paul ermordet hätte ... also, was ich nicht war, können Sie mir auch nicht nachweisen. Und dafür kann mich auch niemand verurteilen. Basta.«

Maier schüttelte den Kopf. »An Ihrer Stelle würde ich jetzt mal mit der ganzen Wahrheit rauskommen, was die Rolle von Lederer angeht. Sie reiten sich selber doch immer mehr rein. Sie haben zwar ein beeindruckendes Zutrauen in unseren Rechtsstaat, aber Sie wissen schon, dass es in dem Fall bereits zuvor einen Justizirrtum gab?«

»Justizirrtum?«, blaffte Kreutzer. »Ich denke, das war eher ein krasser Ermittlungsfehler von euch Polizisten, vor allem von eurem Chef!«

»Stimmt leider«, murmelte Kluftinger.

Kreutzer hatte sich im Nebenzimmer mittlerweile so in Rage geredet, dass er die Worte regelrecht ausspie. Er wischte sich über den Mund und hieb mit der Faust auf den Tisch. »Schließlich seid ihr auf die Finte von uns Bauernbuben reingefallen und habt die Geschichte vom Mendler geglaubt, der sich heimlich mit der Kruse getroffen hat, oben in der Scheune. Bloß weil wir ein T-Shirt da reingelegt haben. Schön blöd, ganz ehrlich!«

»Ganz ruhig, Kreutzer, ganz ruhig, ja?«, mahnte ihn Lucy Beer. »Regen Sie sich nicht so auf. Und hören Sie auf, uns zu verarschen. Wir werden aus Hagens Wohnung und seiner Terrasse jede Menge Spuren von Ihnen haben, wenn unser Labor mit der Auswertung fertig ist. Haare, Hautschuppen, Ihre abgelatschten Schuhe. Verlassen Sie sich drauf: Wenn Sie bei Hagen in Hegge waren, dann finden wir was – und dann sind Sie auch noch wegen Mordes an Ihrem ehemaligen Kumpel dran.«

»Moment, Moment! So läuft das hier nicht! Bloß weil ich da vielleicht mal war, heißt das ja nix.«

Maier witterte sofort seine Chance: »Ach ja? Irgendwann?

Hagen wurde aber zufälligerweise mit der Dienstwaffe unseres Kommissariatsleiters erschossen, derer Sie sich im Wald zuvor bemächtigt haben.«

»*Derer ich mich* … Herrgott, redet ihr alle so geschwollen daher? *Bemächtigt*. Ich …«

Auf einmal hielt er inne. Er schien mit sich zu ringen. Die Beamten warteten ab. Sie hatten ihn genau da, wo sie ihn haben wollten. Schließlich hatte es den Anschein, als hätte er eine Entscheidung getroffen. »Fuck, fuck, fuck! Okay, Ja, ich war mit dem Hubse Lederer im Wald und nicht mit dem Hagen. Der Hubse hat die beschissene Pistole gehabt, nicht ich.«

»Okay, dann also jetzt die ganz, ganz arg wahre Geschichte zum Überfall im Wald, oder wie?«, fragte Lucy.

Kleinlaut fuhr Kreutzer fort: »Die Wahrheit hab ich euch eigentlich fast schon erzählt. Ersetzt einfach Paul Hagen durch Hubert Lederer. Alles andere stimmt.«

»Moment«, wandte Maier ein, »Sie sagen also, Lederer hatte Sie darum gebeten, ihn in den Wald zu begleiten?«

Kreutzer schwieg, was Maier als Bestätigung auffasste. »Und er wollte das, weil er damals die Kruse umgebracht hat? Weil Sie nicht Hagen, sondern ihn mit der toten Frau vorgefunden haben, als Sie mit den anderen beim Kreuz in Opprechts ankamen? Wollen Sie das sagen? Alles, was Sie uns über Hagen sagten, soll jetzt auf Lederer zutreffen?«

»Scheiße, fragen Sie ihn doch selber. Ich sag jedenfalls nix mehr.«

»Das werden wir, verlassen Sie sich drauf.«

Lucy Beer gab sich noch nicht geschlagen: »Eins noch: Wann kam euch beiden, Lederer und Ihnen, die Idee, Hagen umzubringen und es wie Selbstmord aussehen zu lassen, um von euch als Frauenmörder und Polizistenentführer abzulenken?«

»Was heißt da Idee? Lederer soll's euch selber sagen, verdammt! Los, fragt ihn doch! Soll ich ihn anrufen, dass er herkommt?«

»Klar. Vielleicht möchten Sie ihm dann gleich noch eine SMS schreiben, welche von den zahllosen Varianten des immer selben Märchens, die Sie uns aufgetischt haben, gerade gilt?«, flötete Maier süßlich, dann zischte er Kreutzer ein »Verhör beendet« entgegen und ließ ihn von den beiden uniformierten Beamten der Schutzpolizei, die auf dem Korridor gewartet hatten, abführen.

Kluftinger lief auf den Gang und rief den Polizisten und ihrem Gefangenen hinterher: »Ach ja, Kollegen, untersucht ihn bitte ordentlich, nicht dass er doch noch irgendwo ein Handy stecken hat, mit dem er seinen Kumpel erreichen kann, gell?« Auch wenn er wusste, dass sie das sicher schon längst getan hatten, sollte Kreutzer mitbekommen, dass er alles mit angehört hatte.

Der warf dem Kommissar über die Schulter einen bitterbösen Blick zu, dann spuckte er aus.

Erleichtert folgte der Kommissar Hefele in den Vernehmungsraum, in dem Maier eben die Fenster öffnete.

»Respekt, Kollegen«, sagte Kluftinger, als er eintrat. »Tolle Gesprächsführung, gute Teamleistung, super Ergebnis.«

»Das Kompliment kann ich nur weitergeben. Die Lucy und ich, wir haben richtig gut harmoniert.«

Die Polizistin grinste. »Na ja, Sie waren auch nicht ganz schlecht, Kollege Maier.«

»Das mit dem *Sie* sparen wir uns in Zukunft. Ich bin der Richard.« Damit ging er auf sie zu und reichte ihr die Hand.

»Richard? Darf ich nicht vielleicht auch Richie sagen wie alle anderen? Dann müssen Sie … dann musst du dir auch nicht einen an der Luzia abbrechen, sondern kannst mich Lucy nennen.« Sie zwinkerte dem Kollegen zu.

»Na ja, das ist vielleicht noch zu …« Maier hielt inne und blickte die Kollegen an, die ihm zunickten. »Sicher, ich hab nix dagegen«, sagte er schließlich. An Kluftinger gewandt ergänzte er: »War absolut die richtige Entscheidung, uns beide das machen zu lassen, Chef. Mit dir wär das vielleicht nicht ganz so glatt verlaufen wie mit der Lucy.«

Kluftinger atmete tief durch und klopfte seinem Kollegen auf die Schulter. »Du findest einfach immer die richtigen Worte, Richie.«

– 43 –

Kluftinger hatte allen eine kleine Pause verordnet, die sie dankbar genutzt hatten, um etwas zu essen oder einfach nur ein bisschen frische Luft zu schnappen, bis es mit der Vernehmung von Hubert Lederer junior weitergehen würde. Der war in der Zwischenzeit verhaftet und in die Dienststelle gebracht worden.

Der Kommissar hatte sich keine Auszeit gegönnt, er war in seinem Büro geblieben und hatte über der Akte gebrütet. Obwohl nun einiges klarer war, lag über der Tatnacht noch immer ein Nebel, den er nicht durchdringen konnte. Was war damals genau passiert? Was von dem, was Kreutzer eben von sich gegeben hatte, stimmte? Welche Version entsprach der Wahrheit? War es wirklich Lederer gewesen? Sicher, die Ahnung, die Kluftinger hatte, verfestigte sich immer mehr. Doch beweisen konnte er noch nichts. Die nächsten Stunden würden darüber entscheiden, ob er den Fall je endgültig würde abschließen können.

Als seine Kollegen aus der Pause zurückkamen, versammelte er sie in seinem Büro, um das weitere Vorgehen zu besprechen. Mitten in diese Unterredung platzte die Nachricht von Willi Renn, dass sie mikroskopisch kleine Schmauchspuren an Lederers rechter Hand gefunden hatten. Außerdem hatte es jede Menge Übereinstimmungen mit Faserspuren am Tatort in Hegge gegeben, sogar an der Kleidung des Toten selbst. Das würde vermutlich ausreichen, um ihn des Mordes an Paul Hagen zu überführen. Diese Neuigkeit mussten sie erst einmal sacken lassen.

Nachdem sie eine Weile ohne ein Wort dagesessen hatten, begann Kluftinger, seine Gedanken in Worte zu fassen. »Hört zu, ich will nicht, dass ihr mich falsch versteht. Es ist ein Erfolg, dass wir dem Lederer den Mord nachweisen können. Und natürlich ist ein Leben so viel wert wie das andere, aber …« Er wusste nicht genau, wie er fortfahren sollte.

Hefele übernahm das für ihn: »Aber du willst wissen, wer die Kruse auf dem Gewissen hat.«

Kluftinger nickte. »Danke, Roland, das wollt ich damit sagen. Wobei: Ich denk ja, dass ich das weiß, aber ohne Beweise nützt mir das einen Scheißdreck.«

Überrascht blickten ihn die anderen an. So eine Ausdrucksweise waren sie von ihrem Vorgesetzten nicht gewohnt. Es zeigte ihnen einmal mehr, wie nah ihm die Sache ging, wie persönlich er das alles nahm. Kein gutes Zeugnis für einen Kriminalbeamten, musste der Kommissar sich eingestehen. »Hört zu, ich will, dass ihr das Verhör vom Lederer auch wieder übernehmt«, sagte er deswegen.

Maier blickte erst Luzia Beer, dann Hefele an, beide nickten ihm zu. Dann erklärte er: »Wir drei haben gerade schon darüber gesprochen.«

Kluftinger hob überrascht die Augenbrauen. »So, habt ihr das?«

»Ja, und wir sind zu dem Schluss gekommen, dass du das diesmal selber machen musst.«

Er schwieg.

»Sonst bringst du das nie für dich zum Abschluss«, ergänzte Hefele.

Und Lucy Beer fügte hinzu: »Und keiner weiß so viel über die Sache wie Sie.«

Der Kommissar schaute einen nach dem anderen an. »Das habt ihr euch ja schön ausgedacht. Aber ihr habt vermutlich recht.« Jetzt, wo die Entscheidung gefallen war, fühlte er sich erleichtert. »Unter einer Bedingung allerdings: Ihr müsst zuschauen. Alle. Und sofort eingreifen, wenn ihr das Gefühl habt, dass ich mich in was verrenne, es zu persönlich wird, ich den Überblick verlier ...«

»Auf jeden Fall!«, unterbrach ihn Lucy Beer.

Mit einem tiefen Seufzer erhob sich Kluftinger. »Dann lasst uns das jetzt gemeinsam zu Ende bringen.«

– 44 –

Die Spannung in dem kleinen Verhörraum, in dem der Kommissar Hubert Lederer junior gegenübersaß, war mit Händen zu greifen. Seit Minuten saßen sie schweigend da. Lederer rieb sich nervös die Handgelenke, die bis vor Kurzem noch in Handschellen gesteckt hatten.

Jetzt gilt's, sagte Kluftinger sich immer wieder, was die Sache nicht eben leichter machte. Er war sich sicher, dass er dem Mörder von Karin Kruse in die Augen blickte. Mehr noch: einem Doppelmörder. Alles passte zusammen, hatte sich zu einem Bild gefügt, das, wenn auch in den Details verschwommen, klar den Täter zeigte: Hubert Lederer junior. Den Mord an Hagen konnte er ihm bereits nachweisen, den an der Lehrerin nicht. Noch nicht. Am Ende des Verhörs würde sich zeigen, ob es ihm gelingen würde, ihn auch dafür zur Rechenschaft zu ziehen. Bedächtig griff Kluftinger nach seinem Wasserglas, nahm einen Schluck und begann zu sprechen: »Herr Lederer … oder darf ich Hubert sagen?«

Sein Gegenüber blieb stumm.

»Hubert, es ist so: Ich weiß jetzt, wie alles war. Wie es abgelaufen ist.« Das stimmte zwar nicht ganz, aber es war auch nicht die Unwahrheit, denn das, worauf es wirklich ankam, glaubte er zumindest zu wissen. »Aber ich muss es von Ihnen hören. Jetzt. Nicht für mich. Es geht um Sie. Einerseits, weil es sich auf Ihr Strafmaß auswirkt, wenn Sie jetzt reden. Aber auch, und das ist noch viel wichtiger, weil Sie sonst nie mit sich ins Reine kommen.« Kluftinger fragte sich, ob der letzte Satz nicht eher ihm selbst gegolten hatte. Weil Lederer noch immer schwieg, fuhr er fort: »Fangen wir mit Hagen an. Ihrem Freund Paul Hagen. Was ist passiert, als Sie ihn vorgestern Abend in seiner Wohnung in Hegge besucht haben?«

Lederer hob den Kopf, blickte ihm in die Augen und antwortete: »Mein Anwalt hat gesagt, dass ich gar nix sagen muss.«

Nickend bestätigte der Kommissar diese Aussage. »Gut, dann erzähle ich Ihnen, was abgelaufen ist: Sie haben Ihren Freund besucht, weil er für Sie schon immer ein Problem war. Ein Risiko, weil er sich nicht Ihrem Schweigegelübde unterwerfen wollte. Weil er als Anwalt viel besser Bescheid gewusst hat über Mord, Beihilfe und vor allem über Verjährungsfristen. Weil er nicht mehr belangt werden konnte für die Tat von damals, in die Sie ihn hineingezogen haben. Und weil er nicht mehr mit dieser Schuld leben wollte, auch wenn es in seinem Fall nur eine Mitschuld war. Vielleicht haben Sie gar nicht vorgehabt, ihn umzubringen. Ihre Aussage könnte das klären. Aber andererseits stellt sich dann die Frage, warum Sie die Waffe dabeihatten. Die Waffe, die Sie und Ihr Freund Kreutzer mir abgenommen haben, vor ein paar Wochen im Wald. Als ich hilflos am Boden lag und Sie beide sich unterhalten haben, wie Sie mich *wegschaffen*, wie Sie mit mir *Schluss machen*.«

Jetzt hob Lederer den Kopf. Ganz offensichtlich hatte der Kommissar mit seinen Vermutungen ins Schwarze getroffen.

»Ja, da schauen Sie, gell? Der Kreutzer hat uns alles erzählt. Der will auch nicht länger den Kopf für Sie hinhalten.«

»Sie können mir nix beweisen.«

»Da irren Sie sich. Den Mord an Hagen haben wir Ihnen schon nachgewiesen. Sie können keine Waffe abfeuern, ohne dass sich winzige Partikel in ihrer Hand festsetzen, die man auch mit noch so viel Wasser und Seife tagelang nicht wegbringt. Das weiß doch eigentlich fast jeder heutzutage. Außer Ihnen und Kreutzer anscheinend. Und genau diese Partikel hat mein Kollege auf Ihren Fingern gefunden.« Diese Information verfehlte ihre Wirkung nicht. Kluftinger konnte sehen, wie Lederers Widerstand bröckelte. »Wollen Sie dazu was ergänzen?«

Lederer schwieg, sein Gesicht in die Hände gestützt.

»Na gut, dann wüsste ich gern, warum Hagen sterben musste. Weil er nicht mehr länger für Sie schweigen wollte?«

Lederer haute auf einmal mit der Hand auf den Tisch. »Schwachsinn! Weil er die Karin umgebracht hat, zefix!«, brüllte er, was letztlich einem Geständnis gleichkam.

»Wer? Der Hagen?«

»Ja, der Pauli, die Drecksau. Und weil er damit davongekommen ist. Weil Sie den Mörder von ihr haben davonkommen lassen.« Der Mann blickte Kluftinger mit geröteten Augen an.

Der letzte Satz hatte gesessen. Lederer hatte recht. Er hatte den Mörder davonkommen lassen. Doch er war sich sicher, dass es nicht Hagen war. Trotzdem ließ er Lederer seine Geschichte weitererzählen. Ermunterte ihn sogar dazu. »Also, was ist damals passiert, am Funkensonntag im Jahr 1985?« Nur mit Mühe konnte Kluftinger seine Aufregung unterdrücken.

Lederer begann zu reden: »Wir waren junge Burschen, bissle aufmüpfig vielleicht, aber nicht unrecht. Und wir hatten uns verabredet an diesem verfluchten Funkensonntag. Weil wir keinen Bock hatten auf diese spießige Feier im Dorf mit Blasmusik und Bürgermeister. Wir wollten unser eigenes Feuer machen. Mit vernünftiger Musik und bissle was zu saufen.«

Vor seinem geistigen Auge sah Kluftinger die Situation nun deutlich vor sich: Die vier Jugendlichen, frierend auf den Paletten, die sie verfeuern wollten, eine Flasche Bier in der Hand, einen scheppernden Kassettenrekorder daneben. Sie warteten auf die Dämmerung. Aufgekratzt wie er, der sich zur selben Zeit für seine erste eigenverantwortliche Streife im Ort bereit machte.

»Dann kam sie angefahren auf ihrem Rad. Als würde sie einen weißen Schimmel reiten. Wir wussten schon, wo sie hinwollte. Hat jeder gewusst, der es wollte. Mit dem Mendler hat sie's getrieben.« Lederer spuckte die Worte geradezu aus. Dann bremste er sich und fuhr etwas ruhiger fort: »Als der Hagen sie gesehen und gecheckt hat, wo sie hinwollte, ist er ausgetickt. Die hat doch immer bloß mit ihm gespielt. Aber er war richtig verliebt in sie. Ich mein, *sie* hat *ihn* ja angemacht, am Anfang. Aber als ihr das dann zu heiß geworden ist, mit einem Minderjährigen, ich mein ... einem Schüler, und als sie was Besseres gefunden hat, hat sie ihn fallen lassen wie eine heiße Kartoffel.« Er sprach nicht weiter.

»Und dann?«

»Und dann? Dann hat er sich ihr in den Weg gestellt. Hat sie angeschrien. Ob sie wieder zu ihrem Stecher geht. Dass er alles verraten wird, dass er zu Mendlers Frau geht und so weiter. Da hat sie angehalten und ist zu uns gekommen. Warum hat sie das bloß getan, frag ich Sie? Wär sie doch einfach wieder aufgestiegen und weitergefahren, dann wär mein Leben ... unser aller Leben anders verlaufen. Aber sie kam sich ja so toll vor, so unantastbar. Sie, die coole Lehrerin, die allen zeigt, wo's langgeht. Und wir die kleinen, dummen Buben. Doch sie hat die Rechnung ohne den Pauli gemacht. Der ist mit einem Mal auf sie los, hat auf sie eingeschimpft, geschrien, war außer Rand und Band. Und sie? Hat gelacht und ihn gar nicht ernst genommen. Irgendwann hat er dann völlig die Kontrolle verloren und hat sie gepackt.« Wieder verstummte der Mann.

»Und Sie?«

»Wir? Ich weiß auch nicht, wir haben eben irgendwann einfach mitgemacht.«

Kluftinger wollte nun endlich die ganze Geschichte hören. »Mitgemacht?«, fragte er.

»Ja, Sie wissen schon. Herrgott, muss ich deutlicher werden? *Er hat sie sich gepackt*, verstehen Sie? Wir aber nicht, wir haben sie nur ... festgehalten.«

Der Kommissar sog scharf die Luft ein. Er hatte so etwas befürchtet, nun aber wurde es zur schrecklichen Gewissheit: Die junge Frau war vor ihrem Tod vergewaltigt worden.

»Der Pauli hat sie nicht ... er hat sich nicht an ihr vergangen, wenn Sie das meinen. Nicht ... richtig«, beeilte sich Lederer zu sagen.

»Nicht?« Kluftinger war verwirrt.

»Nein, er wollte, aber ... er konnte nicht.«

»Hat er Skrupel gekriegt?«

»Nee, keinen hoch hat er gekriegt.« Lederer lachte schrill auf.

Kluftinger war ganz und gar nicht zum Lachen zumute. Er stellte sich die Situation vor: die kräftigen Burschen, angetrunken, die Karin Kruse johlend auf die Holzpaletten zerren, halb entblößt, bei klirrender Februarkälte. Langsam wird ihr klar, dass sie sich verschätzt hat, dass sie gegen diese aufgepeitschten jungen Männer keine Chance hat. Ob sie da schon ahnte, dass es hier um ihr Leben ging? Weil es kein Zurück mehr gab für die Schüler, die sie alle kannte? Er schauderte. Dennoch gab es einen Unterschied zwischen Kluftingers Vorstellung und den Schilderungen seines Gegenübers. Vor dem geistigen Auge des Kommissars war es nicht Hagen, der mit offener Hose über der Lehrerin kniete. Nein: Er sah Hubert Lederer. Trotzdem ließ er ihn weitererzählen.

»Dann hat sie angefangen, sich zu wehren. Sie hat gefühlt, dass er schwach ist, und hat mit den Fäusten auf ihn eingetrommelt und geschrien. Das war zu viel für Pauli, bei dem ist eine Sicherung durchgebrannt. Er hat auf sie eingedroschen, immer wieder, wir waren geschockt, erstarrt, während er sie geschlagen hat. Verstehen Sie?«

Kluftinger sah Lederer, der die Lehrerin mit Fäusten traktierte, während die anderen nur herumstanden – ein schreckliches Bild.

»Und dann war sie auf einmal still dagelegen. Ganz schlaff irgendwie. Hat sich nicht mehr gerührt. Ich weiß nicht mal, wie das zugegangen ist. Er hat sie geschlagen, okay. Aber nichts von dem, was Hagen gemacht hat, hätte sie umbringen dürfen. Ehrlich. Wir sind erst mal ein Stück weg. Aber wissen Sie, was krass war? Als wir sie dann nachher umgedreht haben, um sie wegzuschaffen ... da haben wir gemerkt, dass sie stark geblutet hat ... wir wussten gar nicht richtig, was da passiert ist.« Tränen liefen Lederer jetzt über die Wangen.

Der Kommissar gab ihm einen Augenblick, um sich zu beruhigen, bevor er fragte: »Sie hat stark geblutet?« Diesen Punkt hatte auch Kreutzer erwähnt. Aber die geschilderten Schläge hätten eine so starke Blutung nicht erklären können. War Karin Kruse Bluterin gewesen? Davon stand nichts in den Akten.

»Ja, wie ein ... sehr stark jedenfalls. Wir waren alle voller Blut, danach. Jedenfalls, als sie da lag und auch nicht mehr zu sich gekommen ist, da ist uns klar geworden, dass sie tot war. Und wir waren mit schuld dran, irgendwie. Mein Gott, wir waren Buben, wir hatten Angst. Und da haben wir ihm geholfen, sie zu ...« Lederer sprach nicht weiter.

Auch der Kommissar brauchte erst einen Moment, um die Bilder in seinem Kopf zu verarbeiten. »War das alles?«, wollte er dann wissen.

Entgeistert blickte ihn Lederer an. »Reicht das vielleicht nicht?«

»Nun ja, nicht ganz. Was ist mit Ihrem Vater?«

»Was soll mit dem sein?«

»Wann wollten Sie uns von seiner Beteiligung erzählen?«

Der Mann holte tief Luft. »Der Klausi, verstehe! Wenn Sie eh alles wissen, was brauchen Sie mich dann überhaupt noch?«

»Das habe ich Ihnen doch vorher schon erklärt.«

»Ja, also gut, mein Vater kam irgendwann dazu. Er hat sofort gesehen, was los war. Und hat uns geholfen. Das hat der Paul ausgenutzt. All die Jahre hat er gedroht, dass mein Vater auch dran wär, wenn was rauskäme. Dabei hat der doch nichts dafürgekonnt, er wollt uns nur helfen, dass wir nicht alle in den Knast müssen.«

In diesem Moment öffnete sich die Tür. Erschrocken wandten die beiden den Kopf. Das plötzliche Geräusch hatte sie wie aus einer Trance gerissen. Es war Lucy Beer, und augenblicklich spürte Kluftinger Wut in sich hochsteigen. Wie konnte sie ihn nur bei so einer wichtigen Sache unterbrechen? Eine Gesprächsatmosphäre in einem Verhörzimmer herzustellen, die den Verdächtigen zum Reden animierte, war eine äußerst diffizile Angelegenheit. Eigentlich hatte er ihr, vor allem seit ihrer Vernehmung mit Maier, mehr Intuition zugetraut. Die junge Polizisten kam näher, beugte sich zu ihm und flüsterte ihm etwas ins Ohr. Sofort war Kluftingers Ärger wie weggeblasen. Das änderte alles. »Danke, Lucy«, sagte er ruhig.

Er wartete, bis sie die Tür hinter sich geschlossen hatte, dann blickte er zu Lederer. Die Neugierde in dessen Augen war ebenso groß wie die Verunsicherung, die die kleine Szene eben bei ihm ausgelöst haben musste. Kluftinger ließ sie noch ein wenig wachsen, dann sagte er: »Ich habe gerade eine Information erhalten, die Ihre Lage leider extrem verschlechtert. Wollen Sie mir nicht doch noch was sagen? Das ist Ihre letzte Chance.«

Es war deutlich zu sehen, wie der Mann mit sich rang, doch schließlich erklärte er: »Ich hab schon zu viel gesagt.«

»Gut, vielleicht bringt Sie das hier ja wieder zum Reden: Es gibt da ein Taschentuch, wahrscheinlich wissen Sie gar nichts davon. Das hat ein bislang Unbekannter bei Karin Kruse hinterlassen, der ein paar Tage vor ihrem Tod spät bends noch bei ihr zu Besuch war. Es gab wohl einen lautstarken Streit, dann eine handgreifliche Auseinandersetzung. Am Ende war der ominöse Besucher verschwunden, aber das Taschentuch blieb zurück. Und nicht nur das.« Kluftinger zog auffordernd die Brauen nach oben, doch Lederer schien noch immer nicht gewillt, über die Brücke zu gehen, die er ihm hier baute.

»Sondern?«, fragte er ungeduldig.

»Sondern auch das Blut, das an diesem Taschentuch klebte. Das Blut des Besuchers, der beim Handgemenge mit der Lehrerin verletzt worden ist. Und was soll ich Ihnen sagen: Mit neuesten Polizeimethoden kann man selbst aus so alten Spuren noch Beweismaterial gewinnen. Wir haben es untersucht. Das Blut weist eindeutig Lederer-DNA auf.«

Der Mann vor ihm sprang auf und brüllte: »Was für einen Scheiß wollen Sie mir da anhängen? Ich weiß weder was von einem Tuch, noch war ich je in der beschissenen Pension von der Rimmele.«

Wieder ging die Tür auf, und der Wachmann, der davor postiert war, stürmte herein. Kluftinger gab ihm zu verstehen, dass er sich zurückhalten solle. Dennoch hielt er es für besser, wenn er zu seinem Schutz im Raum blieb. Lederer war voller Adrenalin, es war nicht abzusehen, wie er sich weiter verhalten würde. »Dass die Frau Kruse bei der Rimmele gewohnt hat, wussten Sie also?«

»Hallo? Das wussten doch alle! Inzwischen macht sie sogar Führungen zum Tatort. Mit Ihrem Vater, wie ich gehört habe.«

Es war dem Kommissar unangenehm, dass das nun sogar ins Verhörprotokoll eingehen würde, doch er ließ sich nicht ablenken. »Hubert, was soll denn das alles noch? Wir haben den Beweis, dass Sie die Frau Kruse gekannt haben. Näher. Sonst wären Sie ja nicht nachts bei ihr gewesen, oder?«

Mit weit aufgerissenen Augen starrte der Mann den Kommissar an, seine Hände schlossen sich zur Faust, worauf der uniformierte Polizist einen Schritt nach vorn tat. Doch dann sackte Lederer regelrecht in sich zusammen, ließ sich in seinen Stuhl fallen und presste hervor: »Na gut, es stimmt.«

»Was stimmt.«

»Die Karin und ich, wir ... haben uns geliebt.« Nach einer Pause hob er den Kopf: »Aber ich war nie bei ihr. Und umgebracht hat sie der Hagen, die Drecksau. Weil er eifersüchtig war. Weil er doch auch in sie verknallt war. Wie alle. Aber gewollt hat sie nur mich.«

»Und den Herrn Mendler offenbar.«

»Der hat sie doch nur ausgenutzt.«

»Und Sie nicht?«

»Nein, bei uns war es echte Liebe.«

»Sie bleiben also dabei: Sie haben ihr nichts getan?«

»Das hätt ich niemals gekonnt.«

Jetzt packte Kluftinger die kalte Wut. »Ach ja? Warum haben Sie ihr dann nicht geholfen, als Hagen sie vergewaltigen wollte, hm? Warum haben Sie sie denn noch festgehalten und zugesehen, wie er sie totgeprügelt hat?« Er dachte an den Brief, den er bei Kruses Mutter gesehen hatte. »Haben Sie ihr nachgestellt, gegen ihren Willen?«

»Wer das sagt, ist ein Lügner.«

Ob er ihn jetzt schon mit dem Inhalt des Schreibens konfrontieren sollte? Kluftinger entschied sich dagegen. »Und der Herr Hagen ...«

»Ich sag doch: Der hat sie umgebracht, weil er eifersüchtig war. Weil der Krüppel nie eine abgekriegt hätte, schon gar nicht so eine. Klar hätt ich ihr helfen sollen. Aber ich war auch sauer auf sie, dass sie mit dem Mendler gebumst hat.«

Kluftinger blickte ihn lange an. Ihm war klar: Er würde bei seiner Version bleiben, dass Paul Hagen der Täter war. Wenn nicht aus Affekt, wie zunächst behauptet, dann eben aus Eifersucht. Und sie konnten rein gar nichts dagegen tun. Denn sie waren auf ein Geständnis angewiesen. Schon wieder.

Oder gab es doch eine Möglichkeit?

Er ging im Geiste alle Fakten durch. Hatte er etwas übersehen? Aber sosehr er sich auch das Hirn zermarterte, es blieb nur die niederschmetternde Erkenntnis, dass Lederer gestehen musste. Doch warum sollte er von seiner Aussage abrücken? Kluftinger spürte, wie das Verlangen in ihm aufstieg, das ersehnte Geständnis aus dem Mann herauszupressen. Er war sich sicher, dass er Kruses Mörder vor sich hatte. Doch was, wenn er sich irrte? Schon einmal hätte er darauf schwören können, den Richtigen erwischt zu haben, schon einmal hatte er einem Menschen ein falsches Geständnis abgerungen. Nein, diesen Weg würde er nicht noch einmal gehen. Dennoch startete er einen letzten, verzweifelten Versuch.

»Hubert, bitte, mach dich nicht unglücklich. So viele Menschen haben wegen dieser Sache schon gelitten. Du kriegst sowieso lebenslänglich, wegen dem Mord an Hagen. Warum machst du nicht endlich reinen Tisch? Wenn du es nicht für dich tust, dann wenigstens für den Seelenfrieden dieser Leute: Karins Eltern, Mendlers Familie. Du hast die Frau doch angeblich geliebt.«

Für einen Moment konnte er sehen, dass Lederer drauf und dran war zu reden. Doch es war nur eine Sekunde, ein flüchtiger Augenblick, dann hatte sich sein Gegenüber wieder im Griff. »Ich kann nix gestehen, was ich nicht getan habe«, schloss er, verschränkte die Arme und lehnte sich in seinem Stuhl zurück. Aus ihm war nichts mehr herauszubekommen, das spürte der Kommissar. Er gab dem Polizisten ein Zeichen, woraufhin dieser Lederer wieder Handschellen anlegte und ihn aus dem Raum führte.

Kluftinger blieb noch sitzen. So viel ging ihm durch den Kopf. So nahe war er der Lösung gewesen. Nun musste er sich damit begnügen, dass es zumindest eine andere Art von Gerechtigkeit war, die hier waltete: Er würde Lederer nicht für den Mord an Karin Kruse zur Rechenschaft ziehen können, aber für den Mord an Paul Hagen, da war er sicher. Die Indizienlage war stichhaltig, und er hatte kein Alibi für die Tatzeit vorbringen können. Genauso wenig wie sein Komplize Kreutzer. Dafür würde er lange einsitzen, vermutlich sogar lebenslänglich. War das nicht genug? War das Ergebnis nicht dasselbe? Nein, das war es nicht. Trotz allem blieb Karin Kruses Tod ungesühnt. Das Versprechen, das er ihrer Mutter und Harald Mendler gegeben hatte, konnte er nicht erfüllen. Der Täter saß im Gefängnis, aber für etwas anderes.

Die Akte Karin Kruse würde eine Narbe bleiben, die nie verheilte.

– 45 –

Kluftinger hatte sich in sein Büro verzogen, ohne vorher im Nebenraum bei den anderen vorbeizuschauen. Er wollte allein sein. Musste nachdenken. Der Tag hatte ihm ein Wechselbad der Gefühle bereitet. Nun brummte sein Kopf, er brauchte Ruhe.

Wie lange er so dasaß und vor sich hin brütete, wie viel Zeit verging, bis es an seiner Tür klopfte und die Kollegen hereinkamen, hätte er nicht sagen können. Minuten? Stunden? Er sah auf, blickte in ihre Gesichter und wusste, dass er nichts zu sagen brauchte – sie dachten alle das Gleiche.

Luzia Beer kam als Letzte ins Zimmer und begann als Erste zu sprechen: »Der Gernot Jansen hat am Telefon eben dieselbe Geschichte erzählt, Chef. Also von Hagens angeblicher Tat. Die sauberen Herren haben sich astrein abgesprochen«, sagte sie verärgert und ließ sich in die kleine Sitzgruppe plumpsen. Neben ihr nahm Richard Maier Platz.

Kluftinger zuckte mit den Schultern. Er fühlte sich machtlos, konnte einfach nichts ausrichten gegen diese Mauer des Schweigens, die die ehemalige Lederer-Bande errichtet hatte.

»Ich hab übrigens noch was Interessantes über Paul Hagen herausgefunden«, verkündete Maier. »Er hat Mendler während seiner Haftzeit immer wieder im Gefängnis besucht. Zum Ende hin weit öfter als vorher.«

Hefele setzte sich auf einen der Sessel und blickte zu Kluftinger hinüber, der vom Schreibtisch aufgestanden war und aus dem Fenster sah. »Und stell dir vor: Hagens Familie und die vom Mendler waren vor der Tat sogar befreundet.«

Kluftinger drehte sich um. Das waren wirklich interessante Neuigkeiten. Was würde noch alles kommen an diesem Tag? »Befreundet, hm?«, sagte er mehr zu sich selbst. »Meint ihr, der Hagen hatte ein schlechtes Gewissen und hat ihn deshalb besucht? Weil er wusste, wie es wirklich abgelaufen ist?«

»Wäre zumindest möglich«, fand Maier.

Kluftinger nickte. »Aber wie hilft uns das bei der Frage weiter, warum der Hagen hat sterben müssen?«

»Weil er auspacken wollte?«, warf Lucy ein.

Der Kommissar wiegte den Kopf hin und her. »Ich bin felsenfest überzeugt, dass es der Lederer war, der die Kruse getötet hat. Waren die anderen dabei? Nach allem, was wir wissen, ja. Aber wahrscheinlich waren sie bloß Helfer beziehungsweise Mitwisser. Und haben trotzdem all die Jahre geschwiegen. Warum nur? Und warum sollte Hagen, der Anwalt, ausgerechnet jetzt damit drohen, alles auffliegen zu lassen?«

Hefele meldete sich zu Wort. »Vielleicht, weil er gewusst hat, dass seine eigenen Taten, also Beihilfe und Verschleierung und so, längst verjährt sind.«

»Aber das sind sie doch schon länger.«

»Schon. Aber jetzt gingen die Ermittlungen wieder los. Auch gegen ihn, damit hat er rechnen müssen. Und davor hatte er Schiss. Vielleicht haben Lederer und Kreutzer ihn angerufen und gesagt, hey, die Polizei kommt und befragt dich demnächst. Und er hat ihnen gedroht, dass er auspackt. Schließlich konnt ihm nix mehr passieren.«

»Aber auch dem Kreutzer hätte eigentlich niemand mehr was anhaben können wegen damals«, warf Kluftinger ein.

»Na ja«, erwiderte Lucy, »immerhin war er bei dem Angriff auf Sie dabei. Und da hat er sich vielleicht gedacht: Sicher ist sicher. Und hat mit seinem Kumpel den Hagen aus dem Weg geräumt.«

»Vielleicht haben sie auch mitbekommen, dass er Kontakt zum Mendler hatte«, vermutete Hefele.

»So oder so ähnlich wird's wohl gewesen sein. Aber wer kann das schon genau sagen?«, versetzte Kluftinger bitter. »Wer kann überhaupt irgendwas genau sagen, in diesem Drecks-Fall!« Mit Wucht hieb er die Faust aufs Fensterbrett. Dann ließ er sich ächzend in seinen Drehsessel fallen.

Die anderen sahen sich besorgt an. »Schon klar, dass dir das nicht reicht, Klufti«, sagte Hefele verständnisvoll. »Aber du bist dir doch sicher, dass es Lederer war. So wie wir auch. Und genau dieser Lederer geht jetzt erst mal ganz, ganz lange in den Knast.«

»Schließ einfach damit ab. Es gibt Dinge, die können wir nun mal nicht ändern«, ergänzte Maier. »Es ist und bleibt, wie du sagst: Was genau passiert ist vor fünfunddreißig Jahren, wird uns keiner von denen mehr sagen.«

Die anderen pflichteten ihm bei.

Kluftinger wusste, dass Maier recht hatte. Das hieß ... »Streng genommen gibt's da schon noch einen, mit dem wir noch gar nicht über das alles gesprochen haben. Und ich will auch noch dessen Sicht der Dinge hören. Wer weiß ...«

»Der alte Lederer«, mutmaßte Lucy Beer.

»Genau der. Wir sollten mit ihm reden. Dann kann ich's vielleicht auch für mich endgültig abschließen. Mal sehen, was er dazu sagt, dass wir seinem Sohn den Angriff und vor allem den Mord an Hagen nachgewiesen haben.«

Maier zuckte mit den Achseln. »Vielleicht hat er es eh die ganze Zeit schon gewusst.«

»Möglich«, räumte Kluftinger ein. »Zumindest erfährt er es dann hochoffiziell von uns. Aber nicht mehr heute. Wir brauchen jetzt alle eine Pause, glaub ich.«

Es klopfte. Sandy Henske balancierte ein rundes Tablett mit

fünf Tassen und einer kleinen Platte mit süßem Gebäck in Richtung der Sitzgruppe. »Hab ich da gerade das Wort Pause gehört? Hier ist ein bisschen Nervennahrung für euch … für … Sie. Also, für euch beziehungsweise uns und Sie, Chef.« Sie stellte das Tablett ab.

Kluftinger musste trotz der Anspannung herzhaft darüber lachen, wie sich seine Sekretärin eben fast die Zunge angebrochen hatte, um ihn nicht aus Versehen mit »Du« anzusprechen.

»Das ist die beste Idee, die du in der letzten Zeit gehabt hast, Sandy!«, sagte der Kommissar, ging auf die Sekretärin zu und streckte ihr die Hand hin. »Ich bin der Chef … also, der Klufti.«

Sandy schien nicht zu verstehen. »Wie jetzt, das weiß ich doch, dass Sie der Chef sind.«

»Nein, du. Dass du der Chef bist.«

»Ich?«, fragte Sandy verdutzt.

Kluftinger schüttelte den Kopf. »Nein, schon ich. Also, der Chef. Aber ich will, dass …«

»Der Chef will dir das Du anbieten, Sandy«, kam Maier dem Kommissar zu Hilfe.

»Ui, jetzt schon?«, tat Hefele überrascht. »Findest du das nicht ein bisschen voreilig nach … was? Fünfzehn Jahren?«

Sandy stieß ihm scherzhaft den Ellbogen in die Seite, und alle lachten.

»Genau«, bestätigte der Kommissar. »Ich hab's mir lang überlegt.«

»Na, da bin ich aber baff. Ist ja fast wie ne Beförderung«, erwiderte Sandy Henske verlegen lächelnd. »Schön, wird gemacht – Chef!« Sie ergriff seine Hand.

»So, da fehlt ja jetzt nur noch eins!«, begann Lucy.

Kluftinger wandte sich ihr zu. Er fand es eigentlich zu früh, sie jetzt schon zu duzen, fürchtete aber, aus der Nummer nicht mehr herauszukommen. »Ja, meinen Sie?«, fragte er zaghaft.

»Ja, Sie müssen mit der Sandy anstoßen und ihr einen Schmatzer geben.«

»Küssen, küssen«, riefen die Kollegen im Chor.

Die Sekretärin und der Kommissar liefen rot an. Verschämt warf der Kommissar ihr ein »Handbussi«, wie er und seine Frau das nannten, zu, schnappte sich seinen Kaffee und nahm einen so großen Schluck, dass er sich fast verbrühte.

»Ach ja, wenn ich die Verbrüderung kurz unterbrechen dürfte«, meldete sich Maier zu Wort.

Kluftinger fürchtete schon, dass er wieder eine Gedenkminute für Strobl fordern würde, doch stattdessen sagte er: »Wir müssten noch die Arbeit für morgen aufteilen. Wer geht denn zum Beispiel mit dir zum alten Lederer?«

»Mir egal. Wer will?«, fragte Kluftinger in die Runde.

»Geht doch ihr zwei«, schlug Hefele vor und zeigte auf ihn und Lucy Beer. Kluftingers Blick wanderte zu Maier. Sicher würde er gleich wieder …

»Fänd ich super«, erklärte der jedoch und fügte an: »Ihr habt die Sache angefangen, also bringt ihr sie auch zu Ende. *Never change a winning team*, wie der Engländer sagt. Das heißt so viel wie …«

»Ich hab's schon kapiert, Richie«, winkte der Kommissar ab. »Dafür reicht sogar mein Englisch.«

– 46 –

Mit gemischten Gefühlen lenkte Kluftinger den Passat auf die Straße, die oberhalb von Altusried zum Lederer-Hof führte. Als sie den verkohlten Kreuzstumpf passierten, hielt er seinen Blick krampfhaft geradeaus gerichtet. Er hoffte, dass es das letzte Mal war, dass er hierherkommen musste. Zumindest dienstlich. Luzia Beer neben ihm hatte seit ihrer Abfahrt kein Wort gesprochen, und auch ihm war nicht nach einer Unterhaltung. Was hätten sie auch sagen sollen? Der Kommissar machte sich nur wenig Hoffnung, dass der alte Lederer nach all den Jahren des Schweigens nun auf einmal gesprächig werden würde.

Dennoch war ihm dieses Treffen wichtig. Ein letztes Gespräch, um die Akte endlich zuschlagen zu können.

Als sie ausstiegen, sog Kluftinger die feuchtkalte Luft in seine Lungen. Die Wunde an seinem Kopf schmerzte ihn. Es würde bald schneien, das spürte er. Er blickte in den düsteren Himmel, als lägen irgendwo in den Wolken über ihnen die Antworten, die er so dringend suchte. Dann drückte er auf den Klingelknopf.

Sie waren angemeldet, und es dauerte nicht lang, bis Lederer senior ihnen öffnete. Er wirkte ruhig, nicht so aufbrausend wie beim letzten Mal. Allerdings auch nicht verzweifelt oder deprimiert. Der Hausherr führte sie an den großen Holztisch, an dem neulich seine Frau Adventskränze gebunden hatte. Diesmal saß sie im Wohnzimmer auf einem Schaukelstuhl. Sie wirkte apathisch, schien ihre Besucher kaum wahrzunehmen. Kluftinger grüßte mit einem Kopfnicken, das aber unerwidert blieb.

Als sie Platz genommen hatten, begann Lederer das Gespräch von sich aus: »Ich weiß nicht, was du hier noch willst, Kluftinger. Reicht es nicht, dass du meinen Buben weggesperrt hast? Willst dich jetzt auch noch an meinem Elend ergötzen?«

Überrascht von diesen Vorwürfen antwortete der Kommissar: »Wir haben nur unsere Arbeit gemacht. Und mir ist klar, dass das alles für Sie nicht leicht ist. Aber ich muss mit Ihnen noch mal über den damaligen Funkensonntag reden. Den Sie ja angeblich gar nicht in Altusried verbracht haben, wie Sie uns das letzte Mal gesagt haben.«

Lederer zuckte ein wenig zusammen. Der Hinweis auf seine Falschaussage zeigte Wirkung. Ebenso wie wenige Stunden zuvor sein Sohn, schien er nun mit sich zu ringen. »Was bringt es denn, wenn ich jetzt auch noch was dazu sage?«

Luzia Beer ergriff das Wort: »Mehr, als Sie ahnen. Wenn alles gesagt ist, können endlich alle damit abschließen. Auch Sie und Ihre Frau.«

Lederer schüttelte den Kopf. »Wie sollen wir denn damit abschließen? Sie haben uns unseren Sohn genommen. Er sitzt im Gefängnis.«

Kluftinger ignorierte diesen erneuten Vorwurf und kam zur Sache. »Ihr wart also damals nicht in Ofterschwang. Wussten Sie, was die Buben da draußen vorhatten?«

»Ach woher! Du hast doch auch einen Buben. Hat der dir gesagt, wenn er mit seinen Kumpels irgendwo ein Feuer machen wollt? Wohl kaum. Das war ein schwieriges Alter, da ist man an den nicht mehr rangekommen.«

»Wolltet ihr denn zum Funken im Ort?«

»Nein, meine Frau hat sich immer dagegen gesträubt, weil da die Hexen ... Jedenfalls hat ihr das nie gefallen. Und ich glaub, verpasst haben wir auch nicht viel. Kein Schaden, dass es jetzt keinen scheiß Funken mehr gibt.«

»Die einen sagen so, die anderen so«, kommentierte der Kommissar. »Aber darum geht's nicht. Wann haben Sie denn mitbekommen, was ... was da abgelaufen ist?«

»Hm, weiß ich gar nicht mehr. Ich erinnere mich kaum noch an den Abend.«

»Aber dass Sie den Jungs geholfen haben, die Leiche zu beseitigen, daran erinnern Sie sich schon noch?«

»Wer sagt das?«

»Alle, Herr Lederer. Alle. Ihr Sohn und seine Freunde haben geredet.«

»Dann brauchst mich ja nicht mehr.«

Kluftinger atmete schwer aus. Diesen Satz hatte er nun schon so oft gehört, er begann, ihn wütend zu machen. »Sie sind schwer belastet worden in den Aussagen. Da sollten Sie vielleicht doch was dazu sagen.«

»Ihr könnt mir gar nix. Das ist alles verjährt.«

Der Mann schien sich über die rechtliche Seite informiert zu haben. »Mag schon sein. Aber trotzdem sollten Sie was dazu sagen. Und wenn es nur darum geht, die Aussage Ihres Sohnes zu bestätigen.«

»Wie meinst du das?«

»Na, er hat uns Ihre Beteiligung in allen Einzelheiten geschildert.«

»Wer?«

»Ihr Sohn.«

»Der Junior?«

»Der Junior.«

Lederer senior knetete seine Hände. Kluftinger konnte sehen, wie es in ihm brodelte. Dann brach es aus dem Mann heraus. »Das sieht ihm ähnlich, diesem Schwächling. Jetzt hängt er mich hin, aber damals hat er mich angefleht, dass ich ihm helf, als er vor der toten Frau stand.«

Lucy Beer und der Kommissar tauschten einen entsetzten Blick. »Wer?«

»Der Hubsi. Mein Sohn. Ja, das hat er euch wohl nicht erzählt, hm? Natürlich war er es, nicht der Hagen. Der Krüppel hätt das doch gar nicht fertiggekriegt. Aber nur, dass ihr's wisst: Schuld war die Hure, diese Kruse.« Lederer spie den Namen der Lehrerin geradezu aus. »Die hat ihn verführt, dieses Flittchen. Einen Minderjährigen, der grad erst aus der Schule raus war. Meinen Sie, der hätt sich getraut und selber was mit der angefangen? Einlullen lassen hat sich der Depp. Dabei hat die's mit jedem getrieben, da kannst alle fragen.« Der Mann schnaufte schwer, der plötzliche Ausbruch kostete ihn Kraft, das sah man. Als er wieder zu Atem gekommen war, fuhr er leise fort. »Warum nur der Junior? Der hat doch alle Möglichkeiten gehabt, aus dem hätt was werden können. Und dann versaut er sich's wegen so einer.«

Kluftinger merkte seiner Kollegin an, dass ihr das Schweigen schwerfiel, angesichts der ständigen Verunglimpfung des Opfers. Doch er hoffte, sie würde sich zurückhalten. »Sie meinen, sie hat sein Leben zerstört?«, fragte er betont verständnisvoll nach.

»Logisch. Seine Jugend hat sie ihm genommen. Die Zukunft kaputt gemacht. Er hätte alles werden können, der Junior, hätt unseren Betrieb noch größer machen können, eigene Ideen entwickeln. Immerhin fließt mein Blut in seinen Adern. Aber halt auch nicht bloß meins.« Er blickte in Richtung Wohnzimmer zu seiner Frau.

Der Kommissar stutzte. Irgendetwas an dem, was Lederer gerade gesagt hatte, unterbrach seinen Gedankenfluss, ließ ihn aufhorchen. Aber was? Die Irritation war nicht greifbar, nur eine Ahnung, und er kam nicht dazu, weiter darüber nachzugrübeln, denn jetzt war Lederer nicht mehr zu bremsen: »Du willst wissen, wie alles war? Gut, wenn die anderen ihr Maul nicht mehr halten, dann brauch ich sie auch nicht mehr schützen. Ich war noch im Büro an diesem verfluchten Abend. Wir waren damals grad mitten in einer Umstrukturierung, ich wollt den Hof groß machen, in die Zucht einsteigen, nachdem mein Vater verunglückt ist. Da hab ich Tag und Nacht gearbeitet dafür, während mein Herr Sohn sich mit seinen Kumpels besoffen hat. Der Mendler war übrigens auch einer der Handwerker, die bei uns ein und aus gegangen sind. Ich bin also dagesessen, und dann hab ich den Junior schreien hören. Ich hab gedacht, dass das bestimmt wieder so eine Sache unter den Buben ist, die haben sich doch ständig in den Haaren gehabt, aber dann hab ich plötzlich auch eine Frau gehört. Ich schau aus dem Fenster, und da seh ich, dass da eine bei ihnen ist. Erkannt hab ich sie nicht, aber gesehen, dass sie sie ein bisschen rumgeschubst haben. Ich mein, ich war weit weg, aber wenn du mich fragst: Ihr hat's gefallen.«

»Und trotzdem sind Sie raus?«, fragte Luzia Beer.

»Ja, ich hab Flaschen klirren gehört und wollt nicht, dass da am nächsten Tag alles voller Scherben ist. Also bin ich hin. Wie ich bei denen am Kreuz angekommen bin, lag sie da und hat sich nicht mehr gerührt. Scheiße, denk ich mir, das ist ja die Kruse. Was macht die denn hier? Ich hab sofort ihren Puls gefühlt und die Atmung kontrolliert, aber da war nix mehr, da war sie schon mausetot.«

Luzia Beer hakte nach: »Aber Sie haben doch gerade gesagt, die Jungs hätten sie nur herumgestoßen.«

»Ja.«

»Und jetzt sagst du, sie war tot. Was ist dazwischen passiert?« Kluftinger war nun auch zum Du übergegangen, was Lederer tatsächlich kurz aus dem Konzept brachte.

»Ich ... die haben sie ein bisschen angefasst und so. Unterm Rock. Aber nicht so, wie du jetzt denkst. Die wollten der halt ... ich weiß auch nicht. Vielleicht wollt sie es auch.«

»Bestimmt«, ätzte Lucy Beer, und Kluftinger konnte es ihr nicht verdenken.

»Und dann war sie tot, weil sie sie gehaut haben, die Idioten.«

»Und hattest du die Idee, alles dem Mendler in die Schuhe zu schieben?«

Lederer grinste Kluftinger an. »Darauf sind die Burschen schon selbst gekommen. War ja auch kein großes Ding. Alles, was sie gebraucht haben, stand eh bei uns rum oder war im Schuppen vom Mendler. Und das T-Shirt hat der Krüppel gleich noch mit reingelegt.«

Kluftinger atmete tief durch. Auch wenn das, was sein Gegenüber erzählte, sicher nicht die ganze Wahrheit war, so konnte er sich aus den vielen Erzählungen nun doch ein ziemlich klares Bild von den Ereignissen damals machen. »Und dann?«

»Haben wir eben alles hergerichtet und sie ... weißt schon.«

»Warum das Kreuz?«

Lederer zuckte mit den Achseln. »Weil's da war? Keine Ahnung, das hat sich so ergeben.«

Lucy Beer stieß erschüttert die Luft aus.

»Ja, da können Sie ruhig schnaufen, aber Schuld hat die Kruse, wenn die nicht in den Ort gekommen wär und allen den Kopf verdreht hätt, dieses Flittchen ... ach, egal. Als alles rum war, haben wir die Sachen genommen und ins Feuer geworfen: das Dachdeckerwerkzeug, ihre Klamotten, die Kleidung der Jungs, die sie berührt hat, den Draht, nur das Messer nicht ...«

»Das Messer?«, warf Kluftinger ein.

»Ja. Das eben nicht, wir haben ...« Lederer verstummte. Er blickte den Kommissar an. In seinen Augen sah Kluftinger blankes Entsetzen. Sein Mund öffnete und schloss sich wieder, seine Hände begannen zu zittern.

In diesem Moment wusste es der Kommissar. Alle Puzzleteile fügten sich zusammen. Endlich war alles klar.

Vor seinem geistigen Auge sah er noch einmal die Szene, die Lederer eben geschildert hatte – nur diesmal so, wie sie sich wirklich zugetragen hatte. Sah die jungen Männer, die sich über die Lehrerin hermachen, sie vielleicht vergewaltigen, vielleicht auch nicht, sie auf jeden Fall misshandeln und schlagen, bis sie bewusstlos ist. Dann kommt der alte Lederer, erkennt, was passiert ist, hat Angst, dass das alles seine hochfliegenden Zukunftspläne zunichtemacht, und entschließt sich, die Sache ein für alle Mal zu beenden. Während er sich über die bewusstlose Frau beugt, schaut, ob sie noch lebt, sind die Jungs mit sich beschäftigt, machen sich Mut, dass Lederer senior ihnen aus der Patsche helfen wird. Als der Vater merkt, dass die Kruse noch nicht tot ist, zückt er von den Jugendlichen unbemerkt sein Taschenmesser und rammt es ihr in die Seite. Ersticht sie kaltblütig. Deswegen das viele Blut, von dem alle gesprochen haben. *Natürlich!* Die Schläge konnten das nicht erklären, aber ein Messer … Die Gedanken in Kluftingers Kopf rotierten, bis ihm ganz schwindlig wurde. Der alte Lederer hatte die Jungs die ganzen Jahre über in dem Glauben gelassen, *sie* hätten die Frau getötet. So konnte er sich ihres Schweigens sicher sein.

Und dann fiel auch der letzte Groschen. Auf einmal begriff er, was ihn vorher an Lederers Satz so nachdenklich gemacht hatte. Das Tuch. Das Tuch, das er von Regine Rimmele bekommen hatte. Das Tuch mit dem Blutfleck. *Eindeutig Lederer-DNA*, hatte Willi gesagt. Und Lederer junior? *Ich war nie in dieser Pension.* Und dann Lederer senior vor wenigen Minuten: *In seinen Adern fließt mein Blut.* Sein Blut. Das Blut des Vaters. Hatte nicht Markus neulich was ganz Ähnliches gesagt? Dass sich das Blut von Vätern und Söhnen gleicht? Sicher! Nicht der junge Lederer war damals in der Pension gewesen. Nein, Huberts Vater hatte die Lehrerin aufgesucht. Vielleicht, um sie zu bitten, seinen Sohn in Ruhe zu lassen, vielleicht auch, um ihr zu drohen. Oder war es ganz anders? Die Worte der alten Rimmele bekamen nun eine völlig andere Bedeutung. Sie hatte von einem Schrei gesprochen, einer Auseinandersetzung, Schlägen. Was, wenn Lederer auf einmal zudringlich wird, die Lehrerin bedrängt? Schließlich hatte sie den Ruf, es bei der Auswahl ihrer Sexualpartner nicht so genau zu nehmen, warum also sollte sie nicht auch ihn ranlassen? Es kommt zu Handgreiflichkeiten, sie trifft ihn hart, und sein Blut, *das Blut eines Lederers*, das Blut, das genetisch nahezu identisch mit dem seines Sohnes ist, landet auf dem Taschentuch.

In diesem Moment stand der Alte auf. »Es ist nicht so, wie du denkst«, sagte er und wankte zurück.

Kluftinger schaute zu seiner Kollegin, die nicht zu verstehen schien, was gerade vor sich ging. Der Kommissar erhob sich ebenfalls, machte einen Schritt auf Lederer zu, worauf der noch weiter Richtung Wohnzimmer zurückwich. Würde er fliehen? Handgreiflich werden? Kluftinger wollte es nicht darauf ankommen lassen. »Hör zu, bleib jetzt ganz ruhig und lass uns darüber reden«, sagte er und hob beschwichtigend die Arme. »Was hast du mit dem Messer gemacht?«

Da weiteten sich die Augen des alten Mannes in namenlosem Entsetzen.

Was hatte Kluftinger gesagt, was ihn so in Angst und Schrecken versetzte? Er wusste es nicht, konnte aber seinerseits seinen Blick nicht von ihm lösen, sah, wie die Augen des Alten feucht wurden, seine Lippen bebten, seine Schulter zu zucken begann – und er dann ganz langsam vornüberkippte und krachend auf den Boden schlug.

Mit einem spitzen Schrei sprang Luzia Beer von ihrem Stuhl. Kluftinger rührte sich nicht. Er starrte nur ungläubig auf den Mann, der vor ihm lag. Und auf das Messer in seinem Rücken. Hinter ihm stand Lederers Frau.

Es dauerte eine Weile, bis Kluftinger verstand, dass sie ihrem

Mann das Messer in die Rippen gerammt hatte. Sie hatten nicht bemerkt, wie sie aus ihrem Schaukelstuhl aufgestanden war und sich ihm von hinten genähert hatte.

Jetzt endlich löste sich die Erstarrung des Kommissars. Er rannte zu dem Mann am Boden, fühlte seinen Puls, blickte dann zu seiner Kollegin und schüttelte den Kopf. Die lief sofort zu der Frau, die Handschellen gezückt, steckte sie dann aber wieder weg und blieb unschlüssig neben ihr stehen.

Kluftinger erhob sich. »Rufen Sie bitte die Kollegen, Frau Beer.«

Sie nickte und holte ihr Handy aus der Tasche, während er zu Frau Lederer ging. »Setzen Sie sich«, forderte er sie auf. Er war wie benommen von dem, was gerade passiert war.

Ohne Widerstand ließ sie sich von ihm zum Tisch führen, nahm Platz, fuhr sich zitternd durchs Haar. Ihren toten Mann würdigte sie keines Blickes. »Ich hab ihn damals gesehen«, begann sie leise zu sprechen. »In dieser Nacht. Als er von draußen zurückgekommen ist. Ich hab Schreie gehört, dann das Feuer gesehen. Dann ist er gekommen und hat etwas versteckt. Und ich hab es wieder herausgeholt. Das Messer.«

Kluftinger warf einen kurzen Blick auf den Leichnam.

»Ich hab nicht gewusst, was das alles zu bedeuten hatte. Aber ich hab es aufbewahrt. All die Jahre. Hab gesehen, wie er es gesucht hat. Aber es war weg, das hat ihm Angst gemacht. Ich hab ihm nie gesagt, dass ich es hab, aber ich hab's auch nicht weggeworfen. Mehr aus einem Gefühl heraus, dass es einmal wichtig werden könnte. Vielleicht hat er es geahnt. Und als ich gehört habe, was er Ihnen erzählt hat, da ist mir alles klar geworden.«

»Und jetzt?«, fragte der Kommissar mit belegter Stimme.

»Jetzt? War es genug. Nicht nur, dass er seinen eigenen Sohn in dem Glauben gelassen hat, er wär ein Mörder gewesen. Nein, jetzt hätte er ihn auch noch für *sein* Verbrechen büßen lassen.

Das konnt ich doch nicht zulassen, oder, Herr Kluftinger?« Flehend schaute sie ihn an.

»Nein, das konnten Sie nicht«, erwiderte er. Eine Weile dachte er nach, dann fuhr er fort: »Ich werd Sie nicht schützen können. Sie werden ins Gefängnis kommen.«

Jetzt wandelte sich ihr Gesichtsausdruck, sie wirkte fast heiter. »Ich leb hier seit fünfzig Jahren im Gefängnis.«

Kluftinger schwieg. Er wusste nicht, was er noch sagen sollte, fühlte sich völlig leer. Das Rätsel um Karin Kruses Tod war gelöst. Aber um welchen Preis? Zwei Menschen hatten ihr Leben gelassen, die gesamte restliche Familie der Lederers, Mutter und Sohn, würde für lange Zeit ins Gefängnis gehen. Wahrscheinlich würde die Frau dort sterben.

War es das wert gewesen?

Er wusste es nicht.

Epilog

»Ich seh gerade, dass deine Reifen einseitig abgefahren sind. Vielleicht sollten wir mal die Spureinstellung kontrollieren. Komm doch einfach die Tage bei uns vorbei, dann geh ich mit dir in Kaufbeuren in die Schrauberwerkstatt.«

»Hm?« Kluftinger hatte seiner Schwiegertochter nur mit einem Ohr zugehört. Er war ein wenig nervös angesichts dessen, was sie vorhatten, heute an diesem sonnigen, aber kalten Januartag. Fröstelnd schlug er den Kragen seines Lodenmantels hoch. Unter normalen Umständen wäre er an so einem Samstagmorgen womöglich schon am Skilift, aber heute war alles anders: Heute war die Taufe seines Enkelkindes. Und nennenswert geschneit hatte es diesen Winter im Allgäu sowieso noch nicht.

»Wir sollten deine Spur kontrollieren. Beim Passat«, wiederholte Yumiko.

»Ja, danke, das können wir ja dann mal machen. Oder ich fahr die Tage mal beim Ricardi vorbei, dann hast du keine Arbeit.« Er öffnete die Garage und zog den Kinderwagen heraus.

»Ui, ist das Mamas neuer Hausfreund?«, gluckste Markus, der gerade aus der Tür trat und das Gemälde sah, das neben dem Auto auf einer Getränkekiste stand.

Kluftinger seufzte. Zunächst hatte er sich ja gefreut, als ihm die Mutter von Karin Kruse eines der von ihr gemalten Bilder geschenkt hatte. Und eigentlich hatte er es auch in Ehren halten wollen, nach dem, was die Frau alles durchgemacht hatte. Doch als er es dann ausgepackt hatte und das Abbild eines nackten Jünglings, diesmal mit Hundekopf, zum Vorschein kam, war er sich nicht mehr so sicher gewesen. Inzwischen hatte er eine andere Verwendung dafür gefunden, die dem Gemälde bestimmt eher gerecht würde, als wenn es bei ihnen in der Garage verstaubte. »Das kriegt der Langhammer zum Geburtstag«, antwortete er seinem Sohn, was dieser mit einem wissenden Grinsen quittierte.

»Gehen wir gleich über den Friedhof, oder?«, wechselte Markus das Thema. Er balancierte das weiße Taufkleid und die Wickeltasche in der linken Hand, während er penibel darauf achtete, die golden glitzernde Taufkerze in seiner Rechten nicht zu beschädigen. Kluftinger hatte sie auf Geheiß seiner Frau am Vortag in einer Kerzenzieherei in Isny besorgen müssen, da ihr Versuch, selbst eine zu gestalten, reichlich danebengegangen war. Und leider hatte man in Isny nur überaus opulent geschmückte Exemplare auf Lager gehabt, von denen das jetzige Modell eindeutig das dezenteste gewesen war.

»Wo bleibt denn die Mama?«

»Die wickelt noch schnell«, erklärte Yumiko. »Zur Sicherheit.«

Markus sah auf die Uhr. »Wird höchste Zeit. Wollten Oma und Opa nicht eigentlich auch vorher noch vorbeikommen?«

»Nein, wir treffen uns gleich an der Kirche«, erklärte der Kommissar. »Und jetzt sei nicht so nervös.« Er steckte die Hände in seine Manteltasche, um sie vor der Kälte zu schützen. Da war noch immer diese kleine Schachtel. Er zog sie heraus und schob sie auf: In Watte gebettet lag ein hölzerner Stern darin. Jeder Kirchenbesucher hatte am Ende der Christmette eine solche Box bekommen. Damit jeder einen Stern habe, der ihm im neuen Jahr den Weg weise, hatte die junge Katechetin am Ende der Messe erklärt. Auch wenn der Pfarrer sauertöpfisch geschaut hatte: Kluftinger gefiel diese Idee so gut, dass er diesen kleinen Schatz noch eine Weile bei sich tragen würde.

Sie hatten überhaupt ein wunderschönes Weihnachtsfest gehabt. Sogar die Tage davor hatte er – anders als sonst – sehr genossen. Denn er hatte, auch wenn das schreckliche Ende seiner Ermittlungen ihn aufgewühlt hatte, einen Schlussstrich unter all das ziehen zu können. Endlich war auch die Bedrohung aus der Welt, unter der vor allem Erika so gelitten hatte. So hatten sie tatsächlich zweimal abends den Kemptener Weihnachtsmarkt bei der Basilika besucht, wie er es sich vorgenommen hatte, hatten sich den Nikolauseinzug am Altusrieder Marktplatz angesehen und an der kleinen Feier in der Flüchtlingsunterkunft teilgenommen, zu der die Bewohner eingeladen hatten. Dort hatte er erneut versucht, Doktor Sabia zu überreden, eine Konkurrenzpraxis zu der von Doktor Langhammer aufzumachen. Und die Kinder hatten ihre helle Freude gehabt, als er extra noch einmal vorbeigefahren war, um ihnen seine neue Dienstwaffe zu zeigen. Erika war diesmal sogar zum Weihnachtskegeln der Abteilung mitgekommen, wo sie zusammen mit Lucy und Sandy eine Frauenmannschaft gebildet hatte, die prompt den Sieg davongetragen hatte.

»Kommts, wir müssen«, drängte seine Frau, als sie endlich mit dem Kind in der Haustür erschien.

»Wir warten doch eh nur auf euch zwei«, kommentierte Markus.

»Ja, ja, schon recht. Aber es geht doch nicht, dass die Hauptperson heut mit einer nassen Windel getauft wird, gell, mein Schätzle?«

»Nass wird's bei einer Taufe sowieso, Mama.«

»Apropos nass, Yumiko, hast du das weiße Wollmützle, das die Oma gestrickt hat? Wenn das Köpfle nass ist, dann braucht's das kleine Mäusle unbedingt.«

»Klar, hab ich eingepackt«, versicherte ihre Schwiegertochter, und ihr Sohn säuselte grinsend: »Sonst wird's dem Kindle noch kältele, gell, Mamale?«

»Ruhe jetzt, sonst gibt's ein Ärgerle«, brummte der Kommissar, als sie sich Richtung Friedhof in Bewegung setzten, der auf dem kürzesten Weg zur Kirche lag.

In der Mitte des Friedhofs beschleunigte der Kommissar seinen Schritt etwas. Nur aus dem Augenwinkel sah er die Stelle, an der vor einigen Wochen alles damit angefangen hatte, dass sie ein frisch aufgeschüttetes Grab mit seinem Namen darauf entdeckt hatten. Seither war viel passiert. Zu viel, um diesen Ort nicht für immer mit den schrecklichen Ereignissen im Anschluss daran zu verbinden.

Vor dem Kirchenportal warteten bereits Kluftingers Eltern mit dem Ehepaar Langhammer. Schon aus einigen Metern Entfernung rief Hedwig Maria Kluftinger aufgeregt: »Habt's ihr das weiße Wollmützle dabei?«

»Klar, Oma«, antwortete Markus und gab ihr einen Kuss auf die Wange.

Kluftinger bemerkte den Blick des Doktors, der anscheinend erwartete, von ihm persönlich begrüßt zu werden, statt sich mit dem allgemeinen »Guten Morgen« zufriedenzugeben. Er gab sich einen Ruck und schritt auf den Arzt zu. Schließlich brannte ihm auch noch eine Frage auf den Nägeln. »Grüß Gott, Herr Doktor, schön, dass Sie's einrichten können«, sagte er, obwohl er es nicht im Entferntesten so meinte: Erika hatte darauf bestanden, den Arzt und seine Frau einzuladen, während für den Kommissar eine Taufe eigentlich eine streng familiäre Angelegenheit war.

»Na, meine Taube und ich, wir beide gehören ja quasi zur Familie. Ehrensache also, dass wir dabei sind.«

»Soso. Sagen Sie, wo haben Sie heute denn Ihr neues ... Familienmitglied gelassen?« Der Kommissar war gespannt, welche Ausrede der Doktor diesmal aus dem Hut zaubern würde.

»Hunde und Kirche, das geht natürlich nicht zusammen.«

»Ist er daheim geblieben, der kleine Hindemith?«

Langhammer zog eine Schnute, dann antwortete er zögerlich: »Daheim, nun ... wie will ich sagen ... nein, also, nicht direkt.«

Sofort wurde Kluftinger hellhörig. »Ach, nicht? Wieso denn?«

»Nun, man kann ihn ... ich meine natürlich ... ich will ihn nicht einfach allein im Haus lassen, schließlich könnte das große Verlustängste in ihm auslösen.«

»Hm, und wo ist er dann?«

»Draußen. Er liebt ja die Kälte und die frische Luft. Da ist er dann immer ganz still, bewegt sich kaum und liegt friedlich da, als würde er schlafen. So richtig ... geerdet.«

Geerdet? Kluftingers Verdacht bekam neue Nahrung. Hatte der Arzt das Tier kaltblütig beseitigt und es einfach so im Wald verscharrt? »Jetzt mal Klartext, Herr Doktor«, zischte er. »Ich hab Sie längst durchschaut. Glauben Sie denn, ich weiß nicht, warum der Hund, den ich mit viel Liebe und Sorgfalt ausgesucht habe, auf einmal nicht mehr bei Ihnen zu sehen ist? Denken Sie, ich bin zu blöd, dass ich nicht wüsste, was Sie neulich im Wald gemacht haben, mit Ihren schlammigen Schuhen und Ihrer leeren Hundeleine?«

Langhammer schaute ihn verwundert an. »Mein Lieber, ich verstehe überhaupt nicht, was Sie da andeuten wollen, es ist ...«

Ein schrilles Hupen und Pfeifen unterbrach ihre Unterhaltung. Erschrocken wandten alle die Köpfe in Richtung des infernalischen Lärms. Der Kommissar brauchte ein paar Sekunden, bis ihm klar war, dass es Langhammers unförmiges silbernes Mercedes-SUV war, das mit seinem Alarm nicht nur den gesamten Kirchplatz beschallte, sondern dazu noch wild vor sich hin blinkte. Reflexartig setzte sich der Arzt in Bewegung. Alle schauten ihm gespannt hinterher, während Erika ihrem Mann ein Zeichen gab, Langhammer zu dessen Auto zu folgen. Also trottete er ihm widerwillig hinterher.

»Um Himmels willen, nicht die Ziegenleder-Massagesessel«, hörte er den Arzt ausrufen, als der den Wagen erreichte. Langhammer schaltete die Alarmanlage mittels Fernbedienung aus und raufte sich die nicht vorhandenen Haare. Kluftinger musste zugeben, dass diese Reaktion ausnahmsweise mal nicht übertrieben war: Hindemith war gerade dabei, mit bedrohlichen Knurrgeräuschen die wollweiße Lederkopfstütze des Fahrersitzes zu zerfetzen. Die Rückenlehne wies tiefe Kratzspuren auf, ebenso wie Teile des Armaturenbretts.

»Schnell, helfen Sie mir, er hat sich aus seiner Box befreit«, rief Langhammer und öffnete die Heckklappe. Dort stand eine riesige Transportkiste mit offener Gittertür. Kluftinger war überrascht und erleichtert zugleich: zum einen, weil Hindemith quicklebendig war und offensichtlich auch noch ganz der Alte, der Zerstörungsorgie in Langhammers Auto nach zu urteilen. Zum anderen hatte er aber völlig falsche Schlüsse gezogen und den Arzt ganz zu Unrecht verdächtigt, das Tier gemeuchelt zu haben. Wie hatte ihn seine Intuition nur derart trügen können …

Entschlossen ging er zur Fahrertür, zog sie auf und raunte mit tiefer Stimme: »Aus, Maaaoooo!« Der Hund wandte knurrend den Kopf und blickte den Kommissar aus blutunterlaufenen Augen an. »Komm, Mao, gaaaanz brav«, brummte Kluftinger langsam und dumpf. Tatsächlich winselte der Hund nun und setzte sich hechelnd auf die zerschundene Sitzfläche. Erleichtert richtete sich Kluftinger wieder auf und stieß mit dem Rücken gegen Langhammer.

»Ich weiß nicht, wie Sie das machen – auf Sie hört er tatsächlich besser«, erklärte der Arzt fassungslos. »Dieses *Mao*, ist das so eine Art Zauberwort in der Hundeerziehung?«

»Das? Das hab ich … mal im Fernsehen gesehen. Sie können

es ja probieren, wenn Sie wollen. Ich find sogar, das tät als Name gut zu ihm passen. Besser als ... der andere«, erwiderte Kluftinger, der noch mehr Schaden an Langhammers Hab und Gut nicht mehr mit seinem Gewissen vereinbaren konnte.

»Mao, wirklich? Ich dachte eher an etwas wie Isidor oder Siegfried.«

»Müssen Sie wissen, aber ich würd's mir überlegen.«

»Sie haben recht, wenn's bei Ihnen schon so gut wirkt, dann müsst es bei mir ja erst recht funktionieren. Aber was anderes: Was hatten Sie da eben gemeint, als Sie sagten, Sie hätten mich durchschaut, wüssten, was ich wirklich im Wald gemacht hätte?« Langhammer musterte ihn über den Rand seiner riesigen Brille.

Priml. Er hatte gehofft, der Doktor hätte durch den Schock über den Zwischenfall seine vorherigen Ausführungen vergessen. »Ich ... ist doch wurscht. Was machen wir denn jetzt mit ihm, während der Taufe?« Er zeigte auf den Hund, der noch immer mit heraushängender Zunge dasaß.

»Er kommt wieder in die Box, die ich doppelt verriegeln werde. Aber wie haben Sie denn das nun gemeint, dass der Hund auf einmal nicht mehr bei mir im Haus zu sehen ist?«

Der Quacksalber ließ nicht locker. Hätte Verhörspezialist bei der Polizei werden sollen, schoss es Kluftinger durch den Kopf. »Ich wollt sagen, also ... dass ich sehr wohl weiß, dass Sie den Hund vor Fremden abgeschirmt haben. Weil er ... dann besser bei Ihnen ankommen kann, rein seelisch. Das habe ich gemeint.«

»Ah ja. Und wie war das mit dem Wald?«

»Ja, mit dem Wald, also, das war so, da ... dacht ich mir gleich: Zefix, der Herr Doktor Langhammer, der erkundet sogar vorher Spazierwege, ganz allein, und probiert aus, ob sie dings, also ... leinengeeignet sind. Und Sie sind sich nicht mal zu schade, Ihre teuren Schuhe einzusauen. Das hab ich gemeint. Und das ... find ich gut, quasi«, stammelte er, wobei ihm das Kompliment an den Arzt fast körperliche Schmerzen bereitete.

»Na, danke für die Blumen, mein Lieber. Aber ich will Ihnen nicht verhehlen, dass ich kurzzeitig fast am Verzweifeln war. Deshalb hatten wir ihn ja bei einer externen Hundeerzieherin. Blockschule, quasi. Da kommen die Vierbeiner natürlich ganz anders zurück, als man sie hingebracht hat. Ich war gerade dort, als wir uns damals getroffen haben. War mir natürlich unangenehm, dass ich externe Hilfe in Anspruch nehmen musste, wenn auch nur marginal. Deswegen habe ich nichts gesagt.«

»Hat ja wahre Wunder gewirkt«, murmelte der Kommissar, deutete auf den Hund und sagte nur: »So ein Braver, gell?«

Langhammer versuchte den Vierbeiner, der heftig Widerstand leistete, wieder in den Kofferraum zu verfrachten. Erst als er ihn mit einem »Jetzt aber mal gaaaanz folgsam, Mao« ansprach, beruhigte sich das Tier und ließ sich widerstandslos in die Box heben. »Ah, das magische Band zwischen Hund und Herrn ist wieder geknüpft«, erklärte der Doktor stolz.

Kluftinger zuckte lediglich mit den Achseln, und sie spazierten zurück zur Kirche.

»Apropos: Ich war zu Weihnachten am Grab meines lieben Freundes Wittgenstein – und stellen Sie sich vor, was dort passiert ist.«

»Ist er auferstanden? Ach nein, das wär ja eher an Ostern.«

»Unsinn. Jemand hat sein Grab geschändet!«

»Geschändet? Wirklich?« Kluftinger fand, dass das eine unangemessene Geringschätzung seiner Bemühungen war, die Grabstätte wieder in einen vorzeigbaren Zustand zu versetzen.

»Die Skulptur wurde zerstört und statt Wittgensteins Haupt ein verhöhnender Ersatz angebracht.«

»Also, Sachen gibt's. Den Leuten ist doch gar nix mehr heilig!«

Mittlerweile waren sie wieder bei den anderen angekommen,

und Langhammer schilderte allen wortreich Hindemiths Entgleisung und seine souveräne Krisenintervention.

»Ah, gut, dass ich dich seh, Ebi.«

Kluftinger wandte den Kopf. Die Stimme kam ihm bekannt vor. Sie gehörte ... natürlich: Elfriede Rimmele. Sie eilte dem Mesner hinterher, der eben über den Platz auf die Kirche zulief. In der Hand hielt sie einige Videokassetten.

»Du, Hedwig, ich müsst da grad mal schnell hin«, sagte Kluftingers Vater und wollte bereits losgehen, da wurde er von seiner Frau am Ärmel gepackt.

»*Wo* musst du hin?«

»Zur Regi..., also, zur Rimmele halt. Ich muss kurz was mit ihr bereden.«

»Wenn du das machst, kannst dir gleich ein Zimmer in ihrer schimmligen Pension nehmen«, zischte Kluftingers Mutter in einem Ton, der keinerlei Widerspruch zuließ.

Zufrieden nickte der Kommissar Frau Rimmele zu. Die Führungen hatten sich, zumindest was seinen Vater betraf, wohl erledigt.

Als Mesner Eberle – nach einer kurzen Diskussion mit Frau Rimmele über die Realitätsnähe eines Films mit dem Titel *Die Besessenen* – endlich das Portal aufgesperrt hatte, versammelten sich alle um den Altar. Auch Mick, der Taufpate, traf eben ein, sodass eigentlich nur noch der Pfarrer fehlte. Yumiko nutzte die Zeit, um an einem der großen Kerzenständer seitlich des Altars einen kleinen Tabletcomputer zu befestigen, der jedoch immer wieder abrutschte.

»Soll ich dir helfen? Wollt ihr die Taufe filmen?«, fragte Kluftinger.

»Nein, ich werd meine Eltern per Skype zuschalten. Sie waren ein wenig besorgt, anscheinend hat mein Vater ziemlich verquere Vorstellungen von christlichen Taufen – warum auch immer. Ich musste ihm mehrmals versichern, dass meine Ehe mit Markus in Ordnung ist, dass wir das Kind nicht in ein Heim stecken oder zur Adoption freigeben und dass bei der Tauffeier weder seinem Enkelkind etwas passiert, noch dass da irgendwelche sexuellen Handlungen vollzogen werden.«

Kluftinger schüttelte den Kopf. Dabei hatte er Yoshifumi Sazuka doch extra eine Mail mit den wichtigsten Informationen zu ihrer Tauffeier geschrieben. Hatte der die etwa gar nicht gelesen? Da hätte er sich die Mühe ja auch sparen können. Egal, er würde die verqueren Vorurteile des Japaners beim Videotelefonat während der Zeremonie geraderücken.

»Hallo, Herr Kluftinger.« Mick, der Taufpate, streckte ihm seine Hand zum Gruß entgegen.

»Hallo, Mick. Schön, Sie zu sehen. Kalt heut, gell?«

»Aber echt, bitterkalt. Sieht nach Schnee aus, oder? Das hier ist übrigens Marco, mein Mann, ich glaub, ihr kennt euch noch gar nicht, oder?«, sagte Mick mit strahlendem Lächeln und zog seinen Begleiter am Arm zu sich.

»So, der ... Mann? Nein, ich glaub nicht.« Kluftinger begrüßte ihn ebenfalls mit Handschlag. »Ist aber doch wirklich schön, dass das heutzutage in der Kirche alles so erlaubt ... also, ich mein, so ... möglich ist, gell?«

»Was meinen Sie?«

»Ja, dings halt ... also, alles so, gell?«

»Ich versteh jetzt nicht ganz.«

Kluftinger wurde nervös. Er sah sich um. »Ja, halt ... dass man einfach so skypeln kann, mein ich, mitten in einer Kirche, während der Taufe. Das hätt's früher doch gar nicht gegeben. Da war man froh, wenn man Fotos hat machen können. Toll, wirklich.«

»Ja, toll. So offen alles und modern, stimmt's, Marco?«

Marco nickte grinsend, und Kluftinger wandte sich wieder

Yumiko zu, da aus dem Tablet nun die Stimmen von Yoshifumi Sazuka und dessen Frau tönten.

Alle traten an den kleinen Bildschirm und winkten hinein. »Nice, dass ihr auch dabei seid!«, rief der Kommissar so laut, dass es von den Kirchenwänden widerhallte.

»Hello, Klufti-San. Thank you for warning us. We are very alarmed. Please take care of the baby. We count on you«, erklärte der Japaner mit ernster Miene, flankiert vom ziemlich verkniffenen Lächeln seiner Frau.

Alle schauten Kluftinger fragend an, doch der zuckte nur mit den Achseln. Hatte Joshi wirklich gesagt, sie seien alarmiert und froh, dass er sie gewarnt habe? Und wofür genau sollte er die Verantwortung übernehmen? »No problem, Joshi. Now we look, ob der Pfarrer endlich kommt, und dann kann die Taufparty steigen.«

»Guten Morgan und gruß Gott zusammen«, schallte es da durch die Kirche. Pfarrer Chandra schritt, flankiert von zwei Ministranten, aus der Sakristei. Kluftinger beugte sich zum Tablet und flüsterte hinein: »Now comes the Pfarrer and his two Ministrants, also ...« Er überlegte, wie er das Wort am besten umschreiben sollte. »That are zwei Buben, quasi little boys, that help him with his rituals and sie ziehen ihm auch the clothes on, before the mess.«

Nun begaben sich alle zurück zum Altar, wo Mesner Eberle eine Taufschale, einen Krug mit Wasser, einige Tücher und weitere Utensilien bereitgestellt hatte. Nur Kluftinger hielt sich etwas abseits, um die Zeremonie für die Japaner mitzukommentieren. Er zeigte auf die Gegenstände am Altar und erklärte im Flüsterton: »Look, this is what the indische Priester needs to drive the Holy Ghost into the child.«

»What?«, antwortete der Japaner aufgeregt. »What will you do against it?«

Der Kommissar hatte im Folgenden Mühe, sich gleichzeitig auf die Feier zu konzentrieren und seine Tätigkeit als interkultureller Dolmetscher auszufüllen. Ständig drangen Sazukas erregte Kommentare aus dem kleinen Gerät. Mal bat er ihn, aus dem Bild zu gehen, dann, den Kamerawinkel zu verändern, dann wieder rief er irgendetwas wie »take child« und »run«. Der Kommissar wurde selbst ganz nervös, und als er fahrig das Tablet zurechtrücken wollte, entglitt es ihm und landete um ein Haar auf dem Kirchenboden.

Die ständigen Störungen schienen den Pfarrer unruhig zu machen. Schon zweimal hatte er zu Kluftinger herübergesehen und seine Ansprache unterbrochen. Und Erika hatte ihren Mann mehrmals kopfschüttelnd ermahnt, still zu sein. Dabei konnte er ja gar nichts dafür. Obendrein ging für ihn selbst auch die ganze Erhabenheit dieses einmaligen Ereignisses flöten. Er überlegte kurz und hatte schließlich eine Idee – die er als göttliche Eingebung deutete:

Er schnappte sich das Tablet, flüsterte »Now passt's auf. I show you what« in Richtung des Bildschirms, auf dem nun auch noch Yumikos Schwester Kanako aufgetaucht war, und ging zu der lebensgroßen Krippe hinüber, die seit dem ersten Advent neben dem Seitenportal stand. Nur gut, dass die Weihnachtszeit in der katholischen Kirche bis Mariä Lichtmess am zweiten Februar ging, dachte er, als er auf die Figur des in Windeln gewickelten Jesuskindleins zuschritt. Kluftinger legte den kleinen Computer ans Fußende der mit Stroh ausgelegten Krippe, tätschelte der Figur das Köpfchen und erklärte mit feierlich gedämpfter Stimme: »The child schläft. You have to pass auf. And be quiet, sonst waked es up.« Er hörte ergriffenes Zischeln aus dem kleinen Lautsprecher, dann war endlich Ruhe.

Leider hatte der Kommissar durch seine Aktion wieder einiges verpasst. Die anderen waren bereits bei den Fürbitten angekommen. *Zefix*, schoss es ihm durch den Kopf, auch er sollte ja einen solchen Spruch vortragen, wie sein Sohn ihm heute Morgen eröffnet hatte. Markus hatte ihm in all dem Vorbereitungstrubel einen Zettel zugesteckt und ihm das Versprechen abgenommen, ihn sich vorher noch ein paarmal durchzulesen. Was er durchaus gemacht hätte, wenn nicht wieder alles drunter und drüber gegangen wäre. Nun war es zu spät. Langhammer trug bereits seinen Text vor. Als krönender Abschluss sollte dann er als Opa sprechen, das immerhin hatte er sich gemerkt. Kluftinger langte in seinen Mantel und griff – ins Leere. Hektisch suchte er nun auch in der anderen Tasche: nichts. Der kalte Schweiß brach ihm aus. Auch im Sakko konnte er die Notiz nicht finden. *Freilich*, schoss es ihm durch den Kopf, er hatte die Fürbitte in seinen Daheimrumjanker gesteckt, der nun friedlich auf dem Sessel im Schlafzimmer lag.

»... und so darf ich abschließend die transzendentale Macht darum bitten, dass diesem jungen Menschen hier vor uns ein so wacher Geist gegeben werde, dass ihm wie mir einmal die Pforten der Wissenschaft und der Aufklärung offen stehen werden.«

Die kleine Taufgemeinde sah sich ein wenig verwundert an, rang sich schließlich aber ein dünnes »Wir bitten dich, erhöre uns« ab. Dann war es still – und Yumikos und Markus' Blicke gingen zu Kluftinger, der spürte, wie ihm das Blut in die Äderchen auf seinen Wangen schoss. Er hatte keine Ahnung, was er gleich von sich geben sollte. Langsam und bemüht, ein feierliches Gesicht zu machen, schritt er auf das Stehpult zu. Dann räusperte er sich, blickte einen nach dem anderen an, räusperte sich noch einmal und begann: »Herrgott ... ich mein, lieber Gott. Im Himmel droben ... großer, mächtiger Vater von ... uns allen. Lasset uns beten.«

Markus hüstelte, und der Pfarrer blickte ihn aus zusammengekniffenen Augen an. Daher fuhr Kluftinger etwas weniger salbungsvoll fort: »Ich bitte dich, dass du mein Enkelkind, also, natürlich auch das von der Erika und dem Joshi und natürlich auch von der ... dings, also Yumikos Mutter ... dass du dieses kleine Kind, das da so friedlich vor uns liegt ... dass du es halt segnest.« Kluftinger machte eine Pause, um abschätzen zu können, ob dies bereits ausreichen würde, doch es folgte kein »Wir bitten dich, erhöre uns«. Also fuhr er fort: »Darüber hinaus bitte ich, dass ich ganz viele schöne Sachen machen kann – also, mit dem Enkelkind. Dass es Lust hat, mit mir in den Zoo zu gehen, dass ich ihm beibringen kann, wie man Papierflieger bastelt und wie man Fahrrad fährt, wie man auf einem Grashalm oder notfalls auf zwei Fingern pfeift und Feuer ohne Streichhölzer macht. Ich bitte dich einfach drum, lieber Gott, dass wir Großeltern eine möglichst schöne, gute und erlebnisreiche Zeit zusammen mit dem kleinen Butzel haben werden. Eine Zeit, die es nie vergessen wird. Damit es auch uns nie vergisst.«

Die anderen sahen ihn ergriffen an, und er glaubte sogar, in Erikas Augenwinkel eine Träne glänzen zu sehen. Er war also auf dem richtigen Weg.

»Natürlich könnten wir auch mal zusammen was backen oder kochen, mithilfe von dem praktischen Thermo..., egal. Jedenfalls kannst du machen, was du willst, in unserer Zeit geht das nicht mehr so genau, da wechseln Frauen auch die Reifen«, er blickte zu Yumiko, die ihm zulächelte, »und Männer machen die Wäsche.« Markus hustete erneut. »Außerdem könnten wir Ski fahren gehen, wenn ich erst mal pensioniert bin, hab ich ja Zeit. Ach ja, bevor ich's vergess: Wär nett, lieber Gott, wenn's mal endlich schneien täte, weil heuer ist es zwar kalt ...«

»Ja, vielleicht konnte wia zu Ende kommen, habe ich heute noch Beerdigung, Bibelkreis und Vorabendmesse«, unterbrach ihn da der Pfarrer.

»Genau. In diesem Sinne: Amen«, fügte Kluftinger an und sah

in die Runde. Pfarrer Chandra nickte zufrieden, worauf alle in dessen »Wir bitten dich, erhöre uns« einstimmten.

»Wolle wir also zu heiliges Sakrament von Taufe kommen, stimmt's?«

Nachdem niemand etwas auf die Frage des Geistlichen erwiderte, sagte Kluftinger zögerlich: »Freilich, von mir aus.«

»So, erbitten wir jetzt erst noch die Segen für all die Angehorige von Taufling, stimmt's?«

Ob der Pfarrer wieder eine Reaktion von ihm erwartete? Kluftinger nickte vorsorglich.

»Herr, segne all diese Leute, gib ihnen Frieden und eine gute Appetit.«

Dem Kommissar kam dieser Segen zwar ziemlich unkonventionell vor, er fand ihn aber auch erfrischend pragmatisch und antwortete mit einem lauten »Amen«.

Nun überreichte Yumiko dem Taufpaten das Kind, und das Ritual der »Widersagung« begann, das Kluftinger ein wenig antiquiert vorkam, schließlich lautete eine Zeile allen Ernstes »Widersagt ihr dem Satan, dem Urheber des Bösen?«. Dabei wusste er, dass das Böse meist ganz profanen Ursprungs war. Doch es war nicht der Zeitpunkt, kirchliche Riten infrage zu stellen, stattdessen wollte er den Moment mit allen Sinnen genießen. Er schloss die Augen, sog den verlockenden Duft des Weihrauchs ein, der dem Silberfass entströmte, das wahrscheinlich auch schon bei seiner Taufe verwendet worden war, und hörte, wie der Pfarrer sagte: »So, taufe ich dich auf die Name Max …«

»Haaaa-tschiiii!« Der Rauch hatte den Kommissar derart in der Nase gekitzelt, dass er lautstark niesen musste. Er holte ein Taschentuch heraus und schnäuzte sich geräuschvoll hinein, bevor er den Kopf wieder hob. Alle Augen waren auf ihn gerichtet. »Gesundheit«, murmelte schließlich einer nach dem anderen, seine Mutter entschied sich angesichts des Ortes für »Helfdirgott«, und der Pfarrer schmetterte ein »Gute Besserung«.

Kluftinger bedankte sich, und der Geistliche fuhr fort. »Wo waren wir stehen gebliebe? Ach ja: In Name des Vater, des Sohn und die …«

Jetzt musste sich der Kommissar aber doch noch einmischen. Der Pfarrer hatte schließlich etwas wirklich Ausschlaggebendes übergangen, etwas, ohne das die Taufe im schlimmsten Fall sogar nichtig wäre. »Entschuldigen Sie, Herr Pfarrer, aber wegen dem Namen …«

»Ja?«

»Den haben Sie noch gar nicht gesagt!«

Der Geistliche lachte laut auf. »Ach so, habe Sie recht.« Dann beugte er sich über das Kind, hob noch einmal die Hand, um ein Kreuzzeichen in die Luft zu malen, und sagte feierlich: »Ich taufe dich auf Name Maxima, stimmt's?«

Dank

Wir danken Albert Müller, Kriminaldirektor im Ruhestand, der uns diesmal mit seiner Expertise auf ganz besondere Weise geholfen hat – nämlich bei der Gestaltung eines möglichst realistischen Covers für dieses Buch.

Wir danken dem Polizeipräsidenten Werner Strößner, dessen Grußwort im Streiflicht Iller wir als Vorbild für Kluftingers Editorial genommen haben. Woher hätten wir sonst auch wissen sollen, was so ein Präsident in einem Grußwort schreibt? Und da wir dankenswerterweise auf der Abonnentenliste des Streiflichts stehen, haben wir das geradezu als Aufforderung empfunden, uns dort endlich einmal inhaltlich zu bedienen.

Vielen Dank auch dem Ullstein-Verlagsteam, allen voran unserer Lektorin Nina Wegscheider, unserer letzten Instanz in allen Inhalts-, Aufbau-, Streit- und Stilfragen.

Zu guter Letzt: Dieses Buch ist in einer für uns alle besonderen, eigentlich jegliche Fantasie sprengenden Zeit entstanden. Dass wir einmal von einem Virus derart lahmgelegt werden, hätten wir uns in unseren kühnsten Träumen nicht ausgemalt. Wir möchten all jenen danken, die in diesen Monaten den Betrieb in unserem Land im Allgemeinen und im Buchmarkt im Speziellen aufrechterhalten haben. Ihr seid großartig.

Kluftinger und der Schutzpatron

*Cover- und Preisänderungen vorbehalten

Volker Klüpfel /
Michael Kobr

Schutzpatron

Kluftingers sechster Fall

Piper Taschenbuch, 432 Seiten
€ 11,00 [D], € 11,40 [A]*
ISBN 978-3-492-27483-8

Eine Arbeitsgruppe für die Sicherung des Altusrieder Burgschatzes, der im Allgäu gefunden wurde und jetzt nach einer weltweiten Ausstellungstour endlich wieder in die Heimat kommt – so ein Schmarrn!, denkt sich Kommissar Kluftinger, der doch gerade den mysteriösen Mord an einer alten Frau aufklären muss. Oder hat das eine gar mit dem anderen zu tun?